Die berühmtesten Erzählungen eines Fabulierers par excellence, der sich seinen bildhaften, abenteuerlichen und manchmal skurrilen Einfällen ganz überlassen konnte. Die meisten seiner Geschichten spielen in k. k. Bezirken; soziale Verhältnisse und Einzelfälle des alten Österreich werden in ihnen greifbar und anschaulich, in ihrer Darstellung mischt sich kritische Unerbittlichkeit mit warmem Mitempfinden. Neben praller Situationskomik und satirischem Witz steht eine mit stilistischer Brillanz vorgetragene sublime Ironie. Die Kindheit, die Erfahrung der Fremdheit, der Tod, das Jenseits im Diesseits – auch das sind Themen und Motive seiner Novellen. Aber: »Kein irdischer Untergang ist so groß, daß er nicht auch eines Gelächters würdig wäre.«

Franz Werfel, 1890 in Prag geboren, wurde schon 1914 von Rilke als »nächste Generation« begrüßt. Nach dem Ersten Weltkrieg lebte er in Wien. 1938 ging er über Frankreich und Spanien ins Exil in die Vereinigten Staaten, wo er 1945, noch nicht 55 Jahre alt, in Beverly Hills, Kalifornien, starb. Nachdem er als Lyriker zu Ruhm gelangt war, schrieb er in zwei Jahrzehnten neben zahlreichen Erzählungen und Dramen die großen Romane ›Der Abiturientantag‹, ›Verdi. Roman der Oper‹, ›Die vierzig Tage des Musa Dagh‹, ›Der veruntreute Himmel‹. 1941 erschien ›Das Lied von Bernadette‹, es wurde ein Welterfolg.

Unsere Adresse im Internet: www.fischerverlage.de

Franz Werfel
Meistererzählungen

Fischer
Taschenbuch
Verlag

Veröffentlicht im Fischer Taschenbuch Verlag,
einem Unternehmen der S. Fischer Verlag GmbH,
Frankfurt am Main, Juni 2005

Alle Rechte dieser Ausgabe liegen beim
Fischer Taschenbuch Verlag, Frankfurt am Main
© Fischer Taschenbuch Verlag, ein Unternehmen
der S. Fischer Verlag GmbH, Frankfurt am Main 2005
Quellenhinweise am Ende des Bandes
Gesamtherstellung: Clausen & Bosse, Leck
Printed in Germany
ISBN 3-596-16645-4

Inhalt

Nicht der Mörder, der Ermordete ist schuldig — 7
Der Tod des Kleinbürgers — 129
Kleine Verhältnisse — 180
Die Entfremdung — 238
Geheimnis eines Menschen — 304
Die Hoteltreppe — 358
Das Trauerhaus — 371
Die wahre Geschichte vom wiederhergestellten Kreuz — 429

Bibliographischer Nachweis — 461

Nicht der Mörder,
der Ermordete ist schuldig
Eine Novelle

Motto:
Nun sind wir entzweit!

— — — — — — — — — — — —
— — — — — — — — — — — —
— — — — — — — — — — — —

Wie wir einst im grenzenlosen Lieben
Späße der Unendlichkeit getrieben
Ahnen wir im Traum.

— — — — — — — — — — — —

und in einer wunderbaren leisen
Rührung stürzt der Raum.

Werfel: Vater und Sohn

Erster Teil

Wie habe ich immer die Knaben beneidet, deren Väter in den Portierlogen oder auf den Türbänken gelassen und freundlich an Sonntagnachmittagen ihre Pfeife rauchten, und wie erst die Buben in den Bürgerzimmern, wo der Hausherr behaglich gerötet, in Hemdsärmeln, die Virginier im Munde und ein halbgeleertes Bierglas vor sich, an dem weißen Tisch saß. Ich will von der Erschütterung schweigen, die ich einmal, noch als ganz kleiner Kadettenschüler empfand, als ich an dem offenen Fenster einer Parterrewohnung vorbeiging und dahinter einen älteren Mann am Klavier sah, der aus einem aufgeschlagenen Notenbuch die Arie des Cherubin: »Neue Freuden, neue Schmerzen« spielte, die sein Sohn, ein wunderschöner, elfjähriger Junge, mit der reinen heiligen Stimme des Kirchensopranisten sang. – Bitterlicher als damals habe ich nie mehr geweint, denn mein Weg führte aus der Kaserne, wo ich allsonntäglich meinem Vater über die Ergebnisse der Woche Rechenschaft ablegen mußte, in die Kadettenanstalt zurück.

Ja, mein Vater rauchte Zigaretten und spielte nicht Klavier. Er rauchte Zigaretten, und zwar solche, die ihm meine Mutter, seine verschüchterte, harte Dienerin traurigen Angedenkens, allabendlich bis in die Nacht hinein mit der Maschine stopfte; denn sein Tagesbedarf war groß. Mit nobel zitternden, gelbspitzigen Fingern führte er diese Zigaretten zum Mund, ob er nun in der Bataillonskanzlei saß, über den Exerzierplatz ritt, oder gelangweilt nach der Ursache eines Zornausbruchs sinnend in seinem Zimmer auf und ab ging. Schon als achtjährigem Buben war es mir klar, daß der kein guter Mensch sein könne, der immerfort solche Rauchstöße durch die Nüstern blies. Alles an diesem Vater war: Von oben herab! Und Rauch durch die Nüstern stoßen, das taten doch nur die Drachen, die es jetzt nicht mehr gab.

Wir waren um diese Zeit in einer der großen Landeshauptstädte mit starker Garnison stationiert. Ich erinnere mich, daß mein Vater anfangs, als Hauptmann, dem Hausregiment zugeteilt gewesen ist. Ich selbst war Zögling der Kadettenanstalt dieser Stadt, also schon als Kind zu schwerer Zuchthausstrafe verurteilt. Doch noch härter war mein Los als das der anderen Offizierssöhne!

Wer nicht in einem unerbittlichen Institut aufgewachsen ist, wird sein Lebtag die Bedeutung des Wortes – Sonntag – nicht ermessen. Sonntag, das ist der Tag, wo die erdrosselnde Hand der Angst um den Hals sich lockert, Sonntag, das ist ein Erwachen, ohne bangen Brechreiz, Sonntag, das ist der Tag ohne Prüfung, Strafe, erbitterten Lehrerschrei, der Tag ohne Schande, ohne zurückgewürgte Tränen, Erniedrigungen, der Tag, da man in einem süßen Glockenmeer erwacht, die Bäume des armseligen Anstaltsgartens sind Bäume und nicht fühllose Gefangenenwächter wie sonst, der Tag, wo jeder mit dem weißen Erlaubnisschein die Wache am Tor passiert, und in die Freiheit und Freude tritt.

Ach, selbst der Sonntag konnte mich nicht froh machen, dieser Tag, den die Kameraden in aller Frühe schon mit unterdrückten Jubelschreien begrüßten, wenn sie aufsprangen und ihre Köpfe unter die mager tröpfelnde Waschgelegenheit hielten. Sie durften den ganzen Tag über ausbleiben bis neun Uhr abends, ja, manche sogar bis zehn, bis elf; dann erst zu solch später Stunde warf sich das furchtbare Montagsgespenst mit der Wucht der Versäumnisse und ungelösten Aufgaben über sie.

Aber am Morgen entflohen sie zitternd und rot vor Glück dem Kerker, kehrten in ein Heim ein, wo sie, wenn auch spärlich, so doch eine Spur von Liebe und Betreuung empfingen; sie wurden am Nachmittag in eine Konditorei geführt, oder durften mit ihren Eltern auf der Terrasse eines Cafés sitzen, oder in einem Restaurationsgarten in den schneidigen Blech- und Paukendonner der Militärmusik tauchen.

Was war mein Sonntag? Um zehn Uhr morgens verließ ich die Kadettenschule mit entsetzlichem Herzklopfen und einer schweren Übelkeit im Magen, ohne daß ich vermocht hätte, den Frühstückskaffee aus der verbeulten Soldaten-Blechschale herunterzutrinken. Denn ich mußte Punkt halb elf in der Bataillonskanzlei vor meinem Vater stehn, der mich mit dienstlich verächtlichem Blicke maß und anfuhr: »Korporal, wie stehn Sie da?«

Das wiederholte sich jedesmal. Meine Knie schlotterten dann, und mit Anspannung aller Kräfte nahm ich strammer Stellung. Es folgte das Verhör über die Noten und Zensuren, die ich in der abgelaufenen Woche davongetragen hatte. Niemals ein Lob, immer aber flogen mir Kommisschimpfworte an den Kopf, und ich pries den Gottestag, an dem es mir so gut erging, daß ich »nur mit Hohn« bedacht worden war.

Während dieser Hinrichtungen blies der Vater den Rauch der Zigaretten ohne Aufhören durch die Nase. (Ich habe in meinem Leben keine Zigarette berührt, und das ist wohl das einzige Laster, dem ich nicht verfiel.) Der Rapport schloß damit, daß der Vater sich über ein Dienststück beugte, den Rechnungsfeldwebel, der in der Ecke der Kanzlei die ganze Zeit über stramm stand, zu sich heranwinkte, und ohne aufzublicken mir befahl:

»Abtreten!«

Auf der Straße wurde es mir ganz bitter im Mund. Ich konnte mit meinen kleinen Beinen kaum mehr weiter.

Von Sonne und Furcht waren mir die Augen ganz betäubt, und dennoch mußte ich mit gestreckten Knien vorwärts schreiten, den Kopf salutierend nach rechts und nach links werfen, um ja keinen Offizier zu übersehn.

Und noch eines! Alle meine Mitschüler trugen am Sonntag eigene Uniformen aus Kammgarnstoff und von gutem Schnitt. – Ich allein mußte in der plumpen ärarischen Montur meinen Ausgang machen, und wie oft schämte ich mich der blauen, die Beine verunstaltenden Hosen.

Todmüde kam ich so gegen die Mittagsstunde zu dem Hause, wo meine Eltern wohnten. Doch auch dieses Haus war im Bann meines Schicksals gelegen, es stand in der Hörweite der Retraite und Hornsignale.

Jedesmal mit neuem Herzklopfen läutete ich an. Meine Mutter öffnete mir selbst; denn Offiziersfrauen können sich ja keine Dienstboten halten. Ich küßte ihr die Hand, sie fuhr mir kurz mit ihren bigotten trockenen Lippen über die Stirne. Dann mußte ich den Waffenrock ablegen und ein ausgewachsenes kurzärmeliges Lüsterjäckchen anziehn, eines meiner Schulbücher nehmen und still dasitzen, während die Mutter mit kurzen merkwürdigen Rucken in der Küche hantierte. Wie sie hin und her ging, dachte ich oft: »Warum trägt meine Mutter so große, gerade Stiefel mit breiten platten Absätzen, ganz anders als die geschwungenen Schuhe, welche die hellgekleideten Frauen auf der Straße tragen? – Warum empfinde ich bei ihrem Schritt nicht dasselbe wohlige Gefühl, das mich angesichts der schönen klappernden Frauenschritte da draußen durchrieselt?« –

Mittags kam der Vater nach Hause. Seine Lackstiefeletten blitzten. Er brachte es fertig, durch den ärgsten Staub und Kot zu gehn, ohne daß sein tadelloses Schuhwerk auch nur von dem kleinsten Fleck verunstaltet wurde. Es geschah regelmäßig dasselbe. Er hing den Tschako und frischvernickelten Salonsäbel an den Haken, zog sein Bartbürstchen und kämmte sich zurecht, schlug in der Türe leicht die Sporen aneinander und begrüßte meine Mutter und mich, die schon mit der Suppe warteten, mit einem förmlichen »Servus«, wie er es von Kameradschaftsabenden her gewohnt war, wenn er unter rangsjüngere Kameraden trat.

Beim Essen wurde wenig gesprochen, denn einen schweigsameren Menschen als meine Mutter habe ich nie gesehen, die nur ein Gegenstand völlig in Schwung zu bringen vermochte: Der Judenhaß. Mein Vater machte zwischen zwei Bissen dann und wann eine Bemerkung über einen Offizier. Den Untergebenen und Gleichgestellten pflegte er schlechtweg mit seinem Zunamen zu nennen, den Vorgesetzten bezeichnete er mit der Charge, wobei er niemals vergaß, das Wort »Herr« voranzusetzen.

Er war ein ausgezeichneter Offizier. Das Dienstreglement war ihm in Fleisch und Blut übergegangen.

Wenn er das Wort an mich richtete, so war es immer eine Prüfungsfrage. Einmal zog er sogar, während ich in meinem verflachsten Rindfleisch stocherte, eine zusammengefaltete Generalstabskarte aus der Tasche und verlangte von mir, ich solle die Karrenwege im Raume von Jezierna, das ein unbedeutendes galizisches Nest ist, genau beschreiben. Das war selbst meiner Mutter zuviel. »Laß das Kind essen, Karl!« sagte sie. Und ich habe ihr dieses gute Wort – »Kind« – nie vergessen.

Diese Mahlzeit war der Höhepunkt meines Sonntags. Um fünf Uhr mußte ich schon wieder in dem weißgetünchten Zimmer mit den zehn Eisenbettgestellen sitzen und über einer arithmetischen Aufgabe brüten, verzehrt von Montagsangst und Sodbrennen.

Nur in den Ferien war es etwas anders. Zwar unterließ es mein Vater nicht, die Schule zu ersetzen und alltäglich mir einen Rapport zu verordnen, wo er das Pensum, das er mir tags vorher aufgebürdet hatte, abhörte, – aber ich durfte doch eine Stunde länger im Bett liegenbleiben, das nicht ganz so hart war, als das der Kadettenanstalt; auch blieb mir Zeit, ein wenig zu flanieren, mit dem Hund zu spielen, oder eine Indianergeschichte zu lesen.

Vollends erträglich wurde der Zustand, wenn die Zeit der

Manöver heranrückte und der Vater mit seinem Regiment ins Sommerquartier ging. Von dem ersten Augenblick seiner Abwesenheit an war meine Mutter wie verwandelt. Sie ging mit mir viel spazieren, erzählte von ihrem Vater, der Rechnungsrat im Finanzministerium gewesen war und ein berühmter Schachspieler, – selbst ihre Schuhe, die meinen Schönheitssinn immer beleidigt hatten, bekamen eine weniger strenge und angenehm weibliche Form; ich mußte mir nicht mehr selbst die abgerissenen Knöpfe annähen, sie wusch mir auch den Kopf und zog mir mit Sorgfalt den Scheitel. –

Eines Tages kehrten wir sogar in eine Konditorei ein, und zum erstenmal im Leben durfte ich Schokolade mit Schlagobers genießen.

Einmal in dieser Ferienzeit erwachte ich in der Nacht. Da sah ich meine Mutter mit einer Kerze vor meinem Bett stehen. Sie hatte das Haar geöffnet, und ich konnte erkennen, daß es sehr schön war.

Über ihr Gesicht liefen viele Tränen. Sie setzte sich zu mir und küßte mich in einem wilden plötzlichen Überschwang. Da fing auch ich an, unaufhaltsam zu weinen. Am Morgen erwachte ich und hatte das erstemal in meiner Jugendzeit wirklichen Appetit.

In den ersten Tagen des September kam der Vater von den Manövern zurück. Doch diesmal hatte ich ein ungeahntes Glück. Er schien nicht derselbe zu sein. Sein Gesicht war freundlicher und wohl gerötet, seine Gestalt weniger infanteriepedantisch, fast die eines Reiters. Er trug keine gelben Waschhandschuhe, als er eintrat, sondern weiße dünne Glacés, klopfte mir auf die Schulter und sagte: »Nun, Bub, wie waren die Ferien?« Ich traute meinen Ohren nicht und wurde maßlos rot.

Die Veränderung im Benehmen meines Vaters hatte einen guten Grund. Die Manöver waren für ihn außerordentlich günstig abgelaufen. Bei der Kritik hatte ihn der Thronfolger dreimal höchst schmeichelhaft erwähnt, er war fast außertourlich mit Überspringung von sieben älteren Hauptleuten zum Major avanciert, und was die seltenste Auszeichnung ist, ihm war der Adel mit dem Prädikat »Edler von Sporentritt« verliehen worden. Es war vorauszusehen, daß er, trotzdem er das Studium der Kriegsschule einst hatte unterbrechen müssen, zum Generalstab versetzt werden würde.

Die letzten acht Tage dieser Ferien waren die glücklichsten meiner ganzen Kindheit. Der Vater war jovial und eifrig bestrebt, die Gewohnheiten eines Frontsoldaten mit denen eines militärischen Diplomaten zu vertauschen.

Hausrapporte, Prüfungen, Gespräche über Kasernenfragen verschwanden ganz. In unser Hinterzimmer zog eine Hausschneiderin ein; für meine Mutter sollte ein Straßenkostüm nach der Mode angefertigt werden. Ihr Gesicht glühte in mädchenhafter Erregung, wenn sie mit der alten Jungfer über ein Schnittmuster gebeugt stand oder selbst an der Nähmaschine saß. Es konnte auch geschehen, daß mein Vater, der jetzt eine weniger vorschriftsmäßige feinere Uniform trug, in das Kabinett trat, um einer Anprobe beizuwohnen. Wenn er seine Meinung über eine Falte oder Rüsche aussprach, vergaß er nicht, seinen Worten einen näselnden, leichtfertigen Ton zu geben.

Eines Abends hatten wir sogar Gäste. Der Regimentskommandant und der Brigadier mit ihren Damen. Es gab vor dem Braten eine Vorspeise, französischen Salat in Muscheln. Ich, der bei Tisch dabei sein durfte, erstarb in Ehrfurcht vor dieser geheimnisvollen edlen Speise.

Meine Mutter bewegte sich in ihrem guten Seidenen, das heute ganz ungewohnt vornehm wirkte. Ihr schönes Haar trat gut zutage. Sie trug eine dünne Goldkette, an der ein Türkiskreuz hing, um den Hals, an den Handgelenken klirrende Silberarmbänder.

Es wurde Wein und Bier getrunken. Der Brigadier gab wohlwollend jüdische Anekdoten zum besten, der Oberst Kasernenhofblüten. Beide nannten meinen Vater: »Lieber von Sporentritt!« Sie waren bürgerlichen Namens und nicht wenig stolz, daß ein so hoch qualifizierter Offizier in ihrem Dienstbereiche stand. Als sie aufbrachen, zwickte mich der General freundlich in die Wange. Ich stand starr wie eine Ordonnanz an der Türe.

Meine Eltern waren mit diesem wohlgelungenen Souper sehr

zufrieden. Was ich bisher noch nie gesehen hatte, ich sah meinen Vater mit unterm Kopf verschränkten Armen sich in einem Schaukelstuhl wiegen. Das war für mich eine überaus aristokratische Geste.

Vor dem Schlafengehen küßte der Vater meiner Mutter die Hand. Ich glaube, das war der glücklichste Augenblick ihres Lebens.

So nahte für mich der letzte Sonntag dieser wunderbaren Ferien heran, und der Zufall wollte es, daß dieser Tag gerade mit meinem dreizehnten Geburtstage zusammenfiel. So durfte auch ich einmal im Leben ein Sonntagskind sein.

Am Morgen dieses Tages trat ich zu meinem Vater ins Zimmer, der gerade beim Frühstück saß. Er ließ mich niedersetzen und teilnehmen. Trotz seiner Freundlichkeit in den letzten Tagen hätte ich in meiner Verschrockenheit doch nicht gewagt, dieser Aufforderung zu folgen.

»Es ist ja heute dein Geburtstag«, sagte er, »setz dich nur!« Ich trank zaghaft aus der Tasse, die er mir hingestellt hatte. Er schwieg lange still und ich fühlte, daß er über mich nachdachte.

»Du bist heute dreizehn Jahre« – begann er plötzlich – »und die Jugend geht rasch vorbei! Gerade an meinem dreizehnten Geburtstag, erinnere ich mich, hatte mir mein Vater, der Oberstleutnant, ein besonderes Vergnügen zum Geschenke zugedacht. Ich will dir das gleiche Geschenk machen, und du magst ebenso an deinem Sohne handeln. Du wirst es einmal verstehn, daß die Tradition den Wert einer Familie bedeutet. Halte dich heute nach Tisch bereit und jetzt geh!«

Nach dem Essen, das besser war als sonst, gebot mir der Vater noch einmal, mich anständig zurechtzumachen. Er selbst aber stand auf und ging in sein Zimmer. Nach einer halben Stunde kam er zurück. Aber was war geschehen? Er hat Zivilkleidung angelegt – und so wenig ich damals davon verstehen konnte, so sehr fühlte ich doch die Verwandlung ins Armselige, die mit diesem sonst so steifen und klirrenden Menschen vor sich gegangen war. Das war nicht mehr die erdrückende Erscheinung von vorhin, so sahen die vornehmen Herren auf der Straße nicht aus, dieser Vater glich den mageren Gestalten hinter den Postschaltern.

Unter den allzu kurzen Ärmeln traten viel zu weit die angeknöpften Manschetten vor, der Kragen schien eng und von einer veraltet unerfreulichen Fasson zu sein. Die genähte Krawatte ließ den gelben Kragenknopf sehn. Die Hosen, überaus gebügelt, spiegelten hinten, was dadurch besonders sichtbar wurde, daß der Rock ebenso kurz wie alles andere war.

Tadellos allein wirkten Frisur, – Stock, Hut und Handschuhe, die der Vater, als wäre er das sehr gewohnt, leichthin in der Hand trug.

Wie wach ist doch ein Kinderherz!

Ich verstand so viel!

Der Mann, der mein Vater war, jetzt hatte er sich enthüllt.

Armut, Engbrüstigkeit und Schäbigkeit; nun traten sie als Wahrheit hervor, nachdem Glanz und Planz im Kasten hingen!

Und doch!

Eine ungeheure Welle von Wärme und Mitleid für ihn stieg in mir auf.

Wir gingen über die Straße, beide mit dem dummen und kniewerfenden Schritt der Soldaten.

»Wohin gehen wir?« wagte ich zu fragen.

»Das wirst du schon sehen.«

Als wir mitten auf der großen Brücke standen, wußte ich plötzlich, und das Blut stockte mir vor wunderbarem Entsetzen: »Es geht auf die Hetzinsel.« Die Hetzinsel war gleichsam der Wurstelprater unsrer Stadt.

Meine Kameraden, die sie hatten besuchen dürfen, berichteten das Tollste. Panoptikum, Grotten – und Bergbahn, verzaubertes Schloß, Photograph, Schießstätten, rasende Karusselle, elektrische Theater, daß diese Entzückungen nicht fehlen durften, war ja selbstverständlich. Daß aber ein wirkliches bodenständiges Stück Wüste da wäre, mitten auf dieser Flußinsel, ein Stück wahrer Sahara, auf dem echte Beduinen ab halb vier Uhr alltäglich ihre »Fantasia« ritten, das hatte mir ein besonders glücklicher und gewiegter Besucher versichert.

Mein Vater und ich stiegen die breite Treppe, welche die große Brücke seitlich unterbrach, hinab, traten durch ein hochgebautes Torgerüste, von dem hundert brennende Fahnen niederwallten, und standen schon im Wunder.

Im ersten Augenblick verging mir der Atem vor dem gigantischen Lärm, der auf mein Ohr eindrang, das angstvoll nur an das Schrillen der Exerzierpfeife und die Bosheit des Lehrerworts gewöhnt war. Selbst die Furcht vor meinem Vater schwand für eine Sekunde. Ich wollte die Hand ausstrecken, um die seine anzufassen, aber durchblitzt fuhr ich noch im letzten Augenblick zurück.

Unzählige Menschen in unzähligen Gruppen wogten durch-, mit-, gegeneinander und bildeten doch eine gleichgerichtete gemeinschaftliche Strömung, gerade so wie die vielen durcheinandertanzenden Wirbel des Wassers einen Strom. Die irrsinnige Musik, der Triumph der Menge, schloß mich ein wie etwas ungeahnt Gütiges, mein kleiner zertretener Mut begann zu wachsen, ich sah diesen Vater neben mir fast klar beobachtend an und fühlte: »Was ist denn der Mächtige da heut im grauen, nicht mehr neuen Röckchen denn anderes, als einer unter vielen!? Wem kann er heute was kommandieren, wer würde ihm gehorchen!? Keiner schert sich um ihn, keiner grüßt ihn, kein Soldat salutiert, ja – sie schauen ihn ruhig frech an und scheuen sich gar nicht, ihn zu puffen.

Mein Vater schien ähnliche Gedanken zu hegen.

Wenn ihn jemand berührte oder gar auf den Fuß trat, knirschte er mit den Zähnen und stampfte auf. Das Gesicht war verzerrt und verfallen. In seinen vor der übermäßigen Sonne zusammengekniffenen Augen blitzte Haß. Sein heute unvorteilhaft zur Schau getragener Körper kämpfte um die Möglichkeit, plötzlich luftleeren Raum um sich zu haben, aus dem Bann der Menge zu fallen, eng und goldverschnürt mitten in einer tausendfältigen Stille dazustehen.

Oh, wie sollten kurz und scharf aus seiner Kehle die Kommandoworte fahren: »an!« und »Feuer!«

Wir aber wurden im unbesiegbaren Strom von Leibern, Gelächtern, Gekreischen vorwärts gestoßen, und je mehr ich fühlte, daß mein Vater darunter litt, um so mehr genoß ich die süße Rache, ihn zu dieser Ohnmacht verurteilt zu sehen. Seltsam! Ich erlebte den ersten Sieg gegen diesen Vater in der Stunde, da er mir die erste Güte entgegenbrachte.

Indessen waren wir der schmalen Gasse zwischen schreienden Buden, dem Schweißgeruch der in einer Flußenge zusammengezwängten Menge, der Unzahl von Kindertrompeten und bunten Luftballons entkommen und standen im Strudel eines großen Platzes.

Viele gewaltige Orchestrions und elektrische Orgeln donnerten.

Dreizehn Jahre alt!

Es war das mächtigste Erlebnis, das ich bisher empfangen hatte, und dieses Erlebnis wurde vielleicht nur von einem noch übertroffen, als ich von Bord des ›Großen Kurfürsten‹ die vielen Begrüßungsorchester durcheinandertoben hörte, die uns mit einer nie geschriebenen Dämonsmusik im Lande der Hoffnungen empfingen, wo ich jetzt die Geschichte aus meinem Leben aufzeichne.

Die elektrischen Orgeln brüllten, die langgezogenen Schrecknisse ihrer Opernmelodien zu einem fabelhaften Chaos verschlingend.

Ich stand erschöpft in diesem Platzregen von harmonischen Felsen. Mein Körper war eingeschlafen, ich konnte mich kaum rühren.

Der Vater zog mich in ein Ringelspiel. Ich mußte mich auf ein Pferd mit übertrieben geschnitztem Hals setzen und die Zügel in die Hand nehmen. O, welch ein eigentümlicher Geruch von Holz, Leder und warmen Roßhaaren! Die Farben- und Gestaltenfülle war zu groß, als daß ich hätte noch unterscheiden können. Hohl setzte die Orgel ein: »Müllerin du Kleine!« Das Spiel begann sich langsam zu drehen. Ein Mann in kurzen Hosen und schwarzem Trikot avancierte und retirierte schneidig auf der rotierenden Scheibe. Oben wehten rote Vorhänge über Kinderjuchzern. Die Bewegung wurde schneller, immer schneller, die

Drehscheibe, auf der die Pferde, Wagen, Drachen, Königstiger, Löwen, Traumtiere liefen, schien einen Trichter bilden zu wollen, – ich lehnte mich mit glühenden Wangen zurück, um mich dem Rausch der Schnelligkeit hinzugeben. Da aber sah ich meinen Vater, groß, wie über alle anderen gewachsen, dastehen, scharfen Blicks, vorgestellt den rechten Fuß, und den Stock, wie eine Longierpeitsche in der Hand. Er rief mir im Ton des Reitlehrers zu:

»Gerade sitzen! Oberkörper zurück!«

Doch – schon war ich vorbei und nahte voll Angst in der neuen Tour. Unbeweglich stand er da. Ich hörte seine Stimme:

»Sattel auswetzen!«

Vorüber! Während der nächsten Tour hatte ich schon den bitteren Geschmack im Munde. Des Vaters Stellung war um keinen Zoll verändert.

Und wieder die Stimme.

»Schenkel an den Sattel, Fußspitzen auswärts.«

Als ich von meinem Holzpferd stieg, war ich traurig und zerschlagen wie nach einer Prüfung.

Mein Vater hatte sich für den kurzen Augenblick meines Sieges von vorhin bitter gerächt. Doch gab er sich damit zufrieden, tadelte mich nicht weiter und löste Karten für die Grottenbahn, deren Geheimnisse ein Zwerg im Kostüm der Hofnarren und eine Riesendame mit der Pauke ausriefen. Diesmal nahm der Vater teil, doch zeigte sein Gesicht keine Regung. Die Orgel, die hier spielte, war mächtiger als die der anderen Unternehmungen. Es ging von ihren Tonungeheuern ein Luftzug aus, der mir wie Zauberei erschien. Wir fuhren knarrend in den schwarzen Schacht ein. Da es ganz finster war, hatte Gott den Vater von mir genommen. Ich sah ihn nicht. Die Beklommenheit fiel und ich überließ mich dem Traum. Aber es waren viele Träume:

Hexen ritten, während der Winterwind die Tannen entwurzelte, dürr, nackt und mit flatternden Strähnen auf wippenden Ästen. Schweigend, grün, unendlich tat sich der Meerboden auf. Algen sanken wie Schleier nieder, langsam schwebten Riesenquallen, namenlose Fische zogen in Scharen durch eine warme Strömung, ein Tier, das bläuliche Strahlen warf und wie eine Lampenkugel mit Schwanz und Flossen aussah, stieg majestätisch empor. Auf dem Grunde, der ein Gebirge, gebaut aus Muscheln, Korallen, Riesenkrebsen, rostigen Ankern und verstreuten Edelsteinen war, faulte die von Fischen angefressene Leiche eines Steuermanns, und ganz in der Ferne, wo der Schein der Tiefe glasig wie unnatürlicher Schlaf erschien, schwankte das Wrack einer Fregatte mit hohem Kiel, gekipptem Mast und quadratischen Kabinenluken im langsamen Rhythmus des unsichtbaren Wogengangs. Vom Bugspriet schimmerte eine winzige Laterne seit Jahrhunderten unerloschen mitten im Leib des Wassers. Doch nicht genug damit. Auch die Wolfsschlucht erlebte ich. Der Wind stürzt die Brücke ein, die über den Wasserfall führt, Eulen schweben, das Wildschwein ist zu hören, zwei Töne grunzt es ununterbrochen wie ein Fagott, Kaspar gießt im Flammengeprassel die Freikugeln, Samiel fährt im roten Feuermantel aus der Höhle.

Ich kannte diese Geschichte sehr gut. Ein Kamerad, der einzige, mit dem ich mich verstand, hatte sie mir oft erzählt.

»Samiel hilf!« schallte es durch den Wind. Wir rasselten weiter ins Dunkel. Ich vernahm die Stimme des Vaters.

»Was war das?« fragte er, nicht wie einer, der prüft, sondern wie einer, der selbst nichts weiß. Da wir uns ja nicht sahen, durfte er sich etwas vergeben.

»Das war Freischütz«, gab ich zur Antwort.

»Was ist das, Freischütz?« hörte ich seine Stimme, diesmal aber ohne Nachdruck.

»Freischütz ist eine Oper«, dozierte ich, Wort für Wort setzend wie ein Lehrer.

»Eine Oper – so?!«

Der Vater meinte das verdrießlich und gleichgültig, aber es war nicht zu vertuschen, es gab eine Welt, wohin er mir nicht folgen konnte; ich hatte ihn überwunden. Stolz straffte mich. – Jetzt hätte ich reiten können!!

Das Größte aber, was es gab, war das Erdbeben von Lissabon. Trotzdem einer der Mitschüler mir vorgeschwärmt hatte, in der

Grottenbahn wäre der ganze Weltuntergang zu sehn, war ich nicht enttäuscht.

Wie die Häuser der Stadt dastanden grell und weiß in dem blauesten aller Tage, wie das Meer voll roter und gelber Segel den Horizont hinanstieg, wie jetzt nach und nach das wilde Gezwitscher der Vögel verstummt, und – die Sonne steht hoch am Himmel – es langsam immer dunkler und toter wird! Wie man fühlt, daß die Menschen vor der grauenhaften Erscheinung dieser Dunkelheit mitten am Tag sich in die Häuser flüchten und in den Kellern verstecken! Da ist es auf einmal ganz finster und plötzlicher Sturm wirbelt eine ungeheure Staubhose in die Schwärze, der das Tosen von Millionen Donnern, Kanonenschlägen, Hagelwettern und Explosionen folgt. Unsichtbar das Meer mit einer Riesensturzflut überschwemmt die Nacht und tritt sogleich zurück. Und diese Finsternis? Dauert sie tagelang, jahrelang oder nur die halbe Minute, die sie wirklich dauert? Jetzt hellt sie sich ein wenig auf. Feuerschein immer mehr, und der Riesenbrand der Stadt leckt mit Millionen Flammen und Schatten den Himmel aus, während heiser und schwach – denn wie ferne in Zeit und Raum geht dies alles vor sich – Zischen, Sud und Geprassel das Züngeln begleitet.

Gleich als wir ins Freie traten, wurde es mir in der Seele warm und gut. Daß ich gewußt hatte, daß es ›Freischütz‹ und überhaupt ein Ding gab, das sich Oper nannte, und daß ich meinen Vater hatte belehren können, richtete mich auf. – Einst würde ich Rapport halten, und sein Mund, der nur den harten Akzent des Dienstes kennt, wird stocken müssen.

»Nun wollen wir uns restaurieren«, sagte der Vater. Wir kehrten in einen Kaffeegarten ein. Ach, wie gütig war doch heute der Gestrenge. Er fragte mich sogar: »Was wünschest du zu nehmen, Karl?«

Ich brachte kein Wort heraus. Er aber kaufte dem Kuchenpikkolo drei Leckereien ab, legte zwei davon zu der Tasse Schokolade, die er mir bestellt hatte, und behielt selbst nur eine. Mein Herz schämte sich.

Das war der Papa, der vor mir saß. Der Große, Bewunderte,

Alleswissende, Alleskönnende! Ich liebte ihn ja! Ich sehnte mich in bitteren Nächten nach seiner Liebe, und der Schmerz aller Erniedrigungen war nichts gegen die Qual jenes oft geträumten Traums, da ich ihn in Pulverdampf gehüllt, seinem Bataillon voraussprengend in die Luft greifen und fallen sah!

Wohin sollte meine kleine Seele mit den hin und her gerissenen Gefühlen? Der Vater winkte einen Kellner heran! »Wo ist hier die Schießstätte?« Der Mann gab Auskunft.

Das väterliche Auge sah mich scharf an. »Wir werden jetzt etwas Nützliches tun! Ich will sehen, ob du zum Plänkler taugst.« Ich war aus dem Himmel meiner Zärtlichkeit geworfen und sogleich kehrte der bittere Geschmack zurück.

Auf dem Wege zur Schießstätte aber erlebte ich das Furchtbare, das meine ohnehin schon zerstörte Kindheit noch mehr zerstören sollte.

Vor einer großen Bude drängte sich eine Menge von Leuten. Eine gemütliche, etwas fette Stimme war zu hören: »Fürchten Sie sich nicht, meine Herrschaften! Nur immer heran! Was kann man Besseres an seinen Feinden tun, als ihnen den Hut vom Kopf werfen! Man muß nur geschickt sein. Man muß nur gut zielen können! Immer nur heran, meine Herrschaften! Lernen Sie, Ihren Feinden den Hut vom Kopf werfen! Das ist gut für alle Parteien: gut für Klerikale, Agrarier und Sozialisten!«

Wir traten näher. Auf dem Ladenbrett der Bude waren große Körbe mit roten, blauen und weißen Filzbällen zu sehen. Hinter dem Brett stand der Budenbesitzer, ein Mann von schlau-gutmütigem Aussehn, der eine Militärkappe und einen roten Kaiserbart trug. Er zwinkerte vielsagend mit den Augen, wenn er die Bälle ausgab und die Münzen einstrich; dann sagte er wohl: »Nur gut zielen, mein Herr, Sie werden schon den richtigen treffen!«

Und die Leute zielten und warfen, daß die Bälle sich nur so in der Luft kreuzten. Das Gelächter wollte gar nicht aufhören.

Wohin aber zielten und warfen sie? Mein Entsetzen war grenzenlos! Auf lebendige Menschen! Lebendige Menschen wurden von ihnen gesteinigt. Nein, das war ja nur eine Täuschung. Gott sei Dank, es sind ja nur Puppen, nur Figuren, denn solche Menschen hätte die Erde niemals tragen können.

Und welche Bewegung? Auf und nieder! Auf und nieder!

Mir schwindelte.

Der tiefe Hintergrund der Bude war dreifach geteilt. Rechts und links sah man hintereinander erhöht je zwei Bänke; aus jeder dieser Bank tauchten in hypnotischer Regelmäßigkeit auf und nieder, auf und nieder je drei Gestalten! Zwölf durch alle Höllen gehetzte Grimassen stiegen in magnetischem Rhythmus aus den Bänken auf und versanken wieder. Stiegen auf, – versanken.

Die verzerrten Physiognomien, die zynisch aus dem Abgrund auffuhren, um wieder dahin zurückzukehren, waren so genial voneinander unterschieden, daß ich keine von ihnen je vergessen könnte. Da war ein unerbittlicher chinesischer Mandarin, ein unsagbar jüdischer Jude, ein Offizier mit Pferdezähnen in der Uniform einer phantastischen Fremdenlegion, ein scheußlich rotwangiger Henker in Frack, ein Jesuit, wie ein schwarzer und böser Strich, ein knopfblanker Bauer mit einer zerfressenen Nase, die ihm wie eine Traube von roten Beeren aus dem Gesichte hing, ein Neger, ein Gehenkter, ein Mensch im Zuchthauskittel, eine besoffene Teerjacke, ein Spitalsbruder, ein Brigant und ein lebendig Begrabener.

Um das ungerührt erscheinende und verschwindende Grinsen dieser Zwölf flogen die Bälle – trafen mit dumpfem Hall Brust, Aug' und Stirn. Hie und da gab es einen Treffer. Dem Mandarin fiel dann seine Mütze, dem Offizier sein Tschako, dem Bauer sein Dreispitz in den Nacken.

Manchmal – und ich erinnere mich oft an diese Puppen – kommt mir der Gedanke: Es sind zwölf Höllensträflinge, von Gott verurteilt, als Holzfiguren ihr grauenhaft irdisches Wahnbild weiter zu bewohnen und hier in den Schulbänken des Budenbesitzers zu einer ewigen Turnstunde verdammt, ihr Leben nachzusitzen.

Mögen sie erlöst werden!

Ganz anders aber war die Gesellschaft, die sich im Kreise auf der großen Scheibe drehte, welche die Mitte des Budenhintergrundes einnahm. Es waren wiederum zwölf! Aber zwölf, die eine solche unnachahmlich schäbige Würde auszeichnete, daß sie kaum auseinanderzuhalten waren. Der Beruf dieser zwölf Holzmenschen war klar. Was denn anders konnten sie sein als Leichenbitter, Wucherer, Zeremonienmeister der Begräbnisse dritter bis siebenter Klasse, Tanzlehrer letzter Sorte, Klavierspieler bei den Unterhaltungen der Armen!

Alle waren sie in Trauer gekleidet, trugen lange, schwarze, ausgefranste Bratenröcke, hohe, blinde Zylinder, von denen Flöre niederhingen. Sie drehten sich langsam und gemessen im Kreise, so, daß ich weniger ihre todernsten, starren Gesichter sehen konnte, als den Rücken, der das Traurigste von der Welt war.

In ihrer schleichenden Haltung schienen sie einem unsichtbaren Sarge zu folgen oder verflucht zu sein, dort, fern im Schatten, eine Türe zu sehn, der sie ewig zustreben, die sie doch nie erreichen durften, immerdar an der Möglichkeit des ersehnten Abgangs vorbeigedreht. Die alten traurigen Männer, mehr als die Teufelsbilder rechts und links, waren Zielscheiben der sausenden Steinigung. – Trat eine Pause im Bombardement ein, so erschien hinter einem Vorhang des Hintergrundes ein Junge und setzte den Greisen die Zylinder auf, die ihnen die Bälle vom Kopf geschlagen hatten.

Er war nicht älter als ich. Vielleicht feierte er heute auch seinen Geburtstag. Sein Antlitz war ebenso mager und blaß wie das meinige; seine schwarzen Augen leuchteten aus tiefen Höhlen.

Und doch! Wie gut hatte er es –, wie schlecht hatte ich es! Er trug an seinen Gliedern keine vorschriftsmäßige Uniform, er ging wohl in die Bürgerschule, wo die Buben zu spät kommen, ausbleiben und Allotria treiben durften, soviel sie nur wollen. Sein Vater lachte während der Arbeit viel und aus Herzensgrund, war beredt, behaglich, und jetzt –, jetzt zündete er sich die Pfeife mit dem Türkenkopf an und begann wohlig keuchend zu paffen.

Die Bälle schwirrten, die haßerfüllten Fratzen tauchten auf

und nieder, die schäbig würdigen Greise wandelten hoffnungslos an der Türe ihrer Erlösung vorbei.

Auch der kleine Junge hatte mich gleich entdeckt. Wir waren die einzigen Kinder hier. Sofort spann sich eine starke Beziehung von mir zu ihm –, von ihm zu mir.

Er winkte mir, einen Ball zu werfen, kniff bedeutsam die Augen ein, pfiff mir ein Signal zu, schnitt eine Fratze und winkte mir immer wieder.

Oft sah ich nichts als seine Hand, die wie ein Gespenst mit Daumen und Fingern hinter dem Vorhang hervorgestikulierte.

Ich machte schüchtern meinerseits Zeichen, deren Sinn ich selbst nicht verstand.

Verloren starrte ich diesen hohläugigen Knaben an, der mir glücklich wie die Freiheit selbst erschien!

Ich fuhr zusammen. Denn die kommandierende Stimme meines Vaters schnarrte: »Karl, nun zeig, ob du eine sichere Hand hast und ob du einmal das Recht haben wirst, des Kaisers Rock zu tragen!«

Er gab mir einen Ball in die Hand. Was sollte ich damit anfangen? Auf und nieder tauchten die Bösen; die Leichenbitter schlichen an dem Jungen vorbei, der immer wieder den Kopf vorbeugte und mir mit fünf gespreizten Fingern winkte und winkte.

Alle Puppen hatten Hüte auf – denn kein Mensch warf mehr einen Ball, so scharf war die Stimme meines Vaters gewesen. Die Leute sahen ihn erstaunt und feindlich an. Alle Blicke waren auf uns beide gerichtet. Zitternd hielt ich den Ball in meiner Hand. Alles schwieg und nur der Budenbesitzer sagte: »Nun, junger Mann!?«...

Mein Vater richtete sich auf. Die Bedrückung, einer nur unter Tausenden zu sein, war von ihm gewichen. Er stemmte die Hand in die Hüfte, wie es der tut, der endlich das Übergewicht über andere gewonnen hat, wie der geblähte Leutnant es macht, der vor seine Rekruten tritt. Das Schweigen um uns tat ihm sichtlich wohl.

»Wird's bald!? Wirf!!« sagte er mit lauter Kasernhofstimme.

Mein ganzer Körper brannte vor Scham und Angst. Ich hob den Ball und warf ihn kraftlos ins Ungewisse hinein. Er fiel schon in der Mitte der Bude zu Boden. Nichts unterbrach das Schweigen, nichts als die kleine Lache, die der Junge aus seinem Versteck hervor anschlug.

»Tolpatsch!« Der Vater reichte mir streng einen zweiten Ball. »Wähle dir eine Figur, ziele gut, und dann erst wirf!«

Alles tanzte vor meinen Augen! Auf und nieder tauchten die Höllensträflinge. Ich nahm alle Kräfte zusammen, meinen Blick zu sammeln. In den Gelenken der Hand, die den Ball hielt, spielte ein süßlich giftiges Gefühl. Immer furchtbarer wurde der Rhythmus des Auf- und Niedertauchens. Da! – Eine Gestalt löste sich aus den andern, wurde deutlicher, die Grimasse fletschte mir eindringlich entgegen, ein ewig verschlossener Mund schien mir zurufen zu wollen: »Ich! Ich!« Es war der Offizier in Phantasieuniform.

Ich sah ihn, – ich sah ihn! – Die Pferdezähne meines Vaters waren entblößt, seine Schnurrbartspitzen starrten, an seinen Epauletten blitzten die Messingknöpfe.

Ich beugte mich weit über das Brett und warf, einen kurzen Schrei ausstoßend, den Ball, – der aber ganz nah von mir in irgend eine sinnlose Ecke fuhr.

Jetzt lachte der Knabe im Hintergrund laut und höhnisch auf.

Der Vater trat dicht an mich und zischte mir ins Ohr: »Rindvieh! Du blamierst mich! Jetzt wirf und triff, sonst – – –!«

Ich fühlte einen neuen Ball in der Hand.

Dort! Auf und nieder raste der Legionsoffizier. Von Mal zu Mal immer klarer offenbarte er sich. Wo stand mein Vater? Nicht neben mir!

Dort stand er! Dort...!

Er blies Rauch durch die Nase, so wenig ermüdete ihn die furchtbare Bewegung. Ohne Falte blaute sein Waffenrock.

»Korporal! Korporal!« rief er –

Gott! Gott!

Ich will es tun!

Er selbst befiehlt es mir ja!

Er selbst, – er selbst – – – – – –
Ich spannte alle Muskeln an, und, indem ich wild aufschrie, schleuderte ich den Ball mit solcher Kraft, daß es mich umriß und ich zu Boden stürzte. – – – – –
Sogleich erwachte ich aus meiner kurzen Bewußtlosigkeit. Menschen standen um mich, die auf mich einredeten.

Abseits erblickte ich den Vater, ohne Hut, ein blutiges Taschentuch an die Nase pressend.

In einem entsetzlichen Augenblick erkannte ich alles. Ich hatte nicht jenen Offizier, ich hatte meinen Vater getroffen!! Ich sah das Blut, das aus seiner Nase stürzte. Ein ungeheures Weh überspülte mich. Dieses Weh wuchs und wuchs. Das Herz vermochte es nicht mehr zu tragen. Mein letzter Blick traf das merkwürdig starrende und neugierige Gesicht des Budenbesitzersjungens, der sich über mich beugte.

Dann versank ich in eine Ohnmacht der Träume und Fieberschreie, aus der ich erst drei Monate später zum Leben erwachen durfte. Diese drei Monate aber waren eine einzige Nacht, in der im Schein einer teuflischen Lampe verdammte Chinesen, Neger, Henker, Gehenkte, Bauern, Verbrecher riesenhaft aus Gebirgen von Schulbänken auf und nieder schwebten, gebrechliche Greise mit Fackeln in der Hand durch eine schwarze Türe davonschlichen und durch eine helle wiederkamen und steif, lang und streng der fremde Offizier, mein Vater, unbeweglich unter den bewegten Erscheinungen stand.

Zweiter Teil

Es waren dreizehn Jahre vergangen. Ich hatte meine Fähnrichszeit bei einem detachierten Bataillon an der Ostgrenze des Reiches abgedient und war nun zum Leutnant vorgerückt und in eine größere galizische Garnison versetzt worden.

Daß ich es nur gleich gestehe, mein Leben, das durch keine gute Stunde, keine liebe Erinnerung, keine Wärme von mir und zu mir, keinen Besitz und keine Hoffnung erleuchtet war, ekelte mich so sehr an, daß ich mich oft ganz ernsthaft fragte: »Warum höre ich nicht einfach auf, zu atmen?« Ich hielt dann auch, solange es nur ging, den Atem zurück, als könnte ich so ein Ende machen. –

Die Zeit, die hinter mir lag, war schrecklich. Nächte des angestrengtesten Studiums kalter, gleichgültiger Lehrfächer, Examen über Examen; zerrüttenden Blick des Vorgesetzten ewig in der Seele; das Vaterhaus, andern ein Asyl, mir war es nur die schärfere Wiederholung des Instituts und der Kaserne gewesen. Niemals eine freie Stunde und wenn ich mir endlich eine – unter Demütigungen, Meldungen, Bitten, Vorschriften, die Legion waren, – wenn ich mir endlich eine freie Stunde erkämpft hatte, so wußten meine zerstörten Nerven mit ihr nichts anzufangen, und ich litt unter der kleinen Freiheit noch mehr als in der Tretmühle. Nein! Ich war nicht zum Soldaten geboren! Jedes Kommandowort empfand ich wie einen Messerstich, jede Ausstellung wie eine Mißhandlung, jedes militärische Gespräch, jede dienstliche Handlung lähmte mich – so war ich viel zu elend und unglücklich, um auch nur Erbarmen mit mir selbst haben zu können. –

Einsam wie keiner.

Wenn ich nur einen meiner Kameraden ansah, ergriff mich Langeweile und Gleichgültigkeit wie eine Pest und ich brachte kein Wort heraus.

Mich an eine Frau oder an ein Mädchen heranzutrauen, dieser Mut schien mir eine Gnade zu sein, die mir nicht gegeben war. Fünfzehn Jahre Einschüchterung und Angst hatten meine Seele gebrochen, die nicht so widerstandsfähig war, wie die der andern. Wenn die polnischen Gräfinnen Sonntags zur Kirche fuhren, schwärmte ich sie von Ferne an, die Düsterkeit meiner Träume genießend, in denen ich den Herrn der Welt spielte. Die jüngeren Herrn unseres Offizierkorps hatten längst schon die Bekanntschaft einer oder der anderen Schloßbewohnerin gemacht, es geschah sogar, daß sie mitunter zum Diner, ja sogar zur Jagd eingeladen wurden.

Mich kannte niemand; – niemand lud mich ein.

In aller Frühe trat ich alltäglich den Dienst an. Die starke Sonne der Steppe machte mich krank und schlaff. Wir exerzierten, bildeten Schwarmlinien, hielten Gefechtsübungen ab, – ich redete und tat nur das Notwendigste und das unvollkommen, lässig. Ich vermied jedes Kommandieren, jedes Scheltwort, jeden scharfen Ton, aber die mir zugeteilte Menschenherde, diese Sklaven, nahmen mir die Feinfühligkeit übel und ich spürte, daß sie sich über mich lustig machten.

Ja – der Leutnant Ruzič, der Oberleutnant Cibulka, der Hauptmann Pfahlhammer, dieser Jujone, die die Langgedienten anspuckten und die Rekruten während des Menagierens mit Ohrfeigen traktierten, die waren beliebt. Woher das kam, fragte ich mich oft! Doch nur zu bald lernte ich begreifen, was die körperliche Schönheit und Wohlbildung im Leben bedeuten.

Diese Offiziere waren fesche Herren. Sie trugen des Abends oder Sonntags, wenn sie über den Ringplatz flanierten, ihre schlanken langen Beine in ausgezeichnet gemachten, scharfgebügelten schwarzen Hosen, ihre kleinen Lackstiefel blitzten nicht minder als die meines Vaters, ihre Waffenröcke waren sehr in die Taille gearbeitet und persönlich geschnitten. Ihre Gesichter waren blond, jung, brutal und von jener frischen Dummheit, die in der Welt so angenehm berührt.

Und ich? – Ich war klein, mager – unansehnlich. Mein Gesicht verlitten und früh gealtert. Ich mußte bei meiner Kurzsichtigkeit eine Brille tragen, denn ich war ungeschickt und hätte ein anderes Augenglas viel zu oft zerbrochen.

Einmal befahl mich der Oberst zu einem privaten Rapport.

»Herr Leutnant«, begann er scharf, »das geht nicht so weiter. Es ist vom Oberstbrigadier nun zum zweiten Mal ein Dienstzettel gekommen, in dem er Ihre Adjustierung beanstandet. Man muß Sie ja nur ansehen, und es wird einem übel. Rasieren Sie sich besser und öfter!«

»Jeder Gefreite sieht adretter aus als Sie. Wollen Sie dem Herrn Feldmarschalleutnant (er meinte meinen Vater) Schande machen?«

»Lieber Duschek«, fuhr der Kommandant begütigend und

außerdienstlich fort, – »du mußt mehr auf dich halten. Geh zum Schneider! Equipier dich! Herrgott, wenn ich noch einmal so jung sein könnte!«

Solche Reden machten trotz der gehässigen Nervosität, die ich immer angesichts eines Vorgesetzten empfand, wenig Eindruck auf mich.

Unter guten Figuren – eine gute Figur zu sein, das war mein Ehrgeiz nicht. Was aber war mein Ehrgeiz?

Ich wohnte in der Wirtschaft einer Frau Koppelmann, über deren Höhleneingang auf einer Tafel das viel verheißende Wort »Restauracya« geschrieben stand. Ich vermied es am Abend, den Gelagen in der Offiziersmesse beizuwohnen. Nach dem Dienst um fünf Uhr setzte ich mich in die »Herrenstube« der Frau Koppelmann. Selbst hier, unter hustenden und spuckenden polnischen Fuhrleuten, unter den die Heiligen beschwörenden ruthenischen Bauern, unter schreienden und haareraufenden Juden, fühlte ich mich glücklicher, als unter den Kameraden. Bei dem grünen Pfefferminzschnaps der Wirtin starrte ich, der Herr Offizier, um dessen Tisch die Bauern und Juden mit »ai« und »oi« und tausend Bücklingen dienerten, – ja ich starrte in erregter Beobachtung auf diese freien vielbewegten Gestalten und fühlte mit einem gewissen Triumph in der Seele: Hierher, zu diesen da gehörst du! Um sieben Uhr leerte sich die Stube und ich blieb allein mit den surrenden Völkern der galizischen Fliegenplage. –

Das kleine schmutzige Fenster bräunte sich in der Abendröte. Draußen schnatterten die Gänse, und die Schritte der barfüßigen Bäuerinnen patschten in dem ewigen Sumpf der Straße. Nun kam meine Stunde. Ich setzte mich an das zerbrochene Klavier der Frau Koppelmann und siehe, es waren dennoch Töne, dennoch Akkorde, Verzückungen der schwingenden Luft, die meine Hand griff. Wenn nichts meine renitente Gleichgültigkeit lösen konnte, jetzt stürzten nie gefundene Tränen aus meinen Augen, Boten und Herolde einer Heimat, die ich nicht kannte, meine Seele dehnte sich, als empfänge sie Liebe und Mütterlichkeit. Der Zustand steigerte sich fast zur Epilepsie, denn die verhemmte Leidenschaft pochte an alle Tore meiner Verschlossenheit. Damals wußte ich noch nicht, daß mein natürlicher Beruf die Musik sei!

Wie hätte ich das auch wissen sollen, ich, der Sprößling einer ärarischen Familie, Sohn eines Generals, Enkel eines Oberstleutnants, Urenkel eines Stabsprofossen, ich, dem die Scheu vor Anmut und Geist schon seit dem sechsten Lebensjahr eingeprügelt worden war.

Mit meinem Vater wechselte ich jedes halbe Jahr einen Brief. Meine Mutter war schon lange gestorben. Ihr dumpfes und kleines Licht, vor der Zeit war es zugrunde gegangen. In ihren letzten Jahren soll sie recht seltsam gewesen sein. Sie wurde von zwei krankhaften Trieben beherrscht. Der eine war ein Reinlichkeitstrieb ohnegleichen. Sie schmierte und putzte die Türklinken bis tief in die Nacht, sie wusch die Fenster zwei- und dreimal des Tages, sie lag immer auf dem Boden und scheuerte die Dielen, die vom vorigen Tage noch blank waren. Immer spähte sie nach Flecken und Schmutzspuren, auf die sie sich stürzen konnte. Ihre zweite Krankheit war eine Art Beichtfieber. Sie ging täglich in drei Kirchen zur Beichte und wird gewiß schreckliche Sünden erfunden haben, die Arme, um ja ihr Leben nur mit etwas auszufüllen.

Oft dachte ich an jene Nacht, wo meine Mutter mit offenem Haar, die Kerze in der Hand, wie aus schwerem Schlaf erwacht, weinend an mein Bett getreten war und mich leidenschaftlich umarmt hatte. Damals und niemals mehr, ist sie mir als Frau erschienen. Heute verzeihe ich ihr, der Unerweckten, alle Härte. Sie hat gelitten, ohne zu wissen, daß sie leidet.

Die Briefe, die ich an meinen Vater richtete, begannen mit der Anrede »Lieber Vater«, enthielten einen trockenen Abriß über Dienstverhältnisse, Veränderungen, Avancements, taktische Aufgaben, die mir gestellt worden waren, und schlossen mit der Floskel: »Verehrungsvoll grüßt Dich Dein dankbarer Sohn Karl.«

Diese Briefe zu schreiben war eine Qual, die mir regelmäßig Kopfschmerzen machte. Hingegen mochte es geschehen, daß, wenn ein Brief meines Vaters fällig war, ich in Unruhe und erwartungsvolle Aufregung geraten konnte; kam dann dieser Brief, so wirkte er wie ein kalter Guß. Auch er brachte nur trokkene Daten, aber aus seinem Ton spürte ich eine ärgerliche Mißachtung. Alles, was der Vater schrieb, jede harmlose Aussage, klang wie ein Befehl. Die Briefe waren in die Schreibmaschine diktiert und trugen nur die eigenhändige Unterschrift: »Dein Vater Karl Duschek, Edler von Sporentritt, Feldmarschalleutnant.«

Der frühere Frontoffizier hatte eine glänzende Karriere gemacht. Die Stufenleiter des Generalstabs, spielend war sie von ihm erstiegen worden. Als Befehlshaber einer der glänzendsten Divisionen zum Frontdienst zurückgekehrt, war er neuerdings zum Korpskommandanten der Residenz ernannt worden.

Er gehörte zu den einflußreichsten Militärs des Reiches, hatte den starräugigen, jägerbösen Thronfolger zum Freund, ohne deshalb am greisenhaft eigensinnigen Hofe mißbeliebt zu sein, und es war ein offenes Geheimnis, daß im Kriegsfalle ihm die Führung einer Armee zuteil werden würde.

Von allen Seiten hörte ich, daß die Stellung meines Vaters die beste Prognose meiner eigenen Laufbahn sei und, daß ich ein Schlemihl und Schwachkopf sein müßte, wenn ich nicht vorwärts käme.

Schon sieben Jahre hatte ich den General nicht von Angesicht zu Angesicht gesehen – doch dafür verging keine Nacht, in der ich ihn nicht (allerdings war er da fast immer nur Hauptmann) in meinen qualvollen Träumen sah. Ein Traum kehrte oft wieder.

Es ist Krieg. Ich liege schwer verwundet mit aufgerissener Bluse auf der Erde. Mein Blut dringt langsam durch den dicken Stoff. Die Generalität ist um mich versammelt. Grüne Federbüsche wehen. Da tritt ein knieweicher Greis in purpurroten Hosen und schneeweißem Galarock, eine goldstrotzende Feldbinde um die Hüfte, auf mich zu und heftet mir ein großes weißes Kreuz (Maria Theresienorden) an die Brust. Auch mein Vater kommt auf mich zu. Er trägt die Uniform eines Feldwebels und raucht eine Pfeife. Kaum sieht er mich, so wird er blaß, schwankend, durchsichtig und fällt auf den Rücken. Er liegt nun da und ich erhebe mich. Furchtbare Wonne durchströmt mich. Versöhnung! Versöhnung! Von diesem Begriff bin ich ganz durchtönt. Ganz allein sind wir nun.

Klein und gelb in einer Mulde liegt er hingestreckt. Von Schluchzen durchschüttelt reiche ich ihm die Hand.

Donnerschlag! Weltuntergang!

Wir beide schweben im formlosen, grauen Raum. Stimmen zirpen von allen Seiten:

> Vater, Sohn und Geist.
> Geist, Sohn und Vater.

Dies ist noch der gelindeste meiner Träume. Dennoch ist mir der Tag, der ihm folgt, ein rasselndes Gespenst.

Der Vater, der inzwischen eine zweite Frau, eine sehr begüterte Dame der hohen Aristokratie geheiratet hatte, schickte mir keine Zulage zu meiner Leutnantsgage. So lebte ich schlechter als die andern Herren unseres Regiments, dessen Offizierkorps nicht zu den armseligen Kommisschluckern der übrigen Infanterie gehörte und an Geltung den Artilleristen gleichkam. Nur zu meinem Geburtstag erhielt ich ein väterliches Geschenk, eine Hunderter-Note, auf den Tag, ohne Glückwunsch und Brief, mit Postanweisung zugestellt. Dagegen schrieb ich zum Geburtstag des Vaters einen Brief, der mit jener Phrase anfing, die mich die Mutter gelehrt hatte, wenn ich auf einen großen, glänzenden Bogen, dessen Kopf einen gemalten Alpenblumenstrauß zeigte, meinen Glückwunsch schreiben mußte:

»Lieber Vater, zu Deinem Wiegenfeste...«

So begann die lange, stereotype Formel!

Da geschah es, daß ich in eine höchst peinliche Geschichte hineingezogen wurde. Ich hatte, schwach und leicht zu überreden, wie ich bin, für die Ehrenschuld eines mir im übrigen recht widerlichen Kameraden gebürgt. Der Mann, ein Intrigant und Feigling, hatte sich vor der Zeit aus dem Staube gemacht und in kurzer Frist zu verschiedenen Truppenkörpern versetzen lassen. Der Zahltag kam, ich stand mittellos und ohne Freund, der mir hätte beistehen können, da. Die Verwicklungen mehrten sich.

Es stellte sich heraus, daß bei einem reichen polnischen Zivilisten Bank gehalten wurde, an welche die Kavalleristen der Garnison fabelhafte Summen verspielt hatten und die jungen Herren unseres Regiments nach ihrem Vermögen bestrebt gewesen waren, ihnen nachzueifern. Falschspielerei, Dokumentenfälschung, gebrochene Ehrenwörter kamen nach und nach ans Tageslicht. – Zu alledem war die vierzehnjährige Tochter eines Gutsbesitzers geschwängert worden und, ohne zu gestehen, wer der Verführer gewesen, im Kindbett gestorben. Der Hauptverdacht in diesem Rattenschwanz von Schmutzereien fiel auf mich, – auf mich, der ich weder eine Karte, noch ein Weib je berührt hatte.

Denn ich bin zum Sündenbock wie geschaffen.

Systematisch zerstörten Selbstbewußtseins war ich gesonnen, wenn in der Gegend irgend ein Mord begangen worden war, mich selbst für den Mörder zu halten. Ich identifizierte mich mit jedem Angeklagten, dessen Verhandlung ich im Gerichtssaalsbericht las. Auf meiner Seele lastete die Überzeugung meiner Mitschuld an jedem Verbrechen. Bei allen Verhören, und mochte es sich auch nur um einen entwendeten Federstiel in der Kadettenschule handeln, war ich verstockt, und eine unüberwindliche Selbstzerstörungslust in mir zog wie ein Blitzableiter den Verdacht an. – So war es auch in den Verhören, die der Oberst und seine Kommission mit mir pflogen. Ich war verstockt und bösartig, besonders dann, wenn die Vorgesetzten mir gütig zuredeten, obgleich in solchen Augenblicken mein Gemüt in heiße Tränen sich auflöste. Gänzlich unschuldig, ja gar nicht fähig, den Fall zu übersehen und zu verstehen, erfand ich in krankhaftem Zwang Lügen, phantasierte von Beziehungen, die ich niemals gehabt hatte, und spann so mit eigenen Händen ein irrsinniges Netz, in dem ich endlich ganz bedenklich zappelte.

Man schüttelte bedeutsam die Köpfe, man nahm die Gelegenheit der Rache an einem häßlichen Sonderling wahr, – diejenigen, die am meisten Butter am Kopf hatten, begannen mich zu schneiden, ja im Grunde waren alle zufrieden, den Sohn eines in Fachkreisen und in der Gesellschaft berühmten Generals als

Hauptperson in einer üblen Angelegenheit agieren zu sehen, denn das bedeutete einen doppelten Vorteil: Erstens war die Ehre des Regiments weniger in Gefahr – und zweitens gönnt man einem Erfolgreichen stets Beschämung.

Es kam immer ärger. Protokolle häuften sich, der Urheber des Schmutzes, jener Leutnant, der sich hatte versetzen lassen, war verschwunden und trotz aller dienstlichen Anfragen unauffindbar – ich selbst in meinen eigenen tollen Widersprüchen gefangen, war nicht mehr in der Lage, die einzige vernünftige Wahrheit zu sagen: Ich weiß von nichts!

Meine Situation wurde immer schiefer. Man schnitt Grimassen, zuckte die Achseln und schon wurde die Ansicht laut, daß ein ehrenrätliches Verfahren nicht genüge, einen kriminellen Fall auszutragen.

Da brachte eines Tages der Postunteroffizier drei Briefe. Einer davon wanderte in die Kanzlei des Kommandanten. Das große weiße Dienstkuvert trug die Absenderadresse: Militärkanzlei Seiner Majestät!

Die beiden anderen Briefe waren an mich gerichtet. Der eine kam von meinem Vater, der andere von seinem Adjutanten. Der Brief des Vaters enthielt keine Anrede und lautete so:

»Ich werde es nicht dulden, daß ein Name, der Generationen hindurch der k. und k. Armee zur Ehre gereicht hat, durch Dich in Verruf gebracht wird. Die Militärkanzlei Seiner Majestät hat die Akten und Protokolle über das unverantwortliche Treiben, dessen Hauptschuldiger Du bist, eingefordert, und wird selbst die Entscheidung treffen.

Du hast sofort abzugehen, hierorts einzurücken und innerhalb von achtundvierzig Stunden Dich bei mir zu melden.

Duschek von Sporentritt, Fmlt.«

Der Brief des Adjutanten enthielt diesen persönlichen Befehl in dienstlicher Fassung. –

Jetzt erst, nachdem mein Vater mir Unrecht getan hatte, empfand ich die ganze lächerliche Tragik, der ich unschuldig verfallen war. Ich ging nach Hause und in dem Loch der Frau Koppelmann, das ich bewohnte, befiel mich ein stundenlanges Zittern, so daß ich das Teegeschirr, meinen Wasserkrug und den Handspiegel zerbrach, aus dem mich mein leichenhaft spitzes Gesicht mit den übertriebenen Backenknochen angeblickt hatte. –

Ich lag die ganze Nacht auf dem unsagbar dreckigen Fußboden ausgestreckt. Ungeziefer kroch langsam über meine Stirne, eine große Ratte, schwer wie eine trächtige Katze, lief über meinen Bauch. Ekel ließ mich den Tod ersehnen. Aber ich stand nicht auf. So war es recht. In den Abgrund gehörte ich. In die Schlangenhöhlen, in die Nester der Ratten, in die sumpfigen, stinkigen Schlupfwinkel der verfluchten Geschöpfe.

Gegen Morgen sah ich meinen Vater im Traum. Er trug jenen windigen Zivilanzug, in dem er wie ein Postassistent aussah, und hatte starkes Nasenbluten, das er durch ein vorgehaltenes Taschentuch zu stillen suchte. »Du meinst immer?« sagte er mit einer recht umgänglichen Stimme, die nicht die seine war. »Du meinst, daß ich an nichts anderes denke, als dich zu züchtigen. Weit gefehlt! Ich habe mehr Gnade – als Züchtigung an dir geübt. Schau nur!«

Er hielt mir ein paar Handfesseln entgegen, pfiff sich eins, wie ein Arzt, der zu spät zu einem Kranken geholt wird und sieht, daß nicht mehr zu helfen ist. Dann rief er noch, während sein Bild schon zu schwanken begann:

»Habt acht, Korporal! Was sich liebt, das neckt sich!«

Er verschwand und ich begann im Gänsemarsch hinter trauertragenden Zivilisten einherzugehen, deren gerötete Stiernacken von Ausschlag und Furunkeln entstellt waren.

Plötzlich bemerkte ich, daß ich mich nicht selbst bewege, sondern gedreht werde, immer schneller – und – da erwachte ich.

Mittags meldete ich dem Oberst mein Abgehen vom Regiment. Er schüttelte mir um einen Grad zu kameradschaftlich die Hand, wünschte mir Glück und versicherte, er sei überzeugt, daß die unangenehme Affäre sich zu allgemeiner Zufriedenheit aufklären werde, zumal die allerhöchste Stelle ein unbezweifelbares Interesse an den Tag lege. Er selbst zweifle keinen Augenblick daran, daß der Sohn seiner Exzellenz des Herrn Feldmarschallleutnants Duschek von Sporentritt nicht anders als rechtlich handeln könne.

Als ich den Oberleutnant Cibulka die Hand zum Abschied reichen wollte und in seinem Gesicht eine hochmütige Verlegenheit bemerkte, unterließ ich es, meinen anderen Kameraden Adieu zu sagen. Was gingen mich diese näselnden Dummköpfe an?

Am Abend war mir schon viel leichter zumute. Ich fühlte sogar ein Prickeln, wenn ich an die Residenz dachte, die ich nur als Kind besucht hatte. Erst als ich im Zuge saß, ergriff mich Unruhe. Denn ich sah ja nach langem das erstemal und unter wie peinlichen Umständen dem Wiedersehen mit meinem Vater entgegen.

Am frühen Morgen kam ich in der Residenz an. Wie groß war selbst zu dieser Stunde das Leben hier! Der Asphaltboden zitterte in feinem Ausschlag wie das Deck eines Dampfers, wenn die Maschinen ihre Arbeit aufnehmen.

Lastwagen, Straßenbahnen, Automobile! Menschen mit scharfen, unbeugsamen Gesichtern, die nicht gesonnen waren, sich beschimpfen zu lassen; sie alle, Arbeiter, Marktweiber, Kommis, Ladenmädeln, Kaufleute, Studenten, sie gingen, ohne rechts und links zu schauen, zielbewußt ihres Wegs. Soldaten sah ich fast keine, und das machte mir die meiste Freude. All diese fünf Jahre war ich an keinem Ort gewesen, wo ich nicht ununterbrochen hätte spähen müssen, ob mir nicht salutiert würde oder ob ich nicht salutieren müsse.

Hier war ich nichts, drum war ich Wer! Und hier war ein anderer auch nichts, drum war ich doppelt Wer! – Mit Trotz und Trumpf fühlte ich das und mußte plötzlich stehen bleiben – denn vor langen – langen Jahren, ich wußte nicht wann und nicht wie, – hatte ich diese Empfindung schon erlebt.

Ich bezog in einem sehr wenig standesgemäßen Gasthof eines äußeren Bezirks Quartier.

Der Portier sah mich zuerst erstaunt an und war nachher überaus katzenfreundlich.

Ich wusch, rasierte und kleidete mich streng nach der Dienstvorschrift, denn ich kannte meinen Vater. Er stellte jeden jungen Offizier, dessen Kappe nicht die vorgeschriebene Höhe hatte und dessen Adjustierung nicht genau den Satzungen des Dienstbuchs X entsprach.

Dann begab ich mich, ärgerlich, daß ich das feige, zaghafte Gefühl in mir nicht zu überwinden vermochte, zum Korpskommando.

In einem Vorzimmer fragte ich nach dem General. »Seine Exzellenz sind noch nicht hier«, hieß es.

Ich wartete eine Stunde.

Offiziere schlugen krachend die Türen zu, schimpften mit den Ordonnanzen, ihr Reden war immer laut und überdeutlich, als stünden sie vor einer Front. Feldwebel eilten beflissen mit Akten und Dienststücken hin und her, sie blieben, wenn sie etwas meldeten, in großem Abstand vor dem Offizier stehen, auf ihrem Gesicht zeigte sich Todesfurcht, Eifer und Zerknirschung.

Ich wartete noch eine Stunde. Meine Aufregung war kaum mehr zu bemeistern.

Dann wandte ich mich an den diensthabenden Rittmeister und nannte meinen Namen.

»Ah, das freut mich wirklich.«

Er war zuvorkommend, höflich und rückte mir sogar einen Stuhl zurecht. »Bitte nimm nur Platz! Exzellenz muß gleich kommen. Er ist bloß ins Ministerium gefahren. Wie gesagt, er wird gleich hier sein. Aber jetzt – du siehst, wie ich zerrissen werde – mußt du mich entschuldigen!«

Er eilte einem höheren Offizier entgegen, mit dem er in einer Türe verschwand.

Ich zog es vor, auf dem Gang zu bleiben, der wilder als eine Straße von hundert Schritten hallte. Plötzlich verstummte alles, das ganze Getriebe blieb wie angewurzelt stehen, Hände fuhren an die Hosennaht, Hacken klappten aneinander, Köpfe erstarrten in scharfer Wendung.

Es klirrte die Stiege hinauf, das Schweigen durchbrach ein mit erhobenen Stimmen geführtes Gespräch.

Von zwei Stabsoffizieren flankiert, die angestrengt und ergeben ihr Ohr neigten, schritt ein General mit fabelhaft spiegelnden Lackreitstiefeln, breiten rotstreifigen Breeches und hellblaugoldknöpfigem Waffenrock über den Gang.

Er nahm von keinem der regungslos Versteinerten Notiz, schritt auch an mir vorbei, ohne den Allzunichtiges nicht beachtenden Blick von meiner Gestalt abzuwenden. Ich stand ebenso wie die anderen, herausgedrückter Brust und zurückgeworfener Schultern da.

Der General hatte die graue Kappe des hohen Militärs abgenommen. Sein Haar war weiß, sein kurzgestutzter Schnurrbart schwarz gefärbt.

Ich erwischte ein Stück des Gesprächs:

»Das fällt nicht in mein Ressort. Der Akt muß an die Statthalterei weitergeleitet werden....«

Die Stimme kannte ich nur zu gut. Aber dieses Gesicht?

Es war seinen Weg gegangen.

Ich lehnte mich – meine Stirne war kalt und feucht – müde an die Wand.

Wie ist das möglich?

Dieser Fremde dort hatte durch einen warmen Tropfen seines Leibes mich gezeugt. Ich also war ein Tropfen, ein Teil seiner Natur. Ich war er selbst, – ich – dieser fremde General, der an mir vorbeigeht, an mir, den er als einen Tropfen einst verspritzt hatte!

»O schauerliches Geheimnis! – «

Der Rittmeister kam und führte mich in das Wartezimmer des Kommandanten:

»Exzellenz sind noch beschäftigt, einige Herren sind bei ihm. Du mußt noch warten, bis das Referat vorbei ist.«

Ich ließ mich auf einen Sessel, der gepolsterten Türe gegenüber, nieder. Noch einige Menschen warteten: ein eisgrauer Major, ein Staatsbeamter und eine ältere Dame.

Unvermittelt fiel mir eine Szene ein, deren Zeuge ich auf einem Bahnhof während meiner Reise gewesen war. Ein junger Mann, der mit gerötetem Gesicht ungeduldig, seine beiden Koffer in der Hand, am Fenster des Waggongangs gestanden war, bekam in dem Augenblick, da der Zug hielt, Tränen in die Augen, sprang wie rasend das Trittbrett hinab und fiel einem alten Herrn in die Arme, der in nicht geringerer Bewegung ihn immer wieder ansah und immer wieder streichelte, ansah und streichelte. Das spielte sich in windiger Nachtzeit ab – im wirren Schein der Lichter einer kleinen Station.

Ich allein war verstoßen!

Gut! Ich wollte von niemandem etwas. Ich brauchte niemanden. Aber auch hier sitzen und warten wollte ich nicht, ewig ängstlich, ewig Sklave einer bindenden und lösenden Macht, ewig vor der Türe jener Bataillonskanzlei, wo ich meine Schulaufgaben vorweisen mußte.

Die Polstertüre öffnete sich. Der General begleitete einen sehr vornehmen Zivilisten zum Ausgang. Der uralte Major stand zitternd stramm.

Ohne die Anwesenden und mich auch nur eines Blickes zu würdigen, kehrte mein Vater wieder in sein Arbeitszimmer zurück.

Ich wartete und wartete.

Erbitterung, die Sehnsucht, nach so langer Zeit wieder gut zu wirken, Unsicherheit eines Angeklagten, kurz hundert widersprechende Gefühle peinigten mich und machten mich krank.

Endlich waren alle anderen abgefertigt. Der Rittmeister winkte mir.

»Bitte!«

Ich trat in den großen, plüschig aufgedonnerten Arbeitsraum.

Mein Vater saß am Schreibtisch und schrieb.

Bebend verharrte ich sehr fernab in Habachtstellung.

Der Vater beachtete mich nicht und schrieb.

Ich räusperte mich nicht.

Mein Vater reichte dem Adjutanten ein unterfertigtes Dienststück.

Der Rittmeister entfernte sich, der General sah eine halbe Minute zum Fenster hinaus, – dann erhob er sich und trat mir – o, schon ein wenig steifbeinig – entgegen.

Im Abstand der vorgeschriebenen Ehrfurcht blieb er stehn. Sein Gesicht war nicht mehr blaß, grünlichgelb von dem verbissenen Ehrgeiz des Vierzigjährigen wie früher, sondern zeigte schon die lilaroten Wangen eines Herrn, der in den Gesellschaften zu Hause ist, wo nur die besten Weine serviert werden. Starr und ohne Interesse sah er mich an. Ich fuhr in der üblichen vorschriftsmäßigen Weise zusammen und schrie:

»Exzellenz, ich melde mich gehorsamst zur Stelle.«

»Danke... bitte kommod zu stehen!«

Dann reichte er mir drei Fingerspitzen seiner Hand und meinte:

»Da bist du also!«

Er trat zum Schreibtisch und wühlte ein Staatstelegramm hervor: »In deiner Angelegenheit hat sich zu deinem Glück herausgestellt, daß du der Schuldige nicht bist! Jetzt eben ist das Telegramm des Kommandanten eingetroffen.

Wie dem auch sei, ein Offizier von Ehre vermeidet es, seinen Namen in eine Sache zu mischen, die unreinlich ist. Da gibt es fast nicht mehr Schuld und Unschuld. Ich habe alles getan, meinen Namen in dieser Geschichte vor einer ehrenrätlichen Untersuchung zu schützen.«

»Ich habe für die Spielschuld eines Kameraden gebürgt.«

»Dummheit! Deine alten Laster habe ich nur zu gut erkannt. Renitenz, Indolenz und Schlaffheit.«

»Ich habe geglaubt!...«

»Ein Soldat hat nicht zu glauben!«

Ich wollte etwas erwidern. Der General verwarf es mit einer Handbewegung. Wut und Ohnmacht würgten mich.

Er trat dicht an mich heran und musterte mich erregt.

»Du siehst nicht vorteilhaft aus«, sagte er. »Man könnte dich für einen richtigen Doktor, für einen Reserveoffizier oder Sanitäter halten, für so einen, – der über Thermometer oder Brunzflaschen gebietet. –

Sieh dir die jungen Leute hier an, wie sie schneidig sind, und lern etwas von ihnen!«

»Ich habe nicht die Mittel, mich gut auszurüsten!«

»Ich habe die Mittel auch nicht gehabt und wie habe ich ausgesehen!«

Der Vater warf seine Zigarette weg und blies den Rauch durch die Nase.

»Vergiß nicht, daß du nicht für dich allein stehst, sondern auch für meinen Namen, den du trägst, verantwortlich bist. Ich habe meine Pflichten dir gegenüber erfüllt. Jetzt kommt die Reihe an dich, mir gegenüber deine Pflicht zu erfüllen.« –

»Deine Pflicht hast du nicht erfüllt!« O, ich wollte es ihm ins Gesicht schreien. Feig aber blieb mir das Wort im Halse stecken.

Der General ging auf und ab.

»Ich tue das Menschenmöglichste für dich... Deine Konduite ist schlecht. Sie gibt dir keine Aussichten, im Frontdienst etwas zu erreichen. – Deine Vorgesetzten aber halten dich für intelligent. Ich richte mich danach und habe dich für die Kriegsschule anmelden lassen.

Du kannst morgen schon im Kurs erscheinen. Glücklich schätzen sollst du dich!«

Erschöpft und gerührt von einem solchen Aufwand an Fürsorge ließ er sich nieder. Er fragte: »Wo wohnst du?« Doch ehe ich noch Antwort geben konnte, schnitt er ab: »Das ist ja gleichgültig.«

Meine Nerven ließen nach wie die Saiten einer Geige.

»Du siehst, ein General auf meinem Posten ist äußerst in Anspruch genommen. Ich hoffe dich aber am Abend bei mir zu begrüßen. Du kannst mit uns soupieren. Bei dieser Gelegenheit (hier wurde er unsicher, welchen Ausdruck er wählen solle) wirst du – deine – meine Gattin kennenlernen. Wir haben uns lange nicht gesehen. Warum bist du eigentlich nie auf Urlaub gekommen? Nun, ist schon gut! Also! Servus dieweil bis zum Abend. Danke!« Er hob das Telephon ab, sah zur Seite und ich war entlassen.

Ich ging, Schritt für Schritt, bewußtlos, quer über die Straße. Plötzlich erfaßte mich ein Irrsinnsanfall.

»Ich würge ihn!

Ich würge ihn!

Ich würge ihn!«

Ich drosselte mit meinen Händen wollüstig einen kalten Hals. Es war eine Laterne. Ein Gigerl lachte, ein Arbeiter sah mir kopfschüttelnd nach.

»Der Herr Leutnant!« mochte er denken.

»Freimachen! Freimachen!« flüsterte ich immer wieder vor mich hin.

Was hatte ich mit diesem fremden Greis zu schaffen, der seine Pflicht erfüllt hat. Was habe ich mit dem Militär zu schaffen! Ich habe nichts gelernt. O! Dennoch! Lieber verhungern!

Herunter mit diesen grünen Fetzen! Herunter mit diesen bunten Aufschlägen und silbernen Sternen!

Tschindara! Eine Regimentsmusik zog vorbei. An der Spitze tänzelte das Pferd eines dicken Hauptmanns.

Stramm salutierte ich.

Ich ging weiter. Sehnsucht erfaßte mich nach dem Vater meiner Kindheit, nach dem Plagegeist meiner Knabenjahre.

Ich sah das gelbe, schneidige Gesicht mit dem aufgezwirbelten Schnurrbart. Aber er war doch nahe gewesen, so nahe! Und ich hatte es gefürchtet, aber so, wie man Gott fürchtet.

Werde ich je loskommen? Ist das Wahnsinn?

Ich beschloß am Abend zu Hause zu bleiben. Es ist ja gleichgültig, wo ich wohne.

Ich gedachte meiner Mutter.

Sie hatte mir manchmal die Haare gewaschen.

Am Abend, pünktlich, erschien ich dennoch in der Wohnung des Generals. Es war das Haus eines reichen Mannes, fast ein Palais. Vornehme Kandelaber brannten auf der läuferbelegten Treppe. Eine Ordonnanz, die großen Bauernhände in Zwirnhandschuhen, geleitete mich in ein Zimmer, wo ich eine halbe Stunde warten mußte.

Der General erschien in einer rotseidenen pelzverbrämten und reichverschnürten Haus-Litewka, seine wohlangepreßten weißen Haare dufteten, auf seinen Fingern waren Ringe lebendig, doch sein Blick und sein Gehaben schienen nicht weichlicher geworden zu sein, nur zurechtgeglättet und gehauter.

Einen Augenblick wich meine Abscheu der Wehmut. Noch immer war die böse Kindheit ein großes Tor, durch das ich allabendlich heimkehrte.

»Bitte! Wir gehen zu meiner Frau«, sagte der Vater, der in strenger Erfüllung seiner Karriere jetzt auch schon den leichtungarischen Akzent angenommen hatte, wie er zugleich das aristokratische Reiterblut und den überlegenen strategischen Kopf kennzeichnet.

In einem der Zimmer kniete eine lange, eckige Person vor dem Marienbild. Sie erhob sich rasch und zeigte platte Formen und in aufgebauter Frisur hochblond gefärbtes Haar.

»Dies hier ist Karl, Fürstin«, stellte mich der General meiner neuen Mutter vor. Ein süßliches Lächeln, Goldzähne bleckten mich an und ein Hals zeigte, trotz Perlenschnur und Diamantkreuz, seine gelben Falten.

Mit Pomp trat die Frau auf mich zu und erwiderte meinen sehr gemessenen Handkuß mit einem verwandtschaftlichen Kreuz, das sie mir flüchtig über die Stirne schlug.

»Gott segne Sie, Karl Johann«, begann sie, indem sie versuchte, die Begrüßung zu einer Szene aufzubauschen, »es war nicht recht von Ihnen, daß Sie uns erst jetzt die Gelegenheit geben, einander kennenzulernen.«

Sie wartete auf ein Wort von mir. Ich schwieg kalt und verstockt. Die Krähenfüße in den Augenwinkeln der Generalin verschärften sich. Ihre Falten wurden noch falscher als vorhin. Sie schlug einen neuen Kurs ein.

»Ihr habt mich überrascht!« sagte sie voll Geheimnis, »ich habe mir nämlich eben von der Muttergottes was Schönes ausgebeten!«

»Was denn, Natalie?« fragte der General, der seiner Frau gegenüber einen kleinlauten Eindruck machte.

»Aber du weißt doch, Charlie, der gestrige Kurssturz.....«
Sie wandte sich zu mir.

»Es handelt sich um die Aktien der Zeitung – Die christliche

Welt. – Das Unternehmen ist in Gefahr und es wäre für unsere Kreise geradezu ein Unglück, wenn diese Zeitung einginge!«

Ich verneigte mich stumm.

Der Vater zeigte seine langen Zähne. Immer jagte mir sein Lachen Angst ein:

»Die Politik ist nichts für Soldaten, dagegen um so mehr für die Frauen.«

Später einmal erzählte mir jemand, daß die gewesene Fürstin einen Teil ihres Vermögens in Aktien der klerikalen Papierfabrik angelegt hatte.

Wir gingen zu Tische. Es gab ein mageres Essen, das allerdings von einem backenbärtigen Diener aufgetragen wurde.

Das also war mein Vaterhaus!

Ich saß fremd und betreten da, wie eine bezahlte Kreatur, ein Sekretär oder Sprachenlehrer, bestenfalls wie ein dürftiger Verwandter. – Das war mein Vaterhaus!

Ich legte von den Speisen kaum zwei Bissen auf meinen Teller, und die Frau meines Vaters schien darüber nicht unerfreut zu sein.

Später kam ein jüngerer sehr geleckter Abbé und rieb ewig rot gefrorene Hände.

Mein Vater war sehr aufmerksam gegen ihn und holte eigenhändig eine besondere Flasche hervor.

Die Generalin im Ton einer konversierenden Hoheit sprach von Musik. »Ich habe gehört, daß Sie so musikalisch sind, Karl!«

»Jawohl«, meinte der Vater recht jovial, »er hat mich einmal, als kleiner Bub, über eine Oper belehrt.«

– Freischütz – wußte ich sogleich und erkannte: »Keine Erniedrigung, keine Niederlage verschwindet aus einem Herzen. Wir alle sind verlorene Vorposten; von allen Seiten beschossen zittern wir hinter baufälligen Deckungen. Auch er! Er hat meinen kleinen Triumph nicht vergessen.«

»Ich adoriere die Musik«, gestand die Generalin, »Mozart, Haydn und vor allem Liszt! Vor allem Liszt! Das war ein Mann! Mein Gott! Und dabei so fromm! Meine Mama war sehr intim mit ihm und der Wittgenstein.«

Der Geistliche schickte sich an, schmalmäulig eine Predigt über Politik zu halten.

Die Zeiten wären schlecht, klagte er, ein böses Ende drohe, wenn nicht in letzter Sekunde noch eine gepanzerte Faust dazwischenführe. Das Übel der Welt aber sei die Freimaurerei, die in ihrer neuen Form Sozialismus heißt. Beide Weltanschauungen seien aber nichts anderes, als wohlausgeklügelte, tiefdurchdachte Taktiken der Juden, die allesamt nur von zwei Beweggründen beherrscht würden: Die Weltmacht, die sie im Geheimen schon besäßen, öffentlich an sich zu reißen und Christus wieder zu kreuzigen!

»Mit dem letzteren aber ist es so bestellt! Die Juden sind die ewigen Feinde des Heilands. Ihr Volkstum ist mehr als eine physische und geistige Gleichartigkeit, es ist ein Geheimbund der Rache an dem Erlöser. Den irdischen Leib Christi haben sie zur Zeit des Kaisers Augustus getötet und in unseren Tagen bieten sie ihren Heerbann, die unmündigen und verführten Arbeiterscharen auf, den himmlischen Leib Christi, die Kirche zu vernichten.«

Mich ärgerten die Worte, Blicke, Gesten dieses Spitznäsigen.

Ich fragte, warum denn, wenn schon der Jude der Antichrist wäre, die Kirche seines Kults, seiner Mythologie und Geschichte nicht entraten könne, und ob denn diese Kirche nicht von Juden geschaffen worden sei und allein von ihnen, mit Ausnahme der hellenischen Einflüsse, ihre Form empfangen habe!? Ich für meinen Teil hätte unter Juden immer die herrlichsten Menschen gefunden.

Meine Worte wirkten wie eine Kriegserklärung. Der Pfaffe verdrehte die Augen, die Generalin bekam einen asthmatischen Hustenanfall und mein Vater, den besonders die Worte »Mythologie« und »hellenisch« ärgerten, schrie mich an: »Ein Offizier hat mit keinem Juden zu verkehren!«

Ich war gründlich abgefallen.

Das Wort »Abtreten«, von fernher schnarrte es durch meine Seele.

Man schwieg.

Endlich fragte mich die Generalin, meine Stiefmutter, kalt:
»Können Sie Bridge spielen?«
»Nein!«
Ich empfahl mich, während die drei sich zum Spieltisch setzten und keine Miene machten, mir mehr als ein förmliches Abschiedswort zu geben, oder für ein andermal mich in mein Vaterhaus zu bitten.

Auf dem Heimweg erfüllte mich ein starkes glückliches Gefühl: »Mit diesem Menschen bin ich fertig. Vater ist er nicht mehr! Nicht mehr der Gegenstand dieser beleidigten, herabgewürdigten Knabenliebe. Zitternde Ehrfurcht und zart gekränkte Sehnsucht – vorbei für immer! Wer ist der Mann? Ein gleichgültiger Vorgesetzter, dessen baldiger Tod mich nur vergnügen sollte!«

O, wie gut kalt war mir zumute. Nicht mehr wie heute mittag werde ich ihn im Sinnbild einer Straßenlaterne erwürgen. Jetzt bin ich frei, und jetzt werde ich mich auch freimachen von diesem Sklavenkleid. Geduld! Nur einige Monate noch!

Ich schlief sehr gut.

Am nächsten Tag schon meldete ich mich in der Kriegsschule, deren jüngster Zögling ich war, denn bloß dem Einfluß meines Vaters hatte ich es zuzuschreiben, daß ich bei meiner noch zu niedrigen Charge Aufnahme gefunden hatte.

So verging einige Zeit, in der ich mich sehr versteckt und unauffällig hielt, am Kursus auf den Plätzen der wenig Strebsamen teilnahm, und den Vater weder in seinem Amt noch auch in seinem Hause aufsuchte.

Einsam, dumpf und verbissen in dieser großen Stadt.

Doch halfen mir die Millionen, mich selbst leichter zu tragen. In der Metropole nimmt jeder an moralischem Gewicht ab. Das verlorene Atom in den schwankenden Ballungen des Körpers kann ruhig schlafen. Straße dröhnt, Wirtshaus plärrt, der Nichtige ruht auf einem Meeresgrund. Er ist nicht einmal

Tropfen mehr, der sich nach Auflösung sehnt. Es liegt ja nichts daran.

Wozu noch Ehrgeiz? Wozu noch Vergnügung, da doch Quintessenz aller Vergnügung das Bewußtsein ist, stark und vorteilhaft zu wirken!

Alles ist ja so gleichgültig! O Gott, warum nur?

Manchmal schritt eine Frau mit strahlend bewußten Beinen dahin. Ein Krampf ging durch mein Wesen.

Mir aber gelang nur eines – Schlaf! Ich war ein Meister des Schlafs bei Tag und Nacht.

So waren drei Monate vergangen.

Es geschah aber, daß ich in eine seltsame Gesellschaft geriet.

Ich bewohnte in meinem kleinen Hotel das Zimmer Nr. 8. Das Zimmer Nr. 9 neben mir hatte ein älterer, taubstummer Mann inne, der Herr Seebär hieß und Bücherrevisor war.

Ich hatte es mir angewöhnt, spät am Abend von weiten Spaziergängen nach Hause zu kommen, und da begegnete mir fast allmitternächtlich Herr Seebär, der von seiner Arbeit heimkehrte, auf der Treppe. Er trug zu jeder Jahreszeit einen langen schwarzen Kaiserrock von so fleckig und brüchigem Aussehen, als wäre er schon geraume Zeit als Kleidungsstück einer honorablen Leiche im Grabe gelegen und dann wieder durch einen Altkleider-Tandler in den Handel gebracht worden. Um seinen Zylinder, der von mancher Attacke unzähliger Sylvesternächte zerbeult und räudig erschien, war ein breiter Trauerflor angebracht.

Das Gesicht Seebärs zeigte eine Farbe, grauer als Asche, sein Schritt hatte die zögernde Erschöpfung der Herzkranken.

Es war öfter dazu gekommen, daß ich dem Taubstummen durch kleine Dienste und Handreichungen hatte behilflich sein können. Nun, wenn wir uns nachts auf der Treppe trafen, reichten wir einander die Hände, und es hatte sich die Gewohnheit ausgebildet, daß Seebär in mein Zimmer trat, Platz nahm und wir uns eine halbe Stunde noch schweigend gegenübersaßen.

Manchmal holte ich einen Likör heraus, und wir tranken als einzige Unterhaltung einander ernsthaft zu.

Eines Nachts zog Seebär einen Schreibblock aus der Tasche

und schrieb auf einen Zettel, den er mir reichte, mit kalligraphisch kontorgeübten Zügen diese Worte:

»Ich sehe, daß es Ihnen nicht sehr gut geht.« Ich schrieb nur ein Wort zurück:

»Ja!«

Er: »Wollen Sie glücklicher werden?«

Ich: »Ja!«

Er: »So erwarten sie mich morgen um elf Uhr nachts.«

Ich: »Einverstanden!«

Tatsächlich! Wir saßen die nächste Nacht um elf Uhr in einer schrecklichen Droschke.

Eine Stunde lang rumpelte das plumpe Gefährt mit uns dahin. Wir verließen die zahlreichen Lichter, gelangten unter die seltenen Lichter der Vorstädte, hatten auch die bald hinter uns, fuhren an Weinbergen entlang, gerieten wieder in eine Vorstadt, knarrten durch eine Pappelallee und landeten endlich mitten in einem großen Häuserkomplex, der bergab an dem Hang (das alte Dominikanerstift krönt die Höhe), zum großen Strom sich niedersenkt.

Wir traten durch die niedrige Tür in den Steinflur eines uralten Wirtshauses. Ein Mensch mit einer scharf abgeblendeten Diebeslaterne, von dem wir nicht mehr als einen Schatten sehen konnten, trat uns entgegen, erkannte Seebär und führte uns in einen Hof. Er löschte das Licht, milchig gleißte der Mond, des Führers Schatten wurde Mensch, und ich sah einen kleinen, dikken Chinesen mit Mandarinmütze und in Filzschuhen, der mir breit zunickte: »Welcome, we all expect you!«

Jetzt traten wir in ein geräumiges Gewölbe. An den Wänden liefen Bänke. Zwei große ungehobelte Tische erfüllten die Mitte des Raumes. Eine spärliche Petroleumlampe hing irgendwo. Welch ein Bild war das!

Mit langen Schritten (träume ich?) langsam und tiefsinnig gingen Gestalten auf und ab. Es waren alte und junge Männer in russischen Kitteln, bärtig und bartlos, mit von Entbehrung eingeschwundenen Gesichtern, von Augen überleuchtet, die denen der Engel glichen.

Manche trugen wandelnd Bücher in der Hand, worin sie studierten, eine Gruppe stand vor einer Wandtafel, die über und über mit chemischen Formeln beschrieben war.

Bei unserem Erscheinen traten die Leute zusammen, verständigten sich mit russischen Worten, und einer von ihnen, ein Alter, ging langsam auf mich zu.

Er war ein herrlicher jüdischer Priesterkopf, weißhaarig, weißbärtig, mit großen, vorgewälzt hellen Augen, einer der erhabenen lichten Häupter, wie sie von Anbeginn die Geschichte der Menschen begleitet haben.

Er sah mich sehr lange an, – dann, als spräche er eine priesterliche Formel:

»Gib deine Waffe weg! Mitgeborener, Mitsterblicher!«

Ich warf den Säbel in eine Ecke.

Der Alte ergriff meine Hand.

»Willst du Bruder sein?«

»Ich will es!« hörte ich mich ausrufen, während die anderen zu uns traten. Diese reinen, fanatischen Gesichter ergriffen mein Herz mit ehrfürchtiger Freude.

»Ich will es!«

»Wir wissen«, fuhr der weißbärtige Jude fort, »daß du kein Spitzel und Kundschafter bist, wir kennen deine Herkunft und den Haß gegen diese Herkunft, wir kennen die Beschäftigung deiner Tage, wir kennen deine Spaziergänge, deine Lektüre, den Grund deiner Versetzung in diese Stadt, wir sind über jede Regung deiner Seele unterrichtet.

Wisse! Der Ratschluß, der dich zum Mitarbeiter an unserem Werk ausersehen hat, ist von keiner geringen Gewalt. Du sollst der Apostel unseres Kampfes unter den Soldaten sein!«

»Welches ist euer Kampf?«

»Unser Krieg gilt der patriarchalischen Weltordnung«, sagte der Alte.

»Was ist das, patriarchalische Weltordnung?«

»Die Herrschaft des Vaters in jedem Sinn.«

Ein Blitz durchzuckte mich! Meine wahren Kameraden, ich hatte sie gefunden. Sie, die mein Leiden besser, geistiger verstanden, als ich selbst. Gelb und hohläugig zog mein Knabengesicht an mir vorbei, das mir, anders als anderen Männern, immer vorstellbar war. Ich sah die kleine Kadettenuniform, wie sie des Nachts über dem Stuhl hing. Gelb und hohläugig zog noch ein anderes Knabengesicht an mir vorbei. Wo hatte ich es nur gesehen? Wo nur....

Ich fragte: »Was versteht ihr unter – Herrschaft des Vaters?«

»Alles!« führte der Alte aus. »Die Religion: denn Gott ist der Vater der Menschen. Der Staat: denn König oder Präsident ist der Vater der Bürger. Das Gericht: denn Richter und Aufseher sind die Väter von jenen, welche die menschliche Gesellschaft Verbrecher zu nennen beliebt. Die Armee: denn der Offizier ist der Vater der Soldaten! Die Industrie: denn der Unternehmer ist der Vater der Arbeiter!

Alle diese Väter sind aber nicht Spender und Träger von Liebe und Weisheit, sondern schwach und süchtig, wie der gemeine Mensch eben geboren ist, vergiftete Ausgeburten der Autorität, die in dem Augenblick von der Welt Besitz ergriff, als die erste gerechterweise auf die gebärende Mutter gestellte paradiesisch-unseßhafte Gesellschaft durch die Familie und Sippe verdrängt worden war.«

»Wodurch aber wollt ihr die Herrschaft von Vater und Familie ablösen?«

»Durch das Regiment der Selbsterkenntnis und Liebe«, rief der Greis. »Du mußt mich recht verstehen! Die Machtsucht, der Trieb, über andere zu herrschen, sich in ihrer Demütigung zu spiegeln und vor ihnen groß zu sein, ist ebensowenig dem gesamten Menschengeschlecht eingeboren wie dem einzelnen. Das Kind in seinen ersten Jahren lebt im ruhigen Austausch mit der Umwelt. Erst wenn es die Unterdrückung durch den Hochmut der Erwachsenen, die Erniedrigung durch den egoistischen Eigenwillen der Eltern erfährt, erleidet seine Seele den unverbesserlichen Schaden, der jenes krankhafte Fieber erzeugt, das Machtwille, Ehrgeiz, Siegsucht und Menschenhaß heißt.

Und wie im Individuum, so in der ganzen Menschheit. Der selige Urzustand, die Aurea aetas der Alten, das Paradies der

Religionen, war die ursprüngliche gesund-nomadische Form des menschlichen Beieinanderlebens gewesen.

Da erhob sich der erste Vater über seine schwachen Söhne und spannte sie vor die neue Pflugschar, die ein hoher, wenn auch doppelsinnig-versucherischer Genius konstruiert hatte. Und siehe! Nicht mehr waren die Knospen und Sprößlinge des Menschengeschlechtes Kinder, nicht mehr Kinder der freien Mutter, die verehrt und heilig gehalten, den Samen wählte, der sie befruchten sollte. Die Kinder der Mutter waren zu Söhnen des Vaters geworden, des Vaters, der nicht in neun Monaten der mystischen Prüfung ein neues Leben mehr lieben lernte, als sich selbst, sondern in einem kurzen Kitzel den bald vergessenen Lebenssaft verspritzt hatte.

Die Patria potestas, die Autorität, ist eine Unnatur, das verderbliche Prinzip an sich. Sie ist der Ursprung aller Morde, Kriege, Untaten, Verbrechen, Haßlaster und Verdammnisse, gleichwie das Sohntum der Ursprung aller hemmenden Sklaveninstinkte ist, das scheußliche Aas, das in den Grundstein aller historischen Staatenbildung eingemauert wurde.

Wir aber leben, um zu reinigen!«

»Durch welche Waffen wollt ihr die Autorität vernichten und den Zustand der Selbsterkenntnis und Liebe heraufführen?«

Chaim Leib Beschitzer, so hieß der alte Mensch, hob seine Arme drohend empor, seine hellen Augen, rotgerändert, glänzten vor Haß. Er rief: »Durch Blut und Schrecken!«

»Bravo!«

Ich stampfte auf, fast besinnungslos vor Wut und Lust, alle klirrenden, krähenden Hähne von Vätern anzuspringen. Der Greis deutete auf die Tafel. – Formeln von Ekrasit, Lyddit, Ammonal, von allerhand Dynamitmischungen waren zu erkennen.

Seine tiefe Stimme sprach jetzt etwas leiser: »Wir haben überall unsere Vorposten und Vedetten. Es ist kein Unternehmen und Beruf mehr, wo unsere Missionäre nicht tätig sind. Schon in den Volksschulen wiegeln wir die Kinder gegen die Lehrer auf. Dich aber haben wir ausersehen, unter denen zu kämpfen, die alle Armeen der Welt in Brand gegen die Machthaber setzen. Du hast als Offizier in Galizien heimlich Sabotage getrieben. Wir wissen, daß du keinen Umgang mit Gleichgestellten gepflogen hast, auch die Güte, die du deiner Mannschaft entgegenbrachtest, ist uns bekannt.

Dies alles aber war noch Geschehenlassen und Dulden!

Willst du endlich wagen und tun?«

»Ich will!«

»So tritt in unseren Kreis«, rief er mit der ernstesten Miene, »und versprich uns in die Hand (da wir den Schwur verwerfen) im Namen deiner Liebe zum Guten, zur Wahrheit und Zukunft des Menschengeschlechts, versprich uns, niemals Verrat zu üben, niemandem unsere Namen, unsere Schlupfwinkel, Pläne, Geheimnisse, Reden kundzugeben. Ebenso werden auch wir deinen Namen, deinen Stand, deine Reden, Pläne und Geheimnisse bis zum letzten Blutstropfen wahren. Wer von uns beiden und allen andcrs handelt, verfällt dem Tode, den über ihn das geheime Tribunal beschließt!«

Beschitzer schwieg.

Alle Männer gaben mir, starren Blicks, die Hand.

Ich hatte Kameraden. Das erstemal im Leben fühlte ich den Stolz der Solidarität.

Es gab Brüder, die mich in ungeheure Ideen einweihen würden, deren Kampf mein Kampf war, den ich nun endlich beginnen wollte.

Der Alte hob mit angeekelten Fingern meinen Säbel auf:

»Da nimm! Morgen erwarten wir dich wieder in unserer Mitte. Schon in den nächsten Tagen werden die Aufträge des Zentralkomitees einlangen.«

Er winkte Herrn Seebär. Wir beide verließen dieses Zimmer und traten in ein anderes, das hellerleuchtet heiser lärmte. Betäubt stand ich in der Türe. Was waren das für Gesichter, für Gestalten, die verzerrt um den grünen Spieltisch drängten, auf dem Roulette und Gold rollte!

Wo hatte ich diese Gesichter schon gesehen?

Der Chinese, höflich, mit unbewegtem Grinsen, hielt die Bank. Ein Neger im weißen Flanellanzug zählte lippenwälzend

Geld, das vor ihm lag, ein Herr in gewiß geliehenem Frack saß starr da und schielte auf seine Hände, die wie ein Haufe blutbesudelter Leichen vor ihm lagen. Ein Matrose, der seine Seefahrts-Löhnung verspielt zu haben schien, kroch unter den Tisch, wie um ein weggerolltes Goldstück zu suchen, fuhr kerzengerade empor und kroch wieder unter den Tisch. Diese Bewegung wiederholte sich hundertmal. Einen pfiffigen Kerl sah ich mit lueszerfressener Nase, der gleichmäßig spielte. Ein gieriger, schlechtrasierter Mensch in Meßnersoutane, der eben vom Glockenläuten gekommen zu sein schien, hatte seine Barschaft beträchtlich vermehrt. Ein paar andere Gespenster noch spitzten blaß nach der rollenden Scheibe, während sie ihre Farbe und Nummer riefen.

Ein Mann aber in fremdartiger Uniform beherrschte riesig den Raum. Breitbeinig und furchtbar stand er da. Er konnte ebenso napoleonischer Gardist, wie Kinoausrufer, Opernsergeant oder italienischer Gendarm sein. Er hatte den ganzen Einsatz verloren. Tabakgeifer rann von seinem Munde, dessen Lippen eine lang schon ausgegangene Zigarette zerpreßten.

Langsam ballten sich seine knolligen Hände zu Fäusten und fuchtelten unter der Nase des Chinesen, der höflich achselzukkend vom Croupieren nicht aufsah, und den verschnürten Lakkel, dessen offener Mund jetzt ein gelbes Pferdegebiß sehen ließ, gleichmütig tröstete.

Seebär zog mich bei der Hand aus diesem Raum fort. Jetzt standen wir in einem dritten Zimmer. Es war achteckig und verriet ein hohes Turmgemach.

In der Mitte stand ein dreifußartiges Gefäß, auf dem ein Feuer mit kleinen Kohlen glühte. In die acht Wände dieses Gewölbes waren tiefe Nischen eingelassen und in diesen Nischen knapp übereinander sah ich je vier Ruhebetten, auf denen Menschen starr wie in der Totenkammer lagen.

Manchmal bewegte sich einer.

Blicklos, aus Sternenwelt her, stierten mich ruhig verglaste Augen an.

Um das Feuer schlichen Gestalten, die kleine Kohlenstücke

holten, die sie auf ihre duftenden Pfeifen mit den flachen Köpfen legten.

Alle diese Männer waren alt, zu Schatten gemergelt, alle trugen sie feierlich schwarze Schlußröcke, deren Stoff abgeschabt und schon wie Zunder war.

Sie alle unterschieden sich durch nichts von meinem Führer Seebär. Waren auch sie taubstumm? – Lautlos umwandelten sie das Feuer, holten sich ihre Kohlen und verschwanden, jahrtausendalte Assyrer, in den Felsengräbern der Nischen.

Von Zeit zu Zeit kam der Chinese, sah nach dem Rechten, belebte das Feuer, räumte die Pfeifen weg, die denen entfallen waren, die schon durch die Wonne-Landschaften schwebten, oder schob eine der Bettladen vor, um nach dem Schlafstand eines Berauschten zu sehen, und dann glich er dem Bäcker, der prüfend ein Brot aus dem Ofen zieht und es wieder zurückstößt.

Hier nun erfuhr auch ich die Segnungen des Opiums, jenes göttlichen Mohnes, dessen Landschaften süßer als die mildeste Kindheit betäuben, dessen Barkarolen die seraphische Musik übertreffen, und dessen Verzückungen mehr begeistern, als die Liebe und der Ruhm.

Allnächtlich nun besuchte ich das alte Haus, das steilab in den schwarz sich wälzenden Strom gebaut war. Allnächtlich saß ich unter den Russen, die das unkörperliche Leben von Katakombenheiligen führten. Wir diskutierten über bedeutsame Stellen aus den Werken Proudhons, der großen Utopisten, über Probleme aus den Werken Stirners, Bakunins und der neueren, wie Kropotkin, Przybyszewski und J. H. Mackay. Ich studierte mit ihnen chemische und pyrotechnische Enzyklopädien – und manche Nacht verging, während wir komplizierte Modelle neuer Bomben und Höllenmaschinen erdachten.

Ich fand unter diesen Menschen eine Sittenreinheit, eine Überzeugungstreue und Liebesfähigkeit, eine Erhebung über alles Sinnliche, eine Leidenschaft des Geistes und Todesverachtung, – daß ich oft zerknirscht bis zum Selbstmordgedanken war, weil so viel Tugend und Verehrungswürdigkeit der geringeren Natur unerträglich sind.

Ach, wer vermag allzulange die Gesellschaft von Erzengeln zu teilen!

In solchen Augenblicken der Selbstverwerfung schlich ich mich wohl ins Zimmer der Spieler und mischte meine Stimme unter die Gurgelrufe, die der Bahn der Glückskugel folgten.

Meist hatte ich unter diesen verzerrten Gesellen, von denen jeder ein ausreichendes Verbrechen am Gewissen haben mußte, Glück im Spiel.

Selbst behielt ich aber nur wenig von dem Gewinn und legte die größere Hälfte in die Hände des alten Beschitzer, dem nicht wie Söhne, sondern wie Kinder die Russen anhingen.

Oft auch gab ich mich in einer Grabkammer des Turmgewölbes dem Opium hin.

Die glückseligen Träume des Mohnrausches sind unbestimmt und nicht zurückzurufen. Die Erinnerung bewahrt von ihnen keine Anschauung, nur eine ferne, süße Empfindung; ähnlich ist es, wenn wir plötzlich glauben, das Bewußtsein einer früheren kindhaft leichten Existenz dämmere in uns auf.

Die Bilder, die ich sah, vermag ich mir nicht mehr vorzustellen. Aber, wenn ich schlaff, wie nach ungeheurem Blutverlust, von der Schlafmatte stieg, bemächtigte sich regelmäßig folgende Phantasie oder Vision meiner, als wäre sie ein abgeschwächtes Echo, ein leises Coda des großen unverratbaren Traumthemas:

Auf einer Bühne – nein es ist ein Kasernenhof – steht ein baumlanger, wilduniformierter Kerl (der Kinoausrufer oder napoleonische Gardist der Spielhölle). Er schwingt eine riesige Peitsche über ein ganzes Heer von Rekruten, die in einförmigem Rhythmus Kniebeugen machen. Viele Gesichter sind darunter, die ich kenne. Der chinesische Hauswirt, Beschitzer, die anderen Russen, der Matrose, der allnächtlich sein Geld verspielt, Kameraden aus der galizischen Garnison, aber auch Frauen – ich sehe meine Mutter. Sie ist bloßfüßig, doch trägt sie das neue modische Straßenkostüm.

Die Peitsche saust!

Auf und nieder, auf und nieder heben und senken sich die Gestalten in der Kniebeuge.

Der riesige Flegel krächzt kurze Kommando- und Schimpfworte weithin in den hallenden Raum.

Da schwebt eine entzückende, immense Seifenblase vom Himmel nieder. Es ist der geistige Planet – (»l'étoile spirituelle«, sage ich vor mich hin). Auf seiner irisierenden Glasur malen sich heitere Kontinente, blumenspeiende Vulkane, liebreizende Meere, Vegetationen von ungeahnter Vielfalt und Zartheit.

Langsam sinkt dieser selig elfendünn gewobene Ball hinab, jetzt zittert er über dem Haupt des Peitschenschwingers, jetzt berührt er es, wie ein Hampelmann zerreißt die ungeschlachte Figur nach allen vier Seiten und verschwindet. Aber auch die himmlische Seifenblase ist zersprungen und auf die Erde, auf alle Geschöpfe, die jetzt aus der entwürdigenden Kniebeuge emportauchen und aufrecht dastehen, fällt ein berückender Regen, unter dessen Tropfen unbekannte Palmen, Lianen, Pinien, Gingkobäume aufwachsen und eine unerhörte Blumen- und Duftwelt sich entfaltet.

Ich aber wandle unter Millionen schönschreitenden Geschöpfen durch diesen maßlosen Garten mit meiner Mutter, die jetzt goldene Schuhe trägt.

Inzwischen war aus Rußland vom geheimen Zentralkomitee die Weisung über meine Verwendung eingetroffen. Beschitzer öffnete vor meinen Augen den Umschlag, der aus Moskau datiert war und einen gleichgültigen Geschäftsbrief auf Firmenpapier enthielt.

Die Zuschrift wurde in eine Lauge geworfen, die Schreibmaschinenschrift verschwand, ein Stempel wurde sichtbar, der eine rote Hand in einem Flammenkreis zeigte, und folgende Ordre trat zutage:

Zentralkomitee
Sitz Moskau

Moskau, am 5. Mai 1913.
An den Leiter der Donau-Sektion.
Leutnant Duschek soll keinesfalls aus dem Heeresdienst ausscheiden. Er ist, wie in einfacher Konferenz beschlossen wurde, als Propagandist bei der Armee zu beschäftigen, zu welchem Behufe er gebeten wird, bei möglichst vielen Truppenkörpern als Offizier zu wirken.

Unterschrifts-Chiffre
Stempel

Ich meldete mich bei meinen Kommando krank und erhielt einen mehrwöchigen Urlaub.

Sofort begann ich meine Tätigkeit.

Am Samstagabend und Sonntags machte ich mich in Tanzsälen, Schenken, Vergnügungspärken, Kinos, Sportplätzen und Ausflugsorten an Soldaten heran. Ich ging nach folgendem System vor: Zuerst prüfte ich die Gesichter. Erblickte ich eines, das unzweifelhaft durch das dritte Jahr des Dienstes gezeichnet war und dessen Eigentümer weder eine Charge, noch eine Richt- oder Schießauszeichnung besaß und nicht stumpf, sondern mit jener verächtlichen Verbitterung dreinsah, für die mein Auge sehr geschärft war, so sprach ich ihn an. –

Zuerst erschrak er (denn ich war ja ein Herr Offizier), dann wurde er mißtrauisch, schließlich aber, halb ärgerlich, halb geschmeichelt, faßte er Mut, denn ich erzählte ihm, ich wäre sehr arm und hätte von meiner Leutnantsgage meine alte Mutter zu erhalten. Ich schilderte beweglich mein Elend, daß ich gezwungen wäre, die Zigaretten meiner Fassung zu verkaufen und kaum alle heiligen Sonntage dazu käme, selbst eine Zigarette zu rauchen, denn ein Schuldenmacher, wie die anderen Herren zu sein, das brächte ich nicht übers Herz.

Der Mann dachte sofort: »Da sieht man's. Die großen Herren! Da haben wir's ja, was hinter all der Aufdraherei, Schinderei und Schreierei steckt! Ein armer Hund, der sich schmutziger durch die Welt bringt, als unsereins. Wenn ich wieder im Zivil bin, habe ich mein Auskommen als Knecht, Raseur, Tischler, Maurer, Selcher usw. Und der da? Freche Bettler sind sie alle zusammen! Mir soll dann nur einer begegnen! Zweimal wird er mich nicht anschaun.«

Ich ging so eine Weile neben dem Gemeinen hin und sprach gehässig über die Offiziere und Feldwebel, besonders aber betonte ich, daß sie alle bestechlich seien und die Mannschaft um ihre Gebühren betrügen, indem sie die besten Lebensmittel und Sorten auf die Seite zu bringen wissen.

Das gefiel dem Mann; es war seine eigene Ansicht und er fing an, nach Beispielen und Belegen zu suchen. Plötzlich fragte ich nach seiner letzten Bestrafung. Er geriet in Feuer und Wut, erzählte ein Vergehen und brach in wilde Beschimpfungen gegen den Hauptmann Kallivoda, den Oberleutnant Gamsstoitner, diesen Hund, aus, gegen all' die Namen, die mein eigenes Blut empörten.

Nun war er gänzlich warm geworden. Ich erwischte den günstigen Augenblick und bat ihn um eine Zigarette.

Halloh! Da war er ganz oben! Dem »Herrn«, dem ewig Unnahbaren eine Zigarette schenken, das schmeichelte, das war Wohlgefühl und Triumph über den aufgeblasenen Halbgott, der ein armer Lump, ein Stinker und ein Nichts ist.

Ich dankte für die Zigarette. Nicht jetzt würde ich sie rauchen, – später.

Der Mann wurde mitleidig, und ich hatte ihn gewonnen.

»Das ist doch ein anderer«, dachte er, »der hierher kommt und mit den Leuten lebt. Ich spuck' mehr auf ihn als er auf mich.«

Und jetzt begann ich mein Werk.

Und ich war erfolgreich, denn in kurzer Zeit hatte ich zwei Burschen zur Desertion verleitet und durch einige andere manch Tausend aufreizender Flugblätter in den Kasernen verteilen lassen.

Die Gefahr, die dieses Treiben für mich bedeutete, machte mich glücklich und zufrieden. Ich hatte einen Lebenszweck, das wagemutige Geheimnis erhob mich fast zur heiligen Schulterhöhe der Russen.

Aber es war noch ein anderes neues Gefühl, stärker als Haß und Rachsucht, das mich beflügelte und tollkühn machte. –

Vor wenig Tagen hatte ich sie das erstemal gesehen. Sie war über die Schweiz gekommen und lebte nun dasselbe geheimnisvolle, fast unphysische Leben wie die anderen Russen.

Nun! Wie soll ich Sinaïda beschreiben? Ich selbst bin ja »erwacht«, »gesund geworden«, und mein Gedächtnis kann kaum mehr die furchtbaren Überschwenglichkeiten meiner Jugend wiederholen.

Sinaïda! Ihre Landsleute gingen mit ihr um, wie die Getreuen mit einer Königin in der Verbannung umgehen. Das Geheimnis irgend einer Tat ruhte auf ihr, das einen unüberschreitbaren Abstand erschuf. Sie sprach fast niemals, und dennoch war der Zeiger aller Reden immer auf sie gerichtet, ihr Blick war ein ernsthaftes Starren, das immer ein wenig an dem vorbeireichte, den sie ansah.

Es war keine Spur von chargierter Schlamperei an ihr, ihr dunkles Haar war keineswegs kurzgeschnitten, ihre Kleidung wohlberechnet und anmutig.

So erwachsen ich auch war, die Liebe hatte ich noch nicht kennengelernt. Die Erzählungen meiner Kameraden von ihren Abenteuern hatten mir immer nur Ekel bis zum Brechreiz eingeflößt.

Allein, ich kannte die entsetzlichen Leidenschaften der Schwärmerei, die seelenzersprengenden, lebenverwüstenden.

Sinaïda übte auf mich eine zwiefache Macht aus. Die wie nach einer schrecklichen Anstrengung schneeweiße Stirne, der starre Blick, die zarten, fast ironischen Schatten um die Mundwinkel zeigten, daß diese Frau nicht nur Leben hinter sich hatte, sondern etwas weit Höheres, Heiligeres, eine Tat, eine Aufopferung, ein Geheimnis, von solcher Würde, daß keiner jemals davon zu sprechen wagte. Dieses Geheimnis, als ein unbegrenztes moralisches Übergewicht, demütigte mich süß und schrecklich.

Und – sie war schön, mehr noch als das, viel mehr – Zauberei! Ihr Gesicht zu ertragen, schien für mich fast unmöglich. Wenn ich es eine Zeitlang anzusehen wagte, war mein Herz ausgepumpt, meine Glieder müde wie nach einem stundenlangen Ritt.

War aber der eine Pol meiner Empfindung jene moralische Demütigung, ein Geschöpf höherer Art, als ich es bin, vor mir zu sehen, so der entgegengesetzte Pol viel unfaßlicher, kaum zu begreifen.

Die Schönheit Sinaïdas war eine wesenlose Entzückung, die ihrem Kleid die süße Form gab, selbst aber Zephyr, Geist, Schwingung zu sein schien. Und doch – es war fast klar – sie hatte ein Gebrechen, wenn auch von zartester, unauffälliger Natur. Es schien, daß sich ihr Schritt nach der einen Seite etwas neigte, kaum merklich, aber in manchen Augenblicken unverkennbar.

Dieses Unregelmäßige in dem Rhythmus ihrer Erscheinung (Hinken es zu nennen wäre zu viel und zu profan), dieses zarte Gebrechen riß mich hin, brachte mich um Verstand und Bewußtsein.

Der Gegensatz von ihrer Lebensüberlegenheit und Gebrechlichkeit erzeugte in mir einen magischen Strom von solcher Macht, daß ich jede Herrschaft über mich selbst verlor.

Und doch! Liebe wagte ich dieses Gefühl nicht zu nennen. Anbetung und Verwirrung! Diesem unirdischen Leib, dieser überirdischen Seelenkraft wollte ich nichts anderes sein als Knecht, Türhüter und Hund!

Dennoch! Beweisen wollte ich mich, ihr nicht nachstehen, die Glorie eines Geheimnisses auf mein Haupt versammeln, auch ich!

Sinaïda selbst behandelte mich so, wie Frauen einen Lebensanfänger behandeln.

Sie übersah mich.

Ich verdoppelte meine Anstrengungen in der Verhetzung der Soldaten. Es war ein Wunder, daß man mich noch nicht angegeben und ertappt hatte. Fast aber – um Sinaïdas willen, – sehnte ich eine Katastrophe herbei, die mich vor der Welt der Ordnung zum Verbrecher erniedrigen, vor ihr aber zum Märtyrer erhöhen sollte.

Eines Tages, als ich wieder eine Seele gefangen hatte und eifrig redend neben einem Gefreiten ging, der mir gestand, schon selbst einmal eine Meuterei angezettelt zu haben, wurde ich von rückwärts angerufen: »Herr Leutnant!«

Ich zuckte automatisch zusammen.

(Dieses Zusammenzucken werde ich und keiner, der einen langen Militärdienst geleistet hat, je überwinden können.)

Ich drehte mich um – ich, der Revolteur, – und blieb in Vorschriftshaltung stehen. Der General, der mich gestellt hatte, war mein Vater!

Mit böswilligem Wohlgefallen an sich selbst, hüftenwiegend, trat er näher. Einen Handschuh hatte er abgestreift und trug ihn zugleich mit einer Reitgerte, die er regelmäßig gegen den Schenkel schlug, in der Hand. Sein Auge kniff ein schwarzrandiges Monokel, dessen absichtsvoll breite Schnur ausladend herabhing.

»Ah, du bist es«, höhnte er, »das hätte ich mir gleich denken können!«

Wo war mein Mut? O Sinaïda!

Stramm stand ich und trank die Worte eines Vorgesetzten.

»Bist du nicht oft genug darüber belehrt worden, daß Offizieren der außerdienstliche Umgang mit Mannschaftspersonen untersagt ist? Hast du nicht selbst genug Verstand, um einzusehen, wie schädlich diese falschen und ungebührlichen Vertraulichkeiten für den allerhöchsten Dienst sind?

Aber dich kenne ich schon!

Sieht man dich einmal, so geht es ohne Anstand nicht ab. Weißt du – dich möchte ich unter meinen Leuten nicht haben, Gott bewahre! – Aber stündest du unter meinem Kommando, so könnte dir der Teufel gratulieren! Ich wollte dich aufmischen, mein Lieber!«

Er sah auf die Uhr.

»Wo steckst du, was treibst du?

Jetzt ist es erst halb fünf. Bist du schon dienstfrei, gibt's keinen

Kurs, hast du das Recht, zu flanieren? Wenn ich das zweitemal auf Unregelmäßigkeiten komme – du – mit mir wage nicht zu spaßen! Hörst du? Ich verlange soldatische Haltung, soldatische Pflichterfüllung von dir! Und, was ich sonst noch zu sagen habe – – – na, merk dir's! Servus!«

Er fuhr mit gebogenem Zeigefinger halb gegen die Kappe, ließ mich stehen – und – Satan – ich salutierte betreten und stramm.

»Ihm nach, ihm nach«–, es riß mit mir, als ich zu Bewußtsein kam –, »und in den Straßendreck mit dir! Mörder, Seelenverkäufer, Menschenschinder, ungebildeter Frechling, roher Schwachkopf!«

Ich stand wie auf einem schwankenden Segelboot. Doch plötzlich fiel mir Sinaïda ein. Kränkung und Wonne gaben einige erleichternde Tränen her. Ich hörte mich murmeln: »Es kommt der Tag!«

Allabendlich, knapp nach dem Dunkelwerden, pilgerte ich zu meinen neuen Freunden.

Traumhafte, stundenlange Gänge durch die Nacht, die ich entweder allein oder in Begleitung Herrn Seebärs zurücklegte. Ob es mehr war als Spiel und Opium, was den taubstummen Bücherrevisor in jenes mysteriöse, auch für mich niemals übersichtliche Haus zog, das habe ich nie erfahren können.

Diesmal empfing mich der Chinese erregt und unruhig. Er winkte mir geheimnisvoll, zupfte mich und öffnete eine Falltüre. Seine Blendlaterne leuchtete mir eine Seitenstiege hinab. Ich gelangte über unwegsame Stufen in einen Keller. – Ein riesiges, feuchtes Gewölbe, dessen Größe gar nicht abzumessen war! Vermutlich die alten Kellereien der Abtei auf dem Berge.

Um einen Tisch, auf dem Windlichter standen, denn es wehte hier scharf, saßen in feierlicher Ordnung die Russen. Beschitzer präsidierte. Sein Gesicht, vor innerer Bewegung, war noch wächserner als sonst, ohne Falte, ja ohne jedes vergnügte Äderchen des Lebensgenusses. Ich bemerkte die außerordentliche Schmalheit seiner Nasenwurzel, diese edle Nase mit der schärfsten Spitze, die man sich denken kann. So spitzige Nasen im guten und schlechten Sinn trifft man immer bei theologisch gerichteten Menschen an.

Ihm zur Seite saß Sinaïda, die strenger als sonst über mich hinwegsah; ihre zerbrechlichen Hände schimmerten in den schleimigen Ausstrahlungen des Raumes.

Am unteren Ende des Tisches wartete schon ein Stuhl auf mich. Chaim winkte mir. Ich setzte mich nieder.

Keiner unterbrach auch nur durch ein Zucken der Wimper das erhabene Starren. Niemals hat mich die gesammelte Gewalt so vieler mächtiger Seelen mehr erdrückt, als in dieser endlosen Minute des Schweigens, das nur durch die greisen, knorrigen Atemzüge des uns zu Häupten arbeitenden Stromes unterbrochen wurde.

Endlich setzte Beschitzer einen verbeulten Zwicker auf und entfaltete ein Schriftstück.

Er sprach zuerst einige russische Worte. Dann rief er singend und vibrierend: »Wer hätte das gedacht?« Sein Akzent wurde fast unverständlich. »In die Arme läuft er uns!« Nach einer Pause:

»Hört, Brüder, was das Komitee mir schreibt!« Die Stimme des Vorlesers stockte und zitterte.

»Wir teilen Euch mit, daß der Zar am 30. Mai in W. eintreffen wird, und zwar um 7 Uhr 35 Minuten morgens in einem Sonderzug, der als langer Personenzug maskiert ist.

Die Ankunft erfolgt am Nordbahnhof, gerade in dem Augenblick, wo die beiden Gegenschnellzüge ein- und abfahren, also der größte Trubel herrscht. Für diesen Train ist das dritte Geleise, vom Ankunftsperron gerechnet, reserviert.

Der Zar reist in Zivil, ebenso wie das gesamte Gefolge, das etwa aus dreißig Herren der näheren Umgebung und aus hundert Polizeiagenten besteht, denen selbstverständlich die gleiche Anzahl schon vorausgeeilt ist.

Der Zar wird voraussichtlich einen grauen Jackettanzug mit weichem grauem Hut tragen, den Charakter eines wohlsituierten Arztes führen und einem Waggon zweiter Klasse entsteigen. Ferner ist es möglich, daß der Zar eine runde Hornbrille mit breiter Fassung tragen wird. In seiner Begleitung dürfte sich Botschafter Iswolski und Minister Sasonow befinden.

In der äußeren Ankunftshalle wird der Kaiser, der eine kleine Reisetasche selbst in der Hand hält, von einer Frau mit zwei kleineren Kindern empfangen werden, die als Familie mit lauten Worten eine innige Begrüßung zu agieren haben.

Dann begibt sich die Gruppe zu dem Autotaxameter Nr. 3720, der sich jedoch erst anrufen läßt. Neben dem verkleideten kaiserlich-königlichen Chauffeur wird ein Mann in dürftigem Anzug sitzen, der Chef der dortigen Staatspolizei.

Die Familie, das heißt der Zar und die Frau mit den beiden Kindern, fahren in die Residenz von S., wo der Zar am öffentlichen Eingang des berühmten Schloßparks das Auto verläßt, welches weiterfährt. Der Kaiser, die kleine Reisetasche in der Hand, schreitet die große Taxusallee hinan und begegnet bei der zweiten Wegkreuzung um 8 Uhr 20 Minuten dem jungen Erzherzog K., der sich mit ihm ins Schloß begibt.

Es sind also zwei gute Attentatsmöglichkeiten vorhanden, von denen allerdings die letztere, weil sie weniger Menschen in Gefahr bringt, vorzuziehen wäre. Das erste Attentat müßte vor der Bahnhofshalle, und zwar am besten durch Schußwaffe aus möglichster Nähe erfolgen, das zweite vor dem Parkportal, und zwar hier am besten durch Aufschlagbombe.

Eventuelle Veränderungen in der Disposition werden durch chiffrierte Telegramme mitgeteilt werden.

Die streng geheime Reise des Zaren wird den mächtigen Zeitungsherausgebern Europas verborgen bleiben. Außer den Häuptern der dortigen Dynastie und den politischen Chefs wird niemand etwas erfahren.

Zweck der Reise ist eine Konferenz über die durch die albanische Frage verwirrte internationale Lage, die unter dem Präsidium des alten Halunken stattfinden wird.«

Eine Ewigkeit lang schwieg jeder Atemzug, während Beschitzer bedächtig, doch mit unbemeisterten Händen das Blatt zusammenfaltete. Dann hörte ich ihn leise fragen:

»Wer?«

Alle Männer schnellten auf, erhoben ihre Hand und schrien: »Ich!«

Ich allein blieb sitzen.

Teilnahmslos dunkel traf mich der Blick Sinaïdas.

Sie hatte nichts anderes von mir erwartet.

Da fuhr ich empor. Der Stuhl hinter mir kippte um:

»Nicht ihr, ich, ich werde es tun.«

Raserei! Empört machten die Männer Miene, sich auf mich zu stürzen. Durcheinander schrie's: »Wer bist du?« »Neuling!« »Grüner!« »Kommisknopf!« »Was weißt du?« »Wen hat er dir umgebracht?« »Bist du schon an einer Wand gestanden?«

Ich blieb fest und sagte ruhig:

»Bedenkt doch den Vorteil, wenn ihr mich wählt! Ich bin unverdächtig, ein Offizier! Überall habe ich Zutritt. Die Schloßwache präsentiert vor mir. Wenn ich mich dem Zaren nähere, halten mich die Polizeiagenten gewiß für einen Funktionär. Ich allein kann es mit höchster Möglichkeit des Gelingens vollbringen. Euch verhaften sie schon, wenn ihr nur den Kopf ins Freie steckt. Bedenkt das!«

Von neuem erhob sich der erbitterte Widerspruch der Russen.

Plötzlich wurde es still. Sinaïda hatte gesprochen:

»Er hat recht! Laßt ihn! Er soll es tun.«

Elektrischer Schlag. Sie hatte mich gewürdigt. Nun war ich Akkord und glaubte an Gott.

Der alte Beschitzer hatte das Haupt gesenkt und schien zu schlafen.

Da! Er hob die dicken gefälteten Lider, zeigte mit der Hand auf mich:

»Du!«

Die Entscheidung war gefallen. Kein Blick der Kränkung und des Neides traf mich mehr. Mit einem Male war ich über alle erhoben. Ich fühlte, wie von mir die Strahlen der Auserwählung und Todgeweihtheit ausgingen.

Ich spürte Sinaïda nahe neben mir. Sie sah mich an. Sie sprach zu mir. Ich sah – ich sah und hörte keine Worte. Sich hinwerfen! Singen! Weinen! Die Seele war mir so weit!

Im Morgengrauen begleiteten mich Sinaïda und Hippolyt Poltakow in die Stadt. Wir sprachen kein Wort. Milchwagen klingelten in die Dämmerung. Der Flieder rief schon stark von allen Seiten.

Zwei Abgeschlossenheiten wanderten wir nebeneinander, sie und ich, jedes für sich, unerreichbar dem andern, zwei eingemauerte pochende Leben, die nie ineinander werden verfließen können.

Und doch! Eine Heilige, mit ihrem Haar hat sie die Füße des Jesus getrocknet.

Der Morgen, nicht nur für diese Erde geschaffen, schwebte hinab und wieder zur Höhe. Sinaïdas Schritt klang mit seiner zarten Ungleichmäßigkeit auf der harten Straße, wie auf einer mächtig gespannten Saite.

Ganz leicht, in der fernsten Ferne meiner Selbst, hörte ich den heiligen Marsch. Ja, den Marsch des mystischen Militärs, das Alla marcia der Neunten Symphonie, ich hörte es nahen.

Ach, noch in der Unendlichkeit der unsichtbaren Sternbilder fielen die Paukenschläge und wiegten sich die schwebenden Schritte der Zahllosen. Aber näher wälzt sich schon das Meer der leichtfüßig Geharnischten. Ein Schuß, eine Explosion! Das Leben kommt mit dem Schrei eines erwachenden Ohnmächtigen zu sich und begräbt in den Tiefen seines erlösten Stroms die Trümmer der Individuen. Dann werde ich eins sein mit ihr, eins auch mit dem Feind, dem Vater!

Die nächsten Tage verbrachte ich in der angestrengtesten Weise mit den Vorbereitungen zum Attentat. Ich hatte das Parkportal in S. gewählt.

Ich nahm an, daß die große Taxusallee am Morgen des 30. Mai für das Publikum gesperrt sein würde, während der Platz vor dem Eingang dem Verkehr offenbleiben dürfte, um jedes Aufsehen zu vermeiden. Zur Vorsicht wollte ich aber in dem großen Hotel, das dem kaiserlichen Sitz gegenüberlag, übernachten, um zu jeder Zeit, als gehörte ich zu den Aufsichtsorganen, auf den Platz hinaustreten zu können.

Sollten die Gäste des Hotels unter Kontrolle stehen, so würde der bekannte Name, den ich trug, gewiß kein Mißtrauen erregen.

Mein Plan war bis in die letzte Möglichkeit einer Überraschung ausgearbeitet. Zur Vollstreckung des Todesurteils hatte ich eine Wurfbombe mit höchst brisanter Ladung gewählt.

Fünf Tage nur trennten mich von dem großen Datum. Die ersten zwei brachten Ereignisse von Wichtigkeit für mich. Sinaïda hatte plötzlich meine Hand ergriffen. Eh' ich aber noch ein Wort sagen konnte, war sie mit einem gequälten Gesicht davongegangen und ließ sich an diesem Abend nicht mehr blicken.

Zum zweiten hatte mich um die nächste Mittagsstunde ein Mann in etwas arrangierter Vernachlässigung angesprochen und sich nach seinem Freunde Beschitzer erkundigt, mit dem er gemeinsam in London, wie er vorgab, das »Comité de l'action directe« geleitet hatte.

Er sei ein alter »Kamerad«, versicherte er, einer der Ältesten überhaupt, hätte zuletzt in der Omladina gewirkt und würde mir sehr dankbar sein, wenn ich eine Zusammenkunft zwischen ihm und dem alten Chaim vermitteln wollte, dessen Aufenthaltsort er nicht wüßte.

Ich fuhr den Mann an, wie er es wagen könne, einen Offizier zu belästigen, und ließ ihn stehen.

Sollte man mir auf der Fährte sein? War das einer der vorausgesandten russischen Spitzel? Ein Fremder wußte von mir. Unter den tausend Leutnants auf den Straßen hatte er mich herausgefunden. Ich war gewarnt und unterließ es an diesem Abend, das Haus der Verschwörer aufzusuchen. Unruhe verlieh mir eine übermäßige Wachheit. Ich musterte alle Vorübergehenden scharf – und es war mir, als wären hundert Verfolger unter ihnen.

Das dritte denkwürdige Ereignis war ein Brief der Generalin, meiner Stiefmutter. Hier ist er:

»Mon cher! Warum beleidigen und agacieren Sie Ihren Vater durch andauernde Nichtachtung und Nichtbeachtung? Damit handeln Sie vor Gott und den Menschen nicht recht.

Ihr Vater ist Ihr Wohltäter!

Vergessen Sie das nicht! Er selbst hat es mir in einer Stunde erbitterter Kränkung über Sie versichert.

Sie sind ihm Dank schuldig. Er hat Ihnen das Leben gegeben. Er hat Ihnen eine standesgemäße Erziehung zuteil werden lassen, seine Aufmerksamkeit nie von Ihnen abgezogen, und Sie gefördert, wo es nur anging.

Und wie haben Sie es ihm vergolten? Durch Kälte, Indolenz und durch eindeutiges Fernbleiben!

Sollten Sie allein es sein, der nicht weiß, daß Feldmarschallleutnant Duschek nicht nur einer der ausgezeichnetsten Führer unserer Armee, sondern auch der beste Mensch ist, der überhaupt lebt?

Und dann! Ihr Vater ist krank, sehr schwer krank, und Gott allein weiß, ob er uns lange noch erhalten bleibt.

Hüten Sie sich vor der Reue, die einst dem ungetreuen Sohn schwer auf der Seele lasten müßte. Noch ist es Zeit, vieles gutzumachen, durch einen herzhaften, gütigen Schritt Mißverständnisse aus dem Weg zu räumen. Noch ist Zeit! Das ist es, was ich Ihnen in mütterlicher Freundschaft sagen wollte.

Ihre Natalie.«

Ich warf den Brief wütend in einen Winkel. Wohltäter? Über diese ungeheure Frechheit hätte man sich totlachen können! Aber – er ist krank, – und ich wußte es nicht.

Welche Leiden muß er wohl in den Nächten erdulden? Vielleicht hilft ihm Brom und Morphium nichts mehr.

Und dann! Er, der Unnahbare, Souveräne, der Drübersteher, er leidet unter meiner Kälte und Vernachlässigung? Also muß er ja nach meiner Wärme und Teilnahme Verlangen tragen!

Wie ist das? Er besitzt in mir seinen Sohn. Aber wünscht er sich nicht einen Sohn, der seine Interessen teilt, der ihm gefällt, elegant und erfolgreich ist, ein Offizier von Chic und Schneid, der mit ihm über das Mai- und Novemberavancement plaudert? Dieser Sohn bin ich nicht. All das, was ihn angeht, was seine Sphäre ist, hasse ich!

Aber er, er allein ist schuld an meiner Feindschaft. Hat er mich nicht nach seinem Bilde gedrillt, mich in seine Fußstapfen gezwungen, kalt, herrisch, unverständig meine Jugend in ein Zuchthaus verdammt?

Rache dafür!

Halt! Welch ein Gedanke? Er, der kranke Mann, leidet unter meiner Kälte? Ist es möglich? War seine abweisende Haltung gegen mich von jeher nur die Folge meiner abweisenden Haltung gegen ihn?

Unmöglich! Und doch! Ein Kind kann ja tief beleidigen!

Oder – stehen wir beide vor einem unbegreiflichen Gesetz, uns in der Ferne suchen und in der Nähe hassen zu müssen?

Ich verjagte diesen für mich gefährlichen Gedanken. Denn ich fühlte, wenn die geringste Regung für meinen Vater (den alten, kranken Menschen) mich erfaßte, – ich könnte meine Tat im Stiche lassen, – und – selbst – Sinaïda!

Am Morgen des 27. Mai ging ich mit meinen Freunden in die Auen des großen Stroms hinaus. Die neuen Bomben sollten ausprobiert werden.

Es war eine wundersame Wildnis, wo wir Halt machten. Wildgänse, Reiher, Störche zogen über uns dahin. Libellen und Milliarden Insekten zitterten über den Urverschlingungen dieses Dschungels, der nur ein wenig seitab von der Weltstadt lag.

Die Explosion verwundete einen großen fasanenartigen Vogel, der aus den Ästen einer Esche ins Gras fiel und tiefsinnig regungslos mit den offenen Augen der Erkenntnis liegenblieb.

Schweiß der Scham und des Verbrechens brach mir aus allen Poren. Wie habe ich gestern noch mich als Erlöser gefühlt?!

Nun hatte ich ein Fleckchen dieses Sterns mit Blut gefärbt.

Von diesem Augenblick an erfaßte mich das Bewußtsein meines Vorhabens mit ganzer Wucht. Ich ertrug weder zu sitzen, noch zu stehen. Meine Glieder zitterten. Mich peinigte ein unlöschbarer Durst. Ich trank ein Glas Wasser nach dem anderen. Ich floh zu den Träumen des Opiums. Als ich ermattet das achteckige Turmgewölbe verlassen wollte, stand ich plötzlich vor Sinaïda. Auf ihrem bleichen Gesicht fand ich neue Schatten. Sie trug einen großen Bernsteinschmuck, der dumpfe Strahlen warf.

Schreck und süßes Herzklopfen nahmen mir den Atem:

»Auch Sie?«

»Auch ich, seitdem mich die Furien verfolgen.« Sie verschränkte die Finger ineinander, als wollte sie sie zerbrechen.

Ich faßte Mut:

»Warum haben Sie vor zwei Tagen meine Hand genommen und sind dann fortgelaufen, Sinaïda?«

»Ich habe Mitleid mit Ihnen gehabt. Sie sind ein Kind, ein kleines Kind!«

»Wieso denn Mitleid?«

»Sie haben mehr auf sich genommen, als Sie wissen!«

»Attentat?«

Sinaïda sah mich langsam an: »Wie unsachlich sind doch die Männer, die Sachlichen, die Objektiven! Noch kein Mann hat etwas Gutes und Schlechtes, etwas Großes oder Niedriges aus einem anderen Grunde getan, als sich selbst zu erhöhen. Was sind denn all eure Entschlüsse und Taten wert? Ich habe noch keinen Mann gesehen, der wirklich gelitten hätte! – Ihr könnt an nichts anderem leiden, als an der Erniedrigung eurer Persönlichkeit. Und darum mißhandelt ihr die Welt so!«

»Gibt es denn ein anderes Leiden?«

»O, – es gibt nur ein Leiden. Dieses Worte müssen Sie aber sehr weit verstehen! Das Leiden der Mütter!«

»Kennen Sie dieses Leiden, Sinaïda?«

»Ich kenne dieses Leiden.«

»So sind – so – so waren Sie selbst Mutter?«

Sinaïda fuhr langsam mit der Hand über ihr Haar. Dann sagte sie sehr einfach: »Nein!«

Als ich schwieg, sah sie mich mit in der Ferne beschäftigten Blicken an.

»Nein, ich war niemals Mutter – und – und – ich werde es jetzt auch niemals mehr werden.«

»O Sinaïda!« Ich hätte auf die Knie fallen mögen. Diese Heilige! Ich sagte:

»Alles, alles wird Ihnen in Erfüllung gehen!«
Sie zog ihre Hand zurück, die ich nehmen wollte:
»Nein! Niemals mehr! Ich bin im Vorjahre schwer krank gewesen! Seither ist diese Hoffnung vorbei. Im übrigen die gerechte Strafe.«
»Strafe?«
Sie schloß die Augen:
»Ja und sehr gerecht.«
Plötzlich sagte sie mit leichterer Stimme:
»In zwei Tagen werden Sie einen Revolver abdrücken! Aber ich warne Sie! Klopft es in ihrem Zimmer des Nachts, als wären die Wände hohl? Sind Sie in der Dämmerung auf der Hausstiege einem alten Herrn begegnet, der ein trauriges Gesicht macht und dessen Schritte lautlos sind? Meist trägt er einen unmodischen Zylinder. Seine silberne Uhrkette funkelt.«
»Was fragen Sie da?«
»Kennen Sie die Oper ›Freischütz‹?«
Freischütz! Ich hörte dieses Wort. Immer wieder begegnet es mir. Ich sah den Vater vor mir, nicht weißhaarig, nein, mit jenem vergangenen gelben Gesicht.
»Ah! Gewiß kennen Sie diese Oper! Da zielt einer – ich weiß nicht mehr worauf – aber, er trifft seine Geliebte. Zum Schluß wird alles gut, weil sich der Himmel einmischt. Aber dennoch, die Freikugel wird von den Mächten gelenkt, höhnisch gelenkt von den Mächten, die in unseren Wänden klopfen, die uns auf den Treppen begegnen...«
»Haben Sie Furcht, ich könnte mit der Bombe mein Ziel verfehlen?«
»O schweigen Sie!« flüsterte Sinaïda und preßte den Finger an den Mund. Ihr Blick strahlte irrsinnig: »Auch ich habe geschossen!«
»Sie – Sie?«
Sinaïda schwieg lange:
»Auch ich glaubte die Menschen zu lieben – nein, nicht lieben, sie rächen zu müssen. Ich suchte das eitle Erlöserleiden! Es war damals in Tula. Mich, die neunzehnjährige Studentin, traf das

Los der Vollstreckung. Ich sage Ihnen, jener Tag war der schönste Frühlingstag, den man sich nur denken kann. Ich stand zitternd an meiner Straßenecke und die laue Sonne blendete mich. In der Tasche hielt meine Hand den Revolver umspannt.

Die Uniform des Großfürsten blitzte aus dem Wagen. Neben ihm saß sein sechsjähriges Töchterchen, – dieses süße, schöne Geschöpf. O – o – dieses kleine, liebe Mädchen. Ich tötete nicht den Großfürsten, ich – tötete – das Kind!«

»Sinaïda!«

»Schweigen Sie doch! Ich habe für immer mein Kind getötet! Gott! Ich hoffe nur eins, daß ich selbst bald zugrunde gehe. Am besten heute noch – heute noch!«

»Sinaïda«, schrie ich auf, »ich liebe Sie für all' das, Sie Schöne, Sie Heldin, noch tausendmal mehr!«

Sie trat zwei Schritte zurück. Das erstemal zeigte sich ihr Gebrechen stark.

»Was wollen Sie? – Gehen Sie doch!« rief sie.

Der Abend war gekommen. Wir hatten uns im Keller versammelt. Der Fluß grölte. Die Windlichter umzirkten nur einen kleinen Kreis von Helligkeit. Rund um uns dehnte sich das riesige Gewölbe wie ein unabmeßbares Felsengrab, das Schwamm- und feuchten Moderduft mit unterirdischen Atemstößen aushauchte. Heute sollten wir das letztemal zusammenkommen, denn daß ich als Anarchist angeredet worden war und noch andere Anzeichen ließen ahnen, daß man uns auf der Spur war.

Die peinlichsten Vorsichtsmaßregeln wurden beobachtet; wir alle waren auf hundert Umwegen, um unsere Verfolger irrezuführen, hier zusammengekommen.

Ich saß zwischen Chaim und Sinaïda.

Jeder murmelte leise mit seinem Nachbarn.

Ich hielt die Hand Sinaïdas; sie entzog sie mir nicht: »Alles, was Sie mir heute erzählt haben, zeigt mir, wie viel tiefer im Leben Sie sind, welch' einen Vorsprung Sie vor mir voraus haben. Was war ich denn? Ein kleiner, gekränkter, rachsüchtiger

Feigling. Aber jetzt? Jetzt ist mir, als könnte ich tausend Meter hoch springen, fliegen und durch Mauern dringen, wie ein Engel. Ich will leiden, jedes Leiden auf mich nehmen, nur um Ihnen zu gleichen!

Sie wissen nichts von mir. Sie wollen gewiß auch nichts von mir wissen. Jetzt aber nehme ich Abschied von Ihnen für ewig. Denn ob es mir gelingt oder mißlingt, ich habe mein Leben fortgeworfen und werde es höchstwahrscheinlich in kurzer Zeit lassen müssen. Aber daß es so ist, erfüllt meine Seele mit Glück. Denn wer bin ich, um Ihnen nahe kommen zu dürfen?«

Sie zog fein ihre Hand zurück und sagte: »Es ist gut, daß wir voneinander Abschied nehmen müssen. Mir fehlt ja alles, das Wichtigste. Wem kann ich noch etwas sein?«

Ich hörte einen Klang in ihrer Stimme, der sich mir entgegenneigte. Und dennoch, alles war so hoffnungslos.

Plötzlich krampfte sich ihre Hand zur Faust.

Sie flüsterte wie geistesabwesend: »Tun Sie es nicht! Überlassen Sie es Hippolyt, überlassen Sie es Jegor!« ...

Dann, als wüßte sie nicht, was sie eben gesagt hatte, gleichmütig: »Ja! Wir werden uns wohl nicht wiedersehen, wir alle nicht. In vier Tagen werden Sie vor dem Untersuchungsrichter stehen – und wir – nun, wir auch, wenn wir nicht sogleich ausgeliefert werden. Doch – es ist gut so! Endlich!«

Eine Hand legte sich auf die meine.

Beschitzer wandte sich mir zu. Seine schweren Tränensäcke, die roten Lidränder gaben ihm ein trauriges und müdes Aussehen: »In keinem Augenblick der Prüfung, Bruder, vergiß die Sinnlosigkeit des Lebens! Bedenke, daß all' unser Treiben, Essen, Trinken, Reden, Schlafen, Spielen der wahre Tod ist und daß wir unser Leben erst vom Tode erwecken, indem wir ihn zu einem gewollten Ziel erheben und dadurch zum Leben aller Leben machen, reicher an Entzückungen, Freuden, Ekstasen und glückseligen Schmerzen, als nur einer ahnt.

Ich bin alt genug, um zu wissen, daß aller ideologische Hochmut und alle Erlösermühe vergeblich sind. Aber was ist der Sinn dieses sinnlosen Menschenlebens? Ich sehe nur einen Sinn: Niederen Wahn mit höherem Wahn zu vertauschen! Du fragst mit Recht: Was heißt denn das: Höherer Wahn? Was ist der Gradmesser allen Wahns? Nun, lieber Bruder Duschek, ich gebe dir zur Antwort: Der Wert eines Wahns nimmt mit abnehmender Dichtigkeit seiner egoistischen Tendenz zu! Das ist doch klar. Im übrigen! Höchster Zweifel bei höchster Illusionskraft ist die Lebenskunst des wahren Genies. Wahnfähigkeit zeigt ein großes Herz, Zweifelfähigkeit einen starken Kopf. Eins ohne das andere ist ekelhaft – ekelhaft sind mir die Illusionisten, was, ich sag's grad heraus, die romantischen Gojim, fast noch ekelhafter aber sind mir die jüdischen Entwerter!«

»Ist, was wir vorhaben, was wir tun, nicht Romantik?«

»Es ist, – hol's der Teufel, – es ist trotz allem Hoffnung!«

Noch andere Lehren gab mir der Alte.

»Angst ist immer ein Irrtum! Wiederhole dir diesen Satz mit ruhiger, innerer Stimme immer wieder angesichts der Tat und vor Gericht.

Dieser Satz ist eine Arznei. Er lehrt dich das Leben richtig einschätzen. Was kann dir denn geschehen? Bedenke, daß unsere Natur so gnädig ist, nur so viel Schmerz bewußt werden zu lassen, als sie ertragen kann. – Und das ist gar nicht so viel. Dreiviertel unserer Schmerzen sind Einbildung, daß etwas wehe tut, pure Konzentrationen der Aufmerksamkeit auf eine recht geringe Schmerztatsache.

Das Ticken einer Taschenuhr in der Stille der Nacht oder gar im Traum gleicht den mächtigen Axtschlägen der Holzhacker.

Nicht anders ist es mit unseren Schmerzen, die des Menschen angsterfüllte Aufmerksamkeit übertreibt.«

Noch an einen Ausspruch Beschitzers erinnere ich mich:

»Jeder anständige Mensch glaubt an zweierlei: an die Unsterblichkeit des Lebens und an die Geringfügigkeit alles Individuellen. Wie kann also der Tod furchtbar sein, da ja das Leben unsterblich und der Bestand des gerade so und so geborenen Ich weiter nicht wünschenswert ist?

Und dienen wir der Unsterblichkeit des Lebens, die wir mit unserer Form zu verlieren zittern, nicht am besten, indem wir den passiven Tod ausschalten, uns dem unsterblichen Lebensstrom der Liebe anpassen und einem Menschen oder einer Wahrheit zu Liebe den Tod willkürlich erleiden?

Heroismus ist nichts als höhere Intelligenz.«

Eine Stunde war vergangen. Der Alte erhob sich und gebot Schweigen: »Die Zeit ist da! Wir müssen Abschied voneinander nehmen und uns in der Stadt und in den Dörfern so gut verbergen, als nur möglich. Ob wir ergriffen werden oder frei bleiben, keiner darf vom andern das geringste wissen. Ihr vermeidet es, euch zu begegnen! Einzig und allein ich bin es, den ihr an dem bekannten Ort und zur bekannten Stunde aufsuchen dürft. Und nun, genug!«

Schweigend traten wir zueinander, schweigend umarmten wir uns. Ich wußte: Keinen werde ich je wiedersehen.

Sinaïda! Über ihr strenges Gesicht lief keine Träne. Sie stand ganz still. Ihre Augen warteten und zogen, einmal, ganz kurz, zuckte ihr Mund. Sie machte ein Schrittchen nach vorn – langsam – das erste- und letztemal im Leben neigte ich meinen Mund diesem wahnsinnig zärtlichen Duft entgegen und küßte sie.

Wilder Ruf gellte, grell brach ein Lichtquadrat durch die aufgeklappte Falltüre. Der Schiefäugige schwankte mit seiner Diebslaterne hinab. Keuchend:

»Damn it! Soldiers! Policemen! Fifty, hundred, fivehundred! Run away! Flee! I am lost! Every door is guarded!«

Viele Menschen drängten sich durch die Falltüre, traten aufeinander, fielen die Stiege hinab, kämpften um den Eingang oder kugelten sich auf dem Boden unseres Kellers. Sie glichen im scharfen Licht der Blendlaterne strapazierten Puppen eines Jahrmarkttheaters.

Der Neger in weißem Flanellanzug gebärdete sich wahnsinnig, der Matrose kroch am Boden, der Syphilitiker grüßte gleichmütig und klapperte mit den Goldstücken in seiner Hosentasche. Der Meßner und einige Gespenster jammerten laut.

Verdächtige Paare in unordentlicher Kleidung schlichen verstört umher und hatten noch nicht die Besinnung gefunden, die ausgelöschten Kerzenleuchter, die sie in der Hand trugen, wegzustellen.

Die Männer nestelten nervös an geheimen Knöpfen ihres Anzuges, die Weiber kreischten roh und schleiften, schlampig breiten Schrittes, die Schnürriemen ihrer hohen Stiefel nach.

Breitspurig, hohnlachend stand der riesige Kerl in Uniform da und kratzte sich ungerührt den Hintern.

Es war ein sinnlos tolles Wirbeln, gedämpftes Jammern und Pst-Rufen!

Eine Stimme: »Die Türe zu!«

Eine andere: »Noch nicht! Es sind noch nicht alle da!«

»Wer fehlt noch?«

»Die Opiumraucher!«

Durch die Falltüre floß das übernatürliche Mondlicht; in dem kraftlosen Strahl tanzten die Stäubchen abgewandter Welten.

Und jetzt geschah etwas Seltsames.

Langsam und mondsüchtig, jeder mit einer kleinen Kerze in der Hand, Abstand haltend im Gänsemarsch, stiegen die Opiumraucher die steile Treppe hinab, allen voran Herr Seebär. Von seinem Zylinder hatte sich der Trauerflor losgelöst und wehte hinter ihm her wie eine Fahne für die anderen.

Jetzt erst, in diesem Verwesungslicht bemerkte ich, daß die meisten dieser alten Männer Backenbärte trugen, dünn und zerflattert. Die werden, fiel mir ein, an der Totenmaske hängenbleiben.

Endlich waren alle unten.

Keiner mukste. Wie eine Gesellschaft von durch ein Erdbeben aus dem Spital gescheuchten Sterbenden bewegte sich alles im Schein der Windlichter durcheinander.

»Auslöschen«, schrie einer plötzlich. Ich fand Sinaïda und ließ sie nicht von meiner Seite.

Jetzt brannte nur mehr ein einziges gut abgeblendetes Licht.

Es geschah, daß sich alle um mich scharten und mich gleichsam durch stumme Abstimmung zum Führer wählten.

Ja – und das war ich auch!

Niemals vor Soldaten, an der Spitze meines Zuges, selbst

wenn ich hinter der Regimentsmusik her durch das Städtchen marschierte, hatte ich mich als Führer gefühlt.

Hier aber war ich Führer.

Entschlossenheit klopfte gleichmäßig in mir. Ich schnallte mir den Säbel um, ordnete bedachtsam die Rückenfalten meines Waffenrocks, zog die Handschuhe an und ließ meinen Blick über die aufgestörten Schatten schweifen, die mich anrührten wie einen Helfer, einen Retter.

Meine Freunde, die Russen, standen wortlos um das einzige Licht, das kaum einen Strahl hergab. Sie verschmähten es, sich in den Winkeln der riesigen Kellereien zu verstecken.

Sinaïda war in dem Augenblick von meiner Seite getreten, als ich mir, gewiß mit einer allzu ausgreifenden Bewegung, den Säbel umgeschnallt hatte.

Nun stand sie stumm, trotzig und unbestimmt da, während ihr allein das Licht eine schwache, weiße Hand auf die Stirne legte.

Ich erschrak, denn ich sah in der großen Finsternis nichts anderes, als diese weiße Hand auf der Stirne der Sinaïda.

Die würdelosen Spieler drängten sich um mich, jammerten, fluchten, prahlten, ebenso die halbbekleideten Dirnen und ihre Gäste.

Mit offenem, zahnlosem Mund, verschwundenen Augen und flatternden Härchen gingen die alten Opiumschläfer einzeln hintereinander immer im Kreis. Ihre schwarzen Röcke, einstmals straff für die weltbeherrschenden Hüften unerbittlicher Bankdirektoren, Theateragenten und Präsidialchefs geschnitten, schlotterten wie zerzauste Rabenflügel um ihre verkrachten Gestalten.

Wie vor einer Front schritt ich auf und ab, ließ meinen Säbel schleppen und sah mir auf die Füße. In diesem Augenblick hatte ich den Zaren, das Attentat, alles vergessen.

Ein wüstes Machtgefühl in mir! Dies waren meine Leute! Das war meine Armee, meine Truppen, die zu mir gehörten: Diese Spieler, Lumpen, Schnapphähne, Zuhälter, Huren, Hurenbolde, Opiumraucher – und auch jene Hohen, Unerschrockenen, die ihr Leben schon hundertmal hingeworfen hatten, die niemals ihrem Leib ein anderes Recht gaben als das, für den Gedanken zu dulden! Und sie, auch sie!

Ja, alle hier waren meine Soldaten! In diesem unterirdischen Reiche, in diesem wahren Hades war ich ihr Feldherr, und ich hielt es nicht mit Achill, der lieber Tagelöhner eines Bauern im Licht sein wollte, als die ganze Schar der abgeschiedenen Schatten beherrschen! Mein Säbel schrillte über die Steinfliesen des Kellers. Keiner wagte es, mir den verräterischen Lärm zu untersagen.

Mit ihnen allen wollte ich meinen Krieg führen, es komme, wer da will! Niemand soll sich beklagen, daß ich ein schlechter Offizier sei, auch er nicht, auch er nicht!

Die Stimme Beschitzers wurde laut: »Ruhe, ihr Leute, Ruhe!«

Die weiße Hand von der Stirne Sinaïdas war verschwunden. Nun lag eine schwarze auf ihr.

Und jetzt hatte jemand das letzte Licht ausgelöscht.

Finsternis! Kein Atemzug. Nur der Chinese wimmerte vor sich hin:

»Soldiers, Soldiers!«

Plötzlich donnerten wuchtige Stiefel über die Falltüre. Noch waren wir nicht entdeckt. Die Schritte verschwanden – kehrten wieder – verschwanden.

Jetzt mußte sich unser Schicksal entscheiden.

Fast hatte ich Angst, man könnte die Falltüre nicht finden. Ich dürstete nach einem Kampf. Wenn alles still zu unseren Häupten würde, o, ich könnte es nicht ertragen!

Das Kellergewölbe war groß, führte unberechenbar weit unterm Fluß fort. Zu fliehen, sich zu verbergen, einen Ausgang zu suchen, wäre nicht schwer gewesen.

Keiner aber rührte sich.

Die Herde – ich fühlte es – wartete auf meinen Befehl. (Nur die Russen schienen in der Finsternis abseits zu stehen. Wo war Sinaïda?)

Ich befahl nichts!

Wenn sie doch nur kämen! Wenn sie doch nur kämen! Ein

toller Gedanke packte mich. Er wird an ihrer Spitze stehen, der General, der Vater! Ist er denn nicht Korpskommandant der Residenzstadt? Ja, das ist er! Also stellt er zugleich die oberste Instanz aller Garnisonsinspektionsoffiziere vor. Es ist klar. Überdies ist er krank und kann nicht schlafen. Kein Mittel hilft ihm mehr. Was bleibt ihm denn anderes übrig, dem Dienstfanatiker, als in der Nacht, gepeinigt von Schlaflosigkeit, aufzustehen, sich an die Spitze der Streifung zu stellen und die Anarchisten auszuheben, denn, ich weiß es, er ahnt, er ahnt...

Nie mehr wird die Gelegenheit, unseren Kampf auszutragen, so günstig sein, als heute.

Er muß kommen, er muß, ich fürchte mich nicht, keineswegs, er muß kommen, höchstpersönlich als General, der er ist!

Verflucht! Herzklopfen!

Da! Jetzt stampfte vorsichtig und prüfend ein Fuß auf der Falltüre. – Ein zweites Mal! – Zum drittenmal! – Eiskörner rieselten mir langsam den Rücken hinab. So! Es war geschehen! Die Türe knarrte, wurde aufgehoben und starkes Licht warf sich über unsere Finsternis.

Sogleich stellten sich Chaim und die Freunde mir zur Seite. Ich fühlte Sinaïda.

Es waren etwa zehn Polizisten und ein Zug Infanterie, die Bereitschaft einer Kaserne, welche eindrangen und uns im Kreis umstellten. Das Militär stand Gewehr bei Fuß, die Polizei mit offenen Revolvertaschen.

Erst viel später stiegen schwatzend, Zigaretten rauchend, Offiziere die Treppe hinab. Ihnen folgten einige Gendarme mit Laternen und elektrischen Taschenlampen. Ein Major und zwei Hauptleute, – die uns ohne viel Erstaunen betrachteten und noch immer die Zigaretten nicht fortwarfen. Unwillkürlich waren alle Eingeschlossenen hölzern und gleichgültig zu Automaten geworden. Nur der riesige Uniformierte, der erst noch so frech sich gespreizt hatte, nun lag er, wie fortgeworfen, unterm Tisch. Die Greise hatten ihren mysteriösen Rundgang unterbrochen, sie blinzelten und verstanden vom Ganzen nichts.

Ich selbst hatte im Kopf das unangenehme Gefühl, als müßte mir jeden Augenblick ein Stein gegen den Schädel sausen.

Endlich unterbrach der Major das Gespräch mit seinen Begleitern, trat in den Kreis, den die Bewaffneten bildeten, und schrie:

»Sie alle sind verhaftet. Es hat sich keiner zu bewegen. Ich werde jeden einzeln herausrufen! Er hat seine Personalien dort dem Feldwebel zu diktieren. Also vortreten! Verstanden? Keiner mukst!«

Da ließ ich meinen Säbel gelassen über die Steine scharren und trat gleichmütig dem buschbärtigen alten Offizier entgegen.

»Herr Major haben hier niemanden zu verhaften!«

Als ich das so nachlässig näselte, wunderte ich mich sogleich, daß ich es nicht fertiggebracht hatte, die dritte Person des militärischen Respekts zu vermeiden.

Der Major jappte blutrot:

»Wer sind Sie?«

»Leutnant Duschek! Und diese Leute hier stehen unter meinem Schutz!«

»Schutz – Schutz – so was – Schutz – Frechheit«, brüllend, »Sie haben selber Schutz nötig! Sie – Sie – Sie – Sie – wie heißen Sie?« Er stülpte seine Ohrmuschel vor.

Ich schrie nun meinerseits, die militärische Vorstellungssitte aufs gröblichste verletzend:

»Duschek, ist mein Name, wenn Sie's wissen wollen!«

»Psia krew! Was tun Sie hier – Sie – was haben Sie hier zu suchen – Sie – zu reden – Sie?«

Ich brachte langsam mein Gesicht ganz nahe an das seine, sah ihm in die aufgerissenen Augen:

»Das geht Sie gar nichts an!«

Der Major trat glucksend hinter sich. Jetzt hingen ihm die Augäpfel aus den Höhlen:

»Wa – wa – was? Rebellion! Auflehnung! Insubordination! Dienstreglement Seite – Seite –! Zugsführer Vojtech, Grillmann, Kunz, Schtjepan, den Leutnant abführen, den Herrn Leutnant führen Sie ab! Oben warten! Sofort!«

Die aufgerufenen Soldaten wollten sich mir nähern.

»Niemand wagt mich anzurühren!« Ich sagte das ruhig und ohne viel Stimme.

Die vier blieben stehen.

Major stöhnte:

»Ich degradier' – ich degradier'! Dienstbuch! Abführen, ihr Hunde! Abführen!«

Die beiden Hauptleute machten einige unwillige Schritte mir entgegen.

Da krachte ein Schuß, peitschte dicht über den Kopf des Majors und fuhr irgendwo in die Mauer. Hippolyt stand mit erhobenem Revolver da.

Sogleich riß einer der Hauptleute seine große Dienstpistole aus der Tasche.

Die Kugel pfiff nur ganz kurz. Wankte Sinaïda? Ich sah sie. Von ihrer Stirne war die schwarze und die weiße Hand verschwunden. Mehr sah ich nicht.

Fort mit dem Säbel! Ich warf mich auf den Major. O, wie das wohltat, diesen Hals zu würgen! Wo war Sinaïda? Konnte Sie mich sehen? Merkwürdig!

Dieser dicke Major wurde immer dünner, geringer, der Hals immer wesenloser, wesenloser – was soll das? – der ganze Kerl ist ja ein grobes Taschentuch, das ich hin- und herschwenke . . .

In diesem Augenblick traf mich der Kolben und ich verlor die Besinnung.

Ich erwachte nach einem tieferquickenden, fast möchte ich sagen gesunden Schlaf auf der Inquisiten-Abteilung des alten Garnisonsspitals.

Hinter den vergitterten Fenstern unerhörtes Blau eines Sommermorgens! Ganz leicht nur schmerzte mich der Kopf. Die Beule, die ich mit der Hand abtastete, schien gar nicht allzu wesentlich. Nirgends Blut!

Mein erster Gedanke war:

»Der wievielte Mai ist heute?«

Ich strengte mein Gehirn an, zu ergründen, wann das alles sich begeben hatte, was hinter mir lag. War der Zar schon abgereist? Regierte er überhaupt noch?

Und Sinaïda? Ist etwas geschehen? Angst wollte nicht glauben, daß etwas geschehen sei.

Mit ganz leichten, doch unsicheren Gliedern kleidete ich mich an. Den Säbel hatten sie mir weggenommen, oder hatte ich ihn selbst fortgeworfen – wann – damals – gestern?

Nun stand ich auf meinen Füßen.

Übermäßig durchströmte mich Beseligung. Ich trat ans Fenster, zu diesem armen, vergitterten Loch, das man in die dicke Mauer gebohrt hatte.

Dennoch überwältigt: »Blauer Himmel! Blauer Himmel!«

O, ich begriff ihn, Christus, den so unbegreiflichen, ich begriff ihn. Du selig schlauer Genießer du! Für die Menschheit sterben! Das glaube ich! –

Plötzlich sah ich eine Konditorei vor mir. Der Ladentisch biegt sich unter der Last von Schaumrollen. Die Generalin in dem neuen schönen Kostüm meiner Mutter schwelgt im Genusse der Näschereien. Ihre gefärbten Haare sind hochauf onduliert. Sie zeigt eine verschrumpfte Zungenspitze, an der ein Tropfen Schlagsahne hängt. »Christus – Christus, exzellent, exzellent«, lispelt die Generalin und bekreuzigt sich.

Ich rieb mir die Augen. Wie wild du doch spielst, Phantasie! Und dieses Gefühl von Größe und Aufopferung in meinem Herzen!

Was war nur mit Sinaïda gestern? Wie sieht sie denn aus? Ich konnte und konnte mich nicht besinnen!

Jetzt sah ich mich in der Stube um.

Fünf Eisenbetten standen an den Wänden. Über jedem Bett hing eine schwarze Kopftafel. Was war das? So viele Tafeln ohne chemische Formeln?

Und dann, diese Betten! Das war ja wie im Institut, da standen zehn Eisenbetten in jedem Zimmer. Zehn eiserne Schlafkerker, – aber sie waren viel, viel kleiner, – natürlich, wir sind ja damals noch Knirpse gewesen.

Pfui Teufel! Wie kann man denn nur Kinder, die doch so sehr gesunden Schlaf brauchen, des Nachts in solche Kotter sperren?

»Das muß anders werden«, schrie ich wütend. Da erwachte einer und wälzte sich auf seinem Bett. Es war mein einziger Nachbar hier in diesem Zimmer. Ich war ja immerhin noch Offizier und durfte deshalb in einem schwachbelegten Extrazimmer liegen.

Der Mann seufzte, versuchte von neuem einzuschlafen, stöhnte qualvoller, setzte sich endlich auf, jammerte vor sich hin:

»Nicht einmal Ehrenrat, nicht einmal...«

Ich trat an sein Bett.

Was war nur mit meinem Kopf?

»Nachbar«, erklärte ich, »wir müssen niedrige Illusionen gegen höhere Illusionen eintauschen, aber ohne Illusionen geht es einmal nicht ab.«

Er wurde wütend und spuckte aus. Dennoch erzählte er mir später seine Geschichte.

Als Hauptmannrechnungsführer, der er war, hatte er Geschäfte mit ärarischem Gut gemacht.

»Wer tut das nicht? Aber den Schuften kommt man nicht darauf. Immer saust nur der anständige Mensch herein. Niederträchtig ist das Urteil. Zwei Jahre Garnison!

Und was dann? Was soll ich mit der Familie tun? Fünf unmündige Köpfe! Denn die Frau ist strohdumm und hochnäsig, eine richtige Generalstochter! Ah, die Gute, die Gute! Sie wird mich nicht mehr achten können. Und ich? Nicht einmal als Offizial werde ich mehr unterkommen. Mein Gott, mein Gott!«

Ich setzte mich zu ihm, streichelte seine Hand.

»Sie werden leben! Das ist herrlich. Ich aber werde sterben. Das ist herrlicher. Ich möchte nur wissen, ob das Gesetz den Galgen vorschreibt, oder ob einfach ein Detachement kommandiert wird: Ein Offizier, ein Profos, sechs Mann, zwei Spielleute! – Dann an die Wand mit mir! Ein wenig seitab der aufgeklappte Sarg, den der Regimentsarzt abklopft, als wäre es ein Patient. Und dann, gut! Die Binde ums Aug', aber ich bitte mir eine seidene aus. – Das wäre mir viel lieber als die peinliche zivilistische Zeremonie. Ich freue mich, mein Wort, ich freue mich darauf! O, es ist ein Opfertod, sagen Sie nichts, es ist ein willkürlicher Opfertod! Soll ich Ihnen ein Geheimnis verraten? Ich flehe Sie an: Lachen Sie nicht!

Was die Menschen Verbrechen nennen, es ist eine mystische, höhere Art der Anbetung Gottes!«

Ich redete sinnlos. Der Rechnungsführer ward böse, drehte sich zur Wand, brummte:

»Kusch, Narr!«

Mittags fand ich in meinem Brot, als ich es aufschnitt, diesen Zettel, der die Handschrift Beschitzers trug.

»Gräme Dich nicht! Deine Tat erübrigt sich. Er, N(ikolaj) A(lexandrowitsch) R(omanow), hat seinen Besuch abgesagt. Ich bin dank der Organisation befreit worden. Auch Du fürchte nichts! Sei schweigsam, laß Dich nicht überrumpeln, sie wissen gar nichts Rechtes. Mein Herz ist sterbensmüde.«

Ein Wort noch stand auf dem Zettel, es war aber ausgestrichen, mit einem dicken Strich ausgestrichen; das Wort: Sinaïda!

Ich zündete ein Zündholz an und verbrannte langsam das Papier.

Ihr Name ist ausgestrichen vom Zettel des Lebens. Es ist klar, sie ist tot! Sie ist tot! Diese Fremde, sie stand in Tula an einer sonnigen Straßenecke im Frühling. In Tula, oder war es in Thule? Wer weiß das? Sie schoß und traf ein Kind, ihr Kind. Es war eine Freikugel! Wie sah sie denn aus? Ich weiß nicht. Doch! An den Mund und an ihren Duft erinnere ich mich. Ihr Mund war müde herabgezogen, aber ihr Duft war stark und wild. Und dann, o Gott, ich war, ich bin verliebt in ihr leises Hinken, in diese süße Gebrechlichkeit. Was ist mit ihr? Ist sie tot? Ah, das steht nirgends. Aber auf dem Zettel, der eben verbrennt, war ihr Name ausgestrichen. Sie ist tot. Doch warte nur! Auch ich werde sterben, auch ich, bald, bald.

Tremolo sublimer Geigen in meiner Seele! Das göttliche Schlußduett aus Verdis Aïda! O ruhige, ungebrochene Wehmut der starken Herzen vor dem Unabwendbaren:

Leb wohl, o Erde, o du Tal der Tränen,
Verwandelt ist der Freuden-Traum in Leid.

Ich bin ja kein Mensch, ich bin ja nur ein Saitenspiel. Niemals konnte ich so recht über Menschliches, immer und jedesmal über Musik weinen! Meine Tränen machten mich magisch und magnetisch, mich Verstoßenen und Häßlichen, dessen Gesicht schon in der Schule niemand leiden mochte.
Ja, ich wollte auch nichts Menschliches für mich. –
Aber ein Zauberer sein! Unsichtbar nachts, mit riesigen Rabenflügeln über die Städte der Menschen fliegen, auf Bergen ruhen in der Morgenröte, gefalteter Fittiche mit unterschlagenen Beinen auf Wiesen von Thymian und Alpenrosen sitzen, ewig einatmen den heiligen Duft der Zyklame. Dann aber sich wieder erheben, langsamen Fluges in Abgründe und Schluchten starren, wo die fernen Schleierfälle des Gebirges sausen! In der Gestalt des Nachtfalters, wenn der Mond scheint, durchs offene Fenster in die Wohnstuben der Familien schwirren, um die Lampe taumeln, wenn der kleine Kadett (es sind ja Ferien) seine Fleißarbeit anfertigen muß, und sein Vater, der Hauptmann, den Zigarettendampf durch die Nase stößt. Böses bringen den Bösen, Gutes bringen den Guten, allen Kindern Gutes bringen...
Die Mittagssonne gitterte noch immer auf dem schmutzigen Spitalsboden. Ich aber schwebte als Zauberer über meinem Bett – und schlief ein, schlief den ganzen Tag, schlief die ganze Nacht und noch länger.

Am nächsten Tag wurde ich, nach der ärztlichen Visite, dem untersuchenden Auditor im Garnisonsgericht vorgeführt.
Aus seinen Fragen erkannte ich sogleich, daß er von dem Anschlag auf das Leben des Zaren keine Ahnung hatte.
Mir selbst kam in keinem Augenblick der Gedanke:
»Hat Chaim phantasiert, ist die Zarenreise eine Erfindung gewesen?«
Während des Verhörs kristallisierten sich drei Anklagepunkte:

1. Umgang mit hochverräterischen und staatsgefährlichen aus- und inländischen Individuen.
2. Verbrechen der Insubordination.
3. Tätliche Mißhandlung eines Höheren.

Der Auditor schüttelte ununterbrochen den Kopf:

»Ein Duschek von Sporentritt! Wie ist das möglich? Ich begreife Sie nicht. Wie konnten Sie sich so vergessen!«

Er wollte mir helfen:

»Nicht wahr, Sie waren in N'dorf beim Heurigen. Gut! Man ist jung, man will sich amüsieren – aber ein honetter Mensch – das sollten Sie wissen – legt bei solchen Anlässen des Bürgers Kleid an.

Sie haben eins über den Durst getrunken. Na, auch das verstehe ich! Auf dem Heimweg, nicht mehr ganz Ihrer selbst sicher, geraten Sie an ein Mensch.

Was?

An eine Prostituierte meine ich natürlich. Das muß aber eine von der saubersten Sorte gewesen sein. Das Weib zieht Sie in das ›Hotel zum Loch‹, wie es in der Gaunersprache heißt, in dieses Haus, wogegen jedes Bordell ein adliges Damenstift ist. So etwas! Wissen Sie denn eigentlich, wo Sie sich befunden haben? Unter dem schwärzesten Gesindel, unter Banditen und Nihilisten, unterm Abschaum, in der Kloake nicht dieser Stadt allein, sondern aller Metropolen der Welt.

Pfui Teufel! Sie wollen sich – nochmals Pfui Teufel, – gerade mit ihrem Mensch, wie soll ich mich nur ausdrücken, zur Ruhe begeben, – da weckt Sie die Pfeife dieses chinesischen Gauners, dem man schon dutzendmal das Handwerk gelegt hat; aber der Schuft ist amerikanischer Staatsbürger. Also das Gepfeife weckt Sie aus Ihren so süßen Träumen, ›Streifung‹ weiß Ihre Dame sogleich und schleppt Sie zugleich mit all den anderen in den Keller hinunter.

Und in Ihrer Volltrunkenheit vollführen Sie dann diesen unerhörten Exzeß, der Ihnen die goldenen Sterne kosten wird, mein Lieber, jawohl, mindestens die goldenen Sterne!

Also, jetzt fassen Sie sich! Ich werde, was ich Ihnen hier geschildert habe, denn anders kann es sich ja gar nicht abgespielt haben, zu Protokoll nehmen. Ich werde Ihnen jedes Wort vorsprechen. Unterbrechen und verbessern Sie, wo Sie nur können. Sind Sie einverstanden?«

»Herr Auditor, ich bin nicht einverstanden!«

»Was, Sie sind nicht einverstanden? Himmelherrgottsdonnerwetter! Waren Sie betrunken? Ja oder nein?«

»Nein!«

Der Auditor wurde eisig dienstlich! Er nahm ein Blatt Papier und setzte den Bleistift an: »Was haben Sie mir also zu sagen?«

Ich schwieg. Er stampfte ungeduldig mit dem Fuß:

»Ich warte!«

»Ich bitte für heute das Verhör zu unterbrechen!«

»Gut! Wie Sie wollen! Ich hatte zwar die Absicht, Sie vorläufig Ihrem dermaligen Kommando zur Verfügung zu stellen. Es ist auch ein besonderes Dienststück gekommen. Aber – Sie wünschen es selbst anders. Ich danke!«

Die Ordonnanz trat ein. Ich wurde abgeführt.

Auf den Korridoren des Spitals schlichen die armen Bauernjungen, mit den unreinlichen Krankheiten des Soldatenstandes behaftet. Sie hatten blauweiße Lazarettmäntel an und pafften ihren Kommistabak.

Manche waren darunter, denen ich es ansah, daß sie aus dem letzten Loch pfiffen. Wie hatte man nur diese Jammergestalten assentieren können?

Doch, wer hatte danach gefragt, als ich assentiert worden war, damals, wo ich noch in die Volksschule gehört hätte.

Aus der »geschlossenen Abteilung«, der Überwachungsstätte für Geisteskranke, brach großer Lärm. Die gepolsterte Türe wurde aufgestoßen, und zwei Wärter führten einen halbnackten Mann über den Gang, der heftig brüllte und Grimassen schnitt. Als er meiner ansichtig wurde, blieb er stehen und hielt mit einem mächtigen Ruck auch seine Führer zurück.

»Herr Leutnant«, es war ein gurgelnder Dialekt, »Herr Leutnant, Herr Leutnant – i bin Luther, ob S' wollt's oder net! Herr

Leutnant, i bitt g'horsamst, Sö sulln's glaubn, sunst Sakra! I bin Lutta und i mog kan heilen Vatta nöt habn. I mog kan heiln Vatta nöt!«

Die Wärter rissen ihn fort. Lange noch hörte ich ihn heiser lamentieren: »Kan heiln Vatta!«

Vor der Türe meines Zimmers, das abseits lag und vor dem der Gang durch ein Gatter abgeteilt war, verließ mich der Wachtposten und fing an, eintönigen Schrittes auf und ab zu patrouillieren.

Wollte ich ein Bedürfnis verrichten, nahm er mich wieder in Empfang, führte mich zum Retirat und wartete vor dem Eingang. Auf der offenen Latrine saßen im Kreis die Männer und verrichteten ihre Notdurft.

War das möglich? So oft bin ich in den Kasernen an den Mannschafts-Aborten vorübergegangen und hatte das nicht bemerkt. Alles mit allen teilen, Mahlzeit, Schlafraum, und selbst dies hier offen verrichten müssen, welch eine Entwürdigung des Lebens! – Und Sinaïda? – Auch sie war in den Gefängnissen Rußlands gewesen!

Wo ist sie? Lebt sie? Oder liegt ihre geheimnisvoll geliebte Gestalt in irgend einer schäbigen Totenkammer? Vielleicht gar auf Eis, denn solche Leichen kommen auf die Anatomie, in die Menschenlatrine der Großstädte.

O, ich war voll Stolz, während ich solches dachte!

Was ist denn der Tod? Ich bestehe auf ihm. Ich lasse mich nicht von ihr, von niemandem lasse ich mich beschämen. Und jetzt! Jetzt wollen sie mich um den Tod bringen, mich zu einem Verbrecher dritter Klasse, zu einem Besoffenen, zu einem Exzedenten degradieren! – Ich lasse mich aber nicht betrügen.

Nicht mehr will ich als ein Schulbub vor den Vater treten, als ein Kadettlein, das für jede Ohrfeige erreichbar ist, ja zu dem er sich noch niederbeugen muß, um ihm die Tachtel zu versetzen. Nein, meinen Kopf soll er gar nicht sehen, so hoch wird der in den Wolken stecken! Ich will gestehen und sterben! Ich bin bereit!

Der Hauptmannrechnungsführer war des Morgens schon aus

dem Zimmer weggebracht worden. Nun gehörte der große Raum mir ganz allein. Der Arzt hatte heute sich recht lange mit mir befaßt, den Schädel abgetastet, meine Augen, meine Kniereflexe untersucht und am Schluß die Frage gestellt, ob ich durch keine Magenübelkeiten gequält werde, nicht Ohrensausen und Gesichtsstörungen verspüre? Nein, nein! Dies alles nicht! Im Gegenteil! Meine Beine schlenkerten und tanzten in den Gelenken. Ich fühlte mich leicht, göttlich leicht! – Und dann dieser neue, nie gekannte Enthusiasmus in meiner Seele. Den aber verschwieg ich klüglich dem Doktor. Ich allein genoß ja diese Erhabenheit, diese Stromschnelle der Gedanken. Immer ging ich auf und ab, und es waren Wolken, auf denen ich ging.

Ich werde ihm gegenüberstehen und die Wahrheit sagen. Was ist Wahrheit, fragt wohl Pilatus. Ich aber weiß wenigstens, was die Wahrheit ist, für die ich sterben will. Ach, nicht das, was alle Menschen glauben werden. Kein kleines Geständnis, etwa, daß man den Zaren ermorden wollte, oder die tote Sinaïda liebt. (Ist sie tot? O Gott!) Anders ist meine Wahrheit.

Ich werde diesem General, diesem Vater sagen ... Was denn?

Nun, die Wahrheit.

Ich werde solche Sätze zu ihm sprechen: Der Himmel ist blau. Schwalben schießen durch die Luft: Nachtfalter fliegen ins Licht. – – Das sind meine Wahrheiten, und wer sie erkennt, muß sich ja auf die Erde werfen vor zielloser Liebe.

Ja, ihr habt mich alle verstoßen, weil ich häßlich bin und ein recht mittelmäßiger Offizier, da hielt ich mich an die Gaststube der Frau Koppelmann und überließ mich der Führung eines Taubstummen. Und ich trat unter die Lumpen, die Opiumraucher und die Heiligen.

Das tat ich, weil es mir nicht gefiel, am Sonntag mit meinem Herrn Vater auszureiten, mit ihm, der mich immer so böse traktiert hat, wenn ich vor ihm beweisen wollte, daß auch ich Wer bin! Und nun soll er selbst krank sein!

Aber gleichviel!

Die Lumpen und Heiligen, sie sind ein durchsichtiger Nebel

für mich, und jetzt sehe ich hinter diesem Opiumrauch überwältigt die geschaffene Welt.

Ja, ich sehe sie, die Wahrheiten, für die ich sterben will:

Der Himmel ist blau! Die Schwalbe fliegt. Nichts anderes will ich ihm sagen. Er aber wird sich wehren:

»Die Schwalbe fliegt«, sage ich.

Er schreit den Adjutanten an:

»Bringen Sie den Akt Nummer soundso viel!«

Aber meine Wahrheit wird die Akten und Dienststücke von seinem Tisch fegen, und ich werde siegen – siegen!

Traumlos und schwer schlief ich auch diese Nacht.

Am frühen Morgen des nächsten Tages (es war der 30. Mai) ahnte ich schon, daß ich in wenigen Stunden vor meinem Vater stehen würde.

Ich putzte mir die Knöpfe blank, bürstete meine Stiefel und verwendete große Sorgfalt auf meinen Anzug.

Eine große Ruhe hatte sich meiner bemächtigt.

Noch immer war ich fest entschlossen, »die Wahrheit zu sagen«, – jene Wahrheit, unter der ich mir selbst nichts Bestimmtes dachte.

Aber ich war voll Hoffnung. Heute mußte mich der Vater verstehen, dessen war ich sicher; ich fühlte mein Wesen von einer seltsamen Würde verklärt, gegen die auch er ohnmächtig sein würde.

Wie jung und unmündig war doch diese alte Existenz, diese recht steifbeinige Exzellenz, mein Vater?

Immer nur in Kanzleien sitzen, an der Tête reiten, Front abschreiten, Defilierung rechts, nachlässig den gebogenen Zeigefinger an die Kappe heben, Untergebene abkanzeln, Vorgesetzten stramm den Vortritt lassen, Sporenklappern, Hackenklappen, Zigaretten rauchen, – ist das Leben?

Und ich?

Ich bin an der Queue marschiert, ich habe den Troß erlebt, Antlitz und Schritt Sinaïdas, ich bin in Katastrophen gestanden!

O, um ein Weltalter war ich älter als der Vater, dieser Abkömmling einer primitiven Zeit, dieser Berufssoldat comme il faut, diese Blase, aufgeworfen vom militärischen Reglement.

Man sagt, daß die Welt altert, daß die Zeit immer älter wird! Und die Väter, Geschöpfe der Welt und Zeit, die noch jünger, ungealterter ist, gelten für älter als die Söhne, die einer schon gealterten Welt und Zeit entstammen.

Das Alter der Person und das Alter des Universums stehen also in einem merkwürdigen Widerspruch.

Wie alt bin ich doch mit meinen fünfundzwanzig Jahren! Und gerade deshalb! Meiner höheren Gereiftheit wird er nicht widerstehen können.

Die Katastrophe verwandelt sich in ein Versöhnungsfest, trotz alledem – und dann, dann habe ich meinen Frieden mit der Welt gemacht und will den Tod des Königsmörders sterben, ihr nicht mehr nachhinken, werde alles gestehen, alle Vorbereitungen, die Bombe vorweisen......

Ein Offizier holte mich ab.

»Herr Leutnant, machen Sie sich fertig! Wir müssen zum Korpskommando fahren, auf Befehl Seiner Exzellenz, Ihres Herrn Vaters!«

Trotz der Hoheit, die ich über mir ruhen fühlte, schrak ich wild zusammen.

Das Wort »Befehl« hätte mich fast vergiftet. Der bittere Geschmack meiner Kindheit war mir im Mund. Fassung! Ich hätte mir gewünscht, gefesselt zu sein! Statt dessen salutierten mir auf Gängen und Stiegen alle Soldaten mit schroff erschrockenen Rucken.

In der rumpelnden Droschke ergriff mich plötzlich Unbehagen. Wie wenig paßte doch diese Uniform zu mir! Und warum hatte ich dunkelbraunes Haar? Glatte, blonde Strähnen gebührten mir, ein Havelock von Kamelhaar, Sandalen, kurz die Kleidung, wie sie die Naturmenschen, die Vegetarianer, die Wüstenpropheten und die ganz Befreiten tragen, die licht erhobenen Auges ruhig das Gerassel und Getümmel der großen Plätze überqueren.

Wir waren angekommen und stiegen aus. Ich machte lange,

langsame Schritte, als würde eine Kutte mir um die Knie schlagen! Mein Begleiter sah mich von der Seite wie einen Verrückten an.

Das Haus quirlte von Geschäftigkeit.

Angstgepeitscht liefen Unteroffiziere auf und ab, eilten durch die langen Korridore, klopften an mächtige Türen mit nichtig devoten Fingern. Offiziere schimpften wie immer, Posten schritten übernächtigt und mit nüchternem Magen in den Höfen auf und nieder.

Mir war's, als müßte ich sie alle, alle zu mir rufen, denn mein Amt war es ja, Versöhnung zu bringen. Wenn ich dieses Haus verlassen werde, wird keiner mehr haßerfüllt verhaßten Befehlen gehorchen, keiner mehr auf offener Latrine sitzen müssen.

Der Offizier stieß mich an: »So salutieren Sie doch!«

Ich hatte einen vorübergehenden Major nicht gegrüßt.

»Auch das wird aufhören«, sagte ich.

Der Offizier starrte mich entsetzt an, dann wandte er hoffnungslos den Kopf ab.

Wir mußten sehr lange warten.

Drei Tage hatte ich fast nichts gegessen. Mein Leib war wie ohne Materie, ein Schweben fast, eine Lauterkeit, die mir Freude machte. Mir fiel Beschitzers Ausspruch ein:

»Alle Angst ist Irrtum.«

Ich wiederholte diesen Satz immer wieder, denn irgendwo in einer antipodischen Landschaft meiner Selbst war ein Rest von lauernder Unruhe übriggeblieben.

Dennoch! Ich war bereit, mochte kommen, was da wollte. Für mein Gefühl – das ist keine Floskel – hing das Schicksal der Menschen von dieser Stunde ab.

Plötzlich aber wurde mein Kopf übermäßig klar.

Der Adjutant kam, grüßte kurz, richtete einige Worte an meinen Begleiter, der sich entfernte, – und ich stand im Zimmer meines Vaters.

Er saß an seinem Schreibtisch und schien zu arbeiten. Zwei Stabsoffiziere hatten sich hinter ihm postiert, kurz auf seine Fragen zu antworten, die er noch lange nicht unterbrach.

Ich verschränkte die Arme auf den Rücken, wie es Gelehrte tun, senkte den Kopf und wollte langen und langsamen Schrittes vorwärts gehen.

Der Adjutant hielt mich am Arm fest und deutete auf eine Stelle nahe der Türe: »Nein! Hier bitte!«

Er zischte das.

»Nur keine Umstände«, glaubte ich zu sagen, aber ich sagte nichts.

Weitschweifig drückte der General seine Zigarette aus und erhob sich.

Er war bräunlich, trotz der apoplektisch violetten Flecken auf seinem Gesicht; schien schlecht geschlafen zu haben. Die Hand, in der er die Reitgerte hielt, zitterte.

Ich stellte mit Absicht einen Fuß vor den andern und machte keine Meldung.

Der General stand vor mir, wartete und gab es dann mit einem bösen Verkneifen der Augen auf.

Jetzt stemmte er die Faust in die Hüfte:

»Leutnant Duschek! Sie sind ein Schandfleck der Armee!«

Ich dachte vor mich hin: Sinaïda! Mein Mund war offen, und ich fühlte fast ein Lächeln.

»Lachen Sie nicht, lachen Sie nicht!«

Es war eine dumpfe, kaum beherrschte Stimme, die das sprach. Ich sah, wie die Hand mit der Gerte zitterte. Der General holte schwer Atem. Sein Schnurrbart war glänzend aufgefärbt, aber sein Scheitel nicht so ordentlich wie sonst.

»Leutnant Duschek« – die gleiche merkwürdig unsitzende Stimme – »beantworten Sie mir folgende Fragen:

Haben Sie mit sub-ver-siven Individuen verkehrt?«

»Diese subversiven Individuen sind heilige Menschen. Ich habe mit ihnen verkehrt.«

Der General schluckte mehrmals. Jetzt zitterte auch seine andere Hand. Er wandte sich um. Die beiden goldenen Krägen kamen auf Zehenspitzen näher. Endlich hatte er sich von meiner Antwort erholt. Wieder diese Stimme, so ganz und gar ungewohnt!

»Sie leugnen nicht. Gut! Weiter! Haben Sie in betrunkenem – Zustand – den Befehlen eines Höheren, des Herrn Majors Krkonosch Widerstand geleistet? Antworten Sie!«

»Ich habe vollkommen nüchternen Bewußtseins vor einem bübischen Überfall Menschen geschützt, die dieses Schutzes wert waren. Den Anführer dieses Überfalls, mag es Herr Krkonosch oder ein anderer gewesen sein, kannte ich nicht!«

Der General schlug mit dem Fuß einen unheimlichen Takt und beschaute sehr lange seine Fingerspitzen. Als er wieder aufsah, war sein Gesicht in das eines Schwerkranken verwandelt.

»Gut! Auch das leugnen Sie nicht. Nun, die letzte Frage: Gestehen Sie, an einem Höheren, eben dem Herrn Major Krkonosch, sich tätlich vergriffen zu haben?«

»Ja! Ich habe diese Handlung in einem Augenblick der äußersten Erbitterung begangen, denn durch den Überfall dieses Mannes kam es zu einer Schießerei, bei der – vielleicht, – Blut geflossen ist!«

»Leutnant Duschek, Sie bekennen sich hier drei schwerer Verbrechen gegen den allerhöchsten Dienst schuldig!«

Ich richtete mich auf. Jetzt wollte ich die große »Wahrheit« sagen:

»Vater!«

Der General trat einen Schritt zurück; dieses Wort erst hatte ihn um die ganze Fassung gebracht. Er herrschte mich an:

»Was soll das?«

Jetzt hatte ich schon meine wachsende Gehässigkeit zu überwinden. Warum schickte er die zwei Tröpfe dort nicht weg? Nochmals:

»Vater!«

Auf einmal war der General ganz kalt und ruhig. Die Gerte zitterte nicht mehr.

»Im allerhöchsten Dienst gibt es nur Dienstes-, keine Verwandtschaftsgrade.«

Allerhöchster Dienst! Allerhöchster Dienst! Dieses Wort kroch mit tausend Würmern durch meine Seele. Ach, ich verstand ihn! Jetzt hatte er sich wieder in seine Rolle gefunden. Jetzt wieder war er der starre Römer und Spartaner, den zeitlebens zu spielen so bequem war. Haß fraß sich in mir weiter und weiter. Dennoch zum drittenmal, doch sehr leise, sehr leise:

»Vater!«

Nun aber hatte er wieder Oberwasser. Der Schreck von vorhin war aus seinem Gesichte gewichen, das seine alte Maske annahm. Gemessen und von der Ferne des Polarsterns schnarrte er mit den unklaren Vokalen der militärischen Sprechart:

»Leutnant Duschek! Ich befehle Ihnen im Namen des allerhöchsten Dienstes, diese Ausdrucksweise zu unterlassen!«

Zertreten, besiegt, wie immer! Es schlug über mir zusammen. Speichel war Gift, jede Haarwurzel Wunde. Ich sah in eine von gelben Kreisen durchtanzte Finsternis.

Mit aller Kraft schrie ich:

»Ich scheiße auf deinen allerhöchsten Dienst!«

Der General taumelte zurück. Die beiden Majore stützten ihn. Er fand keinen Atem, stieß einen unsagbaren Laut aus. Plötzlich stürzt er sich auf mich. Ich sehe nicht mehr das Gesicht eines kaltsinnig beherrschten Truppenführers, ich sehe das schmerzverzerrte Gesicht eines geschlagenen Vaters, ich sehe mehr noch, jetzt....

In diesem Augenblick traf mich breit über die Backe, dicht unterm Auge, der Hieb seiner Reitpeitsche!

Das erste war, daß ich sinnlos vor Schmerz die Hände vors Gesicht hob. Nach und nach, wie sich das Blut in die zerrissenen und gequetschten Gewebe wieder ergoß, verwandelte sich der unerträglich beißende Schmerz in ein etwas erträglicheres Brennen und Glühen. Besinnung kam und mit ihr grenzenlos die Wut.

Der General hatte die Gerte fallen lassen. Er keuchte und bohrte beide Fäuste gegen das Herz. Es schien ihn ein Krampf gepackt zu haben.

Ich sah das, wurde ganz kalt, schützte meine Wange mit dem Taschentuch und verließ, von keinem gehindert, Zimmer und Haus.

Auf der Straße straff ausschreitend, wie bei der Parade:

»Wenn nur niemand das Schandmal auf meinem Gesicht sieht! Übrigens ist das gleichgültig! Aber jetzt, zum erstenmal im Leben, bin ich Offizier! Offizier! Ja, Offizier! Ich muß Genugtuung haben. Ich werde mich mit ihm schlagen, mag auch die Welt darüber verrückt werden! Mein Gesicht brennt! Meine Wange brennt! Ist, was ich vorhabe, der richtige Weg? Ich weiß es nicht! Nur kalte und klare Entschlossenheit!«

Stumpfsinnig verfolgten mich diese letzten Worte ununterbrochen: Kalte und klare Entschlossenheit. Der Schmerz peinigte. Kein Gedanke!

Ich stand auf der Landstraße, die längs des Stromes führt. Weit draußen, fast in der Nähe jenes Hauses. Ich mußte besinnungslos eine Stunde lang und mehr gewandert sein. Wie kam ich hierher?

»Kalte und klare Entschlossenheit«, befahl ich mir selbst. Wo hatte ich diese Phrase nur gelernt? Ah! Ich sah einen schon wackligen Major auf dem Katheder hin- und hergehen. Mit einem Stock zeigt er auf die Tafel, auf der Vierecke, Rechtecke, Wellenlinien gemalt sind. Er skandiert scharf: Kalte und klare Entschlossenheit, I-ni-ti-a-tive!

Ich kehrte zur Stadt zurück und ging, ohne Angst, verhaftet zu werden, in mein Hotel.

Ob jemand nach mir gefragt habe?

»Nein, die ganzen Tage hat niemand nach dem Herrn Leutnant gefragt, und auch kein Brief ist angekommen.«

»Aber Herr Leutnant«, rief der Portier ganz entsetzt, »Herr Leutnant haben den Säbel vergessen, können leicht einen Anstand haben.«

»Ich weiß. Schon gut!«

Ich preßte das Taschentuch an die Wange.

»Hören Sie einmal, Portier! Können Sie mir sofort einen Zivilanzug verschaffen? Aber in einer halben Stunde spätestens muß er hier sein!«

Das ließe sich machen. Ich solle nur auf mein Zimmer gehen und mich gedulden!

Warum ich Zivil anziehen wollte, wußte ich nicht bestimmt, jedenfalls fühlte ich, das wäre der erste Entschluß meiner »Initiative«!

Ich schaute in den Spiegel. Meine Backe war geschwollen. Blutunterlaufen in allen Farben zog unterm Auge der lange Hieb der Reitgerte. Im Tobsuchtsanfall warf ich den Alaunstein gegen den Spiegel, der ein großes Loch davontrug, von dem nach allen Seiten hundert Radien ausgingen.

Endlich brachte der Portier den geliehenen Anzug. Er paßte ganz gut. Für einen Augenblick vergaß ich alles und drehte mich um mich selbst. Ich gefiel mir. Nur mit dem Hemdkragen hatte es seine Not. Alle waren zu niedrig und zu weit für meinen langen Hals. Ich band deshalb einen Shawl um und ging auf die Straße, um ein Modewarengeschäft zu suchen. Dort wollte ich mir den richtigen Kragen kaufen.

Nur ruhig! Das Notwendige wird sich schon finden!

Ich trat in einen Laden.

»Haben Sie sehr hohe Stehkragen?«

Die Verkäuferin breitete eine Menge Kragen vor mir aus.

»Hier wäre die Marke ›Kainz‹, Stehumlegekragen. Sehr schick.«

»Nein, der ist zu niedrig.«

»Hier die Marke ›Dandy‹, Stehkragen mit englischen Ecken; wird sehr viel verlangt.«

»Der Kragen, den ich brauche, muß noch höher sein.«

»Noch höher? Bitte! Da hätten wir diese Marke! ›Globetrotter‹. Sehr fein und elegant. Nur für Kavaliere.«

Auch der paßte nicht.

Plötzlich sah ich an der Wand des Ladens ein Reklameplakat: ein alter, lachender Herr hält zwischen zwei koketten Fingern einen großen Knopf, auf den er einladend mit der Hand deutet. Sein Hals steckt in einem riesigen Kragen, der ihm bis über die Ohren reicht und vorne weit ausgeschnitten ist.

Ich zeigte auf das Plakat:

»Sehen Sie, so einen Kragen möchte ich haben!«

Das Fräulein lachte:

»Solche Kragen haben die Herren vor hundert Jahren getragen. Das sind doch sogenannte Vatermörder!«

Von diesem Augenblick an kam eine gewisse dumpfe Besonnenheit über mich, als wüßte ich, was zu tun wäre.

Ehe ich mit irgend einem Kragen, den ich gekauft hatte, den Laden verließ, verlangte ich noch einen Trauerflor und ließ mir den gleich um den Arm heften.

Warum ich das tat? Ich weiß es nicht. Ich weiß nur, daß mir unendlich wehe und heimatlos ums Herz war.

Ich kehrte ins Hotel zurück und vollendete meinen Anzug. Dann erkundigte ich mich nach Herrn Seebär.

Es hieß, er wäre zwei Tage ausgeblieben, heute morgen aber für einen Augenblick im Hotel aufgetaucht und sogleich zur Arbeit gegangen.

Jetzt erst fiel mir Sinaïda ein. Vielleicht ist sie gar nicht tot. Beschitzer hat ihren Namen ausgestrichen. Dafür gibt es manchen Grund. Sie lebt gewiß. Und er, vielleicht ist er nichts als ein alter Träumer, der die Welt nicht kennt. Und doch! Welche mächtige Organisation hat dieser Träumer hinter sich, da es ihm gelungen ist, jenen Zettel in mein Brot backen zu lassen. Also muß er in Verbindung mit der ärarischen Bäckerei stehen, muß einen Mann haben, der dieses eine Brot von der Pyramide wegstiehlt, zum Garnisonspital bringt und dort dem Wärter übergibt, der auch mit im Spiele sein muß.

Aber die Zarenreise? War sie Wahrheit, war sie Phantasterei verhungerter Gehirne?

Lebt Sinaïda? Ist sie denn überhaupt zu Boden gesunken. Nein! Das habe ich nicht gesehen. Sie lebt!

Aber wie ferne war mir dies alles. Habe ich sie denn jemals im Leben gesehen? War ich jemals mit Russen, Spielern, Opiumrauchern beisammen gewesen? Wer weiß? Ich habe schon ganz andere Dinge geträumt.

Russen, Spieler, Opiumraucher – das hatte ich doch schon einmal geträumt! Aber ganz gewiß. Und der Schlitzäugige! Auch von ihm hatte ich geträumt. Sicherlich! Wann? Gleichviel!

Sinaïda lebt, oder – hat überhaupt niemals gelebt. Wie wenig aber bedeutet das für mich, hatte ich doch eine Aufgabe, eine wichtige, endgültige Aufgabe ganz andrer Art, denn meine Wange brannte, brannte!

Ich trat in ein Restaurant, um mich zu stärken. Kaum aber hatte ich ein Paar Löffel Suppe zu mir genommen, mußte ich hinaus und mich übergeben!

So also ging es nicht. Gott war streng und forderte das Gelübde der Enthaltsamkeit von mir, bis ich's vollbracht haben würde.

Ich trieb mich wieder in den Straßen umher. Noch war die Zeit nicht gekommen. Wenn ein höherer Offizier mir begegnete, fuhr ich mit meiner Hand empor, um zu salutieren und nestelte dann verlegen an der Krämpe meines steifen Hutes.

Endlich, endlich! Von irgendeinem Turm schlug es fünf Uhr.

Was das für ein vornehmes Viertel war, in dem mein Vater wohnte! Und ich? Pfui Teufel! Ich habe mir in meinem ganzen Leben kaum zweimal Bücher und Noten kaufen dürfen. (Herrgott! Ich bin der Leihbibliothek noch Geld schuldig!) Und mit dem Sattessen ist es auch nicht weit her. Selbst als Kind, als Kadettenschüler, Sonntags vom häuslichen Tisch stand ich hungrig auf. Wie gerne hätte ich ein Stückchen Fleisch noch auf den Teller gelegt, oder gar einen Kolatschen, eine Buchtel! Vielleicht auch würde es mir die Mutter nicht verwehrt haben. Aber ich war so bescheiden, so feige bescheiden!

Bitterkeit!

Ach, was hatte das alles zu bedeuten? War doch der Tag gekommen.

– Einst wird kommen der Tag. –

Ist das nicht der schönste Vers aus dem ganzen Homer? Dreizehn Jahre bin ich alt gewesen, als ich über diesen einzigen Vers Tränen unverständlicher Wonne vergoß.

Ich mußte stehenbleiben:

»Leb wohl, alle Schönheit dieser Welt!«

Eine halbe Stunde ging ich vor dem Haus, das eines der schönsten des ganzen Gesandtschaftsviertels war, auf und ab. Dann trat ich in die Portierloge.

»Ist die Generalin zu Hause?«

Der Mann in Livree hochherrschaftlich, backenbärtig, legte langsam die Brille auf die Zeitung, wurde vornehm:

»Ihre Exzellenz sind heute morgen abgereist!«

»Und mein Vater ist auch nicht zu Hause?«

Der alte Lakai machte zuerst ein dummes Gesicht, dann erhob er sich schnell, knickig, lächelte untertänigst, stammelte:

»Euer Gnaden bitte gnädigst zu verzeihen! Kompliment! Gehorsamster Diener! Habe nicht gleich erkannt. Seine Exzellenz sind ausgefahren, kommen immer erst gegen Abend zurück. Bitte schön, bitte sehr...!«

Ich stieg die breite Treppe hinauf.

Der Bursche des Generals öffnete mir.

»Ich werde hier auf meinen Vater warten. Führen Sie mich weiter!«

Der Bursche, starr erstaunten Gesichts, ließ mich in einem großen Zimmer allein.

In der Mitte des sehr weiten Raumes stand ein Billardtisch mit einem Schutzüberwurf von grüner Leinwand, am Fenster aber ein Mignonflügel.

Neben dem Klavier in einem Schragen häuften sich Klavierauszüge von Operetten und Notenheftchen mit den Schlagern dieses Jahrs. Meine Stiefmutter! Ich fühlte eine Grimasse auf meinem Gesicht.

Das Nebenzimmer, dessen Tür offenstand, war ein kleiner Rauchsalon. Von hier führte ein offener, von Portieren flankierter Eingang in das Schlafzimmer meines Vaters, das schon für die Nacht in Ordnung gebracht war. Ich sah das aufgeschlagene Bett. So deutlich war dieser Raum vom Billardzimmer sichtbar.

Ich wartete lange, dann rief ich den Offiziersburschen:

»Hören Sie, ich kann nicht mehr länger bleiben. Richten Sie ihm aus, daß ich hier gewesen bin und morgen wiederkomme!«

Ich ging in den Vorsaal. Der Diener folgte mir.

»Wie bringe ich den nur fort?«

Es fiel mir ein, meine Schuhbänder fester zu schnüren. Während dessen rief ich über die Schulter:

»Sie können an Ihre Beschäftigung gehen.«
Er verschwand.
Sogleich schlich ich mich auf den Zehen in das Billardzimmer zurück, wo ich mich nach einem Versteck umsah. Ich tastete die Wand entlang, um eine Tapetentüre, einen Wandschrank zu entdecken, dabei stieß ich, ich weiß nicht wie, mit der hoch ausgestreckten Hand gegen eine Etagere – der Nagel löste sich – und mit ungeheurem Gepolter fiel das Gestelle und alles, was darauf stand, zu Boden.

Hochauf horchte ich. Eine Sekunde, zwei Sekunden, eine Minute, zwei Minuten, fünf Minuten.... es rührte sich nichts. Niemand hatte den Lärm gehört. Ich begriff sofort, daß Dienerzimmer und Küche sehr weit entfernt, vielleicht in einem anderen Stockwerk sich befinden mußten.

Ich ging daran, die Etagere zur Seite zu schaffen und die Gegenstände aufzuklauben.

Billardkugeln! Zwei hatten sich unter die Möbel verrollt, die dritte, rote, hielt ich mit einem merkwürdigen Grauen in der Hand.

Warum?

Heute weiß ich es.

Sonst lagen noch gerahmte und ungerahmte Photographien auf der Erde, lauter unbekannte Menschen in Parade, Frack, Balltoilette, herausfordernde Gesichter, verächtlich auf mich gerichtet.

Da aber war noch eine Photographie.

Ein Kadett, nicht älter als dreizehn Jahre, die rechte Hand auf ein Geländer stützend, wie auf Befehl, das verängstigte Gesicht schief hinaufgedreht.

Mystischer Schreck!

Lebte der noch immer, wollte er denn nie und nimmer tot, begraben, vorbei sein? Dieser Kinderleichnam, warum schied er nicht aus meinem Blut? Mein Gott! Ich zerriß das Bild. Mein Herz brach fast dabei.

Er, der Vater, hatte es nicht unterlassen, diese Siegestrophäe in seinem Zimmer aufzustellen.

Noch etwas! Jesus! Das war ja eine der Hanteln, mit denen ich damals in den Ferien Turnübungen machen mußte. Wie schwer sie ist! Ich erinnerte mich an hundert Stunden und drückte das kalte Metall an meine Brust, diesen Zeugen von Angst und Unglück, das mich niemals verlassen hatte. Nach so vielen Jahren mußte ich sie hier finden! Das war kein Zufall.

So lange war sie verborgen geblieben. Jetzt aber, in dieser Stunde, kommt diese alte Hantel mir entgegen, sucht mich gleichsam, lockt mich heran, mir jenen Gedanken einzugeben – einzugeben – nein zu sagen, zuzurufen, den ich sogleich verstehe. Ich stutzte einen Augenblick.

Sollte ich sie mißverstehen? Dieses Stück Eisen, bittet es etwa für meinen Vater, der es jahrzehntelang mit sich schleppt, der es nicht zum Gerümpel, nicht auf den Kehrichthaufen wirft, nicht dorthin, von wo es zum Schmelzofen wandern und um seine Form kommen muß.

Ist diese Hantel meiner Kindheit dem Vater für den Schutz dankbar?

Warum denn hat er sie aufbewahrt und ihr nach so vielen Übersiedlungen hier in diesem Staatszimmer einen Raum gegönnt? Warum?

War es ganz gewöhnliche Unachtsamkeit?

Ah, nein! Seinem Blick entgeht keine Blindheit auf einem Messingknopf.

War es Empfindsamkeit, verborgenes Erinnerungsgefühl, das dem kleinen Knaben galt, der einmal sein Sohn gewesen war?

Ich hielt den Eisenkopf der Hantel ans Ohr.

Keine Antwort! Sie blieb stumm.

Für mich Antwort genug. Ich verstand sie.

Es mußte geschehn.

Ich prüfte die Festigkeit der beiden Köpfe, ob sie gut auf dem Stiel säßen. Das Ding war wie aus einem Guß – da steckte ich es in meine Tasche.

Indessen war es schon recht dunkel geworden. Draußen sprang das Licht der Laternen auf. Die Fenster malten gelbe Lichtquadrate auf Möbel und Fußboden.

Ich entschloß mich, unters Billard zu kriechen; so war ich am besten verborgen.

In die Leinwand des Überzugs schnitt ich mit dem Taschenmesser ein Loch, ähnlich der Klappe im Theatervorhang – so, nun konnte ich genau beobachten, was hier und in den anstoßenden Zimmern vorging.

Ich weiß nicht warum, plötzlich erfaßte mich eine wütende Lust, mich zu verraten, unerhört Klavier zu spielen, göttlich zu phantasieren, durch die ungeheuren Akkorde alles Häßliche zu vernichten. Nur mit Mühe hielt ich mich fest. Auf meiner Stirne stand der Schweiß in großen, kalten Tropfen, so viel Kraft brauchte ich, dieses Gelüste zu überwinden.

Jetzt erst merkte ich, daß gleichmäßigen Schrittes eine große Uhr im Zimmer tickte.

Ich klammerte meine Finger um die Hantel.

Es schlug acht Uhr . . . .

Es schlug halb neun, es schlug neun. Draußen schallte die Brandung der Stadt schwächer.

Was wollte ich eigentlich hier?

Ich wußte es nicht.

Ich wußte nichts.

Da – ganz ferne hörte ich einen Schlüssel knirschen. Ich drückte den Kopf in meine Hände.

So war es gewesen – damals! Sechs Jahre alt und noch jünger. Der Schlüssel knirschte genau so. Ich vernahm es bis tief in meinen Traum. Dann tappten Schritte, kamen näher, immer näher (o, ich verging vor Furcht), ich spürte hinter den geschlossenen Augenlidern eine sanfte Helligkeit, und jetzt beugte sich jemand über mich – damals!

Nun aber!

Meine Wange brannte wie Feuer.

»Wie Feuer!« Laut stieß ich diese Worte hervor, als hoffte ich noch immer, mich zu verraten.

Im Vorsaal Schritte und Stimmen. Es waren zwei, die sprachen. Einer befahl und einer wiederholte die Befehle.

Die Türe ging auf.

Mein Vater trat ein.

Der Bursche folgte.

»Also, er war hier gewesen?«

»Befehlen?«

»Ich frage: Mein Sohn war hier gewesen?«

»Jawohl, Exzellenz!«

»Wie hat er ausgesehen?«

»No – no – Exzellenz, ich bitt' g'horsamst, ich weiß nicht.«

»Schauen Sie sich die Leute nächstens besser an!«

»Jawohl, Exzellenz!«

»Haben Sie mir die Pastillen vorbereitet?«

»Sie stehen auf dem Nachttisch, Exzellenz!«

»Und die Wärmflasche?«

»Die werde ich gleich bringen, Exzellenz!«

»Wann war er hier?«

»Befehlen?«

»Wann der Karl, – wann mein Sohn hier war, frag' ich.«

»So um halb sechs, und ist um viertel sieben wieder fortgegangen.«

»Hat er keine Nachricht hinterlassen?«

»Jawohl, Exzellenz! Der Herr hat gesagt, daß er morgen wiederkommen will.«

»Herr! Herr? Welcher Herr? Der Herr Leutnant!«

»Exzellenz! Ich meld' g'horsamst, der Herr Leutnant waren in Zivil.«

»Was? In Zivil? Während einer Untersuchung, in Zivil? Unerhört!«

Sporenklirrend ging der General auf und ab. Die Worte: »Pastillen, Wärmflasche« hatten mich fast verstört. Aber das »Unerhört«, von widerwärtigem Sporenhochmut begleitet, brachte mich in Wut.

Jetzt kam der Bursche mit der Wärmflasche.

Der General hustete.

»Hat der Herr Leutnant nicht – so – krank ausgesehen?«

»Jawohl, Exzellenz! Bissel blessiert.«

»Wo hat der Herr Leutnant denn gewartet?«
»Hier im Zimmer!«
»So?«
Der General machte eine Pause, rasselte heftig, dann sagte er als Abschluß mehrfach angestellter Erwägungen: »Morgen sagen Sie dem Herrn Leutnant, daß ich dienstlich hier nicht empfange, daß ich hier überhaupt nicht empfange! Verstanden?«
»Zu Befehl, Exzellenz!«
Über den letzten Satz geriet ich außer Rand und Band. Er hatte mich geschlagen, gepeitscht und spielte die allerhöchste Dienstkomödie weiter.

Fester faßte ich die Hantel. Ein Wort war jetzt in mir: »Es ist besiegelt.«

Die Haut auf meinem Gesicht spannte sich vor Brand und Erregung. Ich fühlte, daß jetzt das zerstörte Gewebe meiner Wunde durch die Spannung stellenweise aufbrach und das Blut langsam, warm über die Wange lief.

Nun, mir war's recht, mehr noch, willkommen. Mein Vater hatte sich unterdessen in sein Schlafzimmer begeben. Der Diener half ihm beim Auskleiden. Ich wandte mich ab. Scham verhinderte mich, hinzuschauen.

Deutlich hörte ich nur das Ächzen, Stöhnen und Gähnen eines Mannes, der nicht der gesündeste ist.

Endlich entfernte sich der Diener.

Der General drehte (der Knopf war über dem Bett) das elektrische Licht mit einer Bewegung in allen Zimmern ab.

Nun war es ganz finster.

Ein unwilliger Körper warf sich hin und her.

Feucht war meine Stirn.

Immer noch rann das Blut über die Backe.

Meine Hände waren schon ganz naß davon.

Ich wartete das nächste Schlagen der Standuhr ab.

Zehn!

Nach dem letzten Schlag kroch ich aus meinem Versteck hervor.

Was geschehen werde, ich wußte es nicht. Meine Gedanken

wurden von diesem sinnlos wiederholten Satz beherrscht: »Ins reine kommen!«

Meine Rechte hielt die Hantel fest umfaßt. Ich zählte bis drei, gewillt, beim Dritten das Zeichen zum Weltuntergang zu geben.

Eins – zwei – – – drei!

Ich gab mir einen Ruck, trat auf Fußspitzen zur Portierentüre des Schlafzimmers, stellte mich so auf, daß ich nicht gesehen werden konnte.

Lange verweilte ich so. – Dann hob ich die Hantel und klopfte mächtig an den dumpfschallenden Türpfosten.

Ich hörte, wie einer aus dem Bett auffuhr.

Heisere Halbschlafstimme wurde laut.

»Wer ist hier?«

Ich antwortete nicht.

Jetzt war im Zimmer wieder alles ruhig.

Aber ich fühlte: Er sitzt atemlos im Bett und horcht.

Zum zweitenmal drei furchtbare Schläge an den Pfosten.

Der drinnen sprang aus dem Bett. Ein schneller, fast jammernder Atem flog. Tasten einer Hand nach dem Knopf des elektrischen Lichtes.

Da klopfte ich, weitausholend, zum drittenmal und rief: »Vater!«

Wild sprang das Licht in allen Räumen auf.

Und jetzt!

Hoch erhob ich die Hantel . . .

Wer aber trat mir entgegen?

Die Füße in schlurfenden Pantoffeln, einen langen, grauen Schlafrock umgehängt, die Gürtelschnur vorne nicht zugebunden, weiße Haare zerzaust, der Schnurrbart ungestutzt, ungefärbt, grau, hart hinabstechend, schwere Tränensäcke unter kleinen sterbenserschrockenen Augen, todgezeichnete Backenknochen, blaue Lippen, die der Zähne häßliches Gold angstklaffend nicht mehr verbargen, der also aus der Türe schwankte, der alte Mensch – war mein Vater.

»Du?« fragte eine röchelnde Stimme.

»Ich!« sagte eine andere scheppernd zerbrochenen Klanges.

Langsam rann mir das Blut über Wange, Kragen, Anzug und tropfte dick auf die Parketten.

Ich trat, die Hantel immer hoch erhoben, zum Billard und befahl dem Alten: »Komm!«

Wo war der General? Wo der rasselnde Feld- und Weltherr? Ein Greis im Schlafrock, sein betäubtes Auge auf die Waffe in meiner Hand, auf das Blut in meinem Gesicht richtend, gehorchte wortlos und blieb in Entfernung zitternd stehen.

Ich stampfte mit dem Fuß: »Komm!«

Den Körper meines Vaters schüttelte sichtliches Fieber. Er sah aus wie ein Mensch, der gegen wüsten Traum kämpft. Er duckte sich, versuchte etwas zu sagen, kein Wort, kein Ton gelang.

Mein ganzes Wesen erschütterte göttlicher Rausch. Ah! Ich wartete auf das große Stichwort! Die Hand mit der Hantel straffte sich immer höher, höher! Mit aufgerissenen Augen sah mich der Vater an. Kein Wort noch immer brachte er hervor.

Meine Hypnose war so stark, daß er den Blick von mir nicht wegwandte, noch auch zur Türe lief, was für ihn leicht gewesen wäre. Ich bog den Arm ausholend zurück! Und da geschah etwas Wahnsinniges.

In meine Beine fuhr ein Rhythmus, über den ich nichts vermochte. Gebieterisch streckte ich die unbewaffnete Hand aus. Der Vater duckte sich noch tiefer, schützte mit den beiden Händen sein Hinterhaupt, und ich, ich verfolgte ihn gleichmäßig stampfenden Schrittes, Runde auf Runde um den Billardtisch.

Er keuchte vor mir her, und ich, die Beine im Tempo dieses unheimlichen Triumphmarsches streckend, Abstand niemals verringernd, niemals erweiternd, schritt hinterher, die Hand mit der Waffe erhoben, den Kopf zurückwerfend in bewußtloser Begeisterung.

Immer asthmatischer wurden die Atemzüge des Gejagten. Sein Schlafrock, aufgebunden, weitärmelig, rutschte über die Schulter, immer weiter, fiel endlich ganz von ihm!

Das war kein Offizier mehr.

Ein nackter Greis mit mager tiefdurchfurchtem Rücken schwankte vor mir her.

»Die Wahrheit«, dachte ich, »die Wahrheit.«

Das Triumphgeheimnis des unverständlichen Rhythmus genießend, immer mit hocherhobener Hantel, stampfte ich weiter.

Wie lange der Marsch, die gemessene Jagd um den Tisch währte – ich weiß es nicht.

Der andere verlor erst den einen Pantoffel, dann den zweiten, schließlich torkelte er splitternackt vor mir.

Ich hielt nicht inne. Die schwarze Magie, wußte ich, darf nicht schwächer werden.

Plötzlich blieb der alte, nackte Mann stehen, drehte sich zu mir um und fiel keuchend auf die Knie. In seinen flehend erhobenen Händen lag die Bitte: »Tu es schnell!«

Vor mir kniete kein Neunundfünfzigjähriger, vor mir kniete ein Achtzigjähriger.

Noch einmal Wahnsinn, unerträglicher Triumph!

Doch jetzt!

»Das hatte ich nicht gewollt, daß dieser Vater vor mir kniet. Er soll es nicht tun. Keiner! Ist das Papa? Ich weiß es nicht. Aber ich werde diesen Kranken nicht töten, weil ich es nicht genau weiß.«

Leid, Mitleid!

Noch immer kniete mein Vater vor mir. Aber was ist das? Überall auf der Erde in breiten Klecksen – Blut. Was habe ich getan? Ist das sein Blut? Habe ich sein Blut vergossen? O Gott! Was ist das? Nein, nein! Dank, dank! Ich bin kein Mörder. Es ist ja mein Blut, das er vergossen hat. Mein Blut! Und doch! Geheimnis! Sein Blut, unser Blut hier auf der Erde!

In diesem Augenblick hatte ich eine Vision, einen Gedanken, den ich jetzt noch nicht verraten darf.

Ich hob den General auf und warf ihm seinen Schlafrock um die Schultern.

»Geh schlafen!«

Das war der einzige Satz, der in dieser Nachtstunde gesprochen worden war.

Später, auf der Straße, schleuderte ich die Hantel und mit ihr die Krankheit der Kindheit von mir.

Dritter Teil

Was seit jener abgründigen Stunde in Jahr und Tag sich begeben hat, das des weiteren aufzuzeichnen, widerstrebt mir.

Nun! Ich war in allen drei Anklagepunkten schuldig befunden und hauptsächlich wegen tätlicher Mißhandlung eines Höheren nach militärischem Strafrecht zu neun Monaten Garnisonsarrest verurteilt worden.

Meinen Vater habe ich während meiner Haft und auch nachher nicht mehr gesehen.

Später, zu Beginn des Weltkrieges, in New York, las ich in den Zeitungen öfters seinen Namen, der aber nach und nach aus den Berichten verschwand. Der sogleich zum General der Infanterie avancierte Führer dürfte unter den ersten Generalen gewesen sein, die schuldig oder unschuldig, meist jedoch schuldig abgesägt worden waren.

Ob er heute noch lebt, wo, und nachdem Macht und Einfluß seiner Gesellschaftsschicht zerschmolzen sind, in welchem Ausgedinge, das weiß ich nicht. Ich wende mein Haupt nicht mehr rückwärts. Ich bin mit ihm, – – und als einer, der an der sogenannten alten »Militärgrenze« geboren wurde, auch mit meiner alten Heimat fertig.

Ave atque Vale ihnen beiden!

Während meiner Haft hatte ich mir durch Notenkopieren, Kollationieren, Korrigieren einiges Geld verdient. Meine Ersparnisse nach der Entlassung waren etwas größer, als die Kosten eines Ticket dritter Klasse und die gesetzlich vorgeschriebene Summe betragen, die man vorweisen muß, um hüben an Land gehen zu dürfen.

Ach, als ich die Kanzlei des Garnisonsgerichts verlassen hatte, meine Ersparnisse und die endgültig letzte militärische Löhnung in der Tasche, war ich zum erstenmal im Leben frei!

Sogleich verkaufte ich meine ganze Militärgarderobe, schaffte mir einen Zivilanzug und das sonst noch Nötige an, nahm ein für drei Tage gültiges Schnellzugsbillett nach Hamburg und verließ eines schönen Julimorgens die Residenz, die lustig in ihrer flittrigen Frühe dalag, ohne das schon deutliche Verhängnis auch nur zu ahnen.

Nach einer Reise von wenigen Stunden fuhr der Zug in die Bahnhofshalle jener großen Landeshauptstadt ein, in der ich meine Kindheit verbracht habe.

Ich weiß nicht, trieb mich der Teufel oder war es der Wunsch, in dieser uralten Krönungsstadt endgültig Abschied von der alten Welt zu nehmen; ich ergriff meinen Koffer, stieg aus und beschloß erst morgen weiter zu fahren.

Es war Mittag. Die Sonne schwamm auf noch regenfeuchten Straßen. Dies alles war fremd für mich und wie aus mir gelöscht. Die Luft drückte –, staubig angestrengt die Gesichter der Menschen – mich befiel zuerst Langeweile, dann ein recht unerklärliches Mißbehagen, ich wurde nervös und begann die Unterbrechung meiner Reise zu bedauern.

Ein endlos langer Nachmittag stand stöhnend vor mir.

Da fiel mir an irgend einer Litfaßsäule ein Plakat auf: »Hetzinsel – Vergnügungspark – Kinematograph – Scenic-Railway – Rutschbahn – Militärmusik – Restaurant, vorzügliche kalte und warme Küche!«

Hetzinsel! Das kannte ich doch schon, dort mußte ich doch damals gewesen sein! Ich hatte das richtige Programm für diesen öden Nachmittag gefunden.

Ich trat durch ein luftiges Torgerüste, von dem viele Fahnen niederwehten. Durcheinander gewälzter Schall von elektrischen Orgel-Musiken empfing mich, – – – und mit einem Schlage war jener dreizehnte Geburtstag in mir lebendig.

Nur war alles im Laufe der Jahre dürftig und fadenscheinig geworden. Die Karusselle drehten sich langsamer, ihre Buntheit war ein wenig entzaubert, durchlöchert und verblaßt wehten die Soffitten im Winde des Kreislaufs.

Vor der Grottenbahn stand nicht mehr ein Zwerg und eine Riesin, quäkend, paukenschlagend, nein, ein Herr im Gehrock mit großer Uhrkette, der ebensogut Hofrat oder Intendant eines Stadttheaters hätte sein können. Allerdings die Märchenautomaten an der Außenwand des Gebäudes ruckten und zuckten noch immer, und auch der mechanische Mozart schlug seinem unsichtbaren Orchester unermüdlich noch immer diesen gespenstisch unzugehörigen Takt, – aber, wer von uns war so sehr gealtert?

Das Wetter war eben nicht das beste. Unmut starrte am Himmel. Ein Gewitterwind kreiselte Staub, Papier, Unrat, Schalen, Fetzen und die kleinen Koriandoliblättchen eines verstorbenen Sommerfestes durcheinander.

Da es Wochentag war, schlenderten, anders als damals, nur wenig Besucher durch die Budenstraßen. Faul, schweigend, pfeifenrauchend, nur manchmal aufkeifend, standen die Budenbesitzer und Verkäufer einzeln und in kleinen Gruppen. Nichts, gar nichts ließ vermuten, daß die gähnende, geschäftsschwache Muße eines schwülen Dienstnachmittags durch irgend ein Ereignis getrübt worden war.

Die barbarisch gewaltige Musik war die alte geblieben, ich erkannte sie, und kaum weniger als damals verwirrte sie mit ihren Stürmen mein Bewußtsein.

Wie ich so in dem infernalischen Feuerregen der herrlich hervordröhnenden Opernarien stand, stieg in mir die Erinnerung an eine Bude, an jene Bude auf, in der Charakterpuppen in Schulbänken und auf einer Scheibe sich bewegen – ja, die Bude – dort wo ich damals an meinem Geburtstag falsch ausgeholt und statt den Kopf jener Figur zu treffen, ihn, den Major, getroffen hatte.

Ich ging über einen Platz. Mein Blick traf das Becken einer nicht springenden Fontäne. Der Wasserspiegel war gekräuselt.

Da trat ich zu einem der gaffenden Ladenhüter:

»Können Sie mir sagen, wo die Bude mit den automatischen Figuren steht, denen man die Hüte vom Kopf wirft?«

Der Mann sah mich an, als hätte er gerade diese Frage erwartet.

»Sie meinen natürlich die Bude des alten Kalender?«

»Wie der Mann heißt, weiß ich nicht!«

»Nun, der Kalender, der gestern in der Früh ermordet worden ist!«

»Kalender?«

»Aber! Die ganze Stadt spricht ja davon. Der Alte ist von seinem Sohn, dem Lumpen, umgebracht worden. Vom August, dem Halunken!«

»Ich bin erst heute hier angekommen!«

»Ich dachte halt, Sie wollen die Bude auch sehen; die Leute laufen ja den ganzen Tag, gestern und heute, massenhaft hin; die neugierigen Nichtstuer die! Das ganze Geschäft wird einem verdorben, wenn das so weitergeht! Sakrament!«

Der Mann spuckte bedächtig aus.

In mir dämmerte es.

Eine Ahnung!

Der Verkäufer fragte: »Haben Sie denn die Zeitung nicht gelesen? Die ›Morgenpost‹ von heute?«

»Nein!«

»So was!«

Der Mann sah mich mit ehrlicher Verachtung an. Das ist ein schlechter Bürger, der keine Zeitungen buchstabiert.

Plötzlich entschloß er sich.

»Warten Sie!«

Er ging in die Bude, – kam wieder.

»So, da ist die ›Morgenpost‹. Dieser Artikel da – nein, der nicht – hier dieser, rechts unten. Wie? Sie können das Blatt behalten. Ist schon recht. Ich brauche es nicht mehr. Was? Wo die Bude ist? Ein paar Schritte von hier, Herr! Dort, sehen Sie, wo die Leute stehen! Gleich rechter Hand vom Ausgang!«

»Danke!«

Ich nahm die Zeitung und las im Weitergehen.

Ich setze das wörtliche Zitat des Artikels, den ich aufbewahrt habe, hierher.

Vater und Sohn
Die Bluttat eines verbrecherischen Sohnes

Die Zeiten werden immer düsterer, Katastrophen lauern. Schwere Gewitterwolken türmen sich am politischen Horizont.

Das in Serajewo vergossene Fürstenblut – unsühnbar ruft es nach Rache. Europa, die ganze gesittete Welt, steht zum Sprunge bereit in unheimlicher Spannung da.

Und die Schatten, unter deren Wucht die Menschheit erschauert, werfen sich auch über das Schicksal des einzelnen, das Schicksal der Familien.

Die Verbrechen häufen sich; alle menschlichen Beziehungen sind durch den Wurm des gewinnsüchtig egoistischen Zynismus angefressen. Die Bande der Familie sehen wir gelockert, Bruder erhebt die Hand gegen Bruder – und, wer vermöchte es ohne Entsetzen auszudenken, der geliebte, der gehegte Sohn spaltet kaltblütig mit einem Beil des gütigen Vaters Schädel.

Ja, wir sehen es ringsum und haben niemals in unserem Kampf gegen Schundliteratur, unmäßigen Kinobesuch usw. unterlassen, den Finger auf diese schwärende Wunde zu legen: Eine lasterhafte Jugend ist herangewachsen, die alle Gesetze, alles, was der Väter Mühsal geschaffen und erworben hat, mit Füßen tritt.

Libertinage, Arbeitsscheu, Vergnügungssucht, Snobismus, Kaltherzigkeit, das scheinen die Haupteigenschaften dieser Jugend zu sein; man braucht ja nur einen Blick auf die Erzeugnisse der Kunst und Literatur zu werfen, wie sie von diesen jungen Leuten kreiert werden.

»Épater le bourgeois«, das ist heute noch mehr Trumpf als sonst und wird keineswegs mit jenem gutmütigen Humor getrieben, dessen wir Älteren noch gern gedenken, wenn wir die Werke der Naturalisten von damals betrachten, die ja auch nicht gerade sanfte Lämmer waren, und mit ihren Allotrien, Anulkungen, Satiren, den Spießbürger recht empfindlich gezaust haben. Dennoch zeichnete diese heute nicht mehr junge Generation warmes soziales Mitempfinden, aufbauender Sinn, Verständnis für Vaterland und Ordnung und bei allem Pessimismus herzhafter Lebenshumor aus!

Hingegen die Jüngsten?

Ihre Produktivität ist der Haß gegen alles Bestehende, fast möchte man sagen: Haß an sich!

Wir können nicht umhin, angesichts der neuesten Erzeugnisse der deutschen Literatur, mit Altmeister Goethe auszurufen:

»Doch dies ist einer von den Neusten,
Er wird sich grenzenlos erdreusten.«

Ja, dieses Geschlecht hat wohl die Zerstörungswut eines Karl Moor, aber nicht die hohe, heldische Einsicht, die ihm unser Dichterheros in den Mund legt, daß nämlich zwei Kerle wie er imstande wären, den ganzen sittlichen Bau der Welt zu zertrümmern.

In Anbetracht dieser jungen, zügellosen Menschen wandelt oft auch den liberalen Mann die Sehnsucht an, ein eiserner Besen möchte all das Faule und Morsche unerbittlich hinwegfegen.

Ja, eine Generation von Kinoläufern, Kaffeehaushockern, Barhelden drängt nach vorwärts; ihr Ideal ist der Hochstapler großen Stils, der sexuelle Psychopath, mit einem Wort, der Verbrecher.

Dieses Ideal, wie jedes, fordert seine Opfer.

In den höheren Klassen der Gesellschaft verfallen die Söhne dem Spiel, dem Nichtstun, der Verschwendung, den sinnlichen Lastern und schließlich den venerischen Krankheiten. In den Niederungen aber ist der Sprung zum Mörder ein Katzensprung.

Und in der Tat!

Einer dieser hoffnungsvollen Jünglinge, die Phantasie von Detektivromanen zersetzt, geht hin und mordet seinen Vater.

Wer kennt nicht weit und breit den alten Kalender? Er war das, was man eine stadtbekannte Figur nennt.

Seine Bude auf der Hetzinsel ist bei alt und jung beliebt. Wer von unseren Mitbürgern hat nicht schon einmal mit den festen Bällen einer der grotesken Figuren den Hut vom Kopf zu schleudern versucht? Diesen Charakterpuppen, denen ein gewisser künstlerischer Wert keineswegs abgesprochen werden kann, galt die Liebe Julius Kalenders. Er war fast ein Puppenspieler im alten Sinne und demjenigen, der Verständnis für markig deutsche Art hat, wird die kostbare Erzählung Theodor Storms von Pole Poppenspäler einfallen.

Julius Kalender war ein jovialer Mann von nahezu sechzig Jahren, trug immer eine Soldatenmütze, die den früheren Wachtmeister erkennen ließ, und war, wenn er behaglich vor seiner Bude stand, für seine lustigen Scherze, seine schlagfertigen Bemerkungen berühmt, denen auch die politische Würze nicht fehlte.

Den reinen Gegensatz zu diesem prächtigen Mann stellt der eigene Sohn dar: August Kalender. War jener heiter, so ist dieser meist mürrisch und verdrossen, besaß der Vater Gutmütigkeit, eine polternd rechtliche Lebensart, der Sohn ist tückisch, verschlagen und weiß nicht im geringsten Gut und Böse zu unterscheiden. War Julius darauf bedacht, nicht nur sein Auskommen zu finden, sondern auch etwas in den Strumpf zu tun, um dereinst seinem Einzigen eine Erbschaft hinterlassen zu können, August vereitelte diese Absicht so gut er konnte, indem er immer wieder die schwer erworbenen Groschen dem Vater herauslockte, der in selten gutartiger Weise jedesmal für die Schulden des Sohnes aufkam.

Der einzige Vorwurf, den wir diesem armen Vater machen könnten, wäre:

»Warum hast du deinen Jungen nichts Ordentliches lernen lassen? Ist eine Umgebung von Jahrmarktsbuden, Kasperltheatern, Panoptiken, Gauklerunternehmungen der richtige Ort für einen heranwachsenden Buben?« Aber diesen Vorwurf hätte der lustige Julius gewiß nicht verstanden, dazu war er selbst zuviel Zigeuner, trotz seiner Seßhaftigkeit und des Bürgerrechts zuviel Kind des grünen Wagens.

Augusts Kindheit und Jugend muß gewiß so glücklich und frei gewesen sein, wie sie sich der phantastischste Neid eines »Stadtkindes« gar nicht vorstellen kann.

Volks- und Bürgerschule machten ihm kein Kopfzerbrechen, denn sein Vater war leider nicht der Mann, über ein schlechtes Zeugnis oder über eine minder entsprechende Sittennote zu murren. Wenn andere Knaben ganze Nachmittage lang und manche Nachtstunde dazu über ihre Aufgaben gebeugt saßen, August durfte dem Vater in der Bude, wo's immer lustig zuging, mithelfen, genoß das Glück, ein Kind der Hetzinsel zu sein, durfte ein Dasein führen, das für andere Jungen die höchste Romantik einschloß.

Es ist erwiesen, die unglückselige Mutter hat es selbst beteuert, daß der Alte seinem Sohn niemals Vorwürfe machte, sondern, wenn auch seufzend, alles hergab, was August von ihm verlangte. So liebte er diesen Sohn, der kein Kind mehr war, sondern ein erwachsener Mann von fünfundzwanzig Jahren.

Aber nicht nur die Mutter, auch andere haben sich gefunden, die für die abgöttische Liebe des Vaters zu seinem Sohn Zeugnis legen.

Und dennoch! Vor vierundzwanzig Stunden, um fünf Uhr morgens, lockt August, der Sohn, Vater Julius Kalender unter irgend einem Vorwand aus der Bude, verwickelt ihn in ein Gespräch und erschlägt ihn angesichts der grotesken Puppen mit dem Beil!!

Der Grund? Er ist vorläufig ein Rätsel, und es steht dahin, ob die menschliche Justiz fähig sein wird, dieses Rätsel zu lösen.

Denn so oft auch der Sohn im Laufe der Jahre den Vater beraubt und bestohlen hatte, diesmal nahm er nichts, unberührt blieb die wohlgefüllte Brieftasche des Budenbesitzers.

Es ist ganz gewiß, ein auch nur beabsichtigter Raubmord liegt nicht vor.

August K. ist ein so abgefeimter Schurke, daß er nach vollbrachter Tat sicherlich nicht aus Gram und Reue davon abgestanden wäre, das Geld des Vaters in den wenigen Stunden, die ihm blieben, zu verjuxen.

Zur Zeit des Mordes war kein Mensch im ganzen Vergnügungspark wach. Der Mörder schleppte kaltblütig sein Opfer zu einem nahen, längst verlassenen Bauplatz, wo viele Lagen von morschen Brettern und altem Baumaterial aufgeschichtet sind. Der Sohn warf den ermordeten Vater nach guter Berechnung in eine alte Kalkgrube, häufte Reisig, einen Sack, Fetzen über ihn, trug einen Stapel langer Bretter herbei und legte sie breit und hoch über die Kalkgrube, daß es den Anschein hatte, sie wären hier seit je so gelegen.

Diese Arbeit spricht von der Riesenkraft und von der robusten Verbrechernatur dieses Unmenschen. Es ist der reine Zufall, daß ein Lumpensammler nach zehn Stunden Blutspuren auf den Brettern entdeckte und die Polizei aufmerksam machte.

August hat damit gerechnet, daß das Verbrechen verborgen bleiben würde, das zeigt seine ganze Handlungsweise. Und doch! Die unberührte Brieftasche steckte in der Brusttasche des Toten.

Ein Raubmord?

Nein!

Ein Affektmord?

Nein! Die Mutter schwört, es hätte zwischen Vater und Sohn keinen Streit gegeben, der Vater wäre sowieso immer nachgiebig gewesen, ja er habe vor August immer eine gewisse Angst gehabt.

Und was sagt der Mörder selbst aus?

Nichts! Er schweigt! Er zuckt die Achseln.

Wir stehen hier vor der Sphinx der menschlichen Psyche, vor dem unergründlichen Geheimnis

----

Ich konnte nicht weiterlesen. Mit vielen Spalten füllte dieser Artikel die Seiten der Zeitung. Mir schwamm es vor den Augen.

Hier – ich stand vor einem Ausgang des Vergnügungsparks. Ah! Rechter Hand ein Häuflein Menschen in heftigem Gespräch! Ich ging auf die Bude zu und ————————————————

Ich glaube, es ist bei allen Menschen so! Bei mir wenigstens setzen sich alle Erkenntnisse, Intuitionen, Einfälle, Aufhellungen, kurz alle geistigen Erlebnisse sofort in Körperzustände der heftigsten Art um. Witz, Kalauer, Lustigmachen zieht mir wie jede andere häßliche Empfindung das Innere abwärts vom Zwerchfell wie durch scharfe Säure zusammen, Religion, Musik, Erkenntnis, alles Gute durchschüttert Herz und Lungenpartie, erzeugt Weinkrämpfe...

Aber es ist noch etwas da.

Die Ärzte behaupten, der menschliche Körper schließe zwei Nervensysteme ein, das vagische und das sympathische, ich aber behaupte, mögen mich die Mediziner auch auslachen, es gibt noch ein drittes Nervensystem in uns (ich wenigstens erlebe seinen Bestand täglich), ja, ein drittes unerforschtes Nervensystem, das ich in aller Bescheidenheit den Nervus magicus nennen will.

Wir alle haben in unserer Jugend mit Vorliebe Geistergeschichten verschlungen, und wenn sich in der Erzählung das Gespenst oder irgend eine grausige Erscheinung zeigte und es vom Helden hieß, daß »kalte Schauer ihm über den Rücken liefen«, haben wir diese Schauer mitempfunden.

»Kalte Schauer«, das ist eine gar nicht so schlechte Bezeichnung für das Vibrieren des dritten Nervensystems. Allerdings »Rücken« ist ungenau. Die Klaviatur, auf denen diese Schauer spielen, der Nervus magicus, liegt außerhalb unserer materiellen Natur und hat in jener unerforscht feinen Substanz seinen Ort, die uns umgibt, von uns und zu uns zurückstrahlt, in jener Substanz, die einige den Perisprit, andere Aura, Od nennen und die tatsächlich ihre höchste Dichtigkeit im Rücken unserer Person besitzt.

Schwingt dieses dritte Nervensystem, von der Hand der abgründigen Mächte angerührt, so erwachen Erkenntnisse, Zustände, Kräfte in uns, die, treten sie ins Dunkel zurück, keine Spuren hinterlassen, der Sprache sich entziehen und des Gedächtnisses spotten.

Man wird mich verstehen.

Ich stand vor der Bude des Ermordeten! Vor jener Bude, wo auch ich vor vielen, vielen Jahren das Blut meines Vaters vergossen hatte.

Damals, ehe ich in das schwere Nervenfieber verfiel, das meine Knabenjahre so sehr zerrüttete, damals hatte sich ein gelbes, hohläugiges Bubengesicht über mich gebeugt.

Wie aufmerksam, wie seltsam interessiert war dieses starrende Gesicht gewesen, jenes letzte Bild, ehe mich der krankhafte Schlaf anfiel! – Und dieser Gleichaltrige!? Er schweigt vor dem

Richter. Er weiß den Grund nicht. Aber, hat er nicht das vollbracht, was er an jenem fernen Tage von mir sehen mußte?! – Ach – mir war vielleicht nur aus angstzitternder Hand zu früh der Ball gefahren. Aber dennoch! Ich hatte dem Knaben gelehrt, daß es andere Ziele gibt als die Hüte ohnmächtiger Puppen.

Und Julius Kalender?

Deutlich stand er vor mir. Freundlich flatterte der rötlich ärarische Backenbart à la Franz Josef. Die dicke Uhrkette zeigte den Mann, der das Leben von der bekömmlichen Seite nahm.

Das war kein Kanzleifuchs, kein Kaserntyrann, das war ein behaglicher Stammtischgast, einer, der mit den Augen zwinkert, beim dritten Bier schon der auflauschenden Runde seine Zötchen und Anekdötchen zum besten gibt. Und doch, dieser gute, offensichtlich gutartige Mensch, weil er Vater war, hat er daran glauben müssen.

Die Menschen vor der Bude (man konnte gar nicht hineinsehen) standen vor Klugheit und Gespanntheit alle wie auf einem Bein. Sie sprachen über den Mord, erregt, glücklich, daß endlich einmal was vorgefallen war, daß es etwas gab, was wie ein heißer Grog auf Neugier und Selbstbewußtsein wirkt.

Sie schrien und stießen Verwünschungen gegen August, den Mörder des Vaters Julius, aus.

Hinter dem Ladentisch, wo sich noch immer in großen Körben und Schalen die Pyramiden der Bälle bauten, stand eine ältere Frau mit Umhängekragen, Kapotthütchen und schwarzen, gestrickten Halbhandschuhen.

In unverkennbar sächsischem Dialekt forderte sie die schwätzenden Menschen auf: »Nur immer 'ran die Herren! Einmal das Glück versuchen. Zehn Würfe fünf Sechser.«

Aber was war das? Neben ihr tauchte plötzlich ein Bub auf, ein gelblich schwacher Junge, mit ungeheuer tiefliegenden, umschatteten Augen, der noch nicht dreizehn Jahre alt sein mochte.

August Kalender? Ich? Wer?

Der Knabe verschwand nach hinten.

Auch er wird lernen. Er, der immer Wiedergeborene, der ewig Dreizehnjährige.

In diesem Augenblick, als hätten sie sich so lange verborgen gehalten, um meinen Gedanken nicht zu stören, – erblickte ich, – erfaßte mich der Irrsinnsrhythmus der Charakterpuppen.

O fürchterlicher Akkord auf dem Nervus magicus!

Auf- und niederschwebend, grinsend, grüßend waren sie alle da:

Der Mandarin, der Neger, die Teerjacke, der Henker, der Phantasieoffizier, höhnisch fuhren sie aus den Schulbänken ihres mystischen Nachsitzens auf, versteckten sich wieder wie Leute, die sich nicht greifen, verhaften lassen, gar nicht daran denken, ihre Beute herzugeben, ihrer Unverletzlichkeit so gewiß sind, daß sie durch freches Auf und Nieder der Häscher noch spotten.

Auf ihrer Drehscheibe aber wandelten schlotternd in zunderndem Bratenrock und Trauerzylinder die Opiumraucher elegisch an der imaginären Türe vorbei.

Wer seid ihr? Wer seid ihr alle in eurer ungerührten Bewegung? Seid ihr unsere Neben-, Vor- und Nachmenschen, die Milliarden Unbekannten, die uns auf der Straße und in den Sälen des Lebens begegnen? Seid ihr die zerbrochenen Toten, die nach unbegreiflichem Gesetz den einmaligen Gedanken ihrer Form weiter durch unsere Reihen bis in alle Ewigkeit tragen müssen? Seid ihr die noch Ungeborenen all, Schatten, die eine künftige Existenz in die Gegenwart vorauswirft?

Seid ihr die Mächte und Gewalten der Tiefe und Höhe, die Unsumme gestaltloser Wesen, wesenloser Gestalten, doch wirkender Schicksale, die sich zwischen die beiden einzig realen Pole der Welt drängen, zwischen das Ich und das Du?

Seid ihr die Erzeuger der Bewegungen von Ursprung an, die Zeuger, Zeiger und Zeugen aller Morde, Kriege, Aufopferungen, Heldentaten, Werke, Verbrechen, Liebschaften, Spaziergänge, Feste, Hochzeiten, Vergnügungsfahrten, Sterbensseufzer, Erdbeben und Gartenwindchen, die großen Ruhe- und Unruhestifter, die geheimnisvollen Spindeln, von denen die unsichtbaren Fäden sich abspulen, die alles Lebendige untereinander verbinden? Wer seid ihr, wer seid ihr?

Nichts unterbrach den Rhythmus jener Mächte. Nur die alte Sächsin forderte mich auf, mein Glück zu versuchen.

Ich aber verließ die Hetzinsel und reiste noch am selben Abend weiter.

Von Hamburg schrieb ich folgenden Brief, – und das waren gleichsam meine letzten Worte an die alte Welt:

An die k. k. Staatsanwaltschaft
zu – – – – –
Mein Herr Staatsanwalt!

Als Unbekannter wende ich mich in einer Sache an Sie, die mir sehr am Herzen liegt.

Müßte ich ein Pseudonym wählen, um meinem recht gewöhnlichen Namen einen Sinn zu geben, – ich würde mich Parrizida nennen.

Ihre humanistische Schulbildung wird sogleich wissen, was die Römer unter dieser Vokabel verstanden, und Sie werden sich gewiß auch des weiteren erinnern, daß es Herzog Johannes mit dem Beinamen Parrizida war, der seinen Vater, den deutschen Kaiser Albrecht, auf einem Spazierritt vom Leben zum Tode beförderte.

Ich sage das nur, um zu beweisen, daß jene Zeitung Ihrer Hauptstadt (›Morgenpost, deutsches Tagblatt‹, gegr. 1848, vom 4. Juli 1914) unrecht hat, wenn sie in ihrem Feuilleton behauptet, der Vatermord wäre ein Privileg der unteren Gesellschaftsschichten.

Er kommt, wie jene allerdings vor grauen Jahren begangene Tat zeigt, in den besten Kreisen vor.

Ich zum Beispiel stamme aus einem alten Offiziersgeschlecht und habe dennoch meinen Vater zweimal getötet, wobei es das erstemal sogar recht blutig zuging.

Ich erwähne, mein verehrter Herr Staatsanwalt, den eigenen Fall nur, um in Ihnen ein tieferes Verständnis für einen anderen Fall zu wecken, den Sie gewiß amtlich zu bearbeiten haben werden, ich meine natürlich den Fall des Vatermörders August Kalender.

»Aber, mein lieber Herr Duschek«, höre ich Sie sagen, »wie können Sie einem Juristen zumuten, diese beiden Fälle miteinander zu vergleichen, denn erstens, Ihr Herr Vater, seine Exzellenz, der Feldmarschall, lebt ja noch – – –«

Hier, mein werter Herr Doktor, muß ich Sie leider unterbrechen, denn theoretisch kommt es ja gar nicht darauf an, daß mein Vater lebt!

Ich sehe Sie ein wenig spöttisch lächeln und Sie belieben zu bemerken: »Für einen Philosophen, Theologen oder sonst einen Kathedermenschen mag es vielleicht theoretisch wirklich gleichgültig sein, für den Juristen aber ist nur das reale Faktum gültig und vorhanden. Und dann! Ihr Herr Vater ist wohl dem alten Julius Kalender recht wenig vergleichbar. Wer hat den strammen, strengen, feschen Offizier vor Jahren in unserer Stadt nicht gekannt? Das war der richtige Marssohn, ein rauher Kriegsmann, Soldat von echtem Schrot und Korn, bei dem es keine Weichheiten und Nachgiebigkeiten gab. Der Sohn eines solch schneidigen, geraden Mannes ist gewiß nicht auf Daunen gebettet; er muß etwas leisten, empfängt mehr Scheltworte als Belobungen, und da wir Juristen ja Seelenkenner und erfahrene Psychologen sind, können wir die Meinung gelten lassen, daß durch solche, vielleicht allzu straffe Erziehung in einer jungen Seele Wunden, Brüchigkeiten, Schorfe entstehen, die später zu Haß, Feindschaft und bösen Taten führen mögen.

Daß das Gesagte bei Ihnen gewissermaßen eingetreten ist und auch bestraft wurde, ist hieramts bekannt.

Sie sehen, Herr Parrizida, ein Staatsanwalt hat mitunter auch das Zeug zum Verteidiger.

Aber stimmen denn die obengenannten mildernden Umstände für den bestialischen August? War sein Vater nicht ein Bonhomme, eine Art Künstlernatur, ein gutmütiger Witzbold, ein schwächlicher Papa, der niemals Radau machte und die Sauf- und Hurenschulden jenes sauberen Gesellen immer wieder zahlte?«

Erlauben Sie mir, mein Herr Staatsanwalt, hier eine Bemerkung: Ob der Vater hart oder weichmütig ist, bleibt sich in einem letzten Sinne fast gleichgültig. Er wird gehaßt und geliebt, nicht weil er böse und gut, sondern weil er Vater ist.

Dieses Geheimnis, diese sehr unscheinbare, aber recht tiefreichende Erkenntnis habe ich den schwersten Stunden meines Lebens zu verdanken, vor allem einer Stunde, wo viel vom Wesen der Welt sich meinem Gefühl enthüllte.

Sie fragen: »Wenn der Haß gegen die Väter ein allgemeines Naturgesetz ist, unter dem die Söhne stehen, warum bringen nicht mehr Söhne ihre Väter um, warum ist im Rechtsbewußtsein der Zeiten der Vatermord seit je der scheußlichste der Morde geblieben? Antworten Sie: Warum bringen nicht mehr Söhne ihre Väter um?«

Ich aber sage Ihnen: Sie bringen sie um!

Auf tausend Arten, in Wünschen, in Träumen und selbst in den Augenblicken, wo sie für das väterliche Leben zu zittern glauben.

Sie, Verehrtester, haben klassische Bildung genossen. Ich leider nicht. Denn mein Vater, so gut er's eben wußte, hatte mich zum Besuch der Kadettenschule verdammt. Dennoch kenne auch ich jene griechische Tragödie, wo Ödipus unwissend, daß der grauhäuptige Reisende sein Vater ist, den alten Mann erschlägt. Diese Tragödie ist eine wahre Fundgrube der Metapsychik des Menschen, und ich scheue mich nicht, mit Sophokles zu glauben:

Jeder Vater ist Laïos, Erzeuger des Ödipus, jeder Vater hat seinen Sohn in ödes Gebirge ausgesetzt, aus Angst, dieser könnte ihn um seine Herrschaft bringen, das heißt etwas anderes werden, einen anderen Beruf ergreifen als den, den er selbst ausübt, seine, des Vaters, Weltanschauung, seine Gesinnungen, Absichten, Ideen nicht fortsetzen, sondern leugnen, stürzen, entthronen und an ihre Stelle die eigene Willkür aufpflanzen.

Jeder Sohn aber tötet mit Ödipus den Laïos, seinen Vater, unwissend und wissend den fremden Greis, der ihm den Weg vertritt. Und – damit wir uns besser verstehen – betrachten Sie doch im großen und ganzen die Generationen, wie sie einander gegenüberstehn!

Sie sind genug Psychologe und Berufsmensch, um die Abneigung und Angst zu kennen, mit denen die älteren Beamten, Militärs, Kaufleute, Künstler den Weg der jüngeren Kollegen verfolgen. Die Alten möchten die Jungen alle abschaffen oder ihnen zeitlebens wenigstens als dankbaren Schülern, gelehrigen Jüngern den Meister zeigen. Die Triebkraft unserer Kultur, Herr Staatsanwalt, heißt Vergewaltigung! Und die Erziehung, die wir so stolz im Munde führen – auch diese Erziehung ist nichts anderes als leidenschaftliche Vergewaltigung, verschärft durch Selbsthaß, Erkenntnis eigener Blutsfehler am Ebenbilde, die jeder Vater statt an sich selbst, an seinem Sohn bestraft.

Die Tragödie – Vater und Sohn – ist wie jede andere über einer Schuld gebaut. Wollen Sie die Schuld dieser allgemeinen menschlichen Tragödie wissen? – Sie heißt: gierig unstillbare Autoritätssucht, sie heißt: Nicht-beizeiten-resignieren-Können!

Ach, mein Herr Staatsanwalt, wissen wir, ob die Gutmütigkeit des liebenswürdigen Julius zu seinem verkommenen August nicht auch eine der Millionen Spielarten der Autoritätssucht war? Gestehen wir uns nur ein, wir kennen Vater und Sohn Kalender recht wenig, wissen nichts von dem Wesen ihrer Beziehung, denn Julius kann nicht mehr sprechen, und August – will es nicht.

Aber, es steht fest, daß dieser Vatermord kein Raubmord war.

Eines noch! Der Fall Kalender und der Fall Duschek (es tut mir nichts, daß Sie mich für verrückt halten) dürfen aus folgendem Grunde klassisch genannt werden.

Der Beruf, zu dem mein Vater mich von frühauf zwang, war der Beruf des Tötens! Fechten, Schießen, Taktik, Artillerieunterricht – all das, was ich in vielen bitteren Stunden, ohne meinen Widerstand überwinden zu können, lernen mußte, all das war die Wissenschaft vom Mord.

Und August Kalender? In welchem Beruf hielt ihn sein Vater fest? Von erster Jugend an sah er tagaus, tagein nichts anderes als jene Bälle, hart wie Steine, die roh, wuchtig, von häßlichen Ausrufen begleitet, menschliche Köpfe bombardierten.

Die Schule, Verehrtester, in die uns beide unsere Väter schickten, war eine Akademie des Menschenmords!

Wer also ist der Schuldige?

Es gibt ein altes albanisches Sprichwort:

»Nicht der Mörder, der Ermordete ist der Schuldige!«

Ah! Ich will mich nicht freisprechen. Ich, der Mörder, und er, der Ermordete, wir beide sind schuldig! Aber er – er um ein wenig mehr.

Sollte es aber noch »Mitschuldige« oder besser gesagt »Hauptschuldige« geben, Schicksalsbazillenträger guter und böser Art, die uns anstecken, »Geister im Wind, die uns an den Mantelenden vorwärtszupfen«?

Sehen Sie! Am dreißigsten Mai vorigen Jahres, eben demselben Tag, an dem ich zum zweitenmal die Hand wider meinen Vater erhob, war mir ursprünglich keine geringere Absicht suggeriert worden, als ein Attentat gegen den Zaren von Rußland.

Von wem?

Von den reinsten Menschen, den uneigennützigsten Fanatikern! Ja, zum Teufel, das waren sie alle, obgleich ich Augenblicke habe, wo es mir scheint, sie wären Wahngebilde, Traumgespenster gewesen und ich hätte nie Opium geraucht. – Aber, verzeihen Sie mir, das gehört gewiß nicht hierher.

Hingegen fordere ich Sie, mein Herr, der Sie Richter sind, auf, bevor Sie Ihre Anklageschrift in die Hände des Gerichts legen, eine Nacht in Kalenders Bude, in der Gesellschaft seiner Charakterpuppen zu verbringen.

Gern möchte ich es selber wissen: Ruhen diese Figuren in der Nacht, oder müssen sie im Rhythmus ihrer Verdammnis auch zu öder Stunde auf- und niederschweben?

Schleichen die alten Klavierspieler, Tanzlehrer, Leichenbitter auch im Morgengrauen durchs Zwielicht; sie, die geduldig ihre Köpfe den frechen Bällen preisgeben, sie denken wohl: »Oh, ihr kleinen und großen Idioten, die ihr meint, uns leider Unverwundbare treffen zu können! Wir sind die Fata Morgana nur zwischen eurem Ich und Du. Uns glaubt ihr zu verwunden und tötet einander!«

Ich schwöre es Ihnen, Herr Staatsanwalt, Sie werden angesichts der Kalenderschen Automaten diesen Brief verstehen.

Reinlich und wahrhaftig will ich dieses so amtsungebührlich lange Schreiben schließen.

Ich habe viel von der Feindschaft zwischen Vätern und Söhnen gesprochen.

O, glauben Sie mir, auch ich habe die Liebe des Sohnes zum Vater kennengelernt. Ja, heute weiß ich es, diese Liebe war der stärkste Trieb meiner Seele, der verzehrendste Besitz meines Lebens gewesen; sie hat alles andere Leben von mir entfernt und mich zu meinem Unglück bis zum Rand erfüllt! Ich kenne diese Liebe. Sie muß die scheueste und geheimnisvollste von der Welt genannt werden, denn sie ist das Mysterium der Einheit und des Blutes selbst.

In der festen Hoffnung, daß Sie, Herr Staatsanwalt, unbedingt eine Nacht in der Kalenderbude verbringen werden, bin ich
Ihr sehr ergebener
Karl Duschek.

Ich habe hier genau die Kopie meines Briefes an den Staatsanwalt jener Hauptstadt wiedergegeben.

Am nächsten Tag ging ich in Cuxhaven an Bord des ›Großen Kurfürsten‹. Nach einer Reise von zehn Tagen erblickte ich die große Statue auf Liberty Island. Lärm und Musiken kamen fern und dumpf übers Meer.

Es war der erste August des Jahres Neunzehnhundertundvierzehn.

Hier aber die Worte eines Geretteten als

Epilog

Ich habe meine Kindheit und Jugend in einer Welt verbracht, wo, wie ich glaube, kein Mensch auch nur eine Ahnung vom rechten Erlebnis in sich trug. In einer Welt von aktiven und passiven Narren habe ich die unwiederbringlichsten Tage meiner Laufbahn verloren.

Unter falschen Gewichten stöhnend, schuf die Seele falsche Gegengewichte.

Wenn ich an alles und an alle zurückdenke, erscheint vor meinem Auge ein Zug grabentlaufener Gestalten, die so phosphoreszieren, daß es mir unmöglich scheint, sie zu beschreiben. Und ich? Ich selbst bin mitten darunter.

Ich habe sie, mich, uns alle geschildert, aber wir waren, heute weiß ich es, alle so wenig wirklich, so wenig wahr, daß notwendig die Beschreibung voll unwahrscheinlicher Dinge sein mußte.

Weg damit!

Denn ich sehne mich, von mir selbst zu sprechen!

Da wäre viel, sehr viel zu sagen! So zum Beispiel, wie ich meine letzte Gefahr überwand, mein schwerstes Opfer brachte! Welche Gefahr, wird man fragen. Wenn mich auch nur wenige verstehen werden, habe ich zu antworten:

Die Musik!

Ich habe eins erkannt: Alles ist sinnlos, was der Welt nicht neues Blut, neues Leben, neue Wirklichkeit zuführt. Einzig um die neue Wirklichkeit geht es.

Alles andere gehört dem Teufel an. Vor allem aber die Träume, diese entsetzlichen Vampire, denen sich alle Schwächlinge und Memmen hingeben, alle, die niemals aus dem Winkel der Kindheit kriechen wollen. Und das wollen viele nicht, viele tausend Männer, ja Millionen bleiben lieber in den dunklen Dunstecken ihrer Kinderzeit verkrochen. Mir scheint, ihr da drüben, daß eure Welt der Uniformen, Höfe, Orden, Kirchen, Flitterrepubliken, Industrien, Handelsbeflissenheiten, Moden, Kunstausstellungen, Zeitungen und Meinungen, mir scheint, daß diese Welt nichts anderes vorstellt als einen großen modrigen, verspinnwebten, dekorierten Winkel, in dem sich, mit Wahn und Träumen Unzucht treibend, die große Kind-Angst der Menschheit verkriecht.

Rette sich wer kann!

Was aber führt der Welt Wirklichkeit zu? Wer kann das sagen?

Der Gedanke, der zuerst das Feuer herabgebracht hat, ebenso wie der rauhe Lustschrei eines Wandernden in der Morgenröte! Der Blick, der zum erstenmal den Sternenknäuel entwirrt hat, die Hand, die zum Urschiff die Balken zusammenband, ebenso wie das langsame Auge einer säugenden Mutter, der göttliche Schritt eines schönen Weibes und jegliche Herzenstapferkeit.

Wer kann sagen, was Produktivität ist?

Aber was sie auch sein mag, sie ist nur das, was aus gerader unmittelbarer Seele kommt.

Drum hütet euch vor den Träumen der Krummen, Zertretenen, Verdrehten, Witzigen, Rachsüchtigen, wenn sie diese Träume als Schöpfertaten feilbieten!

Seitdem ich Wirklichkeit erlebt habe, sehne ich mich nach einem Sohn.

Doch nein!

Jetzt darf ich es ja verraten.

Ich habe das erstemal an meinen Sohn gedacht, meinen Sohn in einer deutlichen Vision gesehen, als ich meinen Vater mit erhobener Waffe im Kreis um den Billardtisch jagte.

Und das war die Tiefe des Mysteriums jener Nacht!

Wir haben die Erde verlassen. Sie hat sich gerächt, indem sie uns alle Wirklichkeit nahm, tausend Wahne dafür und schlechte Träume gab.

Ich aber will mein Geschlecht wieder der Erde verschwistern, einer endlosen ungebundenen Erde, damit sie uns entsühne von allen Morden, Eitelkeiten, Sadismen, Verwesungen des dichten Zusammenwohnens.

Vor einigen Monaten habe ich geheiratet. Es geht uns leidlich gut und noch besser.

Aber – daß ich es nicht vergesse, in den nächsten Tagen hoffe ich handelseinig zu werden.

Ich denke dabei an die kleine Farm im Westen, die ich kaufen will.

Der Tod des Kleinbürgers
Novelle

I

Die Wohnung besteht aus Zimmer, Küche, Kabinett im vierten Stock eines Hauses der Josefstädterstraße, dicht am Gürtel. Das Ehepaar Fiala schläft im Kabinett, Klara, Frau Fialas Schwester, hat einen Strohsack in der Küche, in der allerdings kein Raum mehr für ein zweites Lager wäre, und Franzl darf sich im Zimmer auf dem Wachstuchsopha betten. Dieses Zimmer geht nicht auf die Straße hinaus, sondern auf einen größeren Lichthof. Aber wenn der lichtspendende Hof seinem Namen auch keine Ehre macht, so behaupten geduldigere Anwohner doch, daß in seiner sagenhaften Tiefe ein Akazienbaum sein Fortkommen finde und die Wohnräume zwar finster, aber dafür ruhig seien. Heute übrigens, da frischer Winter die Straßen füllt, hat die Sonne hierher einen Vorstoß unternommen und ein paar fiebrische Flechten Lichts an die Wand des Zimmers geworfen im Augenblick, da es Herr Fiala betritt.

Der Mieter mustert seinen Raum nicht unbefriedigt. Andern geht es schlechter. Wie viele liegen auf der Straße! Und Herrschaften, die unendlich höher gestanden haben als er: Offiziale und Majore! Was da geschehen ist in diesen Jahren, wer kann das verstehen?! Stillhalten muß man, das ist das Einzige. Und ein Glück ist es, wenn einer mit Vierundsechzig noch einen Posten hat. Es ist zwar nur eine Halbtagsarbeit, aber die Firma baut täglich ihre Angestellten ab. – Gott ist gnädig und der Lohn eines Magazinaufsehers zu klein zum Abbauen! – Alles geht ja ganz gut. Ein Vierundsechziger und eine Zweiundsechzigjährige haben nicht viel Hunger. Die Klara, das Luder, verköstigt sich in den Häusern, wo sie bedient. Bleibt nur das Unglück mit dem Franzl.

Der Gedankenablauf Herrn Fialas, täglich und nächtlich der gleiche, ist an sein Ende gekommen. Und nun schickt er sich an zu tun, was er immer tut, wenn er nach Hause und in das Zimmer tritt. Zuerst geht er zu dem Ständer mit den Pfeifen. Er fährt mit der Hand über die Porzellanköpfe. Niemals hat er Pfeife oder etwas anderes geraucht. Der Ständer ist das Geschenk eines früheren Vorgesetzten, der auf diese Weise seine Wohnung von der ominösen Rauch- und Schmuckgarnitur befreien wollte. Herrn Fiala freuts, die Glasur der Pfeifen zu berühren. Es fühlt sich kostbar und gemütlich an. Man greift bessere und langvergessene Zeiten mit der streichelnden Hand. Von den Ständern weg wendet sich nun der Alte und tritt zum Tischchen, das vor dem Fenster steht. Es ist dem Anschein nach ein Nähtisch, dessen Zweckmäßigkeit durch allerlei kühne Architekturen getrübt ist. So laufen die vier Kanten der Platte in vier Fabeltiere aus, Seepferdchen oder gotischen Wasserspeiern ähnlich. Auf dem Tische liegt aber kein Nähzeug, sondern eine Schreibmappe und daneben eine Löschpapierwiege. Auf diese Wiege stützt sich Herr Fiala ein wenig, als ginge von dem gebildeten Gegenstand ein leises Wohlbehagen aus, das ihn stets erquicken möchte. Die zwei Armsessel hingegen am Nähtisch beachtet er nicht. Denn er steht jetzt stolz vor seiner Kredenz. Sie hat er nicht hergegeben beim Verkauf der anderen Möbel. (Ehedem hatten Fialas vier eingerichtete Zimmer besessen, von denen sie zwei vermieteten.) Die Kredenz kann sich sehen lassen. Mit Säulen, Köpfen, Türmen steht sie da wie eine Festung. Sie stammt noch aus dem reichen Zuckerbäckerhause in Kralowitz, wo er seine Frau hergeholt hat. Wer diese Kredenz sein nennt, ist nicht verloren. Wenn er sie verkauft hätte, wären wohl zwei Millionen Kronen zu dem übrigen Erlös hinzugekommen. Aber man will doch ein Mensch bleiben. Ein schönes Geld hat ja der Verkauf seiner alten Wohnung getragen, Gott sei Dank! Aber wer kann in diesen Zeiten dem Gelde trauen? So dumm war er nicht, wie seine dumme Frau meint, es auf ein Sparkassabuch zu legen. Was seine zwei Sparkassabücheln wert waren, das hatte er erleben müssen! Wenn das Letzte verlorenging, was würde dann die Zukunft sein, was würde aus der Frau werden, was aus dem Franzl!? Für Marie das Versorgungshaus in Lainz, für den Buben die Anstalt am Steinhof! Was das heißt, weiß Herr Fiala sehr wohl. Haben die älteren Leute nicht immer von den Leiden der Versorgung gemunkelt? So schrecklich soll das Leben draußen sein, daß die alten Menschen aus dem Fenster springen, nur um ein Ende zu machen! »Tag und Nacht fahren die Leichenwagen hin und her.« Wenn das auch nur dumme Geschichten sein mögen, so ist und bleibt das Versorgungshaus Schande. Seinen Eltern, die anständige Leute waren und etwas gehabt haben, will er diese Schande nicht antun. Er war niemals ein Bettler und hatte immer zu essen. Seine Familie soll nicht in Lainz enden!

Hier ist Fiala, während die knorpligen Hände über den Bord der Kredenz wischen, bei seinem Geheimnis angelangt. Herr Schlesinger hat ihm den Weg gewiesen, Herr Schlesinger, Versicherungsagent bei der ›Tutelia‹, ehemaliger Landsmann und seit Jahren Wohnungsnachbar. Die zufriedene Stimmung Fialas hängt an dem Geheimnis, das er mit Schlesinger teilt. Ein Rest von Unruhe ist wohl der Zufriedenheit beigemischt. Aber sein Kopf ist müd und mürbe, das Mundwerk Schlesingers hingegen rasch und geübt. Und dann, Geheimnisse vor Weibern bewahren, ist das denn eine leichte Sache? Schlesinger hat recht gehabt: Nur sich nichts dreinreden lassen! Das Dümmste an den Weibern ist ihr Mißtrauen.

Herr Fiala reißt sich von der Kredenz los, um seinen gewohnten Zimmerrundgang dort zu beschließen, wo sein Herz sich am wohlsten fühlt, wenn es allein ist.

Ziemlich niedrig hängt die Gruppenphotographie, von uralten Zweigen umkränzt, deren braun-gläsernes Laub den Flügeln riesiger Insekten gleicht. In goldenen Lettern trägt sie den Aufdruck: »Herrn Karl Fiala, die Beamten der Finanzlandesprokuratur, Wien 1910.« Diese Gabe ist keine Gewöhnlichkeit, denn in der Regel lag es nicht, daß die vorgesetzten Herren ihr Bild einem Subalternen zum Geschenke machten. Wie oft dürfte es vorgekommen sein, daß die beiden mißgelaunten Hofräte selbst, mit geduldig-lächelnder Nachsicht zu einem ähnlichen Zweck ihr Antlitz dem Photographen überlassen haben? Aber an der Auszeichnung berauscht sich Herr Fiala jetzt nicht. Auch der Rechtfertigung, die ihm durch diese Photographie zuteil geworden ist, weiht er nur einen flüchtigeren Gedanken als sonst. Schuld an der vorzeitigen Pensionierung ist gewiß der Personaldirektor und Oberoffizial Pech gewesen. Wer weiß, wenn der Herr Oberoffizial damals sein Protektionskind nicht hätte unterbringen wollen!? Mit fünfzig Jahren geht man doch nur gezwungenermaßen in Pension. Und wäre er damals wirklich so krank gewesen, würde er dann heute noch leben? Hätte der Arzt, dem er auf Schlesingers Geheiß sich gestern vorstellen mußte, trotz findigster Auskultation ihn sonst für gesund erklärt? Nun, Gott weiß, ob Herr Pech, der böse Mensch, samt seinem Protektionskind nicht tiefer gestürzt ist als er!

Diese Dinge aber beschweren im Augenblick den Betrachter der photographischen Abschiedsgabe wenig. Er ist leidenschaftlich ins Anschauen der Person vertieft, die zwischen den beiden mageren Hofräten dasitzt, üppig und pomphaft. Diese Person hat als einzige auf dem ganzen Bilde den Kopf bedeckt, und zwar mit einem großen, silberbetreßten Dreispitz. Die Person trägt ferner einen dicken und verschnürten Pelz am Leib, der ihr Ansehen verdoppelt und verdreifacht. Die Manschetten des Pelzes sind goldgebortet wie bei einem General. Zu alledem halten die dickbeschuhten Hände der Person einen langen schwarzen Stab, der mit einer Silberkugel gekrönt ist. Im ganzen wirkt die Person wie ein stattlicheres Ebenbild einer anderen und allerhöchsten Person, die in jenen streng geregelten Zeiten das Reich regiert hatte. Und dieser Mann sollte damals ein Kranker gewesen sein? Er, der ruhig und gemessen aus seiner Portierloge trat, um wachsam fast das ganze Torbild des Amtsgebäudes zu füllen? Er, zu dessen einsamer Höhe die vorbeiwandelnden Schulkinder nur scheu emporblickten, er, der sich schon in seiner Kraft und Herrlichkeit leicht verletzt fühlte, wenn er in Ausübung seines Dienstes von den Parteien nach Stiege, Stockwerk und Büro gefragt wurde? Er, der seine Auskünfte nur mit eisig gedämpfter Stimme gab, nachdem er vorher dem Frager ein schmerzlich-nachsichtiges Ohr geneigt hatte?

Herr Fiala saugt den Nachhall dieser Majestät ein. Er denkt nicht daran, den alten abgeschabten Menschen, der vor dem

Bilde steht, in Beziehung zu setzen zur breiten Prachtgestalt von Einst. Die Prachtgestalt und der Magazinaufseher heute, der im geflickten Kittel von anno dazumal schlottert, das ist zweierlei Menschheit. Nur daß diese beiden Wesen dieselbe Barttracht noch tragen! Aber wer dürfte den weitausgezogenen, selbstbewußten Kaiserbart des Uniformierten vergleichen mit den demütigen Bürstenbüscheln rechts und links, die heute dünn und grau von den Backen hängen?

Fiala selbst tut es am allerwenigsten. Er schaut nur und schaut. Das Bild ist ein Altar. Kraft und Freude strömt es aus. Darum auch schämt er sich und hat immer Angst, in seiner Versunkenheit betreten zu werden. Auch heute und jetzt drehte er sich furchtsam um, ob die Tür zur Küche nicht plötzlich aufgehe.

Und nun erst gewahrt er, daß eine festliche Veränderung in seinem Zimmer vorgegangen ist. Denn der Tisch vor dem Wachstuchsopha ist gedeckt. Mit einem feinen roten Kaffeetuch gedeckt. Servietten liegen sogar auf und die schönen Tassen sind hervorgeholt, die der Schwiegermutter gehört haben, der Zukkerbäckerin in Kralowitz.

»Wo die Weiber das Zeug nur immer versteckt haben?«

Solch eine Frage etwa will in Fiala entstehen. Aber es kommt nicht dazu. Sondern eine Wolke angenehmen Gefühls, rötlich fast wie das Kaffeetuch, umnebelt ihn. So war es ja immer gewesen, sonntags, ehe der Krieg kam. Was ist denn geschehen? Diese Tassen, diese Servietten, dieses Tischtuch, das ist ja die Auferstehung des Mannes auf der Gruppenphotographie in all seiner pelzverbrämten Kraft. Herr Fiala, noch immer fassungslos und rosig umwölkt, gibt sich ungläubig dem Traum hin. Das Geheimnis, der Pakt, durch Schlesinger getätigt, durch ärztlichen Machtspruch besiegelt, steigert die Freundlichkeit des Augenblicks. So kann man doch noch auf ein anständiges Ende hoffen. Dies und jenes ist da. Feine Tischwäsche darunter. In ihrer sauberen Faltung ruht aufbewahrt die alte Zeit, da man groß und gesund in einem Tore stand, da alles umsonst war und kein Mensch Entbehrungen kannte. Mit Gottes Hilfe wird alles wieder so werden, wie es gewesen ist. Das Versorgungshaus wirft keinen Schatten mehr über den Weg, und auch Franzl wird immer soviel besitzen, daß er nicht in eine Anstalt muß.

II

In seiner wohligen Geistesabwesenheit steht Herr Fiala noch immer da, als seine Frau mit dem Kaffeebrett sich durch die Tür müht. Er staunt dieses Brett an, denn es trägt nicht nur zwei niemals in Gebrauch befindliche Kannen für Kaffee und Milch, sondern auch einen Aufsatz mit künstlichen Bäckereien, Spanischem Wind, Nußkipferln, Kollatschen und Schnitten. Hierin ist Frau Fiala, die Zuckerbäckerstochter, Meisterin. Aber für wen hat sie diesmal ihre Kunst aufgeboten? Sonst bäckt sie doch nur, wenn sie sich bei den reichen Damen, die sie kennt und die ihr hie und da Wohltaten erweisen, bedanken will. Ganz verlegen ist Frau Fiala jetzt, da sie doch auch etwas sagen muß und ihr die feierliche Jause, auf die sie sich den ganzen Tag über gefreut hat, selbst ganz merkwürdig vorkommt.

»No, Karl, weils dein Namenstag ist!«

Aber plötzlich scheint ihr die Begründung nicht mehr stichhältig genug zu sein, denn sie schüttelt den Kopf über sich selber. Es war ihr der Einfall und die Lust ganz plötzlich gekommen. Die gute Wäsche besitzt sie ja noch. Und der Mann plagt sich, kommt immer traurig nach Hause. Nie geht er aus, nie verlangt er etwas. Er raucht nicht, er trinkt nicht. Das war ihr alles nahegegangen heute vormittag. Der Mensch muß doch auch einmal seine Freude haben, selbst wenn er alt ist. Vielleicht aber wars nicht nur dieser Gedanke. Vielleicht hat auch sie einen Blick auf die Gruppenphotographie geworfen und das Ihre dabei empfunden.

Herr Fiala hat sich noch immer nicht erholt. Er blinzelt wie aus dem Schlaf seine Frau an. Was ist das für eine schwarze Seidenbluse mit Jettknöpfen? Die stammt auch noch aus jener Zeit!

Und ihr falsches Gebiß hat die Frau im Munde, was doch sonst nicht vorkommt, da es ihr mittlerweile zu groß geworden ist.

Herr Fiala sieht die Seinige im längstvergessenen Staat. Er hört, daß sein Namenstag heute gefeiert wird. Zehntausend Karle gibts. Und alle Karle feiern den Tag. Das erfüllt ihn mit wohltuendem Stolz. Denn wenn andere Karle feiern, darf auch er noch feiern! Das Geheimnis fällt ihm ein und verwandelt sich sogleich in eine verschollene Polka. Ungeschickt geht er dem alten Takt nach, den er in sich verspürt und berührt die ärmliche Hüfte und Schulter der Frau. Zu einem Kuß reichts nicht mehr.

Sie sitzen nun am Tisch und genießen. Auf dem Kaffee schwimmt eine dicke Haut. Mit einer kleinen Hemmung des Zugriffs werden jeder Tasse zwei Stückchen Zucker geopfert. Auch das Zimmer spielt für einen Augenblick die Idylle des Behagens mit. Es mildert die hohläugige Krankheit des Lichts und lügt die Armut um zu einer behäbigen Dumpfigkeit, als würde es vorübergehend anerkennen, daß Karl Fiala und der ehemalige pelzvermummte Türhüter der k. k. Finanzlandesprokuratur ein und dieselbe Person seien.

Solange keines von beiden etwas spricht, dauert diese Verwandlung an. Aber leider läßt sich Herr Fiala zu einer aufrichtigen Bemerkung hinreißen, die dem Alltag sofort eine Tür öffnet.

»Gott sei Dank, daß die Klara nicht zu Hause ist!«

Frau Fiala hat zwar vor ihrer Schwester Furcht und solange das Wort nicht ausgesprochen war, hat auch sie sich des Alleinseins mit ihrem Alten gefreut, aber jetzt ist sie leider in die ewige Verteidigungsstellung gedrängt. Denn Klara bildet das Streitobjekt zwischen den Gatten. Auch Herr Fiala hat Angst vor seiner Schwägerin. In der Nacht liegt er oft da und fühlt ein Grauen vor dem Weib nebenan in der Küche. Hat sie nicht zweimal mit dem Besen gegen ihn ausgeholt? Und wenn er einmal alt und schwach sein wird, sie würde zuschlagen, erbarmungslos! Er kann die Vorstellung nicht loswerden, daß sie ihn wütend mit dem Besenstiel gerade ins rechte Auge trifft. Er fühlt genau, wie das Auge anschwillt und brennt, während seine Gute daneben ihre altbekannten Milderungsgründe erschöpft: daß Klara eine

Enttäuschte sei, daß sie dieses Bedienerinnenleben heruntergebracht habe, daß alle alten Jungfern Bisgurn wären, und daß sie schließlich ein gutes Herz und noch bessere Arbeitsarme besitze.

Herr Fiala lenkt von dem unerquicklichen Schicksal ab, gegen das sich nichts mehr wird tun lassen:

»Wo ist Franzl?«

»Um Holz ist er.«

Da läutet es an der Wohnungstür. Es ist Herr Schlesinger, der Versicherungsagent. Öfters kommt er auf einen Plausch zu Fialas. Denn erstens ist auch er ein Kralowitzer und zweitens wohnt er auf dem gleichen Gang. Er bleibt in der Tür stehen und schnalzt mehrmals mit der Zunge, ehe er seine Frage stellt, mehr an sich selbst, als an die alten Leute:

»Was tut sich?«

Fiala ist erregt über den Besuch. Seine etwas starren blauen Augen blicken verlegen den Agenten an, der Herr über sein eigenwilliges Geheimnis ist. Frau Fiala kann hingegen den Hausfrauenstolz nicht unterdrücken, einem Kenner und besseren Menschen Servietten, feines Geschirr und edle Bäckerei vorsetzen zu dürfen. Sie bringt eine neue Tasse, sie schenkt Kaffee ein, sie weist den Platz an, wie sichs gehört.

Aber ehe Schlesinger sich hinsetzt, gestikuliert er vielsagend mit dem ausdrucksreichen Kopf:

»Da sieht man, wo das Geld wohnt.«

Auch er ist schon Fünfzig, hat eine spiegelglatte Glatze und einen ganz kleinen an der Oberlippe grau-klebenden Schnurrbart. Er läßt sich nicht gehen und hält sich proper. Befriedigt mustert er das Gebotene. Auch zeigt er sich im Bilde über die Herkunft Frau Fialas. Der Name der Zuckerbäckerfamilie Wewerka ist ihm geläufig. Doch geht die Achtung vor diesem Namen nur so weit, daß er das Stichwort abgeben darf für einen andern, den seinen nämlich. Das Thema liegt ihm. Man spürts an der fast wehleidig gestellten Frage: »Die Firma Markus Schlesinger, Kralowitz, Ringplatz, haben Sie gekannt?«

Frau Fiala bejaht lebhaft.

»Wirkwaren, Schnittwaren, Tuchwaren, Delikatessen, Südfrüchte, Lebensmittel, Tabaktrafik. Ein Warenhaus schon damals, ich bitte! Ohne meinen seligen Vater wäre ganz Kralowitz und Umgebung erschossen gewesen. Was, hab ich recht?«

Die Alte blickt entzückt in ihre Vergangenheit.

»War mein Vater der angesehenste Kaufmann am Platz, oder nicht? Sagen Sie selbst, Frau Fiala?«

Frau Fiala hat niemals eine andere Meinung gehabt. Schlesinger aber senkt seine Stimme zu einer weichen und bitteren Melodie:

»Und jetzt frag ich Sie, Frau Fiala, ist mein Vater nicht ein Schlemihl gewesen, daß er das große Unternehmen verkauft hat? Nach Wien hat er müssen übersiedeln und das Kapital an der Börs' verspielen!!«

Herr Fiala hätte etwas Einschlägiges zu bemerken. Auch für ihn wäre es vielleicht besser gewesen, niemals den Heimatsort zu verlassen. Aber Schesinger winkt ihm ab. Er läßt sich in der Aufzeigung seiner Tragödie nicht stören:

»Vor meiner großen Auslage könnt ich jetzt stehn am Ringplatz. Vier Spiegelscheiben und dahinter alles prima arrangiert! Stehn könnt ich und auf den Platz schaun. Wenn die Kunde kommt, brauch ich mich nicht zu rühren. Dazu ist das Personal da... Schön schau ich jetzt auf den Platz hinaus! Weil mein seliger Vater ein Schlemihl war, bin ich ein Schnorrer.«

Schlesinger beißt verzweifelt mit seinen breit auseinanderstehenden Schneidezähnen die Spitze einer Kuba ab, saugt an ihr gierig von allen Seiten und zündet sie an:

»Ein Beruf, den ich da hab! Immer bei der Kunde einbrechen! Und die Kunde ist hart wie Müllers Esel. Die Menschen glauben, der Tod ist ein Schwindel. Warum sollen sie das Leben versichern lassen? Recht haben sie!«

Fiala schickt einen erstaunten Blick aus. Das veranlaßt Herrn Schlesinger, seinen geschäftlichen Zweifel gutzumachen, indem er jovial lächelnd ausruft:

»Ja, unser Herr Fiala da. Der hats mit mir getroffen!«

Da dieser Ausruf aber nicht recht verständlich ist, fügt er nach seiner Art unvermittelt und ächzend hinzu:

»Photograph wär ich lieber geworden!«

Niemand fragt, warum der Seufzende lieber Photograph geworden wäre. Er läßt sich auch auf keine weitere Erklärung ein, sondern erhebt sich von seinem Stuhl und redet, während er in dem kleinen Raum hin und her geht, unruhig an den Dingen rückt oder mit dem Ärmel drüberwischt:

»Wieviel Stiegen, glauben Sie, steig ich im Tag? Wenn ich um acht Uhr ins Kaffeehaus komm, bin ich kaputt, so kaputt, daß ich keine Karte mehr anrühren kann. Dabei sollten Sie die Provision kennen, die ich zu beanspruchen hab. Früher war das alles keine Last. Aber jetzt! Manchmal kann ich den linken Arm vor Schmerzen nicht mehr schleppen. Und bei jedem zehnten Schritt muß ich stehn bleiben, weil ich nicht mehr jappen kann. Ein Schnorrer bin ich und alt bin ich. Was will man mehr?«

Die Fiala widerspricht und rühmt singend die Jugendlichkeit Schlesingers. Er aber hält im Gehen inne:

»Wissen Sie was, Frau Fiala!? Ein Mann von Fünfzig ist älter als ein Mann von Siebzig. Mit Fünfzig, ich spürs, da wirds gefährlich. Der Ihrige, der hat den Punctus Spundus schon überstanden. Bis Hundert!«

Sagt es und hält das Schnapsglas, das ihm die Frau indessen eingeschenkt hat, salutierend hoch. Dann setzt er sich und stöhnt:

»Wir Juden rauchen zuviel.«

Sofort aber korrigiert er:

»Pardon! Ich bin gar kein Jud, wenn Sie das zur Kenntnis nehmen wollen. Ich habe für die heilige Jungfrau optiert.«

Schlesinger erschrickt sichtlich über seine Worte. Er wird sehr ernst und duckt sich zusammen. Aber die Fialas haben seinen gefährlichen Zynismus gar nicht verstanden. Sie blinzeln ihn an. So murmelte er mit plötzlicher Demut zum Abschluß:

»Ja! Es ist besser fürs Fortkommen!«

Dann schweigt er ahnungsvoll vor sich hin. Fiala ist unruhig, denn er hätte noch manche Frage an den Agenten zu stellen. Die Frau ist aus dem Zimmer gegangen, aber ihm bleibt zum Fragen keine Zeit, schon ist sie wieder zurückgekehrt. Schlesingers

Kralowitzer Prahlereien haben ihre eigene Prahlsucht angestachelt. Man kann unschwer bemerken, daß sie in aller Stille ihr Gebiß wieder abgelegt hat; doch bringt sie jetzt eine schwarze Holzschachtel mit. Ihre verschrumpelten Finger wühlen eilig ein Knäuel von Samtbändern, Seidenresten, Jettschnüren hervor, sie klimpern mit Schnallen und zerbrochenem Glasschmuck. Aber die Hauptschätze ruhen auf dem Boden der Familienschatulle. Auch Marie Fiala ist nicht von der Landstraße und hat Angedenken an Kralowitz und ihre Verwandten vorzuweisen. Und schon muß Herr Schlesinger eine Photographie entgegennehmen, was er mit unverhohlener Nachlässigkeit und gemessener Ermattung tut. Fialas, Mann und Frau, haben immer das Bedürfnis gehabt, die feierlichen, ach, so seltenen Momente des Lebens im Bilde festzuhalten. In ihrer Existenz erfüllt die photographische Kunst einen hohen Sinn. Er hat sein Herzensbild, sie hat ihr Herzensbild, dasselbe, welches der Vertreter der ›Tutelia‹ jetzt nervös und gleichgültig hin und her fächelt. Frau Fiala erklärt:

»Das Grab meiner Eltern, bitte, am Friedhof von Kralowitz.«

In der Tat, dieses Bild in Kabinettgröße zeigt ein Grabmonument und selbst der absprecherische Sinn Schlesingers muß zugeben, daß es ein wohlhabendes Grab ist, ein prächtiger Rasen von ernsten und ehrenhaften Ketten umzirkt. Achtungsvoll wiegt er den Kopf und meint in seiner unpräzisen Art, die immer ein Dunkel über die Worte breitet:

»Am Zentralfriedhof könnten S' zuschaun...«

Aber das Bild zeigt noch mehr. Es zeigt Frau Fiala selbst in einem stolzgepufften Kleide mit einem Federhut, von dem ein Schleier niederhängt. Es zeigt sie zwischen der ebenfalls geschmückten und noch hochbusigen Klara und Karl, der ihr den Arm gereicht hat und Handschuhe sowie einen steifen Hut trägt.

Schlesinger denkt zwar bei sich »Gusto das«, tut aber gutmütig eine leichte Anerkennung kund. Plötzlich kreischt Frau Fiala auf, als würde sie jetzt zum erstenmal den Schimpf und Spott entdecken, den man ihr angetan hat. Ihre Stimme überschlägt sich:

»Der Lausbub, der Lausbub!«

Und wirklich, man kann die Schmach nicht übergehen und wegtäuschen. Auch ein Lausbub hat sich zu gleicher Stunde auf dem Friedhof von Kralowitz eingefunden, und hinter dem schönen Grabmal hervor, im Rücken der sich verewigenden Familie, bleckt er eine höhnische Fratze und Zunge dem Photographen entgegen. Nun und in alle Ewigkeit, wie das Schicksal!

Was bleibt Herrn Schlesinger anderes übrig, als den tückischen Gassenbuben auch zu verurteilen und das Bild in die Hände der Besitzerin zurückzulegen? Diese klappt die schwarze Schachtel eilig zusammen, denn an der Wohnungstüre hat es geklopft. Keine Zeit mehr ist übrig, dem Besuch das Bild der beiden schönen und luftiggekleideten Nichten anzubieten, die als Varietétänzerinnen große Karriere gemacht haben und jetzt nach Südamerika engagiert sind.

Grußlos ist Franzl eingetreten, geht mit unbeteiligtem Blick an den Alten vorbei in die Küche, wo er die Holzlast von seinen Schultern auf den Boden poltern läßt. Franzl wird der lange, trübe Mensch genannt, der seine Zweiunddreißig zählt. Frau Fiala behauptet, daß die Fraisen an allem schuld seien. Denn Franzl ist Epileptiker, hat häufig Anfälle, vergißt, was man ihm aufträgt, und ist daher in keinem Beruf brauchbar, wenn er auch tagelang herumstreift, um eine Arbeit zu finden. Derartiger Geschöpfe entledigt man sich zu allgemeinem Vorteil, indem man sie den dazu bestimmten, gemeinnützigen Anstalten anvertraut. Es muß gesagt werden, daß Franzls Mutter des öfteren schon willens war, für ihr Kind die öffentlichen Wohlfahrtseinrichtungen in Anspruch zu nehmen. Sie hätte gehört, so erklärte sie bei solcher Anwandlung ihrem Mann, daß jetzt, nachdem die roten Stadtväter das Regiment über den Steinhof führen, das Essen ausgezeichnet sei, besser, als der Bub es zu Hause bei ihr haben könne. Aber da versteht Herr Fiala keinen Spaß, da kann er, der Sanftmütige und Geduckte, zurückfinden in die grobe Rolle von Ehemals. Hierbleiben wird der Franzl. Solange er selber noch Atem hat, wird er für den Buben sorgen, und wer weiß, auch noch länger!

Inzwischen bietet Frau Fiala ihrem Sohne von den Speisen an: »Willst was haben, Franzl? Kaffee oder Bäckerei?«

Franzl aber sieht die Alte nur an, stumm, mit einem toten Blick, als wollte er sagen: ›Hab ich mir das verdient?‹ Dann setzt er sich in die Küche auf eine Kiste und starrt, wie alle Tage, in das Werden der Dämmerung. Zugleich mit der Dämmerung überschleicht Frau Fiala Angst. Jetzt wird die Klara nach Hause kommen. Sie huscht mit dem Geschirr in die Küche, wo sie Tassen und Kannen umsichtig versteckt. Mit gejagten Händen faltet sie die feine Wäsche zusammen und trägt sie ins Kabinett.

Auch Herrn Schlesinger wandelt Ungemütlichkeit an. Die Erscheinung Franzls beraubt ihn immer aller Suada. Er kann kein Leid sehen. Er ist persönlich gekränkt, wenn in seiner Gegenwart Tod und Krankheit sich vordrängen. Schließlich ist es sein Beruf, die Menschen vor diesen Schäden der Natur zu versichern. Schnell bedankt und verabschiedet er sich von Herrn Fiala. Der aber folgt ihm gierig auf den Hausflur nach. Dort kann er beruhigt nun seine Fragen stellen, denn er behält die Übersicht der Treppe, auf der Klara kommen wird. Mit erregter Hand tastet er die Assekuranzpolizze aus der Brieftasche.

»Alsdann, ist es gut so und in Ordnung, Herr Schlesinger?«

Der Agent setzt für alle Fälle einen ausgedienten Zwicker auf und wechselt aus dem persönlichen in den Geschäftston hinüber, der das Werkzeug ist, mittels dessen er alltäglich »bei der Kunde einbricht«:

»Lieber Herr Fiala! Versicherungstechnisch gesprochen, haben Sie einen Haupttreffer gemacht.«

Der Alte hängt an dem geschwinden und wortbegabten Munde. Er bekommt zuerst ein paar gewiegte »versicherungstechnische« Wissenschaftlichkeiten zu hören. Dann packt ihn Schlesinger beim Knopf:

»Sie haben sich ein paar mistige Millionen zusammengekehrt. Millionen ist gut! Nicht einmal Hellerwert hat das Glumpert. Wenn Sie zu mir gekommen wären und hätten gefragt: Schlesinger, soll ich das Geld aufessen? Was, glauben Sie, hätt ich Ihnen gesagt?«

Fialas trübblaue Augen erwarten gespannt die Antwort, die er auf solche Frage bekommem hätte.

»Ich hätte Ihnen gesagt: Essen Sie das Geld auf! Denn was wollen Sie damit anfangen? Auf eine Bank legen, den Bettel? Fett wären Sie schon von den Zinsen geworden! Aber, mein Lieber, alle Banken gehen heute zugrund. Das ist eine Zeit, wo die größten Menschen Gottes ihre Zahlungen einstellen! Also erstens hätten Sie nichts von dem Geld gehabt und zweitens wären Sie darum gekommen!«

Herr Fiala ist von dieser Beweisführung restlos ergriffen. Er blickt mit großer Zustimmung drein.

»Nur aus Freundschaft hab ich mich für Sie interessiert, Fiala! Denn an Ihnen verdien ich nichts. Gott behüte! Schämen müßt ich mich. Also! Sie sind ein rüstiger Mensch in den besten Jahren. Sie haben nichts, wie man sagt, aber Sie können davon leben. Ganz gut leben. Man siehts. Heute und morgen werden Sie sich und Ihre Familie ernähren. Also wozu wollen Sie Ihr armseliges Gerstl aufessen oder es auf schlechte Zinsen verlieren? Jetzt geht alles gut, aber, mein Lieber, wenn Sie einmal nicht mehr kriechen können? Und wenn es noch schlimmer kommt...?«

Der alte Mann fühlt sich im Tiefsten durchschaut. Er beginnt leidenschaftlich zu Schlesingers Worten zu nicken.

»Was dann, Herr Fiala? Ja, für das ›was dann‹ hab ich schon gesorgt. Dann geschieht das Wunder. Sie haben Ihren Bettel nicht aufgegessen und nicht bei einer Bank oder Sparkassa verloren. Sie haben eine mäßige Summarprämie eingelegt. Die ›Tutelia‹ ist da und gibt Ihren Angehörigen nicht zehn und zwanzig Prozent Zinsen, sondern zweihundert, fünfhundert, tausend Prozent! Ein Kapital gibt sie zurück für Ihren Bettel!!«

Fialas Verklärung ist vollkommen. Das Dokument in seinen Händen vibriert. Mit mühsamer Zunge will er noch die letzten Erkundigungen einziehen:

»Und wann... wird dann... das Geld ausgezahlt?«

Sachlich, indem er den Finger näßt, beginnt Schlesinger in dem Pakt zu blättern.

»Da muß es stehn... Hier: ...Und verpflichten wir uns,

wenn das Ableben nach vollendetem fünfundsechzigstem Lebensjahr erfolgt...«

Schlesinger blickt begeistert von dem Blatte auf. Er lacht:

»Vierundsechzig sind Sie alt, hundert Jahr werden Sie werden. Und nach vollendetem Fünfundsechzigstem erfolgt schon die Auszahlung. Einjährige Lauffrist ist effektiv hochanständig. Überhaupt! Kulante Abschlüsse, Sie können mirs glauben, macht heut nur die ›Tutelia‹!«

Die Windungen der Stiege wandert ein scharrender Schritt empor. Hastig steckt Fiala den Kontrakt ein und verschwindet in seiner Wohnung. Herr Schlesinger zieht ächzend den Schlüssel zur seinigen aus der Tasche.

III

Das erste, was Klara tut, wenn sie nach Hause kommt, ist Schuhe und Strümpfe auszuziehen. Sie geht daheim, um Schuhwerk zu schonen, grundsätzlich nur barfuß. Ihre Füße sind verbeult und schreckenerregend. Keine andere Stiefelnummer taugt für diese Füße als die des unförmigen Zahnarztes, bei dem sie dient. Klara darf auch immer die abgetragenen Stiefel des kolossalen Mannes erben. Ihr Busen, auf den nicht nur sie, sondern auch die ältere Schwester einst so stolz waren, ist längst dahingeschwunden und hat die Haare ihres Hauptes zum größten Teil mitgenommen. Klara legt ihr schmutziges Kopftuch, das am Halse schief zusammengeknotet ist, niemals ab. Unter diesem Kopftuch spielt eine lange, knochige Physiognomie alle Farben und Mienen. Niemand kann so freundlich-scheinheilig blinzeln wie sie, wenn ihre Herrschaften sie dabei überraschen, wie gerade eine Näscherei des Tafelaufsatzes in ihrem Mund verschwindet. Wenn in einem der Häuser ihrer Bedienung eine Geldnote oder ein Schmuckstück in Verlust geraten ist, macht sich niemand leidenschaftlicher, ja verzweifelter auf die Suche als Klara. Doch auch niemand hat tückischere Wutausbrüche. Klara ist aus der Art geschlagen. Sie hegt in ihrem Herzen keine großen Lebensaugenblicke und deren Photographien. Sie kennt keine Sehnsucht nach feiner Wäsche und besseren Sachen. Ihr großer Holzkoffer, über dessen Schätze sie dann und wann Andeutungen macht, ist seit Jahrzehnten nicht ausgepackt worden. Sie täte nie, was ihre Schwester Marie heute getan hat, in einer heimlichen Schönheitsanwandlung dem armen Manne den Jausentisch seines Namenstags decken. Hingegen ahnt jetzt Klara etwas Außergewöhnliches und schnuppert und blinzelt:

»Was hast heut gekocht? Kaffee?«

Frau Fiala ist zu Tode erschrocken und ganz kleinlaut:

»Aber, Klarinka, Tee hab ich gekocht, dünnen Tee wie immer!«

Die unsichere Antwort ruft Klaras gefährlichen Zorn wach. Sie preßt die Lippen zusammen und beginnt die Küche ihren Gemütszustand fühlen zu lassen. Mit lautem Knall feuert sie dies und das in die Ecken. Auf dem Herd rückt sie die Töpfe, als wolle sie ihren Anteil von dem der Familie wütend separieren. Die Schwester lebt nicht mehr für sie. Endlich knotet sie das Bündel auf, das sie mitgebracht hat. Dinge kommen zum Vorschein, namenlose, wie sie sonst nur auf Abfallsorten zu finden sind: zwei vertrocknete Äpfel, Porzellanscherben, ein paar leere Sardinenbüchsen, Kerzenreste, Zigarettenschachteln, Bindfaden und als Hauptstück ein altes, schadhaftes Herrenhemd. Mit wildem Ruck schichtet Klara die Beute in ihrem Winkel auf, dem bei Lebensgefahr niemand nahe kommen darf. Um sich einzuschmeicheln und ihre Bewunderung erkennen zu lassen, fragt Frau Fiala nach der Herkunft dieser Schätze. Die alte Jungfer fährt scharf herum:

»Gestohlen hab ichs! Was? Eine Diebin bin ich! Eine Diebin nennst du mich, eine Diebin, wenn ich Geschenke bekomm...«

Ihr Mund verzerrt sich, Augen, Nase röten und nässen sich, in kurzen Stößen bricht Geheul aus und während sie Tränen und Schnupfen zurückschnaubt, hebt ihre Klage an: Unter böse Menschen sei sie geraten. Lange werde sie's nicht mehr aushalten. Es werde sich auch anderswo ein Schlafplatz finden. Keine Diebin sei sie, aber von Dieben allerorts umgeben. Mit Verschwendern und Durchbringern müsse sie leben, die heimlich Kaffee kochen und Gugelhupf backen, der ihr vorenthalten, dem Juden aber angeboten werde. Diese Verschwender hätten keine Ahnung mehr vom Leben. Nichts gelernt haben die Durchbringer in diesen Jahren. Dumme Leute, dumme Verschwender, wissen nicht, was die Sachen wert sind. Wenn sie ihre Geschenke nach Hause bringt, lachen sie die dummen Leute aus. Das hat sie davon, weil sie sparsam ist und die Preise kennt...

Frau Fiala, die schon weiß, daß jetzt nichts zu wollen ist, schleicht sanftmütig ins Kabinett.

Kaum weiß sich Klara allein, so stürzt sie sich auf die Verstecke, wo sie die verschleppten Süßigkeiten mutmaßt. Beim ersten Zugriff sind sie entdeckt. Drei Bäckereien nimmt sie vom Teller, eine läßt sie übrig. Ihren Raub aber versteckt sie in einer der vielen Sardinenbüchsen, die ihren Eigentumswinkel zieren. Dort wird auch dieses Gebäck vermodern, wie so vieles andere.

Damit aber niemand auch nur einen zweifelhaften Blick gegen sie unternehme, beschließt sie, ihre Diktatur heute furchtbarer auszuüben denn je. Zu diesem Zwecke schlägt sie einen neuen Lärm: Man habe ihren Koffer erbrochen! Nach einer Weile schrillen Geschreis hat Frau Fiala die Flennende zwar beruhigt, aber nicht überzeugt. Ihr Koffer ist und bleibt von frechen Händen entheiligt. Jeder Blinde sieht es deutlich an den Stricken, mit denen er verschnürt ist.

Dieweil sitzt Herr Fiala im finstern Zimmer. Licht wird nicht gemacht. Licht gibt es nur zum Imbiß und beim Schlafengehen. Wozu braucht er auch Licht jetzt? Die rosa Glückswolke schwebt immer noch um sein Haupt. So zärtlich hüllt sie ihn ein, daß er Klaras altgewohntes Keifen gar nicht mehr hört. Wer einer Lebensgefahr entgangen ist, wer eine schwere Mühsal überwunden hat, muß Ähnliches empfinden. Denn Fiala fühlt sich durch das Schriftstück in seiner Tasche wahrhaft gerettet. Keine grausame Zukunft droht mehr, kein tückischer Zufall lauert in jedem Haustor. Mag ruhig die Lainzer Elektrische nun des Weges fahren. Der Anblick ihres Schaffners und Motorführers wird ihn nicht mehr bis ins Herz erschrecken. Geborgenheit nach so vielen entsetzlichen Jahren, Geborgenheit, mit wollüstiger Schwerkraft zieht sie ihn auf den Armstuhl nieder, der beim Nähtisch steht.

Die Menschen! Wenn mans bedenkt, selbst aus dem Tode holen sie ihren Gewinn! In diesem Augenblick geht durch Fialas Kopf ein Staunen und fast so etwas wie Hochachtung vor menschlichem Fortschritt. Franzl wird nicht auf der Straße liegen. Franzl wird nicht in den Steinhof gesperrt werden. Dies ist ja die Hauptsache! Bleibt sonst noch etwas zu wünschen? Nichts! ... Oh doch! Eine kleine Kleinigkeit, aber eine süße Kleinigkeit. Die Gruppenphotographie an der Wand ist erloschen. Fiala kann sich nicht mehr sehen in seinem einstigen Pomp und auch die dürftigen Hofräte nicht, zwischen denen seine Herrlichkeit thront. Aber einen andern sieht er jetzt ganz deutlich, ihn, der ihn einst um die Stellung gebracht, seinen einzigen Feind, den Inbegriff aller Erzfeindschaft, ihn, den Personaldirektor und Oberoffizial, ihn, Herrn Pech! Möchte Herr Pech doch Zeuge sein, daß ein anständiger Mensch, dem Unrecht geschehen ist, der mit sechzig Jahren Krieg und Hunger überleben mußte, dennoch anständig seinen Weg zu Ende gehen kann. Gewiß ist der Oberoffizial längst schon ein Bewohner von Lainz. Noch Mächtigere als er, Hofräte und Majore, gehen im Winter ohne Überzieher blaß und scheu in die Häuser betteln. Herr Fiala möchte mit Marie und Franzl durch den Garten des Versorgungshauses wandeln, an Herrn Pech, der elend auf einer Bank hockt, ganz langsam vorüberwandeln und auf sich und die Seinen zeigen: »Sehen Sie!«

So beglückend die Phantasie ist, auch dieser Traum wird unterbrochen von dem Skandal, der sich jetzt draußen auf dem Hausflur erhebt. Klara spielt ihren letzten Trumpf aus. Die gicksende Stimme der Bösen Sieben beschuldigt die Mietsparteien desselben Ganges, sie beraubt zu haben. Wie in alten Häusern so oft, müssen sich mehrere Mieter die Benützung eines notwendigen Ortes teilen, der außerhalb der Wohnungen den Gang abschließt. Klara behauptet, daß sie gerade an diesem Ort ein Versteck ausfindig gemacht habe, wo sie die Schachtel immer verberge, die nun geraubt sei. Kein Plätzchen des Hauses wäre vor diebischen Händen sicher, darum hätte sie jenen Raum gerade erwählt. Viele Stimmen lachen und schreien zu Klaras Diskant. Ein ordnungstiftender Baß erkundigt sich milde, was für Pretiosen die so eigenartig deponierte und nunmehr entwendete Schachtel denn enthalte. Klara schreit:

»Vorkriegsspagat!«

Daraufhin löst sich der gefährliche Skandal in eine wilde Heiterkeit auf. Frau Fiala schlüpft ins Zimmer zu ihrem Gatten. Sie selbst erträgt willig jede Unbill durch Klara, aber wenn der Krach auf den Gang und unter die Leute getragen wird, da schämt sie sich der Schwester, da möchte sie sich verkriechen. Sie erwartet jetzt, daß auch der Mann sie wegen der Schwägerin anjammern werde. Sie ist sogar gewillt, in seinen Jammer einzustimmen, den Streit zu lassen, und ihm endgültig Recht zu geben. Aber was ist mit Fiala, er jammert nicht, er tröstet sie. Mit wegwerfender Geste sagt er:

»Laß sie gehn!«

Er erhebt sich, er steht stramm und feierlich da, wie ein junger Mensch, wie der Türhüter bei der Finanzlandesprokuratur vorzeiten. Er entfaltet in der Finsternis ein Papier, als ob er ihr etwas vorlesen wolle. Dann nimmt er ihre alte Hand und dem Schweigsamen fließen die Worte von den Lippen, wenns auch nur die Worte Schlesingers sind. Alles erklärt er nun der Frau. Das Geheimnis und das Wunder der Versicherung. Gerettet sind sie Beide für ewige Zeit. Nach seinem Tode wird Marie ein Vermögen ausbezahlt bekommen, ein Kapital, zweihundert, fünfhundert, tausend Prozent von dem mistigen Erlös aus der alten Wohnung und den überflüssigen Möbeln.

Es ist dies wahrhaft ein Fest- und Namenstag. Nicht ohne tiefere Ahnung hat Marie das rote Kaffeetuch aufgebreitet. Jetzt aber weint sie. Sie weint auch bei minder großen Gelegenheiten. Solche Freudentränen aber sind selten:

»Mein Mannerl!« schluchzt sie.

Doch schon nach einer Weile tut Klaras Schwester eine naheliegende Frage:

»Und wann wird... das Geld... ausbezahlt?!«

Gut nur, daß es jetzt finster ist. Fiala aber findet die Neugier der Seinigen selbstverständlich. Er deklamiert:

»Wenn das Ableben nach vollendetem fünfundsechzigstem Lebensjahre erfolgt...«

Und mit dem ganzen Selbstgefühl eines machthabenden Erblassers befiehlt er:

»Der Franzl, hörst, der bleibt hier! Der Franzl kommt nicht aus dem Haus!«

Der Franzl ist dem Geschrei seiner Tante entflohen. Er steht vor dem Haustor und sieht dumpf auf die Straße und auf die Stadt, die abgeschabt und geschunden von langem Leid, schlecht beleuchtet, der frischen Nacht sich anheimgibt. Unfreundlich und scharf klingeln die Elektrischen. Die Wagen, die nach dem inneren Wien fahren, sind leer, die zurückkehrenden dicht besetzt. Franzl ist müde. Den ganzen Tag hat er sich vor Auskunftsorten für Arbeitslose und bei Stellenvermittlungen herumgetrieben. Er weiß, daß er keine Arbeit finden wird, daß all sein Umherstehen sinnlos ist. Aber die Zeit, die lange, böse, bringt er um damit. Bei der Weiche, wo die Schienen zum Gürtel abbiegen, schreit ein Wagen hoch auf wie ein gemartertes Tier. Da zuckt auch durch Franzls schwachsinniges Hirn ein wilder Krampf. Fragen, Urfragen wollen empor, entsetzliche! Aber nicht einmal Fragen zu bilden, nicht einmal zur Frage »Warum muß ich leben« langt die Kraft. Den armen Menschen schüttelt Sucht, zu rennen, über den Gürtel, durch die äußern Bezirke, vor die Stadt, weiter, zu rennen, immer weiter in die Nacht hinaus, bis der Körper tot zusammenstürzt.

Aber Franzl schleicht nur mürrisch ins Haus zurück. Zu gut kennt er die verfluchte Befreiungssucht, die stets einen Anfall meldet.

IV

Zeit war vergangen, November da! Nichts hatte sich seit jenem Namenstag ereignet, das der Aufzeichnung also würdig wäre, wie die heimliche und feierliche Jause, die Frau Fiala ihrem Manne zugedacht.

Allabendlich kehrte Klara heim, geladen wie immer. Ihre Erfindungsgabe, Welt und Menschen stets von Neuem in Anklagestand zu versetzen, wuchs von Mal zu Mal. Am Ende aller Tage wird sie noch ihre Rechnung präsentieren, und wer weiß, ob man mit ihr fertig werden wird. Ihre Schwester aber hatte sich längst abgefunden und stritt für sie wider jedermann. Herr Fiala seinerseits stand Tag für Tag von acht Uhr früh bis zwei Uhr nachmittags im zugigen Magazin seiner Firma und notierte die abgehenden und remittierten Waren in ein fleckiges Journal. Wenn er dann heim in sein Zimmer kehrte, begann er den gewohnten Rundgang, der bei der Gruppenphotographie endete. Auch Franzl hatte die sinnlose Stellungssuche noch nicht aufgegeben, die immer damit abschloß, daß er auf die Frage »Sind Sie gesund?« schwieg. Kam die Dämmerung, so saß er unweigerlich in der Küche auf seiner Kiste.

Nur S. Schlesinger war eines Tages verzogen, unbekannt wohin.

Niemand konnte an Herrn Fiala eine Veränderung wahrnehmen. Keiner seiner Kontorgenossen, kein Fremder, und die Bewohner des Hauses schon gar nicht. Nur Franzl hatte seinen Vater ein- oder zweimal aufmerksam angesehen. Es war auch nichts Besonderes zu bemerken an ihm, es sei denn eine wachsende Wortkargheit – manche Tage sprach er überhaupt nichts – und eine neue Art von steifer Entschlossenheit, die sich in seiner Haltung kundgab. Vielleicht aber hatte Franzl seinen Grund gehabt, den Alten ein- oder zweimal aufmerksam anzusehen. November wars. Und wie an einem Vormittag dieses Monats am Lande draußen das nächste Haus – nicht zwanzig Schritte weit – durch einen ganz bestimmten grauen Nebel undeutlich gemacht und entrückt ist, so war auch Herrn Fialas Gesicht durch einen ganz bestimmten grauen Nebel undeutlich gemacht und entrückt.

Da geschah es, daß eines Nachmittags die Frauen nicht in der Wohnung waren. Was hatte auch Frau Marie Fiala und Fräulein Klara Wewerka am Allerseelentage zu Hause zu suchen? Nicht Weihnachten, nicht Ostern, nicht Fronleichnam, nicht Pfingsten bedeuteten Kalenderfeste nach dem Herzen der beiden Schwestern. Allerseelen allein war ein Freudentag. Leider besaßen sie in Wien kein angehöriges Grab, es dort draußen auf dem Simmeringer Plan mit Blumen und Lichtern zu schmücken. So groß auch diese Entbehrung war, sie hinderte die Beiden nicht, sich am frühen Nachmittag des Festes vor den Toren des Wiener Riesenfriedhofes einzufinden. Schon die Fahrt mit der Trambahn mutete anders und aufregender an als sonst: Ein Schaugepränge von Kränzen schwankte in allen Gelegenheiten des überfüllten Wagens. Von der Rückseite, Nummer und Scheinwerfer schön umrahmend, prahlte ein Riesenkranz weißer Astern die staunenden Fußgänger an. Von diesem strahlenden Totenopfer der Reichen bis zu den billigen Gewinden aus immergrünen Blättern und haltbarem Kunstlaub gab es alle erdenklichen Abstufungen des blühenden Weihegeschenks. Im Innern des Zuges selbst qualmte unerträglich der Geruch der Leichenflora. Denn Grabesblumen duften so dick und gellend, weil sie von der Verwesung angezogen haben, die sie laut verbergen wollen. Aber noch ein anderer Geruch preßte gegen die ratternden Wände und Fenster des engen Raumes. Dies war der Geruch von schlechten schwarzen Stoffen, regendurchnäßt bei vielen Grabbesuchen, der Geruch von muffigen Hüten, Schleiern, Maschen, Trauersachen, die man von einem Todesfall zum andern eingekampfert in dumpfen Kästen bewahrt; und über all diesen Gerüchen der Geruch von Schnupfen, Husten, Halsschmerz und Katarrh. Marie Fiala und Klara ließen sich durch nichts in ihrer aufgeregten Erwartungsfreude stören. Jegliches Gedränge liebten sie ja. Massenansammlungen versprachen immer wilde Schauspiele. Und ein riesiges Massenschauspiel bot der Platz vor dem Zentralfriedhof. In endlosen Zügen klirrten, schellten, schrien die roten elektrischen Wagen heran, machten die Schleife und klirrten, schellten, schrien in endlosen Zügen, entlastet, wieder zurück. Berittene Wachleute versuchten die regellose Flutung der Menge vergebens in Kanäle zu leiten. Hartnäckig und blöde wie ein Element, das sie ja ist, brauste sie immer wieder gegen die verstopften Eingänge. Auch der Verkehrsschutzmann, dem die Gemeinde eigens einen Turm errichtet hatte, konnte nichts anderes tun, als durch pathetische Signale die ratlosen Gefährte verwirren. Hinter einer Barriere stand eine dichte Kolonne von Sanitätswagen. Auf dem Jahrmarkt der Toten, bei der gut frequentierten Herbstmesse der Seelen ging es hoch her, und dem und jenem Schwachmatikus mochte da ein Unfall zustoßen, so daß er das nächstemal sich nicht mehr unter den Feiernden fand, sondern bei den Gefeierten dort unten.

Die Schwestern waren dank Klaras scharfen Ellbogen und erbarmungslosen Tretern bald durchs Tor gedrungen. Sie zwängten sich durch die Nobelallee der Toten, durch die strotzende Vorhalle wohlsituierter Mausoleen, traten für einen Augenblick in die Kirche, um sich schnell zu besprengen, zu bekreuzen und Gott anzuknixen, durchwanderten die Parkwege auf krachendem Welklaub und strebten weit hinaus, wo der Friedhof feldhaft im Nebel dalag und die jungen Bäume noch nicht viel höher standen als die dichtgestaffelten Schwarmlinien der Kreuze und Grabtafeln. Dort hofften sie ihre Bekanntschaft zu finden, andere alte Weiber, aus Böhmen gebürtig, denen sie ihre Visite machen wollten.

Denn alle kleinen Leute hielten heute Empfang. Sie gaben einander den großen Verwesungsrout. In gestrafft-lächelnder Gesellschaftshaltung, Grüße tauschend, trat man zu dem geheiligten Ort einer befreundeten Familie. Gern und oft fiel von seiten des Besuches die höfliche Bemerkung: »Schön liegt er da!« und dann senkten alle interessiert und höflich das Haupt, hinabzusehen auf das Rasengeviert, das für sie keinen Schauder barg. Auch Kuchen und Schinkensemmeln wurden gastfreundlich verteilt und aus gemeinsamer Flasche ein Rundtrunk angeboten. Die Hausfrau der Grabstätte lächelte entzückt, als hätte man ihren

Tisch oder ihre Einrichtung gelobt. Sie strich wohl über das Blumenarrangement mit der Hand hin, zupfte noch leicht an einer Masche und rückte die Lampen zurecht, um dem Ganzen die letzte Fasson zu geben. Aber alle warteten nur auf die große Stunde. Und bald kam sie, die große Stunde. Der Nebel wurde kaffeebraun und körperlich, daß man ihn hätte kauen können. Und über der weiten flüsternden Fläche tauchten langsam, eins fürs andere die schwächlichen Lampen und Lichte auf, unzählige, ein geheimnisvolles Feuerwerk der Tiefe, eine zärtlich-mystische Illumination, dicht am Boden hinkriechend, Grubenlampen vor dem Eingang des Bergwerks, Irrlichter eitlen Erinnerns, zuckend im Qualm der Jahreszeit.

Zu gleicher Stunde etwa saß Herr Fiala zu Hause in der Küche und trank dünnen Tee, den diesmal Franzl zubereitet hatte. Fiala hielt die Schale auf den Knien und brockte, langsam träumend, ein Stück Brot in den ungesüßten Aufguß. Sehr lange dauerte diese Mahlzeit, und weder Vater noch Sohn sprachen ein Wort.

Da erhob sich plötzlich Fialas Stimme gleich etwas Fremdem und klang hart, entschieden, wie ein Befehl:

»Franzl, geh hinüber ins Allgemeine Krankenhaus. Spring zum Wotawa, der bei der Verwaltung ist! Weißt eh schon! Frag ihn, ob ein Bett frei ist. Lauf aber, daß du gleich zurück bist... eh die Weiber kommen.«

Es kam nie vor, daß Franzl von seinem Vater einen Auftrag erhielt. Nichts verlangte er von dem Buben. Keinen Weg und keine Handreichung. Diesmal aber hatte er befohlen, kurz und barsch fast. Aber Franzl war gar nicht erstaunt. Es sah fast so aus, als hätte er lang schon diesen oder einen ähnlichen Auftrag erwartet. Es sah aus, als würden die Befehlsworte des Vaters eine dumpfe Spannung lösen, die zwischen Beiden lag, dem Unausgesprochenen endlich Namen geben und das Brütende bannen. Der Epileptiker nahm seine Kappe, ging, ohne zu grüßen, ohne sich umzusehn.

Fiala aber zündete mit neuartig festen Händen eine Kerze an –, durfte er heute so kühn sein? – und begab sich ins Zimmer nebenan. Diesmal verzichtete er auf den Rundgang, er hob die Kerze nicht zum angestaunten Bilde einstiger Kraft hoch, sondern setzte sich zum Sophatisch und zog den Kalender, den er mitgebracht hatte, aus der Tasche. Bedächtig riß er Blatt für Blatt von dem unberührten Block, in jeden Tag und seine schwarze oder rote Nummer umsichtig sich vertiefend, als hätten diese fettgedruckten Daten waswunder welche Ereignisse und Bedeutungen seinem Leben zugetragen. So gelangte er allmählich zum Novemberfest, darauf der gegenwärtige Tag lautete. Jetzt aber, da er nichts mehr abzureißen hatte, wurden seine Hände träger und träger, seine Augen starrten minutenlang auf jeden neuen Tag, der mit schwarzer oder roter Ziffer im Kalender anbrach. Umzublättern fiel ihm mit jeder Seite schwerer, wie wenn er mit dem Fetzen Papier die ganze Müh und Last der Zeit umwenden müßte. Nicht einfach war es so, weiterzögernd, den einunddreißigsten Dezember zu erreichen. Aber er ward erreicht, wie ein schweres Wanderziel. Zum Schluß nahm Herr Fiala noch ein paar Anfangstage des laufenden Jahres und fügte sie, unbekannten Zwecks, dem Abreißblock nach Jahresende an.

Viel Zeit war damit vergangen, und kaum mehr konnte der Aufbrechende in eine kleine alte Tasche ein paar Stücke stopfen, als Franzl dastand und meldete, Herr Wotawa, Fialas Bekannter, stehe zu Diensten.

Sie gingen mit lauten Schritten die Treppe hinab. Sie betraten die Straße. Der Sohn machte eine Wendung zur Haltestelle der Trambahn hin. Der Vater verschmähte es, zu fahren, er schlug vielmehr einen gestreckten Gang an, achtete aber wohl, daß er nicht aus dem Tempo falle, das er mit gesteiftem Rückgrat behauptete. Jetzt begann er sogar zu reden, dieses und jenes, wozu die Straße aufforderte, aber kein Wort, das zur Sache gehörte, kein Wort von Krankheit, Spital, etwaigen Folgen und Verfügungen. Selbst ein Auftrag an die Mutter erübrigte sich. Auch Franzl fragte nichts, was an des Vaters Befinden rühren mochte. Die Unterhaltung drehte sich darum, daß die 175er Linie heute nur mit zwei, anstatt mit drei Beiwagen fahren durfte, weil alle überflüssigen Waggons auf die Zentralfriedhofstrecke geleitet wurden. Sie drehte sich ferner um das aufgerissene Pflaster, um die Abkürzung des Weges, um das Problem, ob zur Stunde die Trafiken offenhielten. Als die beiden an einer solchen vorüberkamen, bat Fiala, Franzl möchte ihm die ›Kronen-Zeitung‹ kaufen. Und Franzl kaufte sie. Aber der Vater hatte nicht gewartet, sondern schritt schnell und gleichmäßig vorwärts, als hätte er Angst oder vermöchte es gar nicht, innezuhalten.

Bald waren sie an der Alserstraße. Sie durchquerten die Höfe der Krankenstadt. Sie fanden Herrn Wotawa in einer Kanzlei. Das war ein ehemaliger Kollege aus der Finanzlandesprokuratur. Er prüfte Fiala mit zweifelndem Blick:

»Sie kommen daher wie ein Husar und wollen aufgenommen werden. Mein Lieber, heutzutage möchten alle Leute zur Belohnung für einen Schnupfen drei Wochen lang Kost und Quartier mit erster Diät bei uns haben. Was fehlt Ihnen denn? ... Leicht wirds nicht sein! No, wir werden sehen. Kommen Sie mit!«

Der Macht Herrn Wotawas gelang immerhin einiges. In der Aufnahmskanzlei wurde Fialas Name in die Standesliste eingetragen. Das Aufnahmeblatt sollte ausgefertigt werden. Der Beamte fragte nach Geburtsdatum und Jahreszahl. Dabei machte er die mißgelaunte Bemerkung, daß alte Menschen Tag und Jahr ihrer Geburt meist selbst nicht wissen. Doch da hatte er sich in Herrn Fiala gründlich getäuscht. Mit metallener, bei ihm ganz ungewohnter Stimme machte er seine Angaben und wiederholte sie unaufgefordert, damit ja kein Irrtum unterlaufe:

»Geboren am fünften Januar 1860 bei Kralowitz in Böhmen. Seit fünfunddreißig Jahren wohnhaft in Wien. Jetzt optierter österreichischer Staatsbürger. Katholisch.«

Streng sah er auf die Hand des Schreibers:

»Am fünften Januar.«

Nach dieser Prozedur wurde der Patient in das ärztliche Dienstzimmer geführt, wo die Entscheidung über seine Aufnahme fallen sollte. Der diensthabende Arzt war ein ganz junger Mensch, der sein erstes klinisches Jahr abdiente. Als jüngster Sekundar war er, wie er es nannte, die »Feiertagswurzen«, das heißt, wenn ein freier Tag winkte, wollte es immer der Zufall, daß sich die Diensteinteilung ihn aussuchte.

Herr Doktor Burgstaller lag auf dem Sopha, die tabakgebräunte Hand mit der toten Zigarette weit von sich gestreckt, und schlief. In der peinlichen Voraussicht, während der Nacht öfters gestört zu werden, war er gerade dabei, »Schlaf zu sammeln«.

Fiala trat vor ihn hin, wie er als Soldat vor dreißig Jahren dem Regimentsarzt entgegengetreten war, Kopf hoch und Hände an der Hosennaht. Herrn Doktor Burgstaller verwirrten solche Vorfälle. Unsicher umkreiste er den Mann. Die gelassene ärztliche Gleichgültigkeit hatte er noch nicht heraus. Er sah in Fiala einen alten Burschen, die seine Autorität des öfteren verhöhnten. Etwaiger Nichtachtung zuvorkommend, fuhr er ihn an:

»Was gibt es da? Was wollen Sie? Was haben Sie? Was fehlt Ihnen?«

Fiala murmelte etwas und zeigte auf die Brust. Der Doktor befahl:

»Ziehen Sie sich aus!«

Da er aber sogleich erkannte, daß Diagnosenstellen ein gefährliches Wagestück sei, widerrief er:

»Bleiben Sie angezogen!«

Doch etwas Medizinisches mußte jetzt geschehen. Burgstaller griff daher nach Fialas Puls. Der Puls des alten Burschen schien, wenn der junge Mann seiner Uhr trauen sollte, über die Maßen beschleunigt. Er beschloß daher nach einem finsteren Blick auf den Störer, in seiner Pflicht fortzufahren, und legte Fiala ein Fieberthermometer unter die Achsel.

Während der Wartezeit tat er barsche Fragen an den Patienten, die das müßige Personal, das sich im Raume versammelt hatte, von seiner Überlegenheit und medizinischen Kombinationsgabe in Kenntnis und Respekt setzen sollten. Gleichmäßig und laut antwortete Fiala, mit jener steifen Entschlossenheit, die seit einiger Zeit sein Wesen angenommen hatte.

Endlich hielt Burgstaller das Thermometer unter die Lampe.
Da wurde sein Gesicht auf einmal ganz kindlich aufmerksam:
»Mensch! Sie haben ja 39,3 Grad Fieber!!«

Und jetzt erst beginnt eigentlich unser Bericht von einem Tod.
Denn wir hätten es nicht gewagt, den Leser in solch trübe und
gleichgültige Welt zu führen, wenn unser Geschehnis nicht seine
Absonderlichkeit hätte.

V

Im Augenblick, da Fiala das weiße Bett in einem dumpfdurchatmeten Saale der internen Klinik berührte, im selben Augenblick
erst schienen die schweren Krankheiten seines Körpers auszubrechen, und es waren ihrer nicht wenige. Das Bett hatte sie
wohl hervorgezogen, dieses schmale, weißlackierte Metallding,
das kein Bett ist, in dem man ruht, schläft, träumt, liebt, sondern eine sinnreich knappe Maschine zum Kranksein. Es war
nur zu verwundern, daß ein Mensch mit diesem Leiden im Leibe
sich wochenlang aufrechthalten, seinem Berufe nachgehen und
die Nahestehenden über den wahren Zustand seines Lebens so
gründlich täuschen konnte. Es wurden von Anfang an mehrere
Befunde nebeneinander aufgestellt und die schwarze Kopftafel
zu seinen Häupten war mit Kreideschrift dicht bekritzelt wie
keine andere im Saal.

Nachdem Frau Fiala sich von ihrem ersten Schreck erholt
hatte, faßte sie einen ernsthaften Groll gegen ihren Gatten, weil
sie selbst nicht bemerkt hatte, daß er so lange schon krank war.
Als ihr irgend jemand Unachtsamkeit vorhielt, verstärkte sich
dieser Groll in ihr. Verschlossen und tückisch war er immer, der
Karl. Und aussehn tut er, als könne er nicht bis Drei zählen. Wer
weiß? Diese Männer! In ihrem Unmut wurde sie von Klara lebhaft unterstützt. Für diese war es ausgemacht, daß sich hinter
Bettlägerigkeit, Fieber, Hausflucht, eine verschlagene Absicht
verberge, ein raffinierter Eigennutz, ein wohlüberlegter Plan,
etwas Wertvolles in Sicherheit zu bringen. Wer geht denn so

ohne jegliche Beratung aus dem Hause und legt sich ins Spital? Ein Mann dazu, der gestern noch wies Leben ausgesehen hat? Auch Frau Fiala war der Meinung, sie könnte ihren Mann trotz Enge und Armut daheim besser pflegen. Ihr Groll schlug über aufs Krankenhaus. Es war ja ringsum bekannt, daß die Ärzte, um ihre Studenten zu belehren, die Kranken der öffentlichen Kliniken gar nicht gesund machen wollen. Ganz im Gegenteil! Sie präparieren mit Fürsorge die Krankheiten im Leibe der Opfer, um sie säuberlich dann den Schülern vorführen zu können.

In der ersten Zeit legte Fiala unverwandelt seine entschlossene Geduld an den Tag. Er sah nicht verfallener aus als er am Allerseelentage ausgesehen hatte. Still und fast angespannt lag er in seinem Bette da, als wäre die Stille eine Arbeit, der man sich aufmerksam hingeben müsse. Wenn es notwendig war, stand er auf, auch zu den Mahlzeiten. In seinem blauweißen Kittel saß er dann am Tisch mit den andern »Beweglichen« und aß langsam mit fester Willensanspannung seine Portion bis zum letzten Löffel auf. Täglich kam die Seinige zur erlaubten Zeit. Er sah sie freundlich und abwesend an. Täglich brachte sie einen anderen Tee, einen anderen Absud in ihrer Markttasche, die sie mit übertriebener Ängstlichkeit an den Wärtern vorüber ins Zimmer paschte. Auch diese Tränke, Zaubermittel, in den Hexenküchen der Vorstädte gebraut, leerte Fiala gehorsam. Manchmal kam Klara mit. Aber sie begnügte sich nicht, am Bette des Schwagers Trübsal zu blasen, sondern scheinheilig-süß begann sie den Kopf hin und her zu drehen, den Sitz erregt zu lüften, bis es sie nicht mehr hielt und sie sich erhob, bei anderen Kranken zu hospitieren. Auf Zehenspitzen falscher Sachlichkeit trat sie näher und in ihren Mienen lag das Lächeln bitterer Mehrwissens und gründlichen Durchschauthabens der Dinge, das all die Ausgebeuteten ringsum zu gemeinsamer Verschwörung einlud. Und sehr bald war sie über eine Menge schändlicher Vorfälle in Kenntnis und Klarheit. Sie hatte gesehen, daß die Wärter das Beste vom Nachmittagskaffee wegtranken und den Rest mit Wasser verpantschten. Sie hatte andere Wärter beobachtet, die untereinander den

Krankenkuchen teilten. Den Oberwärter hatte sie betreten, wie er einen Patienten schlug und im nächsten Augenblick eine hübsche Schwester auf dem Gang abknutschte.

»Ich will nichts sagen. Ich habe nichts gesehen. Gar nichts! Was geht es mich an?!«

So pflegte die Spionin zu versichern, während sie mit zischender Zunge entsetzten Ohren ihre peinlichen Entdeckungen anvertraute.

Man weiß, daß Klara nicht ertrug, irgendein Ding nutzlos und nicht in ihrer Obhut verkommen zu lassen. Einmal mußte sie hier lange Qualen leiden. Vor ihren Augen stand ein Brett mit Speiseresten. Auf einem Teller war die Mahlzeit eines armen Kranken unberührt stehen geblieben. Die alte Jungfer bot ihre ganze Strategie auf, um endlich unbemerkt ein Stück Fleisch und drei kalte Kartoffeln in ihre Kleidtasche zu praktizieren. Fiala hatte es bemerkt, aber er sah fest und ruhig drein, denn zu anderem Kampfe sammelte er die Kräfte jetzt.

Bis gegen Ende November etwa hielt dieser Zustand an. Das Fieber sank und stieg wechselnd. Doch dann kam die doppelseitige Lungenentzündung und die des Rippenfells. Wie zwei Tigerkatzen prankten sie den Mann nieder. Er war verloren. Die Ärzte waren mit diesem Patienten fertig und ordneten seine Überführung in ein bestimmtes Krankenzimmer an.

Frau Fiala wurde in die Kanzlei des Primarius beschieden. Der Professor saß am Schreibtisch. Der erste Assistent stand bei ihm. Unwillig fetzte der klinische Machthaber seine Unterschrift vor sich hin. Er brummte zum Assistenten:

»Die Angehörigen?«

»Die Frau von dem Fiala, Herr Professor! Auf Nummer Drei...«

Der Primarius beschrieb auf seinem Drehstuhl einen Halbkreis und nahm die Fiala in Augenschein.

»Ja, liebe Frau...«

Da sah er den Unterkiefer der Alten in einem demütigen, ja kriecherischen Entsetzen herunterhängen. Er – ein schöner Mann noch immer – litt an körperlichem Ekel vor Altweiberphysiognomien. Und schon hatte er sich weggewendet zu seinen Schriftstücken, dem Assistenten bedeutend:

»Reden Sie!«

Der Assistent lächelte. Dann korrigierte er seine Miene zum Ausdruck resignierender Ohnmacht:

»Liebe Frau! Sie müssen sich gefaßt machen. Es ist ja alles Notwendige und Mögliche geschehen und soll weiter geschehen. Acht, höchstens zehn Tage wird der arme Mann noch leiden müssen. Seien Sie gewiß, es wird nichts versäumt werden. Aber gefaßt müssen Sie sich machen, wie gesagt...«

Die Alte starrte den Herrn an. Noch immer hing ihr in demütigem, ja kriecherischem Entsetzen der Unterkiefer herab.

Da sich der Assistent nicht zu helfen wußte, reichte er ihr die Hand:

»Guten Tag!«

Mit einem langgezogenen, respektvollen Winseln kroch sie zur Tür. Aber draußen schlug ihr Jammer empor und wuchs zu einem Geheul.

In jeder Spitalsabteilung gibt es ein paar kleinere Zimmer mit wenigen Betten, die für die Moribunden bestimmt sind. Man separiert gerne die Sterbenden von den übrigen Kranken. In ein solches Zimmer trugen die Wärter Herrn Fiala. Vier Betten standen darin den Todgeweihten zur Verfügung. Eines davon war leer. Im zweiten lag, kaum von dem Kissen zu unterscheiden, ein jüngerer Mensch, der nicht bei Bewußtsein schien. Aber im Nachbarbette, dicht neben dem Neuangekommenen, lag – so wollte es Gott – Herr Schlesinger. Der Agent hatte recht gehabt: »Die Juden rauchen zuviel!« Nun, das Rauchen wird nicht die Schuld allein haben an seinem verfallenen, versagenden Herzen, dem zersetzten Muskel des Lebens, an den entarteten Gefäßen. Er hatte sein Ende vorausgespürt, als der linke Arm immer lahmer und schmerzhafter wurde. Eher schon mochten die vielen Treppen Schuld tragen, die »zur Kunde« emporführen. Aber, Gott, da müßten viele Menschen mit Fünfzig sterben! Vielleicht wars die gierige Unruhe, die Angst, die krampfhafte Sucht, immer in Bewegung, immer auf Wanderschaft zu sein, und wäre es nur, daß man von einem Fuß auf den anderen tritt. Hols der Teufel, was immer am Krepieren die Schuld trägt!

Weder Herr Fiala noch Herr Schlesinger waren erstaunt, einander hier zu begegnen. Kaum, daß sie einen Gruß tauschten. Und dann lagen nebeneinander der Versicherer und der Versicherte. Und etwas abseits lag ein Dritter. Alle Drei hatten das Gefühl, in einem Schiff oder Automobil dahinzurasen, und sie gaben sich eifrig dieser Fahrt hin.

Wenn aber ein Gesunder in das Zimmer tritt und sieht die drei braungelb verschrumpfenden Antlitze, und hört diesen dreifachen Atem, einen Atem, der voll Arbeit ist, dann glaubt er plötzlich zu ahnen, daß die drei Atmenden an etwas nähen. Ja, ihr Atem ist der Faden, ein schwerer fetter Faden, sie bohren die Nadel in einen harten Stoff und ziehen den Faden durch diesen rasselnden, kreischenden Stoff. So nähen sie an ihrem Tode. Und dieser Tod ist ein Hemd oder ein Sack, aus dem gröbsten, gemeinsten Stoff der Unsichtbarkeit gewoben. Stundenlang nähen sie, unermüdlich, gleichmäßig.

Nur Schlesinger unterbrach hie und da seine Arbeit. Außer der ›Neuen Freien Presse‹, die ihm täglich gebracht wurde, lagen noch drei Bücher auf seinem Bett-Tisch. Zwei dieser Bücher waren pikante Romane aus den Beständen einer Leihbibliothek, das dritte eine große Ausgabe der Heineschen Gedichte in Goldschnitt und mit Illustrationen, wie sie vor Jahrzehnten sehr beliebt waren. Dieser Band bildete Schlesingers Erinnerung an die Jugend. Er hatte einmal neben Gebetbüchern die Bibliothek seiner Eltern in dem kleinen böhmischen Städtchen vorgestellt.

Nun griff er nach der Zeitung, nach den Büchern, aber er konnte nicht lesen und legte alles wieder zurück, nur den schweren Band voll Gedichten ließ er länger auf seiner Decke ruhen.

Da auf einmal öffnete sich die Tür und von einem mächtigen Wärter geführt, erschien auf der Schwelle ein ganz kleines Weib, das uralt sein mußte. So klein war die Greisin, daß ihr verschlissener Samtpompadour, den sie in der Hand schleppte, fast den Boden berührte. Schlesinger machte eine Bewegung. Er hatte seine Mutter erkannt. Der Wärter führte die zwerghafte Alte behutsam zum Bette und rückte ihr den Stuhl. Es vergingen Minuten, ohne daß ein Wort gesprochen wurde. Endlich erklang eine dünne, fast kindhafte Stimme in singendem Tonfall:

»Mein Kind! Ich seh nicht, wie du aussiehst!«

Und wieder eine endlose Pause, ehe der Sohn seinen Gruß sprach.

»Mammerl, was gibt es Neues?«

»Was wird es Neues geben?«

Mit fragender Antwort erledigt die singende Stimme alle Fragen nach Neuem in der Welt, so.

Frau Schlesinger nestelte aufgeregt an dem Pompadour:

»Hast du auch gut zu essen, mein Kind?«

Endlich öffnete sich der Verschluß und die hilflosen Hände in schwarzen Halbhandschuhen von Zwirn zogen ein Päckchen hervor:

»Kücherln hast du gern gegessen. Kücherln hab ich dir mitgebracht.«

Der Sohn gab keine Antwort. Lange Minuten der Stille.

»Mein Kind, du sollst essen! Iß, mein Kind!«

Doch jetzt kam ein fast jammernder Laut vom Bett her:

»Kann ich denn essen, Mutter?«

»Du sollst essen, essen ist gesund!«

Die Kinderstimme hallte ein wenig nach. Dann erhob sich neuerdings das Schweigen und nur der Atem der Sterbenden arbeitete emsig. Plötzlich aber ergriff Schlesinger den Gedichtband und gab ihn der Mutter in die Hand:

»Mammerl! Siehst du? Das ist noch aus Kralowitz.«

Und da geschah etwas Unbeschreibliches und Grauenhaftes. Die Alte befühlte das Buch von allen Seiten, fing mit sich selbst unverständlich zu reden an, glitt auf einmal von ihrem Stuhl und während sie erbärmlicher, verwachsener, ja kleiner jetzt erschien als im Sitzen, begann ihre Kinderstimme altklug wie in der Schule aufzusagen:

>»Ich bin die Prinzessin Ilse
Und wohne am Ilsenstein,
Komm mit mir mein Geliebter,
Und laß uns glücklich sein.«

Umgebung, Krankheit, Sterben, alles war ungegenwärtig. Stolz und erheitert von dem Klingklang blickte die Mutter drein. Aber nicht genug damit. Von dem dritten Bette her, dort, wo der Unbekannte fleißig atmete, wieherte jetzt ein scharfes, fassungsloses Lachen her, ein Lachen höllischen Amüsements, das in pfeifende Laute und endlich in Wehrufe überging. Die Uralte war der Meinung, dieses Lachen fordere noch andere Strophen von ihr, doch nichts mehr fiel ihr ein, als ein böhmischer Kinderreim, den sie nun mit Ernst aufsagte:

>»Houpaj, Čistaj, Kralowitz,
Unser Burscherl is nix nütz!«

Sie setzte sich nieder. Und wieder erhob sich die schweigende Pause endlos. Und es schien, Schlesingers Mutter beteilige sich nun auch an der Atemarbeit der sterbenden Männer. Als der dicke Wärter sie abholte, war es schon recht finster. Sie aber sagte jetzt:

»Mein Kind! Ich seh, daß du sehr schlecht aussiehst!«

Die Erscheinung war fort. Die Fiebernden glaubten wieder, in einem erbarmungslosen Blitzfahrzeug über aufdonnernde Straßen und Brücken zu jagen. Und Stich für Stich, Atemzug um Atemzug nähten sie weiter am Sack ihres unsichtbaren Todes.

Noch war das Zwielicht nicht aus dem Zimmer gewichen, als eine Stimme wiederum die Stille zerstörte, schleunige Fahrt und Arbeit unterbrach. Diesmal aber war es Fialas Stimme und sie klang gar nicht fiebrisch und benommen, sie klang sehr deutlich, sehr bei Sinnen. Diese Stimme rief Herrn Schlesinger an und oft mußte sie ihren Ruf wiederholen, ehe der Angeredete aufschrak und eine verzerrte Fratze hinüber zu Fiala wandte. Zu unrechter Zeit hatte die Stimme ihn aus dem Abgrund geholt, in dem er nicht die von neun Geburten schwachsinnige Greisin, sondern seine Mutter suchte. Aber dem Landsmann und Sterbegenossen war das ganz gleichgültig. Er sah ihn nicht einmal an, sondern formulierte streng und wohlüberlegt seine Frage, wie für ein Protokoll. Dabei lag auf der Decke seines Bettes kein Buch mit Gedichten, sondern ein Abreißkalender:

»Und wenn der Tod vor Vollendung des fünfundsechzigsten Lebensjahres erfolgt, was erhalten die Angehörigen dann?«

Diese Worte waren wahrlich die Frucht juristischer Überlegung und viele Tage lang geschliffen worden in Fieber und Schmerzen. Aber Herrn Schlesinger erfaßte, als er sie hörte, Tollwut, wie er sie nie bei gesundem Leib gekannt hatte. Wozu er aus Schwäche nicht fähig gewesen, er fuhr auf, er warf die Decke ab, er kniete im Bette. Die Augen quollen hervor, und seine Zähne schlugen aufeinander vor Haß. Denn dort im Nachbarbette lag nicht irgend ein Herr Fiala, dort lag solch ein Schwächling, wie er selbst, dort lag s e i n verpfuschtes Leben, dort lag der Mißerfolg, dort lag die stickige Wohnung, der er selber nie entronnen war, dort lag das Elend, die Fessel, die Sinnlosigkeit, das alltägliche Ersticken! Und trunken von diesem Haß, von gieriger Rachsucht, seine Worte nicht mehr kennend, schrie er auf:

»Vollenden Sie... vollenden Sie... gefälligst Ihr fünfundsechzigstes Lebensjahr! Widrigenfalls erfolgt ein Dreck, ein Dreck, ein Dreck!!! Wenn Sie auch zu Rothschild und Gott beten... ein Dreck erfolgt...!«

Nun aber wälzte sich Schlesinger zurück und begann leise zu jammern, zu flehen und um Hilfe zu rufen. Der Wärter kam. Der Arzt kam. Eine Injektion machte dem Weinkrampf ein Ende. Nach einer Stunde nähte er wieder, aber jetzt mit sehr eiligen Stichen, an seinem unsichtbaren Sack.

Doch Fiala nähte nicht. Noch immer lag der Kalender auf seinen Knieen. Das vom Fieber und von der Auflösung grauenvoll gezeichnete Altmännergesicht starrte, nun schon erhaben, auf die Glühbirnen oben. Aber zwischen den Brauen verschärfte sich deutlich die gewaltige Falte, ein düsteres Willensmal, das an dem Gesunden niemand je wahrgenommen hatte.

VI

Das Wunder ereignete sich, nachdem an Fiala schon die Sterbesakramente gespendet waren. Er hatte sie mit vollem Bewußtsein, doch mit kühler Sachlichkeit entgegengenommen wie eine Arznei, wenn auch eine himmlische. In der Nacht darauf schien er in Agonie zu verfallen und der verantwortliche Arzt gab den Auftrag, ihn ruhig sterben zu lassen. Bis zur nächsten Mittagsstunde werde sich der exitus wahrscheinlich vollzogen haben. Dies geschah in der zweiten Dezemberwoche. Man ließ Fiala ungeschoren und bei der Visitation am Vormittag widmete der Professor dem Sterbenden keinen Blick mehr.

Nach dem Mittagessen endlich ging der Wärter ins Zimmer, um nachzusehen, ob man den Assistenzarzt holen könne, damit er den Tod konstatiere. Der Mann liebte derartige Scherereien nicht und war entschlossen, nach Vorschrift die Leiche so schnell wie möglich sich vom Halse zu schaffen.

Tatsächlich trat er auch zehn Minuten später ins Zimmer des Assistenten ein, aber er meldete, der Kranke sei nicht tot, sondern säße selbsttätig im Bette und habe mit vernehmlicher Stimme Milch verlangt. Der Arzt war ernsthaft ungehalten über die Renitenz des Sterbenden. Es kam natürlich manchmal vor, daß man sich in der Zeitbemessung irrte. Aber Wohlwollen erzeugte solche Unpünktlichkeit der Natur keineswegs. Der Assistent sah drein, wie ein hoher Staatsbeamter, der einer Partei gegenüber sich irgendeinen Formfehler hat zuschulden kommen lassen, und eine ungezwungen ablehnende Haltung einnimmt, um ja keine Betretenheit zu zeigen. Es war ihm, als sei nicht nur die Medizin, sondern die Autorität schlechtweg blamiert. Er fand den Moribunden natürlich nicht im Bette sitzend vor, – das mußte der Wärter geträumt haben, – aber es war nicht zu leugnen, daß eine deutliche Stimme um Milch bat. Der Assistent stellte sich sogleich auf die neuen Tatsachen ein. Ein seltener Fall zwar wars, daß ein Mensch in diesem Alter so dicht vor der Pforte des Hades wieder umkehren wollte, aber dafür wars ein Fall, und an dem »Fall« konnte sich die verletzte Autorität schadlos halten. Der Doktor – nur nebenbei sei bemerkt, daß er am Anfang einer großen Karriere stand und übers Jahr die Dozentur erwartete, – der Doktor gab allerhand brummende Laute mutigen Zuspruchs und derber Ermunterung von sich, wie er sie sonst nur bei seiner Privatpraxis verwandte. Er stellte fest, daß Atmung, Herztätigkeit, Kräftezustand, wenn auch am äußersten Rand des Verfalls, so doch immerhin vorhanden waren, und daß zum Überfluß die Pupillen scharf reagierten, die Zunge sprach, das Sensorium also nicht für getrübt zu gelten hatte. In dem künftigen Dozenten erwachte eine wohlige Neugier, der wissenschaftliche Spieltrieb, und während er fast leidenschaftlich allerlei Labe-, Kraft-, Anregungs-, Aufpeitschungsmittel und deren Verwendung aufs Papier warf, durchblitzten seinen Kopf eigenartige Gedanken zu diesbezüglichen Publikationen. Der Assistent war jung und in seinem Gemüt hielt der literarische dem praktischen Ehrgeiz noch die Waage.

Während der nächsten Woche hatte es wirklich den Anschein, daß durch weise Injektionen, Kräftigungs- und Ernährungsmethoden das Leben des Verlorenen zu fristen, ja vielleicht zu retten sei, da auch die Symptome seiner Leiden abzuklingen schienen. Die Täuschung endete damit, daß einige Tage vor Weihnachten sich eine allgemeine Sepsis einstellte: Vergiftung des Blutes, Verwesung bei schlagendem Herzen.

Und jetzt wurde Fialas Organismus ein wirklicher »Fall« und fast eine Sensation. Denn noch immer starb er nicht.

Von Tag zu Tag wuchs das ärztliche Interesse und jeden Morgen wurden auf den Gängen Bulletins verlautbart, so, als kämpfe nicht Herr Fiala, sondern ein Held dieser Erde mit dem Tode. Einzelheiten sogar wurden mit größter Teilnahme angehört und weitergegeben:

Es hieß, der Kranke wehre sich selbst bei größten Schmerzen gegen Morphium. In den Stunden, da sein Bewußtsein umschleiert sei, strebe er immer aus dem Bette und mache den Eindruck eines Suchenden. Nahrung verweigere er niemals, trotzdem sein Inneres nur mehr eine Wunde, ein tobender Eiterherd sei. Unter diese wahren Tatsachen mischten sich natürlich auch Legenden, die beim Wartepersonal besonderen Anklang fanden. Sie schrieben dem Ärmsten herkulische Kräfte zu. Einer Krankenschwester habe er mit umklammerndem Griffe der Skeletthand fast das Gelenk gebrochen. Sie selbst könnte es jederzeit bestätigen.

Herr Wotawa, der durch so viele Jahre mit dem Kranken bekannt war, mußte immerzu den Kopf schütteln:

»Wenn mans bedenkt: Ein Siemandl! Hat sich immer vor seinen Weibern gefürchtet. Und will nicht sterben!«

Indessen lag das brennende und faulende Fleisch da, unwissend seines Ruhms, ein Museumsstück des Todeskampfes. Gerne hätten ihm Mitleidige den Rest gegeben. Aber selbst der Bewußtlose noch schlug um sich, wenn er die Nähe einer Morphiumspritze spürte.

Während des Vormittags wollte das Zimmer dieses Museumsstückes nicht leer werden. Neugierige, Spitalsbrüder, Ärzte kamen und gingen. Professoren sogar führten ihre Studenten herbei und suchten den absonderlichen Todesprozeß zu definieren. Auch die Psychiater ließen sichs nicht nehmen, einen Blick auf Fiala zu werfen, ob etwa sein phantasierender Mund aus dem dunkelsten Dunkel der so langsam absterbenden Seele nichts Brauchbares zutage fördere. Man erlebte ja hier den Tod unter Zeitlupe gleichsam.

Damals lehrte an der Universität ein alter Herr, ein Skandinavier, namens Cornelius Caldevin, ein sehr beliebter und gesuchter Herzspezialist. Er gab seinen Patienten unerklärlichen Mut, ganz jenseits ihres guten oder schlechten Zustands. Diese mutspendenden Kräfte mochten ein seelsorgerisches Talent in Caldevin sein. Denn tatsächlich war er ein in die Medizin entsprungener Theologe und dieser unterjochte Theologe meldete sich im Alter. Die Kollegen belächelten die leichte Salbung und die frei-angefrömmelten Allgemeinheiten seines Vortrages. Er war ein genialer Diagnostiker, eine Leuchte des Fachs, ein erfolgreicher Forscher, ein Arzt von reichster Erfahrung, so daß man ihm gern seine »unwissenschaftlichen« Nebenbemerkungen nachsah. Auch Caldevin kam mit einigen Studenten an das

Lager Fialas. Und es war eine höhere Schönheit in der Geste, mit der dieser alte Arzt seine Hand auf die Stirn des Elenden legte, von der er sie erst wieder löste, als er davonging. Auch sprach er leise, fast flüsternd, während es allgemeine Gepflogenheit in diesem Zimmer war, laut zu sprechen, da man nicht glaubte, hörende Ohren vor sich zu haben.

Dies waren die Worte Caldevins, soweit sie verständlich wurden, denn er flüsterte nicht nur, sondern hatte auch eine unklare und stockende Sprechweise:

»Sehen Sie nur... meine Herren... Sehen Sie nur dieses Herz!«

Und er lauschte dem Puls:

»Wohl, es arbeitet noch... Etwas arbeitet noch... Meine Freunde... Das Herz des Menschen... Das ist nicht nur... Nun ja... Das anatomische Herz... Das funktionelle Organ... Die Maschine, wie wir gelernt haben... Angekurbeltes Leben, unabhängig vom Willen... und so weiter... Meine Herren... Da ist etwas in uns... was König des Herzens ist.«

»Herzkönig!«

Eine gemeine Stimme unter den Studenten hatte diesen Witz gemacht. Der alte Herr schwieg plötzlich ganz eingeschüchtert. Auch hatte ihn jetzt der Blick jenes strebsamen Assistenten getroffen. Das verwirrte ihn und er konnte kein Wort mehr sagen.

Der Assistent aber fühlte eine unerklärliche Wut und zischte in sich hinein:

»Trottel.«

Zu gleicher Zeit traten zwei junge Leute aus dem Tor in die Alserstraße: Doktor Burgstaller wars, derselbe, der am Allerseelentage Fiala ins Spital aufgenommen hatte, und sein Jahrgangskollege Doktor Kapper. Sie entschlossen sich, in ihr Stammcafé hinüber zu gehen. Kapper trank kleine Schlückchen von der Milch, die er bestellt hatte:

»Widerlich die Geschichte mit diesem Unsterblichen!«

Burgstaller war einer Meinung mit seinem Kollegen. Andere Menschen stürben auch nicht auf Befehl der Fakultät. Kapper fühlte sich mißverstanden:

»Hörst du! Ich meine etwas anderes. Schau einmal echten Proletariern beim Sterben zu. Das ist einfach erhebend. Sie haben keine Angst und keine Forderungen. Die Sache ist abgeschlossen. Sie sind ergeben, zufrieden, ruhig. Alle Proletarier sterben einander gleich. Nur die Spießer sterben differenziert. Die kleinsten selbst. Jeder Spießer hat seine eigene Art, nicht sterben zu wollen. Das kommt daher, weil er noch etwas anderes zu verlieren fürchtet mit dem Leben. Ein Bankkonto, ein schmieriges Sparkassabuch, einen angesehenen Namen, oder ein wackliges Sopha! Überhaupt: Bürger ist, wer ein Geheimnis besitzt...«

Kapper blickte überrascht und triumphierend vor sich hin. Eine dunkle, aber schlagende Sentenz war ihm geglückt. Burgstaller stülpte den zweiten Kognak hinunter, ehe er mahnte:

»Obacht, Kapper! Du kommst ins politische Fahrwasser und warum sollen wir schon um elf Uhr raufen?«

»Das ist gar nicht politisch!«

»Dann ist es literarisch! Und davon verstehe ich nichts.«

Zur Erklärung muß bemerkt werden, daß der junge Doktor Kapper in radikal schöngeistigen Zeitschriften manche Stücke seiner Feder schon veröffentlicht hatte. Sehr gedrechselte Gedankenprodukte von glänzendem Stil. Burgstaller schaute ihm, während er jetzt das Wort ergriff, gutmütig ins Gesicht:

»Mein Lieber, weil du schon von der Moral des Sterbens sprichst! Ich wenigstens habe bisnun erfahren, daß wirklich ungern nur eine Menschengattung stirbt. Willst du wissen welche? Ihr Juden!«

Kapper sah in seine Milch. Er fühlte sich nicht in der Laune, dieses Thema aufzunehmen. Was verstand auch Burgstaller davon. Nicht, daß er, Kapper, hätte ausweichen wollen! Das war nicht seine Art! Er hatte alle seine Arbeiten mit seinem wahren Vornamen: »Jonas« gezeichnet, wo doch die leichte Abänderung in »Josef« nahe genug lag. Gleichgültig überging er also den Angriff Burgstallers und begann von dem zu erzählen, was ihm nachstellte:

»Gestern war ich selbst zehn Minuten lang bei diesem Fiala drin. Es hat mich interessiert, den Fall zu beobachten. Ein kleiner Spießer! Nichts als ein muffiger kleiner Spießer! Aber einen Kopf hat er bekommen. Michelangelo, denke ich mir, und daß die kleinsten Spießer in diesem Zustande ›plastisch‹ werden. Da fängt er, natürlich bewußtlos, zu reden an. Und was er sagt!! Ich war starr, mein Ehrenwort!«

Burgstaller trank den dritten Kognak.

»›Es ist vollendet!‹ Ich kann nicht schwören, obs nicht gelautet hat: ›Vollendet‹, oder ›Vollendung‹, oder ›Nach Vollendung‹. Ach was! Hundertmal hat er geröchelt: ›Es ist vollbracht.‹«

Da haute Burgstaller ingrimmig mit der flachen Hand auf den Tisch:

»Altes Weib, jetzt schweig endlich! Laß mich aus mit dem Schwesterngewäsch und den Wärtermärchen! Ruh will ich haben! Nichts hören will ich heute mehr von dieser gräßlichen Klinik. Schau lieber hinaus!«

Und wirklich! Auf der Straße strömte das Leben hin. Kein Schnee, kein Schmutz behinderte den Verkehr. Und das Leben hatte die Gestalt von aberhundert bis zum Knie entblößten Frauenbeinen angenommen, deren üppigwarmer Melodie Burgstaller mit zitternden Lippen nachhing. Es fiel ihm nicht ein, beim Sprechen den Blick abzuwenden:

»Was machst du heute abend?«

»Ich? Heute abend? Wieso?«

Burgstaller schaute und schaute durchs Fenster:

»Mensch! Bist du verrückt? Es ist doch Sylvester! Heil, Sieg und Rache! Morgen bin nicht ich die Feiertagswurzen. Kapper! Weißt du was? Komm mit heut abend!«

Aber Doktor Kapper schlug hochmütig und trist die Augen nieder:

»Ich kann nicht. Ich muß arbeiten.«

In diesen Tagen floh Frau Fiala gern die Einsamkeit ihrer Küche. Sie besuchte Nachbarn, sie saß bei der Hausbesorgerin, sie stand bei der Greißlerin, und je mehr Mitleid sie fand, je mehr weinte sie. Allen erzählte sie von den schrecklichen Erlebnissen, die ihr Tag und Nacht begegneten. Einmal hatte sie sein Hut angeschaut als wie mit wilden Augen. Ein andermal war sein Rock dagehangen, still und leer, aber plötzlich verwandelte sich der vorwurfsvolle Rock, und sie sei in Ohnmacht gefallen. Auch war er ihr schon »erschienen«.

Man sieht, noch während der lange und seltsame Todeskampf wogte, glaubte Frau Fiala ihren Mann schon abgeschieden. In gewissen Stunden wiederum schaute sie die Leute höhnisch an und rief, ganz aufgebracht, man werde schon sehen, das Mannerl könne noch sehr leicht gesund werden und der ganzen bösen Welt einen Possen spielen. Wie aber auch immer die Stimmung war, sie weinte, weinte mechanisch und regelmäßig.

Weniger regelmäßig und mit der Zeit immer seltener wurden ihre Krankenbesuche. Sie konnte ja nicht helfen, der Weg war weit, sie alt, die Elektrische teuer; Speisen zu bringen hatte keinen Sinn, und vor allem, sein Anblick erschütterte sie so fürchterlich, daß sie selbst vor Gram jedesmal krank ward.

Von den drei Nächsten wars also nur Franzl, der Tag und Nacht im Spital verbrachte. Anfangs hatte man ihn fortweisen wollen, aber er verstand es, sich nützlich zu machen, so nahmen denn die Wärter, wenn Inspektion kam, ihn selbst unter ihren Schutz.

Ein Glück war es, daß Fialas Gehalt weiterlief und die Firma aus eigenem Antrieb eine Remuneration von drei Millionen gesandt hatte. Die Alte verwandte bei ihren Unterhaltungen einen Teil dieses Geldes schon für das Begräbnis. Denn es war klar, daß dem Ihrigen ein schönes Begräbnis dritter Klasse gebühre, und daß trotz Ungunst der Zeit sein Grab kenntlich gemacht werden müsse.

Der Geist Frau Fialas war leider ebenso kurzsichtig wie ihre Augen weitsichtig waren und zum Lesen nicht taugten. Jetzt, da sie mit Klara allein lebte, da sie die Schwester nicht mehr verteidigen mußte, jetzt wuchs die Angst vor ihr namenlos und auch ein hilfloser Haß: denn das spürte sie doch, daß sie der Bösen nun ohne Schutz für immer verfallen war.

Sie hatte Klara bisher nicht eingeweiht. Aber so schwer zu entziffern war die Schreibmaschinenschrift, so schwer zu verstehen die klauselreiche Sprache der ›Tutelia‹. Stundenlang saß sie in der Küche und buchstabierte. Doch wie sehr sie auch die Brille rückte und an der Schürze putzte, sinnlos wolkte der Schriftsatz vor ihren Augen. Klara war jünger, hatte bessere Augen und einen besseren Kopf. »Hat ja immer gut gelernt und gerechnet, die Kluge!« Aber gerade diese Klugheit war die Gefahr. Frau Fiala kämpfte noch eine Weile um ihre Selbständigkeit. Doch von Tag zu Tag unwiderstehlicher ward Klaras Übermacht, wenn sie heimkam, ihren Beute-Pack in die Ecke schleuderte, wie ein Teufel um die Küche fuhr, wild in die Töpfe guckte, Diebstahl und Koffereinbrüche feststellte und schallenden Skandal auf den Gang trug.

Eines Abends konnte Frau Fiala Unsicherheit und Geheimnis nicht länger ertragen. Und sie zeigte der Schwester die Polizze. Klara ging vor die Wohnungstür und hielt das Papier unters Stiegenlicht. Schief, fast beim Ohr saß der Knoten ihres schmutzigen Kopftuches, ihre Augen blinzelten, die Nase schnaubte und im offenen Munde zeigte sich eine begehrliche Zunge. Sie las das Dokument zweimal und dreimal, dann steckte sie es ein:

»Gleich gehe ich damit zu meinem Herrn Doktor!«

Frau Fiala wurde mißtrauisch:

»Was willst du, Klarinka?«

Klarinka aber lachte auf und machte empörte Anstalten, ihrer Schwester das Papier ins Gesicht zu werfen:

»Da! Glaubst du, ich will deinen Schmutz behalten! Kriegst ja eh nichts dafür!«

Marie Fialas Stimme begann demütig zu zittern:

»Was sagst du? Warum kriege ich nichts?«

Klara aber verbarg den gehässigen Triumph nicht:

»Weils da steht! Wenn der Karl vor dem fünften Jänner stirbt, kriegst nichts...«

Eine tiefe Kränkung wandelte Klara an, als sie den Kontrakt wieder zu sich steckte:

»Nur weil ich brav bin, nur weil ich eine Gute bin, gehe ich zu meinem Herrn Doktor.«

Frau Fiala kehrte in ihre Küche zurück. Sie setzte sich auf die Kiste, dort wo immer Franzl sitzt, und versuchte einen Gedanken, den Gedanken zu fassen. Nach einer halben Stunde etwa dämmerte es in ihrer grauen Seele. Wie ein elektrischer Strom ging ein Schreck ihr durch den Körper, so stark, daß sie Metall auf der Zunge schmeckte. Es war der erste und einzige Schreck vor Gott, den sie in ihrem Leben empfand.

Etwas Ungeheures ging vor. Man konnte es gar nicht erdenken. Ihr Mann, der schon längst tot war, starb nicht. Wegen der Versicherung erzwang er das Leben. Ihretwegen, die ihn längst aufgegeben und vertan hatte! Sie taumelte auf, kleine sinnlose Schreie stieß sie aus, und wie sie war, ohne Umhang, lief sie in den Winter. Hausbesorger und Greißlerin starrten ihr nach.

VII

Fiala aber steht fest und eisern da im Tor, in seinem Wappentor. Für keinen steht er als für sich allein. Das Tor ist breit und hoch. Er füllt es aus. Gewaltig warm umwuchtet ihn der Pelz. Sein Dreispitz stößt oben an den Bogen. Der Stab in seiner Hand hat große Kraft. Hier hat er auszuharren. Wer den Befehl gegeben, weiß er nicht mehr. Aber Befehl ist Befehl. Und was nicht vollendet ist, hat zu erfolgen. Es ist herrlich, unter Befehl zu stehn. Es ist herrlich, einen Auftrag zu haben. In Küchen bei den Weibern wird man alt. Fiala ist nicht alt, nicht müde. Frisch und lustig ist er wie ein junger Bär. Um Fünf wird er abgelöst werden. Mit dem Schlage der Uhr kommt die Ablösung. Die Uhr auf dem Kirchturm flammt und wie beim Lottospiel springen die schwarzen und roten Nummern der Stunden heraus. Schnell hintereinander, ungeduldig springen sie heraus: Zwölf und Siebzehn, Acht und Hundertsechsundzwanzig. Tausend Stunden verkündet so die Uhr, nur die fünfte Stunde nicht. Fiala kennt begeistert seine Pflicht: Hüter sein und sich nicht fortlokken lassen! Von Niemand! Hüter sein und Niemandem den Eintritt gewähren! So lautet der Befehl! Weiß der Himmel, was sie oben im Sitzungssaal beraten. Den Herrn Oberoffizial hat er schon abfahren lassen. Kommt da Herr Pech:

»Treten Sie zur Seite, Fiala!«... »Das ist mein Platz!«... »Ich muß doch ins Amt.«... »Haben Sie einen Passierschein?«... »Ich gehöre ja zum Amt!«... »Das geht mich gar nichts an. Befehl ist Befehl!«...

Und immer wieder kommt Pech, manchmal allein, manchmal mit einem kleinen Jungen, den er durchs Tor schwindeln will. Aber Fiala ist auf seinem Posten. Pech zieht einen Gulden aus der Tasche, einen runden Silbergulden. Fiala kennt keine Bestechung. Nur das Seine, das Seine will er haben, die Gebühr und basta! Aus der Uhr springen die Stunden, schwarz und rot. Wie Schwimmer erscheinen sie oben auf dem Trampolin, sich in den Fluß zu stürzen. Und die Straße fließt hin mit ihrem Leben, das er kennt von Anfang her. Scheu blicken die Schulkinder, die vorüberziehenden, auf zu seiner Macht. Aber er bewegt keine Miene. Sie sind für ihn nicht da, die Fratzen. Sie wollen seine Aufmerksamkeit erregen. Sie klappern mit ihren Schlittschuhen, sie stoßen kleine Bälle vor sich her. Mögen sie nur! Den Mädchen schenkt er keine Beachtung, die dicht und innig an ihm vorbeistreichen, ihn anflüstern. Das kennt er schon. Das kitzelt und bedrängt ihn nicht. Alles zu seiner Zeit! Schwer wird es nur, schwer, wenn das Regiment vorbeizieht: K. u. k. Infanterie-Regiment Nr. 11, graue Aufschläge! »Bataillon ha–a–alt!« Der Herr Oberst Swoboda selbst hebt, im Sattel sich spreizend, den gezogenen Säbel zum Kommando. Tannenreisig trägt er auf der Kappe. Alle Doppelreihen strotzen von Tannenreisig. Dann gellt der Ruf die Straße entlang: »Zugsführer Fiala!« Aber Fiala ruft nicht: »Hier!« Er weiß: nicht melden darf er sich. Und immer weiter hallt der Schrei! »Zugsführer Fiala!« Die Regimentsmusik formiert sich. Sie spielen den Hausmarsch, sie spielen: ›O du mein Österreich.‹ Fiala erkennt das Maultier, welches die große Trommel zieht. Die Musik setzt sich in Bewegung. Die Burschen schwenken und schlenkern die Instrumente im Takt. Und die Glieder der Kompagnien schwenken und schlenkern im Marschtritt, sonnenüberglänzt. Mit Tschinellenkrach ziehen sie dahin. Zur Schießstätte, zum Manöver, vielleicht auch nur zu einer Lustbarkeit. Seine Freunde hat er wohl erkannt. Diesmal darf er mit ihnen nichts ausfressen: Nicht Karten spielen, nicht zum Tanz gehen, nicht beim Bier die Nacht durchschwärmen. Er muß stehen und stehen in seinem Tor. Weit sind sie schon dahin. Und nur der wachsende Tschinellentakt! Er pocht in seinem Leib und Blut.

Aber oft auch ist es Nacht. Immer wieder ist es Nacht. Und dann springen die Stunden, rot und schwarz, nicht mehr aus der Kirchturmuhr wie die Krampusse. Der Kirchturm steht nicht da. Aber vor allen Toren, die ganze Straße entlang, sind Aschenbutten aufgestellt. Asche ist hingestreut überall. Fiala hält Wacht. Schwer, entsetzlich angstvoll lastet der Befehl auf seinem Herzen. Er steht im dicken Pelz wie in einem Faß ohne Boden, das ihn aufrecht hält. Die goldenen Borten sind erloschen. Hut, Fell, Gewand bedecken und hüllen ihn ein wie Gram. Franzl kommt und schleppt eine Markttasche. Franzl ist ein kleines hohlwangiges Kind, ein Krüppel und er ist sein Vater. Deshalb auch muß er für den armen Krüppel etwas Furchtbares tun. Er muß zu jeder Zeit den Tee austrinken, den ihm der Bub in der schwarzen Markttasche bringt. Aber das ist kein heißer Tee, es ist ein siedender Tee, nein nein, es ist bläuliches Feuer, ungesüßtes Feuer, das er nicht in einem Zug, sondern Schluck für Schluck hinabschlingt. Und die Spiritusflämmchen beginnen an den Innenwänden seines Leibes zu lecken, zu fressen. Doch die Außenwände, die Haut bleibt eiskalt. Könnte er die Augen jetzt schließen, würde er von nichts mehr wissen. Aber er soll ja wissen, weiter wissen, solange die Ablösung nicht da ist. War er nicht Wachtposten oft genug beim Elferregiment? Und jetzt ist es ihm, als sei eine Strafe über ihn verhängt wegen schlechten Dienstes, schlechten Lebens. Torarrest muß er abbüßen. Wer hat nur den Befehl gegeben? Doch auch das Denken ist ja verboten. Denn wer denkt, schläft ein. Wieder steht Pech neben ihm: »Ich verstehe Sie nicht, Fiala! Strecken Sie sich doch einfach aus! Sogleich ist alles gut. Das Ganze ist ja so leicht!« Für ihn ist es gar nicht leicht. Nicht mit der Miene darf er zucken zu solchen Unordentlichkeiten und Aufwiegelungen. Da schon lieber hinausschauen auf die aschgraue Straße. Beklemmendes zieht dahin. Er sieht den Dechanten Kabrhel, den Priester seiner Heimat. Er ist dick und hinkt. Kabrhel trägt wie beim heiligen Umgang den Leib des Herrn im silbernen Strahlenschrein. Zwei Kapläne gehen ihm zur Seite. Voran aber wandelt der Lehrer Subak, eine Kirchenfahne hoch in der Hand. Und hinterher ein paar Fromme. Sie tragen Bauerntracht. Fiala schaut willentlich zur Seite. Den Anblick dieser Gestalten mit ihren großen Hüten und silbernen Knöpfen fürchtet er, als stünden diese alten Bauern in väterlich-drohender Beziehung zu ihm und seiner Strafe. Aber im Zuge gehen auch fromme Tiere hinterdrein. Die schwarzen Ochsen und Kühe des Verwalters, die Fiala genau kennt. Nun wendet sich der Dechant gegen das Tor: »Knieet!« befiehlt er. Und die Prozession kniet nieder auf offener Straße. Auch die Ochsen und Kühe knieen andächtig. Da hebt Hochwürden Kabrhel das Heiligtum gegen den ungehorsamen Firmling und seine Stimme zittert: »Knieet alle!« Aber Fiala, so gern er es täte, er darf nicht knieen. Er weiß: Noch muß erfolgen, was nicht vollendet ist. Ach, eine große Sünde hat er damit begangen, daß er nicht mit den anderen auf die Knie gesunken ist. Dafür auch wird er von den frechen Tieren gestraft. Die ärgsten sind die Gänse, die aus dem Dorfteich plötzlich zu Hunderten heranwatscheln, seine Füße umdrängen und ihn jähzornig anschnattern. Er weiß, wie gefährlich diese gereizten Bestien sind. Vielleicht würde er davonlaufen, wenn er die Beine bewegen könnte. Aber dann fängt die Straße an zu rauschen und ist das Flüßlein seiner Heimat. Er erkennt genau die Büsche, die Angelplätze, die Badeplätze, die Krebsplätze. Aber warum ist jetzt das andere Ufer so weit? Das wundert ihn nicht. Soll denn die Donau am Praterspitz schmäler sein? Es ist schön, daß ihre kleinen Wellen an sein Tor drängen. Doch der Strom meint es nicht gut mit ihm. Die Fischpest ist ausgebrochen. Tausende von Hechten, Karpfen und noch größeren Fischen schwimmen auf dem Wasser mit schuppenlosen, scheußlichen Bäuchen. Der Geruch des Aases durchdringt die Welt bis zu den Wolken. Da beginnt der Geprüfte zu Gott zu beten:

»Lieber Gott! Ich stehe hier, weils befohlen ist. Nicht weil ich für mich etwas will, stehe ich hier, nicht um Lohn. Ich hab mir von Kind auf doch ein kleines Haus gewünscht. (Aber Sonnenblumen müssen im Garten sein.) Das Haus wirst du mir nicht schenken. Keine Freude werde ich gehabt haben. Ach, warum muß ich so viel erdulden, ich, der Fiala, und kein anderer!?«

Fiala weiß es längst, daß innige Gebete im richtigen Augenblick immer helfen. Er hat gut getan, zu beten. Denn jetzt fällt der Nebel ein. Guter Herbstnebel liegt über nackten warmen Äckern, so dicht, daß man die Kartoffelfeuer nicht sehen, sondern nur riechen kann. Und der gute Nebel dringt auch in das Schicksalstor. Und das beruhigt des Türhüters Seele. Denn nichts mehr sieht er ringsum. Groß und einsam darf er nun mitten in Gottes unsichtbarer Welt stehen und ausharren. Sein Stab mit der Kugel an der Spitze stützt ihn, sein starrer Pelz hält ihn aufrecht. Nichts mehr muß erfolgen. Wenn er noch ein Lied kennte, ein altes böhmisches Lied, er würde es singen, denn wohlig ist es zu stehen im Nebel und Erdrauch, süß ist es stehend zu liegen im Raum. Da schläferts ihn. Da schließt er die Augen...

Aber nicht so ist es gewollt. Man ruft ihn an. »Fiala!« glaubt er zu hören, aber es gellt »Tutelia!« Der Schreck eines ertappten Verbrechers durchzischt ihn! »Zu Befehl!« Und er reißt die Augen auf. Die Kirchturmuhr ist fort. Das kreisrunde Loch läßt eine Scheibe roten Himmels sehen. Von allen Seiten Trompetensignale. Die Manöver werden abgeblasen mit den letzten Rufen des Zapfenstreichs. Und ein wildes Getrappel kommt näher. Er kennt das lustig-majestätische Getrappel, die festliche Fahrt, die von Schönbrunn her die Mariahilferstraße herabbraust. Voran die berittene Polizei, dann die Leibgarden und zwischen ihnen der schimmelbespannte Hofwagen mit goldenen Rädern und Laternen. Die Volkshymne schmettert durch fahnenberauschte Lüfte. Ein grüner Federbusch schwankt leutselig fern. Fiala weiß, daß die Ablösung näherdonnert. Jetzt heißt es, sich zusammenreißen, im richtigen Augenblick vortreten und dem erstbesten Vorgesetzten entgegenschreien:

»Melde gehorsamst, Ableben erfolgt!«

Man wird ihm seinen Ort anweisen im goldenen Zug, der durch die Straßen fliegt.

Höchste Zeit ist es schon. Der Nebel hat sich verwandelt. Im Hausflur herrscht er als dicker Rauch, von Glut und Flammen durchflochten. Aber wer vertritt jetzt den Weg? Die Straße hat frei zu sein! Hier wird kein Spalier geduldet. Zwischen ihm und dem Herannahenden, dem Herrlichen, muß offene Bahn sein. Doch die Menge umtanzt ihn. Sie will den Erlösten zurück ins qualmende Tor stoßen, wohin er nicht mehr gehört. Und jetzt sieht er die Menge. Da kocht sein ganzes Leben auf in Zorn und Verzweiflung. Hundert Maries und fünfhundert Klaras drängeln ihn in sein Gefängnis zurück, da er doch ausgeharrt und längst gesiegt hat. Alle Maries tragen Kränze in der Hand und weinen. Alle Klaras schwingen tückische Besen gegen sein Gesicht. Sie versuchen heimlich seine Hände mit Vorkriegsspagat zu fesseln. Die Hexen sind schuld. Immer haben sie ihn eingesperrt. Jetzt, wo die Ablösung näher und näher dröhnt, auch jetzt wollen sie flennend und fluchend ihm den Weg verstellen. Aber Gott sei Dank! Sein Arm ist wieder stark und die Kugel seines Stabes blitzt...

Zusammengesunken auf dem Stuhl sitzt Frau Fiala und starrt auf das Grauen des Todes, der nicht kommen will. Mit Gewalt mußte man die Schreiende in den letzten Tagen, wenn der Abend kam, aus dem Zimmer zerren. Jetzt ist Fiala längst kein »Fall« mehr. Auch diese Sensation hat sich abgebraucht. Ein Herzmuskel ist stärker, der andere schwächer, und Roßnaturen sind selten, aber noch lange kein Wunder. Das Weib starrt regungslos auf den Hügel Verwesung dort unter der Decke, der mit jagendem Atem in seiner eigenen Jauche liegt, ohne daß jemand ihn reinigt. Auf dem Kissen ruht das gelbe Haupt, die Riesenstirn eines Kirchenvaters. Die Frau kennt dieses fremde Haupt nicht mehr. Manchmal zuckt der Dulder zusammen und versucht, Bewegungen zu machen. Die Hände wollen unters Kissen fahren, und die Beine rühren sich unter dem Tuch.

Klara ist eingetreten und beginnt der versteinerten Schwester eine Standpredigt zu halten, sie solle jetzt endlich nach Hause gehen, das Sitzen und Schauen bringe nichts ein. Alle drei Minuten erscheint Franzl in der Tür. Seine Augen starren vorwärts, als müsse er mit sich kämpfen, den Vater anzuschaun. Plötzlich, im Verlauf ihrer Rede, erhebt Klara nach gewohnter Art scharf ihre Stimme. Da ist es, als ob das Wesen, das den Namen Fiala trägt, erwachen würde. Aufgerissene Augen stieren die Weiber an und es sind fremde Augen nicht mehr. Der Körper bäumt sich im Bette, und jäh, mit einem Ruck unmöglicher Kraft, fahren graue behaarte Stöcke unter der Decke hervor und versuchen heldenhaft Boden zu fassen. Und jetzt, einen kehligen Siegeslaut ausstoßend, steht hoch aufgerichtet ein wüster Riese da, der die Spinnenarme hebt wie zum Schlag. Ein stampfender Schritt gelingt noch, dann stürzt die Gestalt in sich zusammen, ein Knochenhaufen.

Hier endet der Bericht vom Sterben des Kleinbürgers Karl Fiala. Zwei Tage über sein Ziel war er hinausgerannt wie ein guter Läufer. Denn man schrieb den siebenten Januar schon. Unverzüglich schafften die Wärter, nach flüchtiger Todesfeststellung, die Leiche an den Ort, wohin sie gehörte, gleich einem Unrat, der allzu lange im Wege gelegen war.

Als die Witwe das fremde Gesicht nicht mehr sah, konnte sie zu ihrem Glück wieder weinen. Das Sterbebett stand nun leer. Klara, die so oft bemerkt hatte, daß die Hand des Gequälten etwas unterm Kissen suche, und die, wenn sie ein Traum nicht täuschte, einmal ein Goldstück hervorblinken sah..., sie trat nun, Tränen hinaufschnaubend, wie unversehens an die Lagerstatt. Laut klagend und mit schmerzzuckenden Fingern begann sie das verödete Kissen zu streicheln. Da fühlte sie plötzlich die suchenden Gelenke ehern umkrallt. Sie keifte auf: »Du verdammter Bub! Ich will dir nichts nehmen! Marinka! Gib Achtung!«

Franzl hob stumm das Kissen auf und steckte die beiden wertlosen Gegenstände in seine Tasche. Es war ein leerer Kalenderblock und die schmutzige Borte irgendeiner verschollenen Uniform.

Kleine Verhältnisse

Hugo hatte sein elftes Jahr vollendet. Durch zwei besondere Umstände hervorgerufen, war in der Erziehung des Knaben ein Interregnum eingetreten. Erstens hatte Miß Filpotts plötzlich das Haus verlassen, und zweitens – was weit mehr ins Gewicht fiel – war Hugo rasch hintereinander an Scharlach und Diphtherie erkrankt. Diese bedenklichen Übel, die ihn wochenlang ans Bett gefesselt hielten, erweckten in ihm zugleich mit den Wallungen des Fiebers die Lust an ungezügelter Träumerei.

Aus keinem andern Grunde als aus Angst vor Kinderkrankheiten war der verzärtelte Junge nicht zur Schule geschickt und daheim unterrichtet worden. Trotz der bitteren Erfahrung aber, daß es keinerlei Schutz vor dem Schicksal gebe, blieben die überängstlichen Eltern unentschlossen, wie sich Hugos Erziehungsgang ferner gestalten solle. Eines aber verstand sich von selbst, daß man einige Wochen lang dem blassen, geschwächten Kinde von jeder Art Einwirkung und Unterricht Ruhe lassen müsse. So wurde denn weder ein pädagogisch geschulter Hofmeister, noch auch eine präzise Engländerin zu Miß Filpotts Nachfolge ausersehen, sondern auf ein gewöhnliches Zeitungsangebot hin, das Hugos Mutter angenehm berührte, Fräulein Erna Tappert als Erzieherin aufgenommen. Gegen Fräulein Tappert schien die Tatsache zu sprechen, daß sie eine Mitbürgerin war und in ihrer Zeitungsofferte keine Sprachenkundigkeit ins Treffen führen konnte, – für sie sprach die bestandene Lehrerinnenprüfung und ihr wunderschönes blondes Haar, das die gnädige Frau gleich bei der Vorstellung entzückte. Man trug damals den Kopf noch nicht geschoren und dick-lastendes Blondhaar galt als Sinnbild eines vertrauenerweckenden Herzens. So war denn auch in den Augen der Dame Ernas schwerer goldener Knoten ein Beweis verhaltener Tugend, bürgerlicher Wohlanständigkeit und beruhigender Gemütsverfassung.

Fräulein Erna bezog die Stube, die an das Kinderzimmer stieß. Dieses Kinderzimmer war überaus geräumig, hell und in blendendem Weiß gehalten. Der gummibelegte Fußboden, die blitzenden Turngeräte, die mächtige Schulbank und -tafel, die Anordnung der eingebauten Wandkästen, das weiß-geschmeidige Bett, all dies erweckte den Anschein, als hätten sich in diesen Räumen Hygiene, Erziehungskunst und Luxus zusammengefunden, um aus einem gesegneten Kinde einen Vollmenschen ohnegleichen zu modeln.

Man sieht, dieses Haus und seine Herren gehörten zu den Auserwählten, denen die Zeichen der Zeit nicht näher kamen als es für einen ernsthaften Gesprächsstoff notwendig ist. Ihr Schicksal war so gut gedämmt, daß es die Sturmflut nur vom Hörensagen kannte. Der schwere Wermutstropfen der Zeitläufte hatte hundert immer feinere Siebe passiert, ehe er als zerstäubter Duft ins Bewußtsein dieser Glücklichen trat, wo seine Bitterkeit sogleich als edle Gesinnung die Lebensmeinungen würzte.

Miß Filpotts hatte seinerzeit das Kinderzimmer mit ihrem Zögling geteilt. Fräulein Tappert aber erhielt nach einer kurzen Besprechung der Herrschaften ein eigenes Zimmer zugewiesen, weil Hugo immerhin elf Jahre alt war und die fortgeschrittene Wissenschaft allerhand Lehren über das frühzeitige Erwachen des Menschen verbreitete. Trotz dieser Maßregel war Hugos Mutter von der Überzeugung durchdrungen, daß jenes von der fortgeschrittenen Wissenschaft angedrohte frühzeitige Erwachen nur das Merkmal der unkultivierten Stände sei und bei ihrem wohlgeratenen Kinde nicht in Betracht käme.

Fräulein Erna Tappert wurde dahin belehrt, daß während der Nacht die Verbindungstür von ihrer Stube zum Kinderzimmer offen stehen müsse, damit Hugo unter Aufsicht bleibe und nicht, wie es einige Male schon geschehen, ganze Nächte mit Lesen verbringe. Während seines langen Krankenlagers nämlich hatte sich der Knabe das übermäßige Lesen angewöhnt. Mit der ausgehungerten Leidenschaft der Lebensleere, unter der die Kinder der Reichen so oft leiden, verschlang er Bücher, gleichviel welcher Art und welchen Inhalts: Klassiker, Schmöker, Zeitschriftenbände, Hackländer, Karl May, Kriegs-, Reise- und Abenteurergeschichten. Durch Bitten, Tränen, Zorn, ja selbst durch Ansteigen der Fieberkurve wußte er sich diese Nahrung von Eltern und Wärtern zu ertrotzen. Es war jedoch eine sonderbare Art von Lektüre, die Hugo trieb. Er verfolgte nicht Seite für Seite den Gang der Erzählungen, die er oft nur zum geringen Teil verstand, er las kreuz und quer in den Büchern. Oft las er nicht einmal, sondern starrte ekstatisch auf die wimmelnden Seiten, oft auch hielt er einen Band lange, mit saugenden Fingern gleichsam, in der Hand, während er die Lider zusammenpreßte. Zwischen den beiden Deckeln des armseligen Dings, das nur ein Buch war, lagen unausschöpfliche Welten, die nur zum kleinsten Teile dem Verfasser angehörten, Welten, die sich Hugo selber immer neu und immer wieder anders erschuf. Der Text, den man nicht schnell genug buchstabieren konnte, diente nur als Sprungbrett für des Knaben innere Bilderflucht, die jede Zeile mit raschen, gespenstischen Phantasiegeschwadern überholte. Jede Seite (starr vorwärtsdrängende Truppenordnung der Worte) war durchflochten von wilden Jagden, Geisterritten, Mordtaten, Aufschreien, Tropenlandschaften, die nicht zum Gelesenen gehörten und aus des kleinen Lesers Seele stiegen, die doch weder Zeit noch Gelegenheit gehabt hatte, all diese ausschweifenden Dinge in sich aufzunehmen, die ihr so verschwenderisch entfieberten.

Miß Filpotts, die unbestechliche Anhängerin eiskalten Wassers, körperlicher Ertüchtigung und starrer Nervenruhe, hatte diese Lesewut gehaßt. Hugo aber spürte mit der feinen Witterung, die Kinder für die persönlichen Antipathien in den Grundsätzen der Erwachsenen haben, daß sich hinter diesem Haß nicht das Wohlwollen der Erzieherin verbarg, sondern eine hochfahrende Verachtung für seinen Lieblingszustand, das Träumen.

Erna Tappert hingegen gewann Hugos Sympathie schon in der Minute, da sie ihren Koffer vor seinen Augen auspackte, wobei eine Anzahl von Büchern, ein ganzes Bündel ausgeschnittener Zeitungsromane, zwei Alben mit Photographien und Ansichtskarten und ein Stammbuch voll gepreßter Blumen zum Vorschein kamen. Zudem hatte das Fräulein große, langsame Augen, die keine gefahrbringende Energie verrieten, eine hohe, gar nicht magere Gestalt, die sich ein wenig träge bewegte, was wiederum daraufhin deutete, daß die Turngeräte nicht überanstrengt werden würden. All diese Zeichen erfüllten Hugo mit Zuversicht. Hatte er sich Miß Filpotts gegenüber als ein Gefangener oder Untergebener gefühlt, der sich mit knirschendem Zorn gegen eine hochmütig-eckige Übermacht behaupten mußte, so lernte er in Fräulein Erna ein Wesen kennen, das seine Gleichberechtigung anerkannte, das nachgiebig schien, ja mehr als dies, sich vor seiner männlichen Überlegenheit zu beugen bereit war.

Es war demnach kein Wunder, daß mit Ernas Einzug die Fülle von Streitereien, Anzeigen und Klagen gegen Hugo aufhörte, mit denen die verdrießliche Engländerin die Eltern bedrängt hatte. Dies vor allem: Mama forderte, daß beim Bad und der Morgenwaschung des Knaben die Erzieherin anwesend sei, die Reinigung beaufsichtige und, wenn nötig, selber Hand anlege. Durch diese Anordnung hatte sich Hugo in seinem Stolz erniedrigt gefühlt und jeden Morgen war zu Miß Filpotts Zeiten Streit und Geschrei ausgebrochen. Dies wurde nun mit einem Schlage anders. Ernas weiche Hände verletzten Hugos Stolz nicht; sie waren so wohltuend, noch in den harten Strichen der Badebürste, mit der sie des Knaben Rücken abrieben, blieb die gelassene Milde ihrer Finger fühlbar. So verwandelte sich die Morgenwaschung aus einer verhaßten Zeremonie in einen erwünschten Vorgang. Erwachend lag Hugo im wohligen Bette und freute sich auf Ernas Kommen. Und wenn sie dann eintrat, selber noch nicht angekleidet, ihren blauen Schlafrock übergeworfen, die Haare flüchtig aufgesteckt, sprang Hugo sogleich auf die Beine. Nun krempelte Fräulein Tappert die weiten Ärmel über die morgenfrische Haut ihrer Arme auf und tauchte Schwamm, Bürste und Seife ins Wasser. Hugo aber blinzelte mit gespielt-gleichgültiger Schläfrigkeit und gab dadurch, die Ehre wahrend, den Verzicht auf eigene Betätigung seiner mannhaften

Person kund. Er vergaß sogar seinen Abscheu vor kaltem Wasser und zuckte nicht zurück, wenn Erna ihm Hals, Brust und Arme, die er willig darbot, eifrig abschrubbelte. Er sah seinen kleinen, abgemagerten Leib im Spiegel. Erna aber bewegte sich laut atmend um ihn her, sie war ganz verloren in ihrer Arbeit, herrliche Kraft drang aus ihr, die den Knaben von allen Seiten einhüllte, wie eine volle duftige Wolke.

Ungetrübte Freundschaft entspann sich zwischen beiden. Erna hatte eine wunderbare Art, den Phantastereien Hugos zuzuhören. Kein Schimmer von Unaufmerksamkeit stand in ihren Augen, kein Fältchen von überlegener Duldung auf ihrem Gesicht, wenn er seine Absonderlichkeiten vor ihr ausbreitete:

»Kennen Sie vielleicht das Theaterstück ›Der böse Geist‹, Fräulein?«

Solche Fragen stellte der Knabe, ohne ein Werk dieses oder ähnlichen Titels selber zu kennen. Es genügte schon, daß ihm in dem Dickicht seiner Lektüre so etwas wie ein böser Geist einmal begegnet war. Ernsthaft verneinte Erna diese Frage. »Es ist aber doch von Schiller«, pflegte Hugo festzustellen, ohne an der Wahrheit dieser Behauptung zu zweifeln. Er hatte es ja auch nicht nötig zu zweifeln, denn schon begann er mit leidenschaftlicher Stimme und in tragischer Haltung sinnlos prächtige Worte übereinander zu türmen. Erna verfolgte mit angestrengten Augenbrauen und hingegebener Bewunderung den begeisterten Schwall, aus dem oftmals die Namen griechischer Gottheiten sie anblitzten. Warum sollte dies nicht klassisch sein? Man verstand es ja nicht. Sie empfand dumpf-erstaunt: »Schiller!« und »Welch ein Bub!« Aber den Elfjährigen erfüllte der Sturm dieser bewußtlos sich selber zeugenden Worte und die Andacht der großen erwachsenen Frau wie ein giftiger Rausch, dem Kopfschmerzen folgten.

Sie selber erzählte ihrem Zögling nur selten von ihrem eigenen Leben; und dann waren es meist belanglose und kurz angebundene Dinge. Fräulein Tappert sprach überhaupt nicht viel. Ihre Schweigsamkeit aber war durchaus verschieden von Miß Filpotts ablehnender Verschlossenheit, die der verachtungsvollen Anmaßung einer Herrenrasse entsprang, die in Dienst gehen muß. Ernas volle, etwas schwerfällige Erscheinung hingegen lebte so ruhig an Hugos Seite, als besäße sie kein eigenes Schicksal und keine anderen Gedanken als ihre kleinen Tagesverrichtungen. In der schönhäutigen Ausdruckslosigkeit ihres Gesichts aber lag manchmal der erstickte Zug eines Träumers, der nach Worten ringt und stumm bleiben muß. Der Bund zwischen Erzieherin und Kind wurde von den Eltern nur selten gestört. Papa war viel auf Reisen und Mama hatte in sich die Leidenschaft für kunstgewerbliche Arbeiten entdeckt. Sie besaß nun ein Atelier und einen Lebensinhalt.

Es war Frühling. Erna und Hugo machten zweimal des Tages auf Anordnung Mamas ausgiebige Spaziergänge. Die Stadt war jetzt von zahlreichen und bezaubernden Gärten durchbrochen. Erna liebte am meisten die »Hasenburg«, jenen Park, der sich mit labyrinthischen Wegen, weiten Rasenflächen, Terrassen, künstlichen Grotten, Springbrunnen, blühenden Heimlichkeiten an die Lehne eines Berges schmiegt. Auch Hugo mochte diesen weitgedehnten Ort gerne, von dessen sich überstufenden Wandelflächen und efeuumklammerten Brüstungen man die dichtgedrängte Stadt bis zu den nebligen Vorbezirken am Horizont betrachten konnte. Der schwere schläfrige Fluß halbierte das altertümliche Gedränge des Zentrums. Die vielen steinernen und eisernen Brücken schwangen verschiedenartige Melodien von Ufer zu Ufer. Die älteste unter ihnen hielt den erstarrten Schmerz ihrer gefesselten Statuengruppen ins braune oder silberne Licht, das sich sekündlich verwandelte. Düsteren Kristalldrusen glichen diese bewegten Gestalten, die der Druck der Geschichte aus den felsigen Brückenbögen emporgetrieben hatte. Hugos Auge aber hing vor allem an der mächtigen Kuppel des Nationaltheaters, die breit und grün mitten unter dem gotischen Emporstreben der hundert Türme in der Sonne brütete oder die wie ein architektonisches Tiergespenst aus dem Nebel tauchte, den die Stadt gegen Abend immer von sich gab. Er war zwei- oder dreimal schon in dieses Theater mitgenommen worden. Seitdem umlauerte sein Herz das Gebäude, dessen grünspäniger

Kuppelsturz Dinge enthielt, die ihn tief entzückten: den pathetisch bemalten Vorhang, die lichterfüllte Wölbung, die Stimmen der Instrumente, den einzigartigen Geruch, aus feinem Staub, Moder, Parfum, Frauen gemischt, und das Zaubergeheimnis der Bühne, das Geheimnis eines unwirklichen Raumes, der den wirklichen schneidet, mächtiger noch als der göttliche Raum den irdischen der Kirche durchdämmert. Allein nicht nur die erhabene Sicht auf die schöne Stadt zeichnete die Hasenburg aus. Sie besaß ja außerdem noch die mysteriöse »Hungermauer«, die den blühenden Garten von einer wüsten lehmigen Hochfläche abgrenzte, woher manchmal die militärischen Hornsignale wehten, um mit goldgelb gespreiteten Flügeln einen Augenblick lang über dem Tal der Stadt schweben zu bleiben. Dieses alte traurige Gemäuer war, wenn man den Chroniken glauben durfte, ein geschichtliches Denkmal. Irgend ein mittelalterlicher König hatte es aufführen lassen, um zur Zeit der Hungersnot das Problem der Arbeitslosigkeit auf ebenso harmlose wie märchenhafte Art zu lösen. Wie dem auch immer sei, die Hungermauer bot für Hugos Phantasterei einen schönen Anlaß, und er log der willigen Erna mancherlei von Pest, Krieg, Sturmwiddern, Breschen und nächtlichen Überrumplungen vor. Dies aber gehörte zum Wesen der einzigartigen Stadt: Ein alter Stein irgendwo, ein Holzgeländer, ein Brunnen in einem Hof, eine ausgebrannte Mühle, die man stehen gelassen hatte, ein grauer augenleerer Turm, in dessen Höhlung ein Alteisenhändler sein Warenlager besaß. Ein unverhoffter Durchgang, ein trauerndes Wappentor, in dem ein frecher Bierschank lärmte, greise tagblinde Winkel, die der verlotterten Nacht entgegenlauerten. Nichts, Gerümpel, oft ohne Schönheit, meist ohne Kunst! Aber die Toten huschten über den Stein, die Toten schmiegten sich an das Holzgeländer, die Toten der Jahrhunderte hockten in der ausgebrannten Mühle, die Toten stiegen über die rostigen Eisenstangen, die Toten mischten sich in das Straßengedränge, ein Licht in Händen, das den Tag verfinstert, die Toten verließen diese Stadt nicht. Alter Sandstein, brüchiges Gemäuer nur! Aber auf einmal zitterte im Mittagsstrahl ein kranker Schatten, ein unsagbar blasses, abgezehrtes Bildchen drüber hin, wie aus der Laterna magica unserer Kinderjahre geworfen, die in irgend einer Rumpelkammer vermodert.

Erna freilich war auf den sonnigen Kieswegen dieses Parkes, auf den Bänken und Terrassen nicht so ganz bei der Sache, wie es Hugo schien, sie war sogar recht eingenommen, wenn sie gegen halb fünf Uhr nachmittags den Blick unruhig aussandte. Denn zu dieser Stunde pflegte sich Herr Oberleutnant Zelnik einzustellen. Hugo hatte bereits soviel Wohlgefallen an dem Offizier gefunden, daß auch er eine freudige Regung verspürte, wenn die uniformierte Gestalt, in schmalen Hüften sich wiegend, auf dem Parkwege in der schattenübersprenkelten Ferne sichtbar wurde. Der militärische Glanz wirkte auf ihn wie auf jeden anderen Knaben, er erfüllte ihn mit eigentümlich ehrfürchtigen Schreckgefühlen, die, wenn Zelnik ihn mit einem herablassend näselnden »Servus« begrüßte, in angenehmen Stolz umschlugen. Doch diesem Stolz war das Bewußtsein beigemischt, daß die Vertraulichkeit des Offiziers eine Gabe blieb, nur auf Widerruf verliehen und sogleich zurückziehbar, sollten die Umstände es erfordern. Zelnik erschien trotz aller Liebenswürdigkeit hocherhaben und unerreichlich. Hugo aber – und das unterschied ihn von anderen Jungen – dachte trotz dieser schneidigen Freundschaft nicht daran, nun selber Soldat werden zu wollen. Er verehrte den Glanz eines Oberleutnants mit frommem Erschauern, aber er verehrte ihn als etwas Fremdes, dem nachzustreben ihm nicht gebührte. Er liebte es sehr, wenn Zelnik die strammen Ausdrücke des Dienstes in seine Rede flocht. Dann prägte er diese Worte seinem Gedächtnis ein wie etwas Kostbares und Vornehmes, dessen Gebrauch auszeichnet. Der Oberleutnant pflegte in der Unterhaltung mit Erna jeder Bitte das Wörtchen »gehorsamst« anzuhängen. Diese Ritterlichkeit gefiel Hugo ausnehmend gut, und als sie nach und nach verschwand, vermißte er sie.

Eines aber war klar, um vor den Augen dieses strahlenden Mannes zu bestehen, mußte sich Hugo in acht nehmen. Er mußte beweisen (wenn er auch durch Zufall noch unerwachsen und schwächlich war), daß er sich doch wie ein Mann benehmen konnte. Männliches Benehmen aber, was war es denn anderes als höfliche Feinfühligkeit? Hugo verstand es also, das Paar in unauffälliger Weise allein zu lassen, indem er sich – und das war geradezu ein Opfer – am Spiel einiger anderer Jungen beteiligte. Meist aber setzte er sich nur abseits und träumte in die Luft hinein, wenn er sich nicht in ein Buch versenkte, das die fürsorgliche Erna heimlich mitgenommen hatte. Er war auf den fremden Mann nicht eifersüchtig, ganz im Gegenteil, er war stolz auf ihn, er war stolz, daß sein Fräulein Erna gar manche wichtige Angelegenheit flüsternd mit dem Oberleutnant auszutragen hatte, während er selbst sich freiwillig und ohne Neugier wie ein guter Wächter abseits hielt. Er machte sich dabei keine Gedanken über die Angelegenheit, die also eifrig beflüstert wurde, nur die aneinandergedrängte Nähe Zelniks und Ernas, der vom Entzückungshauch beschlagene Aufblick der Frau, ihr unbewußt im Winde spielendes Haar, des Mannes zuckende Nüstern, sein grausam lächelnder Schnurrbart, – all das erregte Hugo mit knisternder Ausstrahlung.

Sonntags hatte Fräulein Tappert immer Urlaub. Sie verließ das Haus nach Tisch und kehrte erst um Mitternacht wieder heim. Diese einsamen endlosen Sonntagsnachmittage quälten Hugo mit ihrer Trauer und Langweile. Selbst die verbissenste Lektüre half ihm nicht darüber hinweg, daß er Erna und Zelnik vermißte. Er sehnte sich danach, von ferne die beiden großen Gestalten auf der grünen Parkbank zu bewundern, hinter der ein roter Rhododendronstrauch sein Rad schlug. Wenn dann spät abends das Fräulein auf leisen Zehen durch sein Zimmer in das ihre schlich, lag er stets wach und rief sie an.

Es war aber ein ganz gewöhnlicher Wochentag, als ihn auf einem der gemeinschaftlichen Spaziergänge Herr Oberleutnant Zelnik am Arm faßte, während Erna Tappert zurückblieb und sich mit blinzelndem Interesse in das lichtzerklirrende Spiel eines Springbrunnens vertiefte, der seine kristallene Palme lockend entfaltete. Zelnik drückte den Arm des Knaben:

»Sie sind ein tapferer kleiner Mann, Hugo, was? Das hab ich schon längst heraus.«

Diese Worte beglückenden Lobes sprach der Offizier zu Hugo, der von seinen Eltern zwar oft sorgende Ängstlichkeit, aber kaum jemals eine Aufmunterung zu hören bekam. Der Knabe sah leicht geblendet auf den nickelblitzenden Korb des Salonsäbels, der an der Hüfte des Mannes schwankte.

»Also Hugo, merken Sie auf, es ist ein wichtiger Auftrag, den ich Ihnen hiermit erteile...«

Hugo empfand ein starkes Bedürfnis, den Säbelkorb oder das goldene Portepee zu berühren, das an seiner Seite auf und nieder spielte. Verwegene Lust durchzuckte ihn, als könnte er durch diese Berührung einen wohltuenden Strom zwischen sich und dem prächtig erklirrenden Herrn schließen. Der Oberleutnant fuhr mit geneigter Bedeutsamkeit fort, während sein Schritt sich bemühte, den Schritt des Jungen kameradschaftlich ernst zu nehmen: »Es ist das, ich bitte, eine Sache, die Sie noch nicht ganz verstehen können. Aber, Hugo, nicht nur ein Zivilist, selbst ein Offizier erhält täglich eine Menge von Befehlen, deren Zweck er nicht versteht. Unsereins sagt sich dann: Befehl ist Befehl und Dienst ist Dienst! Die Sache übrigens, um die es sich hier handelt, geschieht einzig und allein im Interesse von Fräulein Erna, wofür wir beide ritterlich einstehen müssen... Na, da brauch ich Sie ja nicht extra zu belehren.«

Hugo berührte unauffällig das goldene Portepee, ängstlich, als wäre es glühendes Metall. Er machte große Schritte. Zelnik legte seinen Arm um die Schulter des Knaben:

»Es ist unbedingt notwendig, daß Fräulein Erna bei den Verhandlungen anwesend ist, die im Interesse ihrer Zukunft geführt werden. Und jetzt machen Sie die Ohren auf, junger Mann, es sind nämlich geheime Verhandlungen... Streng reservat... In der Nacht... Versteht sich...« Zelnik blieb stehen und sah Hugo an, als wäre damit mehr als genug gesagt:

»Sie wissen, was das bedeutet, geheime Verhandlungen?« Vor Hugos Augen zogen rasche Traumbänder dahin. Der Oberleutnant seufzte befriedigt:

»No also! Sie verstehen mich, Hugo! Und Sie, niemand anderer als Sie, haben den Auftrag, dafür zu sorgen, daß kein Mensch etwas davon erfährt, wenn Fräulein Erna in der Nacht nicht zu Hause ist. Vor allem Ihre Herren Eltern nicht! Das möcht ich gehorsamst erbeten haben. Sie geloben mir in die Hand, wie das Grab zu schweigen und Fräulein Erna somit vor allen gefahrvollen Weiterungen zu schützen.«

Hugo fühlte, wie seine Hand im Druck der großen Männerrechten hinschmolz. Er hatte geschworen. Erna näherte sich. Der Oberleutnant trat anmutig an ihre Seite:

»Unser Freund Hugo hat den Eid geleistet...«

Und lächelnd, während er selbstzufrieden mit zwei Fingern den Uniformkragen lockerte:

»Zu Wasser, zu Lande und in den Lüften.«

Am Abend – Hugo lag schon zu Bette – trat Erna, die kein Wort mit ihrem Zögling über diese Sache gewechselt hatte, schön gekleidet und duftend aus ihrem Zimmer. Sie sagte nur:

»Also, ich geh jetzt, Hugo!«

Dabei zog sie seine Hand an ihre Brust und sah ihn bittend an. Ihre Erregung durchschauerte seinen Körper. Dieselbe Szene wiederholte sich in den nächsten Wochen an so manchem Abend. Ehe Fräulein Tappert Hugos Zimmer verließ, waren ihre Wangen von Angst wie von einem scharfen Wind rot und aufgerauht. Und jedesmal sagte sie:

»Also, ich gehe jetzt, Hugo!«

Wie viel lag doch in diesen stummen Worten. Der Junge spürte es und spannte alle Muskeln an, als müsse er jeden Augenblick bereit sein, Erna vor lauernden Feinden zu verteidigen. In solchen Nächten lag er mit brennender Haut schlaflos oder unter einer dünnen Decke unruhigen Dämmerns. Fernunten hallte der Trab nächtlicher Pferdewagen über das Pflaster. Wie das rhythmisch-hohle Glucksen von Wasser aus einer Riesenflasche drang dieser Trab in sein übertreibendes Gehör. Erst wenn die Heimkehrende mit angehaltenem Atem durch sein Zimmer huschte, legte sich ein stolzer Friede über seine Augenlider und die Müdigkeit eines Siegers beschlich ihn mit gerechtem Schlaf. Oft, wenn das geheimnisvolle Ausbleiben sich allzulange hindehnte, konnte Hugo es vor Angst um Erna kaum mehr aushalten.

Schreckbilder von Überfall, Mord, Entführung würgten ihn, in denen Erna das Opfer, Zelnik aber keineswegs der Übeltäter war. Alles, was er jemals von Kriminalverbrechen oder Selbstmord gehört und gelesen hatte, jagte in solchen Augenblicken vorüber. Er sah Ernas Körper deutlich vom schmutzigen Fluß immer wieder gegen das alte Wehr geschleudert werden. Gewiß! Der Oberleutnant stand verzweifelt am Kai und blickte nach Rettung aus, dachte aber nicht daran, seinen kakaobraunen Waffenrock mit den roten Artillerieaufschlägen abzuwerfen und ihr nachzuspringen. Man konnte solch eine Tat von einem gestiefelten und gespornten Herrn auch nicht verlangen. Derartiges schickt sich nicht für einen Offizier. Das Schrecklichste aber war, daß er, Hugo, sich selber die Schuld an dieser Tragödie geben mußte.

Erklang dann im Morgengrauen Ernas leiser Schritt, so stellte sich Hugo aus einer plötzlichen Scham schlafend. Manchmal aber konnte er sich nicht halten und rief durch die offene Tür:

»Fräulein! Sie können heute ruhig liegen bleiben! Ich werde mich schon selber waschen.«

Fräulein Tappert aber hielt es wie alle Tage. Frischduftend, ohne jegliches Zeichen von Übernächtigkeit, waltete sie kräftig mit Bürste und Schwamm ihres Amtes. Hugo bemerkte, daß die Gefahren der Nacht Ernas Wesen nicht ermüdet, sondern gestrafft hatten. Sie hatte geschwindere, energischere Bewegungen als sonst. Sie glich nach solchen Nächten den edlen Segelbooten, die mit vollem Wind über jene sonnigen Wasserflächen schießen, an deren freudegesegneter Küste Leute wie Hugos Eltern den Sommer verbringen. Keine Abspannung sah er in ihren Zügen, keine Leere auf ihrem Gesicht, nein, es war bis zum Rand gefüllt von einem gereiften inneren Licht, das den Knaben blendete. Er aber wurde immer blasser und magerte ab. Die Eltern zogen Ärzte zu Rat. Man bekämpfte die allgemeine Körperschwäche mit Lebertran, Hämatogen und ähnlichen Bitternissen.

Zwischen den beiden Verschworenen war wie durch festes Übereinkommen niemals die Rede von dem Geheimnis der

Nächte. Tag und Nacht blieb zweierlei und wußte nichts voneinander. Mit innig-geneigtem aufmerksamem Ohr hörte Erna zu, wenn Hugo zu deklamieren begann und ihr seinen phantastischen Schiller zum besten gab. Sie lauschte sogar um eine Spur hingebungsvoller als früher. Es schien, als gehöre sie bis zum Nachmittagsspaziergang gänzlich Hugo an; erst dann trat der Oberleutnant in seine Rechte, die der Knabe freudig anerkannte.

Zweimal aber drohte dem nächtlichen Geheimnis ernste Gefahr, die Hugos Tapferkeit und Geistesgegenwart auf die Probe stellte. Eines Abends hatte Hugo Ernas Abwesenheit benutzt und sich schrankenlos in ein Buch verloren. Gott weiß, wie spät es sein mochte, als er Schritte hörte. Er erkannte sogleich: Mama! Blitzschnell riß er den Schalter der Bettlampe aus dem Kontakt und wühlte den Kopf ins Kissen. Mama, die das Licht in Hugos Zimmer bemerkt haben mußte, beugte sich tief über ihn, lauschend, lange. Er atmete gleichmäßig, tief, und zitterte, die Mutter werde ihn anrühren und bemerken, daß ihm der Schweiß aus allen Poren drang. Nach einer Ewigkeit richtete sich Mama auf und rief: »Fräulein Erna!« Da keine Antwort kam, wiederholte sie den Ruf leise, so als habe sie keine andere Absicht mehr, als sich von Ernas festem Schlaf zu überzeugen. Dann strich sie die Decke des Sohnes glatt, aber schon mit achtlosen Händen, gleichsam nur, um sich selbst ein wenig konventionelle Mütterlichkeit vorzuspielen, und ging.

Weniger harmlos aber drohte ein anderes Ereignis zu verlaufen.

Einmal war Hugo gegen seinen Willen fest eingeschlafen. Plötzlich fuhr er auf. Seinen ganzen Körper durchströmte die Gewißheit, daß Erna in schwerer Bedrängnis schwebe. Es war wie eine Einreibung mit Äther oder Alkohol. Er sprang aus dem Bette, ratlos, was zu tun sei. Im Zimmer konnte er nicht bleiben, dies war sicher. So öffnete er die Tür und fand sich allein, im Nachthemd, barfuß dem erloschenen Raum seines Vaterhauses gegenüber.

Dieses Haus war einer der kleinen zierlichen Adelspaläste, die der Stadt zum Ruhme gereichen. Hugos Vater hatte ihn vor einigen Jahren gekauft und renoviert, das heißt, die steife Pracht feudaler Jahrhunderte war um einige weißblitzende, kachelbelegte Örtlichkeiten modernen Komforts vermehrt worden.

Hugo überlegte nichts. Es zog ihn zum Haustor, zur Einfahrt hinab. Er mußte, um zur Haupttreppe zu gelangen, die sogenannte »Galerie« durchlaufen. In dieser Galerie standen und hingen Papas ganz einzigartige Schätze. Diesen Kunstschätzen zollte man Ehrfurcht, nicht weil man ihre Schönheit verstand, sondern weil man immer wieder ihren Wert und ihre Seltenheit hatte rühmen hören. Hugo war seit frühester Kindheit mit jedem dieser unvergleichlichen Stücke bekannt, aber gerade deshalb kannte er keines so recht. Denn nichts entfremdet mehr als täglicher Anblick. Er hätte sie kaum herzählen oder beschreiben können, die Bildwerke der väterlichen Galerie. Sie waren trotz ihrer alltäglichen Gegenwart nicht in sein Bewußtsein gedrungen. Das Verbot, sich ihnen zu nähern, die eingetrichterte Schreck-Erkenntnis ihres unermeßlichen Wertes hatte sie so gut wie unsichtbar gemacht. Es schien fast, als hätten all diese Heiligen und Madonnen für die Riesensummen des an ihnen vollzogenen Kunsthandels auch ihre Seele mitverkaufen müssen. Sie machten unglückliche Mienen, wenn das Sonnenlicht durch die Fenster wogte, und freuten sich der Schatten und Dämmerungen, in denen sie ihre Schmach verbergen konnten. Für Hugo trugen sie immer Tarnkappen. In der kurzen Minute jedoch, da er die Galerie in unverständlicher Angst um Erna durcheilte, bekamen sie ein blasses, und man muß es so nennen, ein verworfenes Leben. In dem Raum brannte immer Licht. Dort, diese uralt-zerschmetterte Holzpuppe mit dem ausgemergelten Leichengesicht, welch ein Christus war das? Und weiter links davon der asiatische Götze, der seinen scheußlich gefalteten Bauch betrachtete? Die unermeßlich wertvollen und unermeßlich gottlosen Götter jagten diesem halbnackten Kind keine Angst ein, sie erfüllten es mit leisem Haß und mit einer dumpf aufkeimenden Wut.

Hugo tappte den weichen Teppich der Treppe hinab. Er stand im hochgewölbten Flur neben der Rokokosänfte, die ihn zierte.

Da fuhr ein Schlüssel ins Tor und knackte im Schloß. Der Knabe hatte kaum mehr Zeit, sich in der Sänfte zu verstecken. Papa war heimgekommen und schaltete die altertümliche Hängelaterne des Flurs ein. Nicht anders als vorhin die wertvollen Götter und Heiligen sah Hugo nun Papas Gesicht zum erstenmal. Dieses Gesicht war ja immer um ihn gewesen, aber er hätte nicht einmal sagen können, ob Papa helle oder dunkle Augen habe. Jetzt sah er, daß, in dieser jenseitskühlen Beleuchtung wenigstens, Papas Augen wasserblau zu sein schienen. Und er verwunderte sich darüber. Er wunderte sich überhaupt, daß dieser fremde Herr im Abendanzug eins mit jenem Wesen war, das er Papa zu nennen pflegte, dem er oft einen Gutenachtkuß entbot, den er täglich bei Tische sah. Dieser Vater stand jetzt minutenlang im Flur und brütete in tiefen Gedanken vor sich hin. Unbeachtet, wie er sich glaubte, schien er zu hoffen, daß nach einer Weile sein wahres, durch den verlogenen Muskelkrampf der Geselligkeit entstelltes Wesen sich in seinen Zügen wieder bilden werde. Aber nichts anderes bildete sich in diesen Zügen als ein gelblich-apathischer Überdruß, der sich schließlich in einem langen mißvergnügten Gähnen entlud. Hugo bemerkte mit Erstaunen, daß Papa nicht offen gähnte, sondern die Hand vor den Mund hielt. Er selbst benahm sich, wenn er allein war, in gewissen Dingen anders als unter Menschen. In Papas Leben gab es derartige Schwächen nicht.

Hugo, in den Fond der Sänfte gedrückt, atmete kaum. Papa machte langsam ein paar Schritte, dann blieb er wieder in quälenden Gedanken stehn, zog das Etui heraus und zündete eine Zigarette an. Er wippte dabei leicht auf den Fußspitzen, welche Geste Hugo, trotz seines rasenden Herzklopfens, wiederum als vorbildlich auffiel. Warum verließ Papa den Flur nicht? Vielleicht wartete er, daß sich zwischen dem Teil der Nacht, den er außer Haus verbracht, und dem Rest ein genügend dichter Zwischenraum, eine neutrale Zeitmasse ansammle, die es ihm erleichtern sollte, sich an Mamas Seite zur Ruhe zu begeben. Hatte Papa etwa auch geheime Verhandlungen zu erledigen?

Hugo, der unter den Sitz der Sänfte gekrochen war, sah nichts mehr. Nach einer unerträglich langsamen Minute atmete Papa, der fremde Herr, plötzlich laut und abschließend auf und schritt, von seinen düsteren Gedanken erlöst, leichtfüßig die Treppe empor. Die Flurlaterne erlosch. Hugo hörte Papas Schritte, die ihm vertrauter und wirklicher jetzt erschienen als der Vater selbst, in der Galerie auf und ab gehen.

Da fuhr wieder ein Schlüssel ins Tor und knackte im Schloß. Der sich öffnende Flügel zeigte auf dem bläulichen Grunde der ersterbenden Nacht Ernas Gestalt. Schon war Hugo bei ihr. Erna schrie vor namenlosem Schreck auf. Dann krampften sich beide starr aneinander, der ausgekühlte Körper des Knaben in seinem dünnen Hemde und der erhitzte Körper der Frau in unordentlichen regenfeuchten Kleidern. Der nasse Stoff brannte auf Hugos Gliedern wie Brennesseln. Beide standen sie regungslos aneinandergepreßt, bis des Vaters Schritt die Galerie verlassen hatte und in seine Räume eingegangen war.

In Hugos Zimmer wurde Erna von einer sinnverwirrten Besessenheit angefallen. Sie herzte den Knaben, sie küßte seine Hände, sie schrie laut auf, ohne sich zu fürchten. Hugo zitternd, das Haus würde erwachen, floh ins Bett. Sie setzte sich an den Rand. Ihr Haar fiel herab. Hugo flehte: »Um Gottes willen, Ruhe!« Sie stammelte: »Alles eins!« Ihr Kopf taumelte hin und her. Plötzlich schleuderte sie die Schuhe von den Füßen. Dabei lachte sie unersättlich und verströmte aus Mund und Haaren Weingeruch. Endlich warf sie sich über das Fußende des Bettes, wühlte den Kopf in die Decke und wiederholte immerzu in gefühllosem Singsang:

»Es ist aus, Hugolein, es ist aus!«

Hugo wunderte sich sehr, als Erna anderen Tages nicht den Weg zur Hasenburg einschlug, sondern plötzlich behauptete, sie habe den alten Spaziergang satt und die Belvedere-Anlagen seien weitaus schöner. Etwas im Herzen des Knaben verbot ihm, diese Verwunderung zu offenbaren. Stumm klommen sie den steilen Kiesweg zur Belvedere-Anhöhe empor. Erst einige Tage später fragte Hugo nach dem Oberleutnant. Er sei versetzt. Erna nahm aus ihrem Täschchen eine Ansichtskarte, die ihr Zelnik geschrieben hatte. Hugo vermied es, einen Blick auf diese Karte zu werfen. Gestern, als er mit Mama eine Besorgungsfahrt durch die Stadt machte, hatte er den Oberleutnant erkannt, wie er langsam auf der Korsoseite der Ferdinandstraße dahinschlenderte. Diese Begegnung wirkte wie ein sonderbar-leichter Schlag gegen sein Herz. Ihm schwindelte ein wenig. Er wußte, daß er eine Freundschaft verloren hatte und daß ein Mensch, den er bewunderte, nun kalt gegen ihn gesinnt war. Und dennoch, in der Nacht fühlte er sich freier und ruhiger, denn er mußte nicht mehr um Erna bangen, deren Atem er durch die offene Tür lange belauschte.

Es kamen stillere Tage. Denn die neue Bekanntschaft, die Fräulein Tappert und er auf dem Belvedere geschlossen hatten, war weit weniger erregend und kam an Glanz der vergangenen militärischen Episode nicht nahe. Statthaltereikonzipist Tittel verstand es nicht so gut wie Oberleutnant Zelnik, mit Knaben umzugehen. Der junge Offizier hatte Hugo durchaus ernstgenommen, er hatte oft und sachlich mit ihm gesprochen, ihm manches erzählt und erklärt, ohne allzu belehrend zu werden. Niemals pflegte er die Redewendungen seines Standes für das Knabenverständnis zu verändern und ins Kindliche zu übersetzen. Und vor allem: Hugo war einbezogen. Tittel hingegen richtete fast niemals das Wort an ihn; Hugo war für ihn Luft, schlimmer noch, ein lästiges Anhängsel Ernas. Dieser erwachsene Hochmut hatte die Wirkung, daß sich Hugo auf dem Belvedere zu langweilen begann und die Hasenburg mit dem freieren Blick auf Stadt, Türme und Kuppeln zurücksehnte. Ferner war der Konzipist im Gegensatz zum schönen Zelnik ein kleiner Mann mit verkniffenem Nußknackergesicht, das von einer uneingefaßten Brille in zwei symmetrisch blitzende Hälften geteilt wurde, die trotz oder gerade wegen ihres Funkelns augenlos zu sein schienen. Die Genauigkeit dieses Gesichts mißfiel Hugo. Ebenso mißfielen ihm gewisse Einzelheiten an Tittels Kleidung, ohne daß er sich darüber Rechenschaft gab. Aber als Kind seiner Eltern beleidigte ihn alles Armselig-Praktische und Peinlich-Geschonte. Tittel bekleidete seinen abgetragenen Hals mit einem

Zelluloidkragen und um seine behaart ausgemergelten Handgelenke gewahrte man Manschettenschützer. Er trug auch bei trockenem Wetter Galoschen und zeigte sich bei jeder Gelegenheit um seinen Gesundheitszustand besorgt. Was die Hygiene anbelangt, besaß er einen reichlichen Vorrat goldener Worte, die er Erna nicht vorenthielt: »Der Schlaf vor Mitternacht ist der beste.« »Wer sich früh erhebt, ein hohes Alter erlebt.« »Ruhe vor Tisch, nach der Mahlzeit mache Bewegung.« »Liebe die Sonne, aber hüte dich vor ihr.« »Vermische Essen und Trinken nicht!« In seinen Gesprächen mit Erna medizinierte er, was es nur anging, ja es schien sogar, wenn sie irgendwelche »Zustände« eingestand, daß sein halbiertes Brillenantlitz leidenschaftlich und fast zärtlich wurde. »Allgemeine Anämie«, stellte er fest und seine Stimme streichelte dieses Wort wie seine pulsfühlende Hand Ernas Gelenk streichelte. Rechts und links in seinen Westentaschen steckten zwei Dosen, die er öfters hervorzog. In der einen war Speisesoda in Pastillenform, in der andern lagen schwarze Lakritzenbonbons. Die Pastillen nahm er selber ein, von den Lakritzen bot er auch Erna an, während Hugo übergangen wurde. Oft auch holte er seine Uhr aus der Tasche, ein ziemlich großes goldenes Ding, das erst einem rehledernen Säckchen entnommen werden mußte. Ohne irgendwelchen Anlaß verlor sich dann Tittel schweigend in die Betrachtung der unerbittlichen Zeit, die sich nicht minder pedantisch betrug als er selbst. Nahte der Sonntag und mit ihm die Möglichkeit eines Ausflugs, den der Konzipist gemeinsam mit Erna zu unternehmen gedachte, so begann das zerlesene Kursbuch eine bedeutende Rolle zu spielen. Es war Tittels Lieblingswerk, das Epos seiner unerfüllbaren Sehnsucht, der Abenteuerroman seiner versäumten Romantik, denn alle Strecken Europas standen darin verzeichnet. Der Besitz dieser weltumfassenden Druckschrift reihte ihren Eigentümer gewissermaßen unter die erlauchten Kosmopoliten des internationalen Reiseverkehrs ein. Wer sie mit eingeweihtem Griff aus der Tasche zog, verwandelte sich insgeheim in einen homespunbekleideten Lord. Das Auge durfte die fürstlichen Expreßstrecken nach Paris, Ostende, London, Rom und Lissabon gelassen in Erwägung ziehen, ehe es bei den preisermäßigten Sonntags-Lokalzügen nach Kuchelbad und Beneschau entschlossen halt machte. Mit Abscheu sah Hugo Tittels kleinen Finger, einen braunen mumienartigen Finger, der aus einem Grab auferstanden zu sein schien. Aber dieser Finger lief in einen überaus langen, gelben und an der Spitze sich krümmenden Nagel aus, der die betreffenden Verbindungen in den Tabellen langsam unterstrich. Vielleicht war dieser Finger daran schuld, daß Hugo niemals ein Kursbuch recht zu lesen lernte.

Dies aber war noch nicht alles. Auf der Hasenburg hatte sich Hugo abseits gehalten, er hatte sogar das Opfer gebracht, trotz seiner Schüchternheit und seines Ungeschicks, sich am Spiele anderer Jungen zu beteiligen. Fast hätte er sich gefürchtet, Erna und Zelnik, dem schönen Paar unterm Pfauenrad des Rhododendronbaumes, nahe zu kommen, wie man sich fürchtet, einen elektrisch geladenen Gegenstand zu berühren. Aber zugleich hatte die glitzernde Strahlung dieses Paars ihn beunruhigt und begeistert. Tittel jedoch und Erna Tappert waren nichts elektrisch Geladenes. Man konnte ohne weiters bei ihnen auf der Bank sitzen bleiben und dem vernünftigen Geschwätz zuhören. Warum? Hatte Tittel nicht in den ersten Tagen schon gemeinsame Bekannte, ja sogar einen entfernten Verwandten entdeckt, den er mit Erna teilte? Das Fräulein allerdings schien von dieser Tatsache nur wenig erfreut zu sein, denn sie suchte weiteren Entdeckungen auszuweichen. Stammten beide aus der gleichen Welt, die sich Hugo gar nicht vorstellen konnte? Wenn Erna einst Hugo gegenüber Zelnik erwähnte (dies war fast niemals vorgekommen), so hatte sie nur vom »Herrn Oberleutnant« gesprochen. Über Tittel sprach sie ohne jede Scheu und gebrauchte sogar dabei dessen Vornamen: »Karl«. Diese Nennung erfolgte meist in einem Zusammenhang, der Hugo dunkel blieb. Erna sah mit mühsamer Verständigkeit durch die Fenster des Kinderzimmers in die Ferne und meinte, Tittel habe eine schöne amtliche Zukunft vor sich, er stehe als Konzeptbeamter hoch über ihr und den meisten übrigen Menschen, während sie selber leider schon einundzwanzig Jahre alt sei, schlechtgerechnet.

Hugo hörte das und sagte sich: Einundzwanzig Jahre! Wie herrlich, wie traurig alt! Ihre schwere Schönheit schien durchtränkt zu sein von einem goldgelben sinkenden Licht, das sie ihm schmerzlich entrückte. Sie lebten nebeneinander. Aber er würde sie wie etwas Göttliches niemals einholen können. Und dann geschah es, daß er sich in einem wehmütigen und bewunderungsvollen Überschwang nahe an Erna drängte.

Tittel seinerseits redete täglich auf einer bestimmten Bank des Belvedere, ohne sich um den Knaben zu kümmern, eindringlich und gemessen auf Fräulein Tappert ein. Seine Rede wirkte auf Hugo einschläfernd, kaum daß ihn hie und da ein ungewöhnliches Wort erweckte. Hugos Leidenschaft waren ja ungewöhnliche Worte. Sooft Oberleutnant Zelnik auf früheren Spaziergängen militärische Ausdrücke angewendet hatte, war Hugo ganz Ohr gewesen. Wie schneidig klang es, wenn er einen eigenen Irrtum durch das Wort »herstellt« sogleich widerrief. »Mischung«, »Mullatschag«, »Durchmarsch«, in diesen dunklen Begriffen klirrten Waffen und Champagnergläser. Wenn man durch den Park wandelte, gab Zelnik die Wegrichtung mit heiterem Kommandoton an: »Direktion Dackel von alter Dame!« Für ihn gab es keine Pferde, sondern »Krampen«, keine Droschken, sondern »Landesübliche Fuhrwerke«. Als Artillerist kam er sich sehr gelehrt vor und gebrauchte Bezeichnungen wie: »Flugbahn«, »Endgeschwindigkeit«, »gleichschenklig« in den lustigsten Bedeutungen. Er sagte niemals Krieg, sondern immer nur Ernstfall. Und dieser Ernstfall war für ihn einer der erfreulichsten Fälle, da der »lebhafter« arbeitende Tod die Avancementsaussichten wesentlich verbessert. Oh, wie anders klangen die ungewöhnlichen Worte, die Hugo von Tittel hörte. Zum Teil bezogen sie sich auf die Gesundheit und rochen nach Apotheke, zum andern Teil auf Erscheinungen, deren Art Hugo nicht ganz erfassen konnte: »Pensionsberechtigung«, »Witwenbezug«, »Bekleidungszulage«, »Remuneration«, »Krankenkasse« und »achte Rangsklasse«. Einmal, als die bezwingende Folge dieser und ähnlicher Worte wieder auf Erna eindrang, durchzuckte es Hugo, als hätte er endlich den Sinn all der Rederei begriffen:

Erna sollte ihm entrissen werden! Brachte ihr Tittel nicht dann und wann Geschenke mit? Freilich waren es nur Malzzelteln und Hustenbonbons in zerknitterten Papiertüten oder kleine räudige Veilchensträuße, die aussahen, als hätte sie der Kavalier irgendwo aus dem Staub aufgelesen. Aber Geschenk bleibt doch Geschenk. Der schöne fröhliche Zelnik dachte an keine Geschenke. Es war klar, Tittel warb ernsthaft um Erna. Tittel war eine größere Gefahr als alle Oberleutnants der Welt.

Auf dem Heimweg überwand sich der Knabe:

»Erna«, seit jener abenteuerlichen Nacht duzte er Fräulein Tappert, »Erna, wirst du jemals von uns fortgehen?«

Sie kokettierte schwermütig: »Du wirst mich ja selber bald loswerden wollen, Hugo!«

Aber Hugo konnte, da er nicht weinen wollte, keinen Laut mehr hervorbringen auf dem ganzen Weg.

Nachts erwachte er aus irgend einem schmerzlichen Schlaf. Da hörte er, daß Erna in ihrem Zimmer mit bloßen Füßen umherging. Er spürte das Licht im Türspalt, aber er hob den Kopf nicht. Mit angehaltenem Atem lauschte er diesen nackten Schritten. Das weiche Tappen der Sohlen, von dem die Gegenstände des Zimmers so leise, so eigen, so menschlich bebten, es klang anders als sonst. Ziellos wandelte Erna durch den Raum. Was war geschehen? Was bereitete sich vor? Worauf sannen diese traurig-unruhigen Tritte? Diese lieben innigen Tritte. Hugo bekam von bangem Vorgefühl einen trockenen Mund. Erna unterbrach ihren ziellosen Umgang, sie suchte etwas, sie füllte Wasser in einen Krug. Dieser Krug beschwichtigte Hugos Kümmernis. Gott sei Dank! Sie war da! Keine geheimnisvollen Angelegenheiten hatte sie draußen in der Nacht zu ordnen, keine Verhandlungen mit fremden Männern abzuwickeln. Dies tröstete. Dies gab Hoffnung, daß sie ihn niemals verlassen würde.

Dennoch geschah es in der nächsten Zeit – wenn auch nur ein einziges Mal –, daß sich wiederum geheime Notwendigkeiten einstellten und Fräulein Tappert um halb zehn Uhr abends, schön gekleidet, aus dem Zimmer trat und mit dem gewissen langen Blick auf ihren Zögling sagte:

»Also, ich geh jetzt, Hugo.«

Kurz darauf begab sich etwas höchst Peinliches. Einer der katzenjämmerlichen Sommertage war's, von katarrhalischen Himmeln überwölbt, denen so stumpf zu Mute ist, daß sie sich zu keinem Regen entschließen können. Kurze Windstöße husteten durch die Straßen, aber auch sie konnten nicht helfen. Obgleich kein Tropfen fiel, stieg aus dem Parkboden ein sumpfiger Dampf auf, der die Muskeln erschlaffte. Die Kastanienkerzen waren längst abgeblüht. Die großen Blätterhände hingen aus kraftlosen Kindergelenken herab. Da und dort war schon eine der stachligen Früchte zu sehen, noch saftig und unerwachsen. Hugo dachte an die braunen Roßkastanien, mit denen er so gerne gespielt hatte, als er noch klein war.

Aber nicht nur die obere Natur, auch die Unterwelt warf dem Ereignis ominöse Schatten voraus. Solang die Bonne und ihr Zögling die schmalen Serpentinen der Belvedere-Anhöhe emporstiegen, war noch alles in Ordnung. Zu beiden Seiten des Weges dämmten hier künstliche Felsen den wuchernden Stauden- und Farnwuchs ein, der von der unheimlichen Feuchtigkeit dieses tropischen Tages vollgesogen war wie ein schwarzgrüner Schwamm. Dann aber, knapp bevor die Hochfläche erklommen war, kam eine Bresche in dem spielerischen Felsengebirge der Anlage, die der grünen Zuchtlosigkeit dieses städtischen Dschungels freie Bahn gewährte. Und hier schleppte sich ein braunes widriges Tier über den Weg, gerade vor Ernas und Hugos Füßen.

»Eine Kröte, Hugo!« Diesem Ausruf in der höheren Tonlage des leichten Schreckens folgte sogleich ein warmer Nachsatz des Erbarmens: »Schau, sie ist verwundet, die Arme. Jemand muß sie getreten haben.«

Hugo preßte die Ellbogen an den Leib und streckte sich steif. Das tat er in unangenehmen Augenblicken immer, wenn ihn zum Beispiel seine Eltern ihren Bekannten vorstellten. So gerne hätte er die Augen geschlossen oder abgewendet. Doch er verharrte in seiner gezwungen höflichen Stellung und starrte gebannt auf die todwunde Kröte, die trotz ihrer Furcht nicht vom

Platz zu kommen schien. Für das Stadtkind, das nur eine gezügelte und halbverfälschte Feriennatur kannte, waren die Gattungen der Tiere nichts Gleichberechtigtes und Selbstverständliches. Vielleicht hatte Hugo bis zu dieser Stunde noch nie eine Kröte in Wirklichkeit gesehen. In seinem Geiste aber lebte längst schon die Kröte als ein Bild, das bestimmte ekelvolle Empfindungen und Gedanken wachrief, als ein Fabelwesen des Scheußlichen und Bösen in Nachbarschaft der Giftschlangen. Der Anblick bestätigte nun das innere Bild. Und doch, auch das Böse und Häßliche mußte so furchtbar leiden. Ein Kranz schwarzer Fliegen surrte über dem Leib des sich dahinschleppenden Tieres. Die kleinen Aasgeier der billigen Verwesung begleiteten ihre Beute. Hugo langte nach Ernas Hand. Sie war schlaff von Geistesabwesenheit und Mitleid.

An dem gewohnten Ort, es war ein Rondell mit einem kleinen, aber aufgeregten Denkmal in der Mitte, ging Tittel schon auf und ab. Es geschah zum erstenmal, daß er früher zur Stelle war als Erna. Sein Aufzug hatte heute etwas Neuartiges, Abweisend-Entschiedenes. An seinen kanariengelben Schnürstiefeln trug er wie immer Galoschen, durch die er seinen Körper von der unheilbringenden Erde isolierte. Überm Arm hing der verbrauchte Paletot, der ihn vor kommenden Unwettern schützen sollte. Seine Hand – sie glich einem von schlechter Seife verwaschenen und eingegangenen Ding – hielt einen Stock. Dieser Stock lief in eine absonderlich geformte, geradezu dreiste Krücke aus, die schief vorwärts gebogen einem Marabuschnabel glich und aus irgend einem gefährlichen Tierhorn geschnitzt zu sein schien. Der ganze Mensch war gewaffnet und versperrt wie eine Festung, zugleich aber entsichert wie eine scharfgeladene Waffe. Sein großer dünngekniffener Mund schien das ganze Gesicht verschluckt zu haben. Es war gar kein Gesicht vorhanden, sondern nur jenes symmetrische, von der Nase entzweigeteilte Brillenblitzen. Auf der rechten Wange fiel mehr als sonst ein großer Durchzieherschmiß auf, weil er heute kriegerisch erglühte. Tittel steckte umständlich und vorwurfsvoll seine Uhr ins Lederfutteral, dann grüßte er mit ersterbender Stimme:

»Mein liebes Fräulein, ich habe mit Ihnen ernsthaft zu reden, aber schon sehr ernsthaft...«

Er hatte »Mein Fräulein« gesagt. Hugo erschrak vor dieser giftig-matten Stimme, die ihn nach wie vor nicht beachtete, bis ins Herz. Der Ankläger aber säuselte weiter: »Nehmen wir Platz!«

Wie langsam erstarrend Erna sich niederließ! Hugo rückte an das äußerste Ende der Bank. Tittel aber, der beide Hände auf die gefährliche Stockkrücke stützte, begann weit auszuholen:

»Ich war aktiv bei einer schlagenden Verbindung, Marbodia! Sie wissen es ja...«

Das war so hingemurmelt wie die Erwähnung einer Heldentat, von der man, mit gespielter Gleichgültigkeit, kein Aufheben macht. Auch offenbarte die immer leiser werdende Stimme eine Atemnot, eine Seelenerkältung, die sich Tittel an der Schlechtigkeit der Welt zugezogen hatte:

»Die Anforderungen, die an einen Farbenstudenten gestellt werden, sind gewiß keine Kleinigkeit. In manchen Belangen eine volle Beanspruchung der Persönlichkeit... Aber, mein liebes Fräulein, in punkto Gesundheit habe ich niemals Spaß verstanden. Was das anbelangt, habe ich immer gewußt, was ich will. Schließlich bin ich ein moralischer Mensch...«

Tittel fröstelte, erhob sich, und, obgleich der Garten unter der Last dumpfer Hitze seufzte, begann er seinen Paletot mit fiebrischen Bewegungen anzuziehen. Er knöpfte ihn von oben bis unten zu, fuhr in die Taschen und streifte ein Paar alter brauner Glacéhandschuhe über die Finger. Nun zitterte seine Stimme von verhaltener Erbitterung: »Ein einziges Mal bin ich vertrauensvoll und unvorsichtig gewesen in meinem Leben... Ja, ja... Und daß Sie es sind, Erna, gerade Sie,... auf die ich Schlösser gebaut habe! ...Luftschlösser allerdings, wie es sich zeigt... Eine herbe Lebensenttäuschung und ein unabsehbares Unglück... ja, ja...«

Und plötzlich zischte er durch die Zähne:

»Sag mir sofort, mit wem du in der letzten Zeit verkehrt hast, du, du...«

Erna packte Hugos Hände:

»Schweigen Sie! Sie sind ja verrückt!« Und sie flehte: »Der Bub hier...«

Tittel keifte jetzt hemmungslos auf:

»Du lügst, du lügst! Ich werde mich schon vergewissern... Es gibt Mittel, dir das Schandwerk zu legen... Es gibt die Polizei... du gemeine Person, du!«

Erna riß den Knaben hoch und stürmte davon. Mit schweren Tropfen erbarmte sich jetzt ein Regen der Welt. Hugo rannte, ohne Erna einholen zu können.

Hinterher erscholl Tittels Haß:

»Mein schönes Fräulein, Sie haben mich petschiert...«

In dem Regenpavillon des Parks fanden sich beide, Hugo und Erna. Das Mädchen weinte nicht, aber ihre Zähne klapperten. Die große, ein wenig schwere Gestalt lehnte keuchend an der Holzwand. Sie flüsterte wie von Sinnen:

»Es ist nicht wahr, Hugo, es ist nicht wahr, was er sagt, um Gottes willen, Hugo, glaub es nicht, es ist nicht wahr!« Auch Hugo keuchte von Anstrengung, das Rätsel zu lösen. Ach, wie konnte er denn Erna helfen, da er ja nicht verstand, was die Wahrheit, was die Unwahrheit sein mochte! Die Knie der großen Frau zitterten, sie klammerte sich an den schmächtigen Körper des Kindes:

»Es ist nicht wahr, Hugo, aber etwas anderes ist wahr, etwas Furchtbares, ja, etwas Schreckliches kommt, Hugo! Was soll ich tun? Ich muß ins Wasser gehn!«

Scharfe Windstöße töteten den Platzregen. Der aufgeschürfte, durchgewetzte Wolkenhimmel war mit hundert blauen Wunden übersät.

Zu Hause sperrte sich Erna in ihrem Zimmer ein. Hugo las keine Zeile. Er hatte sich in seine breite Schulbank gesetzt und brütete. Daß Tittel ein Schurke war und irgendwelche niedrige Zwecke verfolgte, daran zweifelte er nicht. Erna hatte beteuert: »Es ist nicht wahr.« Was auch immer nicht wahr sein mochte, er glaubte ihr. Welch ein schweres Leben lastete auf ihr! Sie war in irgend eine Verschwörung dieser erwachsenen Männer verstrickt, die das Werkzeug ihrer Absichten wegwarfen, wenn sie es nicht mehr brauchten. Man hatte ja dergleichen schon gelesen. An Zelniks »geheime Verhandlungen« glaubte Hugo nicht mehr. Er vergegenwärtigte sich den kleinen, grausam zuckenden Schnurrbart des Oberleutnants. Gewiß, er war zum Narren gehalten worden. Man hatte schließlich auch manches von Liebe und Liebesleid gelesen, aber »Liebe und Liebesleid«, das war etwas Unbestimmt-Prächtiges, wie ein Sonnenuntergang, wie ein Theatervorhang mit Genien, Kränzen und nackten Gliedern, wie das Zusammensingen mantelumwallter Menschen in der Oper, es war etwas, was es gab und doch auch nicht gab. Man nahm dieses Unbegreifliche hin, wie man es hinnahm, daß einen die Mutter »unter dem Herzen getragen« und eines Morgens »mit Schmerzen geboren« hatte. Während Hugo grübelte, ritzte er, wie es seine schlechte Gewohnheit war, mit einem Taschenmesser allerlei Runen in die grüne Platte der Schulbank. Zelnik war immerhin Zelnik. Aber von Tittel war Erna feig und niederträchtig beleidigt worden. Es sah fast so aus, als hätte der Nußknacker aus Tücke diese Szene vom Zaun gebrochen. Nein, nein, es sah nicht nur so aus, sondern ganz sicher steckte verruchte Absicht in Tittels teuflischem Benehmen. Wer konnte sie ergründen? Sollte er, Hugo, seine Eltern bitten, Erna vor drohender Schmach zu retten!? Um Gottes willen, das war ja unmöglich! Warum konnte er mit ihr niemals über diese Dinge sprechen? Warum war seine Kehle zugeschnürt vor Scham und Erregung? Nie würde er ein Wort herausbringen. Aber auch sie schwieg ja. Nein, sie hatte doch heute aufgestöhnt. Groß tauchte der Klageruf empor: Ich muß ins Wasser gehn! Hugo gedachte der unglücklichen Liebe jener klassischen Heldinnen, die er kannte. Ach, diese Heldinnen sprachen in herrlichen Versen und der Weihrauch ungewöhnlicher Worte verhüllte köstlich die nackten Tatsachen ihres Schicksals. Bisher hatte Hugo das Verwischte in den Worten geliebt. Man konnte den schreitenden Worten nachträumen wie ziehendem Gewölk. Jetzt aber auf einmal schien alles, alles Gewölk zu sein und Dampf. Man wollte einen geröllübersäten Abhang emporklimmen (eine Erinnerung

Hugos) und rutschte immer wieder zurück. Immer weiter rückte die Wahrheit. Der Junge hatte das Gefühl, als wären ihm Nase und Ohren mit dicken Wattepfropfen verstopft. Das erstemal erlebte er die körperliche Verzweiflung, welche die Unerschwinglichkeit aller Erkenntnis hervorruft. Es mußte ja etwas Gräßliches sein, um dessentwillen Erna ins Wasser gehn wollte. Sich in das Meer, in den Ozean stürzen, von einer hohen Klippe herab, weißgewandet womöglich wie Sappho – das war noch zu begreifen. Aber der braune Heimatfluß, das dicke ekelhafte Wasser, aus dem die Typhusepidemien kommen! Oh, alles war Geröll und Gewölk! Die Schulbank umdrängte, umpreßte Hugo von allen vier Seiten wie ein Kerker, wie ein Folterverlies, wie die Kindheit selbst. Einen unfertigen Körper zu haben, den alle (insbesondere Papa) mitleidig belächeln, etwas, das in der Nacht weiterwächst, ohne daß man es merkt! Und alles zu wissen, alles schon erlebt zu haben, alles in sich zu tragen, und doch von dieser mächtigen Fülle nichts zu verstehn, gar nichts! An Ernas Seite dahinzuleben, alltäglich ihr den Körper zur Waschung darzubieten, in der Nacht ihren nackten Frauentritt zu belauschen und doch ihr ewig fremd zu bleiben und niemals ihre Wahrheit erkennen zu dürfen, o Gott, warum!?

Als Hugo am andern Morgen erwachte, stand Fräulein Tappert schon fertig angekleidet im Zimmer. Es fiel dem Knaben auf, daß sie verwandelt, ja unhübsch aussah. Augen und Wangen waren verschwollen, sie duftete nicht frisch wie alle Tage, und hatte für Hugo keinen Blick. Sie trieb ihn an – was sie sonst niemals tat –, schnell aufzustehen und sich anzukleiden. Unvermittelt sagte sie, als wäre es eine Sache ohne Wichtigkeit:

»Ich muß heute auf einen Sprung nach Haus gehn. Du kommst doch mit mir, Hugo? Aber sag es niemandem, bitte! Nicht wahr?«

Nach Haus! Dieses Wort berührte Hugo so sonderbar. Erna hatte also ein Zuhause! Bisher war es immer so gewesen, als gäbe es kein anderes Zuhause, als das seine. Natürlich wußte er, daß jeder Mensch, daß jedes Kind in irgend einem Gebäude, in irgend einer Wohnung zu Hause ist. Aber er wußte ja auch, daß

Kamele die Wüste durchqueren und in Amerika Indianerstämme leben. Zu Hause, das war ja nur dieses Haus hier, dieses Zimmer mit Schulbank und Turngeräten, die Galerie, die Einfahrt mit der Sänfte, der Speisesaal. Erna hatte zwar manchmal eine Bemerkung über ihre Mutter, ihren gelähmten Bruder gemacht. Aber mochte sie auch in der gleichen Stadt ein Heim haben, in dem er aufgewachsen war, für Hugo hatte es keine Geltung, es bildete eine nebensächliche Vorbereitung auf ihre wahre Existenz, hier, bei ihm, bei seinen Eltern, in dem einzigen, eigentlichsten und endgültigsten Zuhause der Welt. Als er nun hörte, daß ihn Erna in die mütterliche Wohnung mitnehmen wollte, faßte ihn ein leichter Schauer an. Etwas ähnliches mögen Weltreisende empfinden, wenn sie sich anschicken, einen exotischen Tempel zu betreten. Hugos Mutter hatte den jeweiligen Erziehern und Gouvernanten stets eingeschärft, sie sollten es vermeiden, den Knaben in fremde Häuser (von Wohnungen ganz zu schweigen), überhaupt an unbekannte Örtlichkeiten zu führen. Miß Filpotts war so weit gegangen, daß sie Hugo nicht einmal in die Kaufläden mitnahm, wo sie Besorgungen zu machen hatte. Der Arme mußte in solchen Fällen immer in Sehweite der Miß vor der Tür stehen bleiben, ohne sich zu rühren. Jetzt aber winkte ihm zum erstenmal im Leben das Fremde, und in seine Scheu mischte sich nicht nur bange Neugier, sondern auch die Angst, ein strenges Elternverbot in den Wind zu schlagen.

Früher als sonst verließen Erna und Hugo das Haus. So heftig waren die Erlebnisse, die auf den Knaben eindrangen, daß sie (wenn auch Ungeduldige es für unwichtig halten sollten) doch ausführlich berichtet werden müssen. Man erwäge, dieser Elfjährige, der schwertönende Versreden aus dem Stegreif erfinden konnte, war doch nur ein zurückgebliebener Junge, den jeder Sechsjährige aus weniger behüteten und lebensfrischeren Kreisen hätte in allen Dingen belehren können.

Der Andrang des Fremden, der Andrang des Neuen begann schon im Hausflur. Es gab in Ernas Mutterhaus – der Vater war schon ein Jahrzehnt lang tot – nicht nur einen, sondern drei

Hausflure, denn dieses ihr lärmendes Zuhause umschloß mehrere Höfe voll regen Lebens, Kindergeschreis und Weibergeschwätzes. Es war übrigens durchaus keine Mietkaserne eines Proletarierviertels, sondern ein stattlich altes, jetzt nicht wenig heruntergekommenes Gebäude, von dessen antiker Würde etliche Schwibbögen, Loggienwölbungen, die dicken Mauern und das gesenkte grasüberwucherte Pflaster Kunde gaben. Früher dürfte es von ein paar wohlhabenden Bürgerfamilien bewohnt gewesen sein, jetzt hatten sich zahlreiche und weit weniger wohlhabende Familien hier eingenistet. Diese Familien und auch der Hausherr bewiesen wenig Sinn für die altertümlichen Schönheiten des Gebäudes, denn die Hofseite jedes Stockwerks war durch umlaufende Eisengalerien verschandelt, die man hierzulande »Pawlatschen« nennt. Von diesen Pawlatschen hing Wäsche zum Trocknen herab und einige besser eingerichtete Parteien bearbeiteten hier ihre Teppiche, Läufer, Steppdecken und Plumeaus mit dem sausenden Klopfer.

In der Finsternis des ersten Flurs, knapp neben dem Aufgang, hing ein sehr großes Kruzifix, zu dessen Füßen eine ewige Lampe brannte und ein nicht minder ewiges Kränzchen aus rosa Papierblumen schwebte. Ein ähnliches, wenn auch kleineres Kruzifix sollte Hugo später in der Wohnung von Ernas Mutter vorfinden sowie einen Öldruck der Madonna und des heiligen Antonius dazu. So war der erste Eindruck, den der Knabe hier empfing, ein religiöser. Seine Eltern waren keine gläubigen Menschen, sehr selten wurde Hugo von ihnen zu einem Gottesdienst geführt. Die letzten Ostern war er nach Rom mitgenommen worden. Im Petersdom hatte er eine Papstmesse erleben dürfen. Aber all dies Klargewölbte, Feierliche oder Glasfenstermystische der verschiedenen Kirchen war ihm nicht fremd, es verbreitete kein heilig-dumpfes Grauen, sondern eine wohltätige Entrückung, es hing undeutlich, aber ohne Zweifel mit der komfortablen Welt seines Vaterhauses zusammen. Er war in Rom neben seinen Eltern vor hundert Heiligtümern, Altären, Madonnen und Märtyrern gestanden. Aber Papa sprach knapp und trocken über diese gottgeweihten Bilder und Geräte. Ungewöhnliche Worte fielen wie: »Manier«, »Farbauftrag«, »Skurzo«, »Quattrocento«. Es schien ein geheimes Abkommen zwischen Papa und seinesgleichen zu herrschen, wonach die heiligen Gegenstände zumeist respektiert werden mußten, nicht weil sie heilig waren, sondern weil sie einen beglückenden und erhebenden Kennerwert darstellten. Die Eingeweihten sprachen mit selbstbewußten Fachausdrücken von ihnen, deren Gebrauch das Göttlich-Furchtbare hinter all diesen Dingen heiter und nobel entwirklichte. Wer weiß, vielleicht war der Papst auf seiner Sedia, von Wolken und Pfauenfedern umfächelt, von silbernen Trompeten verkündigt, das herrliche Haupt dieser Eingeweihten. Wo aber war Gott? Gewiß, er lebte in allen Kirchen und auch draußen auf dem Lande, in den Bildstöcken der Kreuzwege, und dort ganz besonders. Aber nirgends hing er schwerer und wirklicher als in der Finsternis dieses Flurs, vom Schein einer Ölfunzel zauberisch-schreckhaft gefleckt. Schamlos intim, allen Bewohnern, allen Vorbeigehenden lächerlich nahe hing er in diesem Raum und dennoch hielt er, lang seinen Schatten werfend, furchtbaren Abstand. Er hing lebendiger da, atmender als in jeder Kirche, dieser gelbbemalte, süßlichduldende Leidensmann, von dessen Kunstwert gewiß niemand sprach. Wie oft hatte Hugo den Christus in Papas Galerie, die wundervolle ausgemergelte Holzplastik aus dem vierzehnten Jahrhundert, angetastet, obgleich es verboten war! Vor dem teuren Gott, den sein Vater gekauft hatte, fühlte er keine Scheu. Diesen hier, Ernas Gott, hätte er nicht zu berühren gewagt. Nicht er gehörte Erna, sondern Erna gehörte ihm an. Jetzt warf er das zuckende Netz seines Schattens über sie. Hugo spürte, wie sie sich verwandelte, wie sie ihm entglitt, ins Fremde einging, in ihr Zuhause.

Ernas Mutter öffnete die Tür des engen schwarzen Vorraums. Hugo stieß an ein Bügelbrett, das an der Wand lehnte. Aus der Küche daneben wolkte ein Geruch der Fremdheit, es roch nach Wasserdampf, Kunstfett und angebrannter Milch. Man betrat die Küche. Auch Ernas Mutter war stark geniert und deckte schnell die Töpfe auf dem kleinen Herde zu, ehe sie den Besuch in die Stube führte. Erna sagte: »Das ist Hugo!«

Die Mutter wiederholte nur: »Also das ist Herr Hugo!« Und sie warf einen unzufriedenen Blick auf ihre rote Küchenhand, ehe sie die Hand des Knaben ergriff. Die Frau stand keinen Augenblick still. Es schien, als wäre sie in ihrem Käfig immerfort auf der Flucht vor etwas. Der Verfolger steckte in ihr selbst. Sie war ein mageres Wesen mit einem dünnen Hals und einem sehr starken Leib, den die vorgebundene Schürze noch gewölbter erscheinen ließ. Wenn sie einen Augenblick stehen blieb, so pflegte sie die unmutigen Hände über diese Wölbung zu falten. Beim Eintritt der Beiden hatte sie beschämt und schnell ein Kopftuch abgenommen. Sie besaß nur wenig Haare, unter dem Grau leuchtete die Haut rosa hindurch. Ihr längliches Gesicht, das eine erstarrte, fast schon gleichgültige Bekümmertheit zur Schau trug, drückte den Wunsch aus: »Bitte haltet mich nur nicht fest! Es ist ja ganz hübsch, wenn ihr da seid und nichts tut. Aber ich werde nicht fertig, ich habe noch alle Hände voll Arbeit. Und erzählet mir um Christi willen nur nichts Neues! Alles Neue ist unangenehm und hält auf. Wie soll ich denn nur fertig werden!«

Erna aber hatte etwas Neues zu erzählen. Mit einer Kopfbewegung deutete sie zur Küche hin. Die bekümmerte Maske der Mutter wurde noch um einen Schatten düsterer. Heimlichkeiten brachten nichts Gutes. Sie lief ruhelos hin und her, sie rückte unzufrieden mit den Dingen auf der Kommode, endlich begann sie eifrig einen Stuhl abzuwischen, den sie dann Hugo anbot. Die Gegenwart dieses apart gekleideten Knaben, von dem ein glänzendes Leben ausstrahlte, machte sie unsicher. Sie empfand angesichts Hugos und ihrer Behausung ein Mißgefühl, das man am besten soziale Scham nennen könnte. Und Hugo selbst empfand etwas ähnliches, und zwar doppelt, von sich aus und von der Frau aus.

Erna und ihre Mutter standen in der Tür zwischen Stube und Küche. Hugo hatte nun Zeit, sich hier umzusehen. Nicht nur das Kruzifix hing an der Wand und ein farbiger Öldruck der Muttergottes mit schwertdurchbohrtem Herzen über dem aufgetürmten Bett, sondern auch etliche vergrößerte Photographien blickten traurig-festlich aus Glas und Rahmen. Dies waren gewiß die Bilder der Familien-Toten. Man nahm Gott und die Toten hier furchtbar ernst. Der höchste, rangälteste Tote unter ihnen, Ernas Vater, beherrschte streng den ärmlichen Raum. Ein gerade aufgerichteter Mann im ernsten Salonrock, dessen glattes Dunkel mit dem Verdienstkreuz am roten Bande geziert war. Er ertrug es nur ungern, daß ein leichtfertiger Künstler seine Photographie koloriert hatte, einen ewigen Frühlingshimmel hinter sein schlichtes Haupt bannend. Hugo spürte, wie das Bild ihn forschend und voll lebendiger Ablehnung anblickte.

Gott und die Toten! Wie anders doch war es zu Hause. Dort sprach man nicht von Gott, und von den spärlichen Toten, die als kleine Photographien auf Papas Schreibtisch standen, auch nicht. So erschien es wenigstens Hugo in dieser tiefsinnigen Minute. Überhaupt es schien, als ob das Leben zu Hause sich selber nicht ganz ernst nähme. Ein heiterer wohlbehüteter Rest von Unernst färbte alles schön und angenehm. Da war zum Beispiel das, was die Menschen Tod nannten. Hugo wußte zwar, aber glaubte es nicht, daß er einmal werde sterben müssen. Ebensowenig glaubte er an den künftigen Tod seiner Eltern. Tod war etwas, das zu seinem weißen Zimmer, zu Papas Galerie, zu Mamas Atelier und ihren Toiletten nicht passen wollte. Auf der Straße sah man oft Begräbnisse. Riesige Leichenwagen, ungeschlacht schwankend, schwarzglänzend von widerlichem Lack, mit Türmchen, Schnörkeln, Kronen geschmückt, von Quasten und Draperien umschlottert, ein Anblick des Grauens und Ekels! Wie Stanniolsilber schimmerte die häßliche Farbe des Sarges zwischen den lastenden Kranzspenden hindurch. Und diese Kränze selbst, widernatürlich auf Draht geflochtenes Grün, sie waren eine Herabwürdigung der Astern und Chrysanthemen, die in dem engen Zopf aus Rost und Moos erstickten. Der Tod war etwas ganz und gar Unelegantes. Der Tod war dasselbe wie die altdeutsche Kredenz in Frau Tapperts Stube. Er kam für Hugo und Seinesgleichen kaum in Betracht. Bevor man starb, mußte man doch krank werden. Vor den Krankheiten aber standen die Ärzte und alle möglichen weißgekachelten und vernikkelten Einrichtungen der Hygiene. Wenn es Hugo recht bedachte, so hatte auch die Krankheit, wie er sie kennen gelernt, nichts mit dem Tode zu tun. Er liebte ja den Fieberzustand, währenddessen es sich so berauschend träumen ließ. Ihm fielen jetzt die illustrierten Klassikerausgaben ein, die er besaß. Ja, darin waren Krieg, Zweikampf, Mord, Tod aufgezeichnet. Aber diese Art hinreißenden Todes, sie gehörte in dasselbe Kapitel wie »Liebe und Liebesleid«. Dies gab es und gab es nicht. Man vergoß Tränen der Schönheits-Rührung, während man sich, lesend und genesend, im Bette wohlig rekelte. Hier aber, in dieser Stube und in diesem Leben, gab es alles, was es gab.

Und Erna? Sie gehörte hierher! Sie war in dieser Stube groß geworden unter der Herrschaft Gottes und der Familien-Toten. Sie war die Tochter dieser Frau, die ihre Hände über den gewölbten Leib faltete.

Wieso aber kam es, daß die Tochter dieser alten Frau immer hübsche kleidsame Gewänder trug, daß sie ihm sogar besser gefiel als Mama, deren Schönheit doch von allen Leuten gepriesen wurde? Die Alte hier schlurfte in Filzpantoffeln. Aber Erna verwandte – das hatte Hugo gleich in den ersten Tagen der Bekanntschaft mit Wohlgefallen bemerkt – die höchste Sorgfalt auf ihr schönes Schuhwerk. Für Hugo bedeuteten schöne Frauenschuhe den Inbegriff alles dessen, was entzückend war und ihn anheimelte. Erna pflegte die ihrigen – es waren fünf Paare – straff auf Leisten gespannt, offen auf eine niedrige Etagere zu stellen. Hugo ging niemals vorbei, ohne mit der Hand über das Leder zu streichen. Und doch, trotz dieser eleganten Schuhe, gehörte sie nicht zu ihm, nicht in sein helles Zimmer, sondern hierher. Sichtbar war sie dem lastenden Ernst dieses Hauses verfallen, das nicht mit sich spaßen ließ. Hugo sah plötzlich den augenlos funkelnden Tittel vor sich und dachte an den schmutzigen Fluß, in dessen Fluten Erna nun bald sterben würde.

Ehe Frau Tappert mit ihrer Tochter in der Küche verschwand, trat sie nochmals ins Zimmer und fragte mit verlegenem Blick und mit geziertem Ton den Knaben:

»Herr Hugo, werden Sie nicht Hunger bekommen? Darf ich vielleicht mit irgend etwas aufwarten?«

Hugo sprang höflich auf:

»Ich danke vielmals, gnädige Frau, ich habe keinen Hunger...«

Dabei verbeugte er sich, die Hand auf dem Herzen, und wurde wegen des Ausdruckes »gnädige Frau« rot, der ihm unpassend schien und beleidigend wirken konnte. Erna aber fuhr gleich dazwischen, zornig, als hätte sich ihre Mutter etwas vergeben:

»Wo denkst du hin, Mama? Hugo darf niemals etwas außer Haus und zwischen den Mahlzeiten zu sich nehmen.« Daraufhin folgte die alte Frau der Tochter schnell in die Küche nach, vergaß aber die Tür ins Schloß fallen zu lassen. Durch den Spalt konnte Hugo hie und da ein Wort erlauschen. Aber das Erhorchte, die plötzlich abreißenden Gesprächsfetzen waren nur angetan, seine wirren Gedanken über Ernas Unglück noch mehr zu verwirren. Er hätte ja in der Stube umhergehen und sich immer wieder dem Türspalt unauffällig nähern können, um besser zu hören. Aber er blieb aufrecht und steif sitzen. Seine Hände lagen regungslos auf den nackten Knien. (Zu seinem Mißvergnügen bestand Mama darauf, daß er noch immer kurze Strümpfe trug, obgleich er schon ins Zwölfte ging.) Er wandte seinen Blick nicht von Ernas leichtfertig koloriertem Vater, der die rosarote und blaugeäderte Faust auf eine verschnörkelte Tischkante stützte und des Knaben Blick feindselig und unabwendlich erwiderte.

Erna schien zu weinen. Hugo hatte sie noch niemals weinen gehört. Er kannte nur die jähen, gehetzten Ausbrüche der Schweigsamen und Schweren. Jetzt aber drang ein kindisch plätscherndes Klagen aus der Küche, eine ganze Weile lang, und immer im gleichen Ton. Die Mutter schwieg. Nur ihre unruhigen Hände hörte man laut mit dem Geschirr hantieren. Erna war zu Ende. Da vernahm Hugo Frau Tapperts Stimme:

»Gib mir den Mörser herunter!«

Dann wieder Schweigen, Zuckerstoßen, Küchengeräusch und nach einer Weile:

»Der wievielte Monat sagst du?«

Und Erna, aufschluchzend:

»Im dritten...«

Die Mutter sprach einige mißbilligende Sätze, aber Hugo verstand nur:

»Warum hast du so lange gewartet?...«

»Mein Gott«, entgegnete Erna, »ich hab's halt immer verschoben«, und sie fing wieder zu weinen an.

Hugo saß steif auf dem Stuhle, den ihm Frau Tappert angeboten hatte. Ohne daß er wußte warum, nisteten sich Mamas Worte in sein Bewußtsein ein, mit denen sie seine Frage, wie er zur Welt gekommen sei, jüngst beantwortet hatte: »Ich habe dich unterm Herzen getragen, Hugo...« Aber auf nähere Erklärungen wollte sie sich dann nicht mehr einlassen und behauptete, sie müsse einen Brief schreiben. Hugo hatte es bisher vermieden, sich dieses »Unterm-Herzen-getragen-werden« körperlich vorzustellen. Es war ein peinlicher, ja unappetitlicher Gedanke, der sich ihm aber jetzt, gerade in diesem Augenblick, quälend aufdrängte. Überhaupt, die Frauen schienen vielerlei Heimlichkeiten und auch Tücken zu besitzen. Man bemerkte gar manches. Was bedeuteten die hundert Fläschchen, Tiegel, Dosen auf Mamas Toilettetisch, wozu brauchte sie all das Kautschukzeug, auf das man stieß, wenn sich die Gelegenheit ergab, ungezogener Neugier voll, in verschwiegenen Schubladen zu stöbern. Wozu lag Mama ganze Tage lang im Bett, ohne krank zu sein? Hugo haßte diese verdachtserfüllten und unauflöslichen Betrachtungen. Er heftete mit strenger Mühe seinen Blick auf die Kommode, wo unter allerhand Porzellangerümpel zwei alte blutrote Rubingläser standen. Die peinlichen Vorstellungen wichen. Stärker erhoben sich nun die Stimmen nebenan. Frau Tappert sagte:

»Ich werde halt zur Seifert gehn...«

Erna schien in immer größere Erregung zu verfallen. Sie flüsterte zwar, aber ihr Geflüster wurde immer schärfer und bitterer. Da klagte auch die Mutter, nun selber trostlos: »Kind, Kind!«

Wie? Also auch Frau Tappert konnte ihrer Tochter nicht helfen? War Ernas Schicksal rettungslos besiegelt? Der trübe langsame Fluß mit den vielen Brücken wartete. Hugo erhob sich und durchquerte scheu den Raum. Er ging auf Zehenspitzen, als hätte er Angst, jemanden zu wecken, Ernas Vater wohl, den kolorierten Toten, der ihn nicht aus dem Auge ließ. Während dieses vorsichtigen Ganges begann ein Entschluß in ihm zu keimen, vor dem er selber erschrak. Doch es zeigte sich kein anderer Ausweg. Durch den engen Türspalt drang schärfer jetzt Ernas Stimme: »Wer soll das bezahlen?«

»Stell die Kartoffeln auf«, gab die Mutter zur Antwort.

Erna wich nicht zurück:

»Ich hab euch Monat für Monat alles gegeben, bis auf den letzten Heller....«

Statt einer Erwiderung klapperten nun vielsagend genug die Töpfe und Deckel. Erst nach einer Weile erklang Frau Tapperts ruhige, ihres Rechts bewußte Stimme:

»Für mich, das weißt du ja, brauch ich nichts. Aber denk an Albert!«

Hugo blieb stehen und schloß die Augen. Wenn er von alledem auch nichts verstand, eines wurde ihm klar, daß Mutter und Bruder von Erna lebten, von dem Gelde lebten, das sie in dem Haus seiner Eltern verdiente. Der keimende Entschluß regte sich mächtig in seinem Herzen. Zugleich aber zog es ihn zu den beiden Frauen in der Küche und lautlos schlich er näher. Aber jetzt fuhr er zurück, denn die vollkommen verwandelte Stimme der alten Frau, höhnisch haßzitternd, sie traf ihn wie ein Schlag:

»Was willst du? Die Männer!? Die machen einen nur krank, so oder so, und nachher verlangen sie selber noch Geld.«

Hugo saß nun wieder artig auf seinem Stuhl und ließ den Kopf hängen. Vor seinem inneren Auge zerflossen der schöne Zelnik und der häßliche Tittel in eine einzige verzerrte Figur. Hüftenschlank und brillenblitzend näherte sie sich Fräulein Erna, die einen Krug unter die Wasserpalme des Springbrunnens hielt. Die Vision wurde von schweren Schritten unterbrochen. Albert kam heim.

Erna hatte von ihrem Bruder einmal gesagt, er sei ein Krüppel, seitdem er mit zwölf Jahren die Kinderlähmung bekommen habe. Krüppel, das war ein furchtbares Wort, es kostete Überwindung, diese schamstachligen Silben auszusprechen. Warum hatte Albert die Kinderlähmung bekommen und Hugo nur den Scharlach ohne bleibende Folgen? Albert ging an Stöcken. Seine Beine gehorchten ihm nicht. Er mußte sie weit und mit Gewalt vom Leibe schleudern, dann erst fielen die Füße hart auf und faßten Stand. Der junge Mann war mit leidenschaftlichem Eifer in das Problem seines mühsamen Ganges vertieft. Nichts anderes kümmerte ihn als sein Schritt, der laut den Boden stampfte. Er strebte zu dem Lehnstuhl am Fenster, dort blieb er stehen, nahm die beiden Stöcke in die rechte Hand und ließ sich nieder. Seine Stirn schimmerte feucht. Ein schweres Werk war getan. Jetzt erst bekam er Augen, blaue, ein bißchen lauernde, und erblickte seine Mutter und Erna, die aus der Küche getreten waren:

»Na, Erna, das ist aber eine Auszeichnung! Ich hoffe, daß es eine Auszeichnung ist und nichts Schlimmeres.«

Das Fräulein stellte wiederum den Knaben vor:

»Dies ist Hugo!«

Albert deutete eine Bewegung an und sah spöttisch drein:

»Dein Zögling, Erna, wie?...«

Er reichte Hugo die Hand hin, der sie, zum Lehnstuhl gehend, mit einer Verbeugung erfaßte. Doch kaum war diese Begrüßung erfolgt, als sich Albert von Hugo wegwandte und das gerötete Gesicht der Schwester, den unsicheren Blick der Mutter bemerkte:

»Was habt ihr?« fragte er.

Frau Tappert begann ihren sinnlos sorgenden Rundgang durchs Zimmer, währenddessen sie mit der Schürze über die Kanten der Möbel fuhr und den Standort einiger Dinge vertauschte. »Ach was«, brummte sie, »gar nichts haben wir. Was sollen wir denn haben?« Mit eiligen schuldbewußten Fingern steckte Erna ihrem Bruder eine Schachtel Zigaretten in die Tasche. Albert tat, als merke er es nicht, wurde rot, bekam eine unwillige, ja gehässige Miene, beherrschte sich aber.

In dieser Sekunde überkam den Knaben ein sonderbares Erlebnis. Er versenkte sich in Alberts Gesicht, er verglich sein mit

Ernas Antlitz. Unendlich ähnlich war eines dem andern. Dasselbe Haar, derselbe schwerfällige Mund, bei Erna stumm, bei Albert trotzig. Da gewann Hugo diesen abweisenden, gar nicht freundlichen Menschen auf einmal stürmisch lieb. Dies war aber noch nicht das Wesentliche. Etwas ganz und gar Verrücktes trat hinzu. Hugo liebte und bewunderte Albert plötzlich, weil er ein Krüppel war. Eine blitzschnelle abgründige Empfindung: Der Leidende ist mehr wert als der Glückliche. Erna und Frau Tappert behandeln den Albert wie einen bedeutenden oder vornehmen Mann. Gebrechen, das ist etwas Hervorragendes, fast Heiliges. Blitzschnelle, abgründige Empfindung, wohlgemerkt, und kein Gedanke! Aber diese Empfindung sollte Hugo durchs Leben begleiten, ohne daß er später ahnte, aus welcher Stunde sie stammte.

So tief hatte sich Hugo in Alberts Gesicht verloren, daß er es gar nicht bemerkt hatte, daß Erna dem Bruder seine Vortragskunst und sein Gedächtnis rühmte. Er war immer wieder erstaunt darüber, wie demütig die schöne Schwester, die doch dieser Familie all ihren Verdienst hingab, um die Gunst des Krüppels buhlte. Albert wandte sich an Hugo:

»Als ich so alt war wie Sie, habe ich Ingenieur werden wollen.«

Seine Mutter fügte stolz hinzu:

»Ehe er das Unglück hatte, war er in der Realschule immer der Beste. Sein Vater war aber auch ein sehr gebildeter Mensch... Bei der Eisenbahn.« Albert unterbrach sie wütend: »Schweig, Mutter!« Hugo blinzelte zu dem rangältesten Toten hinauf, der seine rosagemalte Faust auf dem verschnörkelten Tisch ohnmächtig zu ballen schien. Erna aber bemühte sich immer schmeichlerischer um ihren Bruder:

»Was macht deine neue Erfindung?«

Albert hielt eine Antwort für überflüssig. Ernas Gesicht zeigte – als wäre alles Unglück vergessen – einen kleinen Zug von Prahlerei, als sie jetzt nachdrücklich Hugo belehrte:

»Du mußt wissen, er ist ein großer Erfinder und besitzt schon zwei Patente!...«

Mit geringschätziger Ungeduld überhörte Albert das weibliche Lob und wandte sich, Mann zu Mann, an Hugo:

»Befassen Sie sich mit technischen Dingen?«

Der Knabe spürte den bedrückenden Raum um sich, den Raum der Fremdheit, der jetzt überfüllt zu sein schien von Menschen, von ihren Sorgen, Lügen, Hinterhältigkeiten. Zugleich aber war es eine merkwürdig süße Befriedigung, daß ihn Albert, der leidende Mensch, durch sein Vertrauen auszeichnete. Ob er sich mit technischen Dingen befasse? Schuldbewußt gedachte Hugo der Elektrisiermaschine und des anderen physikalischen Spielzeugs, das ungenützt in einem seiner Wandkästen lag. Doch hätte er um alles in der Welt dies dem Techniker Albert nicht eingestehen mögen, daß er die einzig wichtigen und manneswürdigen Realien zugunsten seiner Lesewut vernachlässige. So hauchte er denn ein lügnerisches: »Ja.«

Daraufhin kommandierte Albert: »Bring das Modell, Mutter.« Frau Tappert erschrak und zögerte, denn sie war gerade dabei, die Teller des Mittagessens auf den Tisch zu stellen. Alberts Gesicht verzerrte sich, er schloß die Augen. Da stellte die Mutter eilig alles hin, kniete nieder und zog aus einer Lade ein großes Gewirre von Drähten, Spulen, Rädern, Batterien hervor, das sie sorgfältig auf den Tisch hinbreitete. Nun befand sich ein neues unverständliches Wesen in dem überfüllten Raum. Albert dachte nicht daran, Sinn und Zweck seiner Erfindung klarzulegen. Mühsam erhob er sich und trat mit dem belästigten Gesicht eines Virtuosen, dem man eine unerwünschte Zugabe abzwingt, an den Tisch. Mit müden Händen begann er das Ding in Ordnung zu bringen. Kaum aber hatte er die ersten Griffe getan, als er schon die Arbeit unterbrach und an Hugo die Frage stellte:

»Sie wissen natürlich, was Wechselströme sind?« Hugo schlug die Auge nieder und schwieg. Wechselströme? Jeder dieser erwachsenen Herren besaß einen Sack voll ungewöhnlicher Worte: Papa, Zelnik, Tittel und nun auch Albert. Unter all diesen Worten stellte sich Hugo mancherlei vor, aber man konnte es nicht aussprechen. Was seit einer Stunde ihm kalt und heiß über den Rücken lief, vielleicht war dies ein Wechselstrom. Oh, dieses Zimmer hier war voll von Wechselströmen. Albert aber kümmerte sich nicht um diese heimlichen Überlegungen, sondern wiederholte, sehr spöttisch, seine Frage:

»Sie wissen also nicht, was Wechselströme sind?«

Der Geprüfte senkte den Kopf immer tiefer, fühlte aber den Strom von Lebensvorwurf, ja Haß, der aus des Krüppels Blick ihn traf:

»Wenn Sie diesen einfachen Begriff nicht kennen, ist natürlich alles umsonst. Aber ein junger Mann in Ihrem Alter und in Ihren Verhältnissen müßte eigentlich schon wissen, was Wechselströme sind. Sie gehen ins Gymnasium, nicht wahr? Die Anfangsgründe der Elektrizität gehören zum Lehrstoff der Unterklassen. Aber natürlich! Die jungen Herren aus den besten Kreisen haben keine Ahnung von der Induktion.«

Er schien die ganze Erfinderei satt zu haben und schob mit einer Handbewegung alles zusammen. Und ohne sich umzusehen, herrschte er die Frauen an:

»Was habt ihr beide vorhin gehabt?«

Erna lachte: »Ich bitte dich, Albert...«

Aber der Bruder schrie jetzt:

»Gut! Ich weiß ja, daß ich hier der Niemand bin! Ich weiß ja, daß ich von euch nur geduldet und ausgehalten werde! Ihr seid zu gar nichts verpflichtet. Jeder Bissen, den ich esse, würgt mich. Aber alles wird anders werden. Ihr sollt noch staunen. Bis dahin werde ich mich halt umsehn müssen...«

Die letzten Worte hatte Albert jammernd gesprochen.

Erna führte ihn zärtlich zu seinem Lehnstuhl zurück. Ihre Augen schimmerten, aber ihr Gesicht war fröhlich:

»Es ist wirklich gar nichts, Albert... Wir haben doch nur ein bißchen getratscht, Mama und ich... Warum machst du dir so schlechte Gedanken, Albert?... Er sekkiert uns immer, Mama, was?... Aber jetzt los, Hugo!... Adieu, ich komm bald wieder... Und laß es dir gut gehn, Albert.«

Frau Tappert, immer hin und her wandernd, als ginge sie die Szene nichts an, hatte den Suppentopf gebracht. Beim Abschied spürte Hugo, wie Alberts Hand vor Kränkung zitterte.

An der Wohnungstür wartete schon die Mutter ängstlich. Das Mißtrauen des armen Sohnes war ihre Hölle. Sie flüsterte zwar, aber Hugo konnte deutlich ihre Worte verstehen:

»Komm heut nachmittag wieder... Er wird nicht zu Haus sein... Und in der nächsten Woche... nun, wir wollen sehn... Ich spring am Abend zur Seifert hinüber... Hoffentlich kannst du dir ein paar Tage Urlaub nehmen.«

Wieder finstere, krachende Holztreppen! Wieder ein schreiender Hof! Wieder der mächtige schattenwerfende Christus im Flur, unter dessen göttlicher Herrschaft sich die Schicksale der Mieter so unnachlässig ernst und wirklich gestalteten. Hugo trat, tief erschöpft, an Ernas Seite in den wilden Mittagssonnenschein.

Was nur hatte ihn so heftig angegriffen, daß er kleine stolpernde Schritte machte? Was denn war ihm in dem fremden Hause Bedeutsames begegnet, daß ihm jetzt eine Traumes- oder Zauberlast von den Schultern glitt? O nein, gar nichts Bedeutsames oder Besonderes war ihm begegnet. Er hatte eine beschränkte Stube erlebt, in der sich Bett, Tisch, Kommode, Kasten, Sofa, Tote und Heilige aneinander drängten. Die Luft dieser Stube verdarb ein unangenehmer Speisendunst, der vom Küchenherd nebenan herschwelte. All die vielen Wohnungen dieses Hauses, an denen man vorbeikam, rochen gleichsam aus dem Mund. Er hatte eine alte Frau kennen gelernt, die Erna Mama nannte, die aber Filzpantoffeln und Schürze trug wie ein schlechter Dienstbote und kaum mehr Zeit fand, vor dem Besuch ihr Kopftuch zu verbergen. Diese Mama war doch gar keine Mama, sondern eine Mutter. Er hatte ferner Ernas Weinen gehört und einige dunkle Fetzen eines erregten Gespräches vernommen. Ob Frau Tappert ihrer Tochter würde helfen können, das blieb freilich höchst fraglich. Sie hatte sich nach Ernas Geständnis nicht unglücklicher und verzweifelter gezeigt, als sie schon vorher Hugo erschienen war. Was bedeutete diese kummervolle Unruhe, welche die alte Frau immer umhertrieb und sie zwang, unaufhörlich sinnlose Handgriffe zu machen? Kaum einen Augenblick lang stand sie still, aber auch dann zuckte es in den roten Küchenhänden, die sie über dem vorgewölbten Leib halten mußte, damit sie endlich einmal Ruhe gaben, diese alten Arbeiter! Ja, zu Tode abgearbeitet schien die Frau Tappert zu sein, so tödlich abgearbeitet, daß sie Leerlauf und Ruhe nicht mehr ertrug. Hilfe von ihr? Niemals! Hugo hatte auch Albert kennen gelernt, den Krüppel. Den Vorwurf in Alberts Augen hatte er sogleich verstanden und auf sich bezogen. Er schämte sich, daß der Kranke ihm etwas vorzuwerfen habe, und gab diesem Vorwurf recht. Wie schrecklich, daß er sich blamiert hatte, daß er nicht wußte, was Wechselströme sind. Aber hinter diesen Wechselströmen spürte Hugo noch einen anderen, weit schwereren Vorwurf, der ihn mit einem unbestimmten Schuldgefühl erfüllte. Ihm war zu Mute, als hätte er Albert irgend ein Unrecht zugefügt. Auch die Mutter und Schwester des Unglücklichen schienen etwas ähnliches zu empfinden, denn sie behandelten ihn mit verehrender Scheu und ließen sich alles bieten. Konnte es aber auch, trotz seines herrisch-gekränkten Wesens, einen verehrungwürdigeren Menschen geben als Albert, den Erfinder?!

Und über Albert und Frau Tappert, über die Toten und Heiligen, ja selbst über Erna stülpte sich diese Stube, diese rauchdurchwirkte gedrückte Luft, die so anders war als die Luft zu Hause...

Nichts Bedeutsames, nichts Besonderes hatte Hugo erlebt. Und doch, er fühlte sich krank und zerschlagen. War im gewöhnlichsten Alltag dennoch etwas Entscheidendes mit ihm geschehn? Bisher hatte er gemeint, die ganze Welt sei eine Abwandlung des ihm Eignenden, seines Lebens, seines Zuhause. Die Welt? Phantasiegewölk der vielen Bücher, und im Mittelpunkte er selbst, in seinem Bette sich rekelnd, lesend. Heute zum erstenmal war ihm das Beklemmend-Andere, das Fremde entgegengetreten.

Eine kleine, stickige Wohnung, weiter nichts!

(Aber war es soviel mehr, was der junge Königssohn Gautama vor der Parkmauer des väterlichen Palastes erblicken mußte, um von seiner Welt abzufallen? Ein Bettler, ein Leichenzug. Weiter nichts!)

Immer schwerer, immer betäubter ging Hugo dahin. Erna

war ihm um mehrere Schritte voraus. Wie schöngekleidet erschien sie doch! Die Männer blickten sich alle nach ihr um. Kleine Lackschuhe blitzten an ihren Füßen. Kein Schatten ihrer Gestalt erinnerte an die Mutter, an das dumpfige Zimmer, an das übervölkerte Haus. Und dabei schenkte sie alles, was sie erwarb, ihrer Familie. Wußten diese niederträchtig-egoistischen Herren wie Zelnik und Tittel, welch einen Engel sie mißhandelt hatten? Ahnten diese Herren, daß die Gedanken, die Erna so rasch vorwärts rissen, vielleicht dem Selbstmord galten?

Hugo versuchte es nicht, die Dahinschreitende einzuholen. Gerne blieb er ein Stück zurück, um Erna, die ein unwiderrufliches Fatum vereinsamte, mit wehmütig-entzücktem Auge zu umfassen. Da niemand auf der Welt dem Fräulein beistehen konnte, so mußte er, Hugo, etwas unternehmen, um sie zu retten.

Schmerzlich war nun alles verändert, auch die Straße. Vor kaum zwei Stunden hatte Hugo eine wohlig-nichtssagende Welle von Farben, Geräuschen und Menschenbildern durchquert, jetzt begab sich das ganze eilende Mittagsleben wie auf einem Meeresgrund, niedergezogen von schweren Gewichten. Feindselig alle Gesichter, abweisend jede Gestalt. Fräulein Erna blieb bei einer Menschengruppe stehn. Auf der Fahrbahn war ein Pferd zusammengestürzt und lag schweratmend auf dem Pflaster. Der Kutscher hatte es von dem gewaltigen Lastwagen abgeschirrt, auf dem lang überhängende Eisentraversen leise schwankten. Nun stand der Mann, auf seine Peitsche sich stützend, ruhig da, redete mit anderen müßigen Männern, rauchte seine Pfeife und schien das weitere Schicksal des Tieres für ein Schauspiel zu halten, das einer sachgemäßen und unbeteiligten Betrachtung wert war. Der Ausdruck des todesgierig an die Erde geschmiegten Pferdekopfes zeigte die tief-dankbare Gleichgültigkeit des Endes. Das große gute Auge blickte erlöst und mit Gott einverstanden in den dunstigen Sommerhimmel. Dieser ruhevolle Leidensblick brachte Hugo eine Botschaft, genau so wie gestern der schleppende Sterbensgang der fliegenumschwirrten Kröte. Es war eine Verkündigung aus den Tiefen des Lebens, die einzig und allein ihm galt. Er verstand sie nicht, aber seine Seele verstand, daß sie angerufen war. Und für einen Augenblick wurde Hugo weit entrückt von Erna, von Ernas Geschick, von Frau Tappert, von Albert, von dieser Straße und dem gestürzten Pferd. Er stand am Strande von Sorrent (die Osterreise mit den Eltern) und sah die wilden Tierrudel der Brandung, die an den Klippen emporsprangen und sich mit ihren weißen Tatzen immer wieder festpranken wollten, unermüdlich und vergeblich.

Fräulein Erna hatte sich indes aus dem Haufen der Zuschauer gelöst und ging weiter, ohne sich um Hugo zu kümmern. Ehe er ihr nachlief, blickte er noch einmal zur Fahrbahn, um von dem armen Gaul Abschied zu nehmen. Der Kutscher, der vorhin so hartherzig erschienen war, kniete jetzt bei seinem Tier und schob liebevoll einen Sack unter den absonderlich langen Pferdekopf.

Auch auf dem Rest des Weges sprach die Bonne mit ihrem Knaben kein Wort. Als sie aber um die letzte Straßenecke bogen und Hugos reizendes Vaterhaus in Sicht kam, beschloß er mit einem nagenden Bangen im Herzen, aber unabänderlich, jene Idee, die ihm heute eingefallen war, zu verwirklichen. Es war eine sehr naheliegende und sehr verhängnisvolle Idee.

Da Fräulein Tappert sich für den Nachmittag beurlaubt hatte, entfiel der übliche Spaziergang und Hugo – er hatte es selbst so gewünscht – saß in ihrem kleinen Salon ganz allein bei Mama. Der Junge blinzelte die vielen hellen Kleinigkeiten dieses Raumes mit halbgeschlossenen Augen an. Mamas Antiquitäten, Dosen, Tassen, Gläser, Miniaturen, waren idyllisch freundliche Wesenheiten im Gegensatz zu Papas hochmütigen Altertümern. Auf dem weißen Tischchen lag ein eben aufgeschnittener Tauchnitzband. Hugo las den Titel: ›The sorrow of Satan by Mary Corelli.‹ Zwischen Mamas Gesicht und dem seinigen breitete sich ein Rosenstrauß in einer Vase aus. Hugo empfand das Bedürfnis, sich und zugleich auch Mama hinter diesen Rosen zu verstecken. Alles, dieser Salon, die Blumen, Mama, er selbst erschienen ihm heute so anstrengend neu, so ungemütlich anders als sonst. Er setzte sich hinter dem Strauß zurecht, damit die

Rosen sein Gesichtsfeld ausfüllten, und runzelte die Stirn. Nichts sollte ihn ablenken. Um für Erna zu kämpfen, mußte er sie ja, zum Teil wenigstens, verraten. Wie bitter schwer war das. Er konnte keinen Anfang finden. Mama erkannte bald, daß ein Kampf in ihrem Kinde vorgehe, sie sah die Denkrunzeln auf seiner Stirn, das wechselnde Erröten und Erblassen. Erschrocken stand sie auf, fuhr mit der Hand unter Hugos Hemdkragen, ob er kein Fieber habe, und fühlte seinen Puls. Zugleich aber wußte sie, daß diese körperliche Besorgnis nur eine Geste ihres eigenen Schuldgefühls sei, und daß dem Knaben nichts fehle. Selbstvorwürfe, ja sogar eine Art von Reue brachen in ihrer Seele auf, Wallungen, die ihr nicht neu waren, die sie aber bisher immer mit glaubwürdigen Ausreden vor sich selber vertuscht hatte. Das Kind war ihr fremd geworden. Dieses strenge Jungengesicht, das angespannten Willens einer unhörbaren Simme zu lauschen schien, kannte sie nicht mehr. Gestern zwar hatte sie noch Auftrag gegeben, Hugo auf eine bestimmte Art das Haar scheren zu lassen. Der schöne Kopf des Jungen sollte mit dem neuen College-Gewand in Übereinstimmung gebracht werden. Wie häßlich und äußerlich erschien ihr jetzt diese eitle Fürsorge. Um solche Dinge kümmerte sie sich, während sie die Seele ihres Sohnes andern Menschen überließ. Nun, die Folgen hatte sie sich selber zuzuschreiben. Hugo gehörte nicht mehr ihr.

Der Teetisch wurde hereingeschoben.

Sie fragte sich nun, was für ein peinliches Gefühl es sei, das sie unsicher mache. So lächerlich es klingt, sie konnte sich's nicht verhehlen, daß es Verlegenheit war, Verlegenheit ihrem Kinde gegenüber, das so streng, so verschlossen dasaß! Und nicht wie eine Mutter, sondern wie eine schuldbewußte Geliebte, die den Mann versöhnen will, begann sie für den Knaben zu sorgen, ihm Tee einzugießen und Kuchen vorzuteilen.

Hugo aber, der die Tasse schon in die Hand genommen hatte, stellte sie wieder hin und sagte unvermittelt:

»Mama, ich muß dich etwas fragen...«

Und nach einer herzklopfenden Pause der letzten Entscheidung: »Sind die Tapperts – ich meine Erna – sind das arme Leute?«

Mama war ein wenig erstaunt. Dann dachte sie: Es ist eine Kinderfrage, und erwiderte:

»Arme Leute? Nein, arme Leute sind es gewiß nicht. Sie leben wohl nur in kleinen Verhältnissen.«

»Wer aber sind dann die armen Leute?«

Mama ertappte sich dabei, daß sie dies selber nicht recht definieren könne. Für alle Fälle zählte sie auf: »Arme Leute sind zum Beispiel Arbeiter, die keinen Verdienst haben, Obdachlose oder Waisenkinder... Aber Fräulein Erna hat doch etwas gelernt, sie hat Prüfungen abgelegt, sie hat ein Seminar absolviert, sie ist Erzieherin geworden, sie muß sich ihr Brot selbst verdienen... Von solchen Menschen sagt man, daß sie in kleinen Verhältnissen leben.«

»Und wir, wir sind reiche Leute, Mama, nicht wahr?«

»Aber Hugo, ich finde, daß du sehr unhübsche Fragen stellst! Kommt es denn darauf an? Es kommt auf andere, viel wichtigere Dinge an, auf Geist, Bildung und Seele.«

Die eigene Antwort erzeugte in Mama ein deutliches Mißgefühl. Sie wußte, daß sie der einfachen Frage Hugos ausgewichen war und statt einer ruhigen Erörterung dieser Dinge auf törichte und verlogene Weise moralisiert hatte. Insbesondere die Zusammenstellung von Geist, Bildung und Seele in Erwiderung von Hugos sozialer Neugier störte sie als feige Banalität und erzieherischer Fehler. Hugo aber, der gar nicht recht hingehört, wiederholte: »Kleine Verhältnisse...«

Er lehnte sich zurück und richtete seinen Sinn auf dieses Wort. Mit Frau Tapperts Wohnung also war die Welt nicht zu Ende. Hugo sah deutlich eine sonderbare, schier unendliche Zimmerflucht vor sich. Und Erna entfernte sich, indem sie langsam von Kammer zu Kammer schritt. Die Türen, durch welche sie hindurch gehn mußte, wurden immer ärmlicher und niedriger. Sie konnte nicht hindurch, ohne sich zu bücken. Vielleicht war der letzte Raum die Totenkammer. Da sagte Hugo: »Ich glaube doch, daß es arme Leute sind.«

Mama seufzte: »Wie kommst du darauf, Hugo?«

Hugo versuchte die Antwort zu überlegen. Aber er hatte keine Macht über sein Denken:

»Erna gibt ihnen doch ihr ganzes Geld, alles, was sie bei uns verdient... Weißt du, es muß wegen Albert geschehen.«

Und dann gestand er: »Wir waren ja heute dort...«

»So«, sagte Mama, sehr unangenehm berührt. Sie litt an Zwangsvorstellungen der Reinlichkeit. Alles Fremde, zumal wenn es einer geringeren Lebensklasse angehörte, erschien ihr als »unhygienisch«. Fremdheit und Ansteckungsgefahr waren ein und dasselbe. Hustete irgendwo ein ärmlich gekleidetes Kind, so hatte es gewiß Krampfhusten. Kam eine Schar von Schuljungen des Weges, so führten sie eine Wolke von Krankheiten mit sich. Roch es auf der Straße brenzlig, so wurde ganz bestimmt ein Haus in der Nähe desinfiziert. Ging ein Mensch mit einem Feuermal auf der Wange vorüber, so mußte man den Atem anhalten, denn wer weiß, ob jenes Mal nicht ein verrufener Ausschlag war. Türschnallen, Stiegengeländer, Münzen, alles Berührbare und Vielberührte, gefährdete mit wimmelnden Bazillenschichten die Hand, die unvorsichtigerweise keine Handschuhe trug. Die Bazillen selbst waren rachsüchtige Ausdünstungen, aus den Tiefen der feindseligen Fremdheit und des unkomfortablen Elends zu Mamas Lichtwelt emporgesandt. Als Hugo trotz aller Vorsicht Scharlach und Diphtherie bekam, fühlte sich Mama in ihren Angstvorstellungen nur bestätigt. Jetzt aber fragte sie spitz:

»Was hast du bei fremden Menschen zu suchen?«

Hugo, durch Mamas nervösen Ton verwirrt, vergaß die ganze Ordnung, die er sich vorgenommen hatte, und brachte alles durcheinander:

»Erna hat ja ein schreckliches Unglück gehabt... Wer soll ihr helfen?... Sie selbst hat kein Geld mehr... Und ihre Mutter hat auch keines... Albert ist nämlich ein Erfinder und das kostet schon etwas, besonders wenn einer die Kinderlähmung in der Realschule bekommen hat und sich nicht rühren kann... Erna muß aber Geld haben, sonst geht es fürchterlich aus... und die

Frau Seifert, mit der ihre Mutter sprechen will, tut gar nichts ohne Geld... Und da habe ich mir gedacht, ob du und Papa nicht helfen könnten... du... und Papa...«

Verzweifelt stieß er diese letzten Worte hervor und erkannte, daß er seine Sache schlecht mache. Er erkannte dies auch an Mamas Augen und ihrer trockenen Art zu fragen:

»Was für ein schreckliches Unglück hat denn Fräulein Erna gehabt?«

»Ich weiß es nicht, Mama... Wie kann ich's denn wissen?... Aber ich denke mir...«

Immer unerbittlicher munterte ihn Mama zu neuen Bekenntnissen auf: »Nun, was denkst du dir?«

Hugo wußte jetzt genau, daß er jetzt unaufhaltsam abrutsche. Aber er konnte es nicht mehr hemmen:

»Ich denke mir, daß der Herr Oberleutnant Zelnik... oder der Herr Tittel... daran schuld sind... Ich weiß es ja nicht...«

Ein Fehler, ein Verrat! Blut schoß dem Knaben zu Kopf und trübte sein Bewußtsein. Mit einem Mal befanden sich, durch Hugos Ungeschick hervorgezaubert, der Artillerieoffizier und der Konzeptsbeamte in diesem nichtsahnenden Salon. Der kakaobraune Waffenrock und die kanariengelben Schnürstiefel, in den Silben der Namen Zelnik und Tittel enthalten, verdarben alles. Mama schien jetzt ruhiger und gleichgültiger sich zu erkundigen:

»Der Herr Oberleutnant... Der Herr Tittel... Was sind denn das für prächtige Erscheinungen?«

Hugo, der sich nicht mehr zu retten wußte, stammelte:

»Das sind die Herren..., mit denen wir immer spazieren gegangen sind...«

»Mit denen ihr immer spazieren gegangen seid...«

Mama genoß den erstaunlichen Klang dieser Tatsache, ehe sie sich in ein langes und ironisches Schweigen zurückzog. Hugo aber biß die Zähne zusammen und stand auf:

»Mama! Versprich mir, daß du der Erna helfen wirst!«

Die Entgegnung ließ etwas auf sich warten, denn Mama entnahm der kleinen Golddose mit viel Umsicht eine Zigarette, ehe sie erklärte:

»Ich verspreche es dir, Hugo!«

Dann nach einem kaum fühlbaren Zögern: »Übrigens werde ich mich auch mit Papa beraten.«

Hugo holte inbrünstig Atem:

»Und versprich mir noch, ihr nie nie nie ein Wort davon zu sagen, daß wir beide miteinander geredet haben.«

Nach langwierigen Zündungsversuchen brannte endlich die Zigarette:

»Auch das verspreche ich dir, Hugo!«

Mama liebte es, daheim weite und ein wenig individuelle Gewänder zu tragen. Heute war's ein weißer Atlasburnus. Sie wandte ihrem Sohn, der vor ihr stand, aufmerksam das von der weißen Seide verdunkelte Gesicht zu. In Hugo aber ging etwas Seltsames vor. Er hatte früher oft in liebevoller Stunde, oder wenn er etwas zu erschmeicheln hoffte, für Mama ein Kosewort gefunden. Ein albernes Wort, das »Flaus« hieß, »Flausi«, oder so ähnlich. Jetzt, in diesem Augenblick, wollte er seine Mutter wieder so nennen, bittflehend und danksagend zugleich. Aber, siehe, es war unmöglich, keine Stimme kam aus seinem Mund, er blieb stumm. Und in ein und derselben Sekunde fragte sich Mama: Er zittert für diese liederliche Person. Täte er's auch für mich? Und eine wahre und wirkliche Eifersucht nahm bitter von ihr Besitz.

Kleinlaut entschuldigte sich Hugo:

»Es ist tatsächlich ein großes Unglück, Mama!... Erna hat gesagt, daß sie ins Wasser gehn muß... Sie hat es wirklich gesagt...«

Aber Mama lachte leicht auf und meinte in einem herben und durchaus unpädagogischen Ton:

»Das werden dir in deinem Leben noch Viele erzählen, mein Sohn!«

Am Abend – seine Eltern hatten eine lange Unterredung miteinander gehabt – wurde Hugo zu Papa in die Galerie gerufen. Der Vater stand vor dem Tischchen mit der Münzensammlung und hielt dem Knaben ein uraltes Silberstück hin:

»Sieh dir diese ganz seltene Münze an, Hugo! Ich habe sie heute entdeckt. Dionysos von Syracus! Eine wunderbare Zeit, in der die größten Männer gelebt haben.«

Hugo betrachtete das Silberstück und sagte nichts. Papa wartete eine Weile, ehe er nochmals betonte:

»Die größten Männer! Hast du jemals den Namen Platon gehört?« Hugo war diesem Weisen in Gustav Schwabs ›Sagen des klassischen Altertums‹ wohl schon begegnet, aber sei es, daß er sich für die dort abgebildeten Helden und Heldinnen des trojanischen Krieges mehr interessiert hatte, sei es, daß ihn eine leichte Feindseligkeit gegen Papa beherrschte, er verneinte die Frage. Der Vater legte die Münze auf den Samt zurück:

»Lieber Junge! Du liest viel zu viel dummes Zeug zusammen. Wir werden jetzt systematisch beginnen müssen. Nicht wahr?« Und Hugo, der sich unter diesem »Systematisch« nichts rechtes denken konnte, hauchte aus enger Kehle: »Ja...«

Papa lächelte zufrieden und war ganz Kameradschaftlichkeit: »Du bist jetzt gesund, Hugo, und ein großer Bursche. Deine Altersgenossen sitzen womöglich schon in der Tertia. Die Verspieltheit und Träumerei muß endlich aufhören. In einigen Tagen wird Herr Dr. Blumentritt zu uns kommen. Ich bin überzeugt, daß er dir glänzend gefallen wird, und daß du in ein paar Monaten alles Versäumte mit ihm spielend nachholen kannst...«

Bei dieser Eröffnung nahm Papa seinen Sohn unterm Arm und ging mit ihm vergnügt auf und ab:

»Ich hoffe, daß wir beide gegen Mama eine feine Sache durchsetzen werden... Möchtest du nicht, vom nächsten Semester ab, auf dasselbe Gymnasium gehn, wo ich acht Jahre lang gesessen bin? Ich habe dir ja das Haus schon oft gezeigt...«

Hugo erklärte mit leiser Stimme, daß er dies gerne möchte. Der Vater stellte einen Kampf in Aussicht, den er mit Mama und ihrer fanatischen Krankheitsfurcht werde ausfechten müssen, wobei er aber auf Hugos wertvolle Unterstützung rechne.

Die dunklen Figuren einer heiligen Familie, die fern an der Wand hing, begannen sich wahrnehmbar zu rühren, als hätten sie den Käfig des Rahmens satt und wollten nun in ein besseres Land aufbrechen. Auch andere Gestalten, die kostbaren Penaten dieses Hauses, regten sich. Hugo, der all die heimliche Bewegung merkte, sah zu Boden, als er fragte: »... Aber Fräulein Tappert bleibt doch bei uns, Papa?«

Der Vater deutete durch plötzliche Lebhaftigkeit an, daß auch er sich mit Ernas Angelegenheit eingehend beschäftigt habe:

»Ja richtig! Du hast mit Mama ein interessantes Gespräch gehabt. Sie hat mir darüber genau berichtet. Nun, ich gebe dir hiermit mein Wort, Hugo, daß für Fräulein Erna alles geschehn wird, was zu ihrem Vorteil gereicht. Mama wird noch heute mit ihr sprechen. Von dir und deiner Intervention wird natürlich nicht die Rede sein... Es ist übrigens sehr hübsch, daß du für deine Umgebung ein Herz hast!«

Papa wiederholte, während er seine Fingernägel mit kurzsichtigen Augen betrachtete (eine Elite-Gebärde eleganter Nervosität für Hugo), sein geringfügiges Lob: »Ein gutes Herz ist ja sehr hübsch...« Als hätte damit die gebotene Zustimmung ihr Ende erreicht, begann er nun zwischen den altersheiligen Schätzen der langen Galerie auf und ab zu wandeln, wobei er den vorigen Worten einen kritischen Nachsatz anhängte: »Aber weichliche Empfindsamkeit und Romantik sind nicht die Tugenden, mit denen man in unserer Zeit vorwärts kommt... Was wird aus dir werden, mein Sohn? Du mußt dir härtere Ellbogen anschaffen. Es steht nirgends geschrieben, daß man für alle Ewigkeit gesichert ist.«

Gemaßregelt stand Hugo da, sehr klein in dem hohen Raum. Nach Albert nun auch Papa! Aber dieser milde Tadel bedrückte ihn nicht. Er hörte ihn kaum, da oberhalb seines Magens sich eine furchtbare Bangigkeit wie eine raschwachsende Pflanze entfaltete und alles verzerrte. Papa hielt in seinem Gang inne und streckte mit einer großen Bewegung den Arm aus, als weise er auf ein unsichtbares Porträt hin: »Dein Großvater, mein Vater, das war ein gewaltiger Mann. Er hat unser Haus gegründet, er hat alles geschaffen. Und wodurch, glaubst du, ist er so groß geworden? Durch Kraft, mein Lieber, durch zielbewußte Härte, durch rücksichtslose Energie.«

Hugo war ganz und gar nicht gesonnen, die blasse Erinnerung

an diesen Großvater heraufzubeschwören und dessen sagenhafte Willenskraft mit dem Bilde eines hilflosen alten Herrn im Rollstuhl zu konfrontieren. Die schmerzvolle Pflanze in der Zwerchfellgegend wuchs und wuchs. Papa hingegen versenkte sich mit großem Behagen in das Angedenken jenes energischen Gründers und Despoten:

»Er hat nicht lange gefackelt, der Großpapa. Wehe uns Söhnen, wenn wir uns einer Aufgabe nicht gewachsen zeigten. Weißt du, Hugo, wann ich die letzte Ohrfeige von ihm bekommen habe? Mit zwanzig Jahren.«

Papa lächelte dieser verschollenen Mißhandlung anerkennend nach. Dann warf er einen befriedigten Blick auf seine überaus schmalen Lackschuhe und schloß die Betrachtung:

»Vielleicht war diese alte Art von Erziehung richtiger.«

Hugos Mund öffnete sich schmachtend. Seine Augen suchten ringsum um Hilfe.

Die heiligen Gestalten wurden immer unzufriedener. Manche hatten sich schon halb erhoben. Der Kruzifixus vor allem, jener ausgemergelte Torso aus dem vierzehnten Jahrhundert, trat immer herrischer hervor und begann mit seinen Armstümpfen zu rudern. Er hatte es satt, ein gekaufter Sklave zu sein. Hugo spürte seinen Haß und kehrte sich ab, um ungestört die Wahrheit erfahren zu können, die seine verzweifelte Frage forderte:

»...Aber Erna bleibt doch bei uns?...«

Weit weg und zugleich wie durch einen Schalltrichter vergrößert, erklang Papas gutmütiges Lachen:

»Hör einmal, Hugo! Eigentlich versteh ich dich nicht. Mir hätte man es in deinem Alter zumuten sollen, einen Tag nur in weiblicher Gesellschaft zu verbringen! Also einfach odios und herabwürdigend wär mir das gewesen; Herrgott, ich wär durchgegangen, auf mein Wort! Aber ich war damals halt schon ein Mann, Hugo, ein Mann...«

Bei dem Wort »Mann« wurde der Torso plötzlich ganz schmal, schoß zur Decke empor, und begann sich mit wilder Drohung um sich selber zu drehen. Auch Hugo drehte sich um sich selbst und sank zu Boden.

Ein Schwindelanfall, eine kurze Bewußtlosigkeit, eine leichte Ohnmacht. Übrigens war es nicht das erstemal, daß der Knabe von einer plötzlichen Blutleere im Hirn befallen wurde. Diese Ohnmacht aber konnte kaum mit einer früheren verglichen werden. Als Hugo nach wenigen Augenblicken erwachte, sich auf einem Diwan fand, und die erschrockenen Gesichter seiner Eltern über sich gebeugt sah, da erfüllte ihn der Rausch eines kampferschöpften Siegers. Jetzt war Erna gerettet, er zweifelte nicht mehr daran, jetzt wird sie bis ans Ende der Tage bei ihm bleiben. Und mehr noch, er hatte gelitten, unerklärbar für Unerklärbares gelitten durch diese Ohnmacht. Alberts Augen würden ihn nicht mehr vorwurfsvoll anstarren, denn jetzt, jetzt war er ihm verwandt geworden.

Seit diesem Anfall legten die Eltern eine große Vorsicht gegen Hugo an den Tag.

Nach ihrer Heimkehr hatte Fräulein Tappert eine sehr ruhige und sehr gründliche Auseinandersetzung mit Mama. Sie kam von dieser Unterredung mit einem stillen, fast heiteren Gesicht ins Kinderzimmer und sah ihren Zögling so beruhigt, so schweigsam an, als wäre sie jeden Augenblick bereit, den Tiraden eines neugeborenen Schillerdramas hingebungsvoll zu lauschen. Da erkannte Hugo beseligt: Papa wird ihr helfen!

Zwei Umstände allerdings hätten sein Mißtrauen erwecken können, wenn der langnachwirkende Rausch der Ohnmacht seinen Klarsinn nicht tagelang umwölkt hätte. Erstens: Ernas Schuhe waren mit einemmal von dem Brett verschwunden, wo sie sonst immer als der gerechte Stolz ihrer Besitzerin in Reih und Glied gestanden hatten. Zweitens geschah es im schärfsten Gegensatz zu den letzten Monaten, daß Erna und Hugo kaum eine Minute lang des Tages allein blieben. Die Spaziergänge in den sommerlichen Anlagen entfielen. An ihre Stelle traten Autoausfahrten und Teestunden mit Mama.

Drei Tage später ergab es sich aber, daß die Eltern den Abend außer Haus verbrachten. Es war zehn Uhr etwa. Hugo saß im Bad. Er liebte es ungemein, zu später Stunde zu baden. Man konnte damit das leidige Schlafengehen etwas hinausschieben.

Auch ließ es sich nirgends so leicht, so milde träumen wie im lauen Wasser.

Wenn Hugo sich gänzlich gehen ließ, wenn er gar nichts mehr dachte, nicht den geringsten Willensdruck auf seinen Geist übte, dann kamen die Worte, die allmächtigen Worte über ihn. Sie kamen über ihn und nicht aus ihm, sie waren ihre eigenen Herren und er regierte sie nicht. Die Worte waren Wesen von einer eigenartigen und selbständigen Stofflichkeit, die gerne ein Hirn durcheilten, das zu verstummen wußte. So ziehen die eigenwilligen Farbflecke, Feuerkreise und Kringel an einem geschlossenen Auge vorbei, das in die Sonne geblickt hat. Hugo ahnte gar nicht, daß er dichte, wenn er im Bade saß und es in ihm zu sagen begann:

»Ich bin Neptun, der Gott des Wassers.
Ich schwimme, wohin ich will.
Die Wellen kitzeln mich, denn das haben sie gerne.
Fische kommen, große und kleine,
Sie begrüßen mich steuerbords und backbords.
Doch auch Fischinnen kommen, ich spüre sie.
Und dann schwimmen wir Alle,
Fischinnen und Fische,
Wir schwimmen, wohin wir wollen.
Durch das Meer schwimmen wir,
Das Meer ist groß und langweilig.
Dann schwimmen wir in die Flüsse.
Die Flüsse sind die kleinen Verhältnisse des Meeres.
Manchmal verirren wir uns auch in die Brunnen.
Brunnen gibt es in alten Haushöfen.
Sie sind die armen Leute des Wassers.«

Ernas Stimme unterbrach diese neptunische Ballade, die so oder ähnlich lautete:

»Bist du noch immer nicht fertig, Hugo, es ist schon sehr spät.«

»Komm doch herein, Erna!«

»Nein! Steig erst aus dem Wasser!«

Das war neu. Erna hatte doch bisher immer bei Bad und Waschung tätige Aufsicht geübt. Warum denn blieb sie jetzt vor der Tür stehn? Nach einer Weile entriß sich Hugo der Umarmung des Wassers und stieg aus der Wanne. Erna trat noch immer nicht ein:

»Bist du schon draußen? Hast du das Badetuch um?«

Jetzt erst, nachdem Hugo dies bejaht hatte, kam sie herein. Auch sie schien eine gründliche Reinigung vorgenommen zu haben. Der blaue Schlafrock wallte um ihren Leib, das frischgewaschene Haar war von Tüchern eingehüllt und die nackten Füße steckten in Sandalen. In diesem Aufzug erinnerte die hohe, pathetisch geformte Erna an die Darstellung griechischer Göttinnen und Heldenfrauen, wie sie Hugo aus Gustav Schwabs illustriertem Sagenbuch kannte und liebte. Jetzt krempelte sie wie immer die Ärmel ihres Negligées hoch über die Arme und begann mit treulicher Kraft, die ihr aus innerster Seele zu dringen schien, Hugos Körper zu frottieren. Er überließ sich gerne ihrem starken Walten, das ihn von allen Seiten warm umhüllte. Nun kniete sie vor ihm nieder, stemmte seine Füße gegen ihre Brüste und begann gewissenhaft, ihm die Schenkel abzureiben. Hierbei löste sich der aus Handtüchern gewundene Turban, den sie um den Kopf trug, und ihre Haare fielen frei herab. Eine Wolke von Kamillenduft schlug Hugo entgegen: Ernas, des Weibes Duft, von nun an fürs Leben.

Er lag schon zu Bett. Sie zögerte ein wenig, aus dem Zimmer zu gehen, und sagte langsam:

»Gute Nacht, Hugo!«

Er dehnte sich von wohligem Frieden erfüllt und blinzelte sie an:

»Nicht wahr, Erna, jetzt ist alles in Ordnung.«

Als wäre sie glücklich, noch eine Minute verweilen zu können, setzte sie sich an den Bettrand:

»Ja, hab keine Sorge, es wird schon alles in Ordnung kommen, Hugo...« Und mit einem Seufzer: »Ich danke dir auch recht schön für alles!«

Hugo setzte sich im Bett auf:

»Hör einmal, Erna! Wir müssen nächstens wieder zu deiner

Mutter und zu Albert gehn!... Nicht?... Sobald wie möglich. Glaubst du, daß mir Albert seine Erfindung erklären wird?«

»Ja, natürlich! Wir werden nächstens hingehn, Hugo... Aber jetzt... Schlaf wohl!«

Sie erhob sich und schaltete das Deckenlicht aus, so daß nur mehr die Bettlampe brannte. Hugo aber rief:

»Nein! Komm noch einmal her!«

Langsam gehorchte Erna dieser Lockung. Der Knabe ergriff ihre Hand und sah sie fest an: »Du gehst nicht fort! Was!?«

Sie lachte hilflos. Ihr Mund verschob sich leicht. Dann beugte sie sich über Hugo, ohne ein Wort zu sagen. Seine Stimme war auf einmal rauh und tief geworden:

»Nein! Du gehst nicht fort! Aber weißt du, was ich getan hätte, wenn du fortgegangen wärst?...«

Erna beugte sich tiefer über das Bett. Ihre Lippen gingen fragend auf. Hugos Nägel verkrallten sich leidenschaftlich in ihre Hand:

»Ich wär mit dir gegangen, Erna... ganz weit weg... ganz fort von hier... in die kleinen Verhältnisse... Erna, das mußt du mir glauben!«

Und er ließ einen wilden Blick durch das mild-erleuchtete Dunkel des großen Zimmers schweifen, als hasse er es mitsamt seinen weißlackierten Möbeln und Turngeräten. Erna, noch immer über ihn gebeugt, rührte sich nicht. Da packte er auch ihre andere Hand mit solch heftigem Ruck, daß sich der Schlafrock verschob und ein Stück ihrer Schulter entblößte. Er aber keuchte fast weinend:

»Ich wär mit dir gegangen, Erna... Fort von hier, von Mama... Ich muß ja gar nicht ins Gymnasium gehn... Ich könnte bei Albert lernen... Sein Gehilfe werden... Wir würden miteinander Geld verdienen... Aber jetzt bleibst du ja bei uns, Erna... Du bleibst bei mir.«

Ernas Lippen schlossen sich noch immer nicht, als wären sie willig zu reden. Hugo fühlte mit ruhevoller Seligkeit, wie ihr schönes großes Gesicht, ihr glorreiches, vom Waschen wolkiges Haar ihm näher kam, sich immer tiefer zu ihm herabbeugte.

Erna aber sagte nur »Gute Nacht, Hugo« und küßte ihn sanft auf den Mund.

Dieser Kuß war nichts als ein stärkerer Anhauch des Kamillenduftes. Sie ging. Das Blau des langen Gewandes spielte um ihren wirklich schreitenden Sandalen-Schritt. In der dunkleren Ferne des Raumes schien sie von übergroßer Gestalt zu sein. Nun verschwand sie und schloß die Tür hinter sich. Das erstemal, seitdem sie im Hause lebte, schloß sie am Abend die Tür hinter sich.

Längst war es schon finstere Nacht. Hugo schlug sich mit einem widerspenstigen Gedanken herum. Dieser Gedanke hatte nicht nur mit kleinen Verhältnissen und Alberts Erfindungen zu tun, sondern auch mit Papas Sammlung und dem Gymnasium. In diese ziemlich wachen Gedanken mischten sich peinigende Bilder. Papa bewältigte mit seiner grandiosen Vornehmheit spielend alle Aufgaben des Lebens, während Hugo talentlos und ungeschickt an ihnen scheiterte. Beide, Hugo und Papa, schwammen im Meer, Papa mit leichten sicheren Stößen, Hugo hingegen kam nicht vom Fleck. Nicht anders erging es ihm mit dem Geräteturnen und dem Kopfrechnen. Der Knabe warf sich im Bette hin und her. Wie widerwärtig war dieser Zustand unfertiger, tückisch fliehender Vorstellungen!

Da spürte er – und sein Herz erstarrte –, daß er nicht allein in seinem Bette liege. Ganz klein machte er sich. Aber das nützte nichts, denn das andere war unabwendlich da, neben ihm, weich, riesig, warm. Es atmete. Sein glühender Hauch traf mit gleichmäßiger Woge seinen Nacken. Kein Zweifel, es lag in seinem Rücken. Wehe, und jetzt berührte es ihn, jetzt preßte es sich an ihn, dieses Übermächtige, Glutheiße, Nackte: Das Weib! Erna! Hugo wollte aufschreien: »Was willst du? Ich bin ja wach!!« Aber die gräßliche Wonne verbiß sich in seinen Leib und würgte ihn. Er schlug um sich. Es gelang ihm, für einen Augenblick die kamillenduftende Umstrickung abzuschütteln. Er floh durch Straßen und Gassen der Heimatstadt. Aber sogleich hielt ihn das Übermächtige, Glutheiße, Atmende wieder umschlungen. Wie er auch lief, es preßte ihn herrlich und schrecklich an sich, immer gleich nahe, immer gleich brennend. Und jetzt stieß ihn Erna mit ihren nackten Armen und Brüsten vor sich her in einen dunklen Hausflur. Im Schatten des großen Kreuzes sank er zusammen. Nun mußte er sterben, denn sein Blut floß.

Mit dem Schrei: »Ich schlafe ja nicht!« war Hugo aus dem Bett gesprungen. Er stand im gänzlich entfremdeten Zimmer. Lange konnte er sich nicht orientieren. Wo lagen nur die Fenster? Ach ja, dort, das mußte die Tür sein. Kein Lichtspalt! Sie war geschlossen. Zitternd kroch er in sein Bett zurück, das nicht mehr sein altes Bett war, sondern eine lockende und gefährliche Höhle.

Als Hugo am nächsten Morgen erwachte, sah er Mama in seinem Zimmer. Sie hatte eben die Läden geöffnet und lachte ihn an:

»Aufstehn, mein Herr! Genehmigen Sie bitte gnädigst meine Anwesenheit! Fräulein Erna hat für einige Zeit Urlaub genommen. Wir werden also jetzt aufeinander angewiesen sein. Ich bitte um eine möglichst schonende Behandlung.«

Hugo sagte nichts, sondern machte Miene, sich umzudrehn und von neuem einzuschlafen. Aber Mama drängte ihm schon seine Strümpfe auf:

»Ernsthaft, Hugo, beeil dich! Unten wartet schon Herr Dr. Blumentritt auf dich. Ein prachtvoller Kerl, und ein junger Mensch noch! Ich hab mich bereits mit ihm eine ganze Weile glänzend unterhalten, sag ich dir!«

Hugo sah unbeweglich zu Boden. Er ist noch schlaftrunken, dachte Mama. Sie eiferte ihn an. Er verzog nicht den Mund, er fragte nicht, wann Erna zurückkehren werde. Langsam begann er sich anzukleiden.

Die Entfremdung

Keine Schmerzen hatte sie mehr, als sie, weiß umhüllt, auf der Tragbahre lag, um in den Operationssaal gebracht zu werden. Sie empfand nur ein fremdes, ein stürmisches Mitleid mit ihrem armen Körper, aber so, als wäre es nicht ihr eigener, sondern der Leib einer andern Frau. Während man sie an irgendeinem Spiegel vorbeitrug, erhaschte Gabriele einen Schein von ihrem Gesicht, von ihrem Kopf, den eine weiße Binde (wie eine Nonnenhaube) umschnürte. Das viele Weiß, fand sie, stände ihr gut. Trotz des furchtbaren Augenblicks überkam sie ein leidvolles Wohlgefallen an sich selbst:

›Jetzt bin ich nicht schlecht angezogen. Vielleicht würde auch Judith nichts einzuwenden haben...‹

Der Assistenzarzt, der den Zug begleitete, glaubte, die Kranke wolle sprechen und könne es nicht. Da ergriff er ihre Hand und streichelte sie. Gabriele schmiegte sich in die Kraftströme, die von dieser gesunden und markigen Hand herfluteten.

Als sie noch Kinder waren, sie und ihr Bruder, hatte Erwins Hand so oft die ihre gehalten. Die unruhige und gierige Knabenhand hatte Gabrieles Hand gedrückt, gepreßt, an ihr genascht, wie an einer Frucht...

Dieses Arztes harte Hand aber war so ruhig, so zuverlässig. Gabriele atmete tief. Die Hand tat ihr wohl.

Nun lag sie auf dem Schmerzenstisch.

Die Schwestern schlugen vorsichtig die Tücher zurück, mit denen sie bedeckt war:

Wie ein Paket, in dem etwas Zerbrochenes liegt. Sie sah nicht an sich herab, um von dem Furchtbaren nichts zu wissen. Und wirklich, sie wußte jetzt nichts von der Macht, die sie zerschmettert hatte, als wäre das Unglück nicht vor zwei Stunden geschehn, sondern in einer unausdenklichen Vorzeit.

Ihr genügte es, daß sie nur Kopf, nur Gesicht war! Und so

klar, so mächtig hatte ihr Kopf noch niemals gelebt. Ganz neu, ganz fremdartig war ihr Gesicht. Gabriele fühlte es und freute sich der neuen Schönheit, die über sie gekommen war. Mit Bildhauerhänden hatten die letzten Stunden das Wesen ihres Wesens, das sie selbst nicht kannte und doch jetzt mit einer stolzen Ehrfurcht spürte, aus ihren Zügen modelliert.

Und dann: Warum hatte sie keine Schmerzen? Sie müßte doch unerträgliche Schmerzen haben! Oder gab es keine Schmerzen in der Welt, sondern nur Angst vor Schmerzen?

Der Professor sah ihr lange und aufmerksam in die Augen, und auch er, der fremde Mensch, der sie das erstemal jetzt sah, er nahm das »Neue« wahr, sie fühlte es, die Verwandlung, die an ihr geschehn. Dieses Neue aber schien ihr unendliche Sympathien zu bringen. Alle hier liebten sie. Der Professor beugte sich zärtlich über sie:

»Haben Sie Angehörige in Berlin, gnädige Frau?«

Gabrieles Augen glitten über die endlosen Schneefelder des Chirurgenkittels. Sie sah Winter. Sie stand in klirrender Landschaft draußen. Alle Berge sind von oben bis unten zugeschneit, mußte sie denken, und es ist doch erst Anfang November. Von einem schwarzen Himmel brannte die Sonne in einer Kugel von Milchglas. Überall kamen Herdenschellen und Schlittenglocken näher...

Der Professor wiederholte noch zärtlicher seine Frage. Gabriele lächelte ein ihr fremdes Lächeln. Sie dachte nicht daran, ihren Bruder Erwin in diese traurige Sache hereinzuziehn. Er hatte ja anderes vor, in wenigen Tagen fand sein Konzert statt, am Sonntag mußte er Leute bei sich empfangen, und die übrige Zeit war von dem Dienst an Judith völlig ausgefüllt. Sollte sie selbst sterben, würde er es später erfahren, oder vielleicht auch niemals, was ja das Beste wäre. Gabriele sah dem Professor in die Brillen und schwieg.

Der Chefarzt gab seinen Leuten Befehl:

»Lassen Sie im Büro das Telephon- und Adreßbuch nach entsprechenden Namen durchsehn, genau so wie wir es gestern bei den Fällen Statezky und Barber gemacht haben. Die Patientin heißt Gabriele Rittner. Man soll die Polizei noch einmal anrufen. Ich möchte über diesen Fall womöglich genaue Aufklärung haben.«

Gabriele hatte Kraft genug, sich von der Schneelandschaft loszureißen. Wie dumm, dumm sind die Menschen, dachte sie schadenfroh. Warum soll Erwin denn Erwin Rittner heißen? Sie selber hieß ja ungern genug Rittner, obgleich es gewiß schlimmere Männer gegeben hat als den verstorbenen Hofrat Rittner. Das Wort »Polizei« war ihr unangenehm. Plötzlich erschrak sie: Leider habe ich mein Hotel verraten.

Keine Menschenstimme sprach jetzt mehr. Nur Herden und Schlitten wurden immer näher an diesem Tisch vorübergetrieben. Gabriele wollte aber nicht nur ein stummes und hilfloses Opfer sein. Sie wollte wissen, alles wissen...

Leise versuchte sie ihren Kopf zu heben. Sie sah den Raum. Die Ärzte nahmen tiefernste und schweigsame Waschungen vor. Instrumente wurden auf Glasplatten gereiht. Furchtbare Messer, Zangen, Scheren, Sägen. Überall klirrte gefährliches Metall. Eine zweite Sonne zischte plötzlich nieder.

Da schrie Gabriele auf, das erstemal, nicht sehr laut, als müsse sie bis zum Tode Anstand bewahren. Der Professor stand bei ihr:

»Was ist denn, Kindchen? Nur keine Angst! Es geht ganz schnell vorbei. Sie spüren gar nichts.«

Noch einmal, noch leiser, noch verzagter schrie Gabriele. Sie schrie nicht aus Angst oder Entsetzen, sie schrie, weil sich die Kreatur in ihrer wüsten Einsamkeit zu erkennen geben muß.

Der alte Mann scherzte:

»Gabriele, das ist ein sehr schöner Name. Also Mut, Gabriele!«

Er gab das Zeichen.

Alles war bereit!

Der Assistent trat mit der Maske heran:

»Atmen Sie sehr tief, bitte!«

Ja, sie wollte gerne tief, tief atmen. Nun spürte sie die gute Maske vor dem Mund und gab sich ganz der ernsten Atemarbeit hin. Deutlich zeigte sie ihren Fleiß und war bereit, den Herren durch ihre Dienstwilligkeit zu schmeicheln.

Die Stimme des Professors rollte wie ein milder göttlicher Donner vom Himmel:

»Ich bin neugierig, wie weit Sie kommen werden... Zählen Sie, Kind! Eins... Zwei...«

Nicht das Wort des Professors allein, alles war jetzt Donner. Sie lag in einem hochgewölbten Dom aus Donner:

»Zählen Sie! Eins... Zwei...«

Und Gabriele hörte jetzt ihre eigene helle Stimme, die unbekannte, etwas flache Stimme eines aufsagenden Schulkindes:

»...Eins... Zwei...«

Eins, Zwei, Drei! Eins... Zwei, Drei!

Der Zug wechselt seinen Gesang.

Was ist das! Gabriele war ja vor einem Augenblick noch im Gebirge. Einen glatteisbösen Weg hat sie sich emporgemüht. Ein Nachmittagsspaziergang wohl...

Der Zug schläft nicht mehr im Hinrollen. Energischer, ja zornig durchrüttelt er den werdenden Morgen.

Schnee!? Aber nein, Schnee, das war ja gestern! Dazwischen liegt die Nacht und vor allem das Einschlafen. Eine ganze Weltreise von Einschlafen. Im Zug schläft man eben nicht anders ein.

Immer häufiger werfen sich donnernde Weichen der Fahrt entgegen. Der tote Boden da unten ist tausendfach unterwühlt.

Natürlich! Der Zug nach Berlin! Aber jetzt läßt sich die Reise nicht mehr ungeschehn machen. Gabriele weiß, sie fährt nach Berlin, um das Unheil zu erleben, an dem sie jetzt in gleicher Stunde vielleicht wird sterben müssen.

Der Tag ist da und die wochenlange Vorfreude, die Erwartung dahin.

Das Graugesicht, das den Fensterplatz innehat, schiebt den

Vorhang zur Seite: Nebelfrühe, Kiefern, Bahnwärterhäuschen! Außer ihr haben fünf Menschen noch in diesem verwahrlosten Kupee zweiter Klasse die Nacht, aufrecht sitzend, verbracht. Warum tragen denn diese Menschen alle das gleiche Gesicht? Nicht einmal Mann und Weib läßt sich unterscheiden. Gabriele versucht scharf nachzudenken, ob sie es während der Reise in der Zeitung gelesen habe, daß alle Menschen in der Fremde uns immer das gleiche Gesicht vorweisen.

Jetzt schwanken die Gestalten unter den Stößen der Fahrt hin und her und können nicht recht erwachen. Wozu auch erwachen? Schlafen läßt es sich überall, selbst in der Hölle dieses Geruchs.

Endlich erkennt Gabriele, woher dieses Süßliche und Faulige kommt, das sie schon stundenlang quält: Den Schlafgeruch fremder Menschen, ungereinigter Menschen in einem verwahrlosten Abteil muß sie klaglos erdulden. Sie darf den Atem keineswegs anhalten, denn das Atmen gerade ist ihre Pflicht.

Gabriele sucht die Eau de Cologne-Flasche in ihrem Täschchen. Aber der Flakon ist merkwürdigerweise verschwunden. Dafür ist die Tasche voll von Näh- und Stecknadeln, welche ihr die Hand zerstechen, die sie sofort zurückzieht. Diese Unordnung! Wie soll sie sich nun von dem scheußlichen Geruch befreien?

›Ich rieche Menschenfleisch‹, heißt es im Märchen. Ein Lieblingsausdruck von Erwin übrigens.

Alles ließe sich ertragen, wenn Gabriele nur wüßte, was sie in Berlin will. Warum hat sie Erwins Antwort nicht abgewartet? Gott! Er ist schreibfaul wie alle Künstler. Oder steckt etwas anderes dahinter? Nun ist August schon wochenlang tot. Sie, Gabriele, steht allein in der Welt, sie ist frei und freizügig, denn ihre fünfjährige Erwine zählt nicht. Aber Erwin ist nicht frei und freizügig, er steht nicht allein in der Welt. Er lebt in einer völlig anderen Situation. Aber was soll sie tun? Kann man denn aus dem fahrenden D-Zug springen?

Aus dem fahrenden D-Zug kann niemand springen, aber man kann selbst während der Vorstellung den Zuschauerraum eines

Kinotheaters verlassen. Gabriele ist eine Zeitlang überzeugt davon, daß sie in einem stickigen, ganz veratmeten Kino sitzt und einen belehrenden Film ertragen muß. Sie ist keine Zeittotschlägerin, sie liebt den Kinogenuß nicht, die schale Sinnlosigkeit des Weibertraumes. Gabriele redet sich willensstark zu, daß sie nicht träume. Das tränende Glas des Waggonfensters, dagegen sie die Stirn preßt, läßt sie erkennen, daß sie wachend im Wagengang steht.

Wie lange fahren wir schon an schmutzigen Ruinen vorbei, an rohen Backsteinburgen, an Riesenhallen mit blinden Fenstern? Und dies ist der Mittelpunkt der Welt! An den räudigen Feuermauern der Bauten dehnen sich ungeheure Schriften, aber Gabriele ist zu müde, all die Namen und Anpreisungen zu lesen. In das endlose Spalier der Feuermauern sind Breschen gelegt. Plötzliche Straßenzüge offenbaren einen regnerischen November, in dem hundert bösgesinnte Fahrzeuge die Menschenmassen zerteilen wie Kielschaum. Brücken starren. Das Wasser der Kanäle aber scheint kein Wasser zu sein, sondern schwarzes Pech, in dem die Zillen und Kähne rettungslos feststecken.

Acht Jahre hat sie ihren Bruder nicht gesehn: Ist dies nicht Grund genug, nach Berlin zu fahren! Wann ist sie denn das letztemal mit ihm beisammen gewesen? Im Frontspital von Kolomea damals, als sie den Verwundeten besuchte und bei allen Ärzten und Generälen um seine Versetzung bettelte. Seither war es nur zu kurzer und flüchtiger Begegnung gekommen. Acht Jahre lagen zwischen ihnen und die staubige Luft ihrer Ehe mit August... Jetzt aber war August tot. Grund genug!

Ein Graugesicht nach dem andern erhebt sich im Kupee und holt seine Gepäckstücke aus dem Netz. Gehässige und rücksichtslose Linien liegen um säuerliche Munde. Nichts bleibt Gabrielen verborgen. Die Nachbarn aber würdigen sie keines Blickes, niemand hilft ihr. Sie ahnt, daß sie für die Nachbarn unsichtbar ist. Mit lahmen Armen langt sie nun selbst ihre Handtasche und ihren kleinen Hutkoffer herunter. Mehr hat sie nicht mit.

Während sie aber ihren braunen Raglan ergreift, fällt es sie an:

»Wird mich Erwin erwarten?«
Zugleich aber weiß sie die Antwort:
»Erwin hat mich nicht erwartet...«
Wie mit Äther überschütten Frage und Antwort ihren Leib. Er verbrennt augenblicklich zu Eis.
»Wieviel Gepäck?«
Ein Träger, böse rollenden Auges, fuchtelt vor Gabrieles Gesicht:
»Eins... Zwei?...«
Sie zählt gehorsam:
»Drei... Vier... Fünf...«
Der erbitterte Mann läßt sie stehn.

Der Boden des Anhalter Bahnhofes aber scheint ein Trottoir roulant zu sein. Gabriele, an deren Händen die beiden Habseligkeiten gewichtlos herabhängen, muß ihre Füße nicht bewegen. Und auch all die Graugesichter, deren jetzt viele Hundert sind, müssen es nicht. Die Stadt schluckt die Leute auf bequemste Art mittelst einer Saugvorrichtung ein. Die Graugesichter aber tun so, als müßten sie selber mit schneidiger Kraft weiterstreben, wo doch der ganze Wirbel automatisch besorgt wird. Sie tragen eine angriffsbereite und verdrossene Energie zur Schau, übertrieben sticht ihr Kinn vorwärts und nur ihr Nacken hat Farbe; er ist kindisch-rosarot.

Oh, wie scharf beobachtet Gabriele, trotzdem sie todmüde ist, trotzdem die große Furcht sie unsäglich niederdrückt. Daß Erwin sie nicht erwartet (er steht auch nicht dort, hinter der Sperre), das ist nun selbstverständlich. Man holt die Leute in Salzburg von der Bahn ab oder in Wien. Hier nicht!

Das einzige Wesen unter all diesen Menschen, das nicht mechanisch fortbewegt wird, sondern selbstbewußte Füße zu pochenden Tritten braucht, ist eine Dame, die dem Schlafwagen entstiegen ist. Die Dame trägt einen schweren kostbaren Nerzmantel und hinter ihr keucht ein Turm von Gepäckstücken.

Gabriele wendet ihre Sinne nicht von der Pelz- und Parfümwolke, in der die Erscheinung des Weibes schreitet. Könnte es Judith sein?

Etwas fällt ihr schwer aufs Herz. Ihr eigener Mantel, der braune, nicht mehr neue Raglan. Sie schämt sich ihrer armseligen Garderobe.

Die Parfümwolke verwandelt sich in Asphalt- und Benzinqualm.

Der Chauffeur weckt Gabriele:

»Wohin, Fräuleinchen?«

Sie nennt die einzige Straße, die sie kennt, Erwins Adresse.

»Hohenzollernstraße.«

Da hört Gabriele neben sich einen befriedigten Ausruf:

»Lassen Sie Hohenzollernstraße notieren, Herr Kollege!«

Der Chauffeur hebt die Stimme, als müsse er mit einer Schwerhörigen verhandeln:

»Die Nummer, Fräulein!?«

Gabriele fürchtet, ein Geheimnis zu verraten. Aber was hilft's, sie hat ja den Befehl bekommen, zu zählen. Sie zählt:

»Eins... Neun... Sieben!«

Neuerdings der befriedigte Ruf neben ihr:

»Aufschreiben!«

Der Chauffeur aber, um ihr die Arbeit zu erleichtern, beginnt nun, während des Ankurbelns, Zahlen zu singen, als wär's ein Lied:

»Acht... Vier... Zehn... Sechs...«

Gabriele zieht die Bettdecke bis zum Kinn. Sie hat nicht geschlafen, sondern den Schlaf nur geheuchelt, um seine Verwandten loszuwerden, die sich erboten hatten, der von langer Pflege erschöpften Witwe Gesellschaft zu leisten. Ja, sie hat ein gutes Recht darauf, das Bett zu hüten. Denn vor einer halben Stunde wurde der Hofrat August Rittner abgeholt, um zur ewigen Ruhe gebracht zu werden.

Noch trägt Gabriele ihre eigene einsamkeitshungrige Stimme im Ohr, mit der sie die lauernden Spioninnen gebeten hat, man möge sie allein lassen. Und jetzt ist sie allein!

Sogleich springt sie aus dem Bett und dehnt ihre Glieder. Vor einer Minute noch hat sie gedacht, die Trennung von August würde ihr nicht leicht fallen, denn Verlust ist Verlust, wenn auch nur der Verlust einer Gewohnheit. Acht Jahre der Gewohnheit und vierzehn Tage strenger Pflege (was die Pflege anbelangt, hat sie sich wahrhaftig nichts vorzuwerfen), dies ist doch schließlich eine Macht. Aber warum ist diese Macht jetzt so gründlich erloschen, daß nichts andres von ihr übrig blieb, als ein herausfordernder Übermut, den Gabriele kaum beherrschen kann?

In ihr pocht das gereinigte Gefühl vollen Anfangs. Das erste was sie tut, ist, daß sie ein Gewand hervorholt, welches sie lange Jahre nicht mehr berührt hat. (Mag die Trauerkleidung weiter über dem Bettsessel hängen bleiben!) Dieses Gewand aber, das Gabriele nun anlegt, ist ein buntes, phantastisches Morgenkleid.

In diesem Augenblick fühlt die verwitwete Frau Hofrat Rittner ein gutes Recht, den fließenden und nachlässigen Morgenrock anzulegen. Denn erstens ist ihr Mann tot, der mit dem ungewöhnlichen Charakter dieses Kleidungsstückes nicht einverstanden war, zweitens ist sie noch keine neunundzwanzig Jahre alt und drittens fühlt sie sich allein im Hause, denn sie hat selbst ihre kleine Erwine zu Freunden gegeben, damit die Seele des Kindes den Tod nicht kennen lerne.

Gabriele ist tatsächlich allein im Hause. Die Partei Hainzinger, welche den zweiten Stock bewohnt, beteiligt sich vollzählig am Begräbnis. August ist ein hochangesehener und allseitig beliebter Richter gewesen, wie es sich jetzt zeigt.

Haus! Gabriele ist allein mit diesem Haus, das sie nun durchflattert. Einst hat es ihren Eltern, den frühverstorbenen, gehört. In der Wohnung, wo sie die acht Jahre ihrer Ehe lebte, ist sie als Kind aufgewachsen. Sie hat sich niemals entfernt von ihrer Welt wie Erwin.

An Augusts Sterbezimmer flattert sie vorbei: Man hat es abgeschlossen. Ein scharfer Geruch von Räucherwerk und Desinfektionsmitteln dringt ihr entgegen. War dieses kleine und puritanische Zimmer nicht einmal Erwins Knabenstube?

Sie steht auf der Treppe. Sie sieht hinab. Altes Haus! Ein schmales Schienengeleise führt durch den Eingang, den Flur entlang in den Hof. Seit undenklichen Zeiten befindet sich im Hoftrakt eine

Drogenhandlung, die Duftwolken von Kampfer, Gewürzen und Spirituosen herüberweht.

Zierliche Musik pocht und pocht. Die kleinen, hellen Hämmer des Goldschmieds sind's, denen Erwin und Gabriele so oft zugehört haben.

Alles wie eh und je!

Aber für Gabriele ist es nicht wie eh und je, denn seit undenklichen Zeiten, die langen Jahre ihrer Ehe hindurch, ist sie blicklos durch dieses Haus gegangen, eine Fremde...

Jetzt aber nimmt sie es (das längst verlorene Gut) wieder in Besitz. Jetzt flattert sie die Stiegen hinab und hinan. Ein Wind begleitet ihren Flug. Sie hat ihre Pantoffeln verloren. Es ist ein wundersames Gefühl, mit nackten Füßen kalten Stein und kaltes Holz zu berühren.

An der Familie Hainzinger Wohnung vorbei geht der Flug und hält vor der offenen Tür des Bodenraums. Bodenkammer, Sehnsucht und Schauder jeglicher Kindheit! Aber auch wenn ein Abschnitt des Lebens erledigt ist, will man Ordnung machen und in Schubladen stöbern. Immer wieder Kindheit! Und jetzt hat sie selbst schon ein fünfjähriges Kind.

Leichtfüßig dringt Gabriele in der Dunkelheit vor. Eine Luke erhellt dort das umgitterte Geviert. Ihr beschwingter Leib windet sich zwischen Koffern, Kisten, Kasten, Spiegeln, schwerlos hindurch.

Spiegel! Warum hat man sie nicht verhängt, da doch vor einer Stunde noch ein Toter im Hause lag? Dieser Einfall bedrückt sie ein wenig.

Sie steht nun vor einem Tisch. Und auf diesem Tisch sieht sie staubbedeckt und unversehrt das große Puppentheater, das ihre und Erwins größte Freude gewesen ist. Sie erkennt die Kulissen der einzelnen Stücke wieder, die wilden, knorrigen Baumformen des Waldes und die schwungvollen Draperien der Thronsäle, die sie beide mit der Laubsäge gearbeitet haben. Mit ängstlich gespitzten Fingern, die den Staub der Jahrzehnte fürchten, zieht sie Figuren hervor: Genoveva und Golo, Kaspar, Max und Rinaldo.

Aber unter diese Figuren ist plötzlich eine Photographie geraten. Großmamas Bild. Sie wagt es nicht, in die Augen des Bildes zu blicken, als könnte die photographierte Frau etwas erkennen, was Gabriele nicht verraten will. Auch glaubt sie nicht mehr in der Bodenkammer zu sein, sondern in einem engen, finstern Gartenhaus. Draußen ist das spielende Wasser zu hören. Und dann scheint es, als atme jemand neben ihr. Dies aber ist ungehörig. Mit geschlossenen Augen entspringt sie.

Gabriele findet in ihrem Zimmer die lustigste Nachmittagssonne. Sie läßt die Vorhänge herab. Wie merkwürdig leer ist die Straße! Aber gegenüber stehn Fenster offen, und sie möchte jetzt von niemandem beobachtet werden.

Vor dem Spiegel versucht sie ein langes und trillerndes Gelächter, nur um zu sehn, ob in ihr noch nichts eingerostet sei. Den Tanz aber, den sie nun probiert, läßt sie nach wenig Schritten bleiben. Hierin dünkt sie sich zurückgeblieben und ungeschickt.

Auf einmal bemerkt sie, daß sie von großem Hunger gepeinigt wird. Es ist kein rechter Hunger eigentlich, sondern ein wilder, gereizter Appetit. Sie läuft zu ihrem Kasten, in dem sie manchmal eine Frucht oder eine Süßigkeit aufbewahrt. Welche Überraschung! Sie findet eine ganze Menge feinster Bonbonnieren und ein Körbchen mit verzuckerten Früchten vor. Wer hat sie denn so reich beschenkt? August war der Mann nicht dazu, und unter seinen Kollegen vom Gericht fände sich schwerlich ein Kavalier, der solcher heimlichen Aufmerksamkeit fähig wäre.

Gabriele stürzt sich auf die Konfitüren. Zuerst nascht sie von den Südfrüchten, dann beginnt sie gierig die Schokoladebonbons zu genießen.

An die Wollust des Süßen verloren, bemerkt sie die aufgehende Tür nicht.

Aber die Tür geht auf und in ihr steht August, der Hofrat, ihr Gatte.

Der Tote ist von seiner mühseligen Reise nicht allzu ramponiert. Nur der Flaum auf seiner Glatze ist ein wenig aufgesträubt, das Frackhemd rutscht aus der Weste, die Masche sitzt verschoben und wie von fremdem Griff geschlungen, die weißen Glacéhandschuhe werfen keine Falten auf den Händen.

Gabriele fühlt blutige Röte im Gesicht, weil sie von dem Toten beim Naschen ertappt worden ist. Sie drückt sich steif an den Kasten.

Der Hofrat macht keinen Versuch, die Schwelle zu überschreiten. Die offene Tür genügt ihm vollkommen. Er sagt mit leicht-pressierter Stimme, als hätte er Angst, eine Verhandlung zu versäumen:

»Ich habe natürlich wieder meine Tasche vergessen. Du weißt, die braune Aktentasche...«

Gabriele versucht anzudeuten, daß sie willens sei, die vergessene Tasche zu suchen.

Des Toten Atem bemüht sich, einen leichten Asthmaanfall von Ungeduld zu verhehlen. Nachlässige Bedeutung liegt in seinen Worten:

»Ich glaube nicht, daß die Tasche in meinem Zimmer zu finden sein wird.«

Gabriele holt mit Anstrengung einen bedenklichen Umblick aus sich hervor, den sie in den Raum schickt, um ihren Zweifel auszudrücken, ob das Bewußte bei ihr gefunden werden könne.

Der Tote schüttelt ironisch-verärgert den Kopf:

»Meine liebe Biela, wer soll im Bilde sein, wenn nicht du?«

Und er winkt gelangweilt ab:

»Lassen wir die Tasche! Es wird deine Sache sein, die Dokumente beizubringen. Ich aber habe den Weg nicht gescheut, dich zu warnen!«

Gabriele spürt die Kanten des Kastens in ihrem Fleisch. Der Tote, der keine Eile mehr zu haben scheint, spricht mit leidendem Ton:

»Vor allem habe ich dich vor Erwin zu warnen!«

Er unterbricht sich, da er müde ist und Kraft sammeln muß. Nach einer Weile:

»Dein ausgesprochener Familiensinn hat – vielleicht weißt

du es selber nicht – unsere Ehe vergiftet. Nicht nur hast du auf raffinierte Art mich von meiner armen Mutter entfernt, du hast, liebe Biela, mich auf Schritt und Tritt belogen, betrogen...«

Gabriele versucht vergebens zu schreien. Der Tote aber läßt sich nicht beirren:

»Hättest du mich mit einem Liebhaber, mit irgend einem Laffen betrogen, ich schwöre dir's, Gabriele, ich wäre nicht wiedergekommen, ich hätte mich zufrieden gegeben. Wenn ich auch niemals darüber geredet habe, es ist keine Stunde vergangen, in der ich nicht wußte, daß du um fünfundzwanzig Jahre jünger bist als ich...«

Der Tote gönnt Gabriele eine kleine Zeit, sich zu sammeln. Ihr gelingt es auch, hervorzustoßen:

»Ich habe dich gepflegt, zehn Nächte nicht geschlafen...«

Solch nichtige Abwehr beseitigt der Tote mit einer Handbewegung. Er ist noch immer trauriger als erzürnt:

»Meinen mageren Gehalt von acht Millionen Kronen habe ich dir allmonatlich auf Heller und Pfennig abgeliefert. Und von diesem, unserm kargen Brote hast du beträchtliche Summen gestohlen, um sie deinem Bruder, diesem gewissenlosen Zigeuner von Erwin, zu schicken. Hätte ich in den schweren Jahren mehr Fleisch zu essen bekommen, vielleicht wäre mir das vorzeitige Ableben erspart geblieben...«

Der Tote vergewissert sich, daß kein Widerspruch gewagt wird. Dann aber kann er den Zorn in seiner Stimme nur schwer beherrschen:

»Eigens dieser Eröffnung wegen komme ich, Gabriele. Ich könnte die Ewigkeit nicht aushalten, wenn ich wüßte, daß du dich freust, mich hereingelegt zu haben. Ich habe nie ein Wort geredet, aber nun weißt du wenigstens, daß ich alles weiß! Denn ich bin kein Engel. Ich bin ganz im Gegenteil – nach deiner Ansicht – ein trockener Mensch, ein Jurist, ein alter Patron, zu keiner Freude mehr gut. Aber eines, Gott sei Dank, bin ich nicht, ich bin nicht Erwin, bin kein feiger Verräter...«

Da findet Gabriele eine mächtige Stimme in sich:

»Erwin ist ein großer Künstler!«

Der Tote höhnt, ohne daß sich etwas an seiner Erscheinung oder Kleidung bewegt:

»Ein großer Künstler!... In eurer Familie grassiert eben das Genie!... Dein Vater war ein großer Kartenspieler, dein Bruder ist ein großer Violinspieler, und du selbst bist eine große Taschenspielerin!«

Da hört Gabriele sich selber verzweifelt ausbrechen:

»Wenn du auch aus dem Jenseits kommst, August, du bist und bleibst...«

»Was?« dröhnt es ihr entgegen, und so furchtbar, daß sie aufwimmert.

Jetzt aber, das erstemal, beginnt sich der Tote zu rühren. Sein Hals schwillt vor Wut an, daß der Kragen platzt, die Hände pendeln unbeherrscht und das Frackhemd rutscht höher und höher. Er versucht mehrmals, die Füße werfend, auszuschreiten und sich ins Zimmer zu bewegen. Endlich gelingt es ihm, über die Schwelle zu treten. Er beginnt, sich Gabrielen zu nähern, die nirgendhin fliehen kann. Dabei keucht es aus ihm:

»Ist in dieser gottverlassenen Republik nicht einmal der Tod mehr Autorität? Mich reut es, daß ich dich nie geschlagen habe...«

Immer näher schwankt der Tote mit schrecklich arbeitenden Gliedern. Immer schärfer keucht er:

»Ich werde dir die Autorität des Todes schon zeigen!... Weib!...«

Und jetzt:

»Knie nieder vor mir!«

Aufkreischend bricht Gabriele in die Knie. Der Tote besinnt sich, er läßt den Kopf sinken, er schweigt. Denkt er an sein Alter, an ihre Jugend, an verlorene Jahre? Leidet er unter dieser ersten Brutalität gegen sie?

Plötzlich schluchzt es tief in ihm auf, und auch er sinkt schwer und lautlos nieder.

Nun knien Gabriele und der Tote still einander gegenüber.

Der Schutzmann gibt mit dem erhobenen Arm noch immer nicht das Zeichen für die Durchfahrt der Automobile, deren Kolonnen immer dichter und ungeduldiger anwachsen.

Auch Gabriele ist ungeduldig bis zur Verzweiflung. Alles Warten und Aufgehaltenwerden ist ihr heute unerträglich. Wie freut sie sich aber, als der Professor neben ihr im Wagen Platz nimmt. Er lächelt:

»Wir schlafen also immer noch nicht? Wir haben große Widerstandskräfte?«

Gabriele fühlt angesichts des Arztes wieder die fast streberische Dienstwilligkeit in sich:

»Soll ich von vorne zählen?«

Der Professor beruhigt sie mit der Langmut eines gütigen Menschen:

»Wir haben ja Zeit. Wir können noch ein wenig warten. Der Puls ist gut. (Nicht wahr, Herr Kollege?) ... Und Sie, Frau Gabriele, wohin haben Sie jetzt vor, zu fahren?«

Gabriele nennt natürlich die Hohenzollernstraße. Der Professor warnt:

»Aber Kindchen, jetzt ist es ja noch viel zu früh, einen Besuch zu machen. Sie können ja die Leute nicht aus dem Bett holen. Bei Verwandten kämen Sie da besonders schön an! Gehen Sie ins Hotel. Schlafen Sie sich aus! Eine Nachtreise nimmt die Nerven her...«

Gabriele lehnt sich zurück. Sie ist glücklich, daß ein Mensch für sie denkt und sorgt.

In feldgrauer Militäruniform steht der Portier des kleinen Hotels ›Österreichischer Hof‹ in seinem Kämmerchen. Uralt, urstreng ist sein Gesicht.

»Eh ich die Dame aufs Zimmer führe, muß ich die Dame pflichtgemäß verhören.«

Gabrieles Finger suchen zitternd nach dem Paß. Der strenge Portier erklärt:

»In unserm Hotel steigt durchwegs nur österreichisches Publikum ab. Die Dame versteht...«

Gabriele findet den Paß nicht. Die amtliche Stimme hält nicht inne:

»Die Dame wird Auskunft geben müssen, zu welchem Zweck sie nach Berlin gekommen ist.«

Gabriele flüstert schuldbewußt:

»Mein Bruder...«

Das graue Antlitz schlägt zum erstenmal die Augen auf. Diese Augen wissen alles:

»Der Name des Herrn Bruders?«

»Erwin!«

»Wie alt, bitte?«

»Um ein Jahr jünger...«

»Verheiratet, natürlich?«

Gabriele hört mit Widerwillen, daß diese Einvernehmung ihre Stimme kleinlaut macht:

»Ja! Verheiratet! Seit drei Jahren! Mit der geborenen Judith Maimon!«

Der Portier nimmt seine Kappe ab, um den Kopf zum Überlegen frei zu bekommen:

»Eine bedenkliche Sache. Die Dame wird versprechen müssen, daß es zu keinem Anstand kommt.«

Gabriele besinnt sich: So nahe hinter der Front muß man nicht nur Strapazen erdulden, sondern sich auch unangenehme Behandlung gefallen lassen. Wir sind ja noch mitten im Kriege. Der ferne Lärm scheint Artilleriefeuer zu sein. Wenn ich nur bis zu Erwin vordringe...

Der Mann in Feldgrau zündet vorsichtig und umständlich irgend eine Laterne an, deren Licht in der hellen Sonne unsichtbar bleibt, und geht voraus. Die Hotelgänge und Korridore dehnen sich weit in völliger Finsternis. Die Schritte des vorausmarschierenden Portiers werden immer kürzer und sporenklirrender. Der Weg wechselt. Über kotige Dorfstraßen geht es, an zerschossenen Häusern vorbei, neben langen Wagenschlangen und Knäueln von staubstarrenden, grinsenden Soldaten.

Gabriele glaubt, sie müsse unter der Last ihrer beiden kleinen Gepäckstücke zusammenbrechen.

Wie lange noch?

Sie hört eine Stimme hinter sich:

»Lassen, Gnädige, die Sachen nur ruhig stehn. Ich trag sie schon nach.«

Im frechen und gewitzigten Klang dieser Stimme verbirgt sich ein Feind, ein Dieb. Gabrieles Hände umpressen den Griff und schleppen das Gepäck mit letzter Kraft weiter. Sie schleppt ja, was sie niemandem anvertrauen würde, Liebesgaben für ihren Bruder.

»Erwin!«

Die Augen des Bruders starren groß. Sie spiegeln noch immer den stumpfen und zerrissenen Himmel des täglichen Trommelfeuers.

»Erwin!«

Gabriele sitzt auf einem rohgezimmerten Stuhl am Bette ihres Bruders. Ihre Hand greift den Stoff der Leutnantsbluse, die über der Lehne hängt. Hart von Blut ist sie. Der Saal der Verwundeten zieht sich unendlich bis zum hügligen Horizont. Hinter den fernsten Lagern sieht Gabriele die rote Sonne untergehn.

»Erwin!«

Der Verwundete schreit auf. Er reißt die Schwester mit mageren Armen an sich, er umklammert sie:

»Rette mich! Du bist hier, Gabriele! Rette mich! Nur nicht wieder zurück! Nicht wieder hinaus...«

Er zerpreßt ihr die Hand. Er drückt seinen zerrauften Kopf gegen ihre Brust, als wollte er eindringen in sie, sich in ihres Lebens Leben verstecken. Sie spürt, wie seine Zähne klappern, der Angstschweiß seiner Stirn dringt ihr durch das dünne Kleid und näßt kalt ihre Haut. Sie selbst senkt ihr weinendes Gesicht in sein feuchtes Haar. In einer würzigen Wiese hat sie ihr Gesicht verborgen. Diese Halme, diese Haare duften so gut. Sie duften genau so wie ihre eigenen Haare, sie duften so vertraut wie ihr Kissen, wenn sie es im Schlaf umarmt. Alles ist fremd, nur dieser Geruch ist Verwandtschaft und Heimat. Jetzt ist Erwin ganz bei ihr. Jetzt besitzt sie ihn in stiller Glückseligkeit. Wie rührt es sie, daß der eitle Mann, der so oft mit Mut und Kraft geprahlt hat, wie ein Kind sich nun an ihr festhält, zitternd und ohne Lüge.

Sie streichelt ihn:

»Schlaf nur, Erwin, ich geh nicht fort. Ich laß mich nicht vertreiben von dir...«

Der Bruder lallt:

»Du wirst mich retten... Gabriele, ich bin ein Feigling... Ich fürchte mich vor dem Tod... Du läßt mich superarbitrieren...«

Gabriele möchte den Verwundeten in den Schlaf wiegen:

»Hab keine Angst, Erwin! ...Ich bin doch eine Frau... Ich werde mit den Herren reden... Gewiß bekomme ich dich frei...«

Und er:

»Ja, und dann fahren wir heim... Und immer werden wir zusammenleben... Ich will schon zu einem Verdienst kommen... Schlimmstenfalls stelle ich eine Kaffeehauskapelle zusammen... Das ist ja keine Schande... Aber du sollst immer bei mir bleiben...«

»Schlaf, Erwin... Du wirst dich nicht verzetteln... Du wirst der größte Virtuose dieser Zeit sein... Schlaf...«

Er hebt den Kopf:

»Hörst du?«

Eine kleine Musik klagt und zirpt. Sie atmet aus einem Leierkasten, den ein Invalide vor sich herschiebt. Dieser weißhaarige Invalide trägt durch den blutigen und feldgrauen Spitalssaal die blaue Ausgeding-Montur lang vergangener Zeiten. Aus Erwins noch immer schreckstarren Augen flattert ein flügellahmes Gelächter:

»Das ist ja der Pan Radetzky... Weißt du noch... Aus Lans... Der See... wo wir mit Großmama waren... Damals im Sommer... Der Garten...«

Der Invalide beachtet die Kinder, die Geschwister nicht. Er schiebt und kurbelt seinen Leierkasten vorwärts, zwischen den unendlichen Bettreihen weiter, zwischen den Matratzenzeilen, die den Fußboden bis zum Horizont bedecken, weiter, bis in den

Sonnenuntergang hinein. Er orgelt »Gott erhalte« und »O du lieber Augustin« durcheinander.

Erwin bekommt auf einmal ein böses Gesicht:

»Wird dich dieser dein August mir lassen?«

Gabriele preßt die Knie krampfhaft gegeneinander:

»August ist tot... Gerade vierzehn Tage ist es her... Aber, wenn du willst, Erwin, hat August nie existiert...«

Ein scharfer Ruf hallt durch den Raum:

»Alle Betten, habt acht! Visite!«

Erwin zieht sich zusammen und flüstert:

»Barbarossa.«

Eine Gruppe von Männern geht von Bett zu Bett. Voran der gewaltige Rotbart. Er trägt scharlachpassepoilierte Generalshosen und einen weißen Kittel, der mit drei Reihen von Orden und Auszeichnungen behängt ist. Hinter ihm wandeln einige Gestalten, die merkwürdige und maulkorbartige Masken vor dem Gesicht tragen oder deren Kopf von grauen Kapuzen mit Augenlöchern verhüllt ist. Sie gleichen mittelalterlichen Femerichtern. Zuletzt kommen zwei Soldaten mit nacktem Oberkörper, die etwas Längliches und Unsagbares auf den Schultern balancieren. Gabriele fürchtet sich, das Ding zu erkennen. Vielleicht ist es ein Sarg, in dem ein toter Soldat des Spitals gleich fortgeschafft werden kann.

Barbarossa mit seinen Herren steht vor Erwins Bett.

Kommandostimme:

»Nun, wie geht's, Herr Leutnant?«

Gabriele beeilt sich:

»Schlecht, Herr Generalstabsarzt, schlecht! Er fiebert.«

Barbarossa schüttelt ein Fieberthermometer aus dem Ärmel und berührt damit kurz die Stirn des Verwundeten. Dann hält er es gegen das Licht und liest:

»Nichts! Normal!«

Gabriele kann trotz aller Mühe die Angst um Erwin in ihrer Stimme nicht verbergen:

»Ich glaube... Häusliche Pflege... Ich könnte ihn ausheilen...«

Barbarossa runzelt die Stirn:
»Die Frau Gemahlin?«
Gabriele schweigt.
»Das Fräulein Braut?«
Gabriele kann nicht sprechen.
Barbarossa wartet keine Antwort ab.
»Durchschuß harmlosester Art! Solche Wunden pflegen binnen vierzehn Tagen anstandslos zu heilen. Der Herr Leutnant kann hier ruhig abwarten, bis er wieder kriegsdiensttauglich ist.«
Gabriele erhebt sich. Sie weiß, daß sie schrecklich errötet. Sie spinnt ein langes Lächeln aus sich hervor, mit dem sie die entzündeten Augen des Rotbarts umspielt. Dann zeigt sie die Zähne. Sie weiß, ihre Zähne sind sehr schön.
Barbarossa, der jetzt plötzlich einen Frack und weiße Binde trägt, schlägt die Hacken zusammen:
»Darf ich, gnädiges Fräulein, um den nächsten Walzer bitten?«
Gabriele legt ihm gehorsam die Hand auf die Hüfte. Wer ist das nur, sinnt sie. Sie erinnert sich des einzigen Balles, den sie, ein halbes Kind noch, vor dem Krieg besucht hat. Staatsbeamtenkränzchen! Sie flüstert:
»Mein Bruder fiebert.«
Barbarossa schnarrt:
»Ganz wie gnädiges Fräulein befehlen.«
Die Musik spielt den Walzer aus ›Lustige Witwe‹. Barbarossas riesige Hand ruht höflich und behutsam auf Gabrieles Rücken. Der widerlich nach Schweiß riechende Mensch tanzt altmodisch alle sechs Schritte des Walzers aus. Während des Tanzes berührt sein roter Schnurrbart oft ihre Wange. Sie hört seine Konversation:
»Ich bin, gnädiges Fräulein, nicht nur Barbarossa, General und Arzt... Ich spiele in der Gesellschaft als Vorstand wohltätiger Vereinigungen und als heiterer Unterhalter eine Rolle. Mein Wahlspruch ist und bleibt: Keine Situation gewissenlos ausnützen! Darum nähere ich mich den Damen der verschiedenen Herren immer nur mit den ernstesten und ehrbarsten Absichten. Ich bin eine unbeschränkte Macht, zwinge aber niemanden...«

Gabriele, die sich wider ihren Willen mit großer Lust dem Tanze hingibt:

»Morgen nehme ich Erwin mit mir nach Hause.«

Barbarossa versichert galant:

»Aber selbstverständlich! Nur eine kleine Formalität muß noch erledigt werden.«

Der Tanz beschleunigt sich.

Barbarossa zieht seine Tänzerin fester an sich:

»Ihr Bruder ist gerettet. Hätte ich ihn zurück in den Schützengraben geschickt, wäre er gewiß den Heldentod gestorben. So ein Heldentod ist nicht das Ärgste: Sie hätten Ihren Erwin wie einen Gott beweint. Er aber würde Sie... heute... in Berlin nicht enttäuscht haben.«

Der Tanz steigert sich immer wilder. Gabriele will sich losreißen. Barbarossa höhnt:

»Moderne Tänze echauffieren weniger als solch ein alter Walzer.«

Die Vermummten treten im Takt den Ort. Die beiden Soldaten, die das Längliche und Unsagbare tragen, umkreisen das Paar. »Mein Sarg«, ruft es in Gabriele, »ich werde ja gerade jetzt operiert.« Barbarossa drückt sie immer furchtbarer an sich, so daß sie den Atem verliert. Er ist wie ein brennendes Haus. Der Teufel! Gabriele weiß mit Bestimmtheit, daß der Teufel eine Art brennendes Haus ist. Oh, wie konnte sie nur je an der Existenz des Teufels zweifeln, den Satan für Kinderspuk halten! Aus Barbarossas rötlichen Fensterhöhlen schlagen Flammen. Rauch und Brandgeruch! Gabriele wird immer wilder um sich selbst gedreht. Jetzt muß sie an Schwindel sterben. Der Teufel aber hebt sie hoch und schleudert sie weithin durch die Luft.

Sie wird auf den Potsdamer Platz geschleudert.

Gabriele fürchtet den Tod. Sie will eilig den Verkehrsstrom überqueren. In diesem Augenblick gibt der Schutzmann das Zeichen. Von allen Seiten rattern die Autobusse, Lastkraftwagen, Luxusgefährte, Taxameter vorwärts. In einem langgestreckten blitzenden Prachtwagen sieht sie eine Dame im Pelz am Steuer sitzen. Gabriele erschrickt: Judith! Starr bleibt sie im Brennpunkt stehn und schließt die Augen, umscholten, umtobt, umtutet.

Ein Wunder rettet sie diesmal.

In einem Hausflur atmet sie auf. Tiefe Finsternis!

Sie weiß, daß sie schläft. Es ist aber dringend notwendig, daß sie zur Oberwelt emportauche. Sie hat Fragen zu stellen, die in ihr brennen.

Mit Macht rüstet sie ihren Willen, krampft ihr Muskelwerk zusammen und tritt Wasser, wie sie's als Kind beim Schwimmen gelernt hat.

Es gelingt.

Sie liegt im Operationssaal. Die grauborstige Kopfkugel des Professors schwebt dicht vor ihr. Klar unterscheidet sie alles, selbst das Milchglas der riesigen Fenster. Der Professor donnert in die furchtbare Stille:

»Tupfer! Schneller!«

Gabriele stößt die Frage hervor:

»Darf ich jetzt meinen Besuch machen?«

Der Professor mahnt, ohne den Kopf zu heben:

»Narkose!«

Aber zu Gabriele sagt er scherzhaft:

»Zurück mit Ihnen, Kind! Hinunter!«

Gabriele lacht in sich hinein, als wäre ihr ein guter Streich gelungen. Dann steigt sie schnell in den Fahrstuhl, der bereitsteht.

Gabriele wundert sich, daß sie emporfährt und nicht hinab.

Nun aber steht sie endlich vor der Tür, zu der sie von so weit hergepilgert ist. Bis fünf Uhr nachmittags hat sie den Besuch aufgeschoben, in unerklärlicher Vorangst und Schüchternheit, als wäre sie nicht gekommen, den geliebten Bruder wiederzusehn, sondern wie eine Bittstellerin... Erwin ist ja verheiratet!

›Ich darf nicht mehr wissen, daß ich schlafe‹, erkennt sie jetzt und: ›Alles muß wirklich sein!‹

Gott erhört sie. Der Marmor der Wand, die Glasscheibe der

Tür, die sie berührt, sie weichen nicht zurück, sie verwandeln sich nicht. Sie hört das Schrillen der Klingel, die sie niederdrückt. Nur daß dieses Schrillen nicht enden will, trotzdem sie bloß den Taster berührt hat! Das Schrillen der Glocke kann nicht enden, spürt sie, da ja das Läutewerk in ihrer eigenen Herzgrube montiert ist.

Die erste Erniedrigung bereitet ihr der Diener, der öffnet. Er blickt sie erstaunt und befremdet an.

›Ist das Erwins Diener? Kann es möglich sein, daß der arme Musiklehrer Erwin einen herrschaftlichen und strengäugigen Diener unterhält? ... Nein, nein, das ist gewiß ihr Diener!‹

Gabriele schläft nicht. Alles ist wirklich. Der Raum bleibt immer derselbe. Sie ist klar und scharfsinnig, so klar, daß sie deutlich den Eindruck fühlt, den sie auf den Bedienten macht: Schneiderin, Sprachlehrerin.

Sie schlägt den Kragen des braunen Raglans auf, damit man ihr Gesicht nicht sähe, dessen schöner Vornehmheit sie sich voll bewußt ist. Aus Trotz schlägt sie den Kragen auf. Sie will nicht für besser gelten als ihre Kleidung. Sie will mit niemand wetteifern. Den Kampf mit Feinden nimmt sie nicht auf.

Feinde stehen in Gruppen umher, wandeln auf und ab im purpurroten Vorsaal. Gelangweilt promenieren einige dieser Herren, die sich entweder durch Monokel oder durch apart getürmte Stirnen auszeichnen. Namen, deren Bedeutung Gabriele nicht oder nur zum Teil versteht, bohren sich in ihr Gedächtnis! Jeßner, Furtwängler, Strawinsky! Von diesen Namen gehen Ströme des Hochmuts und der Überheblichkeit aus, welche sie überschauern.

Das Läutewerk in ihrer Herzgrube schrillt unermüdlich. Sie kann nichts dagegen tun als sich schämen. (Man müßte das Herz abmontieren.)

Irgendwer komplimentiert sie herablassend in ein Zimmer. Es ist eine große Rumpelkammer, weitab von dem Gesumme der Gesellschaft, das sie hören muß. Warum steht eine überlebensgroße Nähmaschine da wie eine Beleidigung? Es ist wahr: Die Kriegs- und Nachkriegsjahre waren schwer und ihre Hände sind leider hart geworden. Aber darf sie sich demütigen lassen von der reichen Frau, die sich dieses Prachtquartier gemietet hat und ihren Bruder dazu?

Oh, es ist besser, all dies verschwinden zu machen.

Gabriele stampft und tritt Wasser. Doch diesmal hilft es ihr nicht. Alles ist wirklich! Nicht schläft sie. Und schreckerfüllt weiß sie, daß sie nicht betäubt ist.

Erwin!

Gabriele durchdringt das Gesicht des Bruders. Wacher als jetzt war sie niemals. Sie steht in dieser neuen Wachheit wie im eiskalten Flammengezüngel eines geheimnisvollen Scheiterhaufens. Ja! Es ist Erwins Gesicht! Es ist das Gesicht des siebenjährigen Knaben! Es ist das Gesicht des Spielkameraden! Es ist das Gesicht des verwundeten Leutnants, den sie aus dem Krieg erlöste. Nichts ist verändert, nichts älter geworden in diesem Gesicht!

Aber sie selbst ist ja so ganz anders, so ganz eigen wach!

Ihre Wachheit weiß:

Menschen sind Wetterwinkel wie Berge.

Um Erwins Kopf sammelt sich eine fremde, kalte Luft. Unbekannte Winde wehen sie an. Es ist auf einmal eisig in dem Zimmer, eisig in Erwins Nähe, nach der sie sich so viele Jahre lang gesehnt hat. Seine Verlegenheit macht das Thermometer sinken. Und diese Verlegenheit ist weit schmerzhafter als eine Kränkung.

Erwin will Gabriele küssen.

Sie hält die Wange abwehrend hin, so daß der Kuß sie nur kalt und peinlich streift.

Erwin heuchelt Freude.

»Du bist also doch gekommen? Schön ist das!«

Also doch gekommen? Sie hat ja in ihrem Telegramm ihr Kommen nicht in Frage gestellt. In diesem Augenblick bricht das Schrillen der Klingel in Gabrieles Herzgrube jäh ab. Das Schrillen war der natürliche Lärm der Welt. Jetzt aber rauscht eine Stille in ihr, wie sie die Welt nicht kennt. Sie horcht in sie hinein. Diese Stille jedoch ist eine monotone Abfolge von fernen

Chören; sie erinnert an die gähnenden Litaneien während des vierzigtägigen Gebetes in einer kleineren Kirche. Die Chöre singen:

›Du bist mein Bruder...‹, ›Im Sommer waren wir in Lans...‹, ›Laubsäge und Brandmalerei...‹, ›Zur Geige hab ich dich begleitet...‹, ›Um dir Geld zu schicken, hab ich am Ersten jedes Monats August bestohlen...‹, ›Du bist geworden, der du bist...‹

Sie sagt, um etwas zu sagen:

»Mein Telegramm.«

Erwin blickt sich verzweifelt um:

»Dein Telegramm, natürlich! Ich hätte dich schrecklich gern an der Bahn erwartet. Aber übermorgen habe ich in dieser Saison mein erstes Konzert! Du verstehst ja, was das heißt. Übrigens ist es heute Sonntag. Wir sehen sonntags immer Leute bei uns.«

Diese Entschuldigung ist ebenso schmerzhaft, wie jene Verlegenheit. Gabriele will mit ihrem neuen Wachsinn das Falsche und Harte auflösen, das sie hört.

Erwin redet immer schneller:

»Du darfst nicht böse sein, Biela. Aber der Mensch verändert sich. Mit Sentimentalitäten kommt man hier nicht vom Fleck. Hammer oder Amboß sein! Besser aber Hammer! Man muß es lernen, sonst ist man gleich von Gestern. Berlin, Berlin, das ist so 'ne Sache!«

Die Stille singt:

›Abtrünnig!‹ ›Er hat dich verraten, die Eltern verraten, das Haus verraten, alles was du bist, alles was er ist.‹ ›Und er kann ja nicht mehr seine Sprache sprechen.‹

Gabriele hört jetzt ihre eigenen Worte in der litaneidurchklagten Stille:

»Ich werde abreisen, Erwin. Du brauchst dich aber weiter nicht zu alterieren. Denn ich muß nur ein paarmal stampfen und bin schon verschwunden, bin schon ganz anderswo, wenn ich es will, zu Hause. Ich glaube aber nicht, daß du jemals wieder nach Hause kommen kannst, Erwin...«

Erwin lacht mit falschem Ton. Seine Sprechweise klingt noch krampfhafter und fremder:

»Abreisen! Was fällt dir ein? Freue mich riesig mit dir. Will dich gleich der Gesellschaft vorstellen. Und dann werden wir zusammen Abendbrot essen.«

Warum sagt er »Abendbrot«? Das ist doch Lüge.

Aber schon steht Gabriele in einem hohen Raum, der sich leise dreht, unter vielen Menschen...

Sanft drehen sich die hohen Räume um Gabriele. Die erlesenen Gegenstände an den Wänden gleiten wie leises Ringelspiel. Erwin, der arme Konservatorist, bewohnt einen Prunkpalast. Sie aber kann sich dessen nicht freuen, denn sie allein fühlt, wie er leidet unter seiner Lüge und Abtrünnigkeit.

Warum kann sie sich jetzt nicht befreien? Warum stürzt ihr Leben nicht mehr von Bild zu Bild? Warum ist die Zeit so langsam geworden, langsamer als sie sein darf? Was ist geschehn? Gottes Uhrwerk geht nach. Gott hält sie endlos in der Sekunde fest, deren Bitterkeiten keine ihr geschenkt bleibt. Sie muß der Feindin standhalten und darf nicht fliehn.

Die Feindin ist größer und schlanker als sie. Aber Gabriele bemerkt scharfäugig, daß die feine gelbliche Haut ihres Gesichts nur unvollkommen einen reizenden Totenkopf verbirgt.

Judith wiegt und wendet sich vor Gabriele wie vor einem Spiegel. Bei jeder Wendung trägt sie ein neues Gewand:

Schwarz und Silber jetzt, eine Brillantrivière um den hohen Hals...

Weiß und Gold im nächsten Augenblick, mit Schwanendunen geziert, einen wolkigen Fächer in der Hand...

Wie langsam ist die Zeit, wie unerschöpflich Judiths Garderobe!

Endlich wechselt der Feindin Bild nicht mehr. Sie bleibt in einer Farbe. Ein wunderbares Amethyst-Lila ist's, zum schwarzen Haar, zum dunklen Aug getönt. Trotz allem kann Gabriele den entzückten Blick von dieser Farben-Augenweide nicht losreißen.

Judith lächelt:

»Wollen Sie denn nicht ablegen?«

Gabriele krampft mit ihrer Hand fest den braunen Mantel überm Leib zusammen. Wie könnte sie ablegen! Sie trägt ja unterm Mantel nichts anderes als ihr Nachtgewand, das kleinstädtisch und altmodisch ist.

Judiths ironisches Gesicht verbirgt ihr nicht, daß sie alles weiß, wenn sie jetzt auch mit herzlichem Tone meint:

»Sollten wir uns nicht Du sagen? Wir sind ja Schwestern!«

Der Kuß aber, der getauscht wird, ist voll Gefahr.

Gabriele preßt die Lippen fest zusammen, damit kein Tropfen des Giftes in sie eindringe. Aber schon brennt es ihr auf dem Munde. Nennt man es »Schwägerinnengift« und bekommt man es in der Apotheke zu kaufen?

Die Schwester sieht den Bruder an, der unendlich geniert ihrem Blick ausweicht. Jetzt versteckt er sich, als geschähe es unbewußt, hinter Judiths Rücken. Ja! Zur Ehe superarbitriert! Kriegsdienstuntauglich! Aber könnte sie's, vielleicht würde ihn Gabriele jetzt in den Krieg stoßen.

Erwin beginnt mit aller Macht und recht gassenbübisch eine Melodie zu pfeifen. Gabriele läßt sich nicht täuschen. Dies kennt sie schon. Immer pfeift er, wenn er etwas angestellt hat. Und diesmal will er noch damit beweisen, daß er mutig genug ist, sich gehenzulassen.

Judith befiehlt:

»Erwin...! Du hast den Schlüssel zu meinem Kasten... Bring mir... Worauf wartest du...? Du weißt doch, was du bringen sollst...«

Erwin entspringt. Es ist klar, die Herrscherin will zeigen, wie folgsam der Sklave apportiert. Sie seufzt:

»Es war nicht immer leicht, liebe Gabriele. Zwischen Erwin und mir gab es soviel Fremdheit zu überbrücken. Wir kommen ja beide aus verschiedenen Welten. Aber jetzt begreift er endlich das Wesentliche...«

Erwin überreicht Judith ein goldenes Revolverchen. Ist es ein ausgefallener Toilettegegenstand der Raffinierten, ist es eine

Waffe, die der Mann ausliefert? Judith macht ein gelangweiltes Gesicht:

»Weißt du noch immer nicht, was ich brauche?«

Erwin eilt davon.

Gabrieles Schwägerin urteilt:

»Dein Bruder hat einen wunderschönen Ton. Aber er ist ein wenig träge und besitzt keine Energie. Das Übel aller Österreicher: Musikantenblut und kein Mark!«

Erwin kommt beladen zurück. Er trägt ganze Stöße von Seidenstrümpfen, Spitzen und Batistsachen. Judith nimmt ihm Stück für Stück ab und streut sie, da sie nichts brauchen kann, rings umher auf den Boden. Erwin bückt sich jedesmal. Endlich hat die Schöne, was sie will. Ein paar Briefe, uneröffnete Briefe, die sie an sich nimmt. Gabriele erkennt ihre eigene Schrift auf den Adressen. Ihre Briefe an Erwin, uneröffnet!

Warum geht Gottes Uhrwerk nach? Warum läuft die Zeit so langsam, als würde Pan Radetzky die Kurbel seines Leierkastens immer träger drehen? Warum muß man so genau das Leben erleben? Und jetzt das Schwere, Schwerste so genau?

Erwin drückt seine Wange an die Geige, nicht anders als früher. Er horcht in das Gemüt des Instruments, errötend und mit geschlossenen Augen, wie er es immer getan. Hört er noch das Gescherze und Geflüster der Kindheit im Rauschen des göttlichen Holzes? Und ist es die tirolerische Steiner-Geige, die sie ihm zum zwanzigsten Geburtstag nach einem Jahre strenger Sparsamkeit geschenkt hat?

Nein, diese Geige – eine Stradivari, eine Amati gewiß – hat ihm mit einem Federstrich Judith zum Präsent gemacht. Aber wo ist der süße Ton der alten Geige hin?

Nicht Gabriele, sondern Judith sitzt am Klavier und schlägt mit strengen Fingern, denen nichts am Wohllaut liegt, die Tasten an. Erwins rechter Arm ist auf einmal eine durchsichtige Stange aus Glas. Gabriele sieht, wie in dieser Stange eine schwarzblaue tintige Flüssigkeit vordringt und sie ausfüllt, bis der Arm wieder Arm ist. Das starke Judithsche Gift. Der Bogen zittert in der vergifteten Hand und das Spiel beginnt.

Nicht das Mendelssohnkonzert erklingt, nicht Tschaikowsky, Grieg, Schubert, keines der Stücke, der Sonaten, die Erwin und Gabriele einst gemeinsam geübt haben, sondern eine gehässige und wütende Musik, eine Musik Judiths. Die Hexe hat einen träumerischen Verräter erkoren (ah, gekauft hat sie ihn), um durch sein Talent Rache zu üben. Rache an ihr, Gabriele, an ihrer geschwisterlichen Vergangenheit, an ihrer Seele, an ihren Eltern und Voreltern!

Erwins elektrisierte Finger flitzen. Die rachsüchtigen Passagen taumeln durch den Raum. Die spitzen Griffe am Steg kreischen wie Hilfeschreie.

Der krampfige Geiger dort weiß es gar nicht, daß der wahre Erwin in ihm um Hilfe ruft. Doch wie soll die gelähmte Gabriele ihm helfen.

Judith aber sitzt gar nicht am Klavier, sondern am Schaltbrett einer Maschine. Sie drückt Akkorde von Kontakten nieder, sie setzt Pedalhebel triumphierend in Bewegung. Erwin ist die Maschine. Eine Gliederpuppe, die von dem starken Strom hin und her gezückt und gerissen wird. Gabriele fühlt die Schläge des Stromes, der mit ihrem Bruder so unerbittlich umspringt, in ihrem eigenen Körper.

Dem Namen Christi allein und dem heimlichen Kreuz, das sie schlägt, hat sie es zu verdanken, daß sie von einem süßen und unsichtbaren Willen herausgeleitet wird mitten durch all diese spitzfindigen Menschen hindurch, die ebenso rachsüchtige und gehässige Mienen machen wie diese Musik.

Nun wähnt sie sich endlich, endlich einsam in einem weiten, farblosen Raum, der nicht Haus ist und nicht Natur. Aber sogleich muß sie erkennen, daß sie nicht einsam ist.

Mit dem Rücken ihr zugewendet, stehen Erwin und Judith da. Judith trägt wieder ein anderes Kleid, und ein Hermelinkragen leuchtet von ihren Schultern. Erwin neigt demütig sein Ohr der Herrin.

Und Gott, der die Zeit so grausam verlangsamt, zwingt Gabriele, zu lauschen. Judiths Stimme tönt mit gleichgültiger Schärfe:

»Lieber Freund, sei vorsichtig! Ich rate dir, zeige dich nicht viel mit dieser Provinzlerin! Es ist eine ziemlich unbedeutende Person und sieht dir in ihrer hübschen blonden Fadheit erschreckend ähnlich. Und wie sie angezogen geht! Diese Schwester ist die denkbar schlechteste Folie für dich.«

Und Erwin, ihr Bruder, ihr Kamerad, ihr Erwin, besinnt sich nicht, fährt nicht auf, errötet nicht, stammelt nicht, sondern sagt mit unfaßlicher Ruhe:

»**Hab keine Angst, Judith, ich werde sie schon auf irgend eine Art loswerden!**«

Gabriele geht langsam, stillatmend, vorwärts in den farblosen und leeren Raum. Ihr ist, als ob sich der entsetzliche Schmerz von ihr abgelöst hätte und dieser Schmerz und sie selbst nun zweierlei seien. Sie trägt es ruhig vor sich her, das unendliche Leid. Wird sie nun schlafen dürfen?

Ihr Auge ruht auf den starkduftenden Zyklamen, die sie in der Hand trägt.

Jetzt weiß Gabriele, daß sie schläft.

Nur im Schlaf gleitet man so leicht durch die Welt, fährt man so angenehm im Kahn. Ist das der Lanser See? Wer rudert denn? Pan Radetzky! Der Invalide zählt hundert Ortschaften her und berichtet, ob sie sich gegen ihn freiwillig oder knauserig benehmen, wo er mit Geld entlohnt wird, wo nur mit Lebensmitteln.

Gabriele hört der murmelnden Stimme fromm zu.

Aber bei der ersten Gelegenheit schon springt sie über den Kies der Gartenwege daher. Nur einen Augenblick lang verwundert sie sich über ihr Hüpfen, als wäre ein anderer erwachsener Gang ihr gemäßer. Sie versucht auch, ein paar ruhige und gleiche Schritte zu machen. Sofort aber verfällt sie wieder ins Hüpfen. An diesem Hüpfen und an dem Reifen, der vor ihr herrollt, erkennt sie, daß sie ein Kind sein muß.

Laut lacht sie auf. Etwas Wüstes und Wirres kommt ihr in den Sinn, das sie erlebt hat und nicht enträtseln kann. Nur das Knie tut ihr so furchtbar weh. Während der wüsten und wirren Geschichte ist sie hingefallen und hat sich das Knie zerschlagen.

Jemand springt und hüpft an ihrer Seite. Jemand quetscht und preßt ihre Hand. Erwin hat trotz Großmamas Verbot seinen neuen Matrosenanzug an, was Gabriele bekümmert. Erwin will keine alten Sachen auftragen. Erwin ist ein »Urasser«. Einen Hochstapler nennt ihn Großmama. Eigentümlich ist es, daß Gabriele genau weiß, wie Erwin gekleidet ist, daß sie ihn selbst aber nicht sieht, noch von seinem Knaben-Aussehn eine rechte Vorstellung hat, ebensowenig wie von dem ihren.

Obgleich sie also kein Bild von ihm hat, nimmt sie dennoch all seine Gesten wahr. Jetzt zum Beispiel zeigt er mit der Hand hinüber, über das Wasser:

»Was ist das dort?«

Gabriele sieht die grau-weißen Gipfelzüge der Alpen und dicke Wolken. Sie sieht Waldkuppen und dort, dicht überm Ufer, verstrüppte und geheimnisvolle Anhöhen.

Erwin erklärt verbissen:

»Das ist die andere Seite!«

Und während dieses Wort furchtsam in Gabriele nachtönt, schließt er prahlerisch:

»Und dorthin brenn ich noch einmal durch.«

In Gabriele wird's immer ängstlicher:

»Erwin! Es ist gefährlich. Räuber sind dort oder fremde Völkerstämme.«

Erwin meint verächtlich:

»Höchstens Goldgräber.«

In seinen Worten leuchtet es jetzt gierig auf:

»Aber ganz gewiß werde ich drüben Amethyste und Totenkopffalter finden.«

Totenkopffalter! Auch dieses Wort erregt Gabriele mit einer vielfachen Bedeutung.

Der Gymnasiast fragt streng und eingebildet seine ungelehrtere Schwester:

»Was heißt Totenkopffalter auf lateinisch?«

»Asa Juditha«, behauptet Gabriele eilfertig und ist überzeugt von der Richtigkeit ihrer Übersetzung.

Ein kleines spitzes Gebell.

Es ist Amor, das junge Hündchen, das zu diesem Garten gehört. Erwin liegt auf der Erde und spielt mit dem Tier.

Aber Amor ist nicht nur ein kleiner Hund, Amor ist zugleich auch Erwine, Gabrieles Kind.

(Ob die Pflegeleute das Kind auch warm genug halten!? Ich habe am vorigen Donnerstag vier wollene Unterleibchen gekauft. Bei der Mahlzeit muß man sich besondere Mühe geben. Die Kleine würde verhungern, wenn man sie nicht mit Unermüdlichkeit zum Essen zwänge: Einen Löffel für die Mama! Einen Löffel für den Onkel Erwin! Einen Löffel für den Pa...)

Amor kläfft, Erwine weint. Erwine kläfft, Amor weint. Erwin aber lacht.

Gabriele spürt seine böse Lust, seine krampfhafte Angespanntheit. Sie hört, wie es aus ihm knistert vor Vergnügen. ›Hammer oder Amboß!‹ ›Besser aber Hammer!‹ Erwin ärgert den Hund.

Amor aber ist bis zum Bersten gefüllt mit Charakter. Er knurrt erbittert, verfolgt die Bewegungen des Feindes und schnappt nach seiner Hand.

Aus Gabriele schreit es:

»Nicht quälen, du Tierquäler!«

Erwin wird immer boshafter. Gabriele erkennt den niederträchtigen Rausch, von dem der Bruder besessen ist. Welch ein Leid in ihr! Sie mahnt:

»Gestern, als dich die Kirnigbuben an den Marterpfahl gebunden haben, wolltest du superarbitriert werden...«

Er ist nicht zu bändigen:

»Gestern war gestern und heut ist heut!«

»Nicht quälen, Erwin!«

Erwin wendet vom Boden den Blick auf:

»Soll ich lieber dich quälen?«

»Ja, quäl lieber mich als das Kind!«

Erwin springt auf die Beine:

»Gut! Ich werde mich totstellen. Ich werde tot sein!«

Totsein, das ist das furchtbarste von allen Spielen, die Erwin erfindet, um die Schwester in Angst zu versetzen. Sie schluchzt:

»Nein! Um Gotteswillen nicht tot sein! Nicht... Nicht... tot sein!«

Erwin packt Amor und läuft mit ihm zum Wasser. Aber zur Untat kommt es nicht, denn Gott sendet, um Amor zu retten, ein Gewitter.

Es ist ein schreckliches Gewitter. Der Garten tanzt. Die Bäume hüpfen mit geschlossenen Füßen von Ort zu Ort. Der Himmel stürzt zackige Donnerfelsen von den Bergen. Und die Kinder werden wie Blätter gedreht.

Jetzt sitzen sie im Blockhäuschen des Gartens, im »Salettl«. Es ist stockfinster. Nur wenn ein Blitz hereingrellt, erkennt Gabriele die Bildchen an der Wand, die sie selber ausgeschnitten und mit Reißnägeln befestigt hat. Mit großer Deutlichkeit erkennt sie all ihre Lieblings-Illustrationen aus dem ›Kränzchen‹, dem ›Guten Kameraden‹ und aus ›Über Land und Meer‹. Sie erkennt auch das Puppentheater, das staubig und zusammengeworfen auf dem Tisch steht. Die Figuren an ihren langen Drähten lehnen und liegen durcheinander. Manchmal erzittern sie und zucken auf wie Fische, die man geschlagen hat und aus denen plötzlich noch ein Rest von Leben schnellt. Erwin sitzt dicht neben ihr auf der Bank. Sie flüstert, um Gott nicht aufmerksam zu machen:

»Willst du nicht die Petroleumlampe anzünden, Erwin?«

»Ich habe... vielleicht... keine Streichhölzer bei mir, Biela. Und du, hast du Angst vor dem Gewitter?«

Sie zittert ja vor Angst. Aber Erwin, der Mann:

»Ich habe gar keine Angst vor Gewittern. Angst wegen des bißchen Elektrizität?! Übrigens ist der liebe Gott auch nichts anderes als Elektrizität. Da, schau an!«

Und Erwin in seiner Furchtlosigkeit stößt die Tür auf und tritt in das Wetter. Ein wütender Blitz und prasselnder Einschlag! Erwin kommt lachend in die Finsternis zurück:

»Das ist gar nichts für einen Menschen, der vierzehn Tage lang ununterbrochen im Trommelfeuer gestanden hat.«

Gabriele packt des Bruders Hand. Sie fürchtet, daß die Strafe für seine Lästerung ihn niederschmettern werde. Zugleich aber bewundert sie ihn. Ja, das ist Erwin, für den es sich lohnt zu leben. Er aber streichelt sie, er nascht an ihrer Hand mit gierigen Fingern:

»Warum fürchtest du dich, Biela, wenn ich neben dir bin? Fühl doch einmal meine Muskeln an! Ich bin sogar stärker als der Halbhuber aus der Quarta...«

Immer näher kommt er.

»Uns kann nichts auseinanderbringen, Biela! Wir beide werden die letzten Menschen auf der Welt sein.«

Gabriele wimmert. Aber es ist ihr wohlig zumute. Erwins Stimme ist auf einmal leise und tief:

»Ich werde nie heiraten und du wirst auch niemals heiraten, Biela!«

Die ganze Welt ist erfüllt von einem Wolkenbruch. Die Sintflut ist es. Und das Salettl fährt auf dem Wasser dahin wie die Arche. Einige Schwalben, die sich vor dem Regen in die Arche geflüchtet haben, zwitschern und flattern zu Häupten der Geschwister. Erwin küßt Gabriele.

Jetzt weiß sie wieder, daß dies Schlaf ist. Und sie wendet ihr Gesicht nicht ab wie vorhin, so daß der Kuß sie voll berührt.

Durch die unendliche Stimme des Regens aber, die wie der Trab von Millionen Zwergpferden auf einem Holzpflaster klappert, durch diese unendliche Stimme tönt eine andere, eine ferne und überirdische Frauenstimme:

»Erwin, Gabriele!«

Großmama, die auf der Terrasse des unsichtbaren Hauses steht und die Kinder ruft.

Gabriele reißt sich los, um zu gehorchen.

Erwin aber packt sie schmerzhaft an und zieht sie in die Finsternis zurück:

»Bleib, Biela, ich werde dir etwas zeigen!«

Gabriele sucht fiebernd die Tür:

»Laß mich, Erwin, laß mich!«

Aber wie hastig sie auch mit zuckenden Händen an den Wänden tastet, sie findet die Schnalle nicht. Die Tür ist versunken, verschwunden.

»Gabriele, Erwin!«

In der weithintönenden, heimrufenden Stimme schallt jetzt ein angstvolles Mahnen und eine gewaltige Drohung.

Gabriele fährt aus dem Schlaf.

Das Hotelzimmer! Ach ja! Österreichischer Hof! Wer ist denn hier?

Erwin sieht seine Schwester mit einem bedrückten und unsicheren Ausdruck an:

»Störe ich dich, Gabriele? Ich komme nur, mich ein wenig nach dir umsehn.«

Er legt seinen Mantel nicht ab. Gabriele rührt sich nicht. Es wird immer dunkler in der schlechten Kammer und Erwin wird immer bedrückter:

»Du kannst soviel Theater- und Konzertbilletts haben, als du nur willst.«

Gabriele rührt sich nicht:

»Ich würde dir raten, viel ins Theater zu gehn, Musik, moderne Musik zu hören...«

Gabriele hat die furchtbaren Worte im Ohr: ›Ich werde sie schon auf irgend eine Art loswerden.‹ Sie rührt sich nicht.

»Theater und Konzerte! Die gibt es auf der ganzen Welt nicht großartiger. Du hast ja keine Ahnung, was bei uns in Berlin alles los ist.«

Bei uns! Gabriele rührt sich nicht. Aber sie weiß – wie immer – alles, was in Erwin vorgeht. Sie weiß, daß er sich jetzt ins Gegensätzliche steigert, sie weiß, daß er jetzt, mehr noch als in Judiths Gegenwart, der Bote dieser Fremden ist, und nur ihre Worte sprechen kann. Sie weiß auch, daß er sich schämt:

»Glaub mir, Biela, in der Provinz stirbt man ab. Es gibt eine Zurückgebliebenheit, die trennend auf Menschen wirkt. Man muß sich der Gegenwart anpassen. Wenn du schon hier bist, nütze die Zeit!«

Gabriele hört sich sprechen:

»Zum Theater gehören schöne Kleider. Bildung, ... die ist nur für Judith da.«

Sie schaut zu Boden, der mit feuchtem und schmutzigem Herbstlaub bedeckt ist. Hart ist die Holzbank der städtischen Parkanlage, auf der sie mit Erwin sitzt. Nebel verfinstert die Bogenlampe. Graugesichter ziehn des Weges. Hinter Gabrieles Rücken aber steht Judith.

So vorsichtig sie auch mit ihren zarten Wildlederschuhen aufgetreten sein mag, das Herbstlaub hat doch gerascheIt.

Gabriele ahnt, daß in diesem Raum etwas Scharfes und Spitzes gegen sie gezückt wird. Eine Hutnadel vielleicht oder ein Blick. Sie ist nicht sicher, ob sich Judith nur angeschlichen hat, um ihr Gespräch mit Erwin zu belauschen, um den Mann nicht allein zu lassen, oder ob sie jetzt die Stelle wählt, wo sie zustoßen wird. Mag sie zustoßen! Und schnell! Gabriele ist zu müde, um sich umzudrehen und die Mörderin zu entlarven.

Sie hört Erwin zu:

»Ich fühle, daß du von Judith ein Zerrbild siehst, Gabriele. Sie ist ein fabelhafter Mensch und du solltest dich bemühn, sie zu erkennen. Sie kommt natürlich aus andern Kreisen als wir, aus viel geweckteren Kreisen übrigens, aber ich habe in ihr die erste und einzige geistige Frau gefunden, die ich kenne!«

Gabriele rührt sich nicht. Auch Judith hinter ihr rührt sich nicht.

Erwin läßt nicht ab, Judiths Lob zu singen:

»Du kannst es gewiß nicht ganz ermessen, w i e fertig ich nach dem Krieg gewesen bin, Gabriele. Die Gleichgültigkeit des Untergangs war das. Was sollte aus mir werden? Ich hatte nicht zu leben und kannte Niemand. Meinesgleichen gab es Hunderte. Wenn mir Judith nicht begegnet wäre, ich säße heut in einer Barkapelle oder als zweiter Geiger in einem Operettenorchester.«

Gabriele rührt sich nicht. Judith rührt sich nicht.

Erwins Rede wird immer eindringlicher:

»Judith kommt aus dem höchsten Glanz. Alle Lebensgüter sind ihr selbstverständlich. Du hast gar nicht den Maßstab, Judith richtig zu sehn. Wir stammen ja aus guter, alter Familie und ich will nichts gegen unsere Jugend sagen. Aber diese entsetzliche Enge, Biela, in der wir aufgewachsen sind, dieser

Aberglaube und diese ewige Knappheit! Oh, ich könnte mich fast schämen! Schau, Judith hat mir die andere Seite des Lebens gezeigt...«

Gabriele rührt sich nicht. Judith rührt sich nicht.

Erwin bekennt:

»Was ich geworden bin, habe ich ihr zu verdanken... Und meine Kunst? Hier, lies selber!«

Gabriele sieht, wie Erwin mit einer neuen und schamlosen Geste in die Rocktasche greift und Zeitungsausschnitte hervorholt. Aber ein Windstoß entreißt sie ihm und wirft sie unter Laub und Schmutz.

Die Schwester verwundert sich über ihre eigenen Worte, die nun aus ihr dringen:

»Für alles, was du Judith verdankst, Erwin, müssen wir ihr dankbar sein.«

In diesem Augenblick verschwindet Judith im Rücken Gabrieles. Die so lang Bedrohte zuckt zusammen. Sie weiß nicht, ob sie verwundet ist oder nicht.

Erwin ist plötzlich voll kleinlauter Zärtlichkeit:

»Glaub nicht, Gabriele, daß ich jemals vergessen kann, was du für mich getan hast.«

Gabriele rührt sich nicht.

Erwins Stimme klingt weinerlich:

»Du hast dich aufgeopfert für mich, wo du nur konntest. Du hast diesen alten Hofrat geheiratet. Du hast mich immer über Wasser gehalten und vielleicht auch Dinge getan, die ich nicht wissen will...«

Gabriele sieht Erwin an:

»Warum redest du so viel, Erwin? Ich bin ja nicht mehr in Berlin. Jetzt mußt du aber gehn, denn an der Ecke dort wartet Judith auf dich.«

Erwin stöhnt:

»Was für ein Unsinn! Vergangenheit ist Vergangenheit. Wir sind ja nur Bruder und Schwester. Was willst du eigentlich von mir? Wenn du mich brauchst, werde ich für dich immer da sein!«

»Ich werde dich nie wieder brauchen, Erwin.«

Er schlägt sich an die Stirn:

»Wahnsinn, sentimentaler Wahnsinn! Und gehört das in diese Stadt?!«

Oh Erwin, trüber Mensch, trüb wie eine qualmbeschlagene Scheibe, was weißt du von deiner Schwester? Ahnst du denn die klare Begeisterung, die sie jetzt erfüllt, da du das Unvergängliche zerstört hast? Ahnst du die engelhafte Freiheit, die sie beschwingt? Könntest du in deinem satten, stumpfen Sinn sonst fragen:

»Was ist dir, Gabriele? Weinst du?«

Gabrieles Augen drängen Erwin in den Nebel zurück:

»Ich? Weinen? Warum? Ich sage dir nur Adieu.«

Sie läßt ihn hinter sich. Mit jedem Schritt Entfernung ist sie freier, immer höher hebt sie sich vom Erdboden, und nun, von einer unbeschreiblich angenehmen Gleichgültigkeit emporgetragen, fliegt sie.

Dies aber ist völlig neu.

Nicht mehr durchmißt die gleiche Gabriele den Raum. Nicht mehr irrt die gleiche schlafende und wachende Frau durch ein großes Haus, wo jede Tür in ein andres Zimmer des Schlafens oder Wachens führt. Diese süße Gleichgültigkeit, diese Leichte des Flugs gehört einem neuen Wesen an, das den braunen Mantel abgeworfen hat.

Das Eigentümliche ist, daß Gabrielen jeder Weg offen steht. Eines freien Willens ohne Grenzen ist sie sich bewußt. Wollte sie ihr Kind besuchen, der Wunsch allein hätte Macht, sie zu Erwine zu führen. Aber nicht Erwine sucht sie, sie sucht Näheres, sich selbst.

So schwebt Gabriele jetzt im Operationssaal, wo Gabriele unter den Händen der Ärzte in ihrem Blute auf dem Tische liegt. Das schwebende Wesen empfindet zum liegenden Wesen keine liebende oder leidende Beziehung, sondern nur stille Neugier und kühle Beobachtung. Die freie Gabriele betrachtet die angeschnallte Gabriele, ihr gelbes Gesicht mit der kleinen weißen Maske. Sie sieht mit voller Klarheit die in ihrem Fleische arbeitende Hand des Professors, sie sieht die Instrumente in dieser Hand und an den Fingern die glitschigen Gummihandschuhe. Sie sieht das Blut, ihr Blut, das durch eine besondere Vorrichtung, eine Traufe, auf den Kachelboden niedertropft. Sie sieht den Assistenten, der ihren Puls belauscht. Sie sieht die Instrumentarschwestern, die sich mit erregten Wangen über sie beugen. Sie vernimmt, feinsten Gehöres, das leichte Wimmern des Ventilators. Sie hört das Niederklirren der Pinzetten und Messer. Sie hört in der atemanhaltenden Stille die kurzen, zuckenden Befehle des Professors:

»Klammer! Schneller!«

Eine Schwester stürzt zum Sterilisator.

»Puls?!«

Der Assistent hebt ein wenig ihre Hand.

»Fünfundvierzig!«

Der Professor beschimpft einen Gehilfen:

»Kamel!«

Dies alles hört und sieht Gabriele voll lässiger Neugier. Sie empfindet kein Mitleid mit dem kämpfenden Leben dort. Ihr ist, als wäre das todfarbige Gesicht auf dem Operationstisch nur ein einziges unter ihren unzähligen Gesichtern, wie ihr Leib als etwas tausendfach Austauschbares ihr erscheint.

Das Allermerkwürdigste aber: Wohl fühlt sich Gabriele schweben. Doch es ist nicht ein bestimmter Punkt im Raum, wo sie schwebt. Ohne daß sie sich bewegt, ist sie zugleich unter der zischenden Bogenlampe, über ihrem eigenen Kopf, bei der Tür oder an den Fenstern. Sie hat die Empfindung einer auf diesen Raum beschränkten Allgegenwart und Substanzlosigkeit, doch weiß sie, daß sie nichts hindern könnte, hier zu sein und zugleich in ihrer Heimat.

Nur etwas ist außer ihr noch gegenwärtig, das mit eigenartiger Kraft ihr Schweben bedrängt. Der Ort scheint vollgepfropft mit Existenzen zu sein, welche der ihrigen gleichen.

Von diesen Existenzen und ihren durcheinander wirkenden Willenswirbeln geht ein gleichgerichteter Magnetismus aus, der zu seinem gemeinsamen Ziele hinstrebt. Es entsteht eine Strömung, die von Nu zu Nu stärker wird und der sich Gabriele nicht entziehen kann.

In ihr selbst lebt dieses Ziel, das sie nicht kennt und nicht zu benennen vermag, obgleich ein unbestimmtes Wort sie durchtönt, welches in die Sprache des Bewußtseins übersetzt die Bedeutung etwa von »Versammlungsort« hat.

Schon aber ist sie nicht mehr Herrin ihres Willens, die Strömung betäubt sie und reißt sie mit sich fort. Der Gehorsam gegen diese mächtige Strömung befriedigt sie wie eine fromme Tat. Sie genießt die unerklärliche Freude eines selbstbewußten Nicht-Seins.

Erst als sie eine elektrische Lichtwolke umgibt, sammelt sie sich wieder. Von der Lichtwolke geht eine Gegenkraft aus wider den reinen Einfluß, der sie weiterziehen will. Einen unendlichen Augenblick lang besinnt sie sich, welcher der beiden Kräfte sie sich hingeben soll.

Es ist ein unaussprechlicher Augenblick der Entscheidung. Mit dem Gefühl, etwas sehr Unanständiges zu tun, läßt sie sich locken, läßt sie sich fallen, gibt sie es auf, das unerklärliche Ziel zu verfolgen.

Nun ist sie allein. Eine ausgelassene und liederliche Stimmung bemächtigt sich ihrer. Sie glaubt betrunken zu sein, so abenteuerlich und lüstern ist ihr zu Mut. Sie erkennt ihr eigenes Lachen nicht, so heiser und verkommen klingt es, als sie sich auf der Straße findet.

Vor allem: Gabriele hat sich irgendwo und irgendwann umgekleidet. Die Herkunft der schönen Kleider, der glänzenden Elegance ist ihr unerfindlich. Aber die neue Gewandung ist zugleich ein neuer Leib, der sich um den Kern ihres Lebens schließt.

Fast wollüstig sieht sie ihre Beine schreiten, die der kurze Rock kaum bis zum Knie verhüllt. Sie spürt die dick aufgestrichene Salbe auf ihren Lippen und die dunkel-bläuliche Entourage, aus der ihre Augen blicken. Sie ist sich langer, lauernder Blicke seltsam bewußt und eines selbstverliebten Spieles aller Bewegungen, das ihr fremd bleibt.

Der Kern ihres Lebens aber vibriert von übermütiger Rachsucht. Rache wofür? An wem? Das kümmert sie wenig, da der lustvolle Trieb sie bis an den Rand erfüllt. Mit der Vergangenheit hat sie abgerechnet. Niemals wieder wird sie einen braunen Strapaziermantel tragen, sparen, sich plagen und ihre Hände mit Nähen und Waschen verderben. Endlich ist sie frei und allen Gefängnissen entkommen. Keine Rücksicht gilt mehr für sie. Auf wen auch hätte sie Rücksicht zu nehmen?

Vom göttlichen Ziel, dem die Existenzen dort oben in blinder Strömung zustreben, ist sie abgefallen. Jetzt will auch sie es mit dieser Stadt versuchen. Jetzt darf sie leben. Und leben heißt – diese Überzeugung brennt in ihr – sich hinwerfen, sich wegwerfen.

Die Straße brüllt. Niegesehen wilde Lichtreklamen peitschen rot, grün, blau, orangene Geflechte in die Nacht. Inmitten des unendlichen Autotrubels, der Kinopaläste, Massenrestaurants, Cafés und der zynisch-bekümmerten Menschenzüge sieht Gabriele eine große Kirche. Wie ein riesiges Tintenfaß klappt diese Kirche jetzt ihre Kuppel auf und eine scheußliche Orgel gießt ihr Klangspülicht über die weite Kreuzung. Sollte man es für möglich halten, das Gottesinstrument donnert einen Schlager in die Welt. In die heiligen Pfeifen und Register scheint eine Jazzband eingebaut zu sein.

Die Straße nimmt den frechen Rhythmus der Orgel an. Auch Gabriele setzt die Füße zum Takte der Musik. Warum denn nicht?

Eine Stimme neben Gabriele:

»Kleine protestantische Abendmusik!«

Sie beschleunigt ihre Schritte nicht.

Die Stimme:

»Heiße Soundso! Bin Gentleman! Komme ins Haus, Karte genügt.«

Die Stimme trägt einen kleinen schwarzen Schnurrbart und Monokel. Die Orgel dröhnt. Gabriele sagt sich, ich muß mir all seine Worte genau merken. Aber Totenkopffalter lenken sie ab, die vor ihren Augen flattern. Soundso erkundigt sich:

»Gedenken, Gnädige, den Abend zu verbringen?«
Aber natürlich! Ihr stehen ja Eintrittskarten in alle Theater und Konzerte zur Verfügung. Sie soll sich bilden, damit man sie auf irgend eine Art loswerden könne. Niemand aber wird sie zwingen, vergiftetes Abendbrot zu essen. Sie braucht keine Gnaden. In der ersten Minute schon hat sie Anwert gefunden.

Die Stimme mit dem schwarzen Schnurrbart ist amüsant und hat einen angenehmen Klang trotz ihrer komisch krähenden Worte. Jetzt flüstert sie in Gabrieles Ohr:

»Erstklassige Scherzartikel und andere Qualitäten bei mir garantiert!«

Gabriele bleibt stehn und staunt wiederum über ihr heiseres Lachen.

Dann hängt sie sich in die Stimme ein.

»Bitte dankbar das Händchen geben! Hiemit wohnst du den letzten Runden des Sechstagerennens bei.«

Die Stimme mit dem kleinen schwarzen Schnurrbart bläht sich:

»Pünktlich um Mitternacht Finish!«

Gabriele trinkt süßen Likör.

Sie übersieht mit klaren Augen von ihrer Loge her das wahnsinnige Treiben des Sportpalastes. Noch immer lebt in ihr ein Rest jener kalten Gleichgültigkeit, jenes Überall und Nirgend, jenes unfaßbaren Augenblicks, da sie sich selbst geschaut hatte auf dem Schmerzenstisch. Er lebt in ihr als eine unbeteiligte Verstandesschärfe, die sie noch niemals an sich kennen gelernt hat.

Sie begreift die Spielregeln des Sechstagerennens mit einem hellen Blick, noch ehe ihr Begleiter sich anschickt, sie fachmännisch zu erklären. Sie begreift, hört, sieht überhaupt alles um einen Zeitbruchteil früher, als es vor sich geht. Wie der Vorschlag einer Note in der Musik ist das. Soundso wird jetzt trinken, weiß sie, und in der nächsten Sekunde trinkt er wirklich. Jetzt wird ein Kellner sein Tablett mit Tellern zu Boden fallen lassen; und im nächsten Nu schon splittert und klirrt es irgendwo.

Manchmal beginnt Gabriele wieder außer sich zu schweben und allgegenwärtig im Raum zu sein; aber der Antrieb ist schwach, sie vermag sich nur unbedeutend von ihrer Loge zu entfernen. Wenn sie zurückkehrt, lacht die Stimme mit dem schwarzen Schnurrbart belustigt.

Doch weniger denn je träumt sie. Sie ist fähig, die Märsche der Zirkusmusik zu verfolgen. Sie hört den immer wieder gestachelten Aufschrei der Menge, ohne etwas von den Witzen und Zutunlichkeiten ihres Gegenübers zu verlieren. Sie liest die Resultatmeldungen des Rennens auf der Leinwand und die Schärfe ihres Gedächtnisses prägt sich mühelos die Nummern der Sieger ein.

Längst weiß sie, daß Judith hier ist.

Gabriele hat keinen Grund, sich zu verstecken. Sie schämt sich ganz und gar nicht, daß sie einen Kavalier gefunden hat. Ihre fade Blondheit schreckt nicht alle ab. Sie ist auch in Berlin nicht verlassen, trotzdem sie Erwin nicht von der Bahn abgeholt und durch seinen Verrat so tief verwundet hat.

Judith steht hochaufgerichtet in der Nebenloge.

Gabriele fixiert ihren dunklen reizenden Totenkopf! Sie selbst aber scheint für die Schwägerin unsichtbar zu sein. Sie muß ja unsichtbar für Judith sein; denn mit ehrgeizbesessenen Augen blickt die Feindin hinab in die Manege, die wie ein weißes Stück Totenstille aus dem surrenden, siedenden Umkreis der Arena gespart ist. Auf den geneigten Rändern dieser weißen Totenstille rasen die Kämpfer, wie Liebende hingebungsvoll über ihren Rädern liegend.

Nummer Sieben aber – dies erkennt Gabriele – ist ihr Bruder Erwin.

Wie Möwenblitz über Wassern, Runde für Runde, kreist die dichtgereihte Folge der Räder um und um.

Die Stimme:

»Sechs Tage, sechs Nächte jedes Paar im Sattel! Spitzenleistung der modernen Menschheit. Die alten Turnierritter tun mir leid!«

Irgendwo wird der vernünftige Sinn dieses Rennens bezweifelt.

Die Stimme fährt herum, begehrt auf:

»Erlauben Sie 'mal! Angebot und Nachfrage ist nichts?? Prima-Existenz ist nichts?!«

Ein tausendstimmiger Schrei:

»Sieben bricht aus!«

Und dann:

»Vorwärts Sieben!!«

Gabriele sieht, wie Judith die nackten Arme hochhebt, sie hört den erstickten Ruf der Feindin:

»Erwin überrundet Alle!«

Sie aber läßt die rasende Anstrengung des Mannes kalt, der die Nummer Sieben auf dem Rücken seiner Dreß trägt. Wie hat sie sonst zu Gott gebetet, daß ihr Bruder ein Sieger des Lebens werde. Aber nun hat sie ja Abschied von ihm genommen, und er ist ein Fremder, eine Nummer Sieben. Dieser Sieg geht sie nichts an. Es ist Judiths Sieg.

Erwin löst sich, waagrecht auf dem Rade keuchend, von der Spitze der Fahrerkette. Er gewinnt Vorsprung. Eine Staubwolke, steigen die tobenden Stimmen zur Höhe.

Gabriele ist ruhig.

O Erwin, was tust du, Verlorener! Nie wieder kann dich Gabriele schützen. Glaubst du wirklich, daß dich Judith liebt? Sie hetzt dich, sie peitscht dich, sie reißt dir das Leben aus dem Leib...

Prasselnder Triumph. Krach der Musik. Revolverschüsse gellen gegen die Wände. Soundso wirbelt vor Begeisterung um sich selbst. Nummer Sieben hat die Bahn überrundet. Er nähert sich schon dem Nachtrab der Kette.

Da strömt in Gabriele eine erschütternde Gotteserkenntnis auf:

›Jetzt bist du der Letzte, Erwin! Denn die Ersten sind die Letzten, weil alles ein Kreis ist.‹

Eine alte Hand streichelt leicht über Gabrieles Kopf:

»Die Ersten werden die Letzten sein.«

Mein Gott, das ist ja Hochwürden Franz Xaver Überberger, Gabrieles Katechet, der ihre Schulklasse gefirmt hat.

Beim Religionsunterricht pflegte der dicke alte Herr den

Mädchen die Beantwortungen seiner eigenen Fragen immer selber zuzuflüstern. Auch wenn ein Höherer zur Inspektion kam, hat er sich dieser Methode nicht geschämt. Jetzt flüstert er seiner Schülerin wieder zu:

»Dies alles hier, meine kleine Gabriele Pacher, ist auf Sand gebaut.«

Die leisen Worte scheinen die Beantwortung einer schwierigen Katechismusfrage zu sein, denn unter ihnen beginnt der Sportpalast zu wanken.

Die gichtische Bauernhand ruht auf Gabrieles Stirn:

»Erinnerst du dich noch, wie ich mit euch botanisiert habe? Nun, unsere Berge werden hieherwandern. Denk dir, ich hab heut in der Hohenzollernstraße Enzian und Zyklamen gepflückt.«

Die Wölbung der alten Kirche schwebt über der Manege. Franz Xaver Überberger flüstert noch immer:

»Das Sechstagerennen ist ein Hundertjahrerennen. Laß sie nur kämpfen und brüllen! Die starken Blumen siegen zuletzt.«

Gabriele blickt sich nach dem besänftigenden Sprecher nicht um. Wie eine Wohltat ist es ihr, daß hier ein heimlicher vielhundertjähriger Krieg geführt wird. Sie kann es nicht ausdenken, aber sie begreift, daß es um ihre Sache geht. Ja, ein Krieg der Ihrigen, der Stillen und Langsamen gegen den besinnungslosen Tumult. Die Letzten werden die Ersten sein. Erwin aber ist zum Feinde übergelaufen.

Soundso mahnt:

»Schluß!«

Hochwürden Überbergers Stimme wird immer zärtlicher:

»Was erzähle ich dir da, meine liebe Freundin Gabriele Pacher? Du siehst ja viel mehr als ich...«

Und wirklich, Gabriele sieht so viel, daß sie es nicht einmal auseinanderhalten kann. Sie sieht die lorbeerbekränzten Radfahrer um einen Hochaltar herumblitzen. Sie sieht Kellner mit Kirchenfahnen in der Hand vorüberlaufen. Die wüste Menge drängt sich den Ausgängen zu. Aber mitten in dieser Menge erblickt sie, in weißem Firmungskleidchen, ihre Freundinnen:

Hier die Mizzi Trimbacher, dort Ursula Höpler und Franzi Hufschmied. Sie sehen nicht anders aus, als sie ausgesehen haben. Aber im Abgrund der Manege, von Felsen umstanden, steigt der dunkle Spiegel des Lanser Sees.

Die Stimme mit dem kleinen schwarzen Schnurrbart ist ungeduldig.

Gabriele fragt, selber flüsternd, ihren alten Lehrer:

»Ist es genug? Darf ich mich jetzt setzen? Darf ich in die Bank zurück?«

Der Katechet lächelt hinter ihrem Rücken wohlwollend-nachsichtig: »Diesmal genügen die zehn Gebote, der englische Gruß und das Vaterunser nicht. Die Inspektion ist mit ihren Prüfungsfragen noch nicht fertig. Aber hab keine Angst, Gabriele Pacher! Ich werde dir einsagen...«

Daraufhin nimmt der geistliche Herr voll komischer Anmut Gabriele unterm Arm und führt sie mit einer altertümlichen Verbeugung ihrem Begleiter zu.

›Warum lassen alle Männer ihre Hosenträger herabhängen, wenn sie sich entkleiden? Kommt das daher, weil sie von den Affen abstammen?‹

So klar kann Gabriele denken. Und klar sieht sie das verschmierte Tapetenmuster, die mürben Vorhänge, die schmutzige Bürohängelampe in diesem Hotelgarni-Zimmer. Sie fühlt unter sich ein feuchtkaltes Bettuch, das gewiß nicht sauber, sondern nur überbügelt ist. Aber sie, die Reinliche, schaudert heute nicht zusammen unter solcher Berührung, denn sie weiß: Jede Seele hat ihre hunderttausend Körper. Wie soll man all diese hunderttausend Körper vor Schmutz bewahren!

Die Stimme mit dem kleinen schwarzen Schnurrbart schmeichelt:

»Du bist ein Puzzelchen. Wirklich fein, daß ich dich habe!«

Gabriele zuckt nicht zusammen. Was will diese fremde, fremde Stimme:

»Bist du denn gar nicht neugierig, meinen Namen zu erfahren?«

Welchen Namen? Der tabakdurchräucherte Atem nähert sich. Das Männliche dringt auf einen ihrer Körper vor.

Sie spürt nichts. Sie weiß nichts. Sie sitzt am Bette der kleinen Erwine.

Das Kind erwacht, blinzelt und verzieht das Gesichtchen:
»Mami! Kommst du bald wieder?«
»Aber ich bin doch hier bei dir, Winerl.«
»Nein, du bist nicht hier, Mami.«
»Sei nur ruhig, Winerl! Warst du schön brav?«
»Nein, Mami, ich hab geweint, ich war schlimm.«
»Warum denn?«
»Weil du fort bist, Mami. Ich hab nicht essen wollen.«
»Trägst du auch immer das Leiberl unterm Hemd, wie ich's der Tante gesagt hab. Jetzt im November mußt du es immer anziehn...«

Die Mutter überzeugt sich mit tastender Hand davon, ob ihr Auftrag auch wirklich erfüllt wird. Das Kind beginnt zu weinen.

»Warum weinst du denn, Winerl?«
»Mami, Mami, ich hab so viel Angst, daß du nimmer wiederkommst.«
»Schlaf, Winerl! Ich komm wieder, wenn ich weiß, wie er heißt!«

Jetzt in der Finsternis ist die Stimme mit dem kleinen schwarzen Schnurrbart nur mehr ein schnarchender Atem. Gabriele setzt sich leise im Bett auf. Sie horcht, sie zittert:
»Wie heißen Sie?«

Keine Antwort! Der fremde Atem geht seines Weges. Gabriele wird von ihrem jagenden Herzen hin und her geschüttelt:
»Wie heißen Sie?«

Der Atem unterbricht sich. Eine fette Zunge schnalzt und schmatzt. Und jetzt! Das ist nicht mehr die fremde Stimme. Das ist eine abgehackte, von Betretungshohn berstende Stimme, die Unverständliches aus einem dünnen Schlafe lallt.

Gabriele springt gejagt aus dem Bett:
»Wie heißen Sie?«

Da kräht es zurück:

»August!«

Zugleich mit dem gräßlichen Schrei, der aus Gabriele fährt, grellt das Licht auf.

Der Tote wälzt sich auf dem Lager. Aber es ist nur zur Hälfte ein Bett. Große Schollen schwarzer Erde häufen sich auf dem Laken. Verfaulte Holzbretter liegen quer über der spitzengesäumten Decke, braunes Laub bedeckt das Kopfkissen und das Drahtskelett eines Kranzes hängt zur Seite. Vergeblich versucht der Tote, sich aus der Umklammerung des Grabes zu lösen. In Fetzen flattert der Frackanzug von seinen arbeitenden Gliedern. Er röchelt:

»Polizei! Die Diebin, die Ehebrecherin hat mir die Brieftasche gezogen. Aufhalten die Diebin! Warte nur...«

In schwerer Finsternis springt Gabriele die hundert gewundenen Treppen eines Turmes hinab. Ihr nach die Stimme des Toten:

»Aufhalten!«

Wesen der geheimen Polizei ist es nicht, die Verfolgten zu stellen und zu verhaften, sondern nach höherem Befehl ein unberechenbares Spiel mit ihnen zu treiben. Die Geheimpolizei verzichtet darauf, Uniformierte oder Zivilbeamte gegen die Angeklagte vorzusenden. Sie begnügt sich damit, eine Macht zu sein, die auf ihre Art und mit undurchdringlichen Absichten manchmal nahe kommt und öfter noch sich weit entfernt. Vor allem aber hat Gabriele und alle andern die unbeschränkteste Bewegungsfreiheit.

Es ist also nicht verständlich, warum sie sich das Leben aus dem Leibe rennt. Vielleicht ahmt sie nur ihre Leidensgenossen nach. Denn neben ihr trabt es gleichmäßig und unsichtbar durch die Nacht. Sie tut nichts dazu, die Gesellen zu erkennen. Der Trab durch die Nacht ist nicht unangenehm. Man läuft in allerhand Minen, in den Tunnels und Schächten der Untergrundbahn. Man läuft nur deshalb, weil Laufen die einzige Lebensform ist, und Stehenbleiben etwas, was keinem gelingen würde.

Unter den Mitläufern befindet sich viel Frauenhaftes. Das beruhigt Gabriele. Doch ist sie froh, als sie wieder frische Luft atmet.

Die Gesellen verlieren sich. Gabriele läuft jetzt allein. So frei sie sich fühlt, in tiefster Seele weiß sie, daß ihre Freiheit Schritt für Schritt vorherbestimmt ist. Die Fliehende hat den Verdacht, daß alles, was ihr begegnet, eigens gestellt ist, um ihr irgendwelche Fallen zu legen.

Sie hastet den Damm eines pechigen Kanals entlang. Da sieht sie, daß beim mißduftenden Licht einer Karbidlampe einige Männer eine Frau wieder zum Leben erwecken wollen. Gabriele ahnt, daß sich in dieser Ertrunkenen einer ihrer tausend Leiber verbirgt, daß sich ihr eigenes Schicksal dort begibt. Eine bittere, schier unbezwingliche Lust wandelt sie an, der Leblosen ins Gesicht zu sehn. Aber ihr Verdacht sagt sofort: Das Ganze ist eine Falle. Sie flieht weiter.

Im nächsten Augenblick hört sie hinter sich einen kleinen keuchenden Atem und zugleich das rhythmische Geklirre einer im Lauf zitternden Halskette. Sie weiß sofort: Ein armes Kind!

Da beginnt das Stimmchen zu weinen:

»Helfen Sie, meine Dame!«

Gabriele läuft, ohne sich umzudrehn.

Das Stimmchen fleht immer bitterlicher:

»Helfen Sie, meine Dame! Ich kann nicht nach Hause gehn. Die Mutter kommt nicht wieder.«

Eine wehmütige Versuchung, das Kind in die Arme zu nehmen, wächst mächtig in Gabriele. Aber sie widersteht mit aller Kraft. Denn auch dies ist nur eine Falle.

Noch, als sie weit draußen über sandige, pfützige, gestrüppbestandene Flächen saust, wimmert und klingelt es hinter ihr drein. Aber jetzt ist es vielleicht Amor.

Wie lange soll dieser Lauf noch dauern!? Immer wieder rollende Straßen entlang, gefährliche Kreuzungen, Bahnkörper überquerend, wenn von beiden Seiten Lokomotiven anbrausen! Dann die Ebene draußen, deren Äcker und Wiesen von ziehenden Segeln durchschnitten sind. Nichts ruht. Immer ist alles in Bewegung, als wäre die ganze Welt nichts andres als eine träge und sinnlose Flucht vor einer noch sinnloseren Verfolgung.

Für ihre Beine fürchtet Gabriele nicht. Sie sind jung und stark genug, noch viele Stunden durch Disteln und sumpfige Stellen zu stapfen. Hunger und Durst aber quälen unerträglich.

Was bleibt ihr andres übrig, als nach Hause zu gehn und ein Restchen Speise und Trank zu suchen. Sie biegt in ihre Heimatstraße ein, sie tritt ins Haus. Der Goldschmied hämmert seine zierliche Musik, der Kampferduft aus der Drogerie schlägt ihr entgegen. Sie sucht in allen Kästen ihres Zimmers nach Zuckerwerk. Aber die Schokoladeschachteln und Fruchtkörbchen sind längst geleert. Vielleicht wird etwas in der Küche zu finden sein...

Da starrt sie die offene Tür des Totenzimmers an, die von dickem Infektionsqualm erfüllt ist. Eine Falle! Gabriele stürzt aus dem Haus.

Auf irgend einer Straße der Welt überlegt nun die arme Seele, was sie tun soll, ihren tödlichen Durst zu löschen. Wen hat sie noch, daß er ihr zu trinken gäbe? Oh, könnte sie doch eine andere Antwort finden! Aber es gibt nur eine einzige Antwort: Erwin! Man kann einsam leben und einsam sterben. Aber trinken muß jeder Mensch. Dem Durst kann er sich nicht entziehn. Und im Durst verschmachtet jeder Stolz.

So wandert sie denn, da ihr alle Flugkraft verloren ging, durch den bleischweren Raum ihres Lebens zu Erwins, zu Judiths Haus. Man hat sie ja eingeladen zu dem, was man Abendbrot nennt.

Aber im erleuchteten Flur sinkt ihr der Mut. Wie sieht sie aus? Zerzaust, im zerrissenen Nachthemd, die nackten Füße vom Kot der Straßen beschmutzt.

Die Sonntagsgesellschaft scheint noch immer versammelt zu sein. Der strengäugige Diener und ein Mädchen mit Karaffen, Flaschen, Platten durcheilen den Vorraum. Klirren und Gelächter dringt aus der Tür.

Die Verdurstende will umsinken. Da tritt Erwin heraus und

schaut suchend nach allen Seiten. Noch einmal nimmt Gabriele alle Kraft zusammen. Lieber d i e s e Qualen ertragen, als Erwins gestörten, v e r l e g e n e n Blick. Nur fort von hier!

Gabriele irrt noch durch viele Straßen. Anspringende Gefahren und immer ärgere Widerwärtigkeiten erlebt sie: Gemeine Blicke, scheußliche Worte und Begebenheiten, die gegen sie entsendet werden.

Endlich aber findet sie sich in einer großen Halle, dem Wartesaal dritter Klasse eines Bahnhofs ähnlich. Allerhand Gesindel hat sich hier zusammengerottet. Arme Leute, Auswanderer wohl, die ihren Zug erwarten, schlafen auf ihren Bündeln.

Gott sei Dank! Das Büfett ist geöffnet. Gabriele verlangt ein Getränk. Ein Kellner ohne Kragen (sie sieht deutlich, daß ihm zwei Finger der rechten Hand fehlen) schiebt ihr das unsaubere Glas hin. Endlich darf sie trinken. Aber nach dem ersten Schluck schon läßt sie das Glas zu Boden fallen. Flüssiger Pfeffer rinnt ihr durch die Kehle.

Nicht besser ergeht es ihr, als sie zwei Bissen essen will. Auf der bierüberschwemmten Platte des Büfetts steht ein Aufsatz mit belegten Broten. Gabriele greift nach einem der Brötchen. Aber wie sie es zum Munde führen will, bewegt sich der kleine Fisch auf der ranzigen Fläche und schlägt mit dem Schwänzchen. Sie wirft mit Entsetzen die Speise fort.

Unauffällig versucht sie, davonzugehn.

Der Kellner erhebt die drohende Stimme:

»Und wer bezahlt, meine Dame?«

Gabriele spürt eine betäubende Blutwelle. Sie tastet in die Luft. Ihre Handtasche ist fort. Verloren oder liegen gelassen.

Der Kellner mahnt mit ermüdeter Schärfe:

»Hat die Dame keinen zahlenden Herrn bei sich?«

Gabriele ergibt sich. Sie ist in die Falle gegangen. Der Kellner beginnt laut zu schimpfen und zu höhnen:

»Feine Wirtschaft das! Mit der Zeche durchgehn! Ich werde Sie nach der Polizeisperre als Pfand mit mir nehmen.«

Der Kellner hetzt immer weiter. Die Leute bilden einen lachenden und murrenden Kreis um Gabriele. Unter ihnen sind die »Schergen« aufgetaucht, die Gabriele aus einem historischen Roman kennt. Diese Schergen sind ungewöhnlich gekleidet. Sie tragen Stulpenstiefel und ganz kurze gezackte Wämser, die ihnen kaum zum Nabel reichen. Der Unterleib ist nackt. Eigentümlicherweise fehlt ihnen das männliche Glied, an dessen Stelle eine dicke rote Narbe zu sehen ist.

Einer der Schergen deutet auf die Aktentasche, die er unterm Arm hat:

»Die Tasche vom Herrn Hofrat. Ich trag sie ihm nach.«

Ein andrer betastet das Leder:

»Was ist drin?«

»Die saldierten Rechnungen des Herrn Konzertmeisters. Jetzt hat er es nicht mehr nötig, Schulden zu machen. Der Herr Hofrat aber hat dran glauben müssen.«

Der Kellner erkundigt sich:

»Woran ist der Herr gestorben? An Lungenentzündung, nicht wahr?«

Der Scherge:

»Was fällt Ihnen ein, Herr Ober? An Hungerödem...«

Die Mitteilung erregt Interesse. Alles drängt näher. Der Scherge verbreitet sich:

»Der Herr Hofrat hat dreimal im Tag starke Fleischmahlzeiten verordnet bekommen. Aber die Zeiten nach dem Krieg waren schwer und die Frau wollte sparen. Nun ja! Die Ausbildung des Bruders hat das halbe Gehalt verschlungen...«

Jemand läßt sich vernehmen:

»Das ist eine strafbare Handlung.«

Der Scherge bekräftigt:

»Natürlich ist das eine strafbare Handlung, dem Herrn Bruder nachlaufen. Bis nach Berlin. Gehört sich das? Und er kann sie gar nicht loswerden...«

Gabriele hört, wie eine alte Frau, die sie von daheim kennt, einem Schergen erklärt:

»Das Ganze kommt daher, weil sie nicht ins Kloster gegangen ist.«

»In welches Kloster?«

Die Frau zischelt:

»Wissen Sie das nicht? Sie hat mit zwölf Jahren ein Gelübde abgelegt und dann gebrochen. Damals hat sie genau gespürt, daß mit ihr etwas nicht in Ordnung ist.«

Ein Herr mit hochgeschlossenem schwarzen Rock doziert:

»Seinen Kinderglauben bewahren ist gefährlich. Seinen Kinderglauben verlieren ist gefährlicher. Aber das Weder-Noch ist am gefährlichsten. Daraus entsteht lauter ungebildete Schweinerei.«

Der oberste der Schergen gibt einen Wink:

»Am besten wäre es, Departement V anzurufen: Totenreich!«

Widersprechende Stimmen:

»Unmöglich! Wissen Sie denn nicht, daß die Toten streiken?«

»Was!? Auch Telephon und Telegraph?«

»Lesen Sie nur die Abendblätter, bitte! Generalstreik der Toten!«

Mittlerweile sind die armen Schläfer erwacht und treten hinzu. Die Stimmung der Leute wird immer feindseliger. Furchtbare Schläge gellen gegen den Kopf der Gefangenen:

›Sie soll sich ausweisen!‹ ›Eine Ausländerin!‹ ›Die Personalien abnehmen!‹

Mag geschehn was will! Länger kann sich Gabriele nicht wehren. Wenn nur jetzt der Leiter des Ganzen käme und ein Ende machte mit ihr!

Aber es kommt ein Helfer, wenn es auch nur ein alter und schwacher Helfer ist. Pan Radetzky hat sich von der Bank, wo er unter den Armen schlief, aufgerappelt:

»Laßt sie laufen, Leute! Hat sie denn verzehrt, was sie bezahlen soll? Seit wann bezahlt man, was man nicht verzehrt! Laßt sie! Sie ist ja auch nur ein Auswanderer und wartet auf den Zug...«

Das Murren beruhigt sich. Die Menschen kehren auf ihre Plätze zurück. Gabriele sieht, wie Pan Radetzky mit dem Kopf wackelt und seinen Leuten vorseufzt:

»Bezahlen! Man soll auch noch bezahlen, was man nicht verzehrt hat. Als ob das Leben ein Wucherer wäre!«

Jetzt aber gellt eine böse Glocke und Stimme durch das Lokal:
»Fünf Uhr! Raum freigeben!«

Unter eine große Menschenmenge gekeilt, wird Gabriele ins Freie gedrängt.

Eine öde Morgendämmerung liegt in den Straßen, liegt auf ihren Augen, liegt auf allen Augen. Stumpf und hell wie die Pupillen von Starblinden sind die Augen der armen Seelen, die sich dem Tag entgegenschicken. Und der Tag der Welt selbst ist grauer Star, der sich vor Gottes Licht schiebt.

Die Strömung trägt sie. Aber nicht mehr jene heitere Strömung schwerloser Existenzen, sondern Graus und Häßlichkeit, die Strömung der Schlacken. Schlechte, übelduftende Kleider und Leiber umpressen Gabriele. Dies vielleicht ist das über sie verhängte Urteil: Ein hilfloser Teil zu sein dieser traurigen Masse, die zu hoffnungsloser Arbeit zieht. Und der Leib verschmachtet vor Durst, Ekel und Schande. Immer dichter umhüllt sie der fuslige Atem der Tausenden mit einer Verlassenheit, in der sie ersticken wird.

Gabriele weiß, wenn jetzt das winzige, mühsame Aufflackern in ihr mißlingt, ist sie verloren für ewig.

Beten! Aber alle Gebete in ihr sind ausgelöscht von einer schweren Hand. Nicht einmal mehr den Namen Christi kann ihr Gedächtnis bilden.

Der Tag beginnt. Die Masse schiebt sich vorwärts. Zeitungsburschen jagen wie Wahnsinnige dahin. Die Stadt räuspert sich heiser und böse. Verloren!

Da blitzt es durch Gabrieles Erinnerung: ›Bezahlen! Zahlen!? Ich soll ja zählen!‹

Zuerst vermag in ihr keine Zahl zu werden. Vergessen jedes Wort, vergessen jede Ziffer! Ihre ganze Kraft pocht in verzweifelten Stößen gegen den Widerstand.

Die Straße spült die Menschenzüge auf einen Platz. Man kann freier atmen. Der Asphalt vibriert wie ein riesiges Gummiband. Roll-Läden rasseln empor.

Und jetzt bricht es mit erlöstem Schrei aus Gabriele:

»Eins, Zwei, Drei...«

Sogleich entsteht um sie ein leerer Raum und die Gewalt der Zahl Drei reißt sie wie ein ungeheurer Sturm empor und zum Himmel.

Das erste, was geschieht, ist, daß Gabriele den großen runden Holznapf voll Milch austrinkt.

Sie stürzt den gütigen Trank hinunter, dann, nach gelöschtem Durst, schlürft sie immer langsamer, während Sonne, Insektengesumme, Blätterschatten, hundert schwebende Bilder des Lebens sie leicht umschaukeln und eine unbeschreibliche, tierhafte Wonne in sie einzieht.

Sie greift nach dem Brot, das ihr Großmama hinschiebt und brockt und kaut mit tief-aufmerksamer Bewußtlosigkeit die Gabe: Das Brot schmeckt wie gutes Korn- und Hausbrot. Und doch, es ist noch ein anderer, würzigerer Geschmack dabei, eine Kraft, die sich dem Blute sofort mitteilt, nicht nur als holde Befriedigung, sondern auch als feines unsägliches Wissen.

Gabriele kaut gelassen. Geborgenheit umspült sie wie ein Bad. Sie sieht mit unbewegten weitgeöffneten Augen hinaus. Der alte wohlbekannte Garten. Drüben, jenseits des Wassers, die Gipfelzüge der andern Seite. Hier das »Platzerl« unter dem Nußbaum auf dem kurzen Rasen, der den Fußsohlen so wohltut.

Großmama schält mit einem Taschenmesser Walnüsse. Ihre Finger sind schon ganz braun. Die grünen Schalen wirft sie auf die Erde, die Nüsse in einen Korb. Gabriele sucht Großmama, unter deren Herrschaft sie nach dem frühen Tode der Eltern aufgewachsen ist, wiederzuerkennen. Großmama hat sich stark verändert, so daß man fast daran zweifeln könnte, ob sie es wirklich ist. Sie scheint größer und knochiger geworden und hat einen überlegen-scharfen Gesichtsausdruck bekommen. Oft sieht sie aus wie eine alte Bäuerin, oft wie eine gebietende Frau, die einem großen Hause vorsteht.

Jetzt öffnet sie mit dem Messer eine Nuß und löst mit zierlicher Sorgfalt das gelbe Häutchen ab. Den Kern steckt sie der Enkelin in den Mund.

Gabriele schmeckt wollüstig die Süßigkeit des Nußkerns. Sogleich bemerkt sie, daß ihre Zunge mit einer merkwürdigen und neuen Kraft des Geschmacks begabt ist. Es scheint ihr, als hätte sie noch niemals eine Nuß im Mund gehabt. Sie fragt:

»Was ist das? Was schmecke ich in der Nuß?«

Die Frau schält immer weiter mit braunen Fingern:

»Schau dir solch einen Kern nur gut an, Mädel! Jede Nuß ist ein Kopf, ein Gehirn. Vor dieser Welt war einmal eine Welt, in der die höchsten Geschöpfe, die damaligen Menschen, Nüsse waren. Gott hat diese sehr weise Welt zerstört. Aber im Geschmack der Nüsse ist etwas von ihr übrig geblieben. Auch das Öl in der Haut, es war der Haß, das Bitterböse, ohne das nie etwas gelebt hat...«

Gabriele ist sehr eingenommen von diesem Märchen. Wie ein Kind möchte sie noch mehr hören von der Natur und den neuen Sinnen, die ihr geschenkt worden sind. Aber die Frau ist wieder eifrig mit den Nüssen beschäftigt und deutet mit ihrem Schälmesser unbestimmt in die Welt, als wollte sie sagen: Sieh dich selber um!

Gabriele erblickt einen Strauß von Zyklamen auf dem Tisch. Sie riecht zu den Blüten. Niemals noch hat sie erfahren, wie übermächtig dieser Duft ist, denn auch ihr Geruchssinn ist verwandelt; nicht allein ein genießender Sinn mehr, sondern ein geistiger Sinn. Von der Lebensgewalt der Alpenveilchen betroffen, ruft sie aus:

»Der Geruch singt.«

Die Frau verzieht keine Miene:

»Hör nur gut zu!«

Die Schalen fallen auf die Erde, die Früchte in den Korb. Gabriele aber riecht das Lied der Zyklamen:

> Wir sind ein Geschlecht der Berge,
> Die herrliche Sippschaft unter allen Veilchen.
> Darum sind wir stolz auf uns.
> Und grüßen einander,
> Wenn unsere Nähe erklingt

> Zwischen Moos, zwischen Wurzeln, Latschen und
> Steinen.
> Allstündlich erzittern wir vor Freude,
> Und die Freude allein
> Macht stark den Duft und das Lied der Geschöpfe.
> O so stark, o so ruhig ist unsre Freude!
> Wie die witternden horchenden Tiere ihre Ohren
> zurücklegen,
> So legen wir unsere Blütenblätter zurück
> In anbetender Aufmerksamkeit,
> Und öffnen unsren großen runden Mund,
> Licht und Wasser zu empfangen.
> Wir segnen die Elemente der Ernährung:
> Licht und Wasser!
> Wir fluchen nicht den Kräften der Zerstörung:
> Nacht, Sturm und Frost!
> Denn auch der Tod ist wohltätig,
> Weil er nicht lange dauert...

Tränenüberströmt reißt sich Gabriele vom Lied der Zyklamen los, das nicht endet. Ein ungeheures Leben erschließt sich vor ihr. Sie möchte das Wort aller Blumen vernehmen. Großmama aber nimmt ihren Arm. Sie gehn über den Kiesweg. Gras, Strauch, Bäume scheinen nicht aus festem Stoff gefügt, sondern nichts anderes als eine verschieden abgestufte Strömung und Formung der Farben.

Es ist nicht das mächtige Zirpen der Grillen allüberall, was man zu hören vermeint, sondern der Brandungston des Lichtes, wenn es von Erde und Gras zurückgeworfen wird. Denn das Licht ist kein ruhig waltendes Element, sondern ein kristallener Platzregen. Gabriele hält ihre Hand gegen die Sonne. Da sieht sie ihr Blut brennen, was nur Kindern zu sehn vergönnt ist, denn Erwachsene halten ihre Hand nie gegen die Sonne. Sie erkennt, daß auch das Blut verlangsamtes, dickflüssiges und vom Herzschatten verdunkeltes Licht ist.

Sie beginnt dem Geheimnis nachzuhängen: Blut! Im Blute

dieser Frau waren sie, Erwin und Gabriele, inniger, näher, dereinst verschwistert gewesen, als im Blute der leiblichen Mutter. Gerade aber vor ihr ist es so schwer, darüber zu sprechen. Dennoch kommt es über Gabrieles Lippen:

»Ist es denn etwas Böses, daß ich Erwin lieb habe?«

Großmama schweigt und schaut bekümmert drein. Gabriele sucht Unsagbares zu erklären und zu verteidigen:

»Wenn man miteinander aufwächst... Ich denke seine Gedanken, ich atme seinen Atem, ich weiß seinen Willen schon vorher... Jede Zuckung in ihm spüre ich, von der Judith noch nichts ahnt... Was sind das für falsche Worte: Ich hab ihn lieb?... Das ist ja alles viel einfacher... Unser Haar riecht gleich... Die Zyklamen lieben einander auch... Und das soll etwas Böses sein? ... Wenn wir auf Bäumen wüchsen, wäre es nichts Böses...«

Die alte Frau verkneift ablehnend den Mund. Gabriele aber kann sich nicht bezwingen:

»Großmama! Wenn er arm geblieben wäre, ich könnte das glücklichste Wesen auf der Welt sein. Aber er hat sich verkauft und weggeworfen. Und das Schlimmste: Er ist nicht mehr er selber und darum auch nicht mehr ich selber. Er spricht nicht seine, unsre Worte mehr, denk dir, er spricht schon ganz berlinerisch. Daß er verlegen war, das muß ich ihm verzeihen. Aber wie soll ihm Gott verzeihen, daß er nicht mehr er selber ist, sondern ein unsicherer und deprimierter Mensch? Ach, er war mein Stolz und mein Vorbild. Ich habe von ihm erhofft, daß er mit unserm Geigenton die Welt erobern wird. Jetzt aber hopst er wie ein Verrückter und kratzt den Willen Judiths auf der Geige. Denn das Weib hat ihn mit ihrem schwarzen Öl angefüllt bis oben. Sie ist die gelbe Haut, das Bitterböse in der Nuß und der Kern schmeckt schon ganz giftig. Machen die fremden Frauen alle den Mann bitterschmeckend mit ihrem Öl?«

Dies und noch viel mehr fühlt Gabriele aus ihrem Herzen strömen. Garten und Mittag aber sind von solcher Klarheit, daß die trüben Worte des Bekenntnisses wie Winterrauch ihr vor dem Munde schweben bleiben. Das macht sie sehr unzufrieden mit sich selbst.

Großmama wehrt ab:

»Du bist ja so müde, Gabriele. Ich werde dich schlafen legen.«

Ja, sie ist müde und voll Neugier auf den Schlaf. Er wird ein wunderbares Erlebnis sein, wie Essen, Trinken und das Lied des Geruchs.

Die Frau geht voran in das Haus, das ein Bauernhaus ist und doch wieder nicht. Bekannt und unbekannt zugleich erscheint es Gabrielen. Großmama öffnet eine Tür:

»Das ist dein Zimmer!«

Gabriele weiß sogleich: Dies ist selbstverständlich mein Zimmer, dies und kein andres auf der Welt. Nichts könnte ihrem Wesen gemäßer sein als der kleine Raum mit dem schmalen Bett, den hellen Wänden, den vielen Blumen und der weitaufgetanen Fenstertür, die auf einen kleinen Balkon führt. Dieses Zimmer, diese Zelle ist sie selbst. Nirgends wird sie zu Hause sein als hier. Sie denkt:

»Das also ist die Ewigkeit! Warum denn nicht?«

Großmama, die jetzt eine Nonnenhaube trägt, öffnet die Tür ins anstoßende Zimmer. Gabriele folgt ihr. Der Raum gleicht genau dem ihren. Nur gibt es hier keine Blumen und ein kleiner Bücherschrank steht da, auf dessen oberer Platte der Geigenkasten liegt. Ein Milchnapf und Butterbrote sind vorbereitet. Aber der kleine Balkon fehlt.

Gabriele müßte nicht erst die alten Schulbücher und den Geigenkasten wiedererkennen, um zu wissen, daß dies Erwins Zimmer ist. Die Miene der alten Frau wird immer unerbittlicher und härter. Mit festem Ruck schließt sie Fenster und Läden dieser Stube. Es wird dunkel. Dann nimmt sie Milchnapf und Brotlaib und drängt Gabriele gebieterisch aus Erwins Zimmer in das ihre zurück.

Nun stellt sie die Speisen nieder und sperrt umsichtig und gründlich mit einem ziemlich großen Schlüssel des Bruders Kammer ab. All dies geschieht schweigend. Mit steigender Angst verfolgt Gabriele das harte Wesen der Frau:

»Was tust du, Großmama?«

»Absperren!«

»Und Erwin darf nicht nach Hause?«
»Nein!«
»Und ich werde ihn nicht wiedersehen?«
»Nein!«
Gabriele will die Hand der Alten packen, greift aber ins Leere. Sie stößt hervor:
»Und hierher führen darf ich ihn auch nicht?«
Mit zwei Schritten tritt die Großmutter auf den Balkon. Ihr Bauernrücken beugt sich unversöhnlich. Weit ausholend wirft sie den Schlüssel in die Tiefe. Antwort genug! Sie müßte gar nicht erst brummen!
»Wenn du dir den Schlüssel holst!«
Was erlebt Gabriele alles in dem Schwindel des überfüllten Augenblicks! Zimmer und Schlaf ziehen sie zurück, der Gedanke an Erwin reißt sie vorwärts und nicht minder stark die Sehnsucht, sich wieder unter die unklaren und schmutzigen Dinge des Lebens zu mischen, die sie fürchtet. In einem plötzlichen Wind steht sie auf dem Balkon. Eine kurze spitze Angst noch... Und sie wirft sich, immer schneller stürzend, dem unendlichen Raum in die Arme.

Der Raum tötet sie nicht.
Wie ein treues Kamel sinkt er in die Knie und läßt sie sanftmütig niedergleiten mitten auf der gewaltigsten Straßenkreuzung Berlins.
In diesem Augenblick gibt der Verkehrsschutzmann das Zeichen. Von allen Seiten rattern die Autobusse, Lastkraftwagen, Luxusgefährte, Taxameter vorwärts. Gabriele weicht, zur Seite springend, einem langgestreckten blitzenden Prachtwagen aus, da wirft sie die Wucht des Omnibusses nieder. Der langschmetternde übermenschliche Schmerz schleift sie ins Erwachen.

Als Gabriele nach der furchtbaren Operation in ihrem Hospitalszimmer erwacht, bemerkte es niemand.

Es hätte auch schwer bemerkt werden können, denn die Kranke gab kein Lebenszeichen von sich. Sie allein wußte, daß sie erwacht und wieder in der Welt sei. Ihre Augen zu öffnen hatte sie die Kraft nicht. Aber die Lider waren so dünn geworden und durchscheinend, daß sie alles sah, was um sie herum geschah, ebenso wie sie alle Worte hörte, die gesprochenen und auch die ungesprochenen.

Zuerst erkannte sie die Krankenschwester und den Assistenten, die an ihrem Bette standen. Der Assistent hielt noch immer ihren Puls. In der Mitte des kleinen Zimmers sah sie den Professor, den Guten, den sie liebte. Er trug keinen weißen Kittel mehr, sondern einen Pelz und stand aufbruchbereit da. Im Schatten der Tür bemerkte Gabriele noch zwei andere Gestalten, die eine Scheu zu haben schienen, tiefer ins Zimmer zu treten. Die eine: Ein fremder Herr, der einen Notizblock in der Hand hielt. Der andere Mann aber war Erwin, ihr Bruder.

Ja! Dies war Erwins leise Stimme:

»Und Sie geben keine Hoffnung, Herr Professor?«

Wie machtvoll, wie beruhigend sah der Professor in seinem Pelz aus! Wenn er nur bliebe! Gabriele hörte ihn:

»Es wird alles vom Herzen abhängen.«

Natürlich, davon wird alles abhängen. Wie schnell mußte Erwin gelaufen sein! Sein Atem keuchte hörbar. Er wischte sich die Stirn immer wieder mit dem Taschentuch ab. Sein Mantel – auch er trug einen braunen Raglan – stand offen. Eine blonde, feuchte Strähne hing ihm fast in die Augen. Jetzt kam eine weinerliche Frage aus ihm:

»Wie ist das nur möglich gewesen?«

Und er wiederholte immer wieder, wie ohne Bewußtsein:

»Entsetzlich, unbegreiflich, entsetzlich...«

Fast schmerzhaft drang die allzuklare und nahe Stimme des Assistenten in Gabrieles Ohr.

»Wenn Sie wüßten, wieviel Unfallverletzte während eines Tages in der Charité eingeliefert werden!«

Der fremde Herr zwang seinem Schnarren einen sanft-bedauernden Klang ab:

»Ich bitte um Verzeihung, aber meine Pflicht verlangt, daß ich ein paar Fragen an den Herrn richte. Eine Formalität. Aber nach dem Bericht von Augenzeugen scheint ein Selbstmordversuch nicht ganz ausgeschlossen zu sein.«

Gabriele empfand es, wie Erwin über die Zumutung, daß sie einen Selbstmordversuch begangen haben könnte, empört auffuhr:

»Aber das ist ja ein Unsinn, ein krasser Unsinn!«

Der Herr bemerkte höflich:

»Ein Augenzeuge erzählt, daß er die Dame beobachtet habe, wie sie längere Zeit ohne Ziel wie eine Blinde über die Straße geirrt sei und dann dem Autobus geradezu in die Räder lief...«

Erwin jammerte gequält:

»Unsinn, vollkommen unlogischer Unsinn...«

Der fremde Herr stellte mit amtlichem Beileidston die Frage:

»Wie lange schon ist die Frau Schwester in Berlin?«

Erwin schien von einer gehetzten Redseligkeit ergriffen zu sein: »Ganz kurz! Sie ist gestern früh sieben Uhr fünfzig mit dem Passauer Zug aus Österreich eingetroffen. Leider hat sich ein Mißverständnis ereignet. Meine Schwester hatte depeschiert, und ich, gehetzt, wie ich leider leben muß, habe den Ankunftstag und die Stunde falsch gelesen, habe mich verlesen. Dadurch ist es geschehen, daß ich nicht an der Bahn war. Ich bin furchtbar erschrocken darüber, aber dann ist es zu spät gewesen. Sie müssen wissen, meine Herren, Gabriele... meine Schwester... ist äußerst empfindlich, was sage ich, feinfühlig, ja schwärmerisch veranlagt. O mein Gott, wir stehen inniger zueinander als Geschwister sonst; wir waren seit frühester Jugend die besten Kameraden! Sie ist immer mein guter Engel gewesen, fanatisch geradezu, und dies in Zeiten, wo kein Mensch an mich geglaubt hat. Ach, was erzähle ich Ihnen da, mein Gott, mein Gott...«

Erwin unterbrach sich, warf einen Schreckensblick auf Gabriele und verzog sein Gesicht, als müsse er und könne nicht weinen:

»Und jetzt... dieses entsetzliche Unglück!«

Der Fremde sah auf seinen Notizblock: »Die Frau Schwester hat im Hotel ›Österreichischer Hof‹ Logis bezogen?«

Erwin wischte sich heftiger die Stirn und sprach immer schneller, so daß Gabriele Mühe hatte, kein Wort zu verlieren:

»Jawohl! In einem schlechten Hotel! Auch das! Wir hätten Platz genug gehabt. Unsere Wohnung ist sehr groß. Sie gehört zwar meiner Frau. Aber das gilt doch gleich. Es war eben eine ganze Kette von Mißgeschick. Schon dieser unglückselige Sonntag. Da haben wir, – das heißt meine Frau, – nun wir sehen viele Menschen bei uns, Freunde. Es wird über künstlerische Dinge geredet, musiziert. Weder meine Frau, noch ich waren vorbereitet auf Gabriele... auf meine Schwester...«

Gabriele hörte die leise Stimme des Professors:

»Hat es etwa Mißhelligkeiten zwischen Ihnen gegeben?«

Erwin entgegnete, durch diese Frage beleidigt:

»Ganz und gar nicht! Wo denken Sie hin, Herr Professor? Mißhelligkeiten! Warum denn Mißhelligkeiten? Es war einfach ein Durcheinander! Ich bin vollkommen überrascht gewesen, als Gabriele vor mir stand. Man macht ein dummes Gesicht, wenn man überrascht wird. Und meine Schwester hatte doch jedes Anrecht auf die wahnsinnigste Wiedersehensfreude. Denn wir haben uns viele Jahre lang nicht gesehen. Jetzt bereue ich es tief. Denn auf einmal steht man einander gegenüber, und die vielen Jahre... Was sagen Sie, Herr Professor?«

Der Professor hatte nichts gesagt.

Erwin wandte sich nervös an den Fremden.

»Wozu solche extreme Vermutungen? Erklären Sie mir, wo liegt ein Grund für Ihre Annahme vor? Wir haben doch gestern ganz normal miteinander geplaudert... Meine Frau war natürlich noch weniger auf den Besuch vorbereitet. Sie wissen ja, wie Frauen sind. Andre Welten! Eifersucht auf die Gegenwart! Eifersucht auf alles Vergangene! Man steht dazwischen... Aber ich rede und rede. Und dort liegt sie...«

Gabriele fühlte am Stimmklang des Professors, wie tief er in ihr Schicksal vordrang:

»Ist Ihre Frau Schwester verheiratet?«

Warum überstürzten sich Erwins Worte?

»Witwe, Herr Professor! Er ist vor drei Wochen gestorben. Hofrat August Rittner, hoher Beamter, anständiger Mensch, nur leider um fünfundzwanzig Jahre älter als sie. Ich hätte unter besseren Umständen die Einwilligung zu dieser Ehe, die übrigens durchaus glücklich war, keinesfalls gegeben...«

Erwin lehnte sich, als habe ihn Schwindel erfaßt, gegen die Wand und schloß die Augen:

»Aber das Leben, meine Herren!«

Der Fremde, der sich von der Tür nicht fortrührte, setzte jetzt seinen unbeteiligt-sachlichen Ton gegen Erwins Erregung:

»Die Frau Schwester hat den gestrigen Abend nicht in Ihrer Gesellschaft verbracht.«

»Das ist es ja eben. Sie hat versprochen, daß sie zum Abendbrot bliebe, und plötzlich war sie verschwunden.«

»Die Frau Schwester wohnte gestern nachts in Begleitung eines Herrn dem Abschluß des Sechstagerennens bei.«

Erwin sah tieferstaunt den Fremden an.

»Aber davon habe ich ja keine Ahnung. Ich selbst hab das Sechstagerennen nie gesehn...«

Die Kriminalbeamtenstimme schwelgte in Feststellungen:

»Der Unfall ereignete sich um acht Uhr dreißig morgens. Um fünf Uhr nachts wurde die Dame gesehen, und zwar in der Bahnhofsrestauration am Zoo.«

Gabrieles Hand spürte das Zornigwerden in der Hand, die ihren Puls hielt. Dieser Zorn zitterte auch in der Frage des Assistenten:

»Ist Ihre Frau Schwester das erstemal in Berlin?«

Erwin antwortete kleinlaut, als müsse er einen Vorwurf abwehren:

»Sie hat sehr jung geheiratet und ist deshalb selten über Salzburg hinausgekommen.«

Fest und klar kam es vom Munde des Assistenten:

»Meine Herren, ich halte es nicht für unwahrscheinlich, daß die Kranke das meiste von dem hört, was hier gesprochen wird.

Außerdem ist es sehr unnütz, Mutmaßungen über Gründe und Ursachen anzustellen. Niemandem hilft das. Es gibt sehr viele Ursachen für das Unglaublichste. Übrigens stamme ich selbst aus einer österreichischen Kleinstadt und bin eines Morgens das erstemal auf dem Anhalter Bahnhof angekommen... Verstehn Sie mich recht! Der Verkehr allein ist die Gefahr nicht...«

Der Assistent unterbrach sich, als hätte er keine Hoffnung, verstanden zu werden. Er brummte vor sich hin:

»Jedenfalls ist der Verkehr in London viel größer...«

Plötzlich aber faßte er die Hand fester, beugte sich vor und horchte.

Gabriele sah durch ihre geschlossenen Lider den bedeutsamen Blick des Professors, der auf den Assistenten gerichtet war. Scharf und wie verabredet klangen die Worte des Assistenten:

»Wenn Herr Professor befehlen, werde ich jetzt die Injektion vornehmen.«

Der Professor knöpfte seinen Pelz zu und kommandierte mit unvermittelter Grobheit:

»Ich bitte die Herren das Krankenzimmer zu verlassen!«

Gabriele sah nichts mehr.

Aber sie hörte den schnellen und schluchzenden Atem neben sich. Sie wußte, daß Erwin an ihrer Seite kniete. Sie wußte, daß er weinte. Auf ihrer fühllosen Hand spürte sie seine Küsse und Tränen. Sie spürte, daß er diese ihre Hand hielt wie eh und je, daß er sie drücke und presse, an ihr nasche wie an einer Frucht...

Aber auch Gabriele hält Erwins Hand. Es ist gelungen. Das Fremde ist zerschmolzen. Die Jahre sind zerstäubt. Sie hat den Bruder wiedergewonnen. Sie darf ihn zurückführen ins Haus.

Aber zu keinem Haus und durch keinen Garten führt der Weg. Sie muß mitten durch den See wandern. Hold und lau schließt sich das Gewölbe des Wassers um sie. Und göttlich leicht läßt es sich atmen im grünlich-blauen Wasserraum. So wohl tut ihr dieses Leben, daß Gabriele es gar nicht merkt, wie lange sie schon Erwins Hand verloren hat.

In der Tiefe des Raums aber erblickt sie die Großmama. Die Frau schreitet immer hinter sich, und Gabriele muß sich beeilen, um nicht führerlos zu werden. Sie ist noch nicht geschickt genug, in diesem Element rasch vorwärts zu kommen. Großmama hat keine Zeit und scheint ungeduldig zu sein. Gabriele hört die ferne Mahnung:

»Komm schneller, damit ich dir endlich dein Leben erzählen kann!«

Geheimnis eines Menschen

I

Mondhaus, Kunsthistoriker, schielte.

Dieses Übel, das wie jedes Gebrechen ohne Zweifel einer Charakteranlage entsprach, machte ihn nicht nur unsympathisch, sondern erzeugte, wenn man mit ihm zu tun hatte, eine eigentümliche Verlegenheit. Mit Mondhaus war ein ehrliches Zwiegespräch nicht möglich, denn es schien, von seinem doppelten Blick zitiert, immer noch ein Dritter dabei zu sein. Sein geschwindes, ungetöntes Reden glich aufs Haar dem Zur-Seite-Sprechen des älteren Dramenstils.

Im übrigen war Mondhaus Spezialist für ›Österreichisches Barock‹, worauf ich aber nicht schwören will. Er konnte ebenso Spezialist für ›Bäurische Glasmalerei‹ oder ›Alemannische Frühgotik‹ sein. Neben dieser wissenschaftlichen Tätigkeit verfaßte er unter dem Titel »Italienische Briefe‹ für einige Zeitungen Artikel, wobei er aus Attentaten, Kunstausstellungen, politischen Meetings, Sportfesten, Sensations-Verbrechen, Opern-Premieren, Gesellschaftsskandalen, sozialen Stimmungsbildern, landschaftlichen Impressionen, noblen Bekanntschaften, aus den disparatesten Gewürzen also, eine scharfe Speise zu bereiten verstand. Er war die unüberwindliche Eingeweihtheit in Person. Ich kannte ihn seit langer Zeit. Wer kannte Mondhaus nicht? Es gab sogar Leute, die seine Aufsätze hochschätzten.

An jenem Nachmittag aber schien er außer Rand und Band zu sein. Exzentrischer denn je stocherten seine Augen an Menschen und Dingen vorbei. Seine Doppelzüngigkeit war unerträglich, aber man konnte sich ihr nicht entziehn.

Es ist durchaus nicht meine Art, angesichts alter Palazzi, erlauchter Kunstschätze und verwitterter Mobiliarien die Fassung zu verlieren, und um ihres Anblicks zu genießen, bei der ersten Gelegenheit Strapazen auf mich zu nehmen. Ich brüste mich dieser Stumpfheit keineswegs, verweist sie mich doch im Gegensatz zu schönheitstrunkenen Kennern, in jene niedere unverfeinerte Nervenkaste, die von weniger vornehmen Genüssen des Ohres zugänglicher ist.

Aber ich war diesmal so viele Wochen einsam in der Stadt, hatte außer Kellnern, Portiers und Barkenführern mit keinem menschlichen Wesen gesprochen, daß ich mich der Empfehlung an den Maler Saverio S. plötzlich erinnerte und zur Stunde, erregt von Selbstflucht und Menschenhunger, vor die Stadt fuhr.

Als ich in der vielgepriesenen Villa den Hausherrn nicht allein, sondern eine ganze Gesellschaft antraf, erschrak ich sehr. Ich war des Redens entwöhnt, meine Fähigkeit, mich unter Menschen zu bewegen, war völlig eingerostet, ich spürte in mir jene unfreie Beklemmung, die mir so viele Stunden meiner Jugend verbittert hat. Dies mag der Grund gewesen sein, warum ich mich anfangs allzuwillig an Mondhaus, den einzigen Bekannten, schloß, der mich sofort zur Beute seiner schlechtgezielten Blicke und gutgezielten Kommentare machte.

Er benahm sich, als wäre er hier zu Hause und zog mich bei der ersten Gelegenheit zur Seite:

»Sie kommen also auch unsere Sehenswürdigkeit anstaunen?«

Ich verstand ihn nicht gleich, was ihn aber nicht beirrte:

»Kein schlechtes Objekt für einen Psychologen!«

Wen meint er, dachte ich, während es mir immer unangenehmer wurde, daß er beim Reden meinen Arm antippte:

»Also, erstens gibt er sich für einen Italiener aus. Aber, ich bitte Sie, ist ein Triestiner (bestenfalls ein Triestiner!) ein Italiener? Triest war Österreich. Das kennt man schon. Die Triestiner stammen aus der Bukowina, die Wiener aus Mähren, oder auch umgekehrt...«

Jetzt erst wußte ich, von wem er sprach:

»Beachten Sie, bitte, nur sein Italienisch! Es hat denselben bemerkenswerten Tonfall wie sein Deutsch. Und haben Sie seinen Händedruck genossen? Nicht wahr, er bittet einen mit aller Kraft um Verzeihung. Er wird schon wissen, warum...«

Ich hatte tatsächlich in Herrn Saverios Händedruck und Begrüßung eine gewisse Übertriebenheit bemerkt. Von dem Druck, der selbst für die Besieglung eines Freundschaftsbundes zu stark ausgefallen wäre, tat mir die Hand noch weh. Ich war ihm fremd und nur ganz oberflächlich empfohlen. Warum hatte er meine Hand mit einem Ruck unmotivierten Einverständnisses an sein Herz gezogen? Warum hatte er seine Augen so tief in die meinen getaucht, als wollte er sagen: ›Ich erkenne dich‹ und ›Nun haben wir einander doch gefunden!‹

Auch ohne Mondhausens Einflüsterung hätte ich bemerkt, daß in der Innigkeit dieser Augenbegrüßung, die jedem Gaste in gleicher Weise zu Teil ward, etwas Angestrengtes, Falsches, ja Bittflehendes lag.

Saverio war ein schwerer Mann. Sein glattes, gelbes Gesicht, das einem von betrübtem Fett erweichten Römerkopfe glich, reckte er immer höher, als genüge ihm die Größe seiner glänzend gekleideten Figur noch nicht, trotzdem sie alle überragte. Dieses Sich-immer-höher-Recken aber schien seine einzige Unbescheidenheit zu sein.

Ich habe niemals wieder einen Menschen gesehn, dessen Alter so schwer zu bestimmen gewesen wäre. In seinem dichten Haar fand sich kein einziger grauer Faden.

Er sprach durcheinander Deutsch, Italienisch und Englisch. Letzteres aber tat er nur, wenn er sich an die (welche Seltenheit!) dickliche Engländerin wandte, die einer chinesischen Maske oder tibetanischen Katze glich mit ihrem in der Mitte gescheitelten Grauhaar und dem schiefen, verständnislosen Lächeln. Ich konnte der Kritik des Kunsthistorikers keineswegs zustimmen. Saverio sprach seine Sprachen auf eine Art, die mir gerade wegen ihrer Heimatlosigkeit wohlgefiel. Es ist richtig, auch seine Sprechweise enthielt eine ähnliche Übertriebenheit wie sein Händedruck, aber sie war leise, etwas heiser und ihre bettelnde Melodik schlug angenehm ins Ohr.

Er unterhielt sich mit zwei Damen: Mutter und Tochter. Ich staunte über die glatte Trivialität seiner Komplimente, die mir zu ihm nicht ganz passen wollten. Er schien zu jenen Leuten zu gehören, die angesichts jeder Frau eingebildete Verpflichtungen zu haben vermeinen.

»Jung möchte ich sein, nur daß ich glauben könnte, daß es Hoffnung für mich gibt.«

Dies galt der schönen, flammenhaarigen Tochter, die nur selten den bewundernden Blick von ihren eigenen Beinen wandte.

»Was werde ich mit dem Sessel anfangen, auf dem Sie sitzen?«

Das galt der schönen Mutter, die über die geschmacklose Dummheit lachte, deren Schultern aber dennoch Befriedigung zu erkennen gaben.

(Dieselbe Dame sagte einmal in späteren Jahren zu einem Freund: Dieser Saverio war ein interessanter Kerl, aber als Mann kam er absolut nicht in Betracht. Für mich wenigstens. Die Tochter allerdings schien diese Meinung ihrer Mutter nicht zu teilen. Denn sie wäre – wie Mondhaus behauptete – eines Tages mit Sack und Pack bei dem Maler erschienen und hätte sich ihm an den Hals geworfen, worauf sich Saverio höchst ritterlich benommen und das Mädchen der Mutter zurückgestellt habe. Dies ist nur ein Klatsch, ein Gerücht, und ein Gerücht aus dem Mund Mondhausens noch dazu. Viele Gerüchte aber umlagerten die Gestalt dieses Saverio S.)

Während Saverio mit weicher Stimme seine Komplimente schnitt und die Augen andächtig über die staunenswerten Linien der Damen gleiten ließ, waren seine Augen doch tief bekümmert. Manchmal schweiften sie vom Gegenstand ihrer Bewunderung ab und suchten mit dem Ausdruck ertappter Unsicherheit einen Richter in diesem Raum.

Der Gesuchte schien wirklich anwesend zu sein.

Man wird es begreiflich finden, daß ich den Namen des berühmten, international berühmten Malers nicht nenne, der an jenem Nachmittag in unserer Gesellschaft sich befand. Ein stämmiger Mann von Fünfzig, dessen selbstsichere Gedrungenheit statt in einem normalen Anzug in einem formlosen und dabei eigensinnigen Sack steckte. Haarige Hände mit breitbeschnittenen Nägeln, eisenbeschlagene Stiefel vollendeten das Bild festausschreitender Bauernbodenständigkeit, die zu Saverios Elegance in einem körnigen Gegensatz stand. Das backenknochige Gesicht der Berühmtheit, die große Glatze, der schwarze Bart, dies alles gemahnte deutlich an jenes Selbstporträt von Cézanne, das alle Kenner hinreißt. Ich will nichts Böses sagen, aber diese Ähnlichkeit ging weit. Das Gesicht des berühmten Malers konnte fast ein Plagiat genannt werden. Doch war es gewiß nur ein Plagiat in aller Unschuld, eine Ebenbildlichkeit aus Wahlverwandtschaft.

Der Mann rauchte eine kurze Pfeife, hielt sich abseits, betrachtete die Wände und was an ihnen hing mit Ernst, sah aus dem Fenster, wobei er die Augen zusammenkniff und das Gesehene in Bildausschnitte aufzuteilen schien. Das einzige, was wir von ihm zu hören bekamen, war der Atem, der laut und mühsam seine Nase passierte. Ich bin dem berühmten Maler noch mehrere Male begegnet, erinnere mich aber nicht, fünfzig Worte von ihm vernommen zu haben. Dagegen trage ich ein ganz bestimmtes, persönlichkeitserfülltes Grunzen im Ohr, das er als Zeichen der Zustimmung oder Ablehnung verlauten ließ, und sehe seine Faust samt einem riesigen auswärts gebogenen Daumen vor mir, mit dem er großzügige Hieroglyphen in die Luft hieb. Eine eindrucksvolle und echte Malergeste.

Nicht zum Vergnügen waren wir in Saverios Haus – dem Sommerpalast irgendwelcher Renaissanceadligen – versammelt. Schon begann unter Vorantritt des Hausherrn die Führung. Ich unterlasse es selbstverständlich, Bilder, Bildwerke, Truhen, Schränke, Türen, Stoffe, Brokate, Samte, die Kostbarkeiten der Jahrhunderte zu beschreiben, die in diesem Haus auf das Unauffälligste und Sparsamste angeordnet waren. Ein Kunstding, eine schöne Sache, wenn es der Zufall uns zeigt, wenn wir's beim Durch-die-Stadt-Schlendern entdecken, kann berauschen. Doch der Zufall, das Unvorhergesehene, die Entdeckerfreude, die Intimität der Stunde gehört dazu. Mit vorschriftsmäßiger Bewunderung und weniger vorschriftsmäßiger Ermüdung aber pflegt man an musealen Herrlichkeiten vorüberzuwandeln. Jede Sammlung bietet sich an und betäubt. Saverios Schätze allerdings waren von besonderer Lauterkeit.

Selbst der berühmte Maler gab vor einigen Stücken seine selbstbewußte Teilnahmslosigkeit auf. Dennoch habe ich fast nichts davon im Gedächtnis behalten, da mich Saverios Persönlichkeit beunruhigte und ablenkte.

Mondhaus rührte sich nicht von meiner Seite. Er schien größte Angst davor zu hegen, daß ein Neuling ungeweiht und gläubig durch diese Räume gehn könnte:

»Für den Fall, daß Sie gar nichts wissen sollten: Weder das Haus, noch die Sachen gehören natürlich ihm. Er ist einfach der Agent Barbieris. Verkauft auf mondäne Weise und spielt den reichen Mann und Künstler. Das ist aber nur die oberste Glasur. Denn er ist eine sehr verwickelte Spezies.«

Mich störte das verleumderische Gerede neben mir. Wir waren schließlich im Hause des so übel Ausgerichteten. Wem dieses Haus mit seinen Schätzen gehörte, war mir vollkommen gleichgültig. Ich versuchte loszukommen. Mondhaus aber, der bemerkte, daß mir sein Klatsch auf die Nerven ging, verdoppelte seine Anstrengung:

»Sie müssen mich richtig verstehn. Ich s c h w ä r m e für Saverio. Er ist ein wirkliches Unikum. Sie halten mich doch hoffentlich für keinen Moralisten, der sich damit abgibt, einen einfältigen Hochstapler zu entlarven. Es ist hier gar nichts zu entlarven, denn alle Welt weiß alles. Ich denke mir aber, Sie interessieren sich für gewisse kulturelle Erscheinungen Italiens. Nun, ich kann Ihnen sagen, ich habe gründliche Studien gemacht. Das Antiquarwesen zum Beispiel! Ein völlig unausgeschöpftes Thema. D i e s e n Roman müßten Sie schreiben. Ich stelle Ihnen gerne Details zur Verfügung... Schöne Sachen hier, was?«

In diesem Augenblick ließ Mondhaus seine matte Patschhand auf einer edlen Schnitzerei ruhn. Es war eine so sinnwidrige Geste, als ob jemand mit stumpfen Fingern in Blumen greife. Nur ein Hasser der Kunst konnte solche Hände haben und ein belebtes Ding mit ihnen derart anrühren. Er wiederholte:

»Schöne Sachen? Ich frage Sie, was ist echt und was ist falsch? Beruhigen sie sich? Das wissen die Gelehrten nicht, und nicht einmal die Laien wissen es. Die Entscheidung darüber liegt bei den Museumsbonzen, die es am allerwenigsten wissen. Dafür aber wissen die Herren, was ihre Expertisen in guter Valuta wert sind. – Ich würde die gefälschten Stücke wohl höher bezahlen als die echten. Welch ein Genie steckt in diesen unerkennbaren Fälschungen! Stellen Sie sich nur solch einen Kerl vor, der heute der ältere Bellini ist, morgen Tintoretto, Mantegna, Carpaccio, einmal Donatello, das andere Mal wieder Michelangelo. Übersetzen Sie sich das in die Literatur! Welcher von allen lebenden Dichtern könnte glaubhaft und ohne parodistisch zu werden, sagen wir, ein unbekanntes Shakespearedrama fälschen? Keiner! Bedenken Sie dabei, wie unerschöpflich Italien seit einem Jahrhundert ist! Immer wieder taucht, von den kleineren Göttern zu schweigen, ein unbekannter Tizian auf, der Händlern und Zwischenhändlern Hunderttausende zu verdienen gibt. Indessen aber sitzt der geniale Fälscher in irgend einem Nest und muß sich mit einer mageren Abfindungssumme zufriedengeben. Ich habe selbst einmal einen dieser großartigen Burschen in seiner Höhle besucht. Das war in Caserta. Man findet sie niemals in größeren Städten...«

Wenn die treppauf, treppab geführte Gesellschaft auch in Gruppen ging und Mondhaus nicht gehört werden konnte, so wurde mir sein Tuscheln doch immer peinlicher und ich wollte einen Schlußpunkt setzen:

»Herr S. ist doch nicht nur Sammler, sondern vor allem Maler.«

Mondhausens unregelmäßige Blicke versuchten sich höhnisch auf mich zu konzentrieren:

»Maler!? Ich möchte darauf schwören, daß er nicht zweimal im Leben einen Pinsel in der Hand gehabt hat. Ich zweifle sogar daran, ob er die einfachste Tafel restaurieren kann, womit doch jeder zweite Antiquar in Italien seine Karriere beginnt. Er ist ebenso sehr ein Maler wie Sie und ich. Aber in dieser Hinsicht werden wir ihm heute ein wenig auf den Zahn fühlen.«

Ich trat schnell von Mondhaus weg zu den andern, die jetzt alle vor einem Holzbildwerk standen. Es war eine sehr frühe Pietà mit einer schief-steifen Madonna und einem verkretschten

Christus, der ohne Schwerpunkt sie als Diagonale kreuzte. Alles war hingerissen. Die Primitiven gehörten zum guten Ton. Selbst die Berühmtheit grunzte und hieb mit dem verbogenen und abgenützten Daumen den Rhythmus des Bildwerks kühn in die Luft.

Ich war von Mondhausens Schwatz schon so sehr vergiftet, daß ich nicht anders konnte und gegen meinen Willen Herrn Saverio S. scharf ins Auge faßte. Und wirklich – so kam es mir damals vor – etwas Blinzelndes und ungemein Verlogenes offenbarte sein Wesen. Er sah die Pietà gar nicht an. Sie schien ihn ebenso wenig zu interessieren, wie ein Kunstwerk einen Museumsdiener interessiert, der es Besuchern erklärt, oder einen Kommis die Ware, die er verkauft. Hingegen hatte er in seinem Gesicht Scheinheiligkeit aufgedreht wie eine Beleuchtung, für die man einen Schalter besitzt, und während seine schöne Hand mit zarten Fingerspitzen die Falten der Madonna berührte, seufzte er dumpf, als kondoliere er zu einem Todesfall, der uns insgesamt betroffen:

»Was sind wir alle dagegen?«

Mondhaus sah mich an. Und auch ich spürte das Hochtrabende und fast Beschämende einer solchen Redensart.

Der Tee wurde in Saverios Atelier genommen. Warum dieser Raum Atelier hieß, war nicht weiter erfindlich, es sei denn, daß er sehr groß war und hohe Fenster besaß. Ich mußte viel eher an einen Musiksaal denken. Denn ein Flügel, ein Harmonium und etliche Grammophonapparate standen da. Von Staffeleien aber, Leinwanden, Bretteln, Rahmen, Paletten, und was sonst etwa zu den Insignien der Malerei gehört, sah man keine Spur. Dafür häufte sich in einem Winkel verschnürtes, reisefertiges Gepäck, wodurch etwas Provisorisches, eine Aufbruchs- und Fluchtstimmung in den Raum kam.

Warum lud man uns, da so viele Prachtzimmer zur Verfügung standen, zum Imbiß gerade in dieses Atelier, das allen möglichen Verdächtigungen Mondhausens recht zu geben schien? Der angebliche Maler und Hausherr entfaltete eine berückende Liebenswürdigkeit. Er schenkte persönlich das Getränk ein, berührte mich, als ich an die Reihe kam, zärtlich, und äußerte gerührte Freude darüber, daß ich ihm die Ehre gegeben habe. Vor dem berühmten Gast beugte er ehrfurchtsvoll ein Knie, was demütig und vertrackt zugleich aussah. Mondhaus aber bekam einen leichten Freundschaftsklaps, der etwa sagen sollte: ›Ich kenne zwar deine Hecheleien, aber bei mir schadet dir's nicht.‹ Nachdem er seine beiden Nachbarinnen, Mutter und Tochter, eine Weile mit der ihm eigenen bettelnden Melodik umsponnen hatte, eröffnete er uns:

»Ich freue mich, Sie alle heute noch bei mir zu haben, denn morgen reise ich ab.«

Dabei zeigte er auf die Koffer.

Allseits erhob sich die Frage, wohin er verreise. Er nahm sich gar nicht die Mühe, einer süßlichen Miene Herr zu werden:

»In der Schweiz gibt es schon herrlichen Schnee. Ich bin leidenschaftlicher Skimensch und gehe nach Arosa.«

Mondhaus, der neben mir saß, stieß mich an und zischte mir ins Ohr:

»Kein Wort wahr! Die Mitteilung kostet ihm drei Wochen Verbannung nach Treviso, die er absitzen muß, um in Arosa zu sein. Ich kenne das schon. Es ist jedes Jahr die gleiche Geschichte.«

Ich suchte an Saverio S. irgend ein Zeichen zu entdecken, das die Sinnlosigkeit der albernen Prahlerei mir hätte erklären können. Hatte es der Besitzer dieses Palazzo und dieser Kunstschätze nötig, mit mittelmäßig-mondänem Gehaben großzutun, mit Dingen, deren keine Kommis-Seele sich rühmen würde? Freilich, er war nur Agent des Palais. Aber das konnte ja auch Verleumdung sein, denn offiziell war er Hausherr. Vielleicht hatte er eine Jugend schwerer Armut hinter sich; und davon bleibt bei den kultiviertesten Leuten stets irgend ein absurder Rest haften. Doch seine Hände waren weichlich und empfindsam. Solche Hände hatten niemals Armut erlebt. – Nach Treviso? Rätselhaft! Aber Saverio klärte jetzt das Rätsel seiner Reise selber auf, und ich war durchaus geneigt, ihm aufs Wort zu glauben:

»Natürlich, nicht wegen des Sports allein fahre ich nach Arosa. Ein Bekannter, ein Freund sogar, hat dort in der Nähe sein schönes Landhaus. Was? Nein, Sie kennen ihn alle nicht. Ich habe von ihm einen Auftrag...«

Mondhausens Fäuste trommelten auf meinen Knien. Saverio schien etwas zu spüren, denn er fügte kleinlaut hinzu, während er leicht-verprügelte Hundeblicke nach der Berühmtheit schickte:

»Wir Modernen können leider keine Fresken mehr mit ehrlicher Überzeugung malen. Der soziale Hintergrund fehlt uns. Um Gotteswillen, ich möchte vor meinem hochverehrten Gast nichts Unbescheidenes reden. Ich ersterbe vor ihm... Aber, Sie wissen ja: Große Wände locken den Maler...«

Plötzlich schallte Mondhausens Stimme mit unterstrichener Deutlichkeit zu Saverio hinüber:

»Meister! Heute kommen Sie mir nicht aus.«

Der Angeredete wurde sofort dunkelrot.

Mondhaus gab nicht nach:

»Seit Jahren schon versprechen Sie uns eine Kollektivausstellung. Und nie noch haben wir ein Bild von Ihnen zu Gesicht bekommen. Ihre Freunde in Arosa haben es gut. Für die malen Sie gleich große Wandgemälde. Und wir haben das Nachsehn. Jetzt aber ist die Stunde da. Wir sind in Ihrem Atelier versammelt und Sie werden uns nicht entwischen.«

Saverio warf den Todesurteilsblick eines Delinquenten auf den berühmten Maler. Der sagte zwar kein Wort, sondern sog, stöhnenden Atems, an seiner Pfeife. Aber dann entstieg ein bereitwilliges Brummen seiner Kehle. Unternehmend streckte er die kurzen Arme vom Leibe, als rüste er sich zu einem Ringkampf, neugierig, wer es mit ihm aufnehmen wolle.

Saverios Stirn war bleich und naß. Er stammelte, um alle Fassung gebracht:

»Unmöglich! Sie sehen: meine Sachen sind eingesperrt oder weggesperrt. Wie soll ich...«

Mondhaus beharrte ruhig:

»Ein Maler packt und sperrt nicht alle Bilder ein.«

»Ich habe nur ganz wenige Sachen hier. Und die sind alt und unbedeutend. Ich kann nicht...«
»Das sind kindische Geschichten!«
Saverio wandte während seines Kampfes die Augen nicht von der Berühmtheit:
»Ich werde doch nicht einem solchen Meister zumuten...«
Mondhaus trumpfte auf:
»Freuen Sie sich darüber, daß Sie einen großen Mann vor sich haben. Auf das Urteil von uns andern werden Sie weniger Wert legen.«
Saverio neigte seine unglückliche Stirn und schwieg eine Weile verzweifelt. Dann klagte er wieder auf:
»Ich kann nicht!«
Aber schon erscholl ringsum die verletzende Zurede, mit welcher eine Gesellschaft von Gleichgültigen den Künstler in Gnaden auffordert, sein Werk ihr preiszugeben:
»Keine Ausflüchte bitte!«
Saverio, für den ich zitterte, war verloren. Er erhob sich als ein fetter alter Mann und ging zu einem der Fenster, durch das schon dunkelgoldnes Spätnachmittagslicht drang. Er hatte wirklich Pech. Eine halbe Stunde später und es wäre Abend gewesen. Kein Kunstverständiger hätte dann mehr verlangen können, ein Bild zu betrachten.
Man konnte nach einer Weile deutlich bemerken, daß Saverio zu einem Entschluß gekommen war. Aber er tat etwas vollkommen Unerwartetes.
Bedächtig, wie um Zeit zu gewinnen, ging er zu einem Grammophon, kurbelte an und setzte die Platte in Gang. Aus dem Apparat begann Carusos Stimme ihre gewaltigen Kantilenen zu schleudern. Aber nicht genug damit! Jetzt entfesselte der Bedrängte den elektrischen Mechanismus, der dem Klavier im Nacken saß und den mächtigen Gesang überdonnerte eine von klobigen Gespensterpratzen getrommelte Bravouretude.
Es war unbeschreiblich. Kein Lärm ist grauenhafter, dämonischer als das unfreiwillige Durcheinandertönen verschiedenarti-

ger Musiken. Davon kann sich jeder überzeugen, der auf Lustplätzen, Jahrmärkten, Lunaparks im Klangbrennpunkt mehrerer Ringelspielorgeln stehenbleibt. Derartige Polyphonie ist das tönende Abbild der zerstörten Seele, des Wahnsinns, des Abgrunds.

Und hier gar, in einem hohen, hallenden Raum!

Was war damit beabsichtigt! Sollte unsre Urteilskraft zermürbt werden? Verlangte das leidende Gewissen solche Betäubung? War es ein Ausbruch des in die Enge Getriebenen oder eine wüste Pose? Wir sahen uns alle an. Selbst Mondhaus war erstarrt. Nur der berühmte Maler blieb völlig kalt und gleichgültig. Er sah drein wie ein kühler Fachmann, der keineswegs gewillt ist, sich durch taschenspielerischen Lärm um den Verstand bringen zu lassen. Er war nicht überrascht und schien den Radau zu kennen, den Schwindler schlagen, wenn sie ertappt werden. Aber um ihres selbstsicheren Gleichmuts willen begann ich die Berühmtheit jetzt zu hassen.

Saverio hatte unversehens irgendwoher ein Bild hervorgezogen. Es war ein recht kleines, gerahmtes Ding unter Glas.

Er wartete, bis wir alle zu ihm getreten waren, dann machte er plötzlich scharf kehrt, so daß er mit dem Gesicht zum Fenster stand. Und jetzt, mit einem krampfhaften Ruck, hielt er das Bild gegen das Licht, stieß es geradezu in das goldene Rechteck des Fensters hinein.

Man sah eine schwarze gläserne Fläche, sonst nichts.

Alles schwieg und nur die verfitzte Musik höhnte in die Szene hinein.

Mondhaus faßte Saverio am Arm:

»Umdrehn, Meister, umdrehn! Wir sehen schlecht.«

Da aber bleckte der Verhöhnte die Zähne und mit unbeherrschter Wut brach es aus ihm:

»Nichts verstehn Sie, Mensch! So ist es richtig, so, so, so!«

Diese plötzliche Wut erschreckte mich. Sie stand im schärfsten Gegensatz zu Saverios bisherigem weichen Wesen.

Wie um Erlösung und Hilfe zu finden, wandte sich der vor Erregung bebende Mann nach dem berühmten Maler um. Der aber stand längst nicht mehr hinter ihm, hatte das Bild kaum mit einem Blick gestreift und schlenderte mit eisenklappernden Schritten durch das Atelier, höchst interessiert für das schmetternde Wirbeln der Schallplatte. Als verkörperte Souveränität und Mißachtung hielt er sich abseits. Von dem Charlatan dort, der einen bräunlichen Fleck gegen das Licht hielt, zu der echten Kunstbestrebung, welche das Gesicht der Welt in unbestechlichen Farben wiedergibt, von Saverio zu ihm selbst führte keine Brücke.

Trotz des lärmenden Geplärres aber, trotz des weit lärmenderen und peinvollen Schweigens hörte ich ein Aufschluchzen in Saverios Brust und hörte, wie seine Zähne leidenschaftlich knirschten.

Länger war es nicht zu ertragen. Jemand mußte jetzt ein Wort sprechen. Ich! Um es zu vermögen, trat ich ganz nahe an das Bild, denn ich war überzeugt davon, daß uns Saverio nicht zum Narren halte.

Zuerst begegnete mir in dem dunklen Glase nichts als mein eigenes Spiegelbild. Ich aber war gewillt, mein Spiegelbild zu durchdringen und zu überwinden. Und wirklich, vor dem schärferen Blicke verschwand es nach und nach. Langsam aber löste sich aus dem schwarzen Fleck ein geisterhaftes Männerantlitz von solcher Seelenkraft, so einzigartiger Leidenserfahrung, daß ich es jetzt, wo ich nach Jahren dies niederschreibe, daß ich es jetzt und immer mir vor die Augen rufen kann.

Gewiß, ich bin ein Laie und muß mich vor dem Urteil der Wissenden beugen. Aber ich weiß, was ich sage. Nur ein Männerbildnis noch hat einen ähnlichen Eindruck gemacht wie dieser Kopf, der aus dem unbestimmten Grunde des spiegelnden Glases für einen Augenblick sich hob. Es mag eine Blasphemie sein, aber ich kann mir nicht helfen:... Rembrandts König Saul, der den Vorhang an die Augen zieht...

War es Malerei, Gaukelei, meine eigene Imagination?

Ich weiß es nicht.

Aber festgebannt und zugleich erfüllt von starker Freude, der Berühmtheit zu trotzen, rief ich aus:

»Wie schön ist das!«
Und hinter mir antwortete jubelnd Saverios Stimme:
»Nicht wahr!?«

II

Diesem Ausruf hatte ich es zu verdanken, daß mich Saverio nicht mit den andern entließ.

Während die Gesellschaft sich empfahl, – es geschah recht unvermittelt, – war er nicht mehr der Mensch jenes heimlichen Aufschluchzens und Zähneknirschens, sondern wieder ein eleganter Hausherr und phrasengeschniegelter Lebemann, der den frühen Weggang der Freunde bedauerte, und mit streichelnder Stimme insbesondere den Abschied von den beiden Schönen beklagte. Die Charakterlosigkeit einer solch raschen Wandlung war kaum zu glauben. Selbst Mondhaus, der ihm so Böses zugefügt hatte, wurde eifrig ermuntert, wiederzukommen. Auch der große Maler schied, mit Dank für seinen Besuch überhäuft.

Da aber ich als Letzter gehen wollte, drängten mich Saverios Hände mit pressendem Druck ins Atelier zurück.

Wir waren allein. Ich muß gestehn, daß ich jetzt etwas ›erwartete‹, sagen wir: ›Die Wahrheit‹. Ich wurde enttäuscht. Denn Saverio rannte, peinlich übertrieben, durch den Raum und ereiferte sich:

»Gibt es größere Schurken, als Künstler? Haben Sie ihn beobachtet?«

Er nannte den Namen der Berühmtheit:

»Kein andrer Hochmut kann so satanisch sein! Haben Sie gefühlt, wie der Farbensimpel mich verachtet, weil mein Bild nicht die gültige Couleur hat? Gar nicht angeschaut hat er's. Derartiges existiert für ihn nicht. ›Dunkle Sauce‹, denkt er, ›als hätten niemals Franzosen gelebt!‹ Wie sicher er ist, der beschränkte Kerl! Er könnte sich gar nicht vorstellen, daß es einen andern Weg gibt, als den seinen.«

Saverio machte ein gequältes Gesicht, wie einer, dem wider

Willen das Wort im Munde unwahr wird. Er rannte noch immer umher. Dann rief er:

»Glauben Sie nicht, daß auch ich ringe?«

Das alles war so exaggeriert vorgebracht, daß ich kein Wort fand. Auch geht mir der Ausdruck ›Ringen‹ gegen den Appetit. Der Erregte überfiel wieder meine Hand:

»Sie allein haben mich verstanden!«

Etwas in meinen Augen schien ihn zu ärgern. Denn er wurde plötzlich ganz gelb und änderte den Ton:

»Haben Sie mein Bild genau gesehn?«

Diese Frage verwirrte mich so sehr, daß ich nicht wußte (und bis zu diesem Augenblick nicht weiß), ob ich das seelenvolle Männerbildnis wirklich gesehen habe oder nicht. Aber ich entgegnete mit Festigkeit:

»Genau!«

»Überlegen Sie sich's! Könnten Sie einen Eid ablegen, den Kopf gesehn zu haben?«

Trotzdem ich meinen Zweifel nicht zu überwinden vermochte, sah ich ihm in die Augen und sagte:

»Ja!«

Er aber zwinkerte:

»Und was, wenn dieser Kopf nur Suggestion ist?«

War er so geltungshungrig, daß es ihm auf einmal gefiel, statt des Malers den Hexenmeister zu spielen? Ich lachte:

»Leider bin ich kein Medium. Suggestion wäre Ihnen bei mir nicht gelungen. Übrigens versuchen Sie es doch noch einmal! Wo ist das Bild?«

Er schwieg und schaltete die Beleuchtung ein, so daß ein höchst unangenehmes Zwielicht entstand, denn draußen war es noch lange nicht Nacht. Nun kam er ganz nah an mich heran und sprach leise, als müsse er Schmerzhaftes verraten:

»Sie sind ein Freund von Herrn Mondhaus! Und Herr Mondhaus hat Ihnen gewiß angedeutet, daß ich kein Maler bin.«

Ich verwahrte mich energisch!

»Ich bin kein Freund von Herrn Mondhaus. Aber es ist wahr, daß er davon überzeugt ist, daß Sie kein Maler sind.«

»Und was glauben Sie?«
»Ich habe Ihr merkwürdiges Bild gesehn und glaube unbedingt, daß Sie es gemalt haben.«
Saverio schien von meinem Credo gar nicht besonders erfreut. Vielleicht mißtraute er mir:
»Warum glauben Sie es? Was gibt Ihnen denn das Recht, es zu glauben?«
»Darauf habe ich keine Antwort.«
Saverio blieb hartnäckig:
»Nehmen wir zum Beispiel an, ich hätte irgend eine alte verräucherte Schwarte gegen das Licht gehalten...«
Ich schwieg. Saverio aber hob das Wort ›Freund‹ hervor, um mich zu ärgern:
»Ihr Freund, Herr Mondhaus, hat Ihnen noch andre Eröffnungen über mich gemacht. Mein Haus sei das Geschäftslokal von Barbieri. Was? Ich sei eine Art Zuhälter von ihm. Was? Meine Aufgabe wäre es, reiche Amerikaner hereinzulegen. Was?«
Ich erklärte, daß mich diese Tatsachen alle nicht interessierten. Saverio aber lief durchs Atelier und behauptete, wobei sein Wesen wiederum eine unangenehme Süßlichkeit annahm, er wäre leider Ästhet und könne ohne eine Umgebung von schönen Dingen nicht leben. Dann aber gab er sich seinem Haß hin:
»Was das für Durchschauer sind, diese Mondhäuser! Sie sehen wirklich alles, was zu sehen ist. Mondhaus! Finden Sie nicht, daß alle Menschen den richtigen Namen tragen?« Er blieb stehen:
»Mond! Vom Mond sieht man immer nur eine Seite, nicht wahr?«
Aber ehe ich noch darauf antworten konnte, erklärte er:
»Sie müssen wissen, ich bin sehr ungebildet, habe viel zu wenig gelernt.«
Auch dieses Geständnis erschien mir unglaubwürdig.
Er fixierte mich:
»Wie alt sind Sie?«
»Anfang Dreißig!«
»Und Sie sollen berühmt sein? Wie?«
Ich mußte lachen:

»Von allen Leiden drückt mich der Ruhm am wenigsten.«
Er blieb tiefernst:
»Ich werde Ihnen etwas sagen: Versuchen Sie es, erst mit Vierzig berühmt zu werden! Aber schön langsam! Nach und nach!«
Ich wunderte mich über dieses Rezept:
»Warum geben Sie mir so einen komischen Rat?«
Er dozierte:
»Warum? Weil Ihnen dann nicht mehr viel passieren kann. Denn, Herr, es ist schrecklich, berühmt g e w e s e n zu sein!«

Trotzdem auch dieser Satz reichlich bombastisch klang, fühlte ich eine Scheu, weiter zu fragen. Er aber schaltete aus unverständlichen Gründen die Deckenbeleuchtung wieder aus und ließ nur eine entfernte Stehlampe brennen, wodurch das fortgeschrittene Zwielicht deprimierender wurde. Dann meinte er, um mir Mut zu machen:

»Es ist noch Ruhm genug übrig für einen Dichter. Nehmen Sie Dante! Der Unglücksmensch hat Hölle, Fegefeuer, Paradies verfaßt, aber den Wald ist er uns schuldig geblieben.«

Saverio stellte sich wie ein betrübter alter Komödiant in Positur und begann die ersten Terzinen der Commedia zu rezitieren.

Ich muß an dieser Stelle eine Erinnerung einschalten: Während des Krieges kam ich einmal nach Gemona, einer kleinen Stadt in den venezianischen Alpen, wo ein österreichisches Korpskommando lag. Als einzelreisender Soldat, der seine Truppe suchte, also nirgends hingehörte, fand ich in den überfüllten Ubikationen des Städtchens kein Quartier. Gegen Abend geriet ich, auf einem Spaziergang außerhalb des Ortes, in einen größeren Bauernhof, wo man mich freundlich aufnahm. Merkwürdigerweise war das Anwesen von einer Einquartierung verschont geblieben. Ich erhielt – es kam mir wie ein Wunder vor – ein eigenes Zimmerchen mit einem weißen Bett, gut genug für einen General, so daß ich die ganze Zeit Angst hatte, aus dieser sauberen Kammer, die meiner militärischen Charge nicht gebührte, verjagt zu werden. Meine Wirte, ein alter Bauer und eine lange, hagere Bäuerin, die merkten, daß ich nichts zu essen hatte und verbotenerweise schon die »eiserne Ration« hervorzog, luden mich in ihre Stube ein. Dort bekam ich Polenta vorgesetzt und einen guten roten Wein. Die Eheleute, die selber auf italienischer Seite zwei Söhne im Krieg hatten, und denen ich aus diesem oder einem andern Grund sympathisch war, schenkten mir sehr eifrig ein und tranken ebenso eifrig mit. Vom Wein und von einer starken Sympathie für das Paar erregt, begann ich von meiner Liebe für das italienische Volk zu sprechen, um so begeisterter, als ich in feindlicher Uniform die Gastfreundschaft eines italienischen Hauses genoß. Ich hatte mich in Hitze geredet und erzählte diesen alten Bauersleuten von dem Glück, das ich in meinem Leben durch die italienische Musik erfahren habe; dabei war ich mir in meinem leichten Rausche bewußt, daß ich kaum verstanden werden würde. Aber ich wurde wunderbar verstanden. Denn das hagere Weib, das mir die ganze Zeit über stumm zugehört hatte, sprang plötzlich auf und stand in ihrem schwarzen, verwetzten Kleide groß in diesem niederen Raume da, die Megäre einer finsteren Begeisterung. Und ohne abzusetzen, ohne sich zu verwirren, rezitierte die alte abgearbeitete Bäuerin in langhintönenden Versen den ganzen ersten Gesang der Göttlichen Komödie. Es war nicht Prahlerei, was noch immer großartig genug gewesen wäre, es war keine irgendwann erlernte Deklamation, es war ein feurig-erbitterter Ausbruch von Patriotismus, mehr als das, von Rasse.

In dem großen Bauerngemach von Gemona hatte mich damals zum erstenmal das strenge Wunder des lateinischen Blutes angeweht.

Und jetzt nach langer Zeit hörte ich den Schall dieser Terzinen wieder, aus dem Munde Saverios. Aber es war in schauspielerhaftem Hohlklang nichts als billigste Banalität, die verstimmte, ein Beweis geradezu für Fremdstämmigkeit, nein, für trüben Rassenmangel. Vorhin hatte er von seiner Unbildung gesprochen. Jetzt wollte er mich – das war ganz seine Art – durch diesen schallenden Vortrag vom Gegenteil überzeugen. Ich empfand in diesem Moment, Saverios Unglück müsse im Körperlichen liegen. Derartige Empfindungen aber lassen sich schwer begründen. Er hatte seine Deklamation beendet und zog den Schluß:

»Was geht mich Inferno, Purgatorio, Paradiso an? Vom Walde will ich hören, von der ›selva oscura‹! Der Wald, in dem alles verkehrt ist, wo jeder Schritt ins Ausweglose führt, diesen Wald dichten Sie uns, mein Lieber...«

Er setzte sich schweratmend nieder. Die Terzinen hatten ihn erschöpft. Seine Augen, bemerkte ich jetzt, waren ungewöhnlich klein und tiefliegend. Während er bisher nicht geraucht hatte, steckte er sich nun eine Zigarette an. Die Bewegung, mit der er aus einer Kassette die russische Zigarette mit langem Papiermundstück holte, war hastig und schuldbewußt, als breche er ein Gelübde damit. Von diesem Moment an hörte er nicht mehr auf, zu rauchen. Er sah mich, sehnsüchtig seinen ganzen Körper mit dem Aroma befriedigend, wie ein Verschwörer an:

»Sie sind, schätze ich, ein äußerst leichtgläubiger Mensch... Übrigens glauben Sie, bitte, was Sie wollen!«

Da beschlich mich ein Leiden um diesen Mann. Vielleicht merkte er etwas, denn er wurde grob:

»Mit Zwanzig und Dreißig hat man kein Talent zu haben! Wissen Sie denn, wie das Talent einen Menschen vergiftet?! Was ist der ganze Erfolg unseres Genies, meines berühmten Gastes? Seine Talentlosigkeit, sage ich Ihnen. Sie stählt die Energie wie eine dauernde Kaltwasserkur. Mit zwanzig Jahren war der Mann gewiß ein öder Büffler und noch heute muß er bei der kleinsten Steigung die Vollkraft einschalten. Aber er kennt seinen Wagen! Ein Maler, Maler, Maler! Er hat nicht eine Stunde wirklich gelebt. Aber von diesen Schwerarbeitern geht der ganze neidige Haß und Hochmut aus...«

Er fuhr wütend auf und schlug sich übertrieben gegen das Herz, daß es hallte:

»Jeder hat sein Tabernakel!«

Eine Ahnung dämmerte mir. Ich trat dicht vor Saverio hin:

»Ich bin überzeugt, daß in Ihnen noch immer die Kraft lebt. Der Kopf, den Sie uns heute gezeigt oder besser, verborgen haben, beweist es!«

Er sah an mir vorbei: »Sie glauben also wirklich, daß ich nicht nur ein Antiquitätenagent etcetera bin?«

Saverio machte ein paar willensschwache Handbewegungen; er schien mit sich zu kämpfen:

»Ich kann Ihnen ja den Beweis erbringen.«

Er umkreiste zögernd den Schreibtisch, machte auf einmal halt und riß mit wilder Geste aus der Schublade eine gelbgeheftete Broschüre, die er mir hinreichte. Dabei stieß er schnell hervor, als müsse er sich zu einer Schmach bekennen:

»Ausstellungskatalog!«

Aber kaum hielt ich die Broschüre in der Hand und wollte den Titel lesen, entriß er sie mir wieder. Es war der nämliche Ruck, das nämliche Versteckenspiel, die gleiche Scham wie vorhin bei der Zeigung seines Bildes. Das Schicksal aber fügte es, daß durch den Ruck das Titelblatt zerriß und ich ein Stück schlechtes ausgezacktes Papier in der Hand hielt, worauf nichts anderes zu erkennen war als der Verlagsort – Paris – und die Endsilbe von Saverios Namen, die auf die Hälfte aller italienischen Namen paßt. Dieses Mißgeschick machte ihm außerordentliches Vergnügen. Er höhnte:

»Haben Sie gelesen?«

Ich bot ihm die Stirn und log:

»Ich habe Ihren Namen auf dem Titelblatt gelesen!«

Er amüsierte sich:

»Dann ist ja alles in Ordnung.«

Nun aber konnte ich meinen Ärger nicht länger beherrschen. Er sollte nicht allzu leichtes Spiel haben:

»Ich hätte die größte Lust, Ihre neuen Arbeiten zu sehn!«

Er lachte noch immer:

»Wer sagt Ihnen, daß ich ein Künstler bin oder jemals war?«

»Sie selbst haben von einem Auftrag in Arosa gesprochen!«

»Und Sie sind der Meinung, daß ich nach Arosa fahre?«

»Warum soll ich daran zweifeln?«

»Und Sie halten diese Koffer für gepackt und reisefertig?«

»Selbstverständlich! Sonst würden sie nicht im Wohnraum stehn!«

Da kam ein zugleich füchsischer und irrer Ausdruck in Saverios Züge, ein häßlicher Triumph. Er lief zu dem Gepäck, ergriff die Stücke und warf sie leichter Hand in den Raum. Die Taschen öffneten sich, die Koffer klafften, Einlagen fielen heraus. Und alles war leer.

Jetzt packte ich seine Hand:

»Wozu tun Sie das? Wen mystifizieren Sie?«

Der füchsische Ausdruck verstärkte sich. Er sah wirklich aus wie ein gemeiner Agent. Seine dicke Unterlippe bebte:

»Wen ich mystifiziere? Sie selbst haben doch mein Bild gesehn und gelobt! Wozu ich das tue? Fragen Sie Mondhaus! Mondhaus weiß alles, Ihr Freund! Alle wissen alles...«

Saverio hatte dies weder geschrien noch auch vorhin, während er die Koffer ins Zimmer warf, sich angestrengt. Und doch geschah etwas, was ich noch bei keinem Menschen gesehn habe. Ohne Grund begann es auf seiner Stirn zu perlen, über seine Wangen liefen immer schneller dicke Tropfen und selbst das schwarze Haar wurde sichtbar feucht. Es war ein starker, unverständlicher Schweißausbruch. Wenn man es so sagen darf, der schwere Körper des Mannes weinte aus allen Poren. Er selber aber schien nichts zu bemerken. Unvermittelt und geradezu unhöflich kam es:

»Schade, daß Sie mich schon verlassen wollen!«

Trotz dieser brüsken Verabschiedung entschloß ich mich nur mit schlechtem Gewissen, davonzugehen. Was für einen Abend würde Saverio mit sich allein erleben!?

Ich habe ihm den beleidigenden Abschied niemals übelgenommen.

Er aber verwandelte sich sofort wieder in den geleckten Salonmenschen, zog allerhand freundliche Erkundigungen ein, half mir in meinen Mantel, tat besorgt, daß ich gut nach Hause komme. Zum Schluß geleitete er mich zur großen Treppe, die von der Halle ins Stockwerk führt. Hier brach für einen Augenblick das andre Wesen wieder durch seine Maske. Er fragte:

»Sie sind doch ein gesunder Mensch?«

Ich starrte ihn an.

Er tätschelte meine Hand:

»Dann ist ja alles gut und Sie müssen keine Angst haben. Ich danke Ihnen. Es war wirklich eine entzückende Stunde, die Sie mir geschenkt haben...«

Ich wollte ihm gerade die Hand reichen, als ich sah, daß ein junges Mädchen die Stufen heraufkam. Um dem neuen Besuch nicht unhöflicherweise auf der Treppe zu begegnen, wartete ich. Die schmale und elegante Erscheinung aber stieg langsam Stufe für Stufe empor. Ich wunderte mich darüber, daß dieses Mädchen einen Schleier vor dem Gesichte trug, was zur heutigen Mode in einem auffälligen Gegensatz steht. Saverio stellte mich vor und nannte den Namen des Gastes: Contessa Fagarazzi.

Er küßte ihr die Hand und fragte dabei nicht ohne Strenge, warum sie so spät erst komme. Die Dame schlug den Schleier zurück und ich erkannte das emaillierte, paraffinierte Gesicht einer alten Frau, dessen Verwüstung durch Starrheit und Glätte des Überzugs nur noch deutlicher wurde. Sie wollte Antwort geben, aber kaum hatte sie ein paar Worte gesprochen, als ihr violettgefärbter Mund von einer Art Veitstanz ergriffen wurde, sich krampfte, spitzte, drehte, krümmte, und von Zuckungen hin und her gerissen ward.

Dieser nervöse Mund-Tick war mir nichts Neues. In meiner Kindheit habe ich mich vor einer alten Person gefürchtet, die von demselben Übel besessen, durch die Straßen lief. Die Kinderfrauen erzählten untereinander, sie wäre eine boshafte Klatschbase gewesen und ihr Leiden sei die Gerechtigkeit Gottes. Ganz abergläubisch ist diese Auffassung nicht, wenn man bedenkt, daß oft das Schicksal den menschlichen Körper in seinen hervorragenden oder sündigenden Organen trifft.

Die Contessa Fagarazzi machte den Eindruck einer gequälten Frau, die eine hastige Sache ausplaudern will, aber keinen Ton hervorbringt. Saverio sah eine Weile dieser Besessenheit mit Ekel zu, dann befahl er:

»Gehn Sie hinein!«

Die Frau gehorchte demütig.

Er entließ mich daraufhin mit noch gesteigerter Herzlichkeit. Mir aber fiel sofort auf, daß er mich, im Gegensatz zu den übrigen Gästen, nicht aufgefordert hatte, ihn wieder zu besuchen.

Ich mußte, um nach Hause zu kommen, in der Lagunenstation F. das Dampfboot nehmen. Die Spätherbstnacht war voll Gefahr. Man atmete einen verpesteten Nebel und Wasserfäulnis ein. Meine frierende Müdigkeit stellte sich immer die gleichen monotonen Fragen:

»Habe ich das Gesicht auf dem Bilde wirklich gesehn?« – »Ist er ein eitler Schwindler, ein paradoxer Wichtigtuer, oder tatsächlich ein Maler?« – »Steht auf dem Ausstellungskatalog sein Name?« – »Was hat er mit seinen dunklen Andeutungen über Talent und Jugendruhm beabsichtigt? Umgibt er sich mit einem sentimentalen Nimbus, um seine Händlerexistenz zu entschuldigen?« – »Was sucht die alte Schachtel mit dem nervösen Tick am Abend bei ihm?« – »Warum fragt er mich, ob ich gesund sei?« – »Warum hat er mir Eröffnungen gemacht, und mich dann nicht mehr eingeladen?«

Am stärksten aber beschäftigte mich immer wieder die Frage nach der Wirklichkeit des Gesichtes auf dem Männerbildnis.

Die Rätsel waren nicht zu lösen. Je länger aber die Fahrt dauerte, um so deutlicher empfand ich, daß dieser Saverio trotz allem – ich kann es nicht glaubhafter ausdrücken – ein Mensch von unerklärlicher Einwirkungskraft war.

Ich warnte mich vor mir selber, vor dem Illusionisten, der in mir steckt. Andre Leute würden gar nichts an dem Manne finden und ich selbst hatte noch längst nicht die Reife, Wirkliches zu erkennen und fiele immer wieder der romantischen Sucht zum Opfer, das »Interessante« in die Menschen hineinzukonstruieren. Es könnte mir doch höchst gleichgültig sein, ob Saverio ein Maler sei oder nicht. Wie bedeutungslos wäre diese Frage...

Nein! Sie war doch nicht bedeutungslos. Das Malersein hatte hier einen andern Sinn, es war symbolisch für eine höhere Existenz, die sich gegen einen niederen Anschein nicht durchsetzen konnte.

Wie quälend! Ich versuchte, an diese Dinge nicht mehr denken zu müssen! Aber ich kam nicht los davon, was bei dem raschen Ablauf meiner Gedankenbilder eine Seltenheit ist.

Auf dieser Dampferfahrt erfüllte mich der fremde Mensch von Minute zu Minute zudringlicher. Ich legte mir endlich eine gläubige Deutung zurecht, wobei ich aber das unangenehme Lachen Mondhausens nicht aus dem Ohr bekam:

– Saverio ist ein genialer junger Mensch gewesen. Seine ersten Arbeiten haben außerordentlichen Erfolg gehabt. Er war aber leider nur eine jener Begabungen, die mit der Jugend absterben. Deshalb hat er von der vergiftenden Wirkung des frühen Talents und frühen Ruhms gesprochen. Seit zwanzig Jahren malt er keinen Strich mehr. Diese Unfruchtbarkeit ist die Quelle seiner Leiden und Lügen. Er hält die Fiktion der Kunst aufrecht, weiß aber genau, daß man ihn durchschaut. –

So etwa lautete die Deutung, die ich mir auf dem Schiff damals zurechtlegte.

Merkwürdigerweise hatte ich in dieser Stunde eine ungefähre Vorstellung von den Bildern, die der junge Saverio einst gemalt haben mochte. Sie verband sich mit dem Eindruck, den in meiner Jugend Gabriel Max auf mich gemacht hatte, einer jener Maler, der durch die Woge des französischen Impressionismus und der seither zur Herrschaft gelangten Kunstauffassung verschlungen worden ist und jetzt alle Geltung verloren hat.

Ich mußte an Maxens ›Seherin von Prevorst‹ denken: – ein schlechtes Bild sagt man –, aber mir ist es einmal ein starkes Erlebnis gewesen, dieses durchscheinende Mädchen, das auf dem Totenbette die okkulten Zirkel und Pläne jenseitiger Welten bestarrt. Ihr Antlitz und andre leidens- und wissensgezeichnete Köpfe zogen an mir vorüber und alle hatte sie jener Mann gemalt, der bestenfalls aus Triest stammte, dem prächtigsten aller Antiquitäten-Geschäftslokale vorstand, in Arosa eine Filiale für Ski-Ausrüstung unterhielt und als tadellos-modern kostümierter Weidmann in Dantes Wald (ein Wegweiser trug die Aufschrift »Selva oscura«) auf Pantherjagd ging. Er war aber nicht allein. Verliebt schritt an seinem Arm ein junges Mädchen mit einem uralten, armen Gesicht, dessen Name mir bekannt war. Margarete Maultasch.

Dies alles zog vorbei und ich schlief ein.

Aber immer wieder fuhr ich aus meinem traurigen Schlaf, denn viele Grammophone heulten mir ins Ohr, das elektrische Klavier donnerte und unter mir stampfte die Schiffsmaschine.

III

Wäre diese meine Geschichte erfunden, so hätte ich jetzt die Pflicht, eine gutpointierte Lösung zu ersinnen und die Gleichung der Charakterstudie restlos und überraschend aufgehn zu lassen. Aber die Mathematik des Schicksals ist keine Schulaufgabe. Ich dichte nichts hinzu, nehme nichts hinweg und gebe keine Erklärungen. Das Leben schleicht verzweifelt undramatisch, es verkrümelt, es zerbröckelt alles und läßt es fallen aus langsamer Hand.

Ein und ein halbes Jahr später feierte man die Eröffnung der großen »Internationalen Kunstausstellung« in den giardini pubblici.
Ich bin, wie gesagt, kein Freund von Museen und Galerien. Welche Barbarei ist eine mit Bildern dicht behängte Wand. Aus zwanzig sinnlos aufgeklappten Schächten starren zwanzigmal Landschaften, Köpfe, Kreuzigungen und Viktualien-Arrangements aus ihrer Welt in die unsrige, die durch das bißchen Oberlicht nicht zur Genüge verzaubert ist. Zwanzig Farbnaturen schießen, wetteifernd, ihre Strahlen auf den betäubten Beschauer, ein hitziger Kampf, dessen Opfer der Unschuldige ist. Zwanzig Seelen, zarte, verklärte, freche, üppige, haßerfüllte, singen nebeneinander ihr Lied, und der Jahrmarkt der Farben zwingt selbst die feinste dazu, sich zu überschreien. Man möchte oft diese Fenster in eine andre Welt wütend zuschlagen, aber es gelingt nicht einmal, den Blick an ihnen vorbei in das Leere der Wand zu retten.
Ganz anders hingegen ist es mit dem Eröffnungstag einer Kunstschau bestellt. Er hat seine eigene festliche Erotik, wie sie in anderm Sinn sonst nur das Theater kennt.
Was kümmert uns die Kunst? Was geht uns das Streben, das

»Ringen« der vielen Maler an, die sich, unerkannt, durch die Menge drängen und in bleicher Erwartung, jetzt und zu keiner besseren Stunde, ihren Dank ernten wollen? Wir sind keine Kritiker. Wir bringen in unserm Kopf nicht die durchkorrigierten Bürstenabzüge irgendwelcher Theorien oder Vorurteile mit. Wir wenden den Blick lässig zu diesem und jenem Bild und warten, ob seine Farben die Frage in uns beantworten.

Aber wichtiger ist draußen der blaue, goldene Frühlingstag, wichtiger die traurige Entzückung in all unsern Gliedern, denn wir wissen uns älter geworden um ein Jahr und beginnen schon die Zeit zu zählen.

Die Menge dreht uns, wie das Wasser ein abgerissenes Blatt dreht. Wir schließen die Augen und atmen durch den leichten Öl- und Parfumnebel hindurch den zimmetvermengten Weinduft des Weibes. Und dem Weibe auch ist Kleid und Hut, zum erstenmal getragen, wichtiger als alle Kunst und alles Ringen um Probleme.

Wir aber öffnen die Augen wieder und nippen die blonde oder dunkle Blume vom Kelche der Frauen...

Ich war in den belgischen Pavillon geraten, in den großen Mittelsaal, wo die Kollektion jenes berühmten Malers hing, dessen Namen ich aus begreiflichen Gründen nicht nenne. »Ein Maler, Maler, Maler!« Ich dachte der Worte Saverios. Ja, hier war ein beschränktes, aber strotzendes Leben der Kunst aufgeopfert ohne Rest. Nun leuchtete es rings wie das wiedergeborene Sonnenlicht von den Wänden.

Was jetzt geschah, überraschte mich nicht. Ich hatte mich im Gegenteil darüber gewundert, daß es mir so lange erspart geblieben war. Plötzlich hatte ich ein unangenehmes Gefühl im Rükken. Ich bitte diesen Ausdruck zu verzeihen, aber er ist wahr: ich spürte es hinter mir schielen. Mondhaus hatte mich erwischt.

»Qualität?! Was?!« rief er und hängte sich in mich ein. Leider bin ich – eine Schwäche, die ich mir bitter vorwerfe – gegen überlegene Zudringlichkeit wehrlos. Mehr noch! Freche Menschen wie Mondhaus lähmen mich, sie machen mich, wie sehr ich auch gegen das unsympathische Netz zapple, zum Mitverschworenen ihrer Gemeinheit. Es gelang mir also nicht, den freundschaftlich untergeschobenen Arm loszuwerden. Ich, der ich nichts von Malerei verstehe, mußte mit Mondhaus, der in seinem Element zu sein glaubte, brüderlich vereint, den Rundgang durch diesen Saal machen. Er hatte gewiß den Auftrag, über die Ausstellung zu reportieren und war willens, mich als Prüfstein für die Wirkung seiner feuilletonistischen Einfälle zu benützen. Bezeichnend war, daß er, über die Bilder redend, diese kaum mit einem Blick streifte:

»Fabelhaft! Hier sehen Sie zehn Jahre riesger Arbeit. Was dieser dumpfe Quadratschädel aus sich herauspreßt! Kaum zu glauben! Man sieht ordentlich den Bizeps seines Willens. Und jetzt hat er sogar auch die Architektur heraus. Lieber Freund, den hat kein Expressionismus, kein Kubismus, kein Futurismus, kein Neo-Klassizismus nervös gemacht. Er hat ja gar keine Nerven. Wie ein Lastpferd geht er vorwärts mit seinen beschlagenen Hufen...«

Mondhaus hielt plötzlich an:

»Unter uns gesagt, finden Sie diese ganze Art nicht schrecklich langweilig? Diese knallenden Portraits menschlicher Gesichts-Schlachtfelder! Diese Temperamentslandschaften! Diese ewigen Stilleben mit dem hochgezerrten Tischhorizont à la Cézanne! Diese polychromen Riesenpopos kuhwarmer Weiber! Der Mann stammt halt noch aus der Generation, welche die Überzeugung als große Geistestat in die Welt geschrien hat, daß eine gut gemalte Zwiebel besser sei als eine mäßig gemalte Madonna. Die Zeit ist endgültig vorüber.«

Mondhaus mußte bemerkt haben, daß mir sein Klugschwatz und Kaffeehauswitz zuwider war, denn er regte sich auf:

»Na hören Sie!? Selbstverständlich ist eine kitschige Madonna wertvoller als die genialste Zwiebel! Mit der ›absoluten Kunst‹ ist es vorbei. Wir pfeifen auf die ästhetischen Sorgen der Herrschaften. ›Kunst‹, ›Persönlichkeit‹, ›Originalität‹, das ist alles ödes Neunzehntes Jahrhundert, genau so wie etwa ›Empfindsamkeit und Tugend‹ Achtzehntes Jahrhundert war. Die gestrigen Ideale stinken penetrant. Jetzt kommt...«

Aber da schlug er sich auf den Mund:

»Wissen Sie schon, daß Saverio in San Clemente ist?«

»San Clemente?«

»Ja! Saverio S. ist interniert. Im Irrenhaus! Verlorener Fall!«

Ich warf seinen Arm von mir. Er aber schielte überlegen:

»Erinnern Sie sich an das, was ich Ihnen damals gesagt habe? Wer hat recht gehabt? Angeschmiert hat er uns. Niemals ist er in die Schweiz gereist, sondern...«

»Nach Treviso...«

»Nach Treviso? Wieso nach Treviso? Übrigens nach Treviso oder anderswohin, darauf kommt es nicht an. Er ist zeitweilig verschwunden, hat sich zurückgezogen und wie ein Wilder gekämpft.«

»Woher wissen Sie davon?«

»Auf meine Kombinationen können Sie sich immer verlassen!«

»Und ist er wirklich verloren?«

Mondhaus erledigte Saverios Schicksal mit einer kleinen Geste. Sofort aber kehrte seine Selbstgefälligkeit zurück:

»Ich kann wirklich stolz sein. Alle hat er gebluff, nur mich nicht. Denken Sie an meine Worte! Die Villa hat natürlich nicht ihm gehört...«

»Also er ist doch der Agent von Barbieri?«

Mondhaus versuchte mitleidig dreinzusehn:

»Herr! So einfach ist das wieder nicht. Er hat den Hausherrn gemimt, um uns durch schlechtes Spiel einzureden, er wäre der Agent. Aber Barbieri schwört, daß er niemals etwas mit dem Verkauf eines Stückes zu tun hatte, daß er heimtückischerweise meist das Geschäft verhindert habe. Für den Betrieb des Alten dürfte Saverios Internierung ein Glück sein. Ich kombiniere: Barbieri hat ihm aus einem besonderen Grund, der noch zu eruieren ist, einen Schlupfwinkel geboten, und dafür mußte Saverio Fremde empfangen und herumführen. Sie wissen ja, daß Leute wie Barbieri mit Vorliebe ihren Besitz verschleiern. Da mußte ihm doch ein Mensch gelegen kommen, dessen Haupteigenschaft das Verschleiern war. Aber ahnen Sie, wie Saverio existiert hat? – Ich habe schon meine Leute, wenn ich eine Wahrheit konstatieren will, dazu bin ich Journalist. In dieser Sache ist der Portier des Hauses mein Gewährsmann. – Also, Saverio hat weder die ›Räumlichkeiten‹ des Palazzo bewohnt, noch auch das Atelier, sondern eine elende Dienstbotenkammer oben in der Mansarde. Sein Essen hat er sich meist selber auf einem Spiritusbrenner gekocht. Und wissen Sie, worauf er schlief? Auf einer Wachtstubenpritsche mit zwei Pferdedecken darüber! Das ist unwiderruflich festgestellt!«

Ich wollte eine Frage tun. Aber Mondhaus duldete keinen Einwurf:

»Sie wollen natürlich fragen, warum der Mann so gelebt hat? Gedulden Sie sich! Meine Konfidenten haben mir vorläufig berichtet, daß die armen Leute der halben Gegend von ihm gelebt haben. Halten Sie es fest: Er spielte den Elegan und hauste wie ein Trappist. Für sich brauchte er keinen Soldo und hatte unzweifelhaft Geld, sogar viel Geld! Aber jetzt kommt das Wichtigste: Er hat so getan, als posiere er den Maler. Und die Herrschaften ringsum sind glatt auf die Pose der Pose hereingefallen. Das kommt daher, weil man schlimmstenfalls an Leute mit doppeltem Boden gewöhnt ist. Aber Saverio hat nicht wenig Böden mehr. Ich bin mir immer klar darüber gewesen. Sie selber waren ja dabei, wie ich ihm das kleine, dunkle Bild entlockt habe. Leider bin ich in diesem Jahr höchst okkupiert gewesen, sonst hätte ich die Sache schon vor der Katastrophe aufgeklärt. Nun, Sie sind Zeuge dafür, daß ich auf dem rechten Wege war. Denn Saverio ist ein Künstler. Und was für einer!«

Das war zu viel. Mich packte die Wut:

»Wofür bin ich Zeuge? Ich bin Zeuge, daß er Sie selbst am gründlichsten gebluttt hat. Denn, ungefragt, haben Sie mir versichert, daß Saverio ein Maler sei, so wie Sie und ich.«

Mondhaus unterbrach sich traurig, als mache ihm mein Geisteszustand Sorgen, dann erklärte er langsam:

»Sie sind ein Autor und haben tatsächlich Phantasie.«

Diese Frechheit nicht gezüchtigt zu haben treibt mir noch jetzt das Blut zu Kopf. Mondhaus verkroch sich erschrocken:

»Damit machen wir den armen Saverio nicht gesund. Ich weiß nur, daß er gearbeitet hat wie ein Rasender. Er wird eine unübersehbare Leistung hinterlassen. Man hat mir von hunderten Leinwanden berichtet, aber auch von viel Graphik und Plastik. Die Herrschaften werden sehr vorsichtig zu Werke gehn müssen, um die Sachen, wegen ihrer Anzahl schon, nicht zu entwerten...«

Es war furchtbar. Der Unglückliche lebte noch, und dieser Mensch hier zog den Marktwert seines Nachlasses in Rechnung. Wir waren, ich weiß nicht wie, in den ungarischen Pavillon geraten. Ich aber sah nicht mehr die Farben der Frauen, die Farben der Bilder. Es bedrückte, ja kränkte mich, daß Mondhaus die Arbeiten Saverios zu Gesicht bekommen haben konnte. Ich fragte ihn danach. Er war erstaunt:

»Gesehn?! Ich glaube, Sie unterschätzen Barbieri und die Contessa Fagarazzi. Was übrigens die Fagarazzi anbelangt, verpflichte ich mich, binnen wenigen Tagen herauszubringen, ob Saverio mit ihr wirklich verheiratet ist, oder ob sie seine Geliebte oder gar nur Vertraute. Daß sie Französin und nicht Italienerin ist, dürften sogar Sie wissen. Vielleicht hat sie Saverio schon vor ihrer Ehe mit Fagarazzi in Paris gekannt. Woher aber ihr Leiden stammt, wissen Sie gewiß nicht. Sie hat zwei Jahre lang die Sprache verloren gehabt. Es gehört ja auch nicht gerade zu den Lebensfreuden, den Gatten, von der Fensterschnalle, an der er sich erhängt hat, abzuschneiden...«

Der Schwätzer unterbrach seine Schauergeschichte:

»Gesehn?! Ich habe doch meine Quellen, meine Informationen und mehr als das! Übrigens, hören Sie, ich brauche ein Bild gar nicht eine Stunde lang anzustarren, ebensowenig als ich ein Buch wirklich lesen muß, um zu wissen, was damit los ist. Das ist mein Talent! Bei einem Buch genügt es mir schon, wenn ich es berühre oder anblättre.«

Wir gingen jetzt durch den polnischen Pavillon. Ich erkannte es an den Namen der Maler, die auf den Täfelchen unter den Bildern standen. Mondhaus hatte noch nicht die geringste Pause gemacht:

»Sie wollen über die Kunst Saverios Näheres erfahren! Vor fünf Jahren hätten die Eingeweihten das vielleicht ›höheren Kitsch‹ genannt, oder ›literarische Malerei‹. Denn diesem Saverio sind alle Atelierschmerzen fremd. Ihm kam es nicht auf ›Kunst‹ an. Sie war ihm nichts als Umgangs- oder Verständigungssprache, die er glatt beherrschte. Der analytische Raptus unseres Zeitalters ließ ihn völlig kalt. Der Gegenstand, das war es! Die Sache, jawohl mein Lieber, da mögen Sie sich wundern, soviel Sie wollen! In Paris weiß man es längst. Und in allen kleinen Schaufenstern der Rue de la Boëtie können Sie ihn finden, den magischen Realismus, der die neue Parole ist. Keine Nurmalerei, keine Auflösungen mehr, keine Verzerrungen, sondern die Dinge selbst, wie sie sind und was sie erzählen, doch zugleich auch ihr Jenseits...«

Dieses vorlaute Feuilleton, das so glatt dahinfloß, verursachte mir starke Kopfschmerzen. Und doch, ich konnte nicht davonrennen. Mondhaus wurde jetzt pathetisch:

»Und das, verehrter Herr, hat der arme Saverio schon vor zwanzig Jahren gemalt. Beruhigen Sie sich, ich spreche nicht nur aus reiner Intuition. Es gibt eine verschollene Broschüre über ihn. Er selber hat sie verschwinden lassen. Aber wozu wäre ich Kunsthistoriker, wenn ich nicht verschollene Broschüren aufzutreiben wüßte? Vielleicht wird sie mir einmal zur Grundlage einer Publikation dienen. Es ist ein Ausstellungskatalog. Hier! Sehn Sie!«

Und er reichte mir das gelbe Heft, von dessen Titelblatt die Hälfte fehlte. Der verstümmelte Name darauf war nicht der Saverios. Mondhaus strahlte wie ein siegreicher Detektiv:

»Saverios heutiger Name ist ein Pseudonym. Das ist polizeilich ermittelt. Ob dies hier sein echter, ursprünglicher Name ist, was ich keinesfalls glaube, wird noch festgestellt werden. Die Abbildungen aber sind identifiziert. Wir kommen zum wesentlichsten Punkt meiner Forscherhypothese.«

Ein andrer Name! Das also war der Grund, weswegen Saverio den Beweis seines Künstlertums mir sogleich wieder entrissen hatte. Warum verändert ein Mensch seinen Namen? Dafür gibt es manche Veranlassung; Verleugnung der Herkunft zum Beispiel. Mondhaus nahm meine eigenen Gedanken auf:

»Der erste Name weicht vom zweiten nur wenig ab. Das gibt zu denken. Nun hat vor zwanzig Jahren dieser erste Name in Pariser Malerkreisen eine gewisse Berühmtheit genossen. Die Ähnlichkeit des zweiten beweist, daß sich Saverio nur schwer von seinem Ruhm trennen konnte. Er hat es aber doch getan oder tun müssen... Was ist Ihre Meinung?«

Ich starrte das zerrissene Titelblatt an. Ich las das Wort »Exposition«, »Oeuvre«, »Paris«, den verstümmelten Namen; dies alles verriet mir nichts. Mondhaus ließ seinen Scharfsinn weiterspielen:

»Ich will meinen eigenen Untersuchungen nicht vorgreifen. Aber darüber besteht kein Zweifel mehr, daß es in Saverios Leben einen Bruch, eine dunkle Stelle gibt. Er dürfte etwas auf dem Gewissen haben, ich kombiniere, etwas Entehrendes, Kriminelles...«

Ich sah deutlich eine weißgetünchte Mansardenkammer vor mir mit einer Wachtstubenpritsche. Mondhaus fragte:

»Wollen Sie sich denn die Reproduktionen nicht ansehn?«

Ich war schon nahe daran zu gehorchen und den Katalog aufzuschlagen. Aber im letzten Augenblick hielt mich eine Scheu zurück, aus d i e s e n schamlosen Händen zu empfangen, was Saverios schamkranker Wille mir verweigert hatte. Ich gab rasch das gelbe Heft zurück, grüßte ungeschickt und ließ Mondhaus stehn.

Wenn man aus den feierlich-gedämpften Räumen trat, wurde man jäh vom erbarmungslosen Licht überwältigt. Die Musik strahlte von ihrem Pavillon her die gelbe Sonnenwärme satter Blechharmonien in den Frühling. Grelle Kleider, Beine, Hüte, Sonnenschirme zogen dicht über die Wege dahin, wie die farbigen Kreise und Flecken vor dem Auge eines Einschlafenden. Die Lagune selbst war ein ungeheurer Spiegelreflektor. Ich verlor das Bewußtsein und rettete mich in die Gassen.

Doch auch im Schatten wollte ich nicht recht zu mir kommen.

Es war ja herrlich, nichts denken zu müssen, nur glückselig zu atmen und seinen hintaumelnden Menschen im Leben zu baden. Ich durchirrte die Stadt in vielen Quergängen, ich vergaß meine Mahlzeit.

Endlich fand ich mich auf dem Landungsponton des Dampfers nach F. Da wußte ich, daß dies alles nur ein Umweg gewesen war. Denn eine große Sehnsucht hatte mich gepackt, das Geheimnis Saverios aus seinen Bildern zu erfahren. Diese Sehnsucht hatte nichts zu tun mit Kunstinteresse und Psychologen-Neugier, – diese Eigenschaften besitze ich nur in bescheidenem Maße –, sie war eine tiefe Unruhe, irgend ein Hunger in mir, der nach Befriedigung verlangte, als stünde mein eigenes Wesen mit Saverio in einem schmerzhaften Zusammenhang. Jetzt gleich wollte ich die Sehnsucht stillen. Morgen, wer weiß, würde sie schwächer sein. Und mir war leid um sie.

Mondhaus hatte das Rätsel selbst nicht angerührt. Einige Tatsachen wurden von ihm vielleicht durchschaut, aber eben nur durchschaut. Plumpere Irrtümer hatte er mit feineren vertauscht, mehr nicht. Das meiste kannte er, nach seinem eigenen Geständnis nur aus Berichten anderer. Seine Annahme, daß Saverio seinen früheren Namen gewechselt habe, weil er ihn durch ein Verbrechen unmöglich gemacht habe, war mir einen Augenblick lang nahe gegangen. Aber sehr bald spürte ich in dieser Erklärung die romantische Reportage, die in Mondhausens ›Italienische Briefe‹ ausgezeichnet paßte. Wenn Saverio wirklich in jenem Palast auf einer Pritsche geschlafen und heimlich das Leben eines Asketen geführt hatte, konnte das nicht eine S e l b s t - v e r u r t e i l u n g sein? Aber auch dieses Wort ist ja nur ein neues Labyrinth. Ich glaubte in dieser Stunde fest daran, daß ich einzig Angesicht zu Angesicht mit dem Werke Saverios die Wahrheit würde erfühlen können. Fast tat es mir jetzt leid, in einer übertriebenen Gewissensanwandlung den Ausstellungskatalog zurückgewiesen zu haben. Doch zweifle ich nicht im mindesten daran, daß Mondhaus, was die unermüdliche Arbeit des Malers anbelangt, recht berichtet war, und daß mir diese Arbeit in Barbieris Palast zugänglich sein werde.

Es war schon ziemlich spät, als ich mich in der Ortschaft jenseits der Lagune nach dem Hause durchfragte. Ich hatte kein besseres Nachmittagslicht zu gewärtigen als jenes, in welchem Saverio damals sein Bild verborgen hatte. Mit jedem Schritt aber, der mich näherbrachte, wuchs in mir eine angstvolle Beklemmung. Es war, als ob Saverio von seiner Krankenkammer in San Clemente aus eine Macht gegen mich organisiere, Hemmungen aussende, die Grenze zu überschreiten, die er mir gesetzt. Er hatte mich nicht eingeladen, ihn noch einmal zu besuchen. Und auf dieser Nichteinladung schien er zu bestehn. Ich aber nahm mir vor, nicht zurückzuweichen, das Verbot zu umgehn, und, wen immer ich im Hause vorfinde, nachdrücklich zu bitten, mir die Besichtigung von Saverios Bildern zu gestatten. Ich muß bekennen, daß dieser Entschluß einen beschämenden Aufwand von Mut kostete. Übrigens fällt es mir niemals leicht, ein fremdes Haus zu betreten. Noch heute verursacht mir das Läuten an einer unbekannten Wohnungstür Herzklopfen.

Das Haus selbst hatte einen ziemlich großen Vorgarten, der aber, wie mir gleich auffiel, in diesem Jahr traurig gehalten war. Ehe ich über diesen Verfall noch einen Gedanken fassen konnte, bemerkte ich vor dem Haustor eine Gruppe ungewöhnlicher Erscheinungen.

Ein langaufgeschossener Mensch plapperte und schimpfte mit einer gicksenden Kastratenstimme. Als ich näher kam, erkannte ich, daß es ein Blinder war. Er bewegte hastig sein papierfarbenes Gesicht auf ruhelosem Halsstengel hin und her, und seine blassen perlmuttrigen Pupillen zitterten verzweifelt. Die braune Uniformjoppe irgend eines Blinden- oder Siecheninstituts war viel zu kurz für seine riesigen Arme. Hinter ihm stand ein altes Weib, die Führerin wohl, der über die Achsel eine Ziehharmonika hing, und dann ein paar Gassenjungen, die an der Komik des Gezeters ihre Freude hatten.

Der Ärmste verhandelte mit einem Burschen in Hemdärmeln, der im Portal stand und den Eindruck eines zu Amt und Würden gelangten Rowdys machte. Er wehrte gelassen den plärrenden Blinden ab, der mit seiner hohen Stimme auf irgend einen Rechtsanspruch zu bestehen schien. Ich hörte immer wieder das Wort »Padrone«. Was der alte Padrone geboten, müsse der neue auch bieten, und er solle nur zufrieden sein, wenn man nicht mehr verlange, wie es sich eigentlich gehöre. Ordnung müsse sein, und prellen lasse er sich nicht, schrie der Blinde.

Das zweifelhafte Hausfaktotum erklärte hierauf, der verrückte Schwindel sei nun zu Ende, und er werde für eine gründliche Säuberung sorgen. Das Unglück scheine ein gutgehendes Unternehmen zu sein! Er sei auch arm und werde nicht gefüttert, müsse sich den ganzen Tag plagen und beziehe nur dafür, daß er eine schwache Lunge habe, kein Einkommen.

Der Lange jammerte auf. Um ihm den Mund zu stopfen, steckte der Bursche ihm eine Macedonia-Zigarette zwischen die Zähne. Der Unglückliche begann so gierig zu paffen, wie ich es nie gesehn hatte, hörte aber dabei, kunstfertig zugleich rauchend und redend, mit dem gicksenden Querulieren nicht auf.

Mir klangen die Worte im Ohr: »Die armen Leute der halben Gegend haben von ihm gelebt.«

Oder war es ein Modell?

Aus dem Hause schrie es jetzt:

»Toni!«

Der Bursche verschwand im Portal.

Ich folgte.

IV

Barbieri, der Antiquar, stand auf der Treppe.

Ein quicker, alter Herr, den Hut im Nacken, fuchtelte er aufgeregt mit einem Ebenholzstock, dessen silberne Krücke einen nackten Frauenoberkörper bildete. Wenn er den Stock aufstützte, lag sein dicker Zeigefinger, aufs angenehmste versorgt, zwischen den silbernen Brüsten und bot dem Beschauer einen Siegelring dar, gewaltig wie der Kardinalsreif des Patriarchen von Venedig. Manchmal steckte er die Hand samt der Stockkrücke in die Hosentasche, schob und ruckte unzufrieden mit dem Kleidungsstücke, als fände seine lebhafte Persönlichkeit nicht Platz genug darin. Er sprach sehr schnell und in vielen Tonhöhen mit einer heiseren Stimme, der aber wie den meisten italienischen Männerstimmen ein musikalisches Vibrato zugrunde lag.

Er begrüßte mich mit weiter Gebärde:

»Professore! Es ist brav, daß Sie sich des alten Barbieri erinnern. Ein lieber Besuch! Mir lieber als hundert von diesen schrecklichen Dollarieri... Kommen Sie!«

Ich war Barbieri niemals vorher begegnet. Also mußte er mich mit irgendwem verwechseln. Wie charakteristisch für die ganze Verwirrung war es, daß ich, der auszog, um festzustellen, wer Saverio sei, selber für einen andern gehalten wurde. Der Antiquar ließ meine Hand nicht los, wandte sich aber zornig gegen den Burschen, der in unverschämter Haltung am Fuß der Treppe stand:

»Toni! Dieb! Gauner! Wo steckst du?«

Toni steckte sich mit vorsichtiger Gelassenheit eine Macedonia an, ehe er Antwort gab:

»Es ist einer da, der seine Rente abholen kommt, weil heut der erste Mai ist.«

Barbieri wütete:

»Ich rufe die Polizei... du...«

Toni betrachtete lange die Zigarette, mit deren Geschmack er nicht zufrieden schien; dann spuckte er leicht einen Tabakrest zur Seite und hielt gleichzeitig die Hand hin:

»Geben Sie!«

Barbieri litt:

»Geben Sie, geben Sie!... Oh, Professore, das geht den ganzen Tag so. Von allen Seiten nichts als: Geben Sie, geben Sie...«

Und er trennte sich schwer von einem zerknüllten Fünflirescheine.

Dann sah er mich wie einen Mitverschworenen an:

»Das alles hat mir dieser Dämon eingebrockt. (Questo demonio insuperabile!) Geben Sie, geben Sie! Und Sie wissen es am besten, Professore, daß ich immer wie ein Vater zu ihm gewesen bin.«

Ich verstand, er meinte Saverio. Die Klage ging weiter:

»Zu meinem Sohn habe ich ihn erhoben. Was soll ich tun? Sieben Weiber sitzen mir zu Hause: Fünf Töchter, die Frau und die Schwägerin. Sieben Weiber und keine Bedienung, keine Erleichterung! Stellen Sie sich einen häuslichen Tisch vor, an dem sieben Weiber schwätzen, keifen, streiten, bei jeder Gelegenheit weinen, aufspringen, sich niedersetzen, hinauslaufen und wiederkommen! Wer kann das aushalten? Ermessen Sie mein Schicksal! Den ganzen Tag heißt es: Geben Sie, geben Sie! Und ich muß es schaffen! Aber für wen und wozu? Nichts als Weiber! Und ihn habe ich wie einen Sohn geschützt, den feindlichen Dämon! Nun, jetzt hat er es! Ihr jungen Leute, ihr...«

Er breitete die Arme aus, als sehe er den neuen Mißstand zum erstenmal:

»Professore! Schauen Sie dieses Haus an! Immer wieder kostet es und kostet... Wie lange kann ich die Last noch schleppen? Und am Ende werden es sieben Weiber als Perlen und Kleider am Leibe tragen.«

Der Palazzo war tatsächlich nicht wiederzuerkennen. Schmutz bedeckte die Stiegen, Eimer mit Kalk standen umher, Sägspäne häuften sich in allen Winkeln, auf den Fliesen der Halle lasteten ein paar große Granitquadern.

Umbau! Ich wußte, daß Barbieri für seine Umbau-Tollheit überall bekannt war. Immer wieder kaufte er alte Paläste, riß sie zur Hälfte nieder, restaurierte, ruinierte, trug ab, führte auf, mischte eigenwillig alle Stile durcheinander und wenn er sich ausgetobt hatte, schlug er die Objekte los. Diese verrückte Geschäftsführung setzte die Welt in Staunen. Man wußte niemals, ob Barbieri unermeßlich reich war oder bankerott.

Jetzt betrachtete er schmerzlich die Verwüstung!

»Es kostet und kostet, Professore! Und einen Sohn habe ich nicht, der mich im Kampf mit der Gemeinheit unterstützen könnte. Ach, unser armer Saverio! Da kommen Tag und Nacht seine Freunde vorwurfsvoll zu mir. Sie sind auch sein Freund,

Professore! Natürlich! Ich sage Ihnen, die Welt ist voll von Spionen. Besonders in unserm Beruf. Aber Sie können ruhig sein, Saverio geht es gut. Er entbehrt nichts. Es ist gesorgt für ihn. In der nächsten Woche bringe ich ihn in eine Privatheilanstalt. Ich wette mit Ihnen, er wird gesund werden... Als ob ich nicht sein Lebtag für ihn gesorgt hätte! Ich ernähre sogar seine alte Mutter! Sie ist eine Landsmännin von mir. Aus dem Toskanischen...«

Es stöberte Lügen. Saverio war gewiß kein gebürtiger Italiener. Darin hatte Mondhaus recht.

Barbieri stocherte mit seinem Stock in der Unordnung herum und schrie Toni und anderen unsichtbaren Domestiken Schimpfworte und Befehle zu. Niemand kam. Ich versuchte mein Anliegen vorzubringen. Auf alle Fälle, um keinen Fehler zu begehn, gab ich dem Alten einen Titel:

»Commendatore! Ich komme wegen der Bilder Saverios.«

Er schob mit der Hand die Ohrmuschel vor:

»Was? Reden Sie bitte etwas lauter!«

Ich wiederholte meine Bitte.

Er hörte angestrengt zu. Dann beschrieb er mit dem Stock einen großen Bogen:

»Bilder? Natürlich Bilder! Es ist mir eine Ehre. Alles sollen Sie sehen, was ich besitze. Sie sind ja ein Gelehrter, Professore!«

Hatte er mich verstanden?

In einer dummen Anwandlung behauptete ich plötzlich, daß ich mich mit moderner Kunst beschäftige. Dadurch glaubte ich den Eindruck meines Interesses für Saverio abschwächen zu können.

Barbieri machte ein gequältes Gesicht:

»Welche Kunst, Freund?«

Ich rief mit Überwindung:

»Moderne Kunst!«

Er wurde böse:

»Moderne Kunst? Was ist das? Ein paar Dummköpfe in Paris, die so dumm sind, daß man sie für Schlauköpfe hält, haben daran verdient. Seither gibt es eine moderne Kunst.«

Er drohte in die Ferne:

»Überall nur Gesindel!«

Dann schob er mich vorwärts.

Auch die Zimmer und Säle waren alle um- und umgestürzt. Große Schränke standen in der Mitte; Tische, Truhen, Vitrinen, Kirchenchorstühle versperrten den Weg, Türen waren ausgehoben, Sopraporten abgenommen, Staub drang in die Lungen.

Barbieri stampfte plötzlich auf und stieß einen Schmerzensruf aus:

»Wissen Sie, was dieser Dämon mir angetan hat? Eine Holzfigur, sag ich Ihnen, süß, wie vom Himmel selbst herabgefallen! Signierter Benedetto da Majano! Mein halbes Vermögen hat drin gesteckt und meine ganzen Nerven. Ich habe um dieses Stück gekämpft wie ein Held, vierzehn Nächte mindestens nicht geschlafen. Mit dem Beil, Professore, mit dem Beil hat sie der Dämon zerhackt und eingeheizt. Und die Polizei und Sanität kam zu spät. Was hätte er in seiner Tobsucht noch alles anstellen können! Jetzt schon ist der Schaden unermeßlich. Sie werden sagen: Die Assekuration! Alle trösten mich mit der Assekuration. Aber die Versicherungsgesellschaften sind Schlangen und winden sich heraus. Und wenn sie auch Geld bezahlen, ist denn ein Benedetto da Majano durch Geld ersetzlich? Freund, ich warne Sie! Vielleicht ist dieser ganze Wahnsinn ein Schwindel, eine Finte...«

Barbieri führte mich durch die Säle.

Ich bewunderte zwei Basreliefs von Donatello, eine süddeutsche Madonna und noch eine Madonna und wieder eine Madonna. Vor der Formella eines Sakristeischranks, die Barbieri dem Gaddi zuschrieb, blieben wir lange stehn, und der silberne Frauenleib des Stockes fuhr entzückt den rhythmischen Faltenwurf eines Heiligengewandes entlang. Beim Anblick jeden Werks brach Barbieri in tränende Begeisterung aus und behauptete, kein Dollariere könne es ihm entreißen. Er schwor, daß er täglich die Klienten wegschicke, trotzdem sie ihn kniefällig bäten, seinen Schatz für jede Summe erstehn zu dürfen. Aber könne man sich von solcher Schönheit trennen? Er sei glücklich, wenn er einmal ein schwer verkäufliches Werk auftreibe, wie diesen Cartapesta-Engel zum Beispiel. (Der schmeidige Weiberleib auf dem Stock betastete einen mittelalterlich-strengen Kopf.) Aber schon sei heute der Direktor des Museums von Boston wie ein Fuchs um das Stück herumgeschlichen. Und morgen käme der Direktor des Museums von Cincinnati.

Das Tageslicht vergoldete sich schon. Und noch immer von Saverios Arbeiten keine Spur! Von den alten Kunstwerken aber strömte etwas Unerklärliches her, das mich deprimierte. Ich nahm allen Willen zusammen, – wie müde war ich schon, – um nochmals meinen Wunsch auszusprechen.

In diesem Moment trat Toni ein, ohne die Hände aus den Hosentaschen zu nehmen:

»Unten ist eine Frau.«

Barbieri röchelte wie ein Hund an der Kette:

»Was für eine Frau?«

»Nun, eine Frau!«

Barbieri hob den Stock. Toni stieß mit dem Fuß angelegentlich einen Schweinslederband zur Seite, der auf der Erde lag:

»Jung ist sie nicht. Es ist eine häßliche Frau.«

Barbieri keuchte:

»Du Lump, ich frage dich, was sie will!«

»Was wird sie wollen? Heute ist der Erste! Sie kommt um ihre Rente.«

Ich dachte, jetzt würde ein Skandal ausbrechen. Aber nach einer starren Weile warf Barbieri dem Burschen wiederum einen Geldzettel zu:

»Mörder, ich ermorde dich, wenn du es noch einmal wagst, mich zu stören!«

Und zu mir:

»Sehen Sie, das ist sein Dank, Professore!«

Der Saal, der früher Atelier geheißen hatte, war vollkommen ausgeräumt. Klavier, Grammophon, alles verschwunden, der Teppich lag zusammengerollt, die Vorhänge waren abgetragen.

Barbieri nahm den Hut vom Kopf und stellte sogar seinen ewigen Stock in einen Winkel. Er ging auf umständlichen Zehenspitzen wie in der Kirche. Und wirklich, an der Schmalwand des Raumes erhob sich ein mit Sackleinwand verhüllter Aufbau, der einem Altar glich. Der Alte sprach mit gedämpfter Stimme:

»Weil Sie es sind, Professore, werde ich Ihnen etwas zeigen, was wenig Menschen zu sehen gewürdigt waren.«

Er riß die Verhüllung von dem Aufbau fort. Ein Triptychon wurde sichtbar, dessen Seitenflügel leerstanden. Im Mittelfeld aber leuchtete, umströmt vom Rotgold des werdenden Abends, eine uralte Tafel. Barbieris Stimme klang wie von Rührung erstickt:

»Cimabue!«

Und nach einer Weile:

»In der Literatur nachgewiesen!«

Der alte Mann spielte mir nichts vor. Er war aufrichtig und stark erschüttert vom Anblick des Bildes. Er hielt den Kopf vorgeneigt wie in religiöser Verklärung und schwieg; nur sein schneller, vor Wonne schluchzender Atem war hörbar.

Die Tafel stellte Jungfrau und Kind, umgeben von Heiligen dar. Die goldumkreisten Köpfe der Anbetenden traten dunkel zurück. Die Himmelskönigin aber leuchtete in den überirdischesten Farben. Da war vor allem das Rosa ihrer Tunika, ein Rosa, darin die Bläulichkeit mystischer Herbstzeitlosen aufgelöst schien. Das gestickte Blau des Mantels auch hatte kein Gleiches unter den Farben der Natur. Die grünlich-langen knochenlosen Finger hielten das Kind im weißen Faltenbausch der Windel mit preziöser Schüchternheit. Wenn etwas zum Weinen schön war in der Welt, so diese Himmelsfarben auf dem heiligstarren Aufbau des Ikons.

Das Folgende schreibe ich nur mit den größten Widerständen nieder. Derartige Empfindungen, deren Evidenz außerhalb des Vernünftigen liegt, verlangen eine Glaubenswilligkeit, die ich von niemandem fordern darf. Aber ich deute keine Lösung an, ziehe keine Folgerungen, und stelle mit der ganzen mir zu Gebote stehenden Wahrhaftigkeit nichts anderes fest als einen inneren Vorgang:

Ich ziehe in Erwägung, daß Saverio bei meinem ersten Besuche eine eigentümlich starke Wirkung auf mich ausgeübt hatte, so daß ich während des laufenden Jahres ihn öfters im Traume gesehen habe, was mir bei so wenig bekannten Menschen fast niemals begegnet. Ferner vergesse ich nicht, daß mich an diesem Tage das Gespräch mit Mondhaus, die Nachricht vom Wahnsinnigwerden des Malers ziemlich aufgewühlt hatte, und daß ich seit Stunden schon einen brennenden Wunsch verspürte, die Werke des Kranken kennen zu lernen. Dazu kommt noch die Örtlichkeit (das Atelier, wo ich Saverio begegnet bin), meine Ermattung und der Umstand, daß ich seit der ersten Morgenmahlzeit nüchtern war. All diese Gründe sind stark genug, eine ungewöhnliche Reizbarkeit der Eindruckskraft zu erklären.

Ich bin nicht hellsichtiger als jeder normale Mensch. Die Fähigkeit, hie und da ein wichtiges oder unwichtiges Ereignis vorzufühlen, könnten wir alle leicht an uns wahrnehmen, wenn wir eine schärfere Beobachtungskraft für die wesentlichen Vorgänge innerhalb unserer Existenz aufbrächten. Aber wir verstehn und erleben ja nicht einmal den groben Mechanismus der körperlichen Abläufe. Um wieviel weniger können wir, einzig ins soziale Schema verstrickt, uns der feineren Grenzerlebnisse bewußt werden, die uns alltäglich begegnen.

Hier aber zeichne ich eines dieser Erlebnisse auf:

– Denn aus der uralten Tafel des Cimabue drang mit einer fast körperlichen Gewalt die Persönlichkeit Saverios auf mich ein. –

Ich habe nicht den geringsten Grund, an der Echtheit dieses gotterfüllten Altarbildes zu zweifeln. Man hat mir später allerdings versichert, daß es ausgepichte Methoden gebe, eine Holzplatte so zu präparieren, daß sie den Eindruck des grauen Altertums für den mißtrauischesten Forscher hervorrufe. Die Fälscher pflegen zum Beispiel die kunstvoll gebeizte Tafel mit einer dicken Wachsschicht zu überziehen und aus einiger Entfernung gehörige Schrotladungen gegen sie abzugeben, wodurch das Werk des Holzwurms täuschend nachgeahmt werden soll. Das habe ich gehört. Ob es wahr ist, weiß ich nicht. Man hat mir ferner Wunder von der Kunst genialer Restauratoren berichtet, die mit ihren bis in die letzte Schwebung genau abgestimmten Farbflächen und Farbplättchen aus rußigen, unerkennbaren Ruinen die Vision des alten Meisters zurückzaubern. Doch meiner geringen Erkenntnis wäre in diesem Falle eine Fälschung völlig unbegreiflich erschienen. Kann man eine Bildseele fälschen? Das Betäubende aber war gerade, daß Saverios Persönlichkeit mich mit einem Schlage traf. Saverios Persönlichkeit? Sie glich doch einem Strang verfitzter Widersprüche: Übertriebener Händedruck, Lebemannsmanieren, Lügen und ihr Eingeständnis, Prachtliebe und eine Wachtstubenpritsche, komödiantische Deklamation und das plötzliche Aufschluchzen, als er das Männerbildnis zeigte. Und bei so verzweifeltem Zerfallensein **diese Einheit**, die mich immer wieder beschäftigte, mir im Traum erschien und jetzt unsinnigerweise der Tafel des Cimabue sich vorschob! Doch was hatte jenes dunkle Männerbildnis, das ich aus dem spiegelnden Glase erraten habe, mit der hold-transzendentalen Farbigkeit des frühen Meisters zu tun?

Zuerst vermeinte ich, es sei etwas »Okkultes«, was ich hier erlebe, dann durchblitzte es mich wie eine Aufhellung: Saverio ist der Fälscher des Ikons. Schon eine Minute später verwarf ich aber entschieden diesen Einfall. Heute begnüge ich mich mit den skeptischen Begründungen, die ich kurz wiederhole:

Ermüdung und Überhungerung! Einfluß des Raumes! Die sonderbare Wirkung Saverios auf mich! Ergriffenheit über sein Schicksal. Der unerfüllte Wunsch nach Anblick seines Werkes, der mir aus der Tafel des Cimabue als die geschilderte Magie entgegenschlug. Mag damit erklärt sein was immer, mein Erlebnis war so stark, daß ich wegschauen mußte. Als ich wieder hinsah, hatte Barbieri das Triptychon verhängt.

Meine Hände waren eiskalt. Die Frage entstürzte mir wider Willen:

»Woher haben Sie das Bild?«

Barbieri hielt mir entsetzt den Mund zu, stöhnte auf und zog mich in ein Kabinett, das zur Not möbliert war. Dort machte er sich und mir Vorwürfe, daß ich ihm so sympathisch sei und er sich darum in Gefahr bringe. Ich solle nur immer ein Gelehrter bleiben und mich niemals in Geschäfte einlassen wie die Spione und Schwindler, die den Kunsthandel unsicher machen. Hätte er einen Sohn, er würde ihn auch zum Gelehrten bestimmen. Er ließ mich hundert Eide schwören, daß ich das große Mysterium nie und nimmer verraten werde. Selbst die Museumsgrößen der ganzen Welt und die berühmtesten Sammler, Mitchinson und Havemeyer, wüßten nur eine falsche Version.

Wir saßen einander gegenüber.

Vor meinen Augen schwankte der silberne Frauenoberleib. Barbieri erzählte:

In der Nähe von S. liege auf einem der Hügel eine sehr alte Abbazia, eine Abtei, die den Benediktinern gehöre. Das kleine Konventgebäude sei noch immer wohlerhalten. Im Jahre 1824 aber habe ein Erdbeben oder Bergrutsch stattgefunden, welchem die zur Abtei gehörende, etwas abseits stehende romanische Kirche zum Opfer gefallen sei. Die Ruine wurde aus unbekannten Gründen bisher nicht abgetragen; die Mönche wehren sich dagegen, was einen ewigen Streitpunkt zwischen weltlichen Behörden und Klerus bilde. Mit Hinblick auf Leibesgefahr sei die Einsturzstelle von einem weitläufigen Plankenverschlag umgeben und mit Stacheldraht versichert. Niemand dürfe den Ort betreten, einzig der Abt besitze den Schlüssel zum Baufall.

Barbieri schilderte nun mit funkelnder Leidenschaft, wie er, anläßlich eines Besuches in S., einem witternden Tiere gleich, immer wieder um die abgesperrte Ruine geschlichen sei, ohne jeden Anhaltspunkt in seinen Sinnen die Wahrheit vorwegspürend, und wie er es auf das Unauffälligste angestellt habe, den mißtrauischen Benediktinerabt beim Weine kennen zu lernen. Er berichtete von dem tagelangen Fangspiel zwischen dem Mönch und ihm, wie er die ganze Gegend nach brauchbaren Repressalien gegen das Kloster ausgekundschaftet, bis er endlich den glatten Weißfisch von einem Benediktiner in erbarmungslosen Händen gehalten habe.

Seine Stimme schwankte, als er den Eintritt in die Ruine beschrieb und die Ohnmachtsanwandlung angesichts dieser ungeheuren Schatzkammer bekundete. Denn die höchste italische Kunst, alle Meister der frühen Jahrhunderte hatten sich in diesem zusammengebrochenen Gotteshause Rendezvous gegeben, Haupt- und Seitenaltäre, Schiff, Chor, Wände, Kanzel und Sakristeien, ja selbst die Grüfte und Unterkellerungen zu schmükken.

Hier machte der Antiquar eine Pause und versicherte sich mit einem schnellen, verdeckten Blicke meiner Gläubigkeit. Er berührte mich mit den Knien:

»Ich verrate Ihnen meine Existenz, Professore, und Sie werden mich nicht vernichten. Vielleicht kann ich Sie einmal dahin mitnehmen. Sie würden etwas Großes erleben. Man muß aber vorsichtig mit diesen Mönchen umgehn. Noch in hundert Jahren werden wir nicht fertig sein mit dem Inventar. Ich habe einen Geheimvertrag mit dem Vatikan. Wehe mir, wenn die Dollarieri etwas erfahren. Nächstes Jahr ist anno santo. Die Priester wollen verkaufen, denn die Kirche braucht Geld. Verstehen Sie? Die Dollarieri müssen nur die Sache riechen, und schon lizitieren sie mich. Und die Kirche, sie hat die Macht zu binden und zu lösen! Warum sollte sie nicht meinen Vertrag lösen können? Sorgen, Professore, Sorgen...«

Er kehrte zur Abtei zurück:

»Stellen Sie sich vor, Freund, eine windige Mondnacht wie auf einem Film. Der Prior und ich tragen die Laternen. Hinter uns fünf Mönche in ihren weißen Kutten. Horchposten sind ausgestellt. Und wir fördern die Reliquien aus dem heiligen Bergwerk, oh, die allergöttlichsten Reliquien! Stellen Sie sich das nur vor!«

Ich stellte es mir lebhaft vor und meinte die rasche dumpfe Begleitmusik zu hören, die zu einer Verschwörerszene passen mag.

Barbieri stieß den Stock laut auf den Boden:

»So, jetzt wissen Sie, woher der Cimabue stammt. Ich, Professore, bereichere die Welt, nicht mich. Fünfundsiebzig Prozent erhalten die Benediktiner. Ja, die Kirche versteht's, scharfe Geschäftskontrakte zu machen. Und wer trägt das ganze Risiko! Ich!«

Er schrie auf:

»Aber die Welt haßt mich! Nehmen Sie Dubosc! Dubosc besitzt keine Seele für die Kunst, keine Augen, aber dreihundert Millionen Dollar. Die Museumsleute und Kunsthistoriker müssen nach seiner Pfeife tanzen. Er befiehlt: ›Es ist höchste Zeit, daß wir den alten Barbieri kompromittieren. Barbieri wird mir zu groß. Was tun wir, Smithers?‹ Und Dr. Smithers, Glasgow, der Sklave, macht eine tiefe Verbeugung: ›Wie Eure Dollarmajestät befehlen!‹ Und binnen vier Wochen erscheint eine Publikation von Smithers, Glasgow, worin der wedelnde Dollarhund behauptet, der Buchstabe *M* der Sockelinschrift von dieser und jener Madonna wäre ein Buchstabe *M*, der im Jahre 1322 noch nicht existiert habe und erst im Jahre 1347 in Schwang gekommen sei. Das ist Wissenschaft! Die Experten und Sammler fallen um. Dubosc aber schenkt Smithers seine Photographie in Brillantrahmen. Und ich, Professore, und ich, der ich Augen und eine Seele habe...«

Der Antiquar erhob sich, seine Feinde zu vernichten:

»Sie sollen mit mir nicht spielen. Im neuen Italien könnte man ihnen das Handwerk schon legen. Wissen Sie, was diese Kunstspione und Narren alle sind?«

Er zischte:

»Ich weiß, was sie sind!«

Violette Flecke des Triumphes begannen sich auf seinen Wangen abzugrenzen:

»Und wissen Sie, was dieser Tage in unserer Stadt hier stattfindet?«

Er säuselte vor Scham:

»Ein Kongreß der Homosexuellen findet statt, Professore! Sage und schreibe ein Kongreß dieser Leute. Eine perverse Schweinerei in unserm neuen, männlichen Italien!«

Die Tatsache des Kongresses allerdings schien Barbieri recht gelegen zu kommen:

»Darf das fascistische Italien derartige Unzüchtigkeiten dulden? Dürfen sich solche Smithers hier herumtreiben? Nein, nein, nein, Professore! Hinaus mit ihnen!«

Und er schloß leise:

»Ich habe dem Duce einen langen Brief geschrieben und seine Aufmerksamkeit auf den Kongreß gelenkt!«

Mit gefährlichem Vibrato, das jeden Zweifel zum Hochverrat gestempelt hätte, fragte er mich:

»Wissen Sie, daß Benito Mussolini jeden Brief eines Italieners liest?«

Ich gab zu, daß dies eine bewundernswerte Leistung sei.

Jetzt aber donnerte er sein Glaubensbekenntnis:

»Der Duce sieht es als seine höchste Aufgabe an, das italienische Geschäft vor den Eindringlingen zu schützen.«

Toni schob sich durch die Tür und meldete:

»Die zwei Herrschaften sind da und auch das Essen für Sie, Herr!«

Der Antiquar ließ einen langen Wehlaut vernehmen:

»Die Herrschaften sind da, immer diese Herrschaften... Wem habe ich das zu verdanken, als Ihrem Saverio, Professore...«

Wir stiegen die Treppe herab. Plötzlich hielt er mich mit einem Ruck fest:

»Sieben Weiber sitzen mir zu Hause, sieben Verbraucherinnen, und die jüngste ist schon Siebzehn. Soll die eine einen neuen Pelz bekommen, muß ich den andern allen auch neue Pelze kaufen, macht sieben Pelze. Und es müssen teure Pelze sein, dafür bin ich Barbieri. Ermessen Sie mein Schicksal! Welche Hilfe habe ich dafür, welche Behaglichkeit, welche Bedienung? Ein Halunke bringt mir das Essen im Korb, als wäre ich ein Maurer. Verkünden Sie das der Welt, Professore! Sie wird's nicht glauben...«

Und mit dem Tone echten Leidens:

»Einen Sohn hätte ich haben sollen! Dubosc hat drei Söhne und sie sind alle im Geschäft!«

Neuerdings bemächtigte sich Barbieris die Erbitterung und er begann ausführlich den Tobsuchtsanfall Saverios zu schildern, mit dem die Krankheit begonnen hatte, und das Schicksal seines Benedetto da Majano zu beklagen. Die Hand, die mich am Rock faßte, zitterte.

»Er betrügt Sie und mich, Professore! Denken Sie an meine Worte! Dieser Wahnsinn ist eine Erpressung... Wen aber beschuldigt man am Ende? Mich und wieder mich!«

Ich weiß nicht, warum ich mich jetzt nicht verabschiedete, sondern mich von dem Antiquar in ein anderes Zimmer drängen ließ. Es war wohl der letzte Rest von Hoffnung in mir, einen Blick der Erkenntnis zu tun. Aber hatte ich nicht mehr als genug gesehn?

Es war Nacht geworden.

Die von Toni gemeldeten Herrschaften standen in dem Zimmer, wo ein Teil des Tisches mit einer gebrauchten Serviette gedeckt war. Ich erkannte die Contessa Fagarazzi und einen fremden Herrn, den Barbieri als Avvocato Sanudo vorstellte, während er mich mit einem deutschen Namen und ausgedehnten Titel präsentierte, von dem ich mir nie hatte etwas träumen lassen.

Sanudo war ein graziler Mann mit feuchten Lippen und einem nachsichtig-tückisch geneigten Köpfchen. Er lächelte unveränderlich schmachtend, aber es war, wenn man so sagen darf, ein Schmachten der Logik, das seine Züge nicht verließ.

Die Fagarazzi setzte sich mit rückgeschlagenem Schleier steif an ein Tischende. In dem regungslosen Email ihres Gesichtes wirkten die mit Tusche gezogenen Augenbrauen wie auf einem japanischen Stich. Ich fürchtete, plötzlich würde ihr Tick ausbrechen, und das violette Mündchen sich krümmen, werfen, drehen und zucken. Es geschah nicht. Vielleicht hatte, da Saverio verloren war, ihr Mund und ihre Seele Ruhe. Vielleicht gab ihr das Leid um ihn Kraft und Festigkeit. Dennoch, trotz aller Künstlichkeiten, erschien sie mir diesmal viel jünger. In ihren Augen war eine kämpferische Anspannung entbrannt. Unverkennbar zeigte sich der Reiz ihrer Verlebtheit!

Barbieri begann Sanudo liebenswürdig zu umspinnen:

»Ich habe einiges für Ihr Studio vorbereitet, Avvocato! Sie werden mich loben!«

Die Haltung der Contessa Fagarazzi und diese Bemühung des Antiquars um den Advokaten ließen die Annahme zu, daß Barbieri seinen Besuchern gegenüber in einer nachteiligen Lage war. Die beiden schienen Rechtsansprüche und -mittel in der Hand zu haben, die ihm gefährlich zu werden drohten. Daß diese Rechtsansprüche mit Saverio im Zusammenhang standen, konnte nicht bezweifelt werden. Hatte Barbieri nicht immer wieder über seinen Dämon gezetert? Und es war nicht unmöglich, daß die Contessa mit diesem Dämon verheiratet war und nun, starr wie ihr künstliches Gesicht, die Forderungen ihres wehrlosen Gatten vertrat.

Barbieri ließ sich ächzend nieder und haute seinen Stock neben sich auf den Tisch hin:

»Wissen Sie, daß ich gestern eine schwere Panne gehabt habe? Achsenbruch zwischen Stra und Padua. Der Wagen völlig unbrauchbar! Wir mußten mit der Bahn zurückfahren!«

Da hörte ich zum erstenmal die Stimme der Frau, eine Stimme, nicht minder mädchenhaft als ihre Gestalt:

»Derartige Möglichkeiten sind schon von mir bedacht. Ich habe deshalb dafür gesorgt, daß uns am Montag für alle Fälle ein Wagen zur Verfügung steht...«

Barbieri sah unendlich belustigt drein:

»Sie sind eine einzigartige Frau, Contessa! Aber ich habe mir erlaubt, Ihnen zuvorzukommen. Heute schon trifft der neue große Wagen, den ich von Turin telegraphisch bestellt habe, in Mestre ein!«

Und zu mir gewandt:

»Sie müssen wissen, Professore, die Ärzte erklären, daß eine mehrstündige Autofahrt für meinen Zustand die bedenklichsten Folgen haben könne. Und dennoch werde ich am Montag viele viele Stunden im Auto sitzen. Die Gesellschaft der Contessa wird mein Schutz sein. Nein, Professore, ich entziehe mich niemals einer Pflicht. Mit sechzig Jahren habe ich mich freiwillig zum Frontdienst gemeldet. Meine Schuld war es nicht, wenn sie mich nicht behalten haben...«

Alle saßen. Ich blieb, trotz der lebhaften Aufforderung Barbieris, mich auch zu setzen, stehen. Der Avvocato sah mich mit seinem gescheiten Schmachten immer wieder erstaunt an. Ich bildete eine empfindliche Störung. Nur der Antiquar, der mich mit Gott weiß wem verwechselte, war von meiner Anwesenheit höchst erbaut. Er führte das große Wort, verbreitete sich über die sieben Weiber, über sein elendes Leben, über Dubosc und die unedle Konkurrenz im allgemeinen. Dann klagte er darüber, daß er die alte Spannkraft nicht mehr besitze und dennoch den ganzen Tag lang Konferenzen abwickeln müsse. Früher hätte er zuweilen ein gefährlicher Gegner ein können, jetzt aber wäre er so gleichgültig und abgeklärt, daß es ihm den größten Spaß mache, wider sein eigenes Interesse die Sache einer sympathischen Gegenpartei zu verteidigen. Bei dieser Behauptung verneigte er sich lächelnd gegen die Contessa.

Er bat um Verzeihung, daß er in Anwesenheit der Herrschaften seine Mahlzeit einnehme, aber er sei ja ein alter Mann.

Während er sich aus dem Korbe bediente, stellte er die Behauptung auf, der Mensch solle, um ein anständiges Alter zu erreichen, langsam essen. Und er aß seine »pasta« überaus langsam, wo er doch dem Aussehen nach ein rascher Schlinger sein mußte.

Ich erkannte, daß dieses Essen wie alles andre, wie sein Schwätzen, seine Offenherzigkeit, seine Gedankenflucht, nichts andres war, als ein kluges Hinhaltungs- und Zermürbungsmanöver des Feindes. Auch mich, der ich gekommen war, Saverios Bilder zu sehn, hatte er hingehalten und zermürbt. Warum?

Ich wohnte einem furchtbaren und unergründlichen Kampfe bei, das sah ich den hellen Augen der Fagarazzi an, die immer angespannter und begeisterter strahlten. Nicht nur wohnte ich diesem Kampfe bei, ich nahm, ohne es zu wollen, teil an ihm, denn Barbieri verwendete meine störende Person als Bundesgenossen. Ich glaubte zu erkennen, daß es in diesem Ringen um weit mehr ging als um Geld.

Sanudo zog andächtig ein Konvolut hervor und legte einige Blätter des rastrierten Notaritätpapiers vor sich hin, worauf in Italien Verträge und Dokumente festgelegt werden. Er räusperte sich und versuchte mehrmals mit einem mahnenden »dunque« der Szene ein Ende zu setzen.

Barbieri erklärte daraufhin, das Fletchersystem mit seinen zweiunddreißig Kaubewegungen sei ungenügend, man müsse fünfundvierzig aufwenden, um den Bissen verdauungsfähig zu machen. Auch wäre es sehr gut, jedesmal dazu ein winziges Schlückchen Wein zu trinken.

Die leise Mädchenstimme der Fagarazzi erklang:

»Sie haben vollkommen recht, Commendatore! Ihre Gesundheit ist uns noch wertvoller als Ihnen. Lassen Sie sich nicht stören! Wir haben alle Zeit der Welt.«

Niemals in meinem ganzen Leben ist mir die Undurchdringlichkeit der Menschen so bewußt geworden wie in jener Stunde. Aber ich empfand sie nicht als eine Gegebenheit des Lebens, mit der man sich abfinden muß, sondern als etwas Böses, Widergöttliches, als das Hindernis aller Liebe, als den dämonischen Ursprung aller Verzweiflung. Drei Menschen saßen hier, die mir völlig fremd waren, mich nichts angingen, und dennoch bettelten meine gequälten Nerven um eine Wahrheit, die ich nicht fordern durfte und die wohl ungreifbar war. Kannte sie der Advokat Sanudo, dessen schmachtende Überlegenheit sie zur Schau zu tragen schien? Nein! Man hatte ihn gewiß nicht weiter eingeweiht, als es zum Zwecke seiner Assistenz und für das gestempelte Amtspapier gut war. Und die beiden Kämpfer, Barbieri und die Fagarazzi? Man sah es beiden an, daß sie die Trümpfe des Gegners noch nicht kannten: Was bedeutete diese Autofahrt? Sollte Saverio in eine Privatanstalt gebracht werden? Fürchtete sich Barbieri davor? War der Wahnsinn echt, geheuchelt oder gar abgekartet? Und warum? Undurchdringlichkeit! Und wenn ich alle Tatsachen wüßte, würde sich nicht dahinter neue Undurchdringlichkeit auftun? Das furchtbarste: Ich selber spielte in dieser Begegnung der Schicksale eine undurchdringliche Rolle. Das nachsichtig-tückische Lächeln Sanudos bemühte sich, diese meine Rolle zu verstehen. Und nicht genug damit! Mir selber war ich undurchdringlich. Eine krankhafte Vorstellung bemächtigte sich meiner, daß es nicht mein eigener Wille war, der mich hierhergeführt hatte. In dieser grauenhaften Minute würgte mich trägen, egoistischen Menschen eine schier unerträgliche Angst um diesen wildfremden Saverio und ein mächtiger Seelenbefehl: **Hilf ihm!**

Mich durchzuckte der Gedanke, wie oft schon durch Bestechung von Ärzten und Gerichtsbeamten Gesunde in Irrenhäuser gesperrt wurden, nur damit der Kronzeuge irgend eines Unrechts verschwände. Waren nicht Barbieri und die Gräfin, beide, zu einer solchen Tat fähig? Vor ohnmächtigem Denken biß ich die Zähne zusammen. Aber mir war nur, als atme ich betäubenden Kohlendunst ein.

Die offenen Fenster des Zimmers gingen auf einen großen Garten, der hinter dem Hause lag, und den ich bei meinem ersten Besuch nicht gesehn hatte. Die Äste einer Platane drangen fast in den Raum. Ein Schwarm großer Nachtschmetterlinge gesellte sich zu uns, stürzte gegen Wände, Decke, Lampe und verursachte das Geräusch von rasch umgewendeten Seiten und pochenden Fingerknöcheln.

Da überkam mich ein Zustand, den ich nicht Traurigkeit, Schwermut, Melancholie und noch viel weniger ein physisches Mißbefinden nennen kann.

Es gibt ein Unwohlsein der geistigen Natur, schlimmer als alles. Man möchte sich niederlegen, wo man steht auf offener Straße, ohne Hoffnung, sterben zu können...

Dennoch gelang es mir, trotz heftigem Widerstand des Antiquars, mich mit freundlichem Grinsen und höflichen Dankesworten zu verabschieden.

V

Während der Nacht – ich lag bis zum Morgen schlaflos – faßte ich den Entschluß, Saverio in San Clemente zu besuchen. Vielleicht war sein Geist nicht zerstört, sondern nur gelockert, vielleicht würde er sich mir jetzt offenbaren. In den tröpfelnden Stunden dieser Nacht war die geistige Qual des Nicht-Wissens bis zur Krankheit gewachsen.

Aber der Morgen kam, ich war todmüde, es regnete, und ich fand in mir die Kraft nicht, meinen Entschluß auszuführen.

Der nächste Tag strahlte in solcher Schönheit, daß ich den Gegenstimmen in mir nachgab, die mich warnten, diese Lebenspracht durch einen Irrenhausbesuch zu verfinstern.

Am dritten Morgen standen plötzlich viele Bedenken vor mir: Ich hatte kein Recht, einem Kranken das Rätsel entreißen zu wollen, das er bei gesunden Sinnen ängstlich verbarg. Auch könnte meine Visite schädliche Folgen für ihn haben. Vielleicht war dieser Wahnsinn nur ein Kampfmittel in dem erbitterten Kriege zwischen Saverio, der Contessa und einem mächtigen Ausbeuter. Würde da der Einbruch eines fremden Menschen nicht Unheil stiften? Und wie sollte ich, ein Ahnungsloser und Unbeteiligter, helfen können?

Am Sonntag endlich wußte ich, daß ich mich fürchte und Ausreden suche, um den Weg nach San Clemente zu vermeiden.

Kurz darauf wurde ich von einer Schicksalswendung betroffen, die für einige Tage all meine Kräfte in Anspruch nahm. Als ich zurückkehrte, war der Fall Saverio in unheimlicher Weise für mich abgeblaßt. Mir standen auf einmal eine Reihe von Erklärungen zur Verfügung, und gegen das Wort »Geheimnis« empfand ich einen rationalistischen Haß. Auch konnte ich nur mit schwerem Unbehagen an meinen Aufenthalt im Hause Barbieris denken.

Ich habe Saverio nicht wieder gesehn. Ich weiß nicht, ob er im Irrenhause gestorben ist, oder heute noch lebt. Mondhaus, dem ich vor meiner endgültigen Abreise aus Italien nur ein einziges Mal noch in einer großen Gesellschaft begegnete, war von einer andern Affäre leidenschaftlich eingenommen und hatte irgend einen jungen Mann zum neuen Opfer seiner schielenden Eindringlichkeit erkoren. Der sprunghafte Mensch schien seinen ganzen Forschereifer in Sachen Saverio S. ad acta gelegt zu haben. Wir sprachen nicht drei Worte miteinander. Mir aber machte es ein sonderbar-schmerzhaftes Vergnügen, keine Frage über den Maler zu stellen.

Das Leben zerbröckelt und verkrümelt alles und läßt es fallen aus langsamer Hand. Das Leben? Wir selbst! Oh über das Gleichgültigwerden, oh über das Nichtbegreifenkönnen früherer Spannungen! Unter den vielen Gründen, über diese »Zeitlichkeit« selber wahnsinnig zu werden, der tiefste!

Wenn ich nach einigen Jahren, jetzt, heute, zu dieser Stunde einen Anschlag auf der Straße läse: »Ausstellung der nachgelassenen Bilder des Malers Saverio S.«, ginge ich hin?

Ich weiß es nicht!

Vor mir auf dem Tisch, wo ich dies niederschreibe, liegt eine Zeitung. Ihr Feuilleton bringt einen ›Italienischen Brief‹ von Stefan Mondhaus. Dieser Brief wirft einen kurzen Blick auf die neuen Korporationsgesetze der Halbinsel, beschreibt eine Festaufführung in der Arena von Verona und schließt mit einem Lobgesang auf den neuentdeckten Cimabue, der nach einer abenteuerlichen Odyssee endlich in dem patriotischen Hafen eines heimischen Sammlers gelandet ist:

»Sprechet nicht von ›Stil‹, ›Dekor‹, ›Rhythmus‹, rettet Euch nicht in abgeleierte Phrasen, sondern werft Euch in die Knie vor der zerschmetternden Frömmigkeit und Einheit eines Jahrhunderts, das zu verstehen wir nicht würdig sind.«

Ich aber denke nicht an die göttliche Tafel des Cimabue. Ich schaue ein farblos-dunkles Männerbildnis, von dem ich nicht weiß, ob ich es einst wirklich gesehen habe. Dennoch könnte ich es bis in die Feinheiten der Technik deutlich beschreiben.

Die Konturen des Kopfes – ich sehe sie das leidende Antlitz rasch fließend umkreisen – waren durch ein gelbliches, knöchernes Weiß leuchtend gemacht.

Die Hoteltreppe

Der Liftboy machte verzweifelte Augen, aber der Fahrstuhl war komplett. Viel lieber hätte er die junge Dame befördert als eine trockene Last von vier Engländern, die ernst des Emporschwebens harrten.

Francine hielt den wichtigen Brief in der Hand, den sie, vom Speisesaal rückkehrend, empfangen und kaum noch durchflogen hatte. Sie wußte nicht, was in dem Briefe stand, keine Worte, keine Einzelheiten, aber sie wußte, daß er ihr Philipps Herz ungetrübt entgegenbrachte, und dies gerade in dem Augenblick, da sie die Sicherheit hatte, von Guido frei zu sein.

Das junge Mädchen verwunderte sich, daß dieser rettende Augenblick, den sie während der letzten sieben Nächte so heiß herbeigebetet hatte, nun, da er ihr gewährt war, keine größere Empfindung, kein krampfhafteres Glück in ihr wecke. Vielleicht ist es dieser Verwunderung und dem Wunsche nach deutlicheren Gefühlen zuzuschreiben, daß Francine die Rückkunft des Fahrstuhles nicht abwartete, sondern sich der breiten, rot und dickbelegten Treppe zuwandte, die den riesigen Schacht des Prunkhotels in sanft ansteigenden Rechtecken hoheitsvoll umzirkte.

Eine Befreiung war zu feiern, wie man sie größer nicht denken kann. Noch heute – nachdem am Ende der Woche die Grenze der Ungewißheit fast erreicht war – schien jede Hoffnung verwirkt, und in Francines klarem und wohlgeordnetem Geiste drängten sich unerbittlich die Vorkehrungen, Lügen und widerlichen Folgen, die notwendig sein sollten.

Sie hatte alles wohl überlegt. An Härte gegen sich selbst fehlte es ihr nicht. Philipp? Nun, Philipps Rechte bedrückten sie am wenigsten. Hatte er denn Rechte an Sie? Rechte, durch welche Vorzüge und Leistungen erworben?

Aber ihre Eltern belügen zu müssen, niederträchtige Ausreden und Hintergehungen zu erfinden, und dies alles mit freier Stirn und gespielter Heiterkeit, wie hätte sie das fertigbringen sollen! Ihre Eltern waren sehr alt und von der ahnungslosen Sittenstrenge längst verschollener Zeitalter erfüllt. Nicht daß sie, Francine, gegen solche Sittenstrenge auch nur in einem Winkel ihres Herzens rebelliert hätte. Sie war durchaus einverstanden mit ihr, wie mit jeder Festlegung und Erschwerung des Lebens.

Obgleich sie von solchen Dingen keine starre Meinung hatte, fand sie es doch entzückend von Papa, dem ehemalig kaiserlich-königlichen Minister, daß er die Gegenwart ignorierte, daß er immer am Geburtstage seines langverstorbenen, sagenhaften Monarchen am häuslichen Tische in feierlicher Kleidung erschien und – wenn auch der Anlaß mit keinem Wort erwähnt wurde – ein stilles Gedenkfest zelebrierte. Sie war viel zu jung, um wider die Gegenwart irgendwelche Erbitterungen aus verletztem Standeshochmut zu hegen, dennoch empfand sie einen Abscheu vor aller Verbilligung des Lebens und hatte sich so auf ihre Weise gegen die Zeit gestellt, indem sie ihr blondes Haar nicht kurzgeschnitten trug. Und doch, auch die konservative Länge ihres Haares hatte ihr keinen Schutz geboten...

Nun aber war die Erlösung da! Das Kaum-mehr-Erhoffte hatte ihr Gott geschenkt. Allein so schnell verzog sich der braune Nebel, der sie sieben Tage lang umlastet hatte, so selbstverständlich blieb jetzt alles beim Alten, so rasch war aus ihrem Erlebnis ein widerwärtiger Traum geworden, und nicht einmal ein Traum, daß sie die Flinkheit ihres Vergessens wie eine Unzucht empfand.

Francine stand am Fuße der Treppe. Sie sah, daß man in der Halle schon die Tische für die Abendmusik und den Tanz rückte. Es war höchste Zeit zur Flucht. Sie hob den Kopf und maß den Abstand, der sie von ihrem Zimmer im letzten Stockwerk trennte. Der kathedralenhohe Raum wuchs schwindelnd über ihr. Und in der Höhe des Abgrunds hing der gewaltige Kronenlüster mit seinen mattblitzenden, leisklirrenden Prismen und schien in einem geheimnisvollen Luftzug zu schwanken.

Sie dachte an den Wallfahrtsort, wohin die Mutter sie einmal, noch als Kind, mitgenommen hatte. Hundert und mehr Stufen führten zur hohen, felsumpanzerten Kirche. Und die Mutter war all die hundert Stufen in Leistung einer Buße, zerknirscht, auf den Knien emporgerutscht.

Wie nichtig mochte die Sünde der armen, immer schweigsamen Mutter gewesen sein, für die sie also andächtig Buße tat. Die Zeiten haben sich verändert und den Glauben geschwächt. Sie, Francine, würde nicht die hundert Stufen zu einer hohen Kirche hinanknien, aber immerhin den bequemen Fahrstuhl verschmähen und die teppichrote Treppe dieses Prunkhotels – in ihrem besten Abendkleid allerdings, mit bloßen Schultern und Armen – bußfertig emporwandern.

Langsam setzte sie den Fuß auf die erste Stufe.

Der Weg, der vor ihr lag, kam ihr weit und beschwerlich vor wie eine einsame Bergbesteigung, denn in dieser Minute war in dem mächtigen Treppenraum des Hotels kein Mensch zu sehen, und ganz verlassen fühlte sich Francine in diesem Raum, den zu überwinden sie sich auferlegt hatte. Aber nicht allein den Raum zu überwinden galt es.

Als Kind schon hatte sie gelernt, ohne Schwindel und Schwäche sich selber Rechenschaft zu legen. Sie hatte gelernt, daß alle Träumerei, die Flut undeutlicher Gefühle Sünde sei, und die Religion eine ständige Gewissenserforschung gebiete. Nun war mit einem Schlage die unübersehbare Verwirrung behoben. Im letzten Augenblick war das Unerwartete geschehen, Gott selber hatte sich erbarmt und Gnade vor Recht ergehen lassen.

So war es denn ihre Pflicht, ehe sie Guido für ewig in den Abgrund warf, ehe alles für immer ungeschehen blieb, ja nun hatte sie die harte Pflicht, das Gesicht des Mannes noch einmal zurückzurufen. Aber wie strenge sie auch die Brauen kräuselte und ihre Stirn in Falten legte, Guido hatte kein Gesicht!

Francine sah angestrengt auf die Stufen nieder, um sein Bild aus dem Teppich zu locken. Doch nichts anderes erblickte sie als ihre schmalen und schwachbeschuhten Füße, die – und das hatte etwas Rührendes – gleichmäßig vor ihr einhertraten. Jenes Menschen aber konnte sie in sich nicht habhaft werden. Nichts von ihm war gegenwärtig, kein Zug, kein Wort, nur sein Flüstern während jenes gefährlichen langsamen Bostons, den sie leider mit ihm getanzt hatte.

Dieses Flüstern hatte keinen Inhalt; keiner Schmeichelrede, keines Liebenswerbens entsann sie sich. Nichts anderes war es als »Flüstern«, wie Wind nichts anderes ist als Wind, und wie Wind hatte das Flüstern mit lustig-spitzer Zunge ihre Ohrmuschel geküßt.

Francine machte eine neue Anstrengung, mehr von Guido zu bannen als jenes kitzelnde Flüstern. Aber – wenn sie auch vor Willensanspannung die Zähne zusammenbiß – nichts anderes vermochte sie zu beschwören als eine tadellose Gliederpuppe im Smoking, die dieser und jener sein konnte, alle, nur Philipp nicht, der etwas dicker und kleiner war als Guido oder dieser und jener hier im Hause.

Durchaus lächerlich erschien die tadellose Gliederpuppe, wenn sie ohne Rock im schwarzseidenen, überscharf in die Taille geschnittenen Gilet dasaß. Überdies saß sie in ihrem, Francinens, eigenen Zimmer, das zum Unglück die Nummer 517 trug. Sie saß im ersten empörenden Morgengrauen am Toilettetisch und rieb sich mit Francinens Cold-Creme die weißovale und selbstüberzeugte Scheibe ein, die sie an Stelle eines Gesichtes trug. Francine konnte vom Bette her, in dem sie schamlos lag, der Gliederpuppe eitel-ausführliche Anstalten beobachten, als wäre das Ganze nichts als selbstverständlich.

Aufrichtig fand sie es auch nicht grauenhaft und nicht zum Weinen, sondern nur gleichgültig.

Dies also war die Liebe!

Und warum sollte die Liebe etwas anderes sein? Ein kitzelndes Flüstern im Ohr? Ein verlegener Rausch! Ein Gesicht, das nur eine eitle Scheibe ist, vor die man alle möglichen Physiognomien schieben kann!

Doch etwas anderes war in der Liebe noch enthalten, etwas sehr Ernstes und Unerbittliches, das nichts mit Smoking, Boston, Gliederpuppen, Flüsterwind, Cold-Creme und leeren Gesichtsscheiben zu tun hatte. In all diesen Tagen des unsicheren

Bangens hatte Francine nur eine wirkliche Schmach erlebt. Das war die Szene in der Apotheke.

Fünfzehn Minuten lang hatte sie es nicht gewagt, in den Laden einzutreten. Sie setzte die Worte der fremden Sprache, die sie sprechen sollte, immer wieder zusammen und nahm sie verzweifelt immer wieder auseinander in ihrem Sinn. Vor allem aber hoffte sie, daß sie in dem Magazin einen weißbärtigen, uralten Apotheker vorfinden werde, einen gütigen Greis, dem sich anzuvertrauen kein Ding der Unmöglichkeit sein würde.

Sie stand dann zwar vor keinem jungen, aber auch keineswegs vor einem alten Apotheker, sondern – wie die Schwäche in ihren Knien es zeigte – vor einem Mann in den ekelhaftesten Jahren. Kein Wort brachte sie vorerst heraus, wurde rot und röter, und diente den zynischen Augen des Drogisten zur Weide, der sich wohl hütete, ihre Verzweiflung und seinen Genuß abzukürzen. Nach einer Weile dröhnenden Schweigens platzte sie endlich mit dem ungehörigsten aller Worte heraus und war einer Ohnmacht nahe.

Der Apotheker, entschlossen, den Reiz der Szene bis auf die Neige zu kosten, stellte mit der hochnäsigen Miene ärztlicher Sachlichkeit unverschämte Fragen, riet, warnte, und verlor sich immer tiefer in üppige Verfänglichkeiten. Als ihm nichts anderes mehr übrig blieb, verabfolgte er ein Fläschchen mit roten Pillen, deren Wirkung er jedoch grausam-lüstern in Zweifel zog, und reichte Francinen endlich die Adresse einer sicheren weisen Frau, wobei er zärtlich ihren Arm abtastete.

Wenn sie eine Sünde begangen hatte, dort im Apothekerladen war sie gebüßt für alle Zeiten. Der Himmel selbst schien mit dieser Buße zufrieden zu sein, denn heute hatte sich das Präparat des widerlichen Menschen gegen seinen eigenen Zweifel als wirksam erwiesen.

Nun mußte sich Francine nichts mehr vorwerfen. Guido war ein tadelloser Smoking mit einem unvorstellbaren Gesicht über dem Kragen, er war ein fader, langsamer Boston, dessen gummiartige Melodie man ebenso schnell vergißt wie jenes raffinierte Flüstern. Gestern hatte sie dem Menschen seinen zweiten

Brief uneröffnet zurückgesandt. Ein dritter und vierter Brief wird wohl noch kommen. Natürlich! Soviel ist sie wohl wert! Aber nach dem siebenten oder neunten vergeblichen Versuch wird der Herr seine schriftlichen Zudringlichkeiten unterlassen. Nach Rückkehr der Eltern dürfte sie es kaum mehr nötig haben, die Post zu beaufsichtigen.

Während Francine über den teppichdumpfen Treppenabsatz des ersten Stockwerks hinschritt, war es beschlossene Sache, daß nun, nie und in alle Ewigkeit nicht, Guido gelebt hatte.

Mit leichten und heiteren Beinen begann sie jetzt die neuen Stufen zu ersteigen, während sich ihr Blick voll unbekannten Wohlwollens in Philipps Brief versenkte:

»Meine geliebte Francine,« – las sie – »endlich ist der große Wurf gelungen. Ich habe für uns beide die schönste Zukunft gezimmert. Mit Stolz kann ich sagen, daß ich nur meiner Tätigkeit und keiner Protektion den unerwarteten Erfolg verdanke. Das New Yorker Haus schickt mich in leitender Stellung nach Genf, wo ich das europäische Zweigunternehmen errichten und führen soll. Wir werden, meine süße Geliebte, die ersten Jahre unserer Ehe am Genfer See zu Füßen des Mont Blanc verleben. Ist das nicht herrlich? –«

Das unbekannte Wohlwollen war weg. Der salbungsvolle Tonfall von Philipps Worten verfolgte die Schreitende.

»Großer Wurf gelungen!« ... »Ich habe uns beiden eine schöne Zukunft gezimmert!« ... »Tätigkeit!« ... »Unsere Ehe!« ... »Zu Füßen des Mont Blanc!«

Guido hatte kein Gesicht, aber Philipp hatte ein Gesicht, ganz und gar das Gesicht, welches sein Briefstil ihr aus Amerika herübertrug. Scharf sah die Zornige es vor sich. Sie sah die blonden Härchen einer werdenden Glatze im Winde spielen. Philipps blaue Augen (das Schönste an ihm übrigens) reichten ihr gerade bis zum Mund. Ohne den Kopf zu bewegen, hatte sie manchmal seine Augen geküßt, aber nur aus Mitleid, weil sie so groß war und er so klein. Hatte ein Mann, dessen Augen ihr gerade bis zum Mund reichten, der in Amerika Geschäfte machte und über diese »Tätigkeit« pathetische Schriftrede führte, als wären's Rittertaten, hatte solch ein Mann das Recht, ihrer so sicher zu sein?! Wer war er denn? Hatte er Papas feine und resignierte Miene bei seiner Werbung nicht verstanden?

Francine konnte nicht weiterlesen und ertappte sich dabei, daß sie vor Ärger – als hätte sie sich selber gar nichts vorzuwerfen – zwei Stufen auf einmal nahm.

Plötzlich schrak sie zusammen und verlangsamte ihre Bewegung.

Ein großer, glänzend aufgerichteter Herr im Frack mit Umhang kam ihr entgegen, die Treppe hinab. Ehe sie den Blick gleichgültig zur Seite schweifen ließ, nahm sie ein hartes, knochiges Modegesicht wahr, wie sie's trotz allem liebte, und grau-leuchtende Schläfen. Der Herr seinerseits bereitete ein ausführliches und eindrucksvolles Vorübergehen vor.

Der für Francine höchst unangenehme Augenblick der Begegnung schien ihr endlos. Sie konnte sich, während sie Glieder und Blicke einzog, als wären sie Atem, die merkwürdige Frage stellen, ob zwei Schiffe, die draußen auf einsamer See Bord an Bord aneinander vorüberstreichen, ein ähnlich peinvoll-benommenes Gefühl haben, wie sie jetzt.

Der Herr war hinter ihr verschwunden! Sie spürte aber genau und hingebungsvoll, daß er stehn blieb, kehrt machte und ihr nachsah. Da verwandelte sich Francine und verlor alle Gedanken. Wie ein Pferd ging sie gleichmäßig im Gespann des Männerblicks, der sie kräftig von hinten zügelte. Sie senkte tief den Kopf, als schritte sie gegen den sanften Widerstand eines erfahren gelenkten Geschirrs vorwärts. Heimliche Scheuklappen blendeten rechts und links ihre Augen ab, die doch kein Schreckbild und nichts anderes hätten sehen können als den falschen Marmor der Hotelwände. Langsam setzte sie Bein vor Bein mit der vorsichtigen Zierlichkeit eines Maultiers. Sie ging mit ganz engen Gliedern. Ihre Knie rieben sich oft aneinander, als müßten sie den Schritt mahlen wie ein unsichtbares Getreide.

Francine konnte es vor sich selbst nicht ableugnen, daß ihr der aufgezwungene Gleichtakt und die umwölkte Gedankenlosigkeit wohltaten, daß sie ihr den Weg erleichterten. Als des Herrn

Tritt unter ihr, von neuem hallend, sich entfernte, bedauerte sie es fast, ohne Fesseln und sich selber überlassen weitergehn zu müssen.

Noch immer unendlich hoch hing der Kronleuchter von der Kuppel herab. Sie fühlte die Versuchung, müde wie sie war, nach dem Lift zu schellen und sich in den fünften Stock und in ihr Zimmer bringen zu lassen, dessen Ziffernsumme, wie sie es abergläubisch längst berechnet hatte, Dreizehn ergab. Aber sogleich stand sie von dieser feigen Verirrung ab. Es war nicht ihre Art, Entschlüsse so leicht aufzugeben, die kleine Selbstbestrafung und ihren Willen der Bequemlichkeit aufzuopfern, wenn sie ihn auch – aus welchen Gründen immer – einem Menschen aufgeopfert hatte, von dessen Gesicht sie nichts mehr zurückrufen konnte, als eine leere weiße Scheibe.

Im Weitersteigen begann sie Philipps Brief neuerdings zu lesen. Ihr Unmut war verschwunden: nur daß sie die Seite, die sie geärgert hatte, überschlug. Da fiel ihr Blick auf einen Satz, der sie so stark ergriff, daß sie mitten auf der Treppe stehen blieb:

»Ich verdiene Dich nicht, meine hohe königliche Francine! Du stehst über mir in jedem Sinne als Leib und Blut, als Mensch und Geist. Was dürfte ich von Dir anderes verlangen, als daß Du mir erlaubst, Dir zu dienen und Dich zu verstehen, solange ich Leben habe. – Alles was Du tust, wird für mich ewig wohlgetan sein, und wäre es Schädigung, Verrat, ja Vernichtung meiner eigenen Person! Von Dir habe ich nichts zu fordern. Dir aber gebe ich die Macht über mein Leben und meinen Tod.«

Francine küßte, ohne sich zu bewegen, Philipps gute Augen. Das erstemal küßte sie diese blauen Augen (als trennte sie beide das Meer nicht) mit stillem Überschwang. Wie hatte sie ihm vorhin unrecht getan! Oh, Philipp verstand mit wahrem Edelmut seine Stellung! Er war der Zarte und Feste, er war die einzig zuverlässige Seele, von der sie immer geliebt werden würde. In seiner wunderbaren Zärtlichkeit hatte er dort drüben alles empfunden. Er ahnte alles und maßte sich nichts an. Sie war überzeugt davon, daß er den Zwischenfall auf geheimnisvolle

Weise vorgespürt hatte und daß sein Brief die Antwort auf ihr Erlebnis sei. Wie märchenhafte Nerven besaß Philipp doch trotz seiner »Tätigkeit«! Er weiß alles, ohne etwas zu wissen, und sie wird es ewig verschweigen dürfen, ohne eine Lügnerin zu sein.

Francine schluckte glücklich an ein wenig Tränen. Das erstemal seit so vielen Tagen löste sich die Lethargie von ihrer Stirn. Jetzt erst empfand sie mit ganzer Kraft die Fülle der Gnade, die ihr zuteil geworden. Sie sah mit offenen Augen, welchen Erniedrigungen und Häßlichkeiten sie entgangen war, in die sie sich fast schon gefunden hatte. Und Philipps Brief riß die feinsten Wurzeln ihrer Verwirrung aus der Wirklichkeit, sein starkes Gelöbnis erst löste die letzten Schatten Guidos von ihrem Schicksal. Jetzt lag die tadellose Gliederpuppe wahrhaft im tiefsten Abgrund und ein dichtes Grab wälzte sich über sie. Nichts war geschehn. Francine aber war frei. Francine war wieder Francine.

Klopfenden Herzens sprang sie die nächsten Stufen empor. In einem wahren Rausch gehetzter Innigkeit entwarf sie jetzt nichts anderes als das Bild der Wohnung, die sie mit ihrem Verlobten bald beziehen würde. Im Fluge teilte sie die Zimmer ein und nahm auf Wärme, Ruhe, Wohlbehagen ihres künftigen Gatten zärtlichen Bedacht. Sie kannte Genf nicht, aber es war klar, daß ihre Wohnung in keiner schlechteren Gegend liegen dürfe als am Quai Mont Blanc, mit allen Fenstern auf den See hinaus. Sie versuchte auch zu glauben, daß ihre Gleichgültigkeit gegen Kinder eine heilbare Eigenschaft sei, Philipps wegen. – Wie gut war alles abgelaufen! In ihrer Zukunft klaffte kein Riß mehr. Für den Beginn des nächsten Monats kündigte Philipp seine Rückkehr nach Europa an. Sie war fest entschlossen, ihm bis Hamburg entgegenzureisen und ihn niemals mehr zu verlassen. Sie hielt es nicht nur für Zufall, daß er sich heute vielleicht schon in New York eingeschifft hatte.

Francine faltete mit heißen Händen den Brief zusammen. Da bemerkte sie, daß vor ihr auf der Treppe eine uneröffnete Depesche lag. Zugleich mit Philipps Schreiben war sie ihr im Augenblick der Schicksalswende übergeben worden. Sie hatte sie, ohne es zu wissen, die ganze Zeit über festgehalten. Sofort wußte sie: Die Eltern!

Vater und Mutter hatten sich eine Reise nach Sizilien gegönnt. Sie selbst, der trüben Gesellschaft und des sorgenden Dienstes an den Alten müde, war auf eigenen Wunsch zurückgeblieben. Allerdings die Gewährung dieses Wunsches hatte harte Kämpfe gekostet. Papa wollte es auf keinen Fall dulden, daß sie frei und ohne jede Behütung die Zeit hier verbringe. Erst den stillen Künsten Mamas, gewissen kränkenden Anspielungen auf die veränderten Verhältnisse und Sitten, auf die allgemeine Emanzipation und auf Francines baldige Ehe war es gelungen, den Vater zum Verzicht auf sein Interdikt zu bewegen. Empfindsamer Verzicht, ja, das war Papas Lebenselement! Aber wie recht hatte er diesmal gehabt mit seiner veralteten Angst!

Francine erwartete eine Nachricht aus Palermo. Sie riß das Telegramm auf. Es war von Neapel datiert, woher ihr die Eltern mitteilten, daß sie schon morgen vor Mittag sie zur Heimreise abholen würden.

Fast hätte Francine aufgeschrien. In dieser Depesche erblickte sie das letzte Himmelsgeschenk. Sie spürte es körperlich, wie die Lieben von allen Seiten aufbrachen, sie zu entsetzen wie eine Belagerte. Sie spürte das sekundliche Näherkommen des Rettungswerkes. Die Gnade Gottes war vollkommen. Nur eine Nacht noch mußte sie in diesem verfluchten Zimmer überstehen, nur eine Nacht noch in dem verfluchten Bette schlafen! Mit ihrer ganzen Last fiel sie in die Wirklichkeit zurück. Vor dem morgenfrischen Bilde der Abreise wich der letzte Rest des schmutziggrauen Traumbannes.

»Sofort die Koffer packen!«

Und sie stürmte die zehnte Stufenreihe empor.

Hochaufatmend stand sie oben. Aber sie hatte ihrem Herzen zu viel zugemutet. Und auch ihre Augen konnten jetzt die Linien und Farben der Dinge nicht aufrechthalten. Alles schob sich aneinander. Einen Augenblick mußte sie stehn bleiben, ruhen, ehe sie den Weg in ihr Zimmer fortsetzte, das letzte kleine Stück über den Gang, das ihr jetzt so weit und mühsam erschien.

Hingegen hing der ungeheure Lüster in ihrer Augenhöhe, das mattblitzende, leisklirrende Märchengeschöpf, das Francinens Blick seit dem ersten Tage mit kindhaften Phantasien angezogen hatte. Er schwankte wirklich in einem leichten, zauberhaften Ausschlagswinkel oder beschrieb, wenn man schärfer hinsah, einen kleinen, kaum merklichen Flugkreis. Francine trat an das Geländer des Treppenabsatzes, denn sie fühlte plötzlich das Bedürfnis, diesem strahlenden Riesenvogel, der mit ausgebreiteten Schwingen über dem Abgrund schwebte, näher zu sein.

Das Geländer, das den Korridor von der fürchterlichen Tiefe trennte, war nicht hoch. Francine konnte sich mit freiem Oberkörper weit vornüber beugen. Und sie sah jetzt – ihr Herz hatte sich wieder beruhigt – ohne jeden Schwindel hinab, sah, wie sich die Halle mit vielen verzeichneten Menschen füllte, und hörte das Stimmen der Instrumente.

Gestern um dieselbe Stunde hatte sie denselben Blick in die Tiefe getan. Und da war ihr – gestern – ganz leise die Lockung ins Blut geschlichen:

»Wie wär' es, wenn ich mich jetzt noch weiter vorbeuge und das Gleichgewicht verliere...«

Sogleich aber hatte sie scharf diese Versuchung von sich gewiesen. Es war die Tiefe, der Abgrund, der leere Raum und seine Anziehungskraft auf die Seele, die sie wohl kannte, nicht aber der Wunsch, ihrem Leben ein Ende zu machen. Dessen war sie sich so klar bewußt, daß sie noch eine Weile lang trotzig dem Abgrund die Stirne geboten hatte, ehe sie das Geländer verließ, ...gestern...

Und gestern war doch ein Grund da zum Verzweifeln. Heute aber und jetzt war doch nur Grund da zur Freude und zu Dankgebeten. Francine suchte hastig die Dankbarkeit in sich, sie suchte das Erlösungs- und Glücksgefühl, das wenige Minuten vorher noch bei Philipps Geständnis in ihr gepulst hatte. Aber sie fand nur eine große Öde, die ihr in den Ohren rauschte, wie gottloses Wasser. Immer scheußlicher wuchs das Tönen dieser Öde in ihrem Gehör. Aber es machte nicht bewußtlos, nein, es stachelte bösen Scharfsinn auf. Erkenntnisse rauschten:

» Gestern habe ich etwas besessen. Ängste, Konflikte, Entschlüsse! Ich war reich. Die Erlösung hat mich leer gemacht. Mir ist, als hätte ich heute einen großen Verlust erlitten. Das Glück grinst. Und was ich gewesen bin, werde ich doch nie wieder sein...«

Francine wußte genau, wie gefährlich es war, diesen Gedanken der Öde weiterzuspinnen. Sie hoffte, irgend eine Tür werde sich öffnen, ein Gast aus dem Zimmer treten, ein Stubenmädchen, ein Diener jetzt vorüberkommen. Sie lauschte krampfhaft nach Schritten. Schritte allein hätten genügt, sie vom Geländer zu lösen und sanft in ihr Zimmer zu führen.

Doch nichts rührte sich.

In der Tiefe des strahlenden Schachtes aber brach die Jazzband los. Das Jammern der Saxophone, das gepreßte Keuchen des Blechs, das Teppichklopfen des Schlagwerks versammelte sich hier oben zu seinem eigenen Echo wie eine schaurige Menagerie. Um den schwankenden Lüster aber schwirrte das tückische Flüstern unsichtbarer Insekten. Und unten begann das betäubende Phlegma des Tanzes.

Francine erzitterte. Unter den äffisch kletternden Klängen glaubte sie jetzt den faden Boston zu entdecken, der nichts anderes war als die Melodie der großen Öde, die sie beherrschte, die alles beherrschte. Noch einmal machte sie einen kleinen Versuch, vom Geländer loszukommen, aber schon war jeder Finger mit eigenen kitzelnden Ketten festgeschmiedet. Und nur der Weg nach Vor blieb frei. Da ergab sie sich.

Aber sofort entwuchs dem gottlosen Phlegma, der Öde, ein tödlicher Übermut. Und dieser Übermut hielt die Luft für ein dichtes Element wie Wasser und den Abgrund für tragfähig. Mit zwei Schwimmtempi mußte der goldene Leuchter zu erreichen sein...

Warum trat kein Gast aus seiner Tür? Warum ging kein Mensch vorbei? Warum erbarmte sich in den weiten Gängen des Hotels auch nicht ein Schritt mit menschlichem Hall?

Der große Dampfer der Hamburg-Amerika-Linie arbeitete sich mit hohlen Hilferufen der Sirenen durch den Nebel.

Der Zug hatte Rom verlassen und durchkeuchte, wie wahnsinnig, die Nacht.

Aber nichts mehr konnte Francinen retten.

Das Trauerhaus

I

Es wäre eine Nacht geworden wie jede andre, wenn nicht zwei einschneidende Ereignisse ihren Gang gestört hätten.

Vier von den fünf Tischen im Großen Salon waren schon um zehn Uhr besetzt, doch auch der Blaue Salon, wo die Spitzen der Behörden, ein hoher Adel und die Charakterköpfe aus Finanz und Industrie zu verkehren pflegten, war diesmal zu früher Stunde gut frequentiert. Dieses blaue Zimmer stand unter Champagnerzwang, öffnete nur geschlossenen Gesellschaften von einer gewissen Rangs- und Steuerklasse aufwärts seine Pforten und war mit Gobelins sowie einer raffinierten Spiegelvorrichtung ausgestattet, welche, wie das Gerücht ging, der gemeinschaftlichen Durchführung vornehmerer Laster dienlich sein sollte. Die Gäste des Großen Salons allerdings kannten das blaue Zimmer meist nur vom Hörensagen, war ja doch selbst im allgemeinen Raum der Konsum einer Flasche sauren Weines mit beträchtlichen Kosten verbunden. Da aber die Verabreichung von Getränk nicht als wesentliche Bestimmung des Hauses zu gelten hatte, bekamen nähere Freunde im Großen Salon nach Maßgabe ihrer Kopfzahl bestimmte Kollektionen von Kaffee oder Schnaps serviert.

Nichts sei damit gegen den Großen Salon gesagt. Er war durchaus feudal mit seiner goldbeladenen Renaissance, den gekrönten Spiegeln, roten Samtvorhängen und dem eisglatten intarsierten Tanzparkett. Wir haben es ja hier mit einem Etablissement zu tun, das die Bezeichnung ruhig ablehnen kann, die ihm ein ungegliederter und armseliger Sprachschatz verleiht. Zumindest aber müßte man dieser Bezeichnung ein k. k., ein kaiserlich königlich voranstellen, denn Plüschmöbel, Goldschnörkel, Spiegel, Samtvorhänge, die Stiche an den Wänden, die nicht nur heiter-dezente Liebesszenen, sondern auch Pferdewettrennen darstellten, die Prachtrenaissance eines hochnäsigen, damals schon langverschollenen Jahrzehnts, das Kaiserbild in der Küche, – aus all dem staubfangenden und schon leicht räudigen Glanz schaute der verlegene Blick der alten Doppelmonarchie den Betrachter an.

In unserer Stadt hat es bis tief in den Krieg hinein drei Institutionen gegeben, die diesen hochoffiziösen Charakter rein bewahrten! Das war die Konditorei Stutzig, die Tanzschule, die Herr Pirnik in einem schönen Barockpalais nahe der berühmten Brücke etabliert hatte, ein distinguierter Ort, wo die gute Bürgerjugend neben Walzer, Sir Roger, Polka, Tyrolienne auch eine klassische Quadrille lernen durfte, ... und eben dieses Haus hier, in dem wir uns gegenwärtig befinden.

Es ist, wie ich glaube, als letztes verschwunden.

II

Die Damen, soweit sie nicht intimeren Dienst hatten, waren auf ihrem Posten. Mit wiegendem Schritt durchkreuzten sie den Raum, drehten sich, einsame Entzückung in den Mienen, vor dem Spiegel, baten sich mit höflicher Kälte Zigaretten aus und nahmen herablassend-interesselos für eine Weile an den Tischen Platz. Sie schienen von dem Gefühl einer ganz besonderen Würde durchdrungen zu sein, einer Würde, die sich jeder Pensionärin dieser altberühmten und vornehmen Stätte mitteilte. Hier aufgenommen worden zu sein, das bedeutete den Eintritt in höhere Lebenskreise. Diese Würde kam mannigfach zum Ausdruck. Im Gegensatz zu ähnlichen Lokalen gingen hier nur wenige Damen kurzgeschürzt, die meisten trugen phantastische Negligées, wallende Morgengewänder, Valeska, die pompöseste unter allen, sogar ein regelrechtes Ballkleid, das auf dem Theater- oder Juristenball eine ausgezeichnete Zensur in der Zeitung davongetragen hätte. Trotz der hinderlichen Kleidung geschah es nicht allzuoft, daß man die Beine entblößte, um aus dem Strumpf ein Zigaretten- oder Puderetui zu holen.

Nur Ludmilla ging in einem kniefreien Rock, und sie mit ihrer gebrechlichen Kinderfigur hätte sich gar nicht anders tragen können. Es war bemerkenswert, daß ihr gänzlich die äußere Unruhe abging, jene gleichgültige Unruhe, die zu den Berufseigentümlichkeiten der Damen gehörte, sie immer wieder von Sitz und Stand jagte und wie nervöse Käfigtiere sinnlos durchs Zimmer zu laufen zwang. Ludmilla hingegen saß ganz still am militärischen Tisch rechterseits und lauschte mit tiefem Ernst den Ausführungen des Leutnants Kohout, als wolle sie keine Gelegenheit vorübergehn lassen, etwas zu lernen. Niemand konnte ihr etwas anmerken.

Leutnant Kohout vom Feldkanonenregiment Nr. 23 hatte sich mit zwei Einjährig-Freiwilligen derselben Formation hier eingefunden. Zwischen ihnen herrschte die falsche und gefährdete Vertraulichkeit von Vorgesetzten und Untergebenen, die mit aufgehobener Rangordnung an einem Tische sitzen. Die Manöver standen vor der Tür und das drohende Gespenst der Reserveoffiziersprüfung mit ihnen.

Der Leutnant, die wässrigen Augen starr auf Ludmilla richtend, tröstete die beiden Freiwilligen, die nicht ohne Angst der Zukunft entgegensahen:

»Schaut's, ihr müßt's wissen«, sagte er, des Mädchens Beifallsblick suchend, »ich hab's auch nicht leicht gehabt bei der Fähnrichsprüfung, und ihr habt's doch Schulen und seid's gebildete Leute. Schaut mich da der Herr Oberst von Wurmser scharf an: Kadettoffiziersstellvertreter Kohout! Was wissen Sie von Julius Cäsar? – Ich reiß mich zusamm' und schrei: Herr Oberst, melde gehorsamst: Nichts! ... Zweite Frage: Kadettoffiziersstellvertreter Kohout! Was wissen Sie von Karl dem Großen? – Ich reiß mich schärfer zusamm' und schrei noch lauter: Herr Oberst, melde gehorsamst: Nichts! ... Der Herr Oberst von Wurmser wartet eine Weile und dann kommt's: Kadettoffiziersstellvertreter Kohout! Was wissen Sie von Kaiser Josef? – Da hab ich aber den Herrn Obersten schön hereingelegt. Ich schlag die Hacken zusamm', daß es kracht: Herr Oberst, ich bitte gehorsamst, welcher Kaiser Josef; es gibt derer nämlich zwei!?

... Der Herr Oberst von Wurmser sagt: Schau, schau! Aber ich bin durchgekommen. Seht's ihr also, militärisch muß man sein, nicht zivilistisch, und das ist alles!«

Ludmilla sah den Leutnant teilnahmsvoll-verstehend an. Sie lachte nicht. Ihre Kinderstirn blieb streng und sachlich unter dem schweren Blond, das ihr Gott gegeben. Sie schien mit der strammen Wendung der Anekdote vollkommen einverstanden: Militärisch, nicht zivilistisch! In allem und jedem hatte die straffere Weltordnung ihre Sympathie.

Als einer der Freiwilligen unter dem Tisch ihre Wade zu streicheln begann, ließ sie es geschehn und rückte nur ein wenig zur Seite. Die Kluge wußte genau, daß der militärische Rangunterschied, die gegenseitige Geniertheit der Nicht-Gleichgestellten etwaigen Ansprüchen und Begierden einen Dämpfer aufsetzen würde. Und dies gerade war es, was sie heute brauchte.

Hier jedenfalls fühlte sie sich wohler, als sie sich am Nebentisch gefühlt hätte, wo Ilonka, »das fette ungarische Luder«, den beiden Alten sich »aufdrängte«. Und was für Leute waren das auch. Der eine kam bestimmt vom Lande, aus einer Gegend, die sie, Ludmilla, ungeschaut, haßte. Eine riesige Uhrkette lag auf seinem Bauch, und man wußte nicht, war der Bauch für die Uhrkette da, oder die Uhrkette für den Bauch. Das kannte sie schon. Auch in ihrem verfluchten Heimatsnest kam ein Mann erst zu Ansehn, wenn er sich den Bauch für die richtige Lage der Uhrkette angefressen hatte. Ein Baalboth war das!

Dieses dunkeltönende Fremdwort »Baalboth« hatte die Jüdin Jenny eingeführt, eine mythische Vorgängerin der heutigen Damen, die nun in Wien als Besitzerin eines großen Kaffeehauses am Franz-Josefsquai lebte. Jenny war das sagenhafte Vorbild aller Tüchtigkeit und Karriere. Kaum ein Tag verging, ohne daß ihre verklärte Persönlichkeit als Beispiel herangezogen wurde. Was aber den Ausdruck »Baalboth« anbetrifft, so hatte er hier die Bedeutung eines reichen Mannes aus der Provinz, der in der Hauptstadt nachtsüber sein Liebesleben ausführlich und gründlich absolviert, im übrigen aber keinen Heller über die Taxe zahlt.

Und an diesen Baalboth schmierte sich das Schwein von Ilonka. Für zehn Gulden war der alles recht. Aber Ludmilla gönnte ihr's, daß nicht einmal diese beiden Onkel – (schämen sollte sich so ein fettherziger Familienvater, ins Puff zu gehn!) – daß einer wie der andre nicht auf sie flog. Der Baalboth spuckte Ilonka nicht an, dagegen sah er sich nach Ludmilla die Augen aus, aber Ludmilla begegnete ihnen nicht einmal mit Verachtung. Für sie waren solche Kunden Luft. Da mochte er seine Stimme noch so sehr anstrengen, um ihr mit seinen aufgeblasenen Ansichten zu imponieren. Und wirklich, der Mißachtete hatte seine Stimme so stark erhoben, daß man sie überall im Großen Salon hören konnte:

»Organisation, Herr Kraus, Organisation«, rief die Stimme, während die dazugehörenden Bettelaugen Herrn Kraus nicht ansahen, sondern um Ludmillas Wohlwollen warben:

»Wenn Sie in den Himmel hinaufschauen, Herr Kraus, was sehen Sie dort? Organisation! Und wenn Sie einen kleinen Ameisenhaufen betrachten? Detto! Der deutsche Bruder im Reich draußen hat es heraus: Organisation in Wirtschaftsleben und Politik... Aber wir... in Österreich...«

Der Baalboth seufzte auf, durch den traurigen Zustand des Vaterlands betrübt und durch die Niederlage seines Werbeblicks aufgewühlt.

Herr Kraus stimmte, völlig überführt, in den Seufzer ein:

»Ja! Gerad dasselbe hab ich heut im Tagblatt gelesen.«

Ludmilla suchte ein Ziel des Wegschauens. Da war der Tisch der Jugend, der in einem gutmütigen Verruf bei den Mädchen stand, denn die Jugend war nur selten kaufkräftig und benutzte den Großen Salon vor allem als stimmungserregenden Tanz- und Diskutierraum. Manja und Anita, die beiden Trampeln, saßen natürlich schon dort und lachten mit s e i n e n Freunden, die eben gekommen waren. Aber Oskar blieb aus, wie er gestern und vorgestern ausgeblieben war; das erstemal ausgeblieben! Ludmilla hätte sich eher aus dem Fenster gestürzt, als daß sie zu dem Tisch gegangen wäre, nach Oskar fragen. Nicht einmal den Gruß der jungen Leute erwiderte sie. Manja lachte jetzt hellauf. Mag sie nur lachen, sie ist und bleibt die Tochter des Totengräbers von Rokycan mit ihren schmutzigen Riesenbeinen, die wohl noch im Vorjahr nackicht hinter den Gänsen des Dorfes her waren. Totengräber? Das kommt gleich hinter Henker und Schinder...

Da sah Ludmilla lieber zu den Ganzgescheiten in der Ecke hinüber, zu den Juden, die niemals Wein oder Schnaps und immer Kaffee tranken. Dort übte die Berlinerin Grete ihre Macht, die Verrückte. Sie nickte jetzt Greten freundschaftlich zu, eine Liebenswürdigkeit, die unter den Damen nicht geringes Erstaunen hervorrief. Denn soviel Freundlichkeit war man von der Spröden nicht gewöhnt. Zudem war Grete ihrer »Bildung« wegen ein Gegenstand allgemeiner Abneigung. Aber Ludmilla hatte gesehn, wie Grete ihren Doktor Schleißner umarmte und küßte. Und da spürte sie plötzlich eine Art freudigen Neides und hatte der Kollegin ein Zeichen des Einverständnisses senden wollen. Den Schleißner neidete sie ihr selbstverständlich nicht. Wie kann man einen Menschen lieben, der unausgesetzt spricht und spricht, der solch eine Riesennase im Gesicht sitzen hat und seine schwarzen, drahtigen Haare immerfort mit den Fingern dreht... Was tut dieser Mensch, wenn er nicht spricht? Kann er überhaupt schweigen, schlafen, lieben... Von Zärtlichkeit hat der keine Ahnung.

Aber Gretes Zimmer war ja auch vollbehängt mit Bildern von Schriftstellern. Und ihr Album mit Gedichten und Unterschriften, daß die Unausstehliche den andern Damen immer unter die Nase hielt! Eine Verrückte!

Ludmilla schämte sich jetzt ihrer Freundlichkeit, denn Grete, von einem Ausspruch Schleißners hingerissen, kreischte laut auf:

»Daß so was sterben soll! Daß so'n Kopf wird unter der Erde faulen müssen.

Es war für Ludmilla eine Erlösung, daß jetzt Fräulein Edith, die Wirtschafterin, hereintrat, den beiden Alten eine frische Flasche Wein brachte und auf den Tisch der Gescheiten das Tablett mit der kleinen Kaffeekollektion für vier Personen stellte.

Der Anblick von Fräulein Ediths warm ausstrahlender Festigkeit hatte immer wieder die Kraft, Ludmilla aufzurichten.

In jeder menschlichen Betätigung gibt es eine natürliche Rangordnung und Anciennität. Was für Leutnant Kohout die Stufe des Regimentskommandanten etwa, das bedeutete für die Damen des Hauses, für die anständigen zumindest, die Stellung der Wirtschafterin. Das Imposante in dem besonderen Fall, Edith war hübsch, nicht alt, keine dreißig, ihre muskulösen und weitläufigen Formen standen im Kurs. Dennoch war sie dienstfrei. Aufforderungen galten für sie nicht, sie konnte dem Ruf des Herzens folgen. Sie allein verwaltete die Geschäftsbücher, die Conti der Pensionärinnen, qualifizierte deren Arbeitswert und hatte zu alledem kontraktlich zwei Abonnementssitze im Neuen Deutschen Theater zugesichert.

Während die Mädchen nur alle vierzehn Tage zu gemeinschaftlichem Vergnügen in eine Sonntagnachmittags-Vorstellung geführt wurden, saß Edith zweimal wöchentlich im Parkett, und es war eine eifersüchtig umworbene Ehre, von ihr auf den andern Sitz mitgenommen zu werden. Ludmilla hatte übrigens bei dieser Gelegenheit – man gab den ›Veilchenfresser‹ – Oskar das erstemal gesehn. Kein Mensch kann behaupten, daß der magere und hohlwangige Anfänger in der kleinen Rolle eines preußischen Offiziers damals gute Figur machte. Sie aber in ihrer Hellsicht hatte sich in den unscheinbaren Jungen verliebt.

Jetzt machte sie sich vom Tisch der protestierenden Artilleristen los und trat zu Fräulein Edith. Die Wirtschafterin nahm sie zärtlich um die Hüfte:

»Der Lump ist wieder nicht gekommen?!«

Ludmilla überwand das Weinen durch ein gepfeffertes Schimpfwort, das ihr sogleich das Herz zernagte. Edith tröstete:

»Dummerl! Das wirst du dir noch abgewöhnen. Was ist ein Mann? Wann er ganz fein ist, ein Hundertkronenschein in Hosen! Und so eine wie du?! Du wirst ihm doch nicht die Wurzen abgeben! Schäm dich!«

»Was soll ich aber tun, Edith, wenn einer mit mir gehn will...«

Edith war zu allem bereit. Um Ludmillas willen wollte sie als »Diensthabende« ein Aug zudrücken:

»Weißt du was, Miltschi«, flüsterte sie, »ich deck dich! Geh hinauf und sperr dich ein!«

Ludmilla aber stampfte auf:

»Jesusmaria! Ich kann nicht. Ich halt's ja nicht aus oben...«

Edith beruhigte, aber schon mit geteilter Aufmerksamkeit:

»Kenn ich alles, hab das alles durchgemacht, Liebling... Hat es mir geschadet? Schau mich an und spuck darauf!«

Hier unterbrach die Wirtschafterin das Gespräch. Es waren immer mehr Gäste gekommen und der Große Salon war voll. Auch aus dem Blauen Zimmer schallte Klirren und Gelächter herüber. Doch etwas war nicht in Ordnung. Fräulein Edith entrüstete sich und ihre tiefe Stimme drohte:

»Wo ist denn der Nejedli?«

Aber der Herr Nejedli war im selbigen Augenblick aufgetaucht und machte den versammelten Herren sein Kompliment:

»Bitte ringsumseits um Verzeihung. Aber ich war zu einem Kinderball engagiert. Hat sehr lang gedauert. Bis jetzt!...

Der strenge Blick der Wirtschafterin ließ sich nichts vormachen. Nejedlis Hand tastete eifrig und schuldbewußt über dem Boden:

»So kleine Kinderln, sag ich Ihnen, Fräul'n Edith, lauter herzige Kinderln...«

Und schon eilte der alte Mann ans Klavier und begann, damit die Stimmung kühner werde, den ›Gladiatorenmarsch‹ von Fucik zu trommeln.

III

Herr Nejedli, der Klavierspieler, besaß vier bezeichnende Eigenheiten. Erstens trug er ein Katerl auf dem Kopf; so nennt man nämlich eine leichte Scheitelperücke, die in diesem Falle in offenbarem Farbwiderspruch zum Randhaar ihres Besitzers stand.

Das Katerl war kastanienbraun, das Randhaar aber schneeweiß.
– Wer kann schließlich von einem im Nachtgeschäft tätigen Klavierspieler fordern, daß er sich für jedes Stadium des Ergrauens den entsprechenden Haarersatz anschaffe?

Die zweite Eigenheit war schon bedenklicher. Sie lag in der sehr zusammengesetzten Duftaura, welche Herrn Nejedli umgab und die aus den Gerüchen von fetter Pomade, Anisetteschnaps und Alter gemischt war.

Die dritte Eigenschaft bestand in der abwechslungsreichen Darstellung von Unglücksfällen, denen Nejedlis Tochter Rosa zum Opfer gefallen sein sollte. Die Tragik dieser Unglücksfälle steigerte sich jeweils mit dem Alkoholgenuß. Niemals hatte ein bejammerungswürdigeres Geschöpf gelebt als jene Rosa, von der durchtriebene Seelenkenner behaupteten, daß sie wirklich geblüht habe und nicht nur Ausgeburt und Fabelwesen des Rausches sei...

Ob und was sie auch immer gewesen sein mag, im Munde ihres Vaters war sie heute an der Tuberkulose elend verstorben, gestern hatte sie sich aus dem Fenster gestürzt, ein andermal mußte eine Eisenbahnkatastrophe herhalten, um ihr den Garaus zu machen. Jedesmal aber flossen die Tränen wahrhaftiger und tiefer Erregung über die Wangen des Erzählers.

Das wichtigste Charakteristikum Nejedlis jedoch lag in der Tatsache, daß er als achtjähriger Knabe an der Exhofhaltung Kaiser Ferdinands des Gütigen oben auf dem Hradschin »k. k. Titularwunderkind« gewesen war, wie er den außergewöhnlichen Rang selber bezeichnete. Im Hinblick auf solch strahlende Vergangenheit wurde er oft und gerne aufgezogen.

Auch jetzt trat Doktor Schleißner, der es liebte, hier den Eingeweihten und Fremdenführer zu spielen, an das Klavier und stellte einen langen, düster-würdigen Menschen vor:

»Darf ich die Herren bekannt machen? Unser großer Virtuose Nejedli! Herr Präsident Moré...«

»Keine Namen, wenn ich bitten darf!«

Der Düstere flüsterte das mit schmerzdurchzuckter Miene, als wäre ihm einer wuchtig auf den Fuß gestiegen.

Schleißner bat um Entschuldigung:

»Vergessen Sie den Namen, Nejedli! Aber vergessen Sie nicht, daß hier der Herr Präsident der Spinoza-Gesellschaft und Ordensmeister der ›Söhne des Bundes‹ vor Ihnen steht.«

Der alte Nejedli sprang auf:

»Habe die Ehre, Herr Präsident. Kenne schon den Herrn Präsidenten ergebenst. Habe die Auszeichnung gehabt, Herrn Präsidenten gestern beim Funus des Herrn Kaiserlichen Rates Habrda...«

Moré schnitt die Begrüßung ab. Er liebte es nicht, an Leichenbegängnisse gemahnt zu werden, die mit seinem Lebenserwerb, dessen Art er gerne verbarg, in Beziehung standen. Um es rund heraus zu sagen, der Präsident der Spinoza-Gesellschaft war in die Listen der Handelswelt als »Grabsteinagent« eingetragen. Er vermittelte zwischen den Trauernd-Hinterbliebenen, der Denkmalsunternehmung und dem bürgerlichen Nachruhm der Verstorbenen. Es ist nicht weiter verwunderlich, daß die Fülle der Ehrenämter einerseits, der geschäftliche Umgang mit dem Tode andererseits den gehaltenen Ernst und den priesterlich langen Rock des Präsidenten auf dem Gewissen hatten.

Hier an diesem Ort schien er das erstemal anwesend zu sein. Er führte langsam ein nicht entfaltetes Taschentuch an den Mund. Mit dieser ungenügenden, aber symbolischen Gebärde wollte er wohl andeuten, daß ein Mann wie er in solcher Umgebung gut daran tue, seine stadtbekannten Züge ein wenig zu verbergen.

Doktor Schleißner aber wollte dem Präsidenten etwas bieten und wandte sich an den Klavierspieler:

»Wie war das mit Kaiser Ferdinand dem Gütigen, Nejedli, und mit Ihren Konzerten?«

Der Alte duckte sich ängstlich über die Tasten:

»Mir scheint, meine Herren, Sie wollen mich mit Hochverrat und Majestätsbeleidigung hereinlegen. Lauter Balmechomes sitzen im Salon...«

Moré sandte einen finsteren Blick aus.

Nejedli beeilte sich:

»Balmechome, Herrn Präsidenten zu dienen, nennen die Herren Israeliten alle Mannschaften und Gagisten im aktiven Militärverhältnis.«

Schleißner beruhigte:

»Erstens kann Sie niemand hören und zweitens weiß doch kein Mensch, wer Kaiser Ferdinand war.«

Nejedli erklärte eifrig:

»Aber das ist doch der gottselige Onkel von unserm Kaiser. Sie haben ihn anno 48 in Olmütz abgesetzt. Noch wie heute denk ich ihn. In der Burg oben hat er residiert und mit einem Prachtzeugel – Lipizzaner Schimmel natürlich – ist er täglich nach Baumgarten oder in den Canalischen Park spazieren gefahren.«

Die tiefe Rednerstimme des Präsidenten Moré fragte:

»Und war er wirklich gütig?«

Bei diesen Worten nahm das feierliche Gesicht den geschmeichelten Ausdruck eines dynastisch empfindenden Mannes an, dessen Gedanken mit Rührung einer allerhöchsten Person nahen.

Nejedli verdrehte geheimnisvoll die Augen:

»Gütig war er nicht, aber narrisch war er.«

Schleißner munterte auf:

»Sie haben doch als Wunderkind Konzerte in der Burg gegeben. Wie war denn das?«

Nejedlis knotenreiche Finger versuchten sich in einem perlenden Lauf:

»Sie können es mir ergebenst glauben, Herr Doktor, ich war ein gesuchtes Wunderkind. Konzertiert hab ich im spanischen Saal. Der ganze P. T. Hochadel war anwesend, Hof und Gesellschaft. Also hier ist Seine Erlaucht, der Herr Graf Kolowrat gesessen und dort Ihre Durchlaucht, die Fürstin Lobkowitz. Ich seh sie vor mir, als wär es heut. Eine Schönheit, auf mein Wort! Und dann Seine Exzellenz, der Herr Statthalter von Böhmen, und der Herr Korpskommandant Graf... Graf... Fixlaudon... Wie hat er nur geheißen?...«

Doktor Schleißner drängte neugierig vorwärts.

Nejedlis Finger perlten den Lauf zurück:

»Damals, meine Herren, hab ich ein Gedächtnis gehabt und Fingerln, das kann ich untertänigst sagen. Mein ganzes Programm hab ich auswendig heruntergekonzertiert: ›Die Abendglocken‹, ›Mon souvenir‹, ›Ouverture zu Wilhelm Tell‹ und ›Arrangement aus der Oper Die Jüdin‹. Ja, ja, heut kann ich nur wenig auswendig spielen und von Noten gar nichts mehr, wegen der maroden Augen. Ausgeweint hab ich mir die Augen. Herr Doktor wissen, seitdem ich das Unglück mit der Roserl gehabt hab...«

Doktor Schleißner brachte den Erzähler schnell und behutsam wieder auf sein Thema zurück. Nejedlis Hände zerklopften ein Musikstück, während er weiter berichtete:

»Also, meine Herren, ich hab damals wirklich gut gespielt. Hof und Gesellschaft applaudieren und verlangen da capo. Die Damen schauen mich ganz gerührt durchs Lorgnett an. Auch Seine Majestät der Kaiser kommt applaudierend auf mich zu: Bravo, bravo, ruft er dabei und ich kleiner Bub will mein Buckerl machen und ihm die Hand küssen. Er fangt auch wirklich sehr lieb an, mich zu streicheln. Aber so wahr ich hier bin, auf einmal reißt es ihm in der Hand und er haut mir eine Watschen herunter...«

In des Präsidenten Augen zuckte es dunkel. Nejedli aber fuhr milde-verstehend fort:

»Ich will nichts gegen Seine Majestät gesagt haben. Der Kaiser hat ja nichts dafür können. Ich hab genau gespürt, wie er sich gegen die Watschen gewehrt hat, die ihm in der Hand saß. Das Watschen war halt eine Eigenartigkeit von ihm. Sein Adjutant, der Herr Feldzeugmeister Graf Kinsky, hat ihm bei der Ausfahrt immer die Händ' festgehalten, denn man konnte ja nicht wissen. Sie fahren über die Steinerne Brücke. Dort steht der goldene Herrgott, den ein Jud hat bezahlen müssen, weil er vor dem Allerheiligsten nicht den Hut gezogen hat. – Ich will damit ergebenst nichts gegen die Herren Israeliten vorbringen. – ›Laß mich aus, Exzellenz‹, sagt Seine Majestät zum Adjutanten. Der aber hält nur noch fester des Kaisers Hände zusamm'. Seine Majestät bittet immer schöner: ›Laß mich aus, Exzellenz, ich muß mich ja bekreuzigen!‹ Da kann der General vorschriftsmäßig laut Exerzierreglement nicht anders und muß die allerhöchsten Händ' loslassen. Und schon hat er eine sitzen!«

Doktor Schleißner war über diese Geschichten hochentzückt. Sein Freund hingegen, der Grabsteinagent und Präsident Moré, schien weniger erbaut. Unter der Maske harmloser Anekdoten verbarg sich insgeheim subversive Gesinnung und tschechoslawischer Hochverrat gegen das Kaiserhaus, dem er treu anhing.

Nejedli verjagte jetzt Anita und Manja vom Klavier.

»Gehts weg, Madeln! Gleich werd ich euch etwas zum Tanzen spielen.«

Dann wandte er sich an Schleißner:

»Kennen Herr Doktor die Volkshymne, die man zu Zeiten des gottseligen Kaisers Ferdinand in Wien gespielt hat?«

Und er sang ganz leise, sich nur mit dem Baß begleitend:

> »In Schönbrunn
> Sagt er,
> Lebt ein Aff
> Sagt er,
> Hat ein G'sicht
> Sagt er,
> Wiar a Pfaff
> Sagt er,
> Frißt kan Zucker
> Sagt er,
> Trinkt kan Wein
> Sagt er,
> Welcher Aff
> Sagt er,
> Kann das sein?«

Der Klavierspieler schaute dem Präsidenten Moré mit traurigem Kopfschütteln in die Augen: »Ein freches Volk das, die Wiener! Überhaupt Kaisertreue, die findet man ergebenst nur bei uns.«

»Was singen Sie da? Lauter, bitte!« rief Leutnant Kohout Nejedli an.

Der aber nahm stramm Stellung:

»Herr Leutnant, melde gehorsamst, ein alter Schlager, der Herrn Leutnant nicht interessieren wird.«

Der Leutnant bestätigte das:

»Ich hab nur die allerneuesten Schlager gern. Also, Nejedli, spielen Sie etwas Fesches!«

Daraufhin begann Nejedli mit seinen Gichtfingern einen Walzer aufs Klavier zu dreschen, der schon mindestens zehn Jahre alt war. Die Damen tanzten, zumeist miteinander. Nur Grete hielt Doktor Schleißner, den sie hoch überragte, schwelgerisch im Arm.

Ludmilla stand in der Tür und wandte allen den Rücken zu.

IV

Mit einem Mal waren die Mädchen aus dem Großen Salon verschwunden. Man konnte Fräulein Edith eine Meisterin in solch unauffälligen Truppen-Verschiebungen nennen.

Es schienen illustre Gäste angekommen zu sein, Gäste, die in einen noch abgeschiedeneren Raum, als es der Blaue Salon war, geführt zu werden pflegten. Dieses Gesellschaftszimmer, dessen Existenz wir noch nicht verraten haben, wurde das Japanische Séparée genannt und lag zwei Türen weit rechts vom Hauseingang im Flur.

Es war dafür gesorgt, daß dieser Flur des Hauses würdig sei und die Wünsche des Gastes nicht etwa erkälte, sondern steigere. Dem Eintretenden schlug auch, sowie ihm die Türhüterin geöffnet hatte, eine überhitzte Wärmewelle entgegen und ein Duft, dessen Eigenart er sein Lebtag nicht wieder vergessen sollte. Nach heißem Badewasser roch es, in das man Parfüm geschüttet hatte, nach Seifenschaum, nach Vaseline, Hautcreme, Schminke, Schweiß, Alkohol und scharfgewürzten Speisen...

Nicht lange konnte es verborgen bleiben, daß hochgestellte Persönlichkeiten das japanische Séparée bezogen hatten. Herr Doktor Schleißner war mit scharfen Ohren begabt, denen nicht nur der Donner von Fiakern in den engen Gassen, sondern auch selbstbewußtes Sporenklirren unten im Flur aufgefallen war. Zudem sagte das Verschwinden der Mädchen alles. Schleißner kombinierte sicher: »Fürstlichkeiten von den Brandeiser Dragonern!« Moré machte ein undurchdringliches Gesicht. Er sah drein, als hätte er es nicht nötig zu kombinieren, da ihm der Name jener Persönlichkeiten, die eben eingekehrt waren, längst bewußt sei; Indiskretion aber wäre seine Sache nicht.

In damaliger Zeit gab es noch nicht die riesigen Tanzpaläste, welche heute die Nacht der Großstädte beherrschen. Sehr beschränkt war die Zahl der ›Tabarin‹, ›Maxim‹ und ›Alhambra‹. Daher kam es vielleicht, daß der Besuch dieses Hauses in der Gamsgasse wenig Diffamierendes hatte. Offiziere konnten ruhig in voller Uniform erscheinen, öffentliche Funktionäre mußten, wenn sie sich zeigten, keines Tadels gewärtig sein, hohe Gäste bedeuteten keine Außergewöhnlichkeit. Historische Gemüter erklärten diesen Freimut damit, daß im Kriegsjahr 1866 die preußische Generalität im Blauen Salon einige Siegesfeiern abgehalten und damit dem ganzen Hause eine besondere Weihe gegeben hatte.

Die Damen kehrten sehr bald in den Salon zurück. Nur Anita, Valeska und der Polin Jodwiga war das Glück zuteil geworden, von den eleganten Kömmlingen ins Vertrauen gezogen zu werden. Grete schimpfte:

»Ungezogene Bengels!«

Sie warf sich wieder in die bereitwilligen Arme ihres Doktor Schleißner. Erstaunlich aber war es, daß Ludmilla zurückkehrte, sie, die Krone, die kindliche Schönheit des Hauses. Hoffentlich hatte es keine der Kolleginnen bemerkt, daß sie von Edith, die aus eigener Erfahrung ihren Roman nachfühlen konnte, an einem intimen Ort versteckt und gegen die Herren verleugnet worden war.

Ludmilla ging mit ihren stechend-entschlossenen Schritten

durch den Raum und machte Miene, sich wieder an den ungefährlichen Tisch der Artilleristen zu setzen, als der Baalboth, jener dröhnende Gast mit Bauch, Uhrkette und Organisation, sich schwer erhebend, zu ihr trat und die ungeschickte Tanzkränzchenverbeugung eines angejahrten Kleinstädters vollführte:

»Mein Fräulein, darf ich mich nach dem werten Befinden erkundigen?«

Er sagte das und auf seiner Stirn stand Schweiß der Gier, der Selbstüberwindung und die säuerliche Verlegenheit eines schlechten Gewissens. Ludmilla maß ihn von oben bis unten, wie etwa eine treue Ehefrau den Mann, der sie auf der Straße anspricht, abblitzen läßt, machte »Pah« und setzte sich an ihren früheren Platz. Der Gedemütigte lastete schwer und einsam auf dem spiegelnden Tanzparkett. Dann trat er mit großen Füßen, die sich ihres Knarrens schämten, zurück, aber in seinen erstarrten Augen war nicht allein Betretenheit zu lesen.

Niemand hatte diese Szene bemerkt, denn von der Tür her krähte eine hohe und schleppende Stimme:

»Ihr seid mir ein traut's Kind, ihr alle miteinander!«

Der Besitzer dieser schleppenden Stimme und eines noch weit schleppenderen Körpers wurde mit Händeklatschen und lebhaftem Zuspruch begrüßt. Es war niemand anderer als der Herr und Chef dieses Hauses, Max Stein, eine merkwürdige und beliebte Erscheinung, von allen Freunden des Ortes ›Maxl‹ genannt.

Man behauptet allgemein, daß ›Décadence‹ das Zeichen der späten Sprößlinge überzüchteter Familien und Adelsgeschlechter sei. Maxl entstammte wohl einer alten Familie, doch ein Adelsgeschlecht konnte man sie kaum nennen. Was aber die Décadence anbetrifft, darin gab er den Spätlingen fürstlichster Rassen in nichts nach.

War das Haus in der Gamsgasse auch kein Ritterschloß, so besaß es doch eine uralte Geschichte und mehr als das, eine eigene Sagenwelt.

Hieß nicht heute noch ein Gäßchen der Neustadt »die unbefohlene Gasse«? Karl der Vierte, ein Städtebauer höchsten Ranges, hatte im Zorn die Gasse also getauft, weil sie in seinem Stadtplan nicht vorgesehn und eingezeichnet war. Aber den Auftrag zum Bau eines Lupanars soll er höchstselbst erteilt und den Platz eigenhändig im Entwurf vermerkt haben. Nicht genug rühmenswert ist die politische Umsicht dieses großen Herrschers, hatte er doch, um der beginnenden Ketzerei und der neuen puritanischen Bewegung einen Riegel vorzuschieben, den Buhldirnen und Nachtlokalen einen der reizvollsten Bezirke der Kleinseite eingeräumt und ihn nach der Venusstadt »Venedig« genannt. Der wahre Herd der wachsenden Häresie war aber nirgend anders zu suchen als in der neugegründeten Universität, welche, die erste auf dem Boden des heilig-römisch-deutschen Reiches, weithin strahlte. Es ist kein unziemender Schluß, wenn wir annehmen, daß des Kaisers fromme Majestät den Großen Salon in nächster Nachbarschaft der Universität zu keinem andern Zwecke erdacht hatte, als um hochmütige und asketische Ketzer zu Fall und damit zur Besinnung zu bringen. – Es führten ja, wie eine Baukommission feststellen konnte, unterirdische Gänge von der Gamsgasse ins Karolin-Gebäude. Hier hatten schon Studenten in Wams und Koller gezecht. Und selbst ein Wallenstein war während seiner Hofhaltung in der Hauptstadt des öfteren im Großen Salon – man darf den Quellen trauen – zu flüchtigem Genusse eingekehrt.

Alte Unternehmungen besitzen denselben geheimnisvollen Wert wie alte Weine und alte Geigen. Da konnte die Konkurrenz ihren Firmen die schönsten Titel geben, was nützte es ihr, daß sie sich ›Napoleon‹ nannte, sie durfte doch nur Pofel und Pöbel beherbergen.

Seit langen Zeiten war dieses Haus, diese Erbschaft schon in Besitz und Verwaltung der Familie Stein. Die Großmutter, gebürtige Busch, eine ortsbekannte Wohltäterin, hatte das Etablissement als Heiratsgut in die Ehe mitgebracht; aber Maxls Urgroßvater schon hatte, von einer hohen Polizei privilegiert, den Charakter eines öffentlichen Wirtes geführt. Nun konnte Herr Maxl in der Tat als ein ›Letzter‹ gelten.

Seine Eltern waren gestorben. Seinen Bruder, den Herrn

Adolf, hatte man vor ein paar Jahren hier noch wirtschaften sehn. Das aber war ein trockener, unleidlicher Patron, der, wenn es im Großen Salon lustig und resultatlos zuging, verdrossen erklärte: »Machts keine Theaters und gehts auf die Zimmer!« Ein derart nüchterner Ton konnte sich in diesen romantischen Räumen nicht halten. Adolf mußte erfreulicherweise aus äußerst zwingenden Gründen nach Amerika abwandern. Und nun hatte Maxl niemand andern als Edith. Aber Edith war eine feste Frau, hielt das Ganze prachtvoll zusammen und konnte auch, was die Ehrlichkeit anlangt, als Juwel gelten.

Maxl nahm den Applaus, der ihn empfing, gleichgültig entgegen. Sein kindisch-vergreistes Gesicht, dessen Alter niemand hätte bestimmen können, war ganz gelb. Auf einer knolligen Stupsnase saß der schiefe Zwicker, und eine willenlose Unterlippe hing wie ein Lappen übers Kinn. Der Mensch war so schwach und abgezehrt, daß ein Fremder nicht begriffen hätte, warum ihm soviel Heiterkeit und so wenig Mitleid entgegenscholl. Denn als er mit erbarmungswürdigen, knieweichen Schritten zum Klavier schob, um sich auf seinen Lieblingsplatz, die Bank neben Nejedli zu setzen, bekam er von allen Seiten die boshafte Aufforderung zu hören:

»Maxl, erzähl uns einen neuen Witz!«

Maxl wehrte sich:

»Laßts mich aus! Heut erzähl ich nichts. Ich bin so müd. Ich bin müd vom Schlafen...«

Das wäre Künstlereitelkeit. Man ließ sie nicht gelten. Maxl wandte sich an seinen Freund, den Klavierspieler:

»Nejedli, sie sollen mich heut nicht wurzen. Ich bin wirklich müd. Falsch geschlafen hab ich...«

Aber er fand auch an Nejedli keine Unterstützung. So begann er denn mit seiner kranken und trägen Stimme:

»Zwei Juden gehen auf der Gasse. Da kommt ein fesches Weib daher. Sagt der eine, die möcht ich wieder haben. Der andre...«

Maxl unterbrach seine Anekdote und sah angestrengt in die Luft. Dann schloß er:

»Die Pointe hab ich vergessen.«

Und er meckerte in das Gelächter der Korona hinein: »Gut?! W-a-a-s?«

Ihm ward aber keine Ruhe gegönnt. Denn, von Doktor Schleißner aufgestachelt, stand jetzt der düstere Präsident Moré auf und begab sich mit nickenden Würdeschritten zum Klavier:

»Ich habe die Ehre, mein Herr! Wollen Sie uns nicht gütigst ein Lied zum besten geben?«

Maxl starrte entsetzt die schwarze Erscheinung an:

»Sie schauen aus, Herr Präsident, wie Melech ha mowes, der Todesengel!«

Der Todesengel ließ sich nicht abschrecken. Maxl, der eine eitle Künstlerseele sein nannte, wand sich:

»Du weißt, Nejedli, daß ich nicht bei Stimme bin. Ganz indisponiert bin ich...«

Der Präsident ermutigte:

»Sie müssen ja nicht ›Holde Aida‹ singen!«

Der Herr des Hauses wurde schwach:

»Was also soll ich singen?«

Die Schlagernamen jener Zeit tönten durcheinander: ›Am Manzanares‹, ›Die Dessous‹, ›Sigismund‹, ›Da könnt' man weinen wie ein kleines Kind‹.

Maxl wählte gerade jenes Couplet, dessen dickflüssige Musik ein kräftiges Organ und leidenschaftlichen Vortrag beanspruchte. Er verständigte Nejedli, räusperte sich minutenlang und aus seinem faltigen Hälschen, das sich spannte, stieg eine leise und quäkende Stimme empor. In dieser Stimme schwang uraltes Mißbehagen, zur weinerlichen Gleichgültigkeit ermüdet. Und die weinerliche Gleichgültigkeit sang, sich immer wieder verhaspelnd:

> »Er wühlt in der Flut ihres goldblonden Haares,
> Ihm lächelt ihr Auge, ihr klares,
> Komm mit mir, du Weib wunderbares
>   Zum Manzanares, zum Manza...«

Da begann der große Kopf auf dem dünnen Halse plötzlich zu schwanken und von der knolligen Nase fiel der Zwicker klirrend zur Erde. Maxl kroch zum Gaudium aller wütend unters Klavier und kam erst nach langem Suchen, jammervoll echauffiert, zum Vorschein. Sein gelbes Gesicht war schweißübergossen. Er zeterte:

»Jetzt aber hab ich genug! Weil ihr stier seids, soll ich roboten. Da will ich lieber ein schlechtes Geschäft machen. Edith, eine Runde Kognak! Und du, Nejedli, spiel...«

Nejedli erhob sich und kündigte an:

»Ich werde den Herrschaften die herrliche Arie aus der herrlichen Oper ›Die Jüdin‹ zum besten geben.«

Ludmilla, die für ›traurige Musik‹ immer zu haben war, trat ans Klavier.

Maxl mit dieser Klientin zufrieden, lallte:

»Setz dich mir auf den Schoß, Miltschi!«

Ludmilla aber gab die solide Frage zurück:

»Warum, Herr Maxl?«

Da prüfte sie der Kenner mit Zärtlichkeit von Kopf zu Füßen und stellte den prophetischen Befund:

»Dir, Schickse, wird man auch noch einmal gnä' Frau sagen müssen!«

Nun aber donnerte Nejedli los und sang dazu:

> »Großer Gott, hör mein Flehn,
> Hör mein Flehn, großer Gott,
> Gib mein Kind mir zurück,
> Gib mir Recha, mein Kind!«

»Rosa, Rosa«, korrigierten die Eingeweihten. Nejedli aber schielte giftig über seine Brillen hinweg, ehe er auf verbotenen Umwegen zu Offenbachs Barcarole hinüber modulierte:

> »Süße Nacht, du Liebesnacht,
> O stille mein Verlangen!«

Maxl begann unruhig zu werden, rutschte auf seinem Sitz, hielt sich die Ohren zu und plärrte auf:

»Aufhören, Nejedli! Das kann ich nicht aushalten. Da muß ich weinen wie ein kleines Kind.«

Die nun auch von andern Spendern mehrfach wiederholte Kognakrunde hatte ihre Wirkung getan. Die stumpfe Begeisterung und rhythmische Konfusion solcher Stunden fuhr in den Salon. Die meisten Damen hatten sich der dezenten Umwürfe entledigt und tanzten im Hemd. Der Lärm steigerte sich, von einem literarischen Zwist, der plötzlich ausgebrochen war, wesentlich genährt. Zu dem Tisch der Ganzgescheiten, an dem Grete, Schleißner und Moré saßen, war ein neuer Mann gestoßen, der Statthaltereikonzipist und Dichter Eduard von Peppler. Dem Unglücklichen war das schwere Lebensschicksal zugeteilt worden, die geregelten Pflichten der neunten Rangsklasse mit den verruchten Pflichten eines satanistischen Poeten zu verbinden. Man konnte ihn am besten einen dem k. k. Statthaltereipräsidium detachierten Baudelaire nennen. Herrn von Pepplers Blut geriet durch die Anwesenheit eines jüngeren Schriftstellers am Tisch der Jugend in Siedehitze. Der strebsame Knabe nämlich hatte schon einige Erfolge zu verzeichnen. Peppler schrie, s e i n e Generation hätte das Leben machtvoll gesucht und die Syphilis gefunden, diese neue feige Jugend suche das Leben nicht machtvoll, finde aber Verleger. Er parierte blutrot das ironische Gelächter der jungen Generation:

»Ihr seid Bürger! Ihr seid Gemüselyriker! Ihr seid Schiffbrüchige am häuslichen Herd! Pfui, Hausmannskost!« Der Wütende ergriff rechts und links Morés und Schleißners Kognakglas und trank beide leer.

Nun aber wollte Doktor Schleißner seinerseits nicht zurückbleiben. Auch er sprang auf und behauptete, daß andere Zeiten kommen müßten, daß die Menschheit zum größten Teil aus »Verdrängern« bestehe und daß im Verdrängen, in der schlechten sexuellen Verdauung das Weltübel liege. Es gäbe nur ein Ziel, die erotische Befreiung!

Um gleichsam mit dieser Befreiung den Anfang zu machen,

begann er, ungeachtet der Entsetzensblicke des Präsidenten, jenes Lied anzustimmen, das er die »Bundeshymne« nannte und das leider mehr obszön als witzig war:

»Solang der Arsch in die Hosen paßt,
Wird keine Arbeit angefaßt...«

Es muß gesagt werden, daß diese Behauptung im Munde des Sängers Lüge und blanke Renommage bedeutete. Denn der Teilhaber einer stadtbekannten Anwaltskanzlei, Doktor Julius Schleißner, war ein pünktlicher und fleißiger Arbeiter, der außer seinem juristischen auch noch politischen und schöngeistigen Ehrgeiz nährte. Während des laufenden Jahres hielt er sogar in den Ausstellungsräumen des Klubs freier Künstlerinnen einen Vortragszyklus unter dem anregenden Titel: ›Der französische Immoralismus von Stendhal bis André Gide.‹ Nach den Vorträgen pflegte in denselben Räumlichkeiten stets ein Tango-Kursus stattzufinden, und der Künder des Immoralismus beteiligte sich mit feierlichem Ernste an den schmachtenden Verrenkungen dieses Tanzes. Präsident Moré hingegen war weder ein Freund des Tango, noch auch des französischen Immoralismus, und am allerwenigsten ein Freund von nackten Zoten. Er war ein bewährter Goetheaner. Eine seiner Lieblingsbeschäftigungen bestand darin, in den verschiedensten Ausgaben von ›Faust‹ I und II Druckfehler, Stilvergehungen, Versschlampereien und Gedankenwidersprüche zu erbeuten. – Jetzt aber, durch das schamlose Lied Schleißners verletzt, hielt er verlegen den Kopf gesenkt.

Während alles schwankte und lärmte, saß Herr Maxl still und verfallen neben Nejedli, dessen gelenkstarre Finger bewußtlos und ohne Erbarmen die Tänze zerhackten. Der Klavierspieler lauschte während seiner Arbeit der knautschenden Rede des Brotherrn.

»Du, Nejedli, du mußt wissen, ich schlaf nämlich sehr schnell...«

Nejedli nickte, daß er begriffen habe.

Maxls Miene aber zeigte den leisen Schmerz eines Mannes, der eine besondere Feinheit nicht deutlich zu machen vermag:

»Das mußt du richtig verstehn, Nejedli. Man kann langsam schlafen, man kann gewöhnlich schlafen, man kann schnell schlafen und man kann sehr schnell schlafen. Weißt du, mein Lieber, w a s man in einer Viertelstunde alles zusammenschlafen kann...«

Nejedli grunzte zustimmend, aber der Ausdruck seines Verständnisses war nicht überzeugend. Da ging über Maxls Erscheinung ein Schauder hin, ein Fieberschleier, wie eine kaum merkliche Bewegung über trübe Wasserspiegel geht. Seine Augen stierten:

»Du wirst es mir nicht glauben, Nejedli. Aber so wahr ich lebe, vorhin hab ich in einer Stunde zehn Jahre zusammengeschlafen, und davon bin ich so müd...«

In diesem Augenblick verließ der Baalboth mit knarrenden Stiefeln den Raum. Die Stimmung behauptete noch immer rauschend ihre Höhe. Eine Minute später trat Fräulein Edith in den Salon und begann eifrig mit Ludmilla zu verhandeln.

V

Es gehörte im Gegensatz zu einem vulgären Etablissement wie ›Napoleon‹ zu den guten Gepflogenheiten des Hauses, daß die Liebesverabredungen nicht schamlos vor allen Augen erfolgten. Die Herren empfahlen sich zum Schein von ihrer Gesellschaft, gaben unbemerkter Weise Edith die Dame ihrer Wahl kund, und die Wirtschafterin vermittelte unauffällig die Schäferstunde, nicht ohne vorher bei zweifelhaften oder unbekannten Gästen die übliche Geldsumme einverlangt zu haben. Doch muß sogleich gesagt werden, daß letzteres nur höchst selten vorkam, denn hier verkehrte ja ausschließlich erste Gesellschaft. Fremde tauchten fast niemals auf, und vor allem war Fräulein Edith Menschenkennerin, die sich auf ihren sicheren Blick verlassen konnte. Ebenso selten, – auch diese Tatsache steht im lebhaften Gegensatz zur niedrigeren Klasse ›Napoleon‹, – ebenso selten gab es Skandal. Natürlich herrschte unter den Pensionärinnen

Parteiung, Zwistigkeit, Haß, aber ein ungeschriebenes Gesetz forderte, daß zumindest während der nächtlichen Amtsstunden Freundschaft und Frieden gehalten werden müsse.

Um so unerhörter war's, was sich jetzt ereignete. Vor der offenen Tür des Großen Salons erhob sich mit einem Mal ein widerwärtiger Lärm. Die hohle Bierstimme des schwerfälligen Kleinstädters dröhnte, und immer ungemäßer, immer lauter wurde sie für das alte und schon gebrechliche Haus. Zuerst blieb ihr aufbegehrender Schall allein, aber die guten Manieren der Mädchen durften nicht endlos ermüdet werden, denn schon nach kurzer Weile peitschten kreischende Weiberstimmen in den schimpfenden Baß hinein.

Wer den sensationslüsternen Auflauf gesehen hat, der sich auf der Straße zusammenrottet, wenn ein altes, todmüdes Pferd niederstürzt, wird ermessen, mit welch süchtiger Neugier hier, an solchem Ort, zu solcher Stunde, alles zusammenlief, um einen schamlosen Krach zu genießen. Selbst die Insassen des Blauen Salons steckten schadenfroh erregte Grimassen durch die Portieren.

Die Sache war die: Der alte Agrarier mit der Riesenuhrkette hatte nach Brauch und Fug Ludmilla bei Fräulein Edith zum Dienst bestellt. Vergebens gebrauchte Edith die besten Ausreden, machte die schönsten Gründe geltend, ihre junge Freundin vor der unerwünschten, ja verhaßten Episode zu bewahren. Im stillen verwünschte die Wirtschafterin Oskars Untreue. Unglückliche Liebe allein brachte die Damen auf Abwege, war der Anlaß aller Disziplinlosigkeit und Pflichtversäumnis. All ihr Scharfsinn aber half nichts. Der Baalboth war nicht nur gerieben, sondern höchst verstockt und boshaft. Trotz des Beleidigten regierte ihn. Edith sah keinen Ausweg mehr und mußte Ludmilla stellig machen. Die aber sagte dem Baalboth mit ihrer kältesten Gleichgültigkeit rundheraus ins Gesicht, daß es ihr nicht einfallen werde, seinen Wünschen Folge zu leisten. Damit war der Skandal ausgebrochen.

Der wütende Kleinstädter hatte sich bis zum Treppenabsatz zurückgezogen und hielt sich mit der rechten Hand an der goldbronzierten Venus fest, die als Wahrzeichen des Hauses dort postiert war. (Eine halbe Treppe tiefer stand, nicht minder vergoldet, der Trompeter von Säckingen, hatte aber nicht als Wahrzeichen zu gelten.) Die Mädchen keiften durcheinander, die Gäste lachten und die Stimme des Erniedrigten rief unausgesetzt, durch keine Vorhaltung Ediths zu beschwichtigen, nach dem Besitzer.

Endlich schleppte sich, von Nejedli gefolgt, Herr Maxl herbei, und es muß gesagt werden, daß er trotz Totenblässe, Körperschwäche und Zungenschlags sich nicht allein geistesgegenwärtig, sondern als ein ritterlicher Vorstand seiner Damen benahm.

Der Baalboth schrie ihm entgegen:

»Herr Besitzer! In was für einem Haus bin ich hier?«

Maxl lallte:

»Edith, geh hinunter und bring die Hausnummer mit!«

Damit ließ der Wütende sich nicht irre machen:

»Wenn ich in einen Bäckerladen gehe und eine Semmel kaufen will...«

Maxls mattes Quäken unterbrach ihn:

»Gehen Sie in einen Bäckerladen und kaufen Sie eine Semmel!«

»Wie meinen Sie?«

»Wie soll ich meinen?«

Der Baalboth zwang jetzt seinem bellenden Baß die milde Ruhe überlegener Dialektik ab:

»Herr Besitzer! Nehmen wir an, ein Käufer geht in ein Kaufhaus, und man bedient ihn nicht mit einer Ware, die auf Lager liegt...«

Maxl sah den Querulanten schwermütig an und wiederholte seufzend:

»Auf Lager...«

Die Geduld war verbraucht. Ein Gebrüll erhob sich jetzt:

»Himmelherrgott, länger laß ich mich nicht zum Narren halten! So behandelt man keine anständige Kundschaft. Glauben Sie, es gibt keine andern renommierten Häuser? Es gibt bessere

Häuser. Die Tante Pohl in Aussig ist auch nicht ohne. Dort gibt's noch Organisation. Ich mache Sie zum letztenmal darauf aufmerksam: Mein Zug geht um 7 Uhr 35 in der Früh. Ich habe die Absicht, hier in diesem Hause den Rest der Nacht zu verbringen, und zwar mit dem Mädel, das ich bestimme und bezahle!«

Maxl wurde auf das Geschrei hin ganz demütig:

»Pardon... Herr... Herr... Forstrat... lassen Sie sich dienen! Sind Sie ein Mensch? Natürlich sind Sie ein Mensch. Und ist die Ludmilla ein Mensch? Ein Mensch ist sie! Pardon... Herr... Herr... Weginspektor... ein Mensch muß doch begreifen, daß ein Mensch nicht mit ihm gehn will...«

Großes Gelächter. Triumphierend wandte sich Maxl zu den Lachenden um:

»Gut!? W-a-a-s!?«

Ludmilla stand die ganze Zeit über da, als ginge sie die Sache nichts an. Aber jetzt begann die Stimmung umzuschlagen. Die Mädchen erregten sich immer bissiger: Zu viel nahm sich diese Hochmütige heraus. Edith sah ängstlich umher und überlegte, wie dem drohenden Sturme zu begegnen sei. Die Parteien begannen sich zu trennen, Haß und Neid waren nicht länger zu bändigen, alle Selbstbeherrschung schien abgekämpft.

Plötzlich pflanzte sich Ilonka, die dicke Ungarin, breit vor Ludmilla hin:

»Sag, wozu bist du eigentlich eine Hur?«

Grete fuhr ekstatisch dazwischen:

»Laß sie! Haben wir nicht auch Menschenrechte?«

»Menschenrechte«, replizierte eine Stimme.

Ilonka wurde immer gehässiger:

»Wenn das jede täte!? Ein Geschäft wär das! Noch besser! Sich die Gäst' aussuchen. Für mich ist es auch nicht immer ein Vergnügen!«

Ludmilla sagte still:

»Für dich ist es immer ein Vergnügen.«

Grete, mit ihren überspannten Ideen, verschlimmerte zum Entsetzen Ediths die Situation:

»Schämt ihr euch nicht!? Ludmilla hat recht. Wir müssen uns die Freiheit erobern...«

Dieser hochtrabende Satz, mehr als die Widerspenstigkeit Ludmillas, erbitterte die Damen aufs höchste. Sie haßten in der Berlinerin die hochfahrendste aller Überheblichkeiten, die der Bildung.

Ilonka schrie:

»Auf dich haben wir gewartet, du Meschuggene!«

Grete machte ihr zimperlichstes Gesicht:

»Ich kann nichts dafür, daß ich lesen gelernt habe. Jeder kann nicht im Schweinestall aufgewachsen sein.«

Und nun geschah das Unglück. Denn Ilonka stürzte sich auf Grete und schlug mit ihrer kleinen, fetten Faust der Langen ins Gesicht. Sogleich war die Schlacht im Gange. Schon wälzten sich einige Ringerinnen auf der Erde. Die seidenen Hemden rissen an vielen Stellen und das pralle Fleisch fürwitziger Weiblichkeiten wölbte sich vor. Manja, das plumpe Mädchen aus Rokycan streifte kurzerhand das Hemd vom Leibe, ehe sie sich mit freudigem Aufschrei unter die Raufenden warf. Auch im Zorne blieb sie eine gute Wirtin. Dann erst schlug sie wie eine Furie nach allen Seiten, gleichviel wen sie traf. Die Rache der Totengräberstochter galt der ganzen Bande.

Gewissenlos schürten ein paar rohe Wüstlinge um dieses Anblicks willen das Feuer des Kampfes. Der Urheber des Streites aber, der Baalboth, suchte keuchend in Ludmillas Nähe zu gelangen, um sie mit Gewalt sich zu unterwerfen. Der Geschickten jedoch war es gelungen, unversehens zu entwischen.

Das unbezahlbare Schauspiel, das auf dem Treppengang zwischen dem Großen und Blauen Salon hin und her wogte, regte die Herren äußerst an. Doktor Schleißner wieherte beseligt. Der Statthaltereibeamte und Satanist Peppler trug Weltuntergangsentzücken in den aufgerissenen Augen und hußte derangierte Kämpferinnen zu neuen Taten auf. Einzig der Leutnant Kohout und Präsident Moré verließen die Walstatt. Der Leutnant gedachte der Vorschrift, die Offizieren befahl, ihre Person ehrlosen Vorgängen tunlichst zu entziehn, und auch Moré hatte eine

Berufsehre zu wahren. Beide Herren zogen sich stumm zum Klavier zurück.

Nejedli hingegen war einer der wenigen, die sich bemühten, die ineinander verbissenen Weiber zu trennen. Er keuchte vor Anstrengung, sein Katerl hatte sich verschoben und die genähte Krawatte hing zur Seite.

Edith starrte verzweifelt, Maxl angedonnert auf den Kampf. Etwas Ähnliches hatte sich hierorts noch niemals begeben. Bisher waren sich die Damen trotz aller Zwischenfälle und Zwiste der Würde des erstklassigen Etablissements immer bewußt geblieben. Wer weiß, welches Ende der Aufruhr genommen, wenn nicht in derselben Minute der Blitz eines gewaltigen Ereignisses auch in dieses Haus geschlagen hätte.

Plötzlich, wie aus der Erde gewachsen, stand der Bote da, eine Ordonnanz des sechsten Dragonerregiments. Wenn sonst aus irgend einem Grund ein Abgesandter der Staatsmacht hier erschien, ein Herr von der Sanitätsbehörde etwa oder ein Polizeibeamter, wußte er seine Anwesenheit diskret zu verbergen. Dieser Soldat aber, ein blonder tschechischer Bauernjunge, trat groß und unvermittelt auf die wüste Szene. Mitten im Hexentanz stand er da und riß in die schweißgeschwängerte, rauchdicke Atmosphäre einen Wirbel von rotbäckig-frischer Luft. Wahrhaft feldmäßig wirkte der Soldat in Dienstmontur, mit Helm, Patrontasche, Pallasch und großen Sporenrädern...

Im Nu brach die Rauferei ab. Die Damen brachten sich eilig in Ordnung, als wäre nichts geschehn. Tiefe Stille klaffte plötzlich. Jeder fühlte Schicksal. Selbst in Maxls windverwehte Gestalt kam regeres Leben. Er führte persönlich den Boten, wohin er geführt zu werden forderte.

Zwei Minuten später klirrten hastige Kavalleristenschritte über den unteren Flur und die Haustür schlug zu. Langsam, stier und ohne Atem klomm Maxl die Treppe hinan. Er greinte unverständliche Klagen.

Nach und nach erst brachte man die Schreckensbotschaft aus ihm heraus: Der Thronfolger war in Serajewo ermordet worden.

Niemals noch hatte sich das angesehene Haus in der Gamsgasse schneller geleert als zu dieser Nachtstunde. Es zeigte sich, daß der dionysische Überschwang, der leichtsinnige Rausch des Großen Salons zu beträchtlichem Teil erlogen war, so schnell fanden die Herren in ihre Haut zurück. Herr Doktor Schleißner, der geistreiche Nachtkorsar, verwandelte sich in einen ernsthaften Menschen, der voll Besorgnis – er war Reserveoffizier – der Zukunft entgegensah. Herr Präsident Moré streifte die leichte Nachlässigkeit ab, die er in den letzten Stunden wie ein Stäubchen auf seinem Rock geduldet hatte. Vorwurfsvoll murmelte er: »Das kommt davon, wenn man abends ausgeht.« Wie er das meinte, in welchen bitteren Zusammenhang er die Katastrophe mit dem leichtfertig verlebten Abend brachte, das blieb dunkel.

Der Baalboth war es seinem Stolz nicht mehr schuldig, auf Ludmillas Diensten zu bestehn.

Leutnant Kohout und die beiden Freiwilligen machten entschlossene Gesichter, als wäre es ihre Aufgabe, einem Kriegsgericht vorzusitzen. Herr von Peppler hüllte sich romantisch in seinen Regenmantel und schloß, eifrig kommende Dinge kündend, Frieden mit der jungen Generation. Alles drängte die Treppe hinab. Man wollte die Zeitungsredaktionen aufsuchen, um den wahren Hergang der Tragödie zu erfahren. Dem Hauptschwall der Gäste huschten, schattensuchend, noch einige verlegene Gestalten nach, die entweder eine zartere Reputation oder ein ausgesprochenes Eheglück zu verlieren hatten.

Im verlassenen Salon saß der Chef des Hauses allein neben Nejedli. Ganz zusammengefallen hockte er auf der Klavierbank. Das Furchtbare schien er wieder vergessen zu haben, denn er lallte:

»Soll ich schlafen gehn, Nejedli?«

Der Klavierspieler gähnte:

»Gehn Sie nur schlafen, Herr Maxl, heut kommt eh' keiner mehr.«

Ein entsetzter Blick traf den Alten:

»Aber ich schlaf zu schnell, Nejedli, vorhin hab ich zehn Jahre zusammengeschlafen... Ich hab Angst vor dem Schlafen, Nejedli...«

Nejedli gab keine Antwort mehr, denn er war damit beschäftigt, alle Kognakreste in ein Wasserglas zu schenken, das er mit sinnigem Bedacht leerte. Als er aber nichts Trinkbares mehr vorfand und den Chef mit geschlossenen Augen sitzen sah, strich er das Musikgeld vom Teller und schlich auf Zehenspitzen, stöhnend, davon.

Er hörte nicht mehr die ängstliche Frage, die ihm nachlallte:

»Soll ich schlafen gehn... Nejedli...?«

Der Große Salon war voller Umsturz. Zerbrochene Gläser bedeckten den Boden, umgefallene Stühle versperrten den Weg, überall dunstete vergossener Wein, Kaffee, Schnaps. Schmutziges Gewölk stand in der Luft. Maxl blinzelte in die Verwüstung. Er holte tief Atem, als wollte er Edith rufen und befehlen, daß die Ordnung wieder hergestellt werde. Ohnmächtige Zornfalten zerschnitten plötzlich seine Stirn. Aber er schnappte nur nach Luft und kein Ruf kam über seine schlaffen Lippen. Endlich stand er auf und schwankte aus dem Zimmer. Lange noch war sein tappender und scharrender Schritt zu hören, ehe er oben in der Mansarde verschwand.

Als der Lärm der letzten Gäste draußen in der schmalen Gasse verhallt war, konnte sich Ludmilla nicht länger bezwingen und öffnete, was den Damen streng verboten war, die Tür in die Nacht.

Oskar stand vor ihr.

Sie hätte es gerne zurückgewürgt, aber über den Schreikrampf, der sie erfaßte, hatte sie keine Macht mehr.

VI

Nun saß Ludmilla neben Oskar in der Küche, wo die Tische gedeckt waren.

Die Küche bedeutete das wahre Heiligtum dieses Hauses und sie war auch wirklich ein Prachtraum mit ihrem Kachelherd und den vier weißen wachstuchbespannten Tischen. Wer hierher eindringen durfte, der spielte nicht mehr die Rolle des Gastes, des Fremden, der Wurzen, der blieb in jeder Beziehung taxfrei, der gehörte zur Sippschaft, der teilte die Geheimnisse des weitverbreiteten Standes.

Die dämmrige Vier-Uhr-Stunde des Sommers war indessen angebrochen und die Zeit des großen Mahles gekommen. An Wichtigkeit wurde diese Vier-Uhr-Morgenstunde nur noch von der Sechs-Uhr-Abendstunde übertroffen, wenn die Damen darangingen, sich für das Geschäft zurechtzumachen, und der Figaro mit seiner Brennschere von einer zur andern eilte. Gemütlicher aber war's am Morgen, wenn man mit heißer Suppe allen Fusel und Nikotindunst hinunterspülte, sich dem Schlaf entgegenfreuend.

Vor jedem Platz standen zwei Teller übereinander auf dem Tisch, eine Serviette ruhte in ihrem Ring, und was es in den vornehmsten Etablissements nicht gab, silbernes Besteck strahlte neben dem Geschirr. Dieses silberne Besteck verpflichtete. Wer auch nur eine kurze Zeit damit gelöffelt und gegabelt hatte, war für alle Zukunft geadelt. Er konnte schwerlich mehr auf das Niveau von ›Napoleon‹ zurücksinken. Viel häufiger führte der Weg empor.

Ludmilla hatte Oskar verziehn. Verziehn? ...was für ein großartiges Wort! Was hätte sie denn tun sollen, was blieb ihr übrig? Schmollen vielleicht, ihn sekkieren, sich die kurze Zeit verderben, die er bei ihr sein konnte?! Wenn er hinaus durchs Tor trat und mit zehn Schritten in der Eisengasse stand, war sie Luft für ihn, ärmer als die Ärmste, konnte ihm nicht drohen wie jedes andere Weib, ihn nicht beschenken, ihn nicht in Angst versetzen, hatte im Guten und Bösen nicht die leiseste Macht. Mußte er es nicht ablehnen, – und mit voller Berechtigung, – wenn sie Ausgang hatte, gemeinsam mit ihr den Nachmittag zu verbringen? Sie sah das vollkommen ein. Durfte sie sich denn an seiner Seite zeigen, ohne den aufstrebenden Künstler zu kompromittieren? Sie wollte auch gar nicht mit ihm zusammen sein dort draußen, auf der Straße, in fremden Zimmern. Dies war der

Grund, warum sie ihre Ausgangsrechte jetzt immer andern Mädchen abtrat.

Hier allein, hier in diesem Haus, in dieser Küche konnte er sie finden. Sie aber konnte ihn nirgends finden. War es nicht schon viel, daß er gekommen war? Wer zwang ihn denn überhaupt zu kommen? (Wenn er heiratet, die Seinige, die wird ihn schon zwingen!) Sie wußte nicht einmal seine Adresse, um ihm einen Brief zu schreiben. Nein, sie hat ihn niemals um die Adresse gebeten! Aber so ein Schweinehund, so ein Mann, bemerkt das gar nicht.

Jetzt war er da! Dankbar mußte sie sein, nichts als dankbar. Heiße Freude belebte sie, daß sie zwei Tage lang nicht unterlegen war, daß sie zwei Tage lang, hier in diesem Hause, allen Feinden trotzend, sich ihre Kraft und ihren Willen hatte beweisen können. Sie verschwieg ihren Kampf, denn Oskar hätte auch für diese Tapferkeit kein besonderes Interesse gezeigt.

Nun aber saß er neben ihr, nun galt ihr alles gleich und sie war selig, daß sie den Hungrigen füttern und ihm ihre Suppe hingeben durfte. Während Oskar, ohne den Blick zu erheben, schlürfte und schluckte, sammelte Ludmilla rasch wie ein Räuber die Züge ihres Geliebten und raffte sie in sich hinein, damit ihr viel von ihm bliebe...

Inzwischen waren die andern Damen zum Mahl erschienen. Der wüste Zwist, die Rauferei hatte keine Spuren zurückgelassen. Ein paar kleine Flecke und Kratzer waren nicht der Rede wert. Merkwürdig, die Explosion schien alle Gehässigkeiten bereinigt zu haben und die Scham über den widerlichen Vorfall band selbst Feindinnen aneinander. Es herrschte zuvorkommende Kameradschaft, Herzlichkeit, die ein wenig übertrieben und lauernd war. Selbst Manja, die Mürrische, bezeugte durch die langhinklagenden Töne eines slawischen Volksliedes, daß sie nunmehr zu heiterer Versöhnlichkeit entschlossen sei.

Die Mädchen hatten die lockende Kostümierung des Abends abgelegt und trugen unsaubere Schlafröcke, Nachtjacken, ja selbst an den Füßen statt der silbernen oder goldenen Tanzschuhe vertretene Schlapfen und Pantoffeln. Auch war ihr Haar zerzaust und die Strümpfe hingen schlecht gespannt an den Beinen.

Ein träges Löffeln und Schmatzen erhob sich ringsum. Oskar, der neben Ludmilla am Mahl der Damen teilnahm, erklärte ihr leise die Gründe seiner langen Abwesenheit. Die Direktion des Theaters hatte ihn aufgefordert, die Rolle eines erkrankten Kollegen im letzten Augenblick zu übernehmen. Es war eine gute Rolle, eine klassische Rolle, die hier Kainz zuletzt gespielt hatte, und vor allem Oskars erste g r o ß e Rolle. Da durfte er sich doch nicht besinnen, die beiden letzten Nächte dem Studium zu opfern.

Ludmilla, die sonst so Mißtrauische, sah ihn mit berückten Augen an. Ihm glaubte sie leidenschaftlich. Seine Gründe waren ja so einleuchtend. Wort für Wort wiederholte sie Oskars Rechtfertigung laut, um sich vor ihren Kolleginnen ihrer Liebe nicht schämen zu müssen.

Grete fragte nach dem Titel des Dramas und vergaß dabei nicht zu prahlen:

»Mein Papa hat mich zu allen Stücken ins Theater mitgenommen. Kannten Sie Christians, Herr Oskar?«

Oskar kam einen Augenblick in Verlegenheit, ehe er antwortete. Ludmilla hatte ihn nicht nach dem Namen seiner Rolle gefragt. Er verplapperte sich und nannte ein Drama, das zur Zeit gar nicht gespielt wurde. Schnell blickte er zu Ludmilla hin. Aber sie war ganz Glaube. Eine weit plumpere Lüge noch hätte sie ihm nicht angesehn.

Da geschah es, daß Oskar von dieses Mädchens Liebe und von ihrer jetzt verklärten Anmut mitgerissen wurde und gegen seine träge Gewohnheit des Geliebtwerdens selber Zärtlichkeiten erfand und der Lauschenden schöne Dinge vorträumte.

Ilonka mußte von dem Geflüster etwas erhascht haben, denn sie lachte auf:

»Hört Ihr!? Aushalten will er sie.«

Und zu Ludmilla gewandt:

»Ja, aushalten wird er dich, aushalten, mit dem Hintern zum Fenster hinaus...«

Ludmilla dachte lange mit beschatteter Stirn und gesenkten Augen scharf nach, ehe sie plötzlich mit fremder und tiefer Stimme fragte:

»Weißt du, Oskar, was deine allergrößte Gemeinheit war?«

Und sie gab mit langsamen Silben selber die Antwort:

»Daß du heute wiedergekommen bist, das ist deine größte Gemeinheit!«

Aber ehe Oskar und die andern diese neue Wendung noch begreifen konnten, war Edith, die Wirtschafterin, eingetreten, und ihre Worte konnten ein ahnungsvolles Entsetzen nur schlecht verhehlen:

»Kinder, ich weiß nicht, was los ist, aber im Zimmer von Herrn Maxl stöhnt es so merkwürdig. Ich hab mich gar nicht getraut, anzuklopfen, so viel Angst hab ich...«

Da sahen sich alle an und vor jedem Blick tauchte das gelbe, erbärmliche Bild des Herrn Chef auf. Und alle wußten mit einem Mal und hatten es immer gewußt, daß Maxl ein schwerkranker Mann war. Doch hatte man sich niemals Gedanken darüber gemacht, denn selbst die rangälteste Dame erinnerte sich nicht, je einen Herrn Maxl gekannt zu haben, der nicht gelbsüchtig, kurzatmig, todmüde und komisch gewesen wäre. Das gehörte ja zu ihm. Auch wollte niemand jemals aus seinem Mund eine Klage vernommen haben. Und ein altes Bauern-Sprichwort lautet: Zu einem Gaul, der frißt, holt man keinen Tierarzt.

Jetzt aber war es klar, daß man den Schweinsbraten mit Kraut und Knödel müsse kalt werden lassen. Ein Ausbruch von angstvoller, ja mütterlicher Zärtlichkeit antwortete der Botschaft Fräulein Ediths.

Die ganze Schar erhob sich, selbst Ludmilla ließ Oskar stehn. Und über die Treppen, die von Venus und dem Trompeter von Säckingen bewacht wurden, bewegte sich ein Zug von schlampig gewandeten jungen Weibern, die sich nicht mehr in Knien und Hüften wiegten und die der lockenden Drehung ihrer runden Rückenformen nicht mehr selbst bewußt waren. Dieser Zug glich eher dem Gedränge von Dienstmägden und vernachlässigten Ladenmädchen, die zu einem Stellenvermittlungsbüro die Treppe emporklimmen.

Je höher aber die Schar kam, je mehr sie sich dem Zimmerchen des Chefs näherte, um so dumpfer und unerklärlicher wurde die Furcht, die sich plötzlich um alle Nacken schlang wie ein nasses Tuch. Die Mädchen hielten sich, zitternd, dicht aneinander, als Edith vergeblich drei-, vier-, fünfmal an die Tür klopfte. Endlich – kein Stöhnen mehr war zu hören – öffnete sie vorsichtig die Tür, und ehe ihre Hand noch den Schalter des Lichts gefunden hatte, drängten ihr die Verwegensten in die Finsternis nach.

Keine hatte je dieses Zimmer betreten dürfen. Das verbot ein strenger Paragraph des Hausgesetzes.

Das Licht offenbarte seltsamerweise vor allem eine Unmenge von Madonnen- und Heiligenbildern, welche die Wände zierten. Dann erst offenbarte das Licht den Herrn Chef, der mit halbem Körper leblos aus dem Bette hing.

War er ohnmächtig geworden, war er tot?

Edith und Valeska hoben den Leib aufs Bett. Die andern liefen durcheinander und holten jammernd aus ihren Zimmern Eau de Cologne, Parfum-, sinnlose Arzneiflaschen, deren Essenz sie in verschwenderischen Mengen über Maxls tiefgelbe Stirn und offene Lippen gossen.

Grete schrie immerfort, daß sie diesen Anblick nicht ertragen könne. Ilonka hingegen plapperte erregt und ganz in ihrem Element, daß es in solchen Fällen nur ein Mittel gäbe, gehackte Zwiebel mit Speichel verreiben und dem Bewußtlosen in die Nasenlöcher und auf die Augenlider streichen. Sie wüßte dieses Mittel noch von ihrer Großmutter, und wer hätte sich in solchen Dingen besser ausgekannt als diese Großmutter. Edith erinnerte sich des gerahmten Anschlags, der in der Küche hing: »Erste Hilfe bei Unglücksfällen.« Aber sie fand nicht den Mut, den entfremdeten Körper noch einmal zu berühren.

Nur Manja, die Tochter des Totengräbers von Rokycan, lachte verächtlich, trat zum Bette, drängte mit sachlichen Armen die andern als Unbefugte zurück und lüpfte die Augenlider des Daliegenden. Dann wandte sie sich um und sagte mit überzeugter Amtsmiene:

»Er ist tot!«

Und der Arzt, den Edith sogleich holen ließ, konnte nichts anderes tun, als Manjas Wort bestätigen.

VII

Schwierigkeiten aller Art häuften sich. Das erstemal, wenn man von den sagenhaften Messerstechereien ältester Zeit absieht, lag hier ein Toter im Hause. Und ein Toter, welcher nicht als Gast von einem regellosen oder gewaltsamen Ende erreicht worden, sondern hauszuständig, nach amtsärztlicher Auffassung eines durchaus ordnungsmäßen Todes verstorben war.

Letztwillige Verfügungen lagen nicht vor, worüber sich niemand wundern wird, der Herrn Maxl nur ein einziges Mal gesehen hat. Dem Verblichenen hatte ja oft die Kraft gefehlt, sein Mittagessen einzunehmen, wo sollte er da die Energie hernehmen, sich mit der Welt nach seinem Tode und ihren Interessen zu beschäftigen.

Den Anteil am anderweitigen Hausbesitz seiner Eltern hatte er vor Jahren schon um ein Linsengericht an Bruder Adolf verkauft, der allerdings seinerseits diese Reichtümer sehr bald dunklen Gläubigern abtreten mußte. Herrn Maxl war nichts anderes übrig geblieben, als in die Gamsgasse zu ziehen, wo er dann in einer Kammer zu Häupten seiner Pensionärinnen wohnte.

Unklar blieben vorläufig die Verhältnisse von Herr und Haus. Die gesetzlichen Erben, entfernte Verwandte, meldeten sich erst – sie werden gewußt haben warum – am vierten Tag nach dem Todesfall. So lag alles auf Fräulein Ediths Schultern. Aber diese Schultern waren überaus tragfähig.

Zwar richtete sich das Interesse der Polizei- und Verlassenschaftsbehörde mit besonderem Nachdruck auf derartige, so plötzlich verwaiste Unternehmungen. Aber die Beziehungen, die Edith nicht nur bei der Polizei, sondern bei sämtlichen Landes- und Staatsämtern unterhielt, waren hochmögend, vertrauensvoll und dauerhaft. Nach flüchtig vorgenommener Prüfung der Lage ließ man ihr freie Hand, und sie war weitblickend genug, die Dinge zu ihrem eigenen Nutzen, zum angemessenen Wohl des Personals und zur pietätvollen Ehrung der Leiche zu regeln.

Nicht genug hoch kann es ihr angerechnet werden, daß sie die große Summe, die sie gestern noch vom Chef empfangen hatte, – mit nachlässiger Freigebigkeit pflegte er das Betriebsgeld der Wirtschafterin einzuhändigen, – daß sie diese noch ungebuchte Summe treulich zur Seite legte. Sie schloß sie sogar in einen Briefumschlag ein, auf den sie mit zärtlichen Buchstaben »Herr Maxl« schrieb, andächtig hinter den Namen ein Kreuz malend. Sie war so uneigennützig, dieses Geld für ein Begräbnis würdigen Ranges zu bestimmen. Aber gerade in der Tatsache dieses Begräbnisses lag die Hauptfülle der Schwierigkeiten.

Die religiöse Frage zuvörderst!

Herr Maxl war jüdischer Abkunft. Sie, Edith, hatte die Erziehung der Ursulinerinnen genossen und immer wieder bekannte sie, daß ohne jene strenge Erziehung, ohne das Glück innigen Kirchenglaubens sie es niemals in jungen Jahren so weit gebracht hätte, zur Wirtschafterin eines der vornehmsten Häuser Europas nämlich. Hielt man ihr vor, daß der Beruf, dem sie diente, nicht im Sinne der Religion gelegen sein könne, pflegte sie die Geschichte einer Beichte zu erzählen. Der junge Heilige im Beichtstuhl hätte sie mit folgender Tröstung entlassen:

»Mein Kind«, dies waren seine Worte, »Ihr Leben ist gewiß sehr sündig. Gott aber hat die Eigenschaften und Berufe über die Menschen verteilt nach seinem Willen. Und auch Ihren Beruf hat er – so unbegreiflich es ist – immer geduldet. Es wäre besser, Sie fänden einen andern Beruf. Vermögen Sie das aber nicht, so müssen Sie doch stets eingedenk bleiben, daß Sie ein Kind der Kirche sind. Dann werden Sie nicht verzweifeln. Und ich mache Sie darauf aufmerksam, daß die gemeinsten Unanständigkeiten der Menschen immer nur aus der Verzweiflung kommen.«

Fräulein Edith wechselte den Beruf nicht und sündigte weiter, aber mit Fanatismus hing sie fürderhin der Kirche an.

Aus diesem Fanatismus erklärt sich auch ihre Neigung zur Seelenfängerei. Wer anders nun wäre ein näherer Gegenstand ihres Bekehrungseifers gewesen als Herr Maxl? Und tatsächlich, als der Chef an Ediths Seite zum erstenmal das Schauspiel der Messe in der Kirche des heiligen Gallus erlebte, war er wie verwandelt.

Seitdem besuchte er an jedem Sonntag mit Edith die Vormittagsmesse, was keine geringe Selbst-Überwindung bedeutete, wenn man erwägt, wie ausgedehnt und trubelnd gerade das Nachtgeschäft des Samstags zu sein pflegt. Aber Edith vermochte noch mehr, sie brachte ihn dahin, das Wesen der Himmelskönigin zu erfassen und sein Zimmer mit Heiligenbildern zu schmücken. Nur in einem, im entscheidenden Punkt, in dem der Taufe, leistete er Widerstand. Täglich kam Edith auf diese letzte Notwendigkeit zu sprechen, ohne die es keine Seelenrettung gäbe. Aber Herr Maxl begegnete der ergreifendsten Vorhaltung immer mit den gleichen Sentenzen:

»Ein traut's Kind wär ich!«

Wenn Edith sich aufs Bitten verlegte, quäkte seiner Stimme weinerliche Gleichgültigkeit:

»Was sollen Sie nebbich mit mir anfangen?«

Und wenn dann die Eifernde alle widerwärtigen metaphysischen Folgen der Ungetauftheit mit feuerroten Farben malte, schloß Maxl das Gespräch stets mit dem Bekenntnis ab:

»Laß dir dienen, Edith! Ein Jud bleibt ein Jud.«

Dennoch kann es nicht verschwiegen werden, daß Herr Maxl lange vor Ediths Zeit schon, aus nicht mehr erklärbaren Gründen, jenes gestempelte Dokument eingebracht hatte, das man »Konfessionslosigkeitserklärung« nennt und das den Staatsbürger seiner religiösen Pflichten und Leistungen enthebt.

Ediths Herzenswunsch wäre es gewesen, wenn der Herr des Hauses ein christliches Begräbnis mit allen vorschriftsmäßigen Gebräuchen erlangt hätte. Sie lief deshalb zum Hauptpfarrer des Kirchsprengels von Sankt Gallus. Aber wie sehr auch der geistliche Herr guten Willens war, er hatte gebundene Hände, und ohne Taufschein gab es keine kirchliche Bestattung. Hingegen machte er darauf aufmerksam, daß die Einrichtung der heiligen Seelenmessen an keinerlei Bedingung gebunden sei, und Edith erwarb auch sogleich drei dieser Seelenmessen. Beim Abschied gab Hochwürden der Wirtschafterin auf lächelnde und joviale Art noch zu verstehen, daß die Erscheinung eines amtierenden Priesters an solchem Ort und in unserer niederträchtigen Zeit nur Ärgernis und das Hohngelächter der Freidenker erregen würde.

Wohl oder übel sah sich Edith nun gezwungen, die israelitische Kultusgemeinde aufzusuchen, in deren Matrikeln der Name des Verewigten eingeschrieben war. Dort sagte man ihr, daß sie auf der mosaischen Abteilung des Olschaner Friedhofs eine Grabstätte für den Toten käuflich erwerben müsse. Hingegen könne an einen zeremoniellen Kondukt nicht gedacht werden. Herr Stein wäre ein Abtrünniger, er hätte dem väterlichen Glauben die Treue gebrochen und sei auch sonst keine Persönlichkeit gewesen, die einer Glaubens- oder Volksgemeinde zur Zierde gereiche. Wolle man das Begräbnis von der Leichenhalle des Zentralfriedhofs ausgehn lassen, so könnte vielleicht, wenn man gnädig beide Augen schlösse, dies oder jenes geschehn. Die Partei aber werde doch im Ernst nicht glauben, daß ein Seelsorger das Lokal in der Gamsgasse betreten könne.

Als Edith die Anweisung für das Grab in Empfang genommen hatte, fragte sie der Beamte noch, ob Herr Stein Söhne hinterlassen habe, denn es müsse doch »Kaddisch«, das Seelengedächtnisgebet, für ihn gesagt werden. Er bekam die Aufklärung, daß an diesem Grabe niemand anderer trauern werde, als ein paar weibliche Wesen. Da schaute der alte Mann die Wirtschafterin mißbilligend über seine Brillen an und nickte ironisch, als wollte er sagen: ›Keine Söhne! Das sieht dem Herrn Stein ähnlich...‹

Ohne von der Kundschaft die Erfüllung irgendwelcher Bedingungen zu fordern, erbot sich am frühen Nachmittag schon die Firma François Blum durch persönliches Offert, die Beerdigung billigst und bestens durchzuführen.

Jedermann, der in der hier geschilderten Stadt herangewachsen ist, wird sich der großen Firmatafeln entsinnen: »François Blum. Entreprise de pompes funèbres.« Und mehr noch, er wird sich der Auslagen in Schwarz und Silber erinnern, welche die genannte Firma an einigen belebten Punkten der Stadt eingerichtet hatte. In diesen Auslagen reihten sich, meist zu beiden Seiten eines Prachtsarges – bestimmt, einem Vorweltriesen im Todesschlafe zu dienen – der Größe nach andre Särge bis zu den armen Schatullen der kleinen Kinder. Den ganzen glänzenden Schauder umwand schwarzes Tuch in effektvoller Faltung und Palmenzweige, die staubigen Requisiten himmlischen Friedens, bedeckten ihn.

Die Vorsehung hatte in der Firma François Blum ein wohlassortiertes Mementomori der hastenden Stadt einverleibt, denn wenn das genußfreudige Auge sich eben noch an einer Auslage voll Hummern, Wildbret, Ananas und Kaviar ergötzt, oder eine Anordnung von Frauenwäsche, von Juwelen, Blumen, ein geistverlockendes Angebot von Büchern und Musikalien bewundert hatte, plötzlich schreckte es zurück, denn schwarz und silbern, mit vertrockneten Palmzweigen prahlend, starrte es der Tod aus seinen Spiegelscheiben an. Ach, es war nicht Thanatos, der Knabe mit der gesenkten Fackel, nicht der Mäher mit der Hippe, nein, es war der kleinbürgerliche Tod, der großstädterische Tod, der moderne Tod, der Tod ohne Sinn und Bildnis, ein lächerliches Ding, aus Silberfarbe, papiernen Palmen, schwarzem Tuch, Kalk und Verwesung gemengselt.

Immerhin blieb dieser Tod eine der wenigen Festlichkeiten, die das Leben der Menschen kannte. Niemand war sich dessen stärker bewußt als die Damen des Etablissements in der Gamsgasse. Und so mußte Fräulein Edith trotz beträchtlicher Mehrkosten sich entschließen, bei der Firma Blum eine »Aufbahrung« zu bestellen.

Nach der ersten Nacht voll Angst und Schauder, eine Leiche im Hause, in ihrem Hause zu wissen, hatten sich die Mädchen schon am nächsten Tage in den traurigen Umstand gefunden.

Das Lokal mußte selbstverständlich bis zum Abend nach der

Beerdigung geschlossen bleiben. Schon diese unerwarteten Ferien, die mit allerlei Besorgungen, Ausgängen verbunden waren, welche den gewohnten Stundenplan umstürzten, erfreuten als etwas Neues, Abwechslungsreiches. Dazu kam der erregte Eifer, sich in aller Eile, wenn auch nur mit dürftigen Mitteln die notwendigen Trauersachen zurechtschneidern zu müssen. Die Küche war in eine Flickwerkstätte verwandelt, Nähmaschinen rasselten, den Boden bedeckten Stoffreste, Herd und Geschirr duckten sich schüchtern. Arbeit gab es in Hülle und Fülle. Da es den Damen unheimlich war, die oberen Stockwerke zu betreten, lärmte alles Leben im Erdgeschoß.

Die Nacht fiel von den Geschöpfen dieser Stätte ab, wie eine Krankheit. All diese Kinder von Frühaufstehern, Töchtern von Bauern, Arbeitern, kleinen Geschäftsleuten, Amtsdienern, Schaffnern, Aufwärterinnen genossen mit wahrer Gier das ihnen Verbotene, das Tagesleben. Durch einen Todesfall beurlaubt, trieben sie sich selig in den Straßen herum und fuhren, bewegungstoll, mit der elektrischen Bahn sinnlos von einem Ende der Stadt zum andern.

Selbst Ludmilla wurde, trotz ihres Schauspielers, von dem allgemeinen Eifer mitgerissen. Sie nähte, änderte, gustierte wie alle andern. Und daß sie im schlanken Schwarz trauernder Bürgermädchen die Hübscheste sein würde, das bezweifelte nicht einmal Ilonka in ihrem Herzen.

Für die Aufbahrung war der Große Salon bestimmt. Wenn man auch keine Gäste erwarten durfte, so gehörte es sich doch, daß irgendwo für alle Fälle ein kleiner Imbiß und Getränk bereit stand. Dieser Zweck wurde dem Blauen Salon zugedacht.

Am nächsten Tag donnerten die Arbeiter mit ihren mächtigen Stiefeln über die schwächlichen Treppen und im Salon begann ein wildes Geschrei und Gehämmer. Dieser Raum hatte Tageslicht nie gesehn, er zwinkerte unbehaglich wie ein halbblindes Nachttier, das man in seiner Höhle aufgestört hat. Ach wie klein, wie nichtig zeigte sich im nüchternen Scheine dieses Tier, das sich zu seiner Stunde so phantastisch zu dehnen wußte.

Die Geister aller Tänze, Lieder, Couplets, Witze und Zoten,

die hier je erklungen waren, sträubten sich und jagten die Wände entlang. Es half ihnen nichts. Die Wände wurden schwarz ausgeschlagen, der Katafalk erhob sich langsam vom Boden, ein strapazierter Palmen- und Lorbeerhain wurde mit Hüh und Hott durch die Tür spediert. Ja selbst ein großes Kreuz hatte Edith, unbefugterweise, zu Häupten des Katafalks aufstellen lassen.

Die Entreprise des pompes funèbres machte ihrem guten Ruf alle Ehre. Doch steht es dahin, ob sie es war, welche jene Notiz in die Zeitung einrücken ließ, die einigen Lesern wegen der in ihr enthaltenen schicksalshaften Paradoxie aufgefallen ist:

»Gestern starb hier Herr Max Stein im achtundvierzigsten Lebensjahre. Das Leichenbegängnis findet vom Trauerhause Gamsgasse 5 aus statt.«

Alles ging in bester Ordnung seines Weges. Ein einziger Umstand nur machte sich störend bemerkbar: Der charakteristische Geruch im Hausflur, jener Geruch von heißem Badewasser, in das man Parfum geschüttet hat, von Seifenschaum, Vaseline, Hautcreme, Schminke, Schweiß, Alkohol und scharfgewürzten Speisen war durch kein Mittel zu vertreiben. Die Damen verbrannten stundenlang Weihrauch im Flur, aber der Geruch wurde dadurch – man kann es gar nicht anders bezeichnen – nur noch unanständiger.

VIII

Es gehört zu den Unwahrscheinlichkeiten, die man dem Leben gern, den Autoren ungern verzeiht, daß Herr Präsident Moré, gewiß der genaueste Zeitungsleser der Stadt, jene paradoxe Todesfallnotiz übersehn hatte. Eine gewisse Erklärung für die Unwahrscheinlichkeit liegt freilich in dem Umstand, daß in jenen Tagen des Hangens und Bangens alle Blätter voll der entscheidendsten Nachrichten waren, und daß in jeder Zeile Krieg und Frieden, das Schicksal der Welt auf dem Spiele stand.

Herr Moré hatte in tiefen Gedanken sein Kaffeehaus verlassen. Patriotische Wallungen bewegten sein Gemüt und vor seinem geistigen Auge wogte Krieg. Morés Krieg war ein sehr zurückgebliebener Krieg. Er zeigte nicht die »moderne Leere des Schlachtfelds«, keine betonierten Schützengräben, Fliegergeschwader und Gasangriffe, er war ein stürmisches Gemälde voll Lustigkeit und Kavallerie. Herrliche Denkmalspferde bäumten sich zum Himmel, Granaten platzten rot, grün, gelb und blau, gleich kostbaren Feuerwerkskörpern, Verwundete griffen sich ans Herz wie Sänger bei hohen Tönen.

Die Weltkatastrophe so farbenbunt vorträumend, überquerte der Präsident den Obstmarkt und schritt an der Front der Universität entlang die Eisengasse hinab, als er rechterhand auf dem Kleinen Platz einen zweispännigen Fourgon dritter Klasse und drei Trauerlandauer warten sah. Er überlegte sogleich, wer hier gestorben sein könnte, – dies zu wissen gehörte ja zu seinem Beruf, – und ging mit Eifer die bekannteren Firmen und Familien durch, die in der Gegend ihren Wohnsitz hatten. Er verwunderte sich selber, daß ihm ein Todesfall entgangen sein konnte. Zugleich aber – da er wußte, wo er sich befand – wandelte ihn eine Lust an, der er in früheren Jahren manchmal nachgegeben hatte.

Herr Doktor Schleißner mochte sich immerhin einbilden, daß er es sei, dem der Präsident die Kenntnis »dieser heiligen Hallen« zu verdanken habe. Morés Art war es nicht, die Nacht zum Tage zu machen und sich vor allen Leuten bloßzustellen. Gott, ein einziges Mal mochte es hingehn!

Er aber kannte das Haus in der Gamsgasse längst und zu besseren Stunden als in denen des Pöbels. Als jüngerer Mensch war er hier öfter insgeheim um die Nachmittagszeit eingekehrt und hatte immer ein befriedigendes Vergnügen gefunden. Seine Handlungsweise erschien ihm nicht nur diskreter, sondern auch sittlicher und vor allem hygienischer, als die der Allgemeinheit.

Der Präsident blieb stehn. Erschüttert fühlte er in diesem Augenblick den Anbruch eines neuen Zeitalters. Doppelten Wesens war es. Ernst auf der einen Seite wie eine leichenbitterische Suite bärtiger Herren mit Zylinder und Kaiserrock, schneidig auf der anderen Seite und frisch-fröhlich landsknechthaft.

Morés Phantasie stellte in der Tat Landsknechte hin und beschwor Vorstellungen aus der einschlägigen Literatur wie: Troßweibel, Würfelspiel und Lagerdirnen.

Moré sah den Leichenwagen an, dachte der schweren Zeit einerseits und der Sittenlockerung andererseits, die in der Luft lag und beschloß, da er für die nächsten Stunden nichts vorhatte, seinen Wünschen heute nicht im Wege zu stehn. An dem wartenden Fourgon vorbei, dessen Rappen schwarz-nickende Federn auf dem Kopfe trugen, trat er, selber nickenden Schrittes, in die schmale Gasse.

Er fand die sonst so streng verschlossene und dichtverhängte Tür weit geöffnet...

Indessen war im Hause alles zur Abschiedsfeier bereit. Der Sarg stand auf dem Katafalk, von ein paar losen Blumen und einem dürftigen Kranz bedeckt, denn zu reicherem Schmuck reichte die von Edith so edelmütig auf die Seite gebrachte Summe nicht mehr hin.

Wegen des Sarges hatte es übrigens zwischen der Entreprise des pompes funèbres und Fräulein Edith eine Unstimmigkeit gegeben. Er war nichts als eine einfach rohe Holzkiste, wie sie die jüdische Satzung den Toten vorschreibt. Gott selber spricht ja durch die Schrift: »Staub bist du und Staub sollst du werden!« Jeder Schmuck, jede Verschönerung dieses gottgewollten Prozesses ist daher unfromm und blasphemisch. Die Wirtschafterin jedoch war durchaus anderer Ansicht. Ein Sarg muß schön und großartig sein, mit Silber beschlagen, mit Emblemen geziert, und auch ein weißer Spitzenvorstoß darf nicht fehlen. Schweres Geld hatte sie bezahlen müssen, damit solch eine Holzkiste geliefert werde. »Echt jüdisch«, rief sie, wäre das. Selbst die Religion diene dazu, einen »Rebbach« zu machen und die Kunden übers Ohr zu haun. Es hielt sehr schwer, die Erregte davon zu überzeugen, daß die Erde des israelitischen Friedhofs nur einen vorschriftsmäßigen Sarg in sich aufnehmen dürfe.

Die Damen in ihrer ärmlich improvisierten und zugleich aufgedonnerten Trauer hatten sich versammelt. Einige kleine Leute aus der Nachbarschaft waren auch gekommen, sogleich aber auf betrübten Zehenspitzen in den Blauen Salon geschlichen, wo man sich gratis mit Likör und Topfenkuchen bedienen konnte. Dort machte Herr Nejedli die Honneurs und mußte die Nachbarn, die Angestellten der Entreprise des pompes funèbres, sowie sich selbst nicht viel zum Essen und Trinken nötigen.

Leider war kein Gast, kein Sechser-Dragoner, kein Artillerist, Intellektueller, Nachtvogel, kein Schleißner, kein Peppler, kein Oskar, mit einem Wort kein staunendes Auge da, um den berühmten Großen Salon nicht wiederzuerkennen. Das Tanzparkett war zum größten Teil vom Katafalk in Anspruch genommen, die Glühbirnen glosten finster verhüllt, die Amoretten über den Spiegeln hatten schwarze Negligées angetan, ein Kreuz erhob sich zu Häupten des jüdischen Sarges, große Kirchenkerzen brannten, und eine besonders zahlreiche Familie stark gepuderter Kleinbürgerstöchter in Trauer weinte, weil es sich so gehörte, weil man den Verstorbenen gekannt hatte, weil das Leben traurig, weil der Tod erschütternd und eine seltene Festlichkeit freudebringend ist.

Während rote Nasen sich schneuzten und es ringsum schluchzte, hatte der Große Salon, dieser todesschwarze Raum, keine Vergangenheit. Und wiederum ging unbemerkt ein Augenblick vorüber, der gesättigt war von den erhabenen, den shakespeareschen Widersprüchen des Lebens.

Aber ewig konnte man nicht schluchzen, sich schneuzen und den Sarg bestarren. Etwas mußte jetzt geschehn, jemand mußte ein Wort sagen, dem Toten einen Abschiedsspruch zurufen. Edith wurde immer verlegener. Schmerzlich machte sich das Fehlen des Priesters fühlbar, der große Mangel ihrer Veranstaltung, der sie doch so entsagungsvoll eine runde Summe geopfert hatte. Sie war außer sich, denn wie sollte ohne Gott und heilige Handlung die Feier ihren Fortgang nehmen? Alles war prächtig hergerichtet, jede Seele des erschütternden Abschieds gewärtig, und dennoch stand man schon zu lange umher, peinliche Fragen schienen die Luft zu verdicken; es war ein stiller Skandal. Edith zerbiß sich die Lippen, nichts Rettendes fiel ihr ein. Sie sandte verzweifelte Blicke umher...

Und, siehe, plötzlich fielen diese verzweifelten Blicke auf den Präsidenten Moré, der lang und schwarz in der Tür stand. Keiner der »Gäste« hatte sich eingefunden. Ihn aber führte sein warmes Herz und eine edle Denkungsart hierher. Edith pries die Weisheit des Schicksals und die Seele Morés.

Seine Erscheinung ragte wie erschaffen für den Trauerpomp; jetzt konnte nichts mehr geschehn, da dieser unvergleichliche Funktionär des Todes, dessen Name selbst an Mors erinnerte, aufgetreten war. Die Wirtschafterin fiel flüsternd über ihn her und binnen zehn Sekunden war die Situation gerettet.

Daß der Präsident der Spinoza-Gesellschaft, der Ordensmeister der ›Söhne des Bundes‹ eine bedeutende Rednergabe besaß und daß ein Grabsteinagent die Oratorik der Friedhöfe beherrschte, war selbstverständlich. Zu dieser Gabe trat (eine übliche Folge des Talents) die unbändige Sucht hinzu, bei allen Gelegenheiten, bei Eröffnung und Schließung von Sitzungen, Versammlungen, Kongressen, bei feierlichen und unfeierlichen Anlässen, bei Hochzeiten, Jubiläen, Trauerkommersen und harmlosen Gastereien, überall, wo es anging und nicht anging – die unbändige Sucht, auch Reden halten zu wollen! So war Edith jetzt nicht minder erfreut über die Zusage des Präsidenten, als er über ihre Bitte.

Mit einem rasch-mißtrauischen Umblick erkundigte er sich darnach, ob nicht etwa ein Unbefugter, ein Journalist gar, hier Zutritt gefunden habe. Dann erst stellte sich Moré an den Katafalk, hob den Kopf, um der Inspiration zu lauschen und schloß die schmerzensvollen Augen.

Nun begann er seine Rede zu halten, die ebensosehr und ebensowenig für den Toten hier unterm Bahrtuch als für irgend einen andern Verstorbenen Geltung haben konnte. Es war aber, und einzig darauf kommt es an, eine sehr schöne Rede.

Der Präsident zitierte gleich eingangs Goethe und dessen Feststellung, daß der strebend bemühte Mensch erlöst werden könne. Der naheliegenden Gefahr, angesichts so vieler Bajaderen die »feurigen Arme der Unsterblichen« zu zitieren, welche »verlorene Kinder zum Himmel emporheben«, entging Moré im letzten Augenblick und rettete sich in jene unbedenklichere Strophe, in welcher der Neuling die Huri am Paradiesestor auffordert, »ihn immer nur ohne Federlesen hereinzulassen, weil er ein Mensch gewesen sei«. Die Zuhörer, vom unverstandenen Dichterwort angeschauert, erstaunten nicht über des Präsidenten Zumutung, sich Herrn Maxl als strebendbemühten und schwertumgürteten Kämpfer vor der Paradiesespforte vorzustellen.

Vielleicht hat Herr Maxl allein sich über diese Vorstellung verwundert, wenn die Annahme einiger Geheimlehrer, daß die »Intelligenzen« der Toten ihre eigene Leichenfeier beobachten, zutreffend ist.

Aber nicht allein bei Goethe blieb es. Der Redner berief auch noch Spinoza, Lessing, Jesaja, Haeckel und führte so bei einem traurigen Anlaß die geistvollsten Männer der Welt in den Großen Salon der Gamsgasse ein.

Die Rede erreichte ihren Höhepunkt, als der Präsident sich mit männlich-herbem »Du« unmittelbar an den Toten wandte, den gewitterschwülen Ernst der Zukunft prophezeite, und in dem Abgeschiedenen das Sinnbild einer genußfrohen, heiteren und unbeschwerten Zeit pries, die nun auf der Bahre liege, um dahinzufahren für immer. Es sei bestimmt in Gottes Rat, daß man jetzt Abschied nehmen müsse von einem liebenswürdigen Menschen, und vielleicht, wer weiß, Abschied auch von der eigenen leichtbeschwingten Jugend...

Bei dieser Stelle schlug das schwelende Schluchzen zur Flamme eines lauten Geheuls hoch. Ludmilla, von hoffnungsloser Liebe gepackt, schrie in ihr Taschentuch. Auch Oskar lag ja dort und wartete, noch heute begraben zu werden.

Ilonka zerschlug sich in plötzlicher und düsterer Raserei die Brust. Manja, die harte Totengräberstochter, wand sich vor Schmerz. Edith kniete in fassungsloser Tränenzerknirschung vor dem Katafalk. Nur Grete hing mit trockenen, aber brennenden Augen an dem wortgewaltigen Munde des Sprechers.

Mit einem tröstlichen und weihevollen Ausklang schloß nun die Rede.

Die aus dem Schmerzenstraum erwachten Damen benahmen

sich linkisch wie Schulkinder oder Dienstmägde, als einer jeden von ihnen der Herr Präsident mit strenger Beileidsmiene die Hand drückte.

Am schnellsten erholte sich Edith von ihrer Erschütterung. Sie genoß dankbar das Glück, diese Feier, die ja ihr Werk und Verdienst war, einen erhebenden Verlauf nehmen zu sehn. Nach solch einer aufwühlenden Ansprache aber war es die Musik allein, die noch etwas zu sagen hatte. Die Wirtschafterin drängte deshalb Herrn Nejedli energisch zum Klavier.

Es erwies sich aber, daß im Laufe der langen Jahre das Repertoire des ehemaligen »k. k. Titularwunderkindes Kaiser Ferdinands des Gütigen« bedenklich zusammengeschmolzen war. Tänze, Märsche, Schlager, ja, die saßen noch gut in den Fingern, aber man konnte doch unmöglich den Auszug eines Toten mit dem elektrisierenden ›Einzug der Gladiatoren‹ feiern.

Sehr schlimm stand es um die ernste Musik. Herrn Nejedlis Hände waren weder eines populären Chorals noch auch Chopins Trauermarsches mächtig. Alles in allem beschränkte sich sein gemütvolles Programm auf drei Nummern: ›Lohengrins Brautzug‹, Arie aus: ›Die Jüdin‹ und ›Barcarole‹ aus ›Hoffmanns Erzählungen‹.

Der Alte verwarf Lohengrin, ohne zu zaudern und entschloß sich zur Jüdin:

»Großer Gott, hör mein Flehn!
Hör mein Flehn, großer Gott!«

Niemand nahm Anstoß an der bewegten, fast lustigen Leidenschaftlichkeit dieses Allegros, und als Nejedli gar auf verbotenen Umwegen zur »Barcarole« hinüber modulierte, da sahen sich alle an, denn die Barcarole war ja Maxls Herzensmusik gewesen, bei der er immer »weinen mußte wie ein kleines Kind«. – Sinniger, verklärter konnte die Totenfeier nicht enden, als mit diesen ewigen Klängen, die auf lichtbekränzten Barken über finstere Wasser gleiten:

»Süße Nacht, du Liebesnacht,
O stille mein Verlangen...«

Die Träger mit dem Sarg ächzten und polterten an der goldbronzierten Venus und am Trompeter von Säckingen vorbei über die kranke, hustende Treppe. Die Damen folgten. Aber nicht mehr Trauertöne, sondern Geflüster und leises Gelächter war zu vernehmen. Vorhin, ja, da hatten sie sich ausgeweint bis zur Tränenneige. Tränen, sie löschen den göttlichen Durst unserer Seele, und deshalb sind wir glücklich und satt, wenn wir geweint haben.

Die Damen waren glücklich und satt. Mehr noch, der freudige Stolz erfüllte sie, der aus allem Gelingen emporwächst.

IX

Die Firma Blum lieferte nicht nur im Aufbau des Pomps wahre Expreßarbeit, vielmehr noch bewährte sie sich in der Abrüstung ihrer Schleier, Bespannungen, Draperien und Podeste. Rasch besorgte sie den Szenenwechsel zwischen Tod und Leben, wie ein guter Bühnenmeister seine Verwandlungen.

In diesem Fall besonders war Eile dringende Forderung, denn am Abend schon sollte das Haus dem Vergnügen wieder offen stehn und kein Rest des Todes durfte sich drückend auf die Seele der Gäste senken.

Hier war Schnelligkeit wirklich Hexerei. Kaum hatte der Kondukt sich in Bewegung gesetzt, flogen alle Fenster auf, Geschrei und Hammerschlag erscholl von neuem, und der Große Salon, von seinen unnatürlichen Fesseln befreit, fand zu sich selber zurück. Auch der durch Weihrauch, Kerzenqualm und unnatürliche Ausdünstungen getrübte Hausgeruch dehnte sich, nun wieder er selbst geworden, im Flur. Als nach zwei Stunden die Trauernden in ihren Landauern vom Friedhof heimkehrten, lag kein sichtbarer Schatten mehr über den Räumen und sie waren die alten.

Mit einem leichten Fremdheitsgefühl durchschritten die Damen die alt-neuen Gemächer, denn jede Wohnstätte hat ihre Epochen und die Insassen fühlen es. Zwischen heute und heute lag ein Abgrund, klaffte das Grab, darein man vor einer Stunde die nackte, ungehobelte Holzkiste versenkt hatte.

Präsident Moré war mit der Gesellschaft von der Beerdigung zurückgekehrt. Dort draußen in Olschan, wo er eine bekannte Persönlichkeit war, hatte er sich um seines Rufes willen ein wenig abseits gehalten, aber man konnte diese Zurückhaltung wohl als stille Bescheidenheit deuten.

Der Präsident genoß wegen seiner erschütternden Trauerrede unbegrenzte Hochachtung. Mit scheuer Verlegenheit sahen die Mädchen zu ihm empor. Und dann, er war der einzige von allen »Gästen«, der ein menschliches Verhältnis zu ihnen und ihrem Leben gefunden hatte. Mit keiner anderen Absicht war er ja heute hierhergekommen, als dem Toten die Reverenz abzustatten und den Trauernden sein Beileid auszusprechen. Fräulein Edith wußte die erwiesene Ehre vollauf zu würdigen. Wahrhaftige Dankbarkeit in den Augen trat sie an Moré heran, hielt seine Hand zärtlich in der ihren und erklärte, daß sie nun wisse, wer von den Freunden des Hauses ein wirklicher Mensch und Mann von Herz sei.

Der Präsident zuckte trauervoll die Achseln und meinte, er kenne das Leben und wäre sich über den Lauf der Welt im klaren. Daß aber, wenn schon kein andrer, auch der Doktor Schleißner heute den Weg hierher nicht gefunden habe, das setze ihn doch in Erstaunen. Edith gab zu verstehn, daß ein Mann ein Mann bleibe und keinen andern Zweck verfolge als echt männliche Schweinerei. Der Präsident sei eine Ausnahme. Das hätte sie ihm gleich angespürt. Ihr könne man keinen Schwindel vormachen; sie habe nichts, aber die Menschenkenntnis sei auch kein schlechtes Kapital.

Da traten dem ernsten Biedermann Tränen in die Augen, weil das Schicksal ihm Gelegenheit gegeben hatte, sich tugendhafter zu bewähren, als diese Menschenkennerin es von der Mannheit im allgemeinen erwartete. Der wahre Grund seines Kommens war vergessen. Er begann zu glauben, daß die Humanität selbst, deren klassischen Meistern und Meisterwerken er rastlos diente, ihn heute hierhergeführt hatte.

Die Damen umstanden die düster-würdige Gestalt im Kreis wie einen Lehrer, lauschten ihren Worten, und die ortsgemäßen Phrasen und Bemerkungen, die tagelang schon geschwiegen hatten, auch jetzt noch wagten sie sich nicht hervor, obgleich Ilonka eine schier unüberwindliche Verlockung empfand, ein paar saftige Kernworte ihres Berufsjargons in die Unterhaltung zu werfen.

Der Große Salon, dessen Läden, wie es sich gehörte, geschlossen waren, lag wieder in seiner ihm eigentümlichen Beleuchtung und harrte mit rotem Plüsch, Marmortischen, Renaissancespiegeln und frisch gebohntem Tanzparkett dem Lärm der Nacht entgegen. Nach und nach begannen die Mädchen trotz ihrer Trauerkleider den wiegenden Schritt des Abends zu proben, den sie drei Tage lang vermieden hatten.

Nur Ludmilla fehlte, die in einer Vorstadt zurückgeblieben war, um bei Verwandten Besuch zu machen.

Der Präsident, mit sich selber höchlich zufrieden, überlegte lange, ob er als solider Kaufmann in diesem Hause nicht auch seine Kundschaft sehn müsse. Er kam trotz gewisser moralischer Einwendungen zu dem Schluß, daß es als Zeichen beginnender Untüchtigkeit und geschäftlicher Schlaffheit zu deuten wäre, wenn er sich bei so günstigen Umständen einen Kunden entschlüpfen ließe. So gab er sich denn einen Ruck und begann, diesmal ohne jedes Pathos, aber dafür mit klingendem Herzton abermals zu sprechen.

»Kinder« – so etwa lautete seine Ansprache, wobei er Grete und Anita neben sich Platz nehmen ließ und einen Seufzer vorbrachte – »der Mensch stirbt und wir alle werden sterben. Wie dieses Sterben tut, das weiß keiner, und wer es weiß, Kinder, der weiß es auch nicht mehr. Gut! Damit muß man sich abfinden. Aber die Geschichte hat noch einen anderen Haken...«

Seine Stimme klang nun wissensschwer und resigniert:

»So ein Grab, wenn es nicht gepflegt wird, verfällt, und ich gebe mein Wort darauf, innerhalb weniger Monate ist es ein Misthaufen. Ich spreche aus Erfahrung.«

Manja bestätigte das und Moré fuhr fort:

»Die Pflege eines Grabes aber, meine Damen, kostet Geld, so häßlich es ist, die Erinnerung kostet Geld. Wer gibt dieses Geld? Anständige und korrekte Hinterbliebene! Wenn aber ein Mensch niemanden hat, was dann?!«

Der Präsident schaute vielsagend von einer zur andern, ehe er sich anschickte, die Herzen zu treffen:

»Was dann?! Fragt euch selbst, ob ihr dereinst jemanden haben werdet!«

Das Argument saß. Wen würden sie dereinst haben?! Spital, Versorgungshaus, Anatomie und bestenfalls ein hartes Brot, so lautete des Märchens Ende, das man ihnen so oft erzählte. Der Präsident lächelte väterlich:

»Nun, Herr Max Stein hat wenigstens so herzensgute Mädchen, wie ihr es seid, zu Hinterbliebenen. Aber wohin werdet ihr im kommenden Jahr verschlagen sein? Ihr könnt es nicht wissen!«

Auch dieses Argument saß. Heute war man in der erstklassigen Gamsgasse beschäftigt und speiste mit silbernem Besteck. Aber die Jahre vergehn und nicht jede kann zur Wirtschafterin avancieren, Haupttreffer in der Lotterie und im Leben sind selten. Es hatte dutzendweise Manjas, Anitas, Ilonkas gegeben, die zu ›Napoleon‹ zurücksanken und dann immer tiefer und tiefer in der Provinz verkamen.

Der Präsident wollte niemanden betrüben, plötzliche Erleuchtung zeigten jetzt seine Züge:

»Mir kommt eben ein guter Gedanke! Wie wäre es, wenn ihr unter euch eine kleine Sammlung veranstalten wolltet, um dem Toten ein Steinchen mit seinem Namen aufs Grab zu setzen. Ich spreche aus Erfahrung! So ein Marmor (es muß natürlich nicht gerade Marmor sein, auch Sandstein zum Beispiel macht sich recht gut); aber Marmor vor allem erhält ein Grab in alle Ewigkeit jung. Selbstverständlich geschmackvollste Ausführung, keine Bildhauerarbeit, einfache goldene Schrift! Wer dann in vielen Jahren vorübergeht, liest: »Max Stein«, sagt Aha und erinnert sich. – Was meint ihr? Wollen wir nicht eine kleine Kollekte eröffnen? Das heißt, nur wenn es euch wirklich einleuchtet. Denn mir selbst kann es ja gleich sein. Ich denke aber an alles und habe zufällig einen Preiskurant mitgebracht. Von dreihundert Kronen aufwärts erhält man schon ganz passable Denkmäler...«

Vom Herzen der Damen war der Druck dieser letzten Tage noch nicht gewichen. Noch fühlten sie sich auf dem Parkett des Großen Salons nicht zu Hause. Das Bild des Friedhofs stand vor ihren Augen. Die Frage: »Wen werdet ihr haben?« wohnte noch in ihrem Ohr. Gern hätten sie sich von dem Gedanken an das Schicksal losgekauft, das ihnen doch angstvoller drohte als andern Menschen. Und ist der Tod nicht jene Naturerscheinung, die in allen einfachen Völkern und Personen den Trieb anregt, Opfer darzubringen?

So waren die Worte Morés auf fruchtbaren Boden gefallen. Mehr oder weniger eifrig begab sich alles auf die Zimmer. Die Barschaften und Ersparnisse wurden gezählt und wieder gezählt. Je nach dem Maß von Großherzigkeit, Glauben, Geiz und Geberlaune fiel das dargebrachte Opfer aus.

Valeska, das eitelste und gutmütigste Herz von allen, kam, weil sie von der Kollekte schon beim Umkleiden betroffen worden war, oder nur weil sie das Bedürfnis hatte, sich in ihrer Pracht zu zeigen, kurz, sie kam splitternackt herunter, um die fünfundzwanzig Kronen ihres Tributes an den Tod dem Geschäftsvertreter des Todes persönlich einzuhändigen. Und wunderbar! Als in dem noch immer verstimmten Düster des Großen Salons plötzlich die freudige Fleischfarbe dieses Frauenleibes aufblühte, schien er das erstemal nach Maxls Tod wirklich zu sich kommen zu wollen. Der erschöpfte Raum lächelte matt und holte zögernd Atem wie ein Kranker, dessen Zustand sich dem Leben zuwendet. Valeska aber drehte sich berauscht um ihre eigene ansehnliche Achse. Es war ein traulicher, ja anheimelnder Augenblick.

In der nächsten Viertelstunde hatte Präsident Moré die meisten Mädchen mit ihren bürgerlichen Namen und mit angemessenen Beträgen in eine Spendenliste eingetragen. Nur Fräulein Edith, die das Ihre getan, und Manja, die Eingeweihte, die den Schwindel kannte, versagten ihre Teilnahme.

Der Grabsteinagent konnte die schöne Ordre in sein Taschenbuch eintragen und auch er tat – gerührt über sich selbst – ein Übriges, in dem er seine Provision von den üblichen fünfzehn auf sieben und ein halbes Prozent herabminderte.

Die Ankleidezeit und mit ihr der Figaro waren gekommen. Die gewohnte Erregung fuhr in die Damen. Man drängte schreiend über die Stiegen ins Stockwerk der Garderoben. Mächtig erklang Ilonkas Lieblings-Kraftwort, das sie nun aus befreiter Brust hervorjubelte.

Grete allein blieb neben dem Präsidenten im Salon sitzen. Sie griff nach seiner Hand.

»Also! Ein großes Loch! Da wird man hineingeschüttet! Dreck und fertig!«

Der Vorsitzende der Spinoza-Gesellschaft wehrte, ohne seine Weltanschauung deutlicher preiszugeben, kurz ab.

»Das ist nicht das Wesentliche!«

Grete erstaunte:

»Sag' mal, Präses, du glaubst doch nicht an den Himmel wie Edith?«

Der Präsident gegnügte sich, mit Doktor Faust zu bemerken:

»Und sehe, daß wir nichts wissen können.«

Grete aber war noch nicht am Ende ihrer Metaphysik angelangt. Sie sah Moré scharf an und betonte jedes Wort:

»Wenn es möglich ist, daß wir in den Himmel kommen, warum regnet's dann immer, wenn einer begraben wird?«

Sie triumphierte. Aber der Präsident entkräftete ihren feinen Syllogismus durch trockene Berufserfahrung:

»Ich habe in meiner Praxis auch schöne Begräbnistage erlebt.«

Grete fragte plötzlich:

»Du Präses! Was hat Spinoza gesagt?«

»Der hat vieles gesagt, mein Kind!«

»Hat das Spinoza geschrieben: »Sör, geben Sie Gedankenfreiheit!?«

»Nein, das ist von Schiller. Aber Spinoza hat genau so gedacht. Er sagt zum Beispiel: Glückseligkeit ist Tugend, nicht ihr Lohn!«

»Glückseligkeit ist nicht ihr Lohn! Meiner auch nicht! Das ist gottvoll, Präses...«

Grete gluckste vor Erschütterung über Morés Zitatenschatz.

Sie bekam eine sehr innige Stimme:

»Spinoza, das ist ein Spanier, was? Ich hab auch einmal einen Spanier gehabt... Nein, zwei!«

Der Präsident belehrte:

»Spinoza war ein Holländer.«

Grete machte ein angeekeltes Gesicht:

»Holländer! Pfui Teufel! Ich kann die Holländer nicht ausstehn. In Hamburg, weißt du, da waren damals viele Holländer...«

Der Präsident, dessen Gedanken sorgenvoll bei der Politik weilten, schnitt dieses Bekenntnis kurz ab:

»Sie werden voraussichtlich neutral bleiben.«

Jetzt drückte sich Grete dicht an den Mann:

»Du Präses! Weißt du eigentlich, daß ich auf dich fliege? Ich fliege viel mehr auf dich als auf den Schleißner! Wie kann man Schleißner heißen? Der hat wohl viel Geld für das ›L‹ in seinem Namen zahlen müssen? Was? Das war großartig fein von dir, daß du heut gekommen bist, Präses!«

Der Präsident lächelte herablassend und fuhr bedächtig mit seiner großen behaarten Hand Gretes lange Beine hin. Sie seufzte an seiner Brust:

»Du sollst mein Gebieter sein und darfst mir kein Geld geben.«

Da aber kannte sie den Präsidenten schlecht.

Er erhob sich zu seiner vollen Höhe und erklärte, er sei ein Gast wie jeder andere und verzichte darauf, eine Ausnahme zu machen. Gern wolle er sich jetzt mit ihr aufs Zimmer begeben.

Geschenke aber nehme er nicht an. Wie käme sie dazu und wie käme er dazu. Ordnung müsse sein!

Das Paar verschwand.

Zu gleicher Zeit erhielt Edith von Ludmilla die Botschaft, daß sie nicht mehr in die Gamsgasse zurückkehren werde.

X

Hier müssen diese kurzen und flüchtigen Aufzeichnungen notgedrungen enden, denn die Geschichte des altehrwürdigen Hauses in der Gamsgasse endet hier. Eine unbeträchtliche Chronik »letzter Tage« umschließen unsere Blätter, wenn man, ohne jede geschichtliche Schwärmerei, nüchternen Sinnes annimmt, daß dieses berühmte Haus nach der Schlacht auf dem Weißen Berge etwa gegründet worden ist. Die glanzvolle Vermutung, daß schon dreihundert Jahre früher Kaiser Karl der Vierte von Luxemburg sein Schöpfer gewesen sei, gehört wohl nur in das Reich der Sage. Aber dies ist ja das Wesen des Ruhmes; auch die Taten und Leistungen unbekannter Männer schreibt er dem strahlenden Namen zu. Warum soll Karl, der große Städtebauer, dem wir die Neustadt, die Universität und alte Brücke verdanken, nicht auch den Grundstein zum Großen Salon der Gamsgasse gelegt haben?

Gewaltige Epochen jedenfalls und ein riesiges Lebensalter waren ihm beschieden zwischen dem dreißigjährigen und dem Weltkrieg. Diese großartige Lebensdauer hätte ein romantischeres Ende verdient, als in der Person eines dekadenten, halbschwachsinnigen »Letzten« auszulöschen. Aber gehen die mächtigen Reiche der Welt dann effektvoller unter? Sie glauben zu bestehen, sie führen Krieg, und eh sie noch wissen wie, sind sie aufgelöst und als Beute verteilt.

In dem paradoxen Augenblick, wo Herr Maxl im Großen Salon auf der Bahre lag, hatte sich das Schicksal des Etablissements erfüllt, mochte es sich auch bis zum Umsturz noch hinschleppen. Die Erben taugten nichts. Das beweist zur Genüge der Umstand, daß Fräulein Edith, die frömmste und umsichtigste aller Wirtschafterinnen, schon in den ersten Tagen des neuen Regimes ihre Kündigung einbrachte. Diese Kündigung und die Sittenstrenge der neuen Staatsmänner gaben der Unternehmung den Rest.

Das Haus steht noch. Aber der Lederhandel der Umgebung hat es erobert und selbst der eigenartige, einst unüberwindliche Duft des Vorraums soll, sicherem Vernehmen nach, vom Juchtengeruch völlig vertilgt worden sein.

Im übrigen ist jeder Tod ein höherer Wahrspruch, und nichts stirbt, dessen Zeit nicht gekommen ist. Wenn man heute, nächtlicherweile, durch die von Lichtreklamen durchgellten Straßen geht, liest man an jeder Ecke die Aufschriften von Lokalen, welche der Freude nicht, aber dem Tanze geweiht sind. Das Saxophon des Negers quäkt. Durch die grellen Portale gehn wirkliche Damen aus und ein, und ihre herrlichen und freien Beine locken deutlicher als es einst selbst in der Gamsgasse die Regel war.

Vergrämt, durch eine ungebuchte und schier unendliche Neben-Buhlschaft ums Brot gebracht, zieht müde die Straßendirne über den verlassenen Strich. Wer weiß, ob es überhaupt noch öffentliche Häuser gibt? So kann vielleicht unserer Schilderung, wenn kein anderer, doch ein historischer Wert zugesprochen werden.

Nach den unwichtigen Schicksalen höchst unwichtiger Personen wird sich niemand erkundigen. Sie hatten ja auf diesem Bilde nur die Rolle der Staffage inne. Auch würde die Erkundigung den Gefragten in Verlegenheit setzen. Natürlich wird er sofort herausplatzen:

»Wissen Sie, daß Oskar ein ganz Prominenter geworden ist und das schönste Landhaus in einer amerikanischen Filmstadt besitzt?«

Diese Frage aber geht verloren, da doch jeder Zuluneger Oskar von der Leinwand her kennt.

Hingegen sieht man Ludmilla mehrmals in der Woche an allen wichtigen Abenden in den Theatern der Stadt.

Sie ist nicht eigentlich dicker geworden, nur im Kampfe mit dem Doppelkinn scheint das Doppelkinn Sieger bleiben zu wollen. Man kann sie noch immer hübsch nennen. Ihre schlanken, klassischen Beine feiern, von der Mode begünstigt, auf der Straße alltäglich Triumphe.

Ihre alten Bekannten haben längst das Wagnis aufgegeben, sie zu grüßen. Sie dankt nur jenen Herren, die sie erkennt, und gerade ihre alten Bekannten erkennt sie nicht. Sie blickt ihnen mit angestrengten Kinderaugen in die Gesichter, an die sie sich – sie mögen noch so wissend lächeln oder schmeicheln – beim besten Willen nicht erinnern kann.

Auch Oskar, der sich auf einer europäischen Triumphreise befindet, erging es jüngst nicht anders. Die angestrengten Kinderaugen erkannten ihn nicht, und nichts anderes bekam er in diesen Augen zu lesen, als die gelangweilte Verwunderung einer Weltdame über zudringliche Blicke. Er aber blieb eine ganze Weile verstört und sprach nichts, was wieder einmal beweist, daß der Mann eitler ist als das Weib.

Wer wollte Ludmilla ihr schlechtes Gedächtnis vorwerfen? Mit Blut hat der Krieg noch ganz andere Erinnerungen weggeschwemmt. Auch ist sie längst schon die Frau eines einflußreichen Abgeordneten der Republik. Der Zufall wollte es, daß er in den enthusiastischen Tagen des Umsturzes ein Glied jener parlamentarischen Kommission war, die unter dem Vorsitz einer bekannten Frauenrechtlerin die »kasernierte Prostitution« zu Fall brachte und mithin auch das Schicksal des Großen Salons entschied. Frau Ludmillas Gatte gilt als Idealist, er war bisher in keinen der zahlreichen Korruptions-Skandale verwickelt, und ist, wie man hört, eine große politische Hoffnung. Nun, ihr und dem Staate wäre es aufrichtig zu wünschen, daß er bei Bildung des nächsten Kabinetts Minister würde.

Die wahre Geschichte
vom wiederhergestellten Kreuz

I

Die Geschichte habe ich von ihm selbst gehört. Er war ein kleiner stämmiger Rotkopf mit einem grobporigen Gesicht und den schweren Händen eines Bauern. Seine Augen, die ins Grünliche spielten, hielt er zumeist niedergeschlagen, manchmal aber ließ er sie in einem unbeherrschten Feuer auffunkeln, wodurch der vierzigjährige, vom Leben umhergestoßene Mann einen knabenhaften und trotzigen Ausdruck gewann. Daß er ein katholischer Geistlicher war, sah man ihm nicht an. Er trug weder Kollar noch schwarzen Rock, sondern einen grauen Touristenanzug mit Kniehosen und Wadenstrümpfen. Als ich ihn das erstemal in Paris sah, war dieser Anzug schon recht abgewetzt. Zwei Jahre später in Amerika war er durchaus nicht eleganter geworden. Wir waren einander in Paris flüchtig begegnet. Obwohl mich seine Gestalt und sein Wesen sogleich mit ausgesprochener Sympathie erfüllten, kam es doch zwischen uns zu keiner Annäherung. Man hatte mich nämlich vor Kaplan Ottokar Felix gewarnt...

Das Mißtrauen ist eine der giftigsten Schattenpflanzen des politischen Exils. Jeder Emigrant mißtraut dem andern, und könnte er's, er würde sich selbst verdächtigen, denn seine Seele ist verstört, weil sie nirgendwo hingehört. Wer ist dieser österreichische Kaplan? fragten die Leute. Warum hat er sein Land verlassen? Niemand weiß etwas von ihm. Er ist nicht im Kampf gegen die Nazis gestanden, weder mit Tat noch Wort. Der österreichische Klerus hat nach dem Anschluß Frieden mit ihnen gemacht. Kann dieser famose Priester in Wadenstrümpfen nicht ein Emissär der Partei sein, dessen Aufgabe es ist, uns zu bespitzeln? Wie ist er über die Grenze gekommen? Jüngst hat man ihn übrigens in der Rue de Lille gesehen. In der Rue de Lille befindet sich die Deutsche Botschaft.

Ich hielt all dies Gerede für baren Unsinn, dennoch aber ging ich ihm aus dem Wege. Als er aber plötzlich vor mir stand in meinem Zimmer in Hunter's Hotel zu Saint Louis, empfand ich eine unerwartete Freude. Das war jüngst im Spätherbst des Jahres 1941. Ich hatte am Abend vorher einen Vortrag gehalten, in dem ich, über die Krise der modernen Menschheit sprechend, die tiefste Ursache unseres Elends im Verlust des Gottesglaubens zu zeigen versuchte. Kaplan Felix, der unter meinen Zuhörern gewesen, zollte meinen Ausführungen einiges Lob und meinte, ich sei auf dem richtigen Wege, werde aber auf diesem Wege noch tiefer eindringen in das Geheimnis der modernen Verzweiflung. Er sah blaß aus, müde, unterernährt. Als ich mich aber, mit dem Vorsatz, ihm zu helfen, nach seinem Ergehen erkundigte, wehrte er mit einer brüsken Handbewegung ab. Er habe alles, was er brauche. Schon während unserer zwei oder drei Begegnungen in Paris hatte er es abgelehnt, über sich selbst und seine Verhältnisse zu sprechen. Die Unterhaltung verließ also die allgemeinen Gegenstände nicht, als mir plötzlich jene Verdächtigungen einfielen, die damals in Frankreich unter den Refugiés gegen ihn laut geworden waren. Sie schienen mir jetzt angesichts dieses Mannes abstruser zu sein als je. Ich aber konnte mich nicht überwinden. Gegen meinen Willen und den Widerstand meines Gefühls fragte ich ihn nach den Erlebnissen, die ihn aus der Heimat vertrieben hatten.

Er sah mich voll an mit seinem treuen verwitterten Gesicht, dessen Sommersprossen und grobe Poren beinahe an Blatternarben erinnerten. Das rote Haar wuchs ihm borstig über einer niedrigen, aber schön zerfurchten Stirn. Die wimperlosen Augen lagen tief in den Höhlen, was ihr Aufleuchten beunruhigend machte.

»Ich bin Ihnen dankbar«, sagte der Kaplan, »daß Sie mich gerade danach fragen, was schon so weit zurückliegt, und nicht etwa nach den Konzentrationslagern in Frankreich, denen ich entkommen bin, nach meiner Flucht mitten durch die deutschen Linien, nach den Schleichwegen in den Pyrenäen, nach all diesen Abenteuern, die schließlich jeder von uns bestanden hat...«

»Warum sind Sie mir dankbar?«

Er schwieg eine Weile, ehe er antwortete, ohne zu antworten.

»Ja, ja, das kommt daher, daß ich den ganzen Tag an Aladar Fürst denken mußte. Ihr Vortrag ist nicht unschuldig daran...«

Und als er meine verwunderte Miene sah, lächelte er nachsichtig:

»Das war ein feiner Mann, ein guter Mann, der Doktor Aladar Fürst. Und er ist als erster in diesem großen Krieg vor dem Feinde gefallen, vor dem Weltfeinde. Und niemand weiß von diesem ersten Gefallenen, der für seinen Heldentod keine Medaille empfangen wird. Und dabei hat er mehr getan, als nur im Kriege fallen...«

»Von welchem Kriege reden Sie? Im Jahre 1938, als Österreich verschluckt wurde, gab es gar keinen Krieg.«

»Oh, Sie werden gleich sehen«, nickte der Kaplan, »daß der große Krieg damals begonnen hat... Seit gestern hab ich nämlich den Wunsch, Ihnen diese verschollene Geschichte anzuvertrauen, das heißt, sie in Ihre Hände zu legen. Verstehen Sie mich?«

»Was für eine Geschichte?« fragte ich.

Der Kaplan schützte seine empfindlichen Augen mit der Hand, denn grelle Nachmittagssonne stieß durchs Fenster, das auf den großen Park von Saint Louis hinaussah.

»Es ist die Geschichte von einem Juden, der Gottes Namen nicht mißbrauchen wollte«, sagte Felix ziemlich leise und fügte nach einigen Sekunden hinzu:

»Es ist die wahre Geschichte vom geschändeten und wiederhergestellten Kreuz...«

II

Pater Ottokar Felix hatte die Pfarre in dem Marktflecken Parndorf inne, der im nördlichen Burgenlande zwischen einem waldigen Hügelzug und dem weitgestreckten Schilfsee von Neusiedl liegt. Das Bugenland, das seinen Namen von den zahlreichen mittelalterlichen Burgen herleitet, die im Südwesten seine Höhen krönen, ist die jüngste, ärmlichste und in mancher Beziehung merkwürdigste Provinz von Österreich. Vor dem Ersten Weltkriege hatte es zu Ungarn gehört, das es durch den Zwang der Friedensverträge an seinen österreichischen Nachbarn abtreten mußte. Es ist ein typisches Grenzland, wo Ungarn, die Slowakei, Jugoslawien und Österreich einander begegnen. Demgemäß wird es auch von einem bunten Völkergemisch bewohnt, von ungarischen Gutsbesitzern, österreichischen Bauern, slowakischen Erntearbeitern, jüdischen Handelsleuten, kroatischen Handwerkern, Zigeunern und schließlich von dem undefinierbaren Stamm der Kumanen, die durch die türkischen Invasionen des siebzehnten Jahrhunderts nach Westen gespült wurden.

Parndorf selbst ist mit seinem ringförmigen Marktplatz, dem Gänsetümpel und den niedrigen, von Storchnestern besiedelten Strohdächern eines der trostlosen Kirchdörfer dieser Gegend, deren beinah schon asiatische Schwermut in scharfem Gegensatz steht zur Größe und Lieblichkeit der österreichischen Landschaft. All diesen Ortschaften würde niemand die Nähe Wiens und der edlen Alpenwelt anmerken. Durch sie scheint haarscharf die Grenze zwischen Ost und West zu schneiden. Die einzige Bedeutung Parndorfs besteht darin, daß es an der Hauptstrecke Wien–Budapest liegt und daß die strahlenden Waggons der großen Expreßzüge, die Orient und Okzident miteinander verbinden, an seinem winzigen Bahnhofsgebäude vorübersausen, welche weltweite Auszeichnung den Hauptorten der Provinz nicht zuteil geworden ist.

Warum Ottokar Felix aus der Wiener Arbeiter-Vorstadt Jedlersee, wo er Kaplan an der Hauptkirche war, in das gottverlassene Parndorf versetzt wurde, ist mir nicht bekannt. Da die Versetzung aber im Jahre 1934 erfolgte, nach den traurigen Schlachten zwischen den Wiener Arbeitern und den Regierungstruppen – wer erinnert sich nicht an diese historische Station auf dem Wege zum Absturz –, so nehme ich vermutlich nicht ohne guten Grund an, daß sich der Kaplan durch Parteinahme für die

Sozialisten in den Augen seiner Obern kompromittiert haben mochte und nun eine Art strafweise Verbannung zu erleiden hatte. Er machte darüber keine Andeutung, und ich empfand eine Scheu, ihn auszufragen.

In Parndorf lebte eine kleine Gemeinde von Juden. Es waren etwa zehn Familien mit dreißig bis vierzig Köpfen insgesamt. In allen Bezirken und Ortschaften des schmalen aber langgedehnten Burgenlandes lebten solche Gemeinden, in Eisenstadt und Mattersdorf, den großen Städten, in Kittsee und Petronell, dem sogenannten Dreiländereck, wo Ungarn, die Tschechoslowakei und Österreich zusammenstoßen, und in Rechnitz, weit unten im Süden, an der Grenze des südslawischen Königreiches. All diese Gemeinden setzten sich zumeist aus einigen alten Familien zusammen, die durchs ganze Land hin miteinander verwandt oder verschwägert waren. Man stieß überall auf dieselben Namen: Kopf, Zopf, Roth, Wolf, Fürst. Neben der Millionärs-Familie Wolf in Eisenstadt waren die Fürsts die Angesehensten, freilich in einem ganz anderen Sinne als jene. Großes Vermögen hatten sie nicht erworben, jedoch schon seit dem siebzehnten Jahrhundert eine Reihe von Rabbinern und Gelehrten hervorgebracht, die in der absonderlichen Geistesgeschichte des Ghettos eine bedeutende Rolle spielten. Auf zwei Dinge waren die burgenländischen Juden stolz: auf ihre gelehrten Männer und auf ihre Bodenständigkeit. Im Gegensatz zu andern jüdischen Stämmen nämlich hatten sie den Fluch der Wanderschaft und Heimatlosigkeit längst vergessen. Sie waren weder aus Rußland und Polen, noch aus Mähren und Ungarn immigriert, sie rühmten sich, von jeher im Lande gesessen zu haben, und nur ein Teil von ihnen war während der Reformationszeit mit den verfolgten Protestanten aus der benachbarten Steiermark ins freiere Grenzgebiet gezogen.

Die namhafte Familie Fürst stammte aus demselben Parndorf, wohin das ungnädige Schicksal den Kaplan Ottokar Felix verschlagen hatte. Dort lebten auch Doktor Aladar Fürst, ein Mann von einigen Dreißig, jung verheiratet, Vater dreier Kinder, von denen das jüngste, ein Knäblein, an dem schwarzen

Freitag, da Österreichs Freiheit gemordet wurde, genau drei Wochen alt war. Aladar Fürst muß ein Schwärmer und Abseitsgänger gewesen sein, denn als Doktor der Philosophie und Rechte, als Absolvent des berühmtem hebräischen Seminars zu Breslau, als Weltmann, der in verschiedenen Hauptstädten Europas gelebt hatte, wußte er nichts Besseres zu tun, als zu den Strohdächern seines Heimatdorfes zurückzukehren, sich dort in seiner erlesenen Bibliothek zu vergraben und ansonsten das Amt eines ländlichen Rabbiners für Parndorf und einige Nachbargemeinden zu versehen. In einem uralten winzigen Bethaus hielt er Gottesdienst und erteilte in verschiedenen Schulen der Umgebung Religionsunterricht für die israelitischen Kinder.

Es war in diesem kleinen Orte selbstverständlich, daß der Kaplan und der junge Rabbi einander beinahe täglich begegneten. Und nicht minder selbstverständlich war's bei der delikaten Amts-Ähnlichkeit und Amts-Verschiedenheit dieser beiden Männer, daß sie es bis vor kurzer Zeit beim höflichen Gruße hatten bewenden lassen. Jüngst erst, bei Gelegenheit eines Hochzeitsfestes, zu dem auch Doktor Aladar Fürst zugezogen war, ergab sich zum erstenmal ein längeres Gespräch zwischen ihnen. Daraufhin machte Fürst im Pfarrhause einen Besuch, der sofort erwidert wurde. Der Rabbi lud den Geistlichen zu einer Mahlzeit ein. Es entwickelte sich ein regelmäßiger, wenn auch gemessener und förmlicher Verkehr. Zwischen Felix und Fürst stand vermutlich nicht nur die Verschiedenheit des Glaubens als hemmende Macht, sondern die jahrhunderttiefe Fremdheit und ein uralt gegenseitiges Mißtrauen, das sich auch unter höheren Seelen nur schwer überbrücken läßt. Dennoch faßte, wie er mir gestand, der christliche Priester eine rasche Zuneigung zu dem jüdischen Rabbi. Mehr als die Belesenheit und der Geist des Intellektuellen, den er als Mann der Praxis weniger schätzte, erfüllte ihn ein anderer Umstand mit hohem Erstaunen. Sooft er bisher mit einem Sohne Jakobs zu tun hatte, mußte er in dessen Augen eine dunkle Abwehr, ja ein mühsam verhehltes Grauen bemerken, das dem geweihten Priester der einst so feindseligen Kirche galt und jedem Gespräch eine enge Grenze setzte. Fürst unterschied sich von dieser Art sehr auffällig. Er war in allen Fächern der katholischen Theologie unheimlich gut beschlagen und schien ein großes Vergnügen zu empfinden, wenn er sein Licht leuchten ließ; er zitierte Paulus, Thomas, Bonaventura, Newman kenntnisreicher, als ein geplagter Dorfkaplan dazu imstande gewesen wäre. Der Geistliche glaubte zu erkennen, daß Aladar Fürst weit über dieses vielleicht noch eitle Wissen hinaus in sich die ebenso alte wie durch unendliches Leid begreifliche Christus-Scheu seiner Väter überwunden hatte, ohne freilich sich von seinem eigenen Glauben auch nur einen Schritt zu entfernen. Felix erzählte mir, daß eine gewisse Bemerkung des Rabbiners auf ihn einen bewegenden Eindruck gemacht habe. Sie fiel während eines Gespräches über die Judenmission, welch heikles Thema nicht er, sondern Fürst erschreckend freimütig aufs Tapet brachte.

»Ich weiß nicht, Hochwürden«, so lautete jene Bemerkung des Rabbi, »warum die Kirche solchen Wert darauf legt, die Juden zu taufen. Kann es ihr genügen, unter hundert streberischen oder schwächlichen Renegaten vielleicht zwei oder drei echte Gläubige zu gewinnen? Und dann, was würde geschehen, wenn sich alle Juden der Welt taufen ließen? Israel würde verschwinden. Damit verschwände aber auch der einzige reale fleischliche Zeuge der göttlichen Offenbarung aus der Welt. Die heiligen Schriften nicht nur des Alten, sondern auch des Neuen Testaments würden damit zu einer leeren und kraftlosen Sage herabsinken wie irgendein Mythos der alten Ägypter und Griechen. Sieht die Kirche diese tödliche Gefahr nicht ein? Und gar in diesem Augenblick der totalen Auflösung? ... Wir gehören zusammen, Hochwürden, aber wir sind keine Einheit. Im Römerbrief steht geschrieben, wie Sie wohl besser wissen als ich: ›Die Gemeinde des Christus fußt auf Israel‹. Ich bin überzeugt davon, daß, solange die Kirche besteht, Israel bestehen wird, doch auch, daß die Kirche fallen muß, wenn Israel fällt...«

»Und woher kommen Ihnen diese Gedanken«, fragte der Kaplan.

»Aus unserem Leid bis auf den heutigen Tag«, versetzte der Rabbi, »denn glauben Sie vielleicht, daß Gott uns so viele Jahrhunderte hätte zwecklos erdulden und überstehen lassen?«

III

An jenem schwarzen Freitag Österreichs, dem elften Tage des März, da das Unfaßbare geschah, saß der Kaplan Ottokar Felix in seiner Stube. Es war sieben Uhr abends. Er hatte vor einer Stunde im Radio die Abschiedsworte des Kanzlers Schuschnigg vernommen, eine dumpfe Stimme, »wir müssen der Gewalt weichen« und dann »Gott schütze Österreich« und dann ein großes Verstummen und dann eine Musik von Haydn, feierlich und herzzerreißend. Felix saß noch immer vor dem Radio, das er abgestellt hatte, und rührte sich nicht. Ohne zu einer Klarheit zu kommen, überlegten seine lahmen eingerosteten Gedanken, wie er sich würde zu verhalten haben in dieser Katastrophe, die so plötzlich über das arme Land hereingebrochen war.

Da ging die Tür auf und Doktor Aladar Fürst stand in der Pfarrersstube. Er hatte die Anmeldung durch die Wirtschafterin gar nicht abgewartet. Fürst trug einen langen feierlichen Schlußrock. Es war ja der Sabbat schon angebrochen. Sein schmales Gesicht mit den dunkeln langwimperigen Augen und dem dünnen schwarzen Backenbärtchen war um einige Schatten blasser als sonst.

»Verzeihen Sie mir, Hochwürden«, hob er ziemlich atemlos an, »daß ich so ohne alle Umstände bei Ihnen eindringe... Wir hatten die Feier schon begonnen und so habe ich erst jetzt...«

»Ich denke wohl, daß die Ereignisse den Sabbat brechen«, bemerkte der Geistliche, als wollte er ihm zu Hilfe kommen, und schob den Lehnstuhl für den unerwarteten Gast heran, der aber niederzusitzen ablehnte.

»Ich brauche Ihren Rat, Hochwürden... Denn wissen Sie, ich selbst habe das nicht erwartet, ich war so sehr vertrauensvoll, und jetzt... Haben Sie gehört, daß der junge Schoch in der Gegend sich aufhält, seit einer Woche bereits, alles war längst abgekartet. Schoch ist Sturmführer der hiesigen SA. Er hat die ganze Bande zusammengetrommelt, die Bauernburschen, die Hilfsarbeiter der Kapselfabrik, die Arbeitslosen, sie sitzen alle besoffen im Wirtshaus und drohen, sie werden alle Juden in heutiger Nacht noch umbringen...«

»Ich will sofort zum alten Schoch gehen«, sagte der Kaplan, »der Lausbub hat noch immer Angst vor dem Vater...«

Das war nicht wahr, und Felix wußte selbst sehr genau, daß nicht der Sohn vor dem Vater, sondern der Vater vor dem Sohn heute zitternde Angst hatte. Er hatte nur so gesprochen, weil ihm nichts eingefallen war, um Fürst zu beruhigen.

Der alte Schoch war der reichste Weinbauer des Bezirkes und ein guter Katholik. Mit seinem Jüngsten, dem Peterl, hatte er ausgesprochenes Pech gehabt. Bisher wenigstens. Die Biographie Peter Schochs hat ihre Reize. Nachdem der auffallend hübsche Bursche mit siebzehn Jahren einer Magd des väterlichen Hauses ein Kind gemacht hatte – was nach ländlichen Begriffen noch lange keine Sünde ist –, hatte er das Mädel mitsamt dem Kinde tätlich bedroht, den Koffer der Verängstigten aufgebrochen und ihre ganzen Ersparnisse geraubt. Der alte Schoch, an seinen Jüngsten durch bedenkliche Affenliebe gebunden, geriet diesmal im Gegensatz zu früheren Streichen in die heftigste Wut, vor allem deshalb, weil die gemeine Geschichte unter die Leute geraten war. Er verprügelte mit Hilfe seiner älteren Söhne den Peter erst einmal gründlich und schickte ihn dann auf die Forstschule in die Stadt Leoben. (Neben den Weingärten besaßen die Schochs auch Waldungen.) Da aber der wohlgewachsene Tunichtgut ganze sechs Jahre lang in der untersten Volksschulklasse sitzengeblieben war und noch immer kaum Lesen und Schreiben gelernt hatte, rasselte er in Leoben schon bei der Aufnahmeprüfung durch, die dort jeder bessere Holzknecht leicht bestand. Peter berichtete seine Niederlage keineswegs nach Hause, sondern blieb in der lebhaften Stadt, wo es ihm weit besser gefiel als daheim in dem traurigen Parndorf, und verjuxte eine Menge Geld, das er zu vorgeblichen Studienzwecken seinem Alten zu entlocken verstand.

Peter Schochs ganz erstaunliche Laufbahn hätte in ruhiger Zeit zweifellos schlimm geendet. In unsern so denkwürdigen Tagen aber kam ihm die vom Dritten Reiche in allen Nachbarländern wohlbezahlte »Bewegung« rettend zu Hilfe. Die Bewegung pflegte sich mit weitblickender Weisheit solcher Taugenichtse zu versichern. Sie wußte aus alter Erfahrung, daß die Abneigung gegen Alphabet und regelmäßige Beschäftigung die Eignung für rücksichtsloses Gewalttätertum zur fast ausnahmslosen Folge habe. Für jenen ersten Stoß aber, der den Widerstand des österreichischen Volkes brechen sollte, brauchte man nichts dringlicher als eine Garde entschlossener Gewalttäter. Nicht unwesentlich für das Wohlwollen, das gewisse Parteihäuptlinge für Peter hegten, war sein goldblondes Haar, sein schlanker Wuchs, sein kleines stumpfes Gesicht. Er wirkte im Gegensatz zu den Kahlköpfen, Schmerbäuchen und Hinkebeinen der Führer wie eine strahlende Illustration zu den Lehren der Rassentheorie und ihrer Verklärung des nordischen Modellmenschen. Man erwies ihm täglich photographische Ehren, und sein Bild zierte in vielen Exemplaren die Kartotheken der deutschen Rassenämter. So geschah es also, daß der Sohn des reichen Weinbauern von Parndorf ein ›Illegaler‹ wurde. Er bezog von der Münchner Parteikasse eine Unterstützung von solcher Höhe, daß er unter seinesgleichen die Rolle eines imposanten Krösus spielte. Ein paar tollköpfige Missetaten für die Partei machten seinen Namen berühmt, und als er schließlich als Saboteur und Bombenwerfer für einige Monate ins Gefängnis wandern mußte, da war er endlich in die Reihe jener Märtyrer emporgerückt, die nach der Begegnung von Berchtesgaden und dem Zusammenbruch der österreichischen Regierung aus »Schmach und Not erlöst wurden«. Dies ist in aller Kürze die Geschichte des jungen Peter Schoch, dessen bloßer Name schon dem Doktor Aladar Fürst bleiches Entsetzen einflößte, und nicht nur ihm.

Jetzt hatte sich der Rabbi endlich doch niedergesetzt. Der Kaplan reichte ihm ein Gläschen Schnaps:

»Man muß nicht gleich an das Allerärgste denken«, meinte er.

»Wieso muß man nicht«, fragte Fürst, den Kopf mit einem Ruck hebend, »vielleicht müßte man... Hören Sie, Hochwürden«, fuhr er nach einer Weile gepreßt fort, »in einer Stunde geht ein Zug an die ungarische Grenze... Sollten wir nicht, ich meine die ganze Familie... Freilich meine arme Frau ist erst vor drei Tagen aus dem Wochenbett aufgestanden... was soll ich tun, Hochwürden, raten Sie mir... Ich brauche einen Rat...«

Und jetzt tat Pater Ottokar etwas, was er sich nie verziehn hat. Anstatt die Achseln zu zucken, anstatt zu sagen, ich weiß nicht, was das richtige ist, gab er einen Rat, einen bestimmten Rat, einen schlechten Rat. – Doch wer kann in solcher Lage ahnen, ob er gut oder schlecht rät?

»Wollen Sie wirklich alles so schnell im Stich lassen, lieber Doktor Fürst?« sagte also der Kaplan, der verhängnisvollerweise seine eigene Lage mit der des andern verglich, »wir kennen noch nicht einmal die neue Regierung, wer weiß, vielleicht kommt in Österreich alles anders, als man denkt... Warten Sie doch die nächsten Tage ab!«

Aladar Fürst atmete bei diesen Worten erleichtert auf:

»Ich danke Ihnen für diesen Rat... Sie haben gewiß recht, die Österreicher sind keine Deutschen, und ich bin ein guter Patriot... Es würde mir schrecklich schwerfallen, unser Haus zu verlassen... Meine Familie lebt seit Menschengedenken hier, unsre Grabsteine auf dem Friedhof reichen bis ins Mittelalter zurück, und ich bin eigens aus der Welt nach Parndorf zurückgekommen... Vielleicht...«

Der Kaplan begleitete ihn in die sternhelle Nacht hinaus.

»Ich werde mich morgen nach Ihnen umschauen«, sagte er zum Abschied.

Aladar Fürst aber meinte zuletzt, als er Felix bekümmert die Hand drückte:

»Ich fürchte nur eins, Herr Pfarrer... Ich fürchte, daß unsereins schon zu sehr verweichlicht ist und die alte Kraft und Haltung unsrer Väter in der Verfolgung verloren hat... Gute Nacht...«

IV

Um neun Uhr am nächsten Morgen – Kaplan Ottokar Felix überlegte grade, wie weit er sich am Sonntag in seiner Predigt nach dem Evangelium im Kampf gegen die Sieger vorwagen dürfe – wurde er durch Geschrei und wachsenden Lärm aufgestört, der dumpf durch das geschlossene Fenster drang. Er stürzte sofort aus dem Hause, wie er war, ohne Hut und Überrock. Der Ringplatz war von einer Menge angefüllt, so zahlreich, wie sie sich nicht einmal zu Wochenmärkten und Kirchweihfesten zusammenzufinden pflegte. Aus den Ortschaften der öden Parndorfer Heide, ja aus den entfernten Uferdörfern des großen Schilfsees war sie in Erwartung interessanter Ereignisse herangeströmt, Bauern, Bauernknechte und Mägde, Arbeiter aus den Kapsel- und Zuckerfabriken der Gegend und ein Haufen von Arbeitslosen zumal, die keine staatliche Unterstützung mehr empfingen und sich als das unruhigste Element im Volke zu jedem Krawall zu drängen pflegten. Den Kern dieser Menge bildete eine Abteilung von Braunhemden in Reih und Glied, die bereits alle die Binde mit dem Hakenkreuz überm linken Arm trugen. Die Reihe stand mit der Front dem ansehnlichsten Gebäude zugewandt, das Parndorf überhaupt besaß. Es ist wahrscheinlich ungebührlich, daß gerade die Familie Fürst dieses stattlichen Gebäudes Eigentümerin war, einer der wenigen im Orte, das zwei Stockwerke und überdies noch eine Mansarde hatte. Kann man aber Aladar Fürst dafür verantwortlich machen, daß sein Großvater in der glücklichen Zeit vor fünfzig Jahren so unvorsichtig oder so überheblich gewesen, in einer Welt von armseligen Strohhütten dieses großstädtische Haus zu errichten? Im Erdgeschoß, zu beiden Seiten der Toreinfahrt, befanden sich zwei große Kaufläden, das »bürgerliche Backhaus« von David Kopf und die »Gemischt- und Kolonialwarenhandlung« von Samuel Roths Sohn. Die Inhaber dieser Geschäfte, ihre Ehefrauen, Söhne, Töchter, Verwandten, Hilfskräfte standen in einer dichten Gruppe vor dem Haustor und in ihrer Mitte der junge Rabbi Aladar, der einzige, der den Kopf ziemlich hoch trug und im Gegensatz zum gestrigen Abend keinen gebrochenen Eindruck machte. Dem beschatteten Häuflein gegenüber hatte Peter Schoch Posto gefaßt, der Kommandant dieser militärischen Aktion. Er trug mit sichtbarem Herzensvergnügen ein automatisches Gewehr im Arm, dessen Lauf auf Aladar Fürst deutete. Neben ihm stand ein kleiner dürftiger Mann mit einem verzwickten Hexengesicht, das aussah, als könne man es nach Bedarf auseinanderziehen wie eine Ziehharmonika. Auf der Nase saß dem Mann eine Stahlbrille und auf dem Schädel eine rote Dienstkappe, denn es war der Bahnhofsvorstand von Parndorf, Herr Ignaz Inbichler in Person. Als Kaplan Felix hinzutrat, vollendete Peter Schoch gerade eine markige Ansprache, deren zugleich tiefgekränkten und hohnpeitschenden Tonfall er den Radioreden der großen Parteigötter recht trefflich abgelauscht hatte:

»Deutsche Männer und Frauen! Es ist untragbar für deutsche Volksgenossen, unser tägliches Brot aus den Händen einer jüdischen Backstube zu empfangen. Das würde den internationalen Juden so passen, unsere unschuldigen Kinder mit seinen Mazzes weiter zu vergiften. Diese Zeiten sind vorüber, weil das ein historischer Moment ist. Im Namen der deutschen Volksgemeinschaft erkläre ich das Backhaus Kopf für arisiert. An seine Stelle tritt der deutsche Volksgenosse Ladislaus Tschitschevitzky in Kraft... Sieg Heil!«

Peter Schoch sprach in einer angestrengten Schriftsprache, durch deren Laute überall der nackte ordinäre Dialekt hindurchlugte. Die Braunhemden brüllten ihm das Sieg-Heil im Takt nach. Die Menge aber blieb seltsam still, voll unbeteiligter Neugier, wie es schien. Jetzt aber nahm der Mann mit der roten Kappe das Wort. In diesem Grenznest waren nicht anders wie in Berlin die beiden Grundcharaktere der nationalsozialistischen Partei am Werke. Schoch repräsentierte den unbedingten Heroismus, Inbichler hingegen die augenzwinkernde Diplomatie, die dem Opfer treuherzig auf die Schulter klopft, dieweil ihm der Heroismus den Bauch aufschlitzt. Also sprach Inbichler, der Bahnhofsvorstand, zu dem Häuflein vor dem Haustor:

»Meine Herrschaften! Es geht alles in Ordnung. Es gibt keine wilde Aktion. Alles verläuft befehlsgemäß. Deutschtum heißt Organisation. Keinem von Ihnen wird ein Haar gekrümmt werden. Sie haben nur einen Revers zu unterschreiben, daß Sie uns in voller Freiwilligkeit Ihren Krempel übergeben und den deutschen Grund und Boden sofort verlassen... Wenn nach fünf Uhr nachmittags ein Bewohner dieses Hauses hier noch angetroffen werden sollte, dann wird er sich die unangenehmen, aber schon sehr unangenehmen Folgen selbst zuzuschreiben haben! Auch ich werde ihm dann nicht mehr helfen können... Es gibt nur zwei Wege, die Judenfrage zu lösen. In seiner unendlichen Herzensgüte wählt unser Führer den zweiten Weg...«

Der Kaplan erkannte, daß er durch seine Einmischung hier nicht nur nichts erreichen, sondern sich selbst unnütz gefährden würde. Er rannte daher spornstreichs nach Hause und setzte sich erregt mit der Gendarmerie, mit der Bezirksbehörde und schließlich mit der Provinzialregierung in Eisenstadt in telephonische Verbindung. Überall erhielt er denselben ausweichenden Bescheid. Man könne beim besten Willen nichts gegen jene zweifelhaften Elemente unternehmen, die im Augenblick die Straßen beherrschen. Sie seien Mitglieder der Partei und die Partei erhalte ihre Befehle unmittelbar aus Berlin. Die Stimmen am Telephon vibrierten in peinlicher Verlegenheit. Gewiß waren die Leitungen alle bespitzelt, und die Beamten wagten kein offenes Wort. Kurz entschlossen lief Pater Felix zu einem bekannten Gutsbesitzer in der Nähe, in dessen Auto er eine halbe Stunde später nach Eisenstadt sauste. Dort in der Hauptstadt eilte er von Pontius zu Pilatus, um endlich beim apostolischen Administrator des Burgenlandes zu landen, dem Vorstand der Kirchenprovinz, einem Monsignore Soundso. Der bequeme Prälat empfing ihn mit salbungsvoll düsterem Argwohn. Da es der höchsten kirchlichen Stelle, Seiner Eminenz dem Kardinal-Erzbischof von Wien, gefalle, der neuen Obrigkeit, die ja der Lehre gemäß auch von Gott sein müsse, mit Vertrauen entgegenzukommen, so könne er selber den Herren Seelsorgern im Lande nur die gehorsame Nachahmung dieser Haltung anempfehlen. Er wisse genau, was in den Ortschaften dieses Landes heute im Gange sei, spreche aber den dringlichen Wunsch aus, jede Einmengung zu Gunsten der vertriebenen Juden zu unterlassen. Diese Vorkommnisse seien gewiß verurteilenswert, fallen aber nicht im mindesten in den Aufgabenkreis der Herren Pfarrer. Und die Hände faltend schloß der Prälat:

»Wir wollen für die Juden beten, sonst aber noch einmal und immer wieder uns die Wahrheit vor Augen halten, daß jede Obrigkeit von Gott ist...«

»Auch wenn der Herrgott den Satan zur Obrigkeit einsetzt, Monsignore?« fragte der Kaplan ein wenig aufrührerisch.

»Auch dann«, sagte Monsignore, zu jedem Kompromiß entschlossen.

Auf der Heimfahrt neigten die Gedanken des Kaplans immer mehr dazu, die Entscheidung des Kardinals und des Prälaten für weise zu halten. Es gab Wichtigeres zu schützen als ein paar ausgeraubte und verjagte Juden. Die Kirche selbst war in Gefahr. War's nicht am besten, sich in den nächsten Tagen im Pfarrhaus zu verkriechen, das Sonntagsamt ohne Predigt zu halten und jegliche Reibung zu vermeiden? Er hätte vermutlich dieser Anwandlung nachgegeben, wären ihm jene Worte Aladar Fürsts nicht immer wieder durch den Kopf gegangen: »Ich bin überzeugt davon, daß, solange die Kirche besteht, Israel bestehen wird, doch auch, daß die Kirche fallen muß, wenn Israel fällt...«

V

Als der Kaplan Felix auf dem Ringplatz von Parndorf eintraf, schlug die Kirchuhr gerade drei. Vor dem Hause Fürst standen die beiden Lastkraftwagen der Fuhrunternehmung Moritz Zopf. Aus der Bäckerei, dem Kaufladen und dem Haustor wurden Einrichtungsgegenstände, Betten, Schränke, Tische, Stühle geschleppt und auf einem der beiden Lastwagen verladen. Der Bahnhofsvorstand Inbichler untersuchte jedes einzelne Stück mit kurzsichtiger Eindringlichkeit und der gewissenhaften Inbrunst eines guten Zollbeamten, denn ohne seine Einwilligung wurde den Vertriebenen kein Aschenbecher und keine Zündholzschachtel freigegeben. Er ließ auch jeglichen Gegenstand, der ihm einigermaßen gefiel, sogleich für sich abseits stellen, wobei er die Besitznahme durch ein dumpf gemurmeltes Zauberwort verschleierte, das ungefähr klang wie: »Deutsches Nationalgut«. Die Braunhemden hatten ihre Karabiner in Pyramiden aufgebaut und rauchten und lungerten herum. Schoch und sein Stab saßen im Wirtshaus, wo Peter seit mehreren Stunden schon einer üppigen Festtafel präsidierte, zu der sich der Bürgermeister und andere Notabeln von Parndorf mit kriecherischer Eile gedrängt hatten. Es war windstill und ein merkwürdiger milchiger Dunst lagerte über der Ortschaft. Die Gruppe der Verjagten hatte sich beträchtlich vermehrt und zählte schon mehr als dreißig Seelen. Der Kaplan Felix wunderte sich darüber, daß all diese Menschen emsig und kopflos hin und her schossen, hunderterlei unsinnige Gänge machten und mehr durch eine insektenhafte Unruhe als durch vernünftige Planung gelenkt zu sein schienen. Die Kinder unter ihnen starrten keineswegs mit erschreckter, sondern mit gieriger Erregtheit auf das Getriebe. Alle jedoch sahen höchst übernächtigt aus und glichen welken Schatten, die von einem wühlenden Schicksalswind bewegt wurden, der für Christen nicht wahrnehmbar war, obwohl er in heftigen Stößen über den Platz wehte.

Felix betrat die Wohnung des Rabbi Aladar. Die kaum genesene Wöchnerin, eine zarte, helläugige Frau, die aus dem Rheinland stammte, wirtschaftete atemlos herum. Ihre weiße Stirn unterm gescheitelten braunen Haar war von übermäßiger Anstrengung tief gerunzelt. Sie stand inmitten eines Berges von Bett-, Tisch- und Leibwäsche, die sie in einem schon überfüllten Reisekorbe vergeblich noch unterzubringen suchte. Manchmal hob sie die Augen. Sie waren feucht glänzend von Schwäche und Verständnislosigkeit. Vom Nebenzimmer her hörte man friedliches Kindergeplapper und dann und wann das aufbegehrende Greinen eines Säuglings.

Der Kaplan fand Aladar Fürst vor seinen Bücherschränken, die alle vier Wände des großen Wohnraumes bis zur Decke füllten. Ein paar hundert Bände, die er unter den vielen Tausenden ausgesucht hatte, wuchsen zu seinen Füßen in schwanken Türmen. Er aber hielt ein Buch in der Hand und las, las tief versunken mit dem Schimmer eines Lächelns um seinen Mund. Er schien über der Seite, die er angeblättert hatte, die ganze Wirklichkeit vergessen zu haben. Der Anblick dieses hingebungsvoll lesenden Juden mitten im Zusammenbruche seiner Welt machte einen starken Eindruck auf den Kaplan, wie er mir ausdrücklich gestand.

»Ehrwürden Doktor Fürst«, sagte er nun, »ich habe Ihnen leider einen schlechten Rat gegeben... Daß dieser schlechte Rat mein Gewissen sehr quält, hilft Ihnen nicht und mir nicht... Glücklicherweise besitzen Sie aber einen ungarischen Paß... Vielleicht meint es der Herrgott mit Ihnen und den Ihrigen besser als mit uns... Es wäre nicht das erstemal, daß er das Volk, in dem er sich offenbart hat, in Sicherheit brachte, als er es zu strafen schien...«

Doktor Aladar Fürst sah den Priester mit einem langen verlorenen Blick an, der diesen so sehr bewegte und beunruhigte, daß er selbst mit Hand anlegte und die zur Mitnahme ausgewählten Lieblingsbücher hinabtragen half.

Eine Stunde später war man reisefertig. Inbichler hatte das beste Gut der Vertriebenen zurückbehalten, die wertvolleren Möbel, alles Silber, den ganzen Schmuck der Frauen, die Effekten und Geldbeträge, deren er habhaft geworden war, denn jeder der Ausgewiesenen, auch Fürst, wurde bis aufs Hemd ausgezogen und einer peinlichen Durchsuchung unterworfen. Der Rabbi nahm diese erniedrigende, durch höhnische Bemerkungen der Braunhemden verschärfte Prozedur mit der gleichmütigsten Geistesabwesenheit hin, so daß Felix sich beinahe über ihn ärgerte. Ich würde um mich schlagen, dachte er. Das einzige, was Inbichler ohne Kontrolle und mit einer wegwerfenden Handbewegung passieren ließ, waren die Bücher.

Da aber nach Inbichlers Worten »alles in Ordnung gehn«

mußte und »Deutschtum Organisation« war, stellte er über jeden der zurückgehaltenen Gegenstände eine genaue Bescheinigung aus, wodurch der nackte Raub gleichsam auf die Höhe des Gesetzes und einer staatspolitischen Maßnahme gehoben wurde, um so süßer dadurch für den Räuber.

Peter Schoch, der sich jetzt neben den Lenker des ersten Wagens gesetzt hatte, gab wütende Signale. Es war vier Uhr. In spätestens zwei Stunden brach die Nacht an.

Die Braunhemden stießen ihre Opfer mit Puffen und Tritten auf den ersten Kamion, wo sie zuerst durcheinander kollerten und dann auf dem Boden Platz nehmen mußten. Jetzt erst wurde es den kleineren Kindern unbehaglich und einige begannen zu zetern. Die dichte Menge der Zuschauer blieb totenstill, und ihren neugierigen Blicken war nicht zu entnehmen, ob sie diese Geschehnisse billigten oder verdammten. Schon machten Schochs Leute ihre Motorräder bereit. Da trat der Kaplan Ottokar Felix scharf auf Ignaz Inbichler zu:

»Chef«, sagte er und richtete sich mit einem Ruck auf, »ich weiß nicht, ob und in wessen amtlichem Befehl Sie handeln... Aber ich mache Sie darauf aufmerksam, sollten Sie auf eigenen Befehl handeln, daß man Sie zur Verantwortung ziehn wird, morgen, übermorgen, einmal, so oder so... Diese Leute da leben erwiesenermaßen seit Jahrhunderten hier, und das Volk hat niemals zu klagen gehabt über sie... In Wien und in den Großstädten mag das anders sein, hier aber ist es so... Sie haben ihnen jetzt einen gewaltigen Schreck eingejagt, Chef, das ist Strafe und Rache genug, mein' ich. Lassen Sie's dabei bleiben, und warten wir alle die gesetzliche Regelung der Judenfrage ab!«

Der Verzwickte mit dem Ziehharmonika-Gesicht sog wollüstig an seiner Zigarette und blies dem Geistlichen eine Rauchschwade ins Gesicht:

»Nur nicht drängeln, Euer Hochwürden«, säuselte er liebenswürdig, »es kommt ein jeder dran. Die Herren Pfaffen könnten ganz gut die nächsten sein. Den Einfall hab' ich schon gehabt... Wenn Sie aber die Saujuden so gern haben, können Sie ihnen gleich Gesellschaft leisten...«

»Das will ich auch«, sagte der Kaplan und sprang mit einem Satz auf das Lastauto, ohne zu wissen, wie dieser lebensgefährliche Entschluß über ihn gekommen war. Es war auch gar kein Entschluß. Es war eine Handlung, die nicht aus seinem eigenen Willen zu stammen schien. Die Juden starrten ihn ungläubig an. Frau Fürst saß als einzige auf einem Stuhl, den man für sie in den Wagen gehoben hatte. Sie hielt den Säugling im Arm, während der Vater gerade das zweite Kind, ein winziges Mädchen, zu beruhigen suchte. Da nahm der Kaplan den Ältesten des Rabbi, einen vierjährigen Jungen, auf den Schoß und begann mit ihm zu scherzen...

Der Motor sprang an. Der mächtige Wagen setzte sich mit einem Holperstoß in Bewegung, denn die Straße war voll von tiefen Löchern. Der zweite Wagen folgte. Die Motorräder der Braunhemden ratterten hinterdrein.

VI

Die Fahrt holperte die schlechte Bezirksstraße am großen Schilfsee entlang, der sich aber von hier aus nicht blicken läßt. Diese Straße führt zu einer gottverlassenen Übergangsstelle der ungarischen Grenze. Warum nicht die Hauptstrecke zu dem wichtigen Grenzort Hegyeshalom gewählt wurde, blieb ein tückisches Geheimnis Peter Schochs. In dem ersten der Lastautos, vollgepfropft mit durcheinandergeschüttelten Menschen, sprach niemand ein Wort. Wenn Kaplan Ottokar Felix versuchte, den Ausgestoßenen Mut zuzusprechen, hörten ihm alle mit den angestrengten und wäßrigen Augen von Taubstummen zu. Man mußte schon den mächtigen Steinbruch von Rust im Rücken haben, als zugleich mit der Dämmerung vom Schilfsee her einer der dicken erstickenden Nebel einbrach, die das Volk dieses Landstriches so abergläubisch fürchtete.

Schoch ließ die ganze Kolonne halten. Die Braunhemden stiegen von den Motorrädern. Ein kurzer Befehl:

»Alles aussteigen! Abladen! Die Wagen zurück!«

Im hexenhaften Dampf, darin das Tageslicht versickert war, warfen sich die Sturmleute auf das zweite Lastauto. Kommoden, Kredenzen, Schränke, wohlbehüteter Hausrat, Kisten mit Tisch- und Küchengeschirr jeglicher Art krachten unter Hohngelächter von Turmeshöhe in den Straßendreck und zerschellten. Ein wehleidiger Aufschrei der Frauen! Außer sich packte der Kaplan den Schoch beim Handgelenk:

»Was soll das?... Sind Sie verrückt?«

Schoch versetzte dem Priester einen Faustschlag vor die Brust, daß dieser zurücktaumelte:

»Dich kauf' ich mir noch vor dem Nachtmahl, Pfaff elendiger«, lachte er.

Jetzt folgten die Bücher des Rabbi dem ermordeten Hausrate nach. Aladar Fürst lief mit weit ausgebreiteten Armen hinzu. Als sich Felix aber bückte, um wenigstens eins oder das andere der Bücher aufzulesen, machte Rabbi Aladar, so schien es dem Kaplan, eine bis zum Grotesken jüdische Geste der Resignation:

»Was verloren ist, soll verloren sein«, sang er vor sich hin, und der schmale Kopf lag ihm dabei auf der rechten Schulter.

»Direktion links von der Straße«, kommandierte Peter Schoch gellend. »Vorwärts marsch!«

Und die Zögernden, alt und jung, wurden von den Braunhemden ins freie Feld getrieben. Niemand durfte zurückbleiben. Auf die Greise wurde keine Rücksicht genommen und auf die Kinder auch nicht. Wenn eines oder mehrere von den Judenbälgen auf dem Gewaltmarsch verendete, um so besser! Hier waren völlig Vogelfreie, hier waren Menschen außerhalb des Gesetzes, Menschen, die keine staatliche Macht der Welt mehr schützte, hatten sich doch die Regierungen Englands, Frankreichs und Amerikas nicht nur nicht zu einem entscheidenden Protest aufgerafft, sondern die eilige Versicherung abgegeben, sie würden sich jeder Einmischung in innerpolitische Geschehnisse weise enthalten. Es war nicht nur in den leitenden Kreisen der Partei, sondern hinab bis zum einfachsten Partisanen bekannt, daß der englische Premier, Mr. Chamberlain, samt seiner Anhängerschaft ein augenzwinkernder Freund sei und den Kampf gegen den jüdischen Bolschewismus (in Parndorf von Aladar Fürst vertreten) mit verschwiegenem Wohlwollen betrachte. Wann anders also als jetzt und hier kam man mitten in Europa und einer weichen Zeit zu dem urtümlich heldischen und dazu noch erlaubten Vergnügen einer regelrechten, einer patentierten Menschenjagd? Das ging ins Blut mit frisch-fröhlichem Halali! Die lusterregten Jäger schüttelten sich vor Lachen über die jüdischen Schatten, die im Nebel vor ihnen einherkeuchten.

Der Nebel verfärbte sich immer dunkler. Plötzlich fühlte der Kaplan, daß er bis zu den Knöcheln und dann bis unterhalb der Knie durch eiskaltes Wasser watete. Man war in die schmatzenden Sümpfe geraten, die bei Mörbisch dem See vorgelagert sind. Ottokar Felix riß den Vierjährigen hoch, den er bisher an der Hand geführt hatte... Nun trug er ihn auf dem linken Arm, während er mit der freien Hand die junge Mutter stützte, die ihren Säugling und sich selbst mechanisch weiterschleppte...

Ich erinnere mich, daß Felix bei dieser Stelle der Erzählung innehielt. Die grauen Augen in dem grobporigen Gesicht starrten mich an. Ich benutzte die Pause und fragte:

»Was haben Sie sich damals in den Sümpfen von Mörbisch gedacht, Herr Kaplan?«

»Ich weiß nicht, was ich mir damals gedacht habe«, erwiderte er, »vermutlich gar nichts... Jetzt aber denke ich: Die Menschheit muß sich ununterbrochen selbst bestrafen. Und zwar sehr logisch, für die Sünde der Lieblosigkeit, aus der unser ganzer Jammer entsteht und sich Glied um Glied weiterentwickelt...«

VII

Es war wie ein Wunder, daß man nach dieser »Abkürzung des Weges« innerhalb verhältnismäßig rascher Zeit den Sümpfen entkam, um die Straße wieder zu erreichen. Und es war ein noch größeres Wunder, daß niemand Schaden genommen oder in Verlust geraten war. Mit Einbruch der Nacht wurde es schneidend kalt, und der Nebel zerriß. Dort, das waren schon die Lichter von Mörbisch. Alles geriet ins Laufen. Hinter den letzten Häusern von Mörbisch lag die ersehnte Grenze. Schon war die Heimat, gestern noch die selbstverständliche Stätte des trauten Lebens von Anfang an, zu einer fremden Hölle geworden, nach der man sich nur mit Grauen umblickt.

Die Nacht war sehr dunkel. Ein eisiger Wind kam angesprungen. Vom österreichischen Zollhaus flatterte schon die Fahne des Eroberers. Als aber die alte Grenzwache, die noch nicht abgelöst war, Peter Schoch mit seinen Braunhemden und ihren Opfern erblickte, verschwand sie so schnell von der Bildfläche, als hätte der Sumpf sie verschluckt. Der Weg zum ungarischen Grenzhaus hinüber, keine hundert Schritte weit, lag frei. Aladar Fürst sammelte die Pässe der Vertriebenen. Die meisten davon, darunter auch der seine, waren ungarische Papiere, hatte doch ein großer Teil der Burgenländer, ungeachtet der Friedensschlüsse von St. Germain und Trianon, die ursprüngliche ungarische Staatsbürgerschaft aus verschiedenen Gründen beibehalten. Es konnte kein Zweifel herrschen, daß sich die magyarische Grenzschranke zumindest all jenen, die ordnungsgemäße Dokumente vorweisen konnten, widerstandslos öffnen werde. Das war ja Gesetz und Recht! Rabbi Aladar wanderte mit dem Stoß von Pässen in der Hand nach dem ungarischen Zollhaus hinüber. Der Kaplan begleitete ihn schweigend. Peter Schoch folgte ihnen, vergnügt schlenkernd und pfeifend. Der Beamte drüben in der Kanzlei warf nicht einmal einen Blick auf die Pässe:

»Haben die Herren bitte die Permission vom Königlich Ungarischen Generalkonsulat in Wien«, fragte er mit größter Höflichkeit.

Die Lippen des Aladar Fürst wurden weiß:

»Was für eine Permission um Gottes willen?«

»Gemäß Verordnung von heute zehn Uhr vormittag ist der Grenzübertritt nur mit Permission des Generalkonsulats gestattet...«

»Aber das ist ja ganz unmöglich«, stammelte Fürst, »wir haben davon nichts gewußt und hätten uns diese Permission gar nicht verschaffen dürfen. Man hat uns doch unter Todesandrohung nur sechs Stunden Frist gegeben..."

»Bedaure sehr«, zuckte der Grenzbeamte die Achseln, »aber da kann ich nichts machen. Die Herren müssen die Permission des Generalkonsulats vorweisen..."

Peter Schoch trat vor und knallte die »Reverse« auf den Tisch, in welchen die Verjagten mit ihrer eigenhändigen Unterschrift bekräftigten, daß sie ihre Heimat freiwillig und ohne Zwang zu verlassen gesonnen waren.

»Holen Sie Ihren Kommandanten her«, sagte der Kaplan, und er sagte es so, daß der junge Beamte aufstand und ohne Widerrede gehorchte. Nach zehn Minuten etwa kehrte er mit einem schlanken graumelierten Offizier zurück, dem man es ansah, daß er noch in der alten glorreichen Armee gedient hatte. Er nahm die Pässe in die Hand wie ein Kartenspiel und blätterte sie nervös an, während ihn der Kaplan scharf anging:

»Ich bin Zeuge, Herr Major, daß man diese Leute vor wenigen Stunden bis auf die Haut ausgeraubt und durch den Sumpf an die Grenze gejagt hat, schlimmer als Tiere... Doktor Fürst ist ungarischer Staatsbürger und viele andere auch, wie Sie an den Pässen sehen können... Es gibt unter zivilisierten Menschen keine Verordnung, die diesen schutzsuchenden Staatsbürgern die Aufnahme verweigern könnte...«

»Na... na... Herr Pfarrer«, sagte der Offizier und sah Felix mit dunkeln bittern Augen an, »es gibt unter zivilisierten Menschen so mancherlei...« Und er fügte kalt hinzu: »Ich habe nach Vorschrift zu handeln...«

»Wir sind doch nur wenige«, bat Aladar Fürst. »Die meisten von uns haben in Ungarn Verwandte. Wir werden dem Staat nicht zur Last fallen...«

Der Major schob das Kartenspiel der Pässe mit angeekelter Hand von sich. Er würdigte keinen der Anwesenden eines Blickes, weder Fürst, noch Felix, noch Schoch. Nach einer Weile gerunzelten Nachdenkens sagte er ziemlich grob:

»Gehen Sie jetzt über die Grenze zurück und warten Sie ab!«

Erst als der Kaplan ihn entsetzt anschaute, murmelte er:

»Ich werde nach Sopron telephonieren, an den Herrn Obergespan...«

VIII

Vor dem österreichen Zollhaus lag ein freier Platz. Links führte der Weg zu den Schilfufern des Sees, rechts verlor er sich im dichten Rebengelände. Auf dem Platz hatten die Braunhemden mit den Scheinwerfern ihrer Motorräder eine Art von belichteter Bühne geschaffen. Sie trieben in diesen Lichtkreis die alten Männer zusammen und vergnügten sich nach dem Muster der deutschen Konzentrationslager damit, diese Hinfälligen in raschem Tempo Kniebeugen und andre gymnastische Übungen vollführen zu lassen: »Auf – nieder! Eins – zwei!« Nach einer Weile brach der achtzigjährige David Kopf, der Vater des Bäckers, mit Herzkrämpfen zusammen. Der Kaplan war nahe daran, in die Reihe der Gemarterten zu treten und sich mit ihnen erniedrigen zu lassen. Er wußte aber zu gut, daß er damit nichts andres hervorgerufen hätte als das äffische Hohngelächter der Siegestrunkenen. Ein Gedanke durchdrang immer wieder seinen Sinn: »Diese Glücklichen müssen sündigen, diese Unglücklichen dürfen büßen. Wer also sind die Glücklichen und wer die Unglücklichen?« – Zuschauer hatten sich ringsrum versammelt, Leute aus Mörbisch und die Soldaten der ungarischen Grenzwache. Diese verbargen nicht ihren Abscheu und Zorn. Felix sah, wie ein Unteroffizier ausspuckte und empört zu seinem Nebenmann knurrte:

»Wenn ich so was erleben müßte, ich würde mich umbringen, mich und meine ganze Familie, auf der Stelle.«

Nach einer Stunde traf ein Automobil ein, in dem der Obergespan (so lautet der Titel eines ungarischen Provinzgouverneurs) höchst persönlich saß. Sopron, die Hauptstadt des Komitats, lag nur wenige Meilen von der Grenze entfernt. Der Bezirks-Gewaltige war ein freundlicher dicker Herr, von jener federnden Eleganz, wie sie korpulente Würdenträger oft zu beweisen lieben. Er hatte ein puterrotes Gesicht, einen schneeweißen Schnurrbart und schwitzte sichtbar trotz der Bärenkälte. Nachdem er mit sicherer Nonchalance in den Lichtknoten der Scheinwerfer getreten war und alle jovial zu sich herangewinkt hatte, stemmte er die Fäuste in die Hüften, um dadurch seine überquellende Gestalt vorteilhafter herauszumodellieren, und wippte reitermäßig auf den Zehenspitzen:

»Kinder, was macht ihr mir da für Geschichten«, begann er väterlich, wobei er sich ausschließlich an die Vertriebenen wandte. »Ich kann gesetzliche Verordnungen nicht umstoßen. Ich bin nur ein ausführendes Organ. Ich hafte dem Ministerium des Innern in Budapest. Ungarn ist ein Rechtsstaat, und wir haben den christlichen Kurs, gewiß... Aber ultra posse nemo teneatur... Ich darf keinen Präzedenzfall schaffen. Denn warum? Wenn ich euch heute über die Grenze lasse, kommen morgen andere und berufen sich darauf, morgen und übermorgen und vielleicht viele Monate lang. Das wäre so was, das müßt ihr ja selbst einsehen... Ungarn ist ein Land, dem man Arme und Beine abgeschnitten hat, und es hat beinahe eine Million israelitischer Staatsbürger und es hat Arbeitslose ohne Zahl, das wäre noch besser... Ihr habt mich verstanden, nicht wahr? Na also! Dann geht jetzt schön nach Haus', alle miteinander und macht mir keine Schwierigkeiten... Mir persönlich tut es leid, daß ich nichts für euch tun kann...«

Der Obergespan hatte wie ein gütiger alter Herr gesprochen, der ungezogene Kinder dazu bewegen will, von einem dummen Streich abzustehen und brav heimzukehren. Er hatte seine Rede an die Falschen gerichtet, die bewaffneten Braunhemden nur dann und wann mit einem verlegenen Blick streifend. Da sagte Peter Schoch in die tiefe Stille hinein:

»Ehe daß die hier nach Hause gehn, schießen wir sie alle über den Haufen...«

Und jeder wußte, daß diese Worte des Sturmführers keine leere Drohung waren. Zuerst versuchte Aladar Fürst dem Obergespan mit ruhiger Stimme darzulegen, daß es tiefe Nacht und doch völlig ausgeschlossen sei, Säuglinge, kleine Kinder, eine

Frau knapp nach den Wochen und eine Anzahl kranker alter Leute im Freien (was heißt im Freien?), im Nichts nächtigen zu lassen, denn hier, wo weder das eine noch das andere Land ist, hier sei doch wahrhaftig das Nichts. Seine Stimme flehte nicht, sondern klang müde, wie die Stimme eines Mannes, der weiß, daß keine Bitte und kein Ruf zur Vernunft fruchten wird. Die Stimme des Kaplans aber klang flehend jetzt. Er beschwor den hohen Beamten in Christi Namen, die Ausgestoßenen wenigstens in dieser Nacht jenseits der Grenze zu beherbergen, denn sie würden ja weder in Mörbisch noch in einer andern österreichischen Ortschaft Aufnahme finden, und die Morddrohung der Bewaffneten sei bitter ernst zu nehmen. Der Obergespan wippte eifrig auf seinen Fußspitzen und wischte sich den Schweiß:

»Aber hochwürdiger Herr«, klagte er beinahe gekränkt, »warum machen Sie mir meine Situation noch schwerer, gerade Sie?... Glauben Sie, ich bin kein Mensch?... Ein für allemal! Die Regierung hat die Grenze gesperrt. Ich bedaure lebhaft...«

Zum Trost ließ daraufhin der Obergespan von seinem Chauffeur an die Frauen und Kinder einige Lebensmittel verteilen, die er aus Sopron mitgebracht hatte. Vielleicht war's ein Zufall, vielleicht lag es in seinem Charakter, daß diese Lebensmittel zumeist aus den klebrigen Zuckerwaren bestanden, wie sie an Straßenecken feilgeboten werden. Der graumelierte Major stand wortlos die ganze Zeit dabei und betrachtete seine Stiefelspitzen. Da bat der Obergespan ihn und den Kaplan abseits. Sie gingen auf der Straße zwischen den beiden Grenzhäusern auf und ab.

Und nun entwickelte er seinen Plan:

»Mir ist da etwas eingefallen«, begann der Obergespan, »vielleicht ist das ein Ausweg, der dem Herrn Pfarrer gefallen wird... Ich darf aber von der ganzen Sache nichts wissen, verstehen Sie, Herr Major?«

Der Major möge »die Gesellschaft« zum Schein die Grenze übertreten lassen, sie aber im Laufe der Nacht wieder nach Österreich zurückschmuggeln, am besten auf einer der platten Barken, die den See befahren. Damit sei zugleich dem Gesetz und der Menschlichkeit Genüge getan...

Der Major blieb stehen und straffte sich:

»Herr Obergespan brauchen nur zu zwinkern, und ich werde in diesem Fall das Gesetz umgehen... Aber ich bin selbst Familienvater und dazu gebe ich mich nicht her, Frauen und Kinder massakrieren zu lassen, und sie werden massakriert werden, wenn wir sie zuerst aufnehmen und dann wieder ausliefern.«

»Bitte sehr, mein Lieber, es war ja nur so eine Idee«, lächelte der Obergespan sehr empfindlich und bestieg seinen Wagen, ohne auf die erhobenen Hände des Kaplans zu achten.

IX

Die Nacht hatte sich ein wenig erhellt. Ein sehr weißer Viertelmond war aufgestiegen, der die Kälte zu verschärfen schien. Im nahen Rebengelände zeichnete sich eine Winzerhütte ab, die während der Weinlese als Schutzdach für Wind und Wetter diente. Dorthin brachte Aladar Fürst die erschöpfte Frau und seine Kleinen. Der Kaplan trug den Vierjährigen, der in seinen Armen eingeschlafen war, in die Hütte. Indessen hatte der Major aus der ungarischen Grenzkaserne Strohsäcke und Decken bringen und Brot und Kaffee verteilen lassen. Auch befahl er seinen Leuten, zwei Zelte für die Vertriebenen aufzustellen, eines für die Männer, eines für die Frauen. Die Braunhemden betrachteten diese Zurüstungen höchst mißgünstig, wagten aber nicht sie zu verhindern, da sie von einer fremden bewaffneten Macht getroffen wurden, deren Freundschaft und Wohlwollen man im Augenblick noch bedurfte. Der Kaplan widerstand der Versuchung, sich nach Mörbisch zu begeben und dort im Pfarrhaus ein Nachtlager zu erbitten. Aladar Fürst hatte ihn selbst dazu bewegen wollen. Bis zum Morgen könne sich ja nichts mehr ereignen, sagte der Rabbi. Felix aber war ein abgehärteter Mann, und eine unbequeme Nacht wog leicht für ihn. Er hatte vom Major eine große Flasche mit Milch für die Kinder von Fürst erbeten und erhalten. Als er aber mit dieser Gabe sich der Winzerhütte näherte, erscholl vom Platz her ein kurzes

Hornsignal und ein scharfes Kommando der schneidenden Stimme Schochs:

»Vergatterung! Alle Männer antreten!«

Die Schatten, die sich in und vor den Zelten soeben zum Schlaf hingestreckt hatten, taumelten auf und versammelten sich hohläugig und grell angestrahlt im Licht der Motorräder. Zuletzt kam Aladar Fürst heran und hinter ihm Felix. Während manche der alten Männer stöhnten wie aus einem schweren Schlaf heraus, blickte Rabbi Aladar jetzt sanft und verträumt drein. Peter Schoch stapfte gravitätisch auf ihn zu, sehr langsam, die kleinen Augen wollüstig zugekniffen und einen schiefen vielversprechenden Zug um den Mund. Die Braunhemden lachten alle aus vollem Halse. Jetzt kam gewiß das Hauptvergnügen, wofür es sich hoch lohnte, im Siegesrausch mehrere Nächte um die Ohren zu schlagen. Peterl, der Sturmführer, war ja weitberühmt für seine trefflichen und witzigen Einfälle. Jetzt stand er blond und rank vor Fürst, die kleine Gestalt des Rabbi hoch überragend. Er hielt in seiner Rechten ein hölzernes Hakenkreuz, das er als schlichtes Armen-Grabkreuz vom Mörbischer Friedhof entwendet und durch flüchtig angenagelte Querbrettchen in das Symbol des Sieges verwandelt hatte, und zwar eigens für den Spaß, den er im Sinne trug. Noch gab es keine Hakenkreuze im Lande, und so war Schoch in der Not auf den Gedanken verfallen, den eingesunkenen Grabhügel eines Vergessenen seines Christenschmucks zu berauben. Er hob diese seltsame makabre Swastika hoch über den Kopf wie ein Kreuzritter:

»Saujud und Knoblauchfresser«, rief er, und man hörte seiner Stimme an, wie er sich selbst amüsierte. »Du bist der Rabbiner, he? Bist du der Rabbiner?«

Keine Antwort.

»Als Rabbiner mit Peikes und Kokelores springst du herum am Schabbes vor der Bundeslade, wie, Mojschehamazze, Schojrehascheisse...«

Die Motormänner brüllten, beseligt von dieser Parodie des Hebräischen. Fürst stand schweigend da, beinahe unaufmerksam.

»Als Rabbiner küßt du am Schabbes deine Bundeslade, he?«
Keine Antwort.
Da versetzte Schoch mit der Linken Aladar Fürst einen kurzen Faustschlag gegen den Magen, daß er in die Knie brach. Dann wandte er sich an die Braunhemden:
»Niemand soll sagen, daß wir euch schlecht behandeln... Ich gebe dir die Ehre, Saujud, das Hoheitszeichen der germanischen Rasse mit deinem dreckigen Maul zu küssen... Und der Pfaff dort soll Kyrie eleison singen dazu...«
Aladar Fürst, noch immer auf seinen Knien, nahm ruhig das Hakenkreuz, das ihm Schoch, der jetzt einen Schritt zurücktrat, entgegengehalten hatte. Er hielt es zuerst unschlüssig in der Hand, dieses grobe morsche Grabkreuz eines unbekannten Toten, das nach nasser Frühlingserde roch. Ottokar Felix betete während dieser gespannten Sekunden, Fürst möge nichts Unvorsichtiges tun, sondern das Hakenkreuz küssen. Es geschah aber etwas völlig Unerwartetes.
Der Kaplan sagte wörtlich zu mir, seine Erzählung unterbrechend:
»Ein jüdischer Rabbi hat das getan, was ich, der Priester Christi, hätte tun müssen... Er stellte das geschändete Kreuz wieder her...«
Aladar Fürst handelte mit halbgeschlossenen Augen, wie in einem fernen Traum verloren und durchaus nicht mit raschen, sondern mit nachdenklichen Bewegungen. Er knickte eins nach dem andern die nur lose angenagelten Seitenbrettchen ab, die aus dem Kreuz ein Hakenkreuz machten. Da aber das Kreuz schon sehr von Wind und Wetter zermürbt war, brach bei dem Knicken das eine Ende des verfaulten Querholzes mit ab, wodurch es sich zeigte, daß das rückverwandelte Kreuz Schaden genommen hatte und nicht mehr dasselbe war wie früher. Totenstille herrschte. Niemand hinderte den Verlorenen an der langsamen Vernichtung des triumphierenden Symbols. Peter Schoch und die Seinen schienen nicht zu verstehen, was diese Tat bedeute. Sie standen mehr als eine Minute hilflos da und wußten nicht, was sie tun sollten. Ein schwebendes Lächeln lag

auf dem Gesicht Rabbi Aladars, das sich voll dem Kaplan zuwandte, der neben ihm stand. Und er reichte dem Priester das Kreuz hin wie etwas, das diesem gehörte und nicht ihm. Kaplan Felix nahm es mit der rechten Hand. In der Linken hielt er noch immer die Milchflasche...

Da rief jemand aus der Reihe der Braunhemden:

»Saujud, hörst du nicht, daß der Ungar dort dich haben will... Lauf, Saujud, lauf...«

Und wirklich. Aladar Fürst taumelte auf, blickte um sich, atmete schwer, sah fern unter den Lichtern des anderen Zollhauses die Gruppe ungarischer Soldaten, die sich dorthin zurückgezogen hatten. Er zögerte noch einen Augenblick, dann begann er in wilden Sprüngen in die Richtung Ungarns zu laufen, in die Richtung des Lebens. Zu spät. Der erste Schuß fiel. Und dann noch einer. Und jetzt das Geknatter automatischer Gewehre. Fürst war keine zwanzig Schritt weit gekommen. Die Braunhemden warfen sich über den Gestürzten und trampelten mit ihren genagelten Stiefeln auf ihm herum, als wollten sie ihn in die Erde stampfen.

Drüben erschollen peitschend magyarische Kommandoworte. Mit gefälltem Bajonett ging die ungarische Grenzwache gegen die Mörder vor, von Wut und Kampflust bebend, allen voran der Major, die Pistole in der Faust.

Bei diesem Anblick ließen Schoch und seine Leute ihr Opfer liegen, machten kehrt, schwangen sich auf die Motorräder und verdufteten mit Benzingestank. Es gehörte nämlich nicht nur zum Genie ihrer Parteipolitik, sondern ebenso zu der Eigenart ihres Mördermutes, immer auf das Genaueste zu wissen, wie weit man gehen dürfe, ohne die große Sache zu gefährden.

Der Verwundete wurde ins ungarische Grenzhaus getragen und dort auf eine der Pritschen gebettet. Er war bewußtlos. Bald kam der vom Major herbeigerufene Arzt. Er stellte eine Verletzung des Rückenmarks und zwei Lungenschüsse fest. Außerdem waren dem Mißhandelten mehrere Rippen gebrochen und schwere Quetschungen zugefügt worden. Der Kaplan bemühte sich um Frau Fürst, die durch das Schreckliche Stimme und

Sprache verloren hatte. Mit weit aufgerissenen Augen hockte sie neben dem Gatten und bewegte verzweifelt und tonlos die Lippen. Das dünne scharfe Schreien des Säuglings durchschnitt den Raum. Die Mutter konnte ihm die Brust nicht reichen.

Gegen Morgen starb Aladar Fürst, der Rabbi von Parndorf. Bevor es zu Ende ging, schlug er die dunklen Augen auf, groß... Sie suchten die Augen des Kaplans von Parndorf. Ihr Ausdruck war gelassen, weit entfernt und nicht unzufrieden.

Durch seinen Tod rettete Aladar Fürst seine Gemeinde. Der Major verging sich gegen den Regierungsbefehl und setzte seine eigene Existenz aufs Spiel, indem er den Frauen, Kindern und Greisen den Grenzübertritt gestattete. Diese wurden nach Sopron gebracht. Neun Männer in der Vollkraft ihrer Jahre blieben zurück. Ihnen riet der Major, sich nordwärts zu wenden. Er habe Nachricht, daß die tschechoslowakische Grenze für Flüchtlinge geöffnet worden sei. Sie mögen auf Gott vertrauen und jenseits des Schilfsees eine Fahrgelegenheit suchen...

X

»Und Sie, Herr Kaplan«, fragte ich.

»Und ich«, wiederholte Ottokar Felix geistesabwesend. Dann nahm er seinen Hut: »Um mich ging es ja gar nicht in dieser Geschichte, die Ihnen nun anvertraut ist. Da es Sie aber interessiert, nach Parndorf konnte ich nicht mehr zurückkehren, das war ja klar. So bin ich denn mit den neun Männern als der zehnte an einem unbewachten Punkt über die slowakische Grenze entkommen. Wir schwammen über einen Fluß. Seitdem wandere ich mit den Kindern Israels von Land zu Land.«

Wir traten aus dem Portal von Hunters Hotel auf die Straße. Die Sonne ging glorreich unter hinter dem riesigen Park. Es war Freitag abend und eine linde Stunde. Die Menschen kehrten heim. Dichter Verkehr herrschte. Vier Reihen von Autos kamen nicht vorwärts auf der Straße. Die Frauen waren sehr schön mit ihrem nackten leuchtenden Haar. Ihre lachenden Stimmen durchwirkten den Lärm. Frieden und Fröhlichkeit lag über Amerika.

»Sehn Sie«, blinzelte Felix in das Treiben hinaus, »sehen Sie doch diese freundlichen Menschen, alles wohlgekleidet, satt und guten Willens. Diese Unschuldigen ahnen noch nicht, daß sie längst in den Krieg verwickelt sind, in den ersten Krieg ihrer Geschichte, in dem es wirklich um Sein und Nichtsein geht. Sie ahnen noch nicht, daß Peter Schoch über ihnen ist und vielleicht auch unter ihnen. Viele von diesen Männern werden fallen. Sie werden ausziehen, um das anständige Leben und die Freiheit ihres Volkes zu verteidigen. Aber viel mehr steht auf dem Spiel als Freiheit und anständiges Leben, das geschändete Kreuz nämlich, ohne das wir in Nacht versinken müssen. Und Gott allein weiß, ob eine ganze Welt wird tun dürfen, was der kleine Jude Aladar Fürst getan hat mit seinen schwachen Händen.«

Bibliographischer Nachweis

GWE: Gesammelte Werke in Einzelbänden.
Herausgegeben von Knut Beck

Nicht der Mörder, der Ermordete ist schuldig. Eine Novelle. Erste Buchausgabe: München: Kurt Wolff Verlag 1920. Druckvorlage: ›Die schwarze Messe. Erzählungen‹, Frankfurt am Main: S. Fischer Verlag 1990 (= GWE), S. 214–335

Der Tod des Kleinbürgers. Novelle. Erste Buchausgabe: Berlin–Wien–Leipzig: Paul Zsolnay Verlag 1927. Druckvorlage: ›Die tanzenden Derwische. Erzählungen‹, Frankfurt am Main: S. Fischer Verlag 1990 (= GWE), S. 103–153

Kleine Verhältnisse. Erste Buchausgabe: Berlin–Wien–Leipzig: Paul Zsolnay Verlag 1931. Druckvorlage: ›Die tanzenden Derwische. Erzählungen‹, Frankfurt am Main: S. Fischer Verlag 1990 (= GWE), S. 154–211

Die Entfremdung. Erstmals in ›Geheimnis eines Menschen. Novellen‹, Berlin–Wien–Leipzig: Paul Zsolnay Verlag 1927. Druckvorlage: ›Die Entfremdung. Erzählungen‹, Frankfurt am Main: S. Fischer Verlag 1990 (= GWE), S. 9–74

Geheimnis eines Menschen. Erstmals in ›Geheimnis eines Menschen. Novellen‹, Berlin–Wien–Leipzig: Paul Zsolnay Verlag 1927. Druckvorlage: ›Die Entfremdung. Erzählungen‹, Frankfurt am Main: S. Fischer Verlag 1990 (= GWE), S. 75–128

Die Hoteltreppe. Erstmals in ›Geheimnis eines Menschen. Novellen‹, Berlin–Wien–Leipzig: Paul Zsolnay Verlag 1927. Druckvorlage: ›Die Entfremdung. Erzählungen‹, Frankfurt am Main: S. Fischer Verlag 1990 (= GWE), S. 129–141

Das Trauerhaus. Erstmals in ›Geheimnis eines Menschen. Novellen‹, Berlin–Wien–Leipzig: Paul Zsolnay Verlag 1927. Druckvorlage: ›Die Entfremdung. Erzählungen‹, Frankfurt am Main: S. Fischer Verlag 1990 (= GWE), S. 142–199

Die wahre Geschichte vom wiederhergestellten Kreuz. Veränderte Fassung des Neunten Kapitels von ›Cella oder Die Überwinder. Versuch eines Romans‹. Erste Buchausgabe: Los Angeles: Pazifische Presse 1942 (Privatdruck). Druckvorlage: ›Cella oder Die Überwinder. Versuch eines Romans‹, S. Fischer Verlag 1997 (= GWE), S. 279–310

Franz Werfel

Der Abituriententag
Roman
Band 9455

**Barbara oder
Die Frömmigkeit**
Band 9463

**Eine blaßblaue
Frauenschrift**
Erzählungen
Band 9308

**Gedichte aus den
Jahren 1908–1945**
Band 9466

**»Leben heißt,
sich mitteilen«**
Betrachtungen,
Reden, Aphorismen
Band 9465

Das Lied von Bernadette
Roman
Band 9462

Stern der Ungeborenen
Ein Reiseroman
Band 9461

**Die tanzenden
Derwische**
Erzählungen
Band 9451

Verdi
Roman der Oper
Band 9456

**Der veruntreute
Himmel**
Geschichte einer Magd
Band 9459

**Die vierzig Tage des
Musa Dagh**
Roman
Band 9458

**Weißenstein, der
Weltverbesserer**
Erzählungen
Band 9453

**Jacobowsky
und der Oberst**
Komödie einer Tragödie
Band 7025

Fischer Taschenbuch Verlag

Franz Werfel
Gesammelte Werke

Der Abituriententag
Roman

**Barbara oder
Die Frömmigkeit**
Roman

**Cella oder
Die Überwinder**
Versuch eines Romans

Die Entfremdung
Erzählungen

**Gedichte aus den
Jahren 1908–1945**

**Die Geschwister
von Neapel**
Roman

Höret die Stimme
Roman

**»Leben heißt,
sich mitteilen«**
Betrachtungen, Reden,
Aphorismen

Das Lied von Bernadette
Roman

Die schwarze Messe
Erzählungen

Stern der Ungeborenen
Ein Reiseroman

Die tanzenden Derwische
Erzählungen

Verdi
Roman der Oper

Der veruntreute Himmel
Die Geschichte einer Magd

**Die vierzig Tage
des Musa Dagh**
Roman

**Weißenstein,
der Weltverbesserer**
Erzählungen

S. Fischer